Anne Jacobs
DAS ERBE DER TUCHVILLA

GW00635002

Buch

Augsburg, 1920.

Der Krieg ist vorbei, und nach einer entbehrungsreichen Zeit zieht das Glück wieder in die Tuchvilla ein. Auch Paul Melzer ist zurück und kann nun endlich die Verantwortung für den Familienbetrieb übernehmen. Gemeinsam mit Ernst von Klippstein bringt er die Fabrik auf Vordermann und verwirklicht seine Visionen. So kann sich auch Pauls junge Frau Marie ihrer eigentlichen Berufung widmen und ein kleines Modeatelier eröffnen. Bereits nach kurzer Zeit werden ihre traumhaften Modelle zum Erfolg, und schon bald kann Marie das junge Unternehmen vergrößern. Doch während das Atelier wächst und gedeiht, leidet ihre Ehe unter Pauls Eifersucht und den unaufhörlichen Streitereien. Die Fronten verhärten sich, und Paul stellt seiner Frau ein folgenreiches Ultimatum. Als Marie daraufhin mit den beiden Kindern aus der Tuchvilla auszieht, nimmt das Schicksal seinen Lauf…

Autorin

Anne Jacobs veröffentlichte unter anderem Namen bereits historische Romane und exotische Sagas. Mit *Die Tuchvilla* gestaltete sie ein Familienschicksal vor dem Hintergrund der jüngeren deutschen Geschichte und eroberte damit die Bestsellerliste. Nach der erfolgreichen Fortsetzung *Die Töchter der Tuchvilla* legt sie nun mit *Das Erbe der Tuchvilla* den Abschluss ihrer erfolgreichen Familiensaga vor.

Von Anne Jacobs außerdem bei Blanvalet lieferbar:
Die Tuchvilla
Die Töchter der Tuchvilla

Besuchen Sie uns auch auf www.facebook.com/blanvalet und www.twitter.com/BlanvaletVerlag.

ANNE JACOBS

DAS ERBE DER TUCHVILLA

Roman

blanvalet

Die Handlung und alle handelnden Personen sind frei erfunden.
Jegliche Ähnlichkeit mit lebenden oder realen Personen wäre rein zufällig.

Der Verlag weist ausdrücklich darauf hin, dass im Text
enthaltene externe Links vom Verlag nur bis zum Zeitpunkt
der Buchveröffentlichung eingesehen werden konnten.
Auf spätere Veränderungen hat der Verlag keinerlei Einfluss.
Eine Haftung des Verlags ist daher ausgeschlossen.

Verlagsgruppe Random House FSC® N001967

5. Auflage
Originalausgabe 2016 bei Blanvalet,
einem Unternehmen der
Verlagsgruppe Random House GmbH, München
Copyright © 2016 by Blanvalet in der
Verlagsgruppe Random House GmbH,
Neumarkter Str. 28, 81673 München
Redaktion: René Stein
Umschlaggestaltung und -motiv:
© Johannes Wiebel | punchdesign, unter Verwendung von Motiven
von Richard Jenkins Photography und Shutterstock.com
NG · Herstellung: sam
Satz: KompetenzCenter, Mönchengladbach
Druck und Bindung: GGP Media GmbH, Pößneck
Printed in Germany
ISBN 978-3-7341-0326-1

www.blanvalet.de

I

September 1923

Leo hatte es eilig. Auf der Treppe drängte er die Erst-klässler zur Seite und schob sich an einer Gruppe schwat-zender Mädchen vorbei – dann musste er stehenbleiben, weil hinter ihm jemand seinen Tornister festhielt.

»Immer schön der Reihe nach«, sagte Willi Abele hä-misch. »Raffkes und Judenfreunde nach hinten.«

Das ging gegen seinen Papa. Und auf Walter, seinen besten und einzigen Freund. Der war heute krank und konnte sich nicht verteidigen.

»Lass los, sonst setzt es was!«, warnte er.

»Komm schon, Schlappohr ... Trau dich ...«

Leo versuchte sich zu befreien, aber der andere hielt eisern fest. Rechts und links brandete der Strom der Volks-schüler an ihnen vorbei die Treppe hinunter auf den Schulhof und ergoss sich von dort in die Straße am Roten Torwall. Leo gelang es, seinen Widersacher mit sich bis in den Hof zu zerren, bevor ein Riemen des Tornisters riss. Er musste sich rasch umdrehen und zupacken, sonst würde sich Willi Schulranzen samt Büchern und Heften unter den Nagel reißen.

»Melzer – Stelzer – Hundekackewälzer ...«, höhnte Willi und versuchte, die Schnalle an Leos Tornister zu öffnen.

Leo sah jetzt rot. Er kannte diesen Spruch, vor allem die Kinder aus den Arbeitervierteln riefen ihm gern solche

Gemeinheiten hinterher. Weil er besser angezogen war und Julius ihn manchmal mit dem Automobil von der Schule abholte. Der Abele Willi war gut einen Kopf größer als Leo und zwei Jahre älter. Aber das zählte jetzt nicht. Ein fester Tritt gegen Willis Knie, Willi heulte auf und gab die Beute frei. Leo konnte seinen zurückeroberten Ranzen noch auf den Boden stellen, da hatte sich der andere schon auf ihn gestürzt. Beide gingen zu Boden. Schläge prasselten auf Leo ein, sein Jackenstoff riss, er hörte seinen Gegner keuchen und kämpfte verbissen gegen den Stärkeren an.

»Was ist hier los? Abele! Melzer! Auseinander!«

Es bewahrheitete sich der Spruch, dass die Ersten die Letzten sein werden, denn Willi, der als überlegener Kämpfer oben lag, bekam die strafende Hand von Lehrer Urban als Erster zu spüren. Leo hingegen wurde nur am Kragen gepackt und auf die Füße gestellt – seine blutende Nase bewahrte ihn vor der fälligen Maulschelle. Schweigend und mit verkniffenen Gesichtern hörten sich die beiden Knaben die Strafrede des Lehrers an, viel schlimmer war das hämische Grinsen und Flüstern der Mitschüler, die einen dichten Zuschauerkreis um die Streithähne gebildet hatten. Vor allem die Mädchen.

»Der hat's ihm feste gegeben …«

»Wer die Kleinen haut, ist ein Feigling …«

»Geschieht dem Leo recht – eingebildet ist der …«

»Der Abele Willi ist doch ein Hundsfott …«

Lehrer Urbans Predigt rauschte indessen ungehört an ihnen vorbei. Er sagte sowieso immer das Gleiche. Jetzt musste Leo sein Taschentuch herausnehmen und sich die Nase putzen, dabei stellte er fest, dass der Saum des Jackenärmels ein Stück herausgerissen war. Während er sich das Gesicht abwischte, erntete er mitleidige und bewundernde Mädchenblicke, was ihm ausgesprochen peinlich war. Willi hingegen behauptete, der Melzer würde sich »anstellen« und wurde dafür von Lehrer Urban mit einer zweiten Maulschelle bedacht. Gut so.

»Und jetzt reicht euch die Hände ...«

Sie kannten das Ritual, das nach jeder Prügelei fällig war und nicht das Mindeste bewirkte. Trotzdem nickten sie zu den Ermahnungen und versprachen, sich ab sofort zu vertragen. Das so arg gebeutelte deutsche Heimatland brauchte besonnene, fleißige junge Menschen und keine Raufbolde.

»Ab nach Hause!«

Das war die Erlösung. Leo hing sich den lädierten Tornister über die Schulter und wäre gern losgerannt, doch er durfte auf keinen Fall den Eindruck erwecken, vor seinem Widersacher zu flüchten, daher ging er gemessenen Schrittes bis zum Schultor. Erst dann begann er zu laufen. In der Remboldstraße blieb er kurz stehen und blickte hasserfüllt auf das große Backsteingebäude zurück. Warum musste er auf die blöde Volksschule am Roten Torwall gehen? Papa hatte erzählt, dass er damals gleich ins Gymnasium Sankt Stephan gekommen sei. In eine Vorklasse. Da hatte es nur Knaben aus guten Familien gegeben, die bunte Mützen tragen durften. Es gab dort auch keine Mädchen. Aber die Republik wollte, dass alle Kinder zuerst in eine Volksschule gingen. Die Republik war ganz großer Mist. Alle schimpften darauf, besonders die Großmama. Die sagte immer, unter dem Kaiser sei alles viel besser gewesen.

Er schnäuzte sich noch einmal in sein Taschentuch und stellte fest, dass die Nase zum Glück nicht mehr blutete. Jetzt aber los, die warteten bestimmt schon. An Sankt Ulrich und Afra vorbei bergauf, durch ein paar Gässchen zum Milchberg und dann auf die Maximilianstra...

Wie angewurzelt blieb er stehen. Klaviermusik. Da

spielte einer ein Stück, das er kannte. Leos Augen wanderten an den grau verputzten Wänden des Miethauses hinauf. Die Melodie erklang aus dem zweiten Stock, da stand ein Fensterflügel offen. Sehen konnte er nichts, eine weiße Tüllgardine war vorgezogen, aber wer immer da Klavier spielte, es klang famos. Wo hatte er diese Musik schon einmal gehört? Vielleicht bei einem Konzert des Kunstvereins, zu dem Mama ihn oft mitgenommen hatte? Es war so großartig und zugleich auch traurig. Und dann wieder durchzuckte es einen förmlich, wenn die Akkorde loshämmerten. Er hätte stundenlang dort stehen und zuhören können, aber jetzt unterbrach der Pianist sein Spiel, um sich eine Passage genauer vorzunehmen. Die wiederholte er immer wieder, es wurde einem ganz fad dabei.

»Da ist er ja!«

Leo fuhr zusammen. Das war unverkennbar Hennys helles, durchdringendes Organ. Aha, sie waren ihm entgegengekommen. Da hatten sie aber Glück gehabt, er hätte genauso gut eine andere Gasse nehmen können. Hand in Hand rannten die Mädels jetzt das Trottoir entlang auf ihn zu, Dodo mit fliegenden blonden Zöpfen, Henny im rosafarbigen Hängekleid, das Mama für sie genäht hatte. An ihrem Tornister baumelte noch ein Schwämmchen, denn Henny war erst in diesem Jahr in die Schule gekommen und lernte das Schreiben noch auf der Schiefertafel.

»Wieso starrst du in die Luft?«, wollte Dodo wissen, als sie keuchend vor ihm standen.

»Wir haben Hundert Jahre auf dich gewartet!«, rief Henny vorwurfsvoll.

»Hundert Jahre? Dann wärst du ja schon längst tot!«

Henny ließ den Einwand nicht gelten. Sie hörte sowieso nur das, was ihr passte.

»Das nächste Mal gehen wir ohne dich …«

Leo zuckte die Schultern und schielte vorsichtig zu Dodo hinüber, doch die war nicht bereit, ihn zu verteidigen. Dabei wussten sie alle drei, dass er sie nur abholte, weil die Großmama es so wollte. Ihrer Ansicht nach gingen zwei siebenjährige Mädel nicht ohne Begleitung durch die Stadt, schon gar nicht in diesen unruhigen Zeiten. Daher hatte Leo den Auftrag, gleich nach Schulschluss hinüber zu St. Anna zu laufen, um Schwester und Cousine sicher zurück in die Tuchvilla zu bringen.

»Wie siehst du denn aus?« Dodo hatte jetzt den abgerissenen Ärmel entdeckt. Und auch das Blut, das auf seinen Kragen getröpfelt war.

»Ich? Wieso?«

»Du hast dich wieder geprügelt, Leo!«

»Ihhh! Ist das Blut?« Henny berührte mit ausgestrecktem Zeigefinger seinen Hemdkragen. Ob sie die roten Punkte eklig oder aufregend fand, war nicht so recht auszumachen. Leo schob ihre Hand weg.

»Lass das. Wir müssen jetzt los.«

Dodo musterte ihn immer noch eingehend, dabei machte sie schmale Augen und schob die Lippen vor. »Wieder der Abele Willi, was?«

Er nickte verdrossen.

»Wär ich doch nur dabei gewesen. Erst feste an den Haaren ziehen und dann ... anspucken!«

Sie sagte das mit großem Ernst und nickte zweimal. Leo war gerührt, zugleich war es ihm aber auch peinlich. Dodo war seine Schwester, sie war mutig und stand immer zu ihm. Aber trotzdem war sie nur ein Mädchen.

»Jetzt kommt endlich«, rief Henny, für die die Prügelei längst abgehakt war. »Ich muss noch zu Merkle.«

Das war ein Umweg, den konnten sie sich jetzt schon gar nicht mehr leisten.

»Nicht heute. Wir sind spät dran ...«

»Mama hat mir extra Geld gegeben, weil ich Kaffee kaufen soll.«

Immer wollte Henny herumkommandieren. Leo hatte sich vorgenommen, ganz genau aufzupassen, damit er ihr nicht mehr in die Falle ging. Aber es war nicht einfach, denn Henny fand immer einen vernünftig klingenden Grund. Wie heute: Kaffee kaufen!

»Ohne Kaffee kann Mama nicht leben, hat sie gesagt!«

»Willst du, dass wir zu spät zum Mittagessen kommen?«

»Willst du, dass meine Mama totgeht?«, fragte Henny empört zurück.

Sie hatte es wieder geschafft. Man steuerte die Karolinenstraße an, in der Frau Merkle ›Kaffee, Konfitüren und Tee‹ in einem kleinen Laden anbot. Solche Leckereien konnte sich nicht jeder leisten, Leo wusste, dass viele seiner Klassenkameraden nur einen Teller Graupensuppe zu Mittag bekamen; ein Schulfrühstück brachten sie schon gar nicht mit. Es tat ihm oft leid, ein paarmal hatte er sein Leberwurstbrot mit anderen geteilt. Meist mit Walter Ginsberg, seinem besten Freund. Seine Mutter hatte auch einen Laden, hinten in der Karlstraße, sie verkaufte Notenblätter und Musikinstrumente. Aber die Geschäfte gingen schlecht. Walters Papa war in Russland gefallen, zudem die Inflation. Weil alles immer teurer wurde und – wie Mama sagte – das Geld nichts mehr wert war. Gestern hatte die Köchin Frau Brunnenmayer gejammert, sie habe für ein Pfund Brot 30.000,– Mark zahlen müssen. Leo konnte schon bis tausend zählen. Das war dreißig mal Tausend. Gut, dass es seit dem Krieg kaum noch Münzen, sondern fast nur noch Scheine gab, sonst hätte die Brunnenmayer wohl einen Pferdewagen mieten müssen.

»Da schau mal – das Porzellanhaus Müller hat zugemacht«, sagte Dodo und wies auf die mit Zeitungspapier verklebten Schaufenster. »Da wird die Großmama traurig sein. Sie kauft doch hier immer die Kaffeetassen nach, wenn mal eine kaputtgeht.«

Das war mittlerweile nichts Ungewöhnliches mehr. Viele Läden in Augsburg waren geschlossen, und diejenigen, die noch geöffnet hatten, stellten nur uralte Ladenhüter in die Schaufenster. Papa hatte neulich beim Mittagessen gesagt, diese Betrüger hielten die guten Waren zurück, um auf bessere Zeiten zu warten.

»Guck mal, Dodo. Da gibt es Tanzbären ...«

Leo sah verächtlich zu, wie sich die Mädels die Nasen an dem Schaufenster der Bäckerei plattdrückten. Klebrige Tanzbären aus rotem und grünem Fruchtgummi waren nichts für ihn.

»Kauf endlich den Kaffee, Henny«, schimpfte er. »Merkle ist gleich da drüben.«

Er stockte, weil ihm jetzt erst klar wurde, dass neben dem kleinen Laden von Frau Merkle das Sanitärgeschäft von Hugo Abele lag. Das gehörte den Eltern von Wilhelm Abele. Willi, dem Mistkerl. Ob der schon zu Hause war? Leo ging ein paar Schritte weiter und spähte über die Straße hinweg in das Schaufenster des Sanitärgeschäfts. Viel war nicht ausgestellt, nur ein paar Schläuche und Wasserhähne lagen dicht vor der Ladenscheibe. Weiter hinten thronte eine mattweiße Kloschüssel aus Porzellan. Er beschattete die Augen gegen die schräge Septembersonne und stellte fest, dass das edle Teil erstens ein blaues Firmenzeichen trug und zweitens schon ziemlich verstaubt war.

»Willst du vielleicht 'n Klo kaufen?«, fragte Dodo, die ihm gefolgt war.

»Nee.«

Dodo spähte nun auch hinüber und verzog das Gesicht. »Das ist das Geschäft von Willi Abeles Eltern – stimmt's?«

»Hm ...«

»Ist der Willi da drin?«

»Kann sein. Der muss immer helfen.«

Die Geschwister schauten sich an. Etwas blitzte in Dodos graublauen Augen.

»Ich geh mal rein.«

»Wozu?«, fragte er besorgt.

»Ich frag, was das Klo kostet.«

Leo schüttelte den Kopf. »Wir brauchen kein Klo.«

Aber Dodo war schon über die Straße gelaufen, gleich darauf war die Ladenklingel des Sanitärgeschäfts zu vernehmen. Dodo verschwand hinter der Eingangstür.

»Was macht sie da?«, wollte Henny wissen und hielt Leo eine Papiertüte voller Lakritztaler und Tanzbären vor die Nase.

Oha – da würde für den Kaffee wohl nicht viel Geld übrig geblieben sein. Er nahm sich einen Lakritztaler und ließ dabei das Sanitärgeschäft nicht aus den Augen. »Sie fragt nach dem Klo ...«

Henny starrte ihn empört an, dann nahm sie sich einen grünen Tanzbären aus der Tüte und stopfte ihn in den Mund. »Du denkst wohl, ich bin dumm.«, knautschte sie beleidigt.

»Frag sie doch selber ...«

Drüben öffnete sich die Ladentür, man sah Dodo, die einen höflichen Knicks machte und dann auf die Straße hinaustrat. Sie musste einen Moment lang warten, weil ein Pferdefuhrwerk vorüberrasselte, dann lief sie zu ihnen hinüber.

»Der Papa vom Willi ist im Laden. So ein großer mit

einem grauen Schnurrbart. Der guckt so komisch, als wollte er einen fressen.«

»Und der Willi?«

Dodo grinste. Der Willi säße hinten und müsse Schrauben in kleine Schachteln sortieren. Sie hätte sich kurz zu ihm herumgedreht und ihm ganz weit die Zunge herausgestreckt.

»Der war vielleicht wütend. Aber weil sein Papa dabei war, durfte er nichts sagen.«

Und das Klo sollte zweihundert Millionen Mark kosten. Vorzugspreis.

»Zweihundert Mark?«, fragte Henny. »Das ist sehr teuer für ein so hässliches Klo.«

»Zweihundert Millionen«, verbesserte Dodo.

Keiner von ihnen konnte so weit zählen.

Henny senkte die Augenbrauen und blinzelte nachdenklich zu dem Schaufenster hinüber, in dessen Glasscheibe sich jetzt gleißend die Mittagssonne spiegelte. »Ich frag auch mal ...«

»Nein! Bleibst du wohl hier ... Henny!« Leo wollte sie am Arm fassen, doch sie schlüpfte geschickt an zwei älteren Frauen vorbei und Leo hatte das Nachsehen. Kopfschüttelnd blieb er zurück und sah zu, wie die blondgelockte Henny im rosa Hängekleidchen hinter der Ladentür verschwand. »Ja, spinnt ihr denn alle zwei?«, knurrte er Dodo an.

Sie liefen Hand in Hand über die Straße und schauten durch das Schaufenster in den Laden hinein. Tatsächlich – Willis Papa hatte einen grauen Schnurrbart, und er schaute wirklich so komisch. Vielleicht waren seine Augen entzündet? Willi saß ganz hinten an einem Tisch, der ganz mit kleinen und großen Pappschachteln bedeckt war. Man sah nur seinen Kopf und die Schultern.

»Meine Mama schickt mich«, piepste Henny drinnen, und sie schenkte Herrn Abele ihr schönstes Lächeln.

»Und wie heißt deine Mama?«

Henny lächelte noch mehr. Die Frage überhörte sie einfach.

»Meine Mama möchte gern wissen, was das Klo kostet ...«

»Das im Schaufenster? Dreihundertfünfzig Millionen. Soll ich dir die Zahl aufschreiben?«

»Das wäre sehr nett von Ihnen.«

Während Herr Abele einen Zettel suchte, drehte sich Henny rasch zu Willi um. Was sie tat, konnte man nicht sehen, aber Willis Augen quollen hervor wie bei einem Fisch. Mit einem Papierfetzen in der Hand kam Henny stolz aus dem Laden und fand es unerhört, dass Dodo und Leo sie durch das Schaufenster beobachtet hatten.

»Zeig mal!« Dodo nahm Henny den Zettel aus der Hand. Da stand 350 in Ziffern und dahinter das Wort »Millionen«.

»So ein Gauner! Eben gerade waren es noch zweihundert Millionen!«, sagte Leo empört.

Henny konnte nicht einmal bis hundert zählen, aber dass dieser Mann ein Betrüger war, hatte sie verstanden. Solch ein Lump!

»Ich geh noch mal rein!«, rief Dodo entschlossen.

»Lass es besser«, warnte Leo.

»Jetzt erst recht!«

Leo und Henny blieben vor dem Laden zurück und spähten durch die Scheibe. Sie mussten ganz dicht herangehen und das Glas mit beiden Händen beschatten, weil das Sonnenlicht so spiegelte. Von drinnen war Dodos energische Stimme zu vernehmen, dann der tiefe Bass von Herrn Abele.

»Was willst du schon wieder?«, grummelte der Bass.

»Sie haben gesagt, das Klo kostet zweihundert Millionen.«

Er glotzte sie an, und Leo stellte sich vor, wie sich das Räderwerk im Gehirn von Herrn Abele mühsam in Bewegung setzte.

»Was hab ich gesagt?«

»Sie haben gesagt: zweihundert Millionen. Das stimmt doch, oder?«

Er schaute auf Dodo, dann zur Tür, schließlich hinüber zum Schaufenster, wo die weiße Porzellanschüssel stand. Dabei entdeckte er die beiden Kinder, die draußen an der Scheibe klebten.

»Lausegören!«, brüllte er wütend. »Jetzt aber raus hier. Ich lass mich auch noch foppen … Raus – oder ich mach euch Beine!«

»Und ich hab doch recht!«, beharrte Dodo furchtlos.

Dann machte sie eilig kehrt, weil Herr Abele sich bedrohlich genähert hatte und sogar den Arm ausstreckte, um sie bei den Zöpfen zu packen. Dicht vor der Ladentür hätte er sie fast erwischt, wenn nicht Leo die Tür von außen aufgerissen hätte, um sich schützend vor seine Schwester zu stellen.

»Rasselbande, verflixte«, brüllte Herr Abele. »Wollt mich zum Narren halten, wie? Da hast du dein Fett, Bürschlein.«

Leo duckte sich, aber Herr Abele hatte ihn beim Kragen seiner Jacke gefasst und die Ohrfeige traf seinen Hinterkopf.

»Schlagen Sie ja nicht meinen Bruder«, kreischte Dodo. »Sonst spuck ich Sie an.«

Sie spuckte tatsächlich, Herrn Abeles Jacke bekam etwas davon ab, leider traf sie auch Leos Hinterkopf. Im

Laden war inzwischen Willis Mutter erschienen, eine kleine schmale Frau mit schwarzem Haar, hinter ihr kam Willi gelaufen.

»Die haben mir die Zunge rausgestreckt, Papa! Das ist der Melzer Leo. Wegen dem hat mich der Lehrer heut geohrfeigt!«

Beim Klang des Namens »Melzer« hielt Herr Abele inne, Leo zappelte heftig, weil er seinen Kragen nicht freigab.

»Melzer? Die Melzer aus der Tuchvilla etwa?«, fragte Herr Abele und drehte sich zu Willi um.

»Oh Gott!«, rief seine Frau und hielt sich die Hände vor den Mund. »Mach dich nicht unglücklich, Hugo. Lass das Kind los. Ich bitte dich!«

»Ob du ein Melzer aus der Tuchvilla bist?«, brüllte der Ladenbesitzer Leo an. Der nickte. Darauf gab Herr Abele seinen Jackenkragen frei.

»Dann nix für ungut«, brummte er. »Hab mich geirrt. Das Klo kostet dreihundert Millionen. Kannst es deinem Vater ausrichten.«

Leo rieb sich den Hinterkopf und rückte seine Jacke zurecht. Dodo sah den großen Mann missgünstig an.

»Bei Ihnen«, sagte sie hoheitsvoll. »bei Ihnen kaufen wir ganz bestimmt kein Klo. Nicht einmal, wenn es aus Gold wäre. Komm Leo!«

Leo war noch ganz benommen. Ohne Widerspruch ließ er sich von Dodo bei der Hand nehmen und die Straße entlang in Richtung Jakobertor führen.

»Wenn der das dem Papa erzählt …«, stotterte er.

»Ach was!«, beruhigte ihn Dodo. »Der hat doch selber Schiss.«

»Wo ist überhaupt Henny?«, sagte Leo und blieb stehen.

Sie fanden Henny im Laden von Frau Merkle. Für das restliche Geld hatte sie doch tatsächlich noch ein ganzes Viertelpfund Kaffee bekommen.

»Weil wir so gute Kunden sind!«, strahlte sie.

2

Marie fuhr von ihrer Zeichnung auf, als die Tür geöffnet wurde.

»Paul! Oh Himmel – ist es schon Mittag? Ich habe vollkommen die Zeit vergessen!«

Er trat hinter sie, hauchte einen Kuss auf ihr Haar und warf dabei einen neugierigen Blick auf ihren Zeichenblock. Abendkleider entwarf sie. Sehr romantisch. Träume in Seide und Tüll. Und das in diesen Zeiten ...

»Du sollst mir nicht über die Schulter schauen«, beschwerte sie sich und legte beide Hände auf ihr Zeichenblatt.

»Aber warum denn nicht, Schatz? Es ist wunderschön, was du zeichnest. Ein wenig ... verspielt vielleicht.«

Sie hob den Kopf in den Nacken, und er berührte mit den Lippen zart ihre Stirn. Auch nach drei Jahren empfanden sie es als ein großes glückliches Geschenk, wieder beieinander sein zu dürfen. Manchmal wachte sie in der Nacht auf, geplagt von der schrecklichen Vorstellung, Paul sei noch im Krieg, dann schmiegte sie sich an seinen ruhenden Körper, spürte seinen Atem, seine Wärme und schlief beruhigt wieder ein. Sie wusste, dass es ihm ähnlich ging, denn oft fasste er ihre Hand, bevor sie einschliefen, als wolle er sie auch in seinen Träumen bei sich wissen.

»Das sind Ballkleider. Die dürfen verspielt sein. Willst du die Kostüme und die Röcke sehen, die ich entworfen habe? Schau ...« Sie zog eine Mappe aus dem Stapel heraus. Seit Elisabeths Umzug nach Pommern stand ihr ehemaliges Zimmer Marie als Arbeitsraum zur Verfügung, in dem sie ihre Entwürfe zeichnete und auch dieses oder jenes Kleidungsstück nähte. Meist waren es jedoch Flick- und Ausbesserungsarbeiten, für die sie die Nähmaschine in Gang setzte.

Paul bewunderte die Entwürfe und behauptete, sie seien ungemein einfallsreich und sehr frech. Nur wunderte er sich, dass alles so lang und schmal ausfalle. Ob sie ihre Kostüme nur für Damen mit Bohnenstangenfigur konzipiere?

Marie kicherte. Sie war Pauls Witzeleien über ihre Arbeit gewohnt, wusste sie doch, dass er im Grunde stolz auf sie war. »Die neue Frau, mein Liebster, ist überschlank, sie trägt das Haar kurz, den Busen flach und die Hüften schmal. Sie schminkt sich auffällig, und sie raucht mit Zigarettenspitze.«

»Grauenhaft!«, stöhnte er. »Ich hoffe, dass du dir diese Mode nie zum Vorbild nehmen wirst, Marie. Es reicht, dass Kitty mit einem Bubikopf herumläuft.«

»Oh, kurzes Haar würde mir gewiss gut stehen.«

»Bitte nicht ...«

Er sagte es so flehentlich, dass sie fast gelacht hätte. Nein – sie trug ihr Haar lang und steckte es tagsüber auf. Am Abend aber, wenn sie miteinander zu Bett gingen, setzte Marie sich vor den Spiegel, um die Frisur zu lösen, während Paul ihr dabei zusah. Tatsächlich war ihr Liebster in manchen Dingen ziemlich altmodisch.

»Sind die Kinder noch nicht da?«, fragte Marie jetzt. Sie sah auf die Pendeluhr an der Wand. Eine der wenigen Hinterlassenschaften von Elisabeth – die übrigen Möbel hatte sie bis auf das Sofa und zwei kleine Teppiche mitgenommen.

»Weder die Kinder noch Kitty«, meinte Paul vorwurfsvoll. »Unten im Esszimmer sitzt Mama einsam und verlassen am Mittagstisch.«

»Oh weh!«

Marie schlug die Mappe zu und erhob sich hastig. Alicia, Pauls Mutter, war in letzter Zeit oft kränklich und beklagte sich häufig, niemand habe Zeit für sie. Nicht einmal die Kinder, die tollten lieber im Park mit Augustes Gören herum, niemand kümmere sich um ihre Erziehung. Besonders die Mädchen seien schon ganz und gar »verwildert«. Zu ihrer Zeit habe man ein Fräulein engagiert, die habe die Mädchen im Haus gehalten, sie nützliche Dinge gelehrt und auf ihre charakterliche Entwicklung geachtet.

»Warte einen Moment, Marie!«

Paul verstellte ihr den Weg zur Tür und grinste dabei verschmitzt, als habe er einen Bubenstreich vor. Sie musste lachen. Oh, wie sie dieses Mienenspiel an ihm liebte!

»Ich wollte dir etwas mitteilen, mein Schatz«, sagte er. »So ganz unter uns, ohne Zuschauer.«

»Ach ja? Ganz unter uns? Ein Geheimnis?«

»Kein Geheimnis, Marie. Aber eine Überraschung. Etwas, das du dir schon lange gewünscht hast …«

Du liebe Güte, dachte sie. Was habe ich mir wohl gewünscht? Eigentlich bin ich vollkommen glücklich. Habe alles, was ich brauche. Vor allem ihn. Paul. Und die Kinder. Gut – wir haben auf ein drittes Kind gehofft, aber das wird sich gewiss irgendwann noch einstellen …

Er sah sie gespannt an und war ein wenig enttäuscht, als sie nur mit den Schultern zuckte.

»Du kommst nicht darauf? Pass auf. Stichwort: Nadel.«

»Nadel. Nähen. Faden. Fingerhut …«

»Kalt«, rief er. »Ganz kalt. Schaufenster.«

Das Spiel erschien ihr zwar lustig, gleichzeitig war sie voller Unruhe, weil Mama unten auf sie wartete. Außerdem waren jetzt die Stimmen der Kinder zu hören.

»Schaufenster. Ladenpreise. Brötchen. Würste ...«

»Meine Güte!«, rief er lachend. »Jetzt bist du ganz auf dem Holzweg. Ich gebe dir noch eine Hilfe: Atelier.«

Atelier! Jetzt begriff sie. Oh Himmel – konnte das möglich sein?

»Ein Atelier?«, flüsterte sie. »Ein ... Modeatelier?«

Er nickte und zog sie an sich. »Jawohl, mein Schatz. Ein richtiges kleines Modeatelier für dich ganz allein. ›Maries Damenmoden‹ wird über der Tür stehen. Ich weiß doch, wie lange du schon davon geträumt hast.«

Er hatte recht, es war ihr großer Traum gewesen. Aber über all den Veränderungen, die Pauls Rückkehr aus dem Krieg mit sich gebracht hatten, hatte sie ihn fast vergessen. Sie war froh und erleichtert gewesen, die Verantwortung für die Fabrik abgeben zu dürfen, um sich ganz der Familie und Paul zu widmen. Gut – zu Anfang hatte sie weiterhin an den geschäftlichen Gesprächen teilgenommen, das war unumgänglich gewesen, um Paul auf den neuesten Stand zu bringen. Dann aber hatte Paul ihr liebevoll, aber doch eindringlich klargemacht, dass die Geschicke der Melzer'schen Tuchfabrik von nun an wieder in seinen Händen und in denen seines Partners Ernst von Klippstein liegen würden. Das war gut und richtig so, zumal die Zeit drängte und wichtige Entscheidungen gefällt werden mussten. Paul hatte dies mit kluger Voraussicht getan – sein Vater wäre stolz auf ihn gewesen. Man hatte die Maschinen erneuert, alle Selfaktoren durch Ringspinnmaschinen ersetzt, die nach den Plänen ihres Vaters konstruiert worden waren. Von dem restlichen Kapital, das von Klippstein in die Fabrik einbrachte, hatte Paul einige

Grundstücke sowie zwei Häuser in der Karolinenstraße erworben.

»Aber wie ist das auf einmal möglich?«

»Das Porzellanhaus Müller hat zugemacht.« Paul seufzte, die beiden alten Leute taten ihm leid.

Andererseits wusste Marie, dass die Schließung nicht unerwartet kam. Das Geschäft hatte schon seit Jahren kaum noch Umsatz gemacht, nun hatte die galoppierende Inflation ihm den Rest gegeben.

»Und was wird nun aus den beiden?«

Paul hob die Arme und ließ sie resigniert wieder fallen. Er würde das Ehepaar oben im Haus wohnen lassen. Dennoch würden sie Not leiden, denn auch die Kaufsumme für das Haus würde rasch von der Inflation gefressen werden.

»Wir werden ihnen hie und da unter die Arme greifen, Marie. Die Geschäftsräume und die Zimmer im ersten Stock aber werden dir gehören. Dort wirst du alle deine Träume verwirklichen.«

Sie war so gerührt, dass sie kaum sprechen konnte. Ach, es war ein solcher Beweis seiner Liebe zu ihr. Und zugleich hatte sie doch ein schlechtes Gewissen, ihre berufliche Zukunft auf dem Unglück des alten Ehepaares aufzubauen. Und dann dachte sie wieder, dass sie sich ja um die beiden kümmern würde, dass dies vielleicht sogar für die alten Leute ein Glück war, das vielen anderen, die in ähnlicher Lage waren, nicht widerfuhr.

»Freust du dich denn gar nicht?« Er nahm sie bei den Schultern und musterte ihre Züge mit leichter Enttäuschung.

Ach, er musste sie doch kennen. Sie war keine, die ihre Gefühle so rasch nach außen dringen ließ.

»Doch«, sagte sie lächelnd und lehnte sich an ihn. »Ich

brauche nur ein wenig Zeit … Ich kann es noch kaum glauben. Ist es tatsächlich wahr?«

»So wahr ich hier stehe.«

Er wollte sie küssen, doch in diesem Augenblick wurde die Tür aufgerissen, und sie fuhren auseinander, als wären sie bei einer Sünde ertappt worden.

»Mama!«, rief Dodo vorwurfsvoll. »Was macht ihr denn hier? Großmama ist sehr ärgerlich, und Julius hat gesagt, länger kann er die Suppe nicht warmhalten!«

Leo warf nur einen kurzen Blick auf die Eltern und verschwand im Badezimmer. Henny dagegen zupfte an einem von Dodos Zöpfen.

»Dummkopf«, flüsterte sie. »Die wollten sich doch küssen.«

»Das geht dich überhaupt nichts an«, fuhr Dodo sie an. »Weil – das sind nämlich *meine* Eltern!«

Marie fasste Tochter und Nichte bei den Schultern und schob sie geradewegs durch den Flur in Richtung Bad. Man hörte den Essensgong, den Julius mit Ausdauer betätigte.

Kitty kam aus ihrem Zimmer und stöhnte laut, man könne in diesem Haus keine fünf Minuten kreativ arbeiten, ohne durch dieses alberne »Bim, bam, bum« gestört zu werden. »Hennylein – zeig mal deine Hände! Die kleben ja. Was ist das für ein Zeug? Tanzbären? Lauf schnell ins Bad und wasch dir die Finger … Wo ist denn nur Else? Wieso kümmert sie sich nicht um die Kinder? Ach Paulemann, du strahlst ja wie ein Honigkuchenpferd. Lass dich umarmen, Brüderlein.«

Marie ließ Paul und Kitty vorausgehen und lief rasch mit Henny und Dodo ins Bad, wo Leo mit kritischer Miene vor dem Spiegel stand und mit einem Lappen in seinem Gesicht herumwischte. Sofort fiel ihrem geübten

Mutterblick ins Auge, dass er den Hemdkragen nach innen gesteckt hatte.

»Lass mal sehen, Leo. Aha. Lauf und zieh ein anderes Hemd an. Schnell. Henny – du musst nicht das ganze Bad vollspritzen. Dodo – das ist mein Handtuch, deines hängt dort drüben.«

Hatte sie gerade eben noch über die raffinierte Schleppe eines schwarzseidenen Abendkleides nachgedacht, so war sie jetzt wieder ganz in ihrer Mutterrolle. Leo hatte sich schon wieder geprügelt! Sie wollte vor Dodo und Henny nicht darauf eingehen, auch bei Tisch sollte nicht die Rede davon sein. Aber sie würde ein Gespräch unter vier Augen mit ihm führen. Sie wusste aus ihrer eigenen Kindheit im Waisenhaus, wie brutal und boshaft Kinder miteinander umgehen konnten. Sie selbst war damals mutterseelenallein gewesen. Das sollte ihren Kindern niemals passieren.

Als sie ins Esszimmer traten, saßen Paul und Kitty bereits auf ihren Plätzen. Paul war es gelungen, den Ärger seiner Mutter zu zerstreuen. Es brauchte nicht viel, ein kleiner Scherz, eine liebevolle Bemerkung – Alicia schmolz dahin, sobald ihr Sohn sich ihr zuwendete. Kitty hatte früher die gleiche Wirkung bei ihrem Vater erzielt, sie war sein Lieblingskind gewesen, sein Augenstern, sein kleines Prinzesschen, doch Johann Melzer weilte nun schon seit vier Jahren nicht mehr unter ihnen. Marie hatte hin und wieder das Gefühl, dass diese übergroße väterliche Liebe und Nachgiebigkeit Kitty nicht gut auf das Leben vorbereitet hatte. Sie liebte Kitty sehr, aber ihre Schwägerin würde wohl immer die verzogene, launenhafte Prinzessin bleiben.

»Lasst uns denn beten«, sagte Alicia feierlich, und alle falteten pflichtschuldigst die Hände auf dem Schoß. Nur

Kitty drehte dabei die Augen zur stuckgeschmückten Zimmerdecke, was Marie angesichts der Kinder nicht besonders klug befand.

»Herr, wir danken für die Gaben, die wir heut empfangen haben, lass uns froh zu Mittag essen und auch die Armen nicht vergessen. Amen.«

»Amen!«, wiederholte der Familienchor, wobei Pauls Stimme laut herausklang.

»Guten Appetit, meine Lieben ...«

»Das wünschen wir dir auch, Mama ...«

Früher, als Johann Melzer noch lebte, hatte es dieses tägliche Ritual bei Tisch noch nicht gegeben, jetzt aber bestand Alicia auf dem Tischgebet. Angeblich der Kinder wegen, die eine feste Ordnung brauchten, doch Marie wusste ebenso wie Kitty und Paul, dass es vielmehr Alicia war, die es so aus ihrer Kindheit kannte und nun als Witwe Trost darin fand. Seit dem Tod ihres Ehemannes trug sie Schwarz, die Freude an schönen Kleidern, Schmuck und bunten Farben war ihr vollkommen vergangen. Zum Glück schien sie – außer den üblichen Migräneanfällen – bei guter Gesundheit zu sein, aber Marie hatte sich vorgenommen, auf ihre Schwiegermutter zu achten.

Julius erschien mit der Suppenterrine, platzierte das gute Stück auf dem Tisch und begann, die Suppe zu verteilen. Er war seit drei Jahren als Hausdiener in der Tuchvilla beschäftigt, hatte jedoch Humberts Beliebtheit bei Herrschaft und Personal niemals erreichen können. Er war zuvor in einem adeligen Haushalt in München angestellt gewesen und schaute auf die Angestellten der Tuchvilla mit einer gewissen Hochnäsigkeit herab, was ihm wenig Sympathien eintrug.

»Schon wieder Graupen? Und dann auch noch mit Rübchen ...«, nörgelte Henny.

Den strafenden Blicken von Seiten der Großmama und Onkel Paul begegnete sie mit einem harmlosen Lächeln, als jedoch Kitty die Stirn runzelte, tauchte sie den Löffel in die Suppe und begann zu essen.

»Ich meine ja nur«, murmelte sie. »Weil die Rübchen immer so ... so ... weich schmecken.«

Marie sah ihr an, dass sie eigentlich »matschig« hatte sagen wollen, doch sie hielt sich vorsichtshalber zurück. So großzügig und unbedacht Kitty als Mutter oft war – wenn sie energisch würde, dann wusste Hennylein, dass es besser war zu gehorchen. Leo löffelte die Graupen in sich hinein und schien tief in Gedanken, Dodo sah immer wieder zu ihm hinüber, als wolle sie ihm etwas sagen, schwieg jedoch und kaute bedächtig ein kleines Stückchen Räucherspeck, das in ihrer Suppe geschwommen hatte.

»Warum kommt denn Klippi nicht mehr zum Essen, Paulemann?«, erkundigte sich Kitty, als Julius die Teller abräumte. »Schmeckt es ihm nicht bei uns?«

Ernst von Klippstein war seit einigen Jahren Pauls Geschäftspartner. Die beiden Männer, die sich schon lange kannten, kamen gut miteinander aus. Paul kümmerte sich um das Geschäftliche, während Ernst von Klippstein die Verwaltung und die Personalangelegenheiten übernommen hatte. Marie hatte Paul niemals erzählt, dass von Klippstein ihr damals, als er schwer verwundet im Lazarett der Tuchvilla lag, recht eindeutige Liebeserklärungen gemacht hatte. Es war inzwischen bedeutungslos geworden und hätte das schöne Einvernehmen der beiden Männer nur gestört.

»Ernst und ich sind übereingekommen, dass er in der Fabrik bleibt, solange ich Mittag mache. Dafür geht er später, am Nachmittag, kurz zum Essen. So ist es für den Arbeitsablauf besser.«

Marie schwieg dazu, Kitty schüttelte den Kopf und bemerkte, der arme Klippi würde immer dünner, Paulemann solle aufpassen, dass sein Partner nicht eines Tages vom Wind davongeweht wurde. Alicia jedoch empfand es als persönlichen Affront, dass der Herr von Klippstein nicht wenigstens am Nachmittag zu einem Imbiss in die Tuchvilla kam.

»Nun – er ist ein erwachsener Mann und geht seiner Wege, Mama«, sagte Paul lächelnd. »Wir reden zwar nicht darüber – aber ich denke, dass Ernst daran denkt, wieder eine Familie zu gründen.«

»Ach nee!«, rief Kitty aufgeregt. Es fiel ihr sichtlich schwer, ihre Zunge im Zaum zu halten, solange Julius die Hauptmahlzeit auftrug. Schupfnudeln mit Sauerkraut – das erklärte Lieblingsgericht aller Kinder. Auch Paul schaute mit großer Zufriedenheit auf seinen Teller und bemerkte, dass die Brunnenmayerin eine Meisterin der Sauerkrautbereitung sei.

»Wenn ich etwas bemerken dürfte, Herr Melzer«, bemerkte Julius und zog die Luft scharf durch die Nase ein, wie es seine Gewohnheit war. »Das Kraut habe ich ganz allein gehobelt. Frau Brunnenmayer hat es dann in die Töpfe eingelegt ...«

»Wir wissen das zu schätzen, Julius«, sagte Marie lächelnd.

»Vielen Dank, Frau Melzer!«

Julius hatte zu Marie eine besondere Zuneigung gefasst, vielleicht weil sie sich immer wieder erfolgreich bemühte, die aufflammenden Streitigkeiten unter den Angestellten zu schlichten. Alicia überließ ihr diese Position nur allzu gern, sie fand es anstrengend, sich mit diesen Dingen zu befassen. Früher hatte ihre liebe Eleonore Schmalzler, die ehemalige Hausdame, für eine reibungslose Zusammenarbeit unter den Angestellten gesorgt, doch Frau Schmalzler war in den wohlverdienten Ruhestand gegangen und lebte nunmehr in ihrer Heimat in Pommern. Es gab einen regelmäßigen Briefwechsel zwischen Alicia und ihrer langjährigen Angestellten, von dem sie der Familie jedoch nur wenig berichtete.

»Ich platze gleich«, sagte Dodo und stopfte sich die letzte Schupfnudel in den Mund.

»Und ich bin schon geplatzt«, übertrumpfte sie Henny. »Aber das macht nichts. Mama, darf ich noch Schupfnudeln?«

Kitty war dagegen. Henny sollte bitte erst einmal das Häuflein Sauerkraut aufessen, das auf ihrem Teller zurückgeblieben sei.

»Aber das mag ich nicht. Nur die Schupfnudeln mag ich.«

Kitty schüttelte den Kopf und seufzte, woher das Kind nur diesen Hang zur Mäkelei hatte. Sie sei doch wirklich äußerst streng mit Henny.

»Gewiss«, bestätigte Marie sanft. »Zumindest … oft.«

»Meine Güte, Marie! Ich bin keine Rabenmutter. Sie hat schon diese oder jene Freiheit. Vor allem abends, wenn sie nicht schlafen kann, da lasse ich sie einfach herumlaufen, bis sie müde wird. Oder Süßigkeiten, da zeige ich mich auch großzügig. Aber beim Essen bin ich doch sehr streng mit ihr.«

»Das ist wahr«, bestätigte Alicia. »Es ist allerdings der einzige Bereich, in dem du dich wie eine vernünftige Mutter aufführst, Kitty.«

»Mama«, sagte Paul beschwichtigend und fasste rasch Kittys Hand, da diese schon aufbegehren wollte. »Lass uns nicht schon wieder über dieses Thema streiten. Gerade heute nicht. Bitte!«

»Heute nicht?«, staunte Kitty. »Und wieso gerade heute nicht, Paulemann? Ist heute etwa ein besonderer Tag? Habe ich etwas verpasst? Habt ihr beide am Ende Hochzeitstag, Marie und du? Ach nein, der ist ja im Mai.«

»Es ist der Beginn einer neuen geschäftlichen Ära, meine Lieben ...«, sagte Paul feierlich und lächelte Marie zu.

Marie war nicht froh darüber, dass Paul ihr gemeinsames Vorhaben derart vor der ganzen Familie verkünden wollte, doch sie begriff, dass er es ihr zuliebe tat, daher erwiderte sie sein Lächeln.

»Wir stehen vor der Gründung eines Modeateliers, meine Lieben«, sagte Paul und blickte vergnügt in die erstaunten Gesichter.

»Nein!«, kreischte Kitty. »Marie bekommt ein Atelier. Ich werde verrückt vor Begeisterung. Ach Marie, meine Herzensmarie – das hast du schon längst verdient. Du wirst wundervolle Kreationen aus Stoff entwerfen, und alle Leute in Augsburg werden deine Modelle tragen ...«

Sie war von ihrem Stuhl aufgesprungen und Marie um den Hals gefallen. Ach, das war Kitty! So spontan, so überschwänglich in ihrer Freude, niemals nahm sie ein Blatt vor den Mund, alles, was sie dachte und fühlte, sprudelte nur so aus ihr heraus. Marie ließ sich ihre Umarmung gefallen, lächelte über ihre Aufregung und war ganz gerührt, als Kitty sogar Tränen der Freude vergoss.

»Oh, ich werde alle Wände in deinem Atelier gestalten, Marie. Es wird aussehen wie im alten Rom. Oder möchtest du lieber griechische Jünglinge? Bei den Olympischen Spielen, weißt du, da traten sie ganz ohne Gewänder gegeneinander an ...«

»Ich glaube nicht, dass das passend wäre, Kitty«, bemerkte Paul stirnrunzelnd. »Ansonsten finde ich deine

Idee sehr gut, Schwesterlein. Zumindest einige der Wände sollten wir mit Malereien versehen, nicht wahr, Marie?«

Marie nickte. Du liebe Zeit, sie hatte die Räume ja bisher kaum gesehen, nur den mit Regalen vollgestopften Laden der Müllers im Parterre, die Zimmer im ersten Stock kannte sie gar nicht. Das ging ihr alles viel zu schnell. Fast bekam sie jetzt Angst vor dieser großen Aufgabe, die Paul ihr so unbefangen zuschob. Was, wenn ihre Entwürfe nicht gefielen? Wenn sie tagein tagaus ganz allein in ihrem Atelier saß und kein einziger Kunde sich blicken ließ?

Inzwischen meldeten sich auch die Kinder zu Wort.

»Was ist ein Atelier, Mama?«, wollte Leo wissen.

»Verdienst du dann richtig Geld, Mama?«, fragte Dodo.

»Magst du vielleicht mein Sauerkraut, Onkel Paul?«, nutzte Henny die Lage.

»Meinetwegen, kleiner Quälgeist. Her damit!«

Während Paul erklärte, dass er bereits Leute engagiert habe, um die Räume zu entrümpeln und demnächst mit Marie bei Finkbeiner wegen der Wandfarben und Tapeten vorbeischauen wollte, mampfte Henny zufrieden die restlichen Schupfnudeln aus der Schüssel. Ganze fünf Stück. Mit dem Nachttisch, der aus einer kleinen Portion Vanillecreme mit einem Klecks eingemachter Kirschmarmelade bestand, hatte sie allerdings große Mühe.

»Jetzt ist mir schlecht«, stöhnte sie, als die Großmama das Zeichen gab, dass man vom Tisch aufstehen durfte.

»So was«, knurrte Leo. »Du frisst dich voll, dass dir schlecht wird, und andere Kinder haben nicht einmal ein Mittagessen.«

»Na und?«, gab Henny schulterzuckend zurück.

»Wir haben doch gebetet, dass wir die Armen nicht vergessen dürfen, oder?«, stand Dodo ihrem Bruder zur Seite.

Henny schaute sie mit großen Augen an. Es sah naiv und ein wenig hilflos aus, in Wirklichkeit prüfte sie nur die Lage, um ihren Vorteil zu wahren. Sie hatte frühzeitig gelernt, dass die Zwillinge immer zusammenhielten, auch gegen sie.

»Ich hab ja auch die ganze Zeit über an die armen Kinder gedacht und für sie ein paar Schupfnudeln mitgegessen.«

Paul fand diese Antwort lustig, auch Kitty lächelte, nur Alicia runzelte die Stirn.

»Ich finde, dass Leo nicht ganz unrecht hat«, sagte Marie leise, aber mit Überzeugung. »Wir könnten beim Essen ganz gut an Ausgaben einsparen. Auch müssen wir nicht jeden Tag Nachtisch servieren.«

»Ach Marie!«, rief Kitty und hakte sich übermütig bei ihr unter. »Du bist ein solch liebes Wesen – vermutlich würdest du gern hungern und deinen Nachtisch den Armen geben. Ich fürchte nur, dass nicht einmal ein Einziger davon satt wird. Komm jetzt, mein Liebe, ich will dir zeigen, wie ich mir die Wandbilder vorstelle. Paulemann? Wann können wir eine erste Ortsbesichtigung machen? Schon heute? Nein? Ja, wann denn?«

»In den kommenden Tagen, Kitty... Wie ungeduldig du bist, Schwesterlein!«

Marie folgte Kitty in den Flur hinaus, wo Else schon bereitstand. Elses Aufgabe war es, sich nach dem Essen um die Kinder zu kümmern, die ihre Schularbeiten erledigen mussten. Danach hatten sie einige Stunden Zeit zum Spielen, Besuche von Klassenkameraden mussten zuvor angekündigt und von den Müttern abgesegnet werden.

»Ich würde gerne Walter besuchen, Mama«, bat Leo. »Er ist krank und war nicht in der Schule.«

Marie blieb stehen und sah zum Speisezimmer hinüber,

dessen Tür noch offen stand. Paul würde gleich wieder hinüber in die Fabrik gehen, einstweilen befand er sich jedoch im Gespräch mit Alicia. Sie würde allein entscheiden müssen.

»Aber nur kurz, Leo. Nach den Hausaufgaben soll Hanna dich begleiten.«

»Kann ich nicht allein gehen?«

Marie schüttelte den Kopf. Sie wusste, dass Paul und Alicia diese Entscheidung nicht billigen würden, beide waren über Leos Freundschaft zu Walter Ginsberg wenig erfreut. Nicht etwa, weil die Ginsbergs Juden waren, da war zumindest Paul recht unbefangen. Aber beide Knaben verband eine übergroße Leidenschaft für die Musik, und Paul fürchtete – ein alberner Gedanke in Maries Augen –, sein Sohn könne auf die Idee kommen, Musiker zu werden.

»Jetzt komm doch endlich, Marie. Nur ein paar Minütchen ... Ich muss doch gleich hinüber zu der lieben Ertmute, wegen meiner Ausstellung im Kunstverein. Julius? Ist der Wagen fahrbereit? Ich brauche ihn gleich.«

»Sehr wohl, gnädige Frau. Darf ich Sie chauffieren?«

»Danke, Julius. Ich fahre selbst.«

Marie folgte Kitty die Treppe hinauf in ihr Zimmer, das sie zu einem Maleratelier umgewandelt hatte. Außerdem hatte sie den ehemaligen Schlafraum ihres Vaters annektiert, was Alicia erst nach langem Zögern gestattet hatte. Aber natürlich konnte die arme Kitty nicht zwischen all den halbfertigen Bildern schlafen und in der Nacht die giftigen Farbgerüche einatmen.

»Schau einmal, ich könnte dir auch eine englische Landschaft malen. Oder hier: Moskau im Schnee. Nein? Nun ja. Aber Paris, das ist es. Notre-Dame und die Seinebrücken, der Eiffelturm ... Ach nein, das Ding ist wirklich zu hässlich.«

Marie hörte sich die Ausgeburten von Kittys überbordender Fantasie ein Weilchen an, dann meinte sie, dies seien alles wunderbare Ideen, man müsse jedoch daran denken, dass sie ja ihre Kleider präsentieren wolle, da dürfte der Hintergrund nicht allzu dominant wirken.

»Da hast du sicher recht ... Wie wäre es denn, wenn ich dir einen Sternenhimmel male? Und an den Wänden eine Landschaft im Nebel, so ganz geheimnisvoll in Pastelltönen.«

»Lass uns erst einmal die Räume anschauen, Kitty.«

»Na schön ... Ich muss jetzt sowieso gehen. Hast du mir den blauen Rock kürzer gemacht? Ja? Ach Marie – du bist ein Schatz. Meine Goldmarie.«

Küsschen, Umarmung, dann war Marie von der liebevollen Aufmerksamkeit ihrer Schwägerin erlöst und stand wieder im Flur. Sie lauschte nach unten – Paul war noch im Speisezimmer, sie konnte ihn reden hören. Wie schön, sie würde ihn durch die Halle zur Haustür begleiten und ihm dort noch einmal sagen, welche Freude er ihr gemacht hatte. Er war vorhin ein wenig enttäuscht gewesen, weil sie nicht gleich in Jubel ausgebrochen war, diesen Eindruck sollte er nicht mit zurück zur Arbeit nehmen.

Sie nickte Julius freundlich zu, der zur Personaltreppe eilte, um den Wagen für die gnädige Frau aus der Garage zu fahren, dann, als sie schon die angelehnte Tür zum Speisezimmer aufschieben wollte, hielt sie inne.

»Nein Mama, ich kann deine Bedenken nicht teilen«, hörte sie Pauls Stimme. »Marie hat mein volles Vertrauen.«

»Mein lieber Paul. Du weißt, dass auch ich Marie schätze, aber leider – und das ist nicht ihre Schuld – wurde sie nicht wie eine junge Dame unseres Gesellschaftsstandes erzogen.«

»Ich finde diese Bemerkung nicht sehr geschmackvoll, Mama!«

»Bitte, Paul. Ich sage dies nur, weil ich um dein Glück besorgt bin. Marie hat, während du im Feld warst, Großes für uns alle geleistet. Das soll erwähnt sein. Aber gerade deshalb fürchte ich, dass dieses Modeatelier sie in die falsche Richtung ziehen wird. Marie ist ehrgeizig, sie ist begabt und ... Vergiss bitte nicht, wer ihre Mutter war.«

»Jetzt ist es aber genug! Entschuldige Mama, ich habe deine Vorbehalte angehört, ich teile sie nicht und möchte auch nicht weiter darüber diskutieren. Im Übrigen werde ich drüben in der Fabrik gebraucht.«

Marie hörte seine Schritte und tat etwas, dessen sie sich sehr schämte, das aber in diesem Moment die beste Lösung war. Sie öffnete lautlos die Bürotür und verschwand dahinter. Weder Paul noch Alicia sollten wissen, dass sie ihr Gespräch mitgehört hatte.

3

Hoch soll sie leben, hoch soll sie leben, drei – mal – hoch!«

Der Jubelchor klang recht uneinheitlich, besonders Gustavs Brummelbass und Elses altjüngferlicher Sopran fielen heraus, dennoch war Fanny Brunnenmayer gerührt. Schließlich kam der Gesang ihrer Freunde von Herzen.

»Danke, danke ...«

»Kinder soll sie kriegen, Kinder soll sie krieg...«, sang Gustav unbeirrt weiter, bis ein Rippenstoß seiner Auguste ihn zum Schweigen brachte. Er sah sich grinsend um und freute sich, dass er zumindest Else und Julius zum Lachen gebracht hatte.

»Das mit den Kindern überlass ich besser euch beiden, Gustav!«, meinte Fanny, die Köchin, mit Blick auf Auguste, die schon wieder einmal in den Wochen war. Das vierte Kind sollte nun aber endgültig das letzte sein. Wo es schon schwer genug war, die anderen drei hungrigen Mäuler zu stopfen.

»Ja mei – ich häng nur meine Hose übers Bett, da ist meine Auguste schon schwanger.«

»Wer will denn das so genau wissen?«, beschwerte sich Else und errötete dabei.

Fanny Brunnenmayer ignorierte die losen Reden und gab Hanna das Zeichen, den Kaffee einzugießen. Der lange Küchentisch war heute Abend mit bunten Astern und orangefarbiger Tagetes festlich geschmückt, Hanna hatte ihr Bestes gegeben und das Gedeck der Brunnen-mayer sogar mit einem Kranz aus Eichenlaub umwunden. Sechzig Jahre wurde die Jubilarin am heutigen Tag, ein stolzes Alter, das man der Köchin keineswegs ansah. Nur das straff zu einem Knoten gebundene Haar, das früher dunkelgrau gewesen war, hatte sich in den letzten Jahren weiß gefärbt, ihr Gesicht aber war rosig, rundlich und glatt wie eh und je.

Platten mit belegten Broten standen auf dem Tisch ver-teilt, später würde es eine echte Sahnetorte mit eingemach-ten Kirschen geben, eine Spezialität der Brunnenmayer. All diese Köstlichkeiten waren von der Herrschaft ge-spendet, damit Fanny Brunnenmayer ihren Ehrentag ge-bührend feiern konnte. Es hatte schon am Morgen einen kleinen Umtrunk oben im roten Salon gegeben, zu dem alle Angestellten eingeladen waren. Da hatte die Frau Alicia Melzer eine Rede auf Fanny Brunnenmayer gehal-ten, ihr für 34 Jahre treue Dienste gedankt und sie als eine »bewundernswerte Meisterin« ihrer Kunst bezeichnet. Die Köchin hatte zu diesem Anlass ihr schwarzes Festtagskleid angelegt und eine Brosche angesteckt, die sie vor zehn Jahren von der Herrschaft geschenkt bekommen hatte. Sie hatte sich in dieser ungewohnten Bekleidung und bei all den Ehrungen und Geschenken sehr unbehaglich gefühlt und war froh gewesen, als sie wieder in Alltagskleid und Kochschürze in ihrer Küche stand. Nein, die Räume der Herrschaft waren nichts für sie, dort hatte sie stets Sorge, sie könnte eine Vase umstoßen oder – was noch schlim-mer wäre – über einen der Teppiche stolpern und der Länge nach hinschlagen. Hier unten aber in den Wirt-schaftsräumen war sie zu Hause, hier herrschte sie unan-gefochten über Speisekammer, Keller und Küche und ge-dachte, es noch etliche Jahre weiterhin zu tun.

»Greift zu, meine Lieben. Solange der Vorrat reicht!«, rief sie schmunzelnd und nahm sich eines der leckeren Leberwurstbrote, die Hanna und Else mit geschnittenen Essiggürkchen verziert hatten.

Niemand ließ sich das zweimal sagen. Während der folgenden Minuten war in der Küche außer dem Zischen des Wasserkessels auf dem Herd nur hie und da ein leises Schlürfen zu vernehmen, wenn einer der Anwesenden kleine Schlückchen vom heißen Kaffee zu sich nahm.

»Diese pommersche Leberwurst – ein Gedicht«, meinte Hausdiener Julius und wischte sich den Mund mit der Serviette ab, bevor er sich ein zweites Schnittchen nahm.

»Die Räucherwurst ist auch nicht übel …«, seufzte Hanna. »Was wir für ein Glück haben, dass die Frau von Hagemann uns immer mit dicken Fresspaketen versorgt.«

Else nickte bedächtig, sie kaute nur auf der linken Seite, weil sie rechts seit Tagen Zahnschmerzen hatte. Zum Zahnarzt wollte sie jedoch vorerst nicht gehen, sie hatte höllische Angst davor, dass ihr ein Zahn gezogen wurde, und hoffte, die Schmerzen würden schon irgendwann von selbst verschwinden.

»Ob sie wohl glücklich ist, dort oben in Pommern zwischen Kühen und Schweinen«, meinte Else zweifelnd. »Die Elisabeth von Hagemann ist schließlich eine geborene Melzer und hier in Augsburg aufgewachsen.«

»Warum soll die Lisa denn nicht glücklich sein?«, fragte Hanna schulterzuckend. »Sie hat doch alles, was sie braucht.«

»Freilich«, meinte Auguste boshaft. »Den Ehemann und auch den Liebhaber. Da wird sie sich wohl die Zeit vertreiben …«

Auf einen zornigen Blick der Köchin hin senkte Auguste den Kopf und langte nach dem letzten Leberwurstschnittchen. Der Hausdiener Julius, der für anzügliche Geschichten gern zu haben war, blinzelte zu Hanna hinüber, die jedoch so tat, als bemerkte sie es nicht. Julius hatte schon mehrfach versucht, sie mit zweideutigen Bemerkungen aus der Fassung zu bringen, sie war jedoch wohlweislich nicht darauf eingegangen.

»Und wie geht's mit der Gärtnerei, Gustav?«, lenkte die Brunnenmayer auf ein anderes Thema. »Habt's viel zu tun?«

Gustav Bliefert hatte sich vor zwei Jahren mit einer kleinen Gärtnerei selbstständig gemacht. Gerade noch rechtzeitig, bevor die Inflation Augustes Ersparnisse ganz und gar auffressen konnte, hatte sich das Ehepaar eine Wiese nicht weit von der Tuchvilla gekauft, eine Remise errichtet und Frühbeete angelegt. Paul Melzer hatte der kleinen Familie gestattet, weiterhin im Gartenhaus zu wohnen, denn für eine Mietwohnung reichte das Einkommen vorerst nicht. Im Frühjahr hatte Gustav mit jungen Gemüsepflanzen recht gute Geschäfte gemacht, denn auch jetzt noch lebte ein Großteil der Bevölkerung in Augsburg von den Erzeugnissen des eigenen Gartens. Sogar drüben in der Stadt nutzten die Leute jedes Fleckchen Erde, um Karotten, Sellerie oder ein paar Krautköpfe zu ernten.

»Ist eher ruhig«, meinte Gustav wortkarg. »Nur die Totengestecke und die Girlanden zur Kirchweih …«

Julius bemerkte mit gespitzten Lippen, dass eine Gärtnerei eine gute Buchführung benötige, und handelte sich damit einen zornigen Blick von Gustavs Seite ein. Gewiss, alle wussten das, der Gustav war kein Büromensch. Und auch die Auguste, die früher in der Tuchvilla Stubenmädchen gewesen war, hatte nie gelernt, Ausgaben und Einnahmen genau und lückenlos aufzulisten. Wobei Auguste jedoch diejenige war, die dafür sorgte, dass immer noch

Geld im Haus war, denn sie arbeitete dreimal in der Woche für einen halben Tag in der Tuchvilla. Es fiel ihr nicht leicht, denn sie musste nun alle anfallenden Arbeiten erledigen, die übrigblieben, also auch solche, die nicht in den Arbeitsbereich eines Stubenmädchens fielen, wie Holz für den Ofen holen oder Böden wischen. Da ihr Kind wohl im Dezember zur Welt kommen würde, konnte sie sich jetzt schon ausrechnen, dass der Verdienst um die Weihnachtszeit schmal werden würde.

»Es ist halt ein Elend«, sagte sie verdrossen. »Heut kostet das Brot 30 000 Mark, morgen schon 100 000, und der Himmel weiß, was es nächste Wochen kosten wird. Wer mag da Blumen kaufen? Und dann brauchten wir Glasscheiben für neue Frühbeete. Am besten wär ein richtiges, großes Gewächshaus. Aber woher nehmen? Sparen kannst nix in diesen Zeiten. Was du heut verdienst, ist morgen schon nichts mehr wert.«

Fanny Brunnenmayer nickte verständnisvoll und schob Gustav die Platte mit den Schnittchen zu. Hunger hatte der arme Kerl. Die Auguste konnte wenigstens in der Tuchvilla zulangen, manchmal durfte sie auch einen Krug Milch mitnehmen, oder die Köchin steckte ihr ein Glas Eingemachtes zu. Für die Liesl und die beiden Buben. Aber der Gustav, der hielt sich zurück, der gab alles den Kindern und blieb selber hungrig.

Auguste hatte die gute Absicht der Brunnenmayer durchschaut, es war ihr jedoch nicht recht, dass ihr Mann wie ein Hungerleider gefüttert wurde. Noch vor ein paar Jahren hatte Auguste lauthals verkündet, die Zeit der Stubenmädchen und Kammerdiener sei vorbei, bald würde es keine Hausangestellten mehr geben, darum würde der Gustav jetzt in der Tuchvilla kündigen und einen Betrieb eröffnen. Leider hatte sich inzwischen erwiesen, dass es immer noch eine gute Sache war, in der Tuchvilla angestellt zu sein. Dort hatte man sein Auskommen und lebte ohne quälende Sorgen um die Zukunft.

»Mei, da hat so mancher jetzt alles verloren«, sagte Auguste, bemüht, über fremdem Leid die eigenen Sorgen zu vergessen. »Ein Laden nach dem anderen macht in Augsburg zu. Bei MAN haben sie auch Arbeiter entlassen, das Militär braucht halt keine Geschütze mehr. Und erst die Stiftungen, sogar die ganz frommen. Denen ist das Geld auf der Bank dahingeschmolzen ... Habt ihr net gehört, dass auch das Waisenhaus pleite ist?«

Nein, diese Nachricht war neu und schlug kräftige Wellen.

»Das Waisenhaus ›Zu den Sieben Märtyrerinnen‹?«, erkundigte sich Fanny Brunnenmayer beklommen. »Die müssen zumachen? Ja, wo sollen denn die armen Würmer hin?«

Auguste goss sich den Rest aus der Kaffeekanne ein und verlängerte das Getränk mit einem guten Schuss Sahne. »Ganz so schlimm ist es net, Brunnenmayerin. Die Nonnen von St. Anna werden das Waisenhaus weiterführen. Um Gottes Lohn tun die frommen Schwestern das. Aber die Jordan, die wird bald auf der Straße stehen, weil das Geld für ihren Lohn nicht mehr da ist.«

Maria Jordan war vor Jahren in der Tuchvilla als Kammerzofe angestellt gewesen, sie hatte diese Stellung jedoch gekündigt und hatte durch glückliche Umstände die Leitung des Waisenhauses ›Zu den sieben Märtyrerinnen‹ übernommen. Damit war es nun wohl vorbei. Fanny Brunnenmayer war nicht immer eine gute Freundin der Jordan gewesen, vor allem ihre Kartenlegerei und das falsche Theater mit den angeblichen Träumen hatte sie an der ehemaligen Kammerzofe oft geärgert. Dennoch tat sie ihr leid. Maria Jordan war keine, die es leicht im Leben hatte, was zum einen Teil an ihrem eigenen, schwierigen Charakter lag, zum anderen aber auch an verschiedenen Unglücksfällen, an denen sie keine Schuld trug. Aber sie war eine Kämpferin und würde sich auch dieses Mal wieder herauswinden.

»Da werden wir wohl bald lieben Besuch haben«, lästerte Else, die die Jordan noch nie hatte leiden können. »Und einen Blick in unsere Zukunft werden wir auch tun können, ihre Karten wird sie gewiss dabeihaben ...«

Julius lachte verächtlich. Von diesem Hokuspokus, wie er es nannte, hielt er gar nichts. Das sei nur eine schlaue Methode, gutgläubige Dummköpfe um ihr Geld zu bringen.

»Die Wahrheit sagt sie schon«, ließ sich Hanna leise vernehmen. »Das steht einmal fest. Aber es ist die Frage, ob man sie überhaupt wissen sollte, die Wahrheit. Ob es nicht besser ist, wenn man sie nicht kennt ...«

»Die Wahrheit?« Julius wandte sich ihr mit herablassender Miene zu. »Du willst doch nicht behaupten, diese Schwindlerin hätte auch nur im Entferntesten eine Ahnung, wie unsere Zukunft aussieht? Die erzählt den Leuten doch nur, was sie hören wollen, und kassiert ihr Geld.«

Hanna schüttelte den Kopf, erwiderte jedoch nichts. Die Köchin wusste sehr gut, wovon sie sprach. Damals hatte die Jordan Hanna den schwarzhaarigen jungen Liebhaber vorausgesagt und auch, dass es Kummer mit ihm geben würde. Beides war eingetroffen, aber was besagte das schon?

»Die reine Wahrheit sagt die Jordan«, rief Auguste und lachte. »Das wissen doch alle hier. Net wahr, Else?«

Else biss sich vor Ärger auf den schmerzenden Backenzahn und zuckte zusammen. »Bist immer nur glücklich, wenn du über andere lästern kannst, wie?«, fuhr sie Auguste an.

Alle am Tisch wussten, dass die Jordan Else schon dreimal die große Liebe vorausgesagt hatte. Bisher hatte sich jedoch kein passender Prinz blicken lassen, und die Chancen hatten sich durch den unglückseligen Krieg nicht gerade verbessert. Junge und gesunde Männer waren rar im Land.

»Die große Liebe!«, meinte Julius und hob abschätzig die Augenbrauen. »Was ist das schon? Erst wollen sie füreinander sterben, und dann können sie nicht miteinander leben.«

»Jessus, Herr Kronberger!«, rief Auguste, und sie grinste spöttisch in die Runde. »Das haben Sie aber schön gesagt.«

»Der Baron von Schnitzler, mein ehemaliger Herr, pflegte sich so auszudrücken«, gab Julius zurück, bemüht, sich seine Verärgerung nicht ansehen zu lassen. »Im Übrigen, liebe Auguste, gebe ich dir die Erlaubnis, mich der Einfachheit halber mit »Julius« anzureden.«

»Da schau an …«, ließ sich Gustav mit leiser Eifersucht vernehmen. Der Hausdiener hatte sich bereits den Ruf eines beharrlichen, wenn auch wenig glückhaften Schürzenjägers erworben.

»Für Sie gilt das natürlich nicht, Herr Bliefert. Sie sind ja nicht mehr Angestellter der Tuchvilla!«

Gustav lief rot an, denn Julius hatte gleich einen weiteren wunden Punkt getroffen. Natürlich bedauerte er, seine Stelle so leichtfertig gekündigt zu haben. Sein Großvater, der vor einem Jahr gestorben war, der hatte ihn noch gewarnt. »Mein Lebtag haben die Melzer gut für uns gesorgt, Gustav«, hatte der alte Mann gesagt. »Sei nicht hoffärtig und bleib, was du bist.« Aber er hatte auf Auguste gehört, und jetzt hatte er den Schlamassel.

»Ich red eh nur meine Freunde mit Vornamen an«, knurrte er feindselig. »Und dazu gehören Sie nicht, Herr von Kronberger!«

»Jetzt ist es aber genug!«, rief Fanny Brunnenmayer und schlug mit der Faust auf den Küchentisch. »Heut ist mein Geburtstag – da wird net gestritten. Sonst ess ich meine Sahnetorte allein!«

Auch Hanna bemerkte, dass das eine Schande sei, gerade am Ehrentag von Frau Brunnenmayer könne man keine Streithansln brauchen. Dabei schaute sie aber nicht Gustav, sondern nur den Hausdiener Julius an.

»Recht hast du, Hanna«, sagte Else mit weinerlichem Ausdruck. Sie hielt sich die rechte Backe, denn der Schmerz ließ einfach nicht nach. »Wenn unsere gute Frau Schmalzler noch bei uns wär, die hätt solche Reden unter den Angestellten gar net erst aufkommen lassen.«

Gustav knurrte etwas Unverständliches vor sich hin, beruhigte sich dann aber schnell, weil Auguste ihm sanft über den Rücken strich.

Julius zog die Nase hoch und schnüffelte ein paarmal. Er habe es nicht so gemeint und könne nichts dafür, dass einige Leute überempfindlich seien. »Wenn man euch so zuhört, dann muss diese Frau Schmalzler geradezu Wunderkräfte gehabt haben, wie?« Julius hatte einen ironischen Ton angeschlagen, denn es ärgerte ihn, ständig diese legendäre Hausdame vorgehalten zu bekommen.

»Die Frau Schmalzler hat jeden von uns auf seine Art zu nehmen gewusst«, sagte Fanny Brunnenmayer mit der ihr eigenen Bestimmtheit. »Eine Respektsperson ist sie gewesen. Aber im Guten, verstehst du?«

Julius langte nach seiner Kaffeetasse und führte sie zum

Mund, dann bemerkte er, dass sie leer war und stellte sie zurück auf den Tisch.

»Natürlich ...«, sagte er mit bemühter Freundlichkeit. »Eine große, alte Dame. Ich verstehe. Möge sie ihren wohlverdienten Ruhestand noch viele Jahre lang genießen.«

»Das wünschen wir ihr alle«, sagte Hanna. »Die gnädige Frau bekommt immer wieder Post von ihr. Ich glaube, die Frau Schmalzler denkt viel an uns hier in der Tuchvilla. Die gnädige Frau hat ihr neulich auch Fotografien in den Umschlag gesteckt. Von den Enkeln.«

Auguste, die niemals eine große Freundin der Hausdame gewesen war, bemerkte, dass Frau Schmalzler ja schließlich auf eigenen Wunsch gegangen sei. Wenn sie jetzt Heimweh nach der Tuchvilla verspürte, dann hätte sie sich das selbst zuzuschreiben. »Und wenn wir schon dabei sind – Sie haben doch neulich auch Post bekommen, Frau Brunnenmayer. Aus Berlin. Und wenn ich mich net täusch, dann waren da auch Fotografien dabei.«

Die Köchin wusste recht gut, worauf Auguste hinauswolle. Es passte ihr jedoch nicht, Humberts Fotografien in der Küche herumzuzeigen, weil vor allem Julius das nicht verstanden hätte. Humbert trat in einem Berliner Kabarett als Frau auf. Und das – wie es schien – mit großem Erfolg.

Fanny Brunnenmayer wusste um ein hervorragendes Mittel, dieses unliebsame Thema vom Tisch zu bekommen.

»Hanna, bring das große Messer und die Tortenschaufel. Else! Frische Teller. Und Kuchengabeln. Heut essen wir wie die feinen Leut. Julius – stellen Sie mal den Topf mit Wasser auf den Tisch, damit ich das Messer eintauchen kann, wenn ich die Torte anschneide.«

Beim Anblick des weiß schaumigen Sahnewunders, das mit künstlerisch geformten Schokoblättchen und der gespritzten Aufschrift »Der Jubilarin« geschmückt war, schlug die Stimmung sofort um. Alle Empfindlichkeiten und Ärgernisse waren vergessen. Julius zückte sein Feuerzeug – ein Geschenk seines ehemaligen Dienstherren – und entzündete die sechs roten Wachskerzen, die Hanna auf die Torte gesteckt hatte. Eine für jedes Lebensjahrzehnt.

»Ein Meisterwerk, liebe Frau Brunnenmayer!«

»Da haben Sie sich selbst übertroffen, Brunnenmayerin!«

»Viel zu schad, um sie aufzuessen!«

Fanny Brunnenmayer betrachtete zufrieden ihr Werk, das im Licht der brennenden Kerzen feierlich erstrahlte.

»Sie müssen sie auspusten!«, rief Hanna. »Auf einen einzigen Atemzug, sonst bringt es Unglück!«

Alle beugten sich vor, um Fanny Brunnenmayer bei dieser wichtigen Aktion zu beobachten. Die Köchin blies mit solcher Inbrunst, als müsse sie nicht sechs, sondern ganze 60 Kerzen löschen, und wurde gebührend beklatscht. Dann zückte sie das Messer und schritt zur Tat.

»Hannakind – reich mir die Teller!«

»Bisquit ist das«, flüsterte Auguste. »Und eingemachte Kirschen. Mit Kirschwasser. Riechst du das, Gustav? Und eine Schicht dick mit Marmelade …«

Andächtiges Schweigen. Hanna brachte die Reservekanne Kaffee herbei, die auf dem Herd warmgehalten worden war. Jeder saß vor seinem Tortenstück und gab sich dem süßen Genuss hin. Solch eine Torte gab es sonst nur für die Herrschaft, und das auch nur bei großen Einladungen oder an den Feiertagen. Wer Glück hatte, ergatterte einen kleinen Rest, der auf einem Teller geblieben war, oder man leckte in der Küche heimlich die Tortenschaufel ab.

»Ich bin ganz besoffen von dem Kirschwasser«, kicherte Hanna.

»Wie schön«, äußerte Julius mit anzüglichem Grinsen.

Else hatte nur den halben Genuss, weil ihr böser Zahn keine Süßigkeit vertrug. Dennoch wehrte sie nicht ab, als die Köchin jedem ein zweites Stück auf den Teller legte. Auf der Tortenplatte blieben nur die sechs halb abgebrannten Kerzen zurück – die würde Else nachher abwischen und in die Schachtel zurücklegen. Wer weiß, ob das Gaswerk nicht wieder mal bestreikt wurde, sodass man im Dunkeln saß.

»Schon zehne vorbei«, meinte Auguste und kratzte die Reste von ihrem Teller. »Wir müssen hinüber – die Liesl kommt zwar gut mit den Buben zurecht, aber allzu lang mag ich sie doch net allein lassen.«

Gustav trank seinen Becher leer und stand auf, um seine Jacke und Augustes Umhang zu holen. Es war kalt geworden. Draußen im Park trieb der Wind feinen Nieselregen vor sich her und wehte die ersten Herbstblätter über die Wege.

»Wartet!«, befahl die Köchin. »Da hab ich was für euch eingepackt. Den Korb kannst morgen Früh zurückbringen, Auguste.«

»Vergelt's Ihnen Gott, Brunnenmayerin«, sagte Gustav beschämt. »Und schönen Dank auch für die Einladung!«

Er hatte ein wenig Mühe mit dem Gehen, aber das war nur, wenn er eine Weile gesessen hatte. Ansonsten – das behauptete er immer wieder – kam er mit der Fußprothese glänzend zurecht und hatte auch keine Schmerzen mehr an der Narbe. Sein linker Fuß war in Verdun geblieben. Aber er hatte noch Glück gehabt, denn so viele Kameraden hatten dort Leib und Leben gelassen.

Auch Else verabschiedete sich, sie brauche ihren Schlaf, sie müsse morgen Früh zeitig aufstehen, um den Ofen im Speisezimmer anzuheizen.

Hanna und Julius blieben noch ein Weilchen am Tisch sitzen. Man schwatzte über den kleinen Leo, den Hanna gestern zu seinem Freund Walter Ginsberg begleitet hatte.

»Klavier hat er da gespielt«, sagte Hanna und seufzte tief. »Die Frau Ginsberg gibt ihm Unterricht, und – ach, der Bub ist ja so musikalisch. Wie schön der spielen kann. So was hab ich noch net gehört.«

»Weiß das der gnädige Herr?«, fragte Julius zweifelnd.

Hanna hob die Schultern. »Ich sag's ihm net, wenn er net danach fragt.«

»Wenn das nur keinen Ärger gibt …«

Fanny Brunnenmayer musste schon den Kopf auf die Hand aufstützen, so müde war sie auf einmal. Kein Wunder. Es war ein langer, anstrengender Tag gewesen, vor allem die Aufregung, als sie oben im roten Salon antreten und solche Lobreden auf sich anhören durfte.

»Ich wollt Ihnen noch etwas sagen …«

»Hat's net Zeit bis morgen, Hannakind? Ich bin grad müd wie ein Hund.«

Hanna zögerte, aber als die Brunnenmayer jetzt zu ihr hinüberblinzelte, begriff sie, dass es wohl etwas Wichtiges war, was das Mädel noch loswerden wollte.

»Da sag's schon!«

Julius gähnte und hielt sich dabei vornehm die Hand vor den Mund. »Willst du vielleicht heiraten?«, witzelte er.

Hanna schüttelte den Kopf und starrte unschlüssig auf ihren leeren Kuchenteller. Dann riss sie sich zusammen und tat einen tiefen Atemzug.

»Es ist so: Die gnädige Frau will, dass ich als Näherin in ihrem Atelier arbeite … Noch vor Weihnachten soll die Eröffnung sein.«

Mit einem Schlag war die Brunnenmayer wieder wach. Hanna war immer schon der Schützling von der Marie

Melzer gewesen. Jetzt also wollte sie sie zur Näherin machen. Dabei konnte die Hanna gar nicht nähen. Aber wenn die Frau Melzer sich das in den Kopf gesetzt hatte, dann würde es wohl so geschehen.

»Na so was!«, sagte Julius und schüttelte den Kopf. »Und wer soll dann in der Küche helfen?«

Da blieb nur Auguste. Und die würde bald niederkommen.

»Das ist die neue Zeit«, knurrte Fanny Brunnenmayer. »Da gibt's keine Angestellten mehr, Julius. Da schält die Herrschaft die Kartoffeln selber.«

4

Kitty steckte den Brief in ihr Handtäschchen – sie würde ihn später lesen. Letztlich schrieb Gérard immer das Gleiche: Er hatte viel mit der Seidenfabrik zu tun, seine Mutter war krank und der Vater ein schwieriger Mensch. Seine Schwester würde in den kommenden Wochen zum zweiten Mal Mutter werden. Wie schön für sie. Dazu die üblichen Liebesschwüre, er denke Tag und Nacht an seine bezaubernde »Cathérine« und sei fest entschlossen, im kommenden Jahr um sie anzuhalten.

Aber das hatte er im vergangenen Jahr auch angekündigt. Nein – die große Leidenschaft, die sie einmal füreinander empfunden hatten, war inzwischen reichlich abgeflaut, Kitty rechnete nicht mehr mit Gérard Duchamps.

Überhaupt gefiel ihr das ungebundene Leben gut, das sie jetzt führte. Niemand hatte über sie zu bestimmen, kein Ehemann, kein Vater, höchstens ihr Bruder Paul versuchte hie und da, sich einzumischen. Oder auch Mama. Aber darauf gab sie nichts – sie tat, was sie wollte. Und sie war fest entschlossen, auch ihrer Herzensschwägerin Marie zu mehr Selbstständigkeit zu verhelfen. Ihrer Ansicht nach hatte sich Marie in ein blasses Heimchen am Herd verwandelt, seitdem Paul in der Fabrik wieder das Sagen hatte. Natürlich waren sie alle froh und glücklich, dass der liebe Paulemann gesund und – bis auf eine dumme Schultergeschichte – unverletzt aus diesem schrecklichen Krieg zurückgekommen war. Aber deshalb musste ihre Lieblingsschwägerin Marie doch nicht all ihre Talente brachliegen lassen. Damals, als Kitty selbst so schrecklich am Boden gewesen war, als sie die Nachricht erhielt, dass Alfons gefallen war, und vor Verzweiflung nicht mehr leben wollte – da hatte Marie energisch an Kittys Talent erinnert.

»Eine Gabe, die man in die Wiege gelegt bekommt, ist eine Verpflichtung, vor der man sich nicht drücken darf«, hatte Marie damals zu ihr gesagt.

Genau das galt auch für Marie. Sie war die Tochter einer Malerin, sie zeichnete wunderhübsche Sachen, vor allem aber entwarf sie traumhaft schöne Kleider. Elegant, extravagant, frech oder ganz schlicht – Kitty war oft gefragt worden, wo sie ihre Garderobe arbeiten ließ.

»Unsere Marie ist eine Künstlerin, Paul! Du kannst sie nicht auf Dauer hier in der Tuchvilla einsperren. Sie wird verkümmern wie ein krankes Vöglein.«

Paul hatte zu Anfang abgewehrt und behauptet, Marie sei vollkommen glücklich in ihrer Rolle als Mutter und Ehefrau. Aber Kitty hatte nicht nachgelassen, und – oh Wunder –, jetzt hatten ihre Bemühungen Früchte getragen. Ach, sie hatte es doch gewusst. Marie bekam ihr Atelier! Ihr Paulemann war ein solch großartiger Ehemann, fast schade, dass sie ihn nicht selbst hatte heiraten können.

Einstweilen machte das Haus in der Karolinenstraße allerdings noch einen ziemlich desolaten Eindruck. Sie hatte Marie gleich nach dem Frühstück überredet, mit ihr in die Stadt zu fahren, um eine »Ortsbesichtigung« vorzunehmen, und dies für eine großartige Idee gehalten. Beim Anblick der blinden Schaufensterscheiben und der verwitterten Ladentür bereute sie ihren raschen Entschluss und versuchte zu retten, was noch zu retten war.

»Was für ein hübsches Haus«, rief sie und fasste Marie

unter. »Schau doch, es sind sogar drei Etagen, wenn man die Dachwohnung dazurechnet. Und diese Dachgiebelchen vor dem blauen Himmel – ist es nicht putzig? Die beiden Schaufenster müssen natürlich vergrößert werden. Und die Ladentür in der Mitte sollte auch eine Glasscheibe bekommen. Und darauf steht dann in goldenen Lettern: Maries Modeatelier.«

Marie schien weitaus weniger entsetzt, als Kitty befürchtet hatte. Sie lachte leise zu den aufgeregten Reden der Schwägerin und meinte dann, es gäbe noch viel zu tun, sie sei jedoch guten Mutes, dass man noch vor Weihnachten eröffnen könne.

»Natürlich ... auf jeden Fall. Anfang Dezember wäre am besten. Damit deine Modelle noch auf den weihnachtlichen Gabentischen liegen.«

Sie wusste ebenso wie Marie, dass es sehr schwer werden würde – wenn es mit der Inflation so weiterging, sähen die Gabentische ziemlich leer aus. Dabei waren sie noch gut dran – Henny erzählte von Mitschülern, die kaum einmal eine warme Mahlzeit bekamen und nur geflickte Sachen trugen. Kitty hatte daraufhin Hennys abgelegte Kleider zusammengepackt und Hanna beauftragt, sie zu den Schwestern von Sankt Anna zu tragen. Die wollten sie an bedürftige Familien verteilen.

»Lass uns einmal hineingehen«, sagte Marie, die von Paul den Schlüssel erhalten hatte.

»Aber sei vorsichtig. Es ist bestimmt schrecklich schmutzig.«

Sie hatte recht. In dem ehemaligen Porzellangeschäft sah es schlimm aus. Ein muffiger Geruch nach Leim, Pappe und altem Bohnerwachs schlug ihnen entgegen. Als Marie das elektrische Licht einschalten wollte, blieb die Deckenlampe dunkel.

»Oh weh«, meinte Marie, sich umsehend. »Hier müsste erst einmal ausgeräumt werden.«

Kitty fuhr mit dem Finger über einen der alten Tische und malte die Worte »Maries Modeatelier« in den Staub. Sie kicherte. »Puh! Das ist alles Brennholz, Marie. Schau doch nur, dieses wackelige Zeug ... Aber dort hinten, die Kammer, die sollte man zum Laden dazunehmen. Sind dort noch mehr Räume?«

Marie hatte eine Tür geöffnet, man sah einen abgenutzten Schreibtisch, Stühle, düstere Wandschränke, in denen noch Aktenordner und Pappkartons lagerten.

»Ein Büro haben sie auch gehabt. Schau – da ist ein Telefonanschluss. Wie praktisch, du wirst ihn brauchen, Marie ... Uh – das sind Spinnweben oben an der Decke. Die hängen da bestimmt schon seit Jahren. Ob es hier auch Mäuse gibt?«

»Vermutlich.«

Kitty biss sich auf die Lippen. Wieso schwatzte sie solch dummes Zeug? Mäuse! Natürlich gab es hier Mäuse, aber darauf musste sie Marie nicht noch aufmerksam machen!

»Es ist viel größer, als ich zunächst dachte«, rief Marie, die inzwischen weitere Räume entdeckt hatte.

Ganz hinten, auf der Rückseite des Hauses, gab es sogar einen Wintergarten, eine ganz bezaubernde Konstruktion aus verschnörkelten Eisenverstrebungen und Glas. Leider bröckelte schon der Kitt an mehreren Stellen, zwei Glasscheiben waren aus ihrer Fassung gerutscht und lagen zerbrochen am Boden.

»Hier muss schnell etwas geschehen«, sagte Marie. »Es wäre wirklich schade, diesen hübschen Bau verkommen zu lassen.«

Kitty wischte mit einem Stück Zeitung ein rundes Guckloch in eine schmutzblinde Glasscheibe und lugte hindurch. Der winzige Garten dahinter war vollkommen zugewachsen. »Was für eine Wildnis, da sollten wir Gustav einmal ...«

Kitty unterbrach sich, denn es waren Schritte zu hören. Die beiden Frauen sahen sich beklommen an.

»Hast du die Tür nicht hinter uns abgeschlossen, Marie?«, fragte Kitty flüsternd.

»Daran habe ich nicht gedacht ...«

Sie standen unbeweglich und lauschten mit klopfenden Herzen. Die Schritte näherten sich, dann musste der ungebetene Besucher niesen, und er blieb stehen, um sich zu schnäuzen.

»Frau Melzer? Marie? Sind Sie dort hinten? Ich bin es ...«

»Klippi!«, rief Kitty vorwurfsvoll. »Wie haben Sie uns erschreckt. Wir dachten schon, ein Meuchelmörder schliche hier herum.«

Ernst von Klippstein wirkte ehrlich erschrocken und behauptete, diese Wirkung nicht bedacht zu haben.

»Ich fuhr zufällig vorbei und sah die Damen in das Gebäude hineingehen. Da kam ich auf die Idee, ich könnte Ihnen möglicherweise nützlich sein.«

Er unterstützte diese Worte mit einer knappen Verbeugung, die immer noch ein wenig militärisch wirkte. Obgleich er schon einige Jahre in Augsburg lebte, war Ernst von Klippstein in vielen Verhaltensweisen doch der preußische Offizier geblieben.

»Nun«, überlegte Marie schmunzelnd. »Wenn Sie schon einmal hier sind, könnten Sie uns in die oberen Stockwerke begleiten. Aber ich warne Sie. Sobald Kitty eine Spinne entdeckt, fällt sie auf der Stelle in Ohnmacht.«

»Ich?«, rief Kitty empört. »Solch ein Unsinn, Marie. Ich fürchte mich weder vor Spinnen noch vor Hummeln,

Wespen oder Ameisen. Nicht einmal vor Stechmücken. Höchstens vor Mäusen. Aber nur, wenn sie so schnell vorüberflitzen ...«

Ernst von Klippstein versicherte, er würde jede der beiden Damen im Falle einer Ohnmacht in seinen Armen auffangen und eigenhändig zurück in die Tuchvilla tragen.

»Dann können wir ja den Aufstieg wagen«, meinte Marie.

Im ersten Stock hatten die Müllers früher Waren gelagert, dort standen noch leere Kisten und Kartons herum. Zwei der Zimmer waren zeitweise an Studenten vermietet gewesen, sie enthielten noch die Betten und einige alte Möbelstücke. Alles wirkte beklemmend und traurig. Im zweiten Stock gab es zwei kleine Wohnungen, in der einen wohnte das alte Ehepaar Müller, die andere stand leer. Dort hatte eine Familie gewohnt, die inzwischen ausgezogen war.

»Ein Arzt«, erzählte von Klippstein. »Hat vor dem Krieg im städtischen Krankenhaus gearbeitet. War im Krieg Sanitäter und ist in Russland geblieben, die Frau schlägt sich und die beiden Buben mit Näharbeiten durch. Sie konnte die Miete nicht mehr zahlen und wohnt jetzt irgendwo in der Altstadt.«

»Dieser verdammte, sinnlose Krieg«, murmelte Marie und schüttelte den Kopf. »Hat Paul der Frau etwa gekündigt?«

Von Klippstein verneinte. Das hätten die Müllers noch vor dem Verkauf des Hauses getan.

Nachdenklich stiegen sie die Treppen wieder hinunter, und nun musste Kitty Marie tatsächlich ein wenig aufmuntern.

»Du liebe Güte, Marie! Jetzt mach doch nicht so ein trauriges Gesicht. So ist es nun einmal im Leben, mal geht es hinauf, dann wieder hinunter ... Vielleicht kannst du die Frau ja als Näherin einstellen? Damit wäre doch allen geholfen, oder?«

Maries düstere Miene hellte sich tatsächlich ein wenig auf.

»Das wäre eine gute Idee, Kitty ... Ja, das könnte ich tun. Vorausgesetzt natürlich, dass sie wirklich gut nähen kann.«

»So gut wie Hanna bestimmt.«

»Hanna wird von mir angelernt, Kitty. Ich bin der Ansicht, dass sie mehr kann als nur Geschirr spülen und Teig rühren. Wenn aus ihr eine gute Näherin wird, kann sie ihren Lebensunterhalt allein verdienen.«

»Schon gut, meine liebe, fürsorgliche, um das Wohl aller Menschen emsig bemühte Herzensmarie. Hanna wird eine Näherin, meinetwegen. Häng ihr doch noch eine goldene Kette um den Hals und schenke ihr ein Schloss ... Prinzessin Hanna von der flotten Nadel.«

»Ach Kitty!«

Trotz allem musste Marie jetzt lachen, Kitty und Ernst von Klippstein stimmten ein. Es tat allen drei gut, die trübe Stimmung war verflogen, die sie beim Anblick der verkommenen Innenräume befallen hatte. Kitty machte den Vorschlag, die beiden altersschwachen Holztische mit den gedrechselten Beinen unten im Laden weiß zu lackieren. Das gäbe einen hübschen Blickfang.

»Überhaupt sollten wir die Wände nicht kalkweiß, sondern in einem zarten Cremeweiß streichen. Verstehst du, Marie? Das wirkt eleganter. Cremefarben, mit Gold, das ist königlich. Dann kannst du für deine Modelle gleich den doppelten Preis verlangen.«

»Ach Kitty«, seufzte Marie, und sie blickte sich in dem leeren Ladengeschäft ein wenig hilflos um. »Wer soll überhaupt in diesen schlimmen Zeiten Modellkleider kaufen?«

»Da könnte ich Ihnen Herrschaften aufzählen, die sich ganze Schränke voller Modellkleider leisten können«, widersprach dezent Ernst von Klippstein. »Sie sollten an Ihr Projekt glauben, Marie. Ich bin sicher, dass es Erfolg haben wird.«

Sagte er das nur, um Marie Mut zu machen? Kitty wusste sehr gut, dass der arme Klippi immer noch in ihre Schwägerin verliebt war, auch wenn er wusste, dass es für ihn keine Hoffnung gab.

»Es ist nur … Paul steckt so viel Geld in dieses Atelier. Die Renovierungsarbeiten. Die Einrichtung. Und dann die Stoffe. Die Löhne für die Näherinnen … Manchmal wird mir schwindelig, wenn ich darüber nachdenke.«

Kitty rollte mit den Augen. Ja, gab es denn so etwas? Da hatte Marie die Melzer'sche Textilfabrik durch den Krieg gebracht, hatte Verhandlungen geführt, Geschäfte abgeschlossen, die Herstellung von Papierstoffen durchgesetzt … Und jetzt hatte sie Angst, dieses klitzekleine Modeatelier zu eröffnen!

»Glauben Sie mir, Marie«, sagte von Klippstein eindringlich. »Diese Investition ist das Beste, was Paul mit dem Geld anfangen kann. Investieren heißt das Zauberwort zur jetzigen Zeit. Wer auf seinem Geld sitzenbleibt, der hat schon verloren.«

Marie schenkte ihm einen dankbaren Blick, den Ernst von Klippstein mit einem glücklichen Lächeln quittierte. Kitty vermutete, dass der gute Klippi wohl monatelang von diesem Moment zehren würde.

»Darf ich die Damen zur Tuchvilla zurückfahren? Oder haben Sie ein anderes Ziel? Mein Wagen steht direkt vor dem Laden.«

Von Klippstein war seit einiger Zeit Besitzer eines Opel Torpedo, einer Limousine, die er gebraucht gekauft hatte. Er hatte den Wagen eher aus praktischen Gründen erworben, denn anders als Paul war er nicht besessen von Automobilen. Er war auf dem Gut seiner Eltern aufgewachsen und bis zu seiner Kriegsverwundung ein hervorragender Reiter gewesen; danach hatte er die Reitstiefel an den Nagel hängen müssen. Dass er auch beim Gehen und Sitzen immer noch Schmerzen hatte, erwähnte er nur selten. Das Automobil war für ihn die bequemste Möglichkeit, sich in Augsburg fortzubewegen.

Marie lehnte ab – sie hatten noch ein paar Besorgungen zu erledigen und wollten später die Straßenbahn nehmen.

»Dann wünsche ich Ihnen noch einen angenehmen Tag.«

Während Marie dieses Mal sorgfältig die Ladentür abschloss, sah Kitty dem davonfahrenden von Klippstein nach. Eigentlich war er ein recht gutaussehender Mann, unverheiratet, Teilhaber einer inzwischen wieder florierenden Textilfabrik und noch dazu Besitzer eines Automobils. Genau das, was man eine »gute Partie« nannte.

»Was tut Klippi eigentlich um diese Zeit hier in der Stadt?«, wunderte sie sich. »Muss er nicht in seinem hässlichen Büro drüben in der Fabrik sitzen?«

Marie rüttelte probeweise an der Ladentür – sie war gut verschlossen. »Es könnte sein, dass er ein Geschenk für seinen Sohn kaufen will«, sagte sie. »Er muss jetzt bald Geburtstag haben. Ich glaube, er wird neun.«

»Richtig, er hat mit seiner geschiedenen Frau – wie heißt sie doch gleich … Ach, ist ja auch egal. Sie haben einen Sohn, der auch den Gutshof erben soll. Armer Klippi. Ich glaube, er würde seinen Sohn gern aufwachsen sehen.«

»Adele«, sagte Marie. »Sie heißt Adele.«

»Richtig. Adele. Eine grässliche Person. Gut, dass er sie los ist ... Gütiger Himmel, jetzt fängt es doch tatsächlich an zu regnen. Und ich habe keinen Schirm.«

Marie hatte vorgesorgt. Unter dem schwarzen Regenschirm, der einmal Johann Melzer gehört hatte, liefen die beiden zum Kaffee- und Konfitürenladen hinüber, erwarben ein Pfund Kaffee und eine Tüte Würfelzucker und begaben sich anschließend zur Straßenbahnhaltestelle.

»In Klippis Limousine wäre es doch sehr viel angenehmer gewesen ...«, stellte Kitty verärgert fest und blickte auf ihre nassen Schuhe hinunter.

»Auf jeden Fall trocken«, bedauerte auch Marie.

Sie warteten eine Weile, als die richtige Linie immer noch nicht kam, entschieden sie sich, eine der Pferdekutschen zu nehmen, die in der Stadt immer noch gut zu tun hatten. Schließlich hatte niemand etwas davon, wenn sie sich in dem nasskalten Wetter eine Erkältung einhandelten.

Der leckere Duft nach gebratenem Fleisch mit Majoran und Zwiebelchen durchzog die Eingangshalle der Tuchvilla – die Brunnenmayer hatte das Mittagessen auf dem Herd. Else war seit einigen Tagen unpässlich und musste sich aus Gründen, die Kitty nicht verstanden hatte, immer wieder nach oben in ihre Kammer zurückziehen. Julius war auf dem Posten – er nahm ihnen die feuchten Mäntel sowie die Hüte ab und hatte bereits trockenes Schuhwerk bereitgestellt. Die durchweichten Straßenschuhe trug er in die Waschküche, wo sie auf einer Schicht Zeitungspapier trocknen konnten. Später würde er sie mit allerlei Substanzen behandeln, um dessen Zusammensetzung nur er wusste, und die das Leder wieder geschmeidig und wie neu aussehen ließen.

»Die gnädige Frau erwartet Sie im roten Salon.«

Er hatte zu Marie gesprochen, aber Kitty, die den Grund bereits ahnte, war fest entschlossen, an diesem Gespräch teilzunehmen. Mama wurde im Alter immer merkwürdiger, fand sie. Die neue Zeit war vollkommen an ihr vorbeigegangen, was kein Wunder war, wenn man bedachte, dass die liebe Mama schon Mitte sechzig war.

Alicia Melzer erwartete ihre Schwiegertochter am Fenster stehend, von wo aus sie die breite Zufahrt und den größten Teil des Parks überblicken konnte. Als Kitty zusammen mit Marie den Raum betrat, runzelte Alicia die Stirn. »Henny hat vorhin nach dir gefragt, Kitty. Vielleicht gehst du besser hinauf ...«

»Oh, ich denke, dass sich Hanna um sie kümmert.«

Alicia seufzte verdrossen. Sie wollte nicht energisch werden, das hätte bei Kittys Dickschädel auch wenig genutzt. »Ich habe einige Dinge mit Marie zu besprechen.«

Kitty setzte sich auf einen Sessel und lächelte ihrer Mutter zu, während sich Marie mit verhaltener Miene auf dem Sitz neben ihr niederließ. Alicia wählte das Sofa.

»Mir ist heute zu Ohren gekommen, dass Leo bereits zweimal bei Ginsbergs zu Besuch war. Eine gute Bekannte – Frau von Sontheim – hat Hanna mit dem Jungen dort gesehen. Ich habe mir Hanna heute vorgenommen – sie hat gestanden, Leo dorthin begleitet zu haben. Außerdem – und das halte ich für besonders bedenklich – hat Leo dort Klavierunterricht erhalten.«

Sie musste einen Moment Pause machen, um zu Atem zu kommen, die Angelegenheit schien sie sehr aufzuregen. Mama litt in letzter Zeit zunehmend an Kurzatmigkeit.

»Hanna tat dies auf meine Anweisung hin, Mama«, sagte Marie leise, aber bestimmt. »Dass Leo Klavierunterricht erhält, war mir allerdings unbekannt. Es ist schade, dass der Junge es hinter unserem Rücken tut, allerdings kann ich wenig Schlimmes daran finden, wenn ein Kind das Klavierspielen erlernen will.«

»Du weißt sehr wohl, Marie«, warf Alicia eifrig ein, »dass Paul diese Neigung nicht gefällt. Wie schade, dass du deinen Ehemann in diesem Punkt nicht unterstützt.«

»Das wäre ja wohl eine Angelegenheit zwischen Paulemann und seiner Marie, nicht wahr, Mama?«, mischte sich Kitty ein. »Und falls irgendjemand an meiner Meinung interessiert ist: Je energischer ihr versucht, den Buben vom Klavierspiel abzuhalten, desto mehr wird er sich darin verbeißen.«

Alicias Miene ließ keinen Zweifel daran, dass Kittys Ansichten zu diesem Problem sie überhaupt nicht interessierten. Da Marie jedoch beharrlich schwieg, ging sie zu einem weiteren Punkt über.

»Es scheint ja beschlossen zu sein, dass Hanna demnächst außer Haus arbeiten wird. Mich hat leider niemand gefragt – aber ich will nicht als empfindlich gelten. Hanna hat sich als Küchenmädchen – nach anfänglichen Schwierigkeiten – recht gut gemacht, auch zu anderen Aufgaben konnte man sie heranziehen, vor allem, was die Kinder betraf. Wenn sie uns nun verlässt, fehlt eine wichtige Arbeitskraft.«

»Da hast du völlig recht, Mama«, sagte Marie rasch. »Ich bin der Ansicht, dass wir nicht nur jemanden für die Küche einstellen sollten, sondern auch eine vertrauenswürdige Person, die die Kinder betreuen kann …«

»Ich freue mich sehr, dass wir da einer Meinung sind, Marie!«, unterbrach Alicia Marie lebhaft, die aufgestaute Unzufriedenheit fiel von ihr ab, nun konnte sie sogar ein wenig lächeln. Seit die Kinderfrau im Frühjahr ihren Dienst gekündigt hatte, versuchte Alicia Marie davon zu überzeugen, dass die Kinder eine verlässliche Erzieherin brauchten, doch Marie hatte sich bisher dagegen gewehrt. Weder Dodo noch Leo noch Henny hatten die strenge Kinderfrau gemocht, als sie damals fortging, waren die drei wie befreit gewesen.

»Also für die Küche, da könnte ich mir Gertie vorstellen«, fiel Kitty ein. »Sie war früher bei Lisa in der Bismarckstraße angestellt, ein gewitztes Mädel. Ich glaube, sie war ein Weilchen bei den Kochendorfs in Stellung, es hat ihr aber dort nicht gefallen.«

»Nun«, gab Alicia geduldig zurück. »Wir werden uns an die Agentur wenden, es herrscht ja zum Glück kein Mangel an arbeitswilligen jungen Frauen.«

Kitty nickte freundlich und nahm sich vor, bei nächster Gelegenheit nachzuforschen, wo Gertie geblieben war. Man musste ja nicht alles dem Zufall überlassen.

Der Essensgong klang durch den Flur, das bedeutete, dass Paul aus der Fabrik eingetroffen war und Julius am Speiseaufzug zum Servieren bereitstand. Man hörte hastige Schritte im Flur – das war Hanna, die hinaufrannte, um die Kinder zu holen.

»Und bezüglich der Kinderbetreuung«, sagte Alicia, während Marie sich bereits erhob, um Hannas Bemühungen Nachdruck zu verleihen. »Ich habe da eine junge Person aus bester Familie im Sinn, die neben ihrer ausgezeichneten Erziehung auch viel Verständnis für junge Menschen mitbringt.«

Kitty schwante Übles, denn Mamas Vorstellungen von guter Erziehung waren vollkommen überaltert. »Und wer ist diese famose Dame?«

»Oh, ihr kennt sie gut«, meinte Alicia fröhlich. »Es handelt sich um Serafina von Dobern, die geborene von Sontheim. Lisas beste Freundin.« Alicia machte tatsächlich ein

Gesicht, als überreiche sie ihnen gerade eine wundervolle Weihnachtsüberraschung.

Kitty war entsetzt. Lisas Freundinnen waren allesamt eingebildete Intrigantinnen, Serafina aber war eine ganz besonders miese Ratte. Sie hatte sich früher einmal Hoffnungen auf Paulemann gemacht und später den Major von Dobern geheiratet, um – wie man so sagte – versorgt zu sein. Der arme von Dobern war in Verdun gefallen.

»Keine gute Idee, Mama!«

Alicia erklärte, dass die arme Serafina nach dem Heldentod ihres Mannes mit Geldproblemen zu kämpfen habe, auch ihre Mutter könne ihr da leider nicht unter die Arme greifen. Lisa habe sie in einem ihrer Briefe auf die traurige Lage ihrer Freundin aufmerksam gemacht.

Lisa natürlich, dachte Kitty ärgerlich. Das sah ihr ähnlich. Hetzt uns ihre lästige Freundin auf den Hals.

»Nein, Mama!«, sagte sie entschlossen. »Keine Sekunde würde ich dieser Person meine Henny anvertrauen!«

Alicia schwieg. Es war offensichtlich, dass sie ganz anderer Ansicht war.

5

November 1923, Pommern, Kreis Kolberg-Körlin

Elisabeth zog fröstelnd die Schultern zusammen und versuchte, den fellbesetzten Kragen ihrer Jacke vorn zusammenzuhalten. Hätte sie doch nur den Pelz angezogen, auf dem Kutschbock dieses altmodischen Gefährts war man dem eisigen Wind schutzlos ausgeliefert. Viel lieber hätte sie sich hinten in den Wagen zwischen die Einkäufe gehockt, doch Tante Elvira hatte behauptet, so würde sie zum Gespött der Leute. Unfassbar, wie gelassen die Tante neben ihr saß, plauderte, lachte und den Gaul Jossi mit kräftigem Schnalzen antrieb. Dabei hielt sie ohne Handschuhe die Zügel und schien nicht einmal steife Finger zu bekommen.

»Da schau, Mädel«, sagte Tante Elvira, und sie hob das Kinn, um anzudeuten, dass Elisabeth geradeaus sehen sollte.

»Da drüben in Gervin bei der alten Holzkirche, da haben sie vor ein paar Jahren in der Neujahrsnacht den Leibhaftigen gesehen. Um die Kirche ist er geschlichen, der Bösewicht. Schwarz ist er gewesen und sein Gesicht eine grässliche Fratze!«

Elisabeth kniff die Augen zusammen und erkannte in diesiger Ferne die Häuschen und die alte Fachwerkkirche des Dörfleins Gervin. Sie kamen aus Kolberg, und – was für ein Glück – jetzt war es nicht mehr weit bis Gut Maydorn. Es war erst kurz nach fünf Uhr am Nachmittag, aber der Himmel hing schwer über dem Land. Man ahnte bereits die hereinbrechende Nacht.

»Ganz schwarz? Wie haben sie ihn dann im Dunklen überhaupt sehen können?«

Elvira schnaubte abfällig. Sie mochte es nicht, wenn man ihre Gespenstergeschichten anzweifelte. Es brachte sie aus dem Konzept, wenn sie Dinge erklären musste; sie konnte dann richtig grantig werden. Elisabeth war sich immer noch nicht sicher, ob Tante Elvira diese Geschichten erfand, um ihre Zuhörer zu verblüffen, oder ob sie vielleicht gar selbst daran glaubte.

»Vollmond ist gewesen, Lisa. Daher haben sie ihn alle gut sehen können, den unheimlichen Gast. Gehinkt hat er, sein linker Fuß, der war nicht menschlich. Das war ein Pferdehuf ...«

Elisabeth hätte jetzt gern eingewandt, dass der Teufel doch eigentlich Bocksfüße hatte, doch sie ließ es sein. Schweigend zog sie ihr Kopftuch fester und verfluchte den holprigen Weg, der die Kutsche hin und her schüttelte, sodass die Flaschen hinten im Wagen klirrten. Sie hätte die kalten Finger gern in die Jackentaschen gesteckt, aber sie war gezwungen, sich mit beiden Händen festzuhalten, um nicht vom Kutschbock zu fallen.

»Die Streichhölzer haben wir vergessen, Tante!«

»Dass mich doch dieser und jener!«, schimpfte Elvira. »Hab ich dir nicht noch heute Früh gesagt, wir müssen an die Zündhölzer denken? Nur drei Schachteln haben wir noch, die werden bald verbraucht sein.«

Elvira zügelte den Gaul, weil der schon die Futterkrippe im Kopf hatte und immer schneller lief.

»Wär alles halb so schlimm, wenn nicht der Herr Winkler so viel Zündhölzer und Lampenöl verbrauchte. Ist das normal, dass ein gesunder Mensch die halbe Nacht in der

Bibliothek hockt und Bücher liest? Krank ist der. Am Körper nicht, aber im Kopf. Und allweil ist er so glatt und höflich. Ganz gleich, was man sagt, er lächelt wie ein Honigkuchenpferd.«

»Er hat eben gute Manieren.«

»Ein Duckmäuser ist er. Sagt nicht, was er denkt. Hält seinen Sinn verschlossen, aber ich weiß sehr wohl, was in ihm gärt.«

»Es reicht, Tante ...«

»Willst es nicht hören? Ich sag es dir trotzdem, Lisa. Hinter dir schaut er her, der feine Bücherling mit den guten Manieren. Ich möchte nicht wissen, was der in den Nächten träumt, das könnte recht krauses Zeug sein.«

Elisabeth ärgerte sich. Der Gutshof war meilenweit hinter jeglichem technischen Fortschritt zurück, es gab weder Elektrizität noch einen Gasanschluss, an den Abenden saß man bei der guten alten Petroleumlampe, und im Winter ging man einfach mit den Hühnern schlafen. Für den armen Sebastian, der meist an irgendwelchen Traktaten schrieb, war es kein einfaches Arbeiten, zumal er schlechte Augen hatte. Ach, er hatte solch schöne und nützliche Schriften verfasst, vor allem über die Landschaft und die Menschen hier in Hinterpommern. So auch ein Büchlein, das von alten Bräuchen und Sagen handelte, darin war von Osterwasser, Schimmelreiter und Erbsbär die Rede, auch von der wilden Jagd, die in kalten Novembernächten gespenstisch durch die Wälder tobte und vor der man sich besser in Acht nahm. Elisabeth hatte all seine Schriften durchgesehen, kleine Fehler oder Ungereimtheiten am Rand mit Bleistift angemerkt und ihm später bei der Reinschrift geholfen. Sie sei ihm eine unentbehrliche Stütze, hatte er ihr gesagt. Er hatte auch davon gesprochen, dass sie seine Muse sei. Eine Lichtgestalt, die ihm an dunklen Tagen weiterhalf. Ein Engel. Ja, das sagte er sogar öfter. »Sie sind ein Engel, Frau von Hagemann. Ein gütiger Engel, den der Himmel mir gesandt hat.«

Nun ja – die Tante hatte nicht so ganz unrecht. Sehr mutig war er nicht, der Herr Bibliothekar. Er sprang nicht über seinen eigenen Schatten. Er lächelte, putzte seine Brille und sah dabei aus wie ein trauriges Hündchen.

Elisabeth war froh, als am Ende des holprigen Weges der Gutshof in Sicht kam. Es war ein schönes Anwesen, zu dem mehrere Hundert Hektar Äcker, Wiesen und Wälder gehörten. Die Gebäude wurden im Sommer von Buchen und Eichen verdeckt, jetzt aber, da die Bäume kaum noch Laub trugen, schimmerten Dächer und Ziegelwände hindurch. Die hohe Scheune, die Remisen, das langgestreckte Stallgebäude und der strohgedeckte Bau, in dem die Tagelöhner und die Angestellten wohnten, wurden sichtbar. Ein Stück entfernt das Gutshaus, zweistöckig mit einem übergiebelten Mittelteil. Im unteren Bereich wucherte Efeu an den Ziegelwänden empor. Nur rechts und links der Eingangstür hatte man Kletterrosen gepflanzt, die jetzt längst verblüht waren.

»Hat noch mal ordentlich eingeheizt, die Riccarda. Brauche zweimal so viel Holz, seitdem ihr hier auf dem Gut seid. Aber sei's drum. Bin froh, dass ich nicht mehr allein sein muss.«

Tatsächlich entstieg dem Schornstein des Gutshauses eine graue Rauchwolke, die vermutlich vom Kachelofen im unteren Wohnraum herrührte. Riccarda von Hagemann verkühlte sich leicht, im Winter musste die Magd gleich mehrere Wärmflaschen in ihrem Bett deponieren, sonst war es ihr unmöglich, Schlaf zu finden. Elisabeth hatte damals befürchtet, es könnte zu heftigen Streitigkeiten zwischen ihrer Schwiegermutter und Tante Elvira kommen, die beide einen eigenwilligen Charakter besaßen. Doch zu ihrer allergrößten Überraschung kamen die beiden gut miteinander zurecht. Möglich, dass es an Tante Elviras herzhaft offener Art lag, die Riccarda von vornherein den Wind aus den Segeln nahm. Auf jeden Fall hatten die beiden recht schnell ihre jeweiligen Machtbereiche abgesteckt: Riccarda kümmerte sich um Gesinde und Küche, während Elvira die Einkäufe übernahm und sich außerdem ihrer Leidenschaft für Pferde und Hunde hingab. Elisabeth hingegen hatte deutlich gemacht, dass sie gewisse Bereiche, wie das Haushaltsbudget und die Organisation größerer Feste, zu denen auch Gäste geladen waren, für sich beanspruchte. Auch die Bibliothek fiel unter ihre Zuständigkeit, ebenso der Bibliothekar in Person von Sebastian Winkler, der dort seit drei Jahren wirkte und dessen Entlohnung Tante Elvira mehr als einmal als »überflüssige Geldausgabe« bezeichnet hatte.

Als sie endlich in den breiten Hof einfuhren und der Gestank des dampfenden Kuhmists Elisabeth wieder einmal stechend in die Nase stieg, kam ihnen Leschik eifrig entgegen, um den Gaul auszuspannen. Der polnische Pferdeknecht hinkte seit seiner Kindheit, ein Ackergaul hatte seinerzeit die Hüfte ausgetreten und vermutlich das Becken gebrochen. Damals hatte man nicht viel Aufhebens um solche Dinge gemacht, die Hüfte heilte wieder zusammen, das Hinken aber blieb.

»Ist der Herr schon zurück?«, fragte Elisabeth, die mühsam und mit steif gefrorenen Gliedern vom Wagen stieg.

»Nein, gnädige Frau. Ist noch im Wald. Ist Holzverkauf, da wird es spät werden.«

Tante Elvira ließ sich beim Absteigen von Leschik helfen, dann befahl sie, dem Jossi keinen Hafer zu geben, der würde sonst zu feist. Tante Elvira ritt seit ihrer Kindheit,

Pferde und Hunde bedeuteten ihr alles. Böse Zungen behaupteten sogar, sie habe seinerzeit die Werbung des Rudolf von Maydorn nur angenommen, weil er auf seinem Gutshof über 20 Trakehner beherbergte. Aber das war nichts als dummes Geschwätz – Elisabeth wusste, dass Onkel Rudolf und Tante Elvira einander sehr geliebt hatten. Jeder auf seine Weise.

»Ein Pfennigfuchser ist das, dein Mann«, bemerkte sie zu Elisabeth schmunzelnd. »Wenn ich da an meinen guten Rudolf denk. Der hat immer einen Angestellten geschickt, das Holz zu verkaufen …«

… der das meiste in die eigene Tasche gesteckt hat, ergänzte Elisabeth in Gedanken. Deshalb war auch niemals Geld für neue Anschaffungen im Haus gewesen. Und wenn doch einmal etwas verfügbar war, dann hatte Onkel Rudolf es sogleich in Portwein und Burgunder angelegt.

Elisabeth hatte es eilig, ins Wohnzimmer zu gelangen, wo der warme Kachelofen und eine Tasse heißer Tee lockten. Im Lehnstuhl gleich beim Ofen saß Christian von Hagemann in wollener Hausjacke und Filzpantoffeln, er hatte sich eine Zeitung vorgenommen und war über deren Lektüre sanft eingenickt. Elisabeth nahm leise die Teekanne vom Stövchen und goss sich ein, gab Zucker hinzu und rührte um. Christian von Hagemann ließ sich in seinem Schlummer nicht stören. Elisabeths Schwiegervater hatte während der vergangenen drei Jahre um etliche Kilo zugelegt, was an seiner Leidenschaft für nahrhafte Speisen und gute Weine lag. Seine drückenden Geldsorgen waren passé, er genoss das Landleben, überließ jegliche Kompetenzen seinem Sohn sowie den Damen des Hauses und kümmerte sich ausschließlich um sein eigenes Wohlergehen.

Während sich Elisabeth den Rücken an dem grün gekachelten Ofen wärmte und dabei heißen Tee schlürfte, überlegte sie, dass ihr bis zum Abendessen noch Zeit für einen kurzen Besuch in der Bibliothek blieb. Riccarda war vermutlich drüben in der Küche, wo sie gemeinsam mit Tante Elvira und der Köchin die Einkäufe verstaute. Verschiedene Gewürze, ein Beutel Salz, Zucker, Soda, Glycerin, Schuhwichse und Essig. Außerdem einen Sack Reis, Trockenerbsen, Schokolade, Marzipan, zwei Flaschen Rum und einige Flaschen Rotwein. Den kleinen hellblauen Parfumflakon hatte Elisabeth im Friseurladen erworben und in ihrer Handtasche verschwinden lassen, während Tante Elvira mit einer Nachbarin einen Plausch hielt. Der Duft war blütenschwer und sehr intensiv – ein winziges Tröpfchen hinter den Ohren würde genügen. Dass Serafina aber auch so gar kein Geld hatte und ihr nicht einmal einen hübschen Lippenstift, etwas Puder oder ein aufregendes Parfum aus Augsburg schicken konnte. Kitty oder Marie wollte sie um so etwas nur ungern bitten, die wussten nur allzu gut, wen sie damit verführen wollte. Und Mama schon gar nicht.

Das Zeug aus dem Flakon roch so intensiv, dass sie sich geradezu ordinär vorkam. Sie würde oben im Bad versuchen, den Geruch wieder abzuwaschen, sonst würde Sebastian noch wer weiß was von ihr denken. Leise, um den schlafenden Schwiegervater nicht zu wecken, stellte sie die leere Tasse ab und ging aus dem Zimmer. Im Treppenhaus war es empfindlich kalt, sie hätte das Umhängetuch mitnehmen sollen. Natürlich knarrten die alten Holzstufen fürchterlich, daran änderte auch der Teppichläufer nur wenig, den sie vorletztes Jahr hatte anbringen lassen. Ärgerlich dachte sie daran, dass Tante und Onkel dieses schöne alte Haus aus Gleichgültigkeit und Verschwendung so hatten verkommen lassen. Nicht einmal Doppelfenster gab es hier – im Winter legte man gegen die Zugluft dicke Wülste aus Filz auf die Fensterbänke und sah zu, wie die Eisblumen an den Scheiben blühten.

Der einzige Luxus war das Badezimmer – darauf hatte Onkel Rudolf seinerzeit großen Wert gelegt. Weiß gekachelte Wände, eine Badewanne auf vier gebogenen Löwenfüßen, Waschbecken mit Spiegel und eine Toilettenschüssel aus echtem Porzellan mit abnehmbarem, weiß lackiertem Holzdeckel. Elisabeth befeuchtete einen Waschlappen und versuchte, die Wirkung des Parfums zu mildern. Umsonst. Das Zeug duftete nur umso strenger. Das Geld für dieses Stinkewässerchen hätte sie sich sparen können. Seufzend ordnete sie ihr Haar. Sie hatte es wieder lang wachsen lassen und steckte es auf die althergebrachte Weise auf – hier auf dem Land trugen nicht einmal die Töchter der Gutsbesitzer einen Bubikopf. Und auch Sebastian schien von dieser neuen Mode nichts zu halten. Für einen Anhänger der Sozialisten war er in vielen Dingen ausgesprochen altmodisch.

Sie klopfte vorsichtshalber an. Er sollte niemals das Gefühl haben, wie ein Untergebener behandelt zu werden.

»Sebastian?«

»Gnädige Frau, kommen Sie doch herein. Ich sah Sie vorhin mit Ihrer Frau Tante in den Hof einfahren. Waren die Einkäufe in Kolberg erfolgreich?«

Natürlich hatte er den Ofen nicht angeheizt. Saß an seinem Arbeitstisch in Pullover und dicker Hausjacke, einen Schal um den Hals gebunden und wagte nicht, den Ofen anzumachen, weil Tante Elvira neulich über den hohen Holzverbrauch gejammert hatte. Demnächst würde er noch Handschuhe anziehen, damit ihm der Bleistift nicht aus den steifgefrorenen Fingern fiel.

»Die Einkäufe? Oh ja, bis auf die Streichhölzer, die

haben wir leider vergessen. Aber das ist nicht weiter schlimm, man kann sie auch in Groß-Jestin kaufen.«

Sie schloss die Tür hinter sich und ging mit langsamen Schritten bis zu seinem Tisch, um ihm über die Schulter zu blicken. Er richtete den Rücken gerade und hob den Kopf, ähnlich einem Schüler, der gerade vom Lehrer aufgerufen wurde. Sie hatte einige Male die Hand auf seine Schulter gelegt, ganz harmlos und wie zufällig, doch sie hatte gespürt, wie sich sein Körper bei der Berührung versteifte. Seitdem ließ sie es sein.

»Immer noch die Chronik von Groß-Jestin?«

»Freilich, soweit es mir ohne Einsicht in die Archive derer von Manteuffel möglich ist. Ich habe mit dem Pfarrer gesprochen, und er war so gütig, mir einen Einblick in die Kirchenbücher zu verschaffen.«

Seit einem guten Jahr arbeitete Sebastian als Aushilfslehrer an der Volksschule in Groß-Justin. Elisabeth hatte ihm diese Stelle besorgt, er verdiente zwar nicht viel, doch die Arbeit mit den Kindern machte ihm große Freude. Es war höchste Zeit gewesen, den Bibliothekar auch anderweitig zu beschäftigen, denn die Bücher derer von Maydorn waren bereits nach wenigen Monaten gründlich gesichtet, repariert und neu geordnet. Elisabeth hatte befürchtet, Sebastian könne die Stellung, die ihn nicht ausfüllte, kündigen und das Gut verlassen, doch jetzt, da er in seinem erlernten Beruf arbeiten konnte, hoffte sie, ihn weiterhin in ihrer Nähe zu behalten.

Gewiss, ihre insgeheim gehegte Hoffnung, es könne zu einem – engeren – Verhältnis kommen, hatte sich nicht erfüllt. Sebastian vermied es, ihr näherzukommen, er hatte sogar Furcht, auch nur ihre Hand oder ihre Schulter zu berühren. Wie ein albernes kleines Mädchen stellte er sich manchmal an, wich ihr aus, schaute zur Seite und wurde dabei immer ganz rot im Gesicht. Sie hatte eine Weile geglaubt, dass sie ihm einfach nicht gefiel. Sie war nicht Kitty, die jeden Mann um den Finger wickelte. Sie war keine Verführerin, nur wenige Männer hatten sich in sie verliebt, wobei das zu erwartende Erbe der Melzers eine nicht unbeträchtliche Rolle gespielt haben dürfte. Vielleicht auch wegen ihrer üppigen Oberweite, aber auf solche Verehrer konnte sie gern verzichten. Obgleich – wenn Sebastian Gefallen an ihrem Körper gefunden hätte, wäre das ganz etwas anderes gewesen. Aber leider hatten die vergangenen drei Jahre gezeigt, dass er sie zwar außerordentlich schätzte, sie aber offensichtlich nicht begehrte. Diese Missachtung war für sie doppelt schwer zu ertragen, da ihr Gatte Klaus seine ehelichen Rechte so gut wie niemals in Anspruch nahm.

»Ich versuche«, sagte er in seiner langsamen Art, »das, was ich aus den Kirchenbüchern abgeschrieben habe, in einen halbwegs flüssigen Text zu …«

Sie machte eine ungeduldige Kehrtwendung und lief zum Ofen hinüber, hockte sich davor und öffnete dessen Tür. Seit gestern Nachmittag hatte hier ganz sicher kein Feuer gebrannt.

»Was haben Sie vor, Elisabeth? Mir ist nicht kalt. Ich bitte Sie – meinetwegen brauchen Sie diesen Ofen nicht anzuheizen …«

»Aber mir ist kalt. Sehr sogar. Ich erfriere hier!«

Es klang energisch und etwas unfreundlicher, als sie es hatte sagen wollen. Aber es tat seine Wirkung, sie hörte, wie er den Stuhl zurückschob. Er stand auf, wartete einen Moment unschlüssig, was sie tun würde, aber als sie jetzt damit begann, etwas Anfeuerholz in den Ofen zu legen, kam er rasch zu ihr hinüber.

»Lassen Sie mich das machen, Elisabeth.«

Sie sah zu ihm auf und stellte fest, dass er ehrlich besorgt und etwas verwirrt wirkte. Gut so. Die Hoffnung starb zuletzt, so sagte man doch. »Denken Sie, ich könnte kein Feuer in Gang bringen?«

Er schnaufte. Nein, so habe er das nicht gemeint. »Aber Sie werden sich die Hände beschmutzen.«

»Wie schrecklich!«, rief sie ironisch aus. »Die Gutsherrin mit den schmutzigen Händen. Finden Sie es passender, selbst schwarze Finger zu bekommen? Das wäre beim Schreiben doch sehr unpraktisch, oder?«

Sie stocherte weiter im Ofen herum, während er ihr Tun mit kritischen Augen beobachtete. Schließlich verlangte sie nach Streichhölzern.

»Einen Augenblick.«

Die Schachtel lag in einem hölzernen Kästchen auf seinem Schreibtisch, offensichtlich behütete er diesen Schatz wie seinen Augapfel, denn er brauchte die Hölzer, um die Lampen anzuzünden. Ob sie ihm das Feuerzeug von Onkel Rudolf schenken sollte? Aber das würde ihr Tante Elvira vermutlich übel nehmen.

»Ich würde Ihnen diese Arbeit wirklich gern abnehmen, Elisabeth. Zumal wir nur noch wenige Hölzer haben.«

Großartig, wie er auf ihre praktischen Fähigkeiten vertraute. Ärgerlich streckte sie die Hand nach der Schachtel aus und schob zugleich einen der Scheite noch weiter nach hinten in den Ofen. Dabei passierte es.

»Aua! Verdammt!«

Etwas Spitzes hatte sich in die Kuppe ihres Zeigefingers gebohrt, sie steckte den blutenden Finger in den Mund und ärgerte sich maßlos. Wieso musste das gerade jetzt passieren?

»Ein Splitter?«

»Weiß nicht … Es fühlte sich an wie ein spitzer Nagel.« Sie betrachtete ihre Fingerkuppe und stellte fest, dass dort tatsächlich ein schwarzes Pünktchen zu sehen war. Als sie vorsichtig mit dem Finger darüberfuhr, tat es weh. Etwas steckte darin.

»Lassen Sie mich einmal sehen, Elisabeth ...« Er beugte sich herab und nahm ihre Hand, drehte sie so, dass er die Fingerkuppe gut sehen konnte. Zog sie näher zu sich heran und nahm die Brille ab. Da schau an, dachte sie. Wenn ich ihm die Hand auf die Schulter lege, stellt er sich an, als wollte ich etwas Unsittliches von ihm. Und jetzt packt er so einfach meine Hand und betastet sie, macht an dem Finger herum. Da kenne sich einer aus ...

»Da scheint ein Splitter tief eingedrungen zu sein«, äußerte er fachmännisch. Seine Augen waren ohne Brille sehr viel klarer. In seinem Blick lag eine ungewohnte Entschlossenheit.

Elisabeth erwiderte seinen Blick. Immer noch hielt er ihre Hand fest. Obgleich der Anlass kein bisschen romantisch war, genoss sie diese Berührung.

»Wir müssen den Splitter herausholen, Elisabeth. Es kann sonst zu einer eitrigen Wunde kommen. Wir gehen am besten zum Tisch hinüber, ich werde eine Lampe anzünden, um besser zu sehen ...«

Wie wunderbar. Sie fühlte sich wie im Traum. War das tatsächlich Sebastian, der da so selbstsicher Anordnungen traf? Es gefiel ihr. Wie hatte sie glauben können, er sei ein Feigling? Wenn es das Gebot der Stunde verlangte, dann stand er seinen Mann.

»Wenn Sie meinen«, sagte sie gehorsam. »Aber es ist doch nur ein ganz winziger Splitter.«

Er geleitete sie zu seinem Stuhl und bat sie, sich hinzusetzen, er wolle nur rasch Licht machen und eine Nadel besorgen.

»Eine ... Nadel?«

Er hatte schon den Glaskörper von der Lampe abgehoben, jetzt sah er zu ihr hinüber. Er lächelte ihr beruhigend zu. »Ich werde so vorsichtig wie möglich sein.«

Oh Gott, dachte sie entsetzt. Er will mir mit einer Nadel im Finger herumstochern. Ihre Kinderfrau kam ihr in den Sinn, die seinerzeit das Gleiche getan hatte. Wie hatte sie damals geschrien. Mama war herbeigelaufen, weil sie glaubte, es sei etwas Schreckliches mit ihrem Kind geschehen. Dann, als sie sah, dass es nur ein Splitter im Daumen war, hatte sie ganz herzlos gelacht.

Sebastian richtete die Lampe aus und kramte in der Tischschublade herum. Tatsächlich fand sich eine Stecknadel, die auf wer weiß was für welchen Wegen hierhergelangt war.

»Bereit?«, fragte er.

Sie wäre jetzt eigentlich sehr gern davongelaufen. Sie konnte ihm ja sagen, sie wolle es lieber selbst tun. Oder noch ein Weilchen warten. Oder die Sache überhaupt der heilenden Natur überlassen ... Aber dann hätte sie jetzt nicht seine wundervolle Nähe und männliche Entschlossenheit genießen können. Also nickte sie brav und hielt ihm ihren Zeigefinger tapfer entgegen.

»Ein bisschen weiter zum Licht ... Ja, so. Ruhig halten, wenn es geht. Warten Sie, ich helfe Ihnen ... Sie sind zu aufgeregt.«

Er nahm ihre Hand in seine linke, umfasste sie fest und spreizte ihren Zeigefinger ab. Dann begann er sein diffiziles Werk.

Zuerst kitzelte es nur ein wenig. Dann pikste er sie, und sie presste die Lippen aufeinander, um ja keinen Laut von sich zu geben. Sie spürte, wie sein Griff fester wurde, er zog ein frisches Taschentuch aus der Jacke und wischte ein Tröpfchen Blut von ihrem Finger.

»Gleich haben wir es … Sie sind sehr tapfer, Elisabeth.«

Jetzt redet er schon mit mir wie mit einem Schulkind, dachte sie, fand es dennoch irgendwie bezaubernd. Wenn er nur endlich aufhören würde, in ihrem Finger herumzustochern. Ansonsten war es ja wundervoll, ihn in dieser neuen Rolle als fürsorglichen und entschlossenen Helfer zu erleben.

»Geschafft!«

Er hielt ihr die Nadel entgegen, auf der ein kleiner, schwarzer Fremdkörper, dünn wie ein Strich, zu sehen war. Dann wickelte er sorgsam das Taschentuch um ihren Finger und gab ihre Hand wieder frei.

»Gottlob!«, seufzte sie und befühlte den verbundenen Finger. Wie schade. Nun war es vorbei. Vielleicht sollte sie sich bei nächster Gelegenheit das Bein brechen?

»Ich hoffe, ich habe Sie nicht allzu sehr gequält.«

»Ach, gar nicht …«

Er legte die Nadel in die Schublade zurück und sah sie schmunzelnd an. War sie etwa blass geworden? »Es gibt Kinder, die geraten in schreckliche Panik, wenn man versucht, ihnen einen Splitter aus dem Finger zu ziehen.«

»Ach wirklich?«

»Ja, ich hatte neulich einen Buben in der Schule, der wollte vor Angst davonlaufen.«

Sie brachte ein schwaches Lächeln zustande und wickelte ihren Finger aus. Es blutete nicht mehr. Langsam kam sie wieder zur sich, ihr Kopf wurde klar.

»Ich danke Ihnen sehr, Sebastian«, sagte sie mit Herzlichkeit. »Und jetzt wollen wir den Ofen anzünden.«

»Wenn Sie darauf bestehen.«

»Allerdings bestehe ich darauf. Niemandem ist geholfen, wenn Sie sich hier oben eine Lungenentzündung holen.«

Er schüttelte unwillig den Kopf, ging aber brav hinüber

zum Ofen und zog einen dünnen Zweig aus dem Feuer-
holz, um ihn an der Lampe zu entzünden. Auf diese Weise
sparte man ein Streichholz. Während das Feuer im Ofen
aufflackerte und die Scheite erfasste, erklärte er, eine Lungenentzündung sei völliger Unsinn. Er habe bisher nicht
einmal einen leichten Schnupfen gehabt.

»Und das soll auch so bleiben, Sebastian. Dafür werde
ich sorgen!«

Er fügte sich drein. Setzte sich an seinen Tisch, während
Elisabeth beim Ofen stand, um ihre Hände zu wärmen.
Als sie sich zu ihm umdrehte, hatte er seine Brille wieder
aufgesetzt und war in seine Arbeit vertieft.

Nachdenklich betrachtete sie ihn. Er war kräftig von
Statur, dabei immer ein wenig ungelenk, sein Gesicht war
breit, die Augen veilchenblau. Sie liebte ihn. Seit drei
Jahren war er ihr nahe und zugleich doch unerreichbar.
Zum Verrücktwerden. Und doch: Heute hatte sie etwas
über ihn erfahren, das sie bisher nicht gewusst hatte. Er
war stark, wenn sie schwach war. Dieses Wissen musste sie
nutzen.

6

Leo hatte noch nie solchen Lichterglanz gesehen. Es blendete die Augen, sodass man blinzeln musste, Gläser blitzten auf, goldene Buchstaben, Flakons, auch Broschen und Ringe an den Händen der vielen Damen.

»Verzieht euch mal nach hinten, ihr Rasselbande! Steht nicht im Weg herum!«

Julius und Hanna trugen gefüllte Gläser auf silbernen Tabletts und boten den Herrschaften Sekt und Wein an. Mamas Atelier barst vor Menschen. Die Herren trugen graue und schwarze Anzüge, die Damen waren bunt gekleidet, sie trugen Schuhe mit Absätzen, und ihre Seidenstrümpfe schillerten im Licht.

»Das da hat meine Mama gemalt«, sagte Henny und deutete mit dem Finger auf eine Winterlandschaft, auf der außer ein paar kleinen Häusern und einem Zwiebeltürmchen nur Schnee zu sehen war. Auf der anderen Seite hatte Tante Kitty Amerika gezeichnet: Wolkenkratzer, ein Indianerhäuptling mit Federschmuck und die berühmte Freiheitsstatue von New York.

Aus dem Hintergrund war jetzt Klaviermusik zu vernehmen. Leo schob sich an einer Gruppe Sekt trinkender Damen vorbei, denn Frau Ginsberg saß am Klavier, und Leo wollte ihr beim Spiel zusehen. Mama hatte die Mutter seines Freundes für diesen Abend engagiert, leider hatte Walter nicht mitkommen dürfen. Zur Eröffnung von Mamas Atelier kämen nur geladene Gäste, hatte Papa gesagt.

Frau Ginsberg saß mit dem Rücken zu den Gästen, weil das Klavier an der Wand stand. Sie spielte eine Chopin-Etüde, ein sehr schwieriges Stück, für das Leos Finger leider noch zu klein und zu ungelenk waren. Wenn man es richtig spielen konnte, wie Frau Ginsberg, dann klang es leicht und schön wie ein fliegender Sommer.

»Darf ich die Noten umblättern?«

»Wenn du magst ... gern!«

Er stellte sich links von ihr, so wie sie es ihm beigebracht hatte. Wenn er umblättern musste, reckte er sich auf die Zehenspitzen und griff die obere Ecke der rechten Notenseite, wartete bis Frau Ginsberg nickte, und wendete die Seite vorsichtig um. Er musste vor allem darauf achten, den Arm sehr hoch zu halten, damit er nicht die Noten verdeckte. Aber Frau Ginsberg spielte sowieso das meiste auswendig, eigentlich brauchte sie die Noten kaum.

»Warum sind die so laut?«, fragte er verärgert und drehte sich zu den Gästen um.

»Pst, Leo. Wir sind nur der Hintergrund. Die Leute wollen sich unterhalten. Über das schöne, neue Atelier deiner Mama ...«

Leo schob die Unterlippe vor und drehte sich wieder zum Klavier. Wenn die nur reden wollten, dann brauchten sie auch keine Musik, fand er. Dazu war das Klavierspiel von Frau Ginsberg viel zu schade. Er erwischte gerade noch den Moment, an dem er umblättern musste. Es war leicht, die Abfolge der Noten zu studieren, denn während seine Augen darüber hinwegglitten, hörte er schon die Töne. Noten und Töne waren eines. Er wusste auch genau, wie jeder Ton klang, Frau Ginsberg hatte gesagt, er habe ein absolutes Gehör. Er war ganz verwundert darüber gewesen, weil er gedacht hatte, jeder könne sich die Töne merken.

»Gib mir doch bitte den Band mit den Schubert-sonaten.«

Er suchte den Notenband mit den dicken Pappdeckeln aus dem Stapel heraus, der neben dem Klavier auf einem Schemel lag. Schubert mochte er sehr. Zwei der Impromptus konnte er schon richtig gut spielen. Wenn er doch nur länger üben dürfte, aber Mama erlaubte ihm nur eine halbe Stunde am Tag. Und wenn Papa heimkam, musste er sofort damit aufhören. Er hörte aufgeregt zu, als Frau Ginsberg nun eine der Sonaten zu spielen begann – er kannte dieses Stück noch nicht. Der erste Satz klang wie eine fröhliche Wanderung über Wiesen und Felder. Er war nicht besonders schwer, das würde er vielleicht hinbekommen. Das Problem war, dass seine Finger zu kurz waren, er konnte noch nicht einmal eine Oktave greifen. Manchmal zog er an seinen Fingern, damit sie schneller wuchsen, geholfen hatte es leider noch nicht.

»Leo, mein Kleiner! Was stehst du da beim Klavier herum? Du störst ja Frau Ginsberg beim Spielen.«

Er verzog das Gesicht, was Serafina von Dobern zum Glück nicht sehen konnte, da er ihr den Rücken zuwandte. Diese Frau hasste er wie die Pest. Sie war so zuckersüß und hinterhältig. Ob sie in der Tuchvilla zu Besuch kam, ob man sie in der Stadt traf – immer tat sie so, als müsse sie Dodo und ihn erziehen. Dabei hatte sie ihnen gar nichts zu sagen, sie war nur eine Freundin von Tante Lisa.

»Ich störe nicht, ich blättere die Noten um«, stellte er mit Nachdruck richtig.

Leider kümmerte Serafina sich wenig um seine Erklärung. Sie fasste ihn einfach bei den Schultern und schob ihn an der Wand entlang bis zu einem Stuhl, auf den er sich zu setzen hatte.

»Dein Papa möchte nicht, dass die Kinder sich unter

die Erwachsenen mischen«, sagte Serafina mit falschem Lächeln. »Kinder müssen sich bei solchen Anlässen still und unauffällig verhalten.«

Serafina war ziemlich dünn und ihre Haut ganz weiß. Auf die Wangen hatte sie roten Puder aufgetragen, wahrscheinlich dachte sie, dass sie so hübscher war. Aber wegen der Brille und des spitzen Kinns sah sie aus wie eine Schneeeule. Jetzt befahl sie ihm, auf dem Stuhl sitzen zu bleiben, und machte sich auf die Suche nach Dodo und Henny. Bei Henny hatte sie Pech, die stand bei ihrer Mama. Serafina wusste sehr gut, dass sie bei Tante Kitty schlechte Karten hatte. Die arme Dodo hingegen hatte sich an Onkel Klippi gehängt, der sich nicht daran störte, dass Serafina Dodo mitnahm.

»Nun setzt euch brav hin, ihr zwei Hübschen. Leo, mach deiner Schwester Platz, ihr passt beide auf den Stuhl, eure Popos sind ja noch schmal.«

Wie blöde sie kicherte. Dodo war richtig wütend, sie setzte sich auf die Stuhlkante und zog die Nase hoch, als ob sie Schnupfen hätte. Während Serafina Hanna mit den Schnittchen herbeiwinkte, wisperte Dodo ihrem Bruder zu:

»Was geht die unsere Popos an? Sie soll sich um ihren eigenen kümmern, die Meckerziege ...«

»Wenn sie einen hätte«, meinte Leo boshaft.

Sie grinsten alle beide und fassten sich bei den Händen. Dodo war ein Teil von ihm. Sie konnte gut Witze machen, sie hielt immer zu ihm, sie war schlau und mutig. Ohne Dodo fehlte ihm etwas. Seine zweite Hälfte.

»Da nehmt euch ein Schnittchen, Kinder. Ihr seid bestimmt hungrig.«

Wie großmütig Serafina tat. Als ob es *ihre* Schnittchen wären. Leo fing einen mitleidigen Blick von Hanna auf, sie lächelte ihm zu und hielt das Tablett so tief, dass er den Belag besser sehen konnte. Hanna war lieb. Sie bewunderte ihn, weil er Klavier spielen konnte. Was für ein Mist, dass sie eine Näherin wurde. Wieso konnte Serafina nicht nähen?

»Danke, ich mag kein Schnittchen«, sagte Dodo verbiestert. »Ich habe Durst.«

Serafina ignorierte Dodos Wunsch, sie schickte Hanna wieder fort und erklärte, dass sie hier sitzen bleiben mussten, weil es gleich eine Modenschau gäbe. Da würden sich alle Leute hinsetzen, um die schönen Kleider anzuschauen, die ihre Mama entworfen und genäht hatte.

Sie ging davon, um sich selbst bei den Schnittchen zu bedienen und dabei mit Großmama Alicia und Frau Direktor Wiesler zu schwatzen. Drüben bei dem russischen Winter stand Tante Kitty, von einer ganzen Schar Leute umringt. Das waren ihre Freunde aus dem Kunstverein, einige davon kannte Leo, zwei Maler und einen dicken Mann, der Geige spielen konnte. Sie tranken Sekt und lachten ziemlich laut, sodass sich die anderen Gäste zu ihnen umdrehten.

»Das sind alles Pauls Geschäftsfreunde«, hörte man Tante Kitty reden, »Bankdirektoren, Rechtsanwälte, Fabrikanten, Magistratsherren ... was weiß ich, wer noch. Die Augsburger Honoratioren sind hier versammelt, mitsamt ihren Gattinnen und Töchtern.«

»Guck man, die Henny«, sagte Dodo und wies ihm mit dem Kinn die Richtung. »Die hat schon mindestens zehn Schnittchen gegessen. Immer die mit Ei und Kaviar.«

Leo blinzelte, er konnte besser sehen, wenn er die Augen schmal zusammenkniff. Henny stand bei der Tür zum Nähzimmer und trank aus einem Sektglas, das jemand halbvoll abgestellt hatte. Wenn das ihre Mama sah, dann musste sie auf der Stelle nach Hause. Alkohol war für Kinder streng verboten.

»Blöde Eröffnung!«, maulte Dodo. »Langweilig ist das. Und so laut. Mir tun schon die Ohren weh.«

Leo war der gleichen Meinung. Daheim könnte er jetzt Klavier spielen, niemand würde ihn stören. Er seufzte tief.

»Na, ihr zwei? Langweilig? Gleich gibt's was zu sehen, Leo. Und nachher zeige ich dir die neuen Nähmaschinen. Mit Fußantrieb. Ganz große Sache!«

Papa strich seinen Zwillingen über die Köpfe, schaute sie aufmunternd an und kümmerte sich dann wieder um die Gäste. Leo hörte ihn mit Herrn Manzinger über die Rentenmark reden. Eine Billion Papiermark sei sie wert. Vielleicht ginge es jetzt ja aufwärts, und die Preise blieben stabil. Ach was, sagte Herr Manzinger. Er glaube nicht daran. Solange Deutschland unter den Reparationen ächzte, könne die Wirtschaft nicht wieder auf die Beine kommen. Diese Republik sei unfähig, es würde nur geschwatzt, und alle paar Monate gäbe es eine neue Regierung. Ein Mann wie Bismarck müsse her. Ein eiserner Kanzler …

»Was ist das – ein eiserner Kanzler?«, fragte Dodo.

»So was wie ein Zinnsoldat wohl.«

Wie öde das war. Leo versuchte, den obersten Hemdknopf aufzumachen. Er erstickte bald in diesem engen Anzug, in den Mama ihn gesteckt hatte. Er war längst zu klein geworden, aber Mama hatte gesagt: »Nur heute noch. Mir zuliebe.« Wenn es jetzt gleich einen großen Knall gab, dann war er geplatzt.

»Dir zeigt Papa die neuen Nähmaschinen«, sagte Dodo vorwurfsvoll. »Nur dir. Dabei würde ich sie auch gern anschauen.«

Leo schnaubte verächtlich. Maschinen waren ihm gleichgültig. Und Nähmaschinen sowieso, das war Frauenkram. Viel aufregender war das Innenleben eines Klaviers, das hatte er einmal gesehen, als der Stimmer die Abdeckung vorn an dem Instrument abmontiert hatte. Da konnte man die Drahtsaiten sehen, die innen auf einen Metallrahmen gespannt waren. Ganz hart und fest waren sie angezogen. Wenn man eine Taste herunterdrückte, schlug ein mit Filz bezogenes Holzhämmerchen auf die Saiten. Ein Klavier war eine komplizierte Maschine und zugleich wie ein Mensch. Es konnte lustig oder traurig sein, wenn man gut spielte, dann freute es sich, und manchmal, wenn alles passte, dann konnte man mit ihm davonfliegen. Walter sagte, dass so etwas auch mit einer Geige ginge. Eigentlich mit allen Musikinstrumenten. Sogar mit einer Pauke. Aber das konnte Leo nicht glauben.

»Warum sitzt ihr da?« Plötzlich stand Henny neben ihnen, ganz rot im Gesicht und mit leuchtenden Augen.

»Wegen der Serafina!«

»Die guckt doch gar nicht nach euch.«

Tatsächlich – Serafina stand weit hinten bei den amerikanischen Wolkenkratzern, hielt ein Sektglas in der Hand und redete mit Herrn Dr. Grünling. Dabei kicherte sie immer wieder albern.

»Ich zeig euch was …« Henny zupfte Dodo am Kleid und lief zwischen den Gästen hindurch.

Es passte Leo nicht, hinter Henny herzulaufen. Wahrscheinlich wollte sie sich nur wichtigmachen, wie sie es immer tat. Auf der anderen Seite starben sie beide hier vor Langeweile. Dodo ging ihr schließlich hinterher, und Leo folgte ihr unwillig.

Henny war ins Nähzimmer geschlüpft. Die Nähmaschinen, von denen Papa gesprochen hatte, standen in einer Reihe an der Wand, mit hölzernen Truhendeckeln verschlossen. Neben der Tür hatte Mama zwei große Spiegel aufgehängt, darunter standen kleine Tische mit allerlei Frauenkram. Haarbürsten, Spangen, Schminksachen und so weiter. Auf der anderen Seite befanden sich Kleiderständer mit langen Stangen, daran hingen wohl Mamas Modelle. Sehen konnte man sie nicht, sie waren mit grauen Tüchern abgedeckt.

»Da drunter ist ein silberner Vogel«, flüsterte Henny.

»Da sind Mamas Kleider drunter, du Dummchen«, sagte Dodo. »Lass das, wir dürfen da nicht dran!«

Henny war schon unter das Tuch gekrochen und suchte zwischen den Kleidern nach ihrem silbernen Vogel. Der Ständer begann zu schwanken, er sah jetzt aus, wie ein graues Ungetüm, das auf der Stelle tanzte.

»Ich hab's«, piepste es aus dem Ungetüm hervor. »Es ist ein … ein … Glitzervogel.«

Leo und Dodo krochen nun auch unter das Tuch. Einerseits wollten sie den Vogel sehen, andererseits aber ging es darum, Mamas Modelle vor Hennys klebrigen Pfoten zu bewahren.

»Wo?«

»Da! Ganz silbern …«

Tatsächlich. Auf einem blauschillernden Stoff waren winzige silberne Plättchen aufgenäht, die einen Vogel mit weit geöffneten Flügeln darstellten.

Gerade wollte Leo Henny beim Arm packen, um sie mit sachter Gewalt unter dem Kleiderständer hervorzuziehen – da kamen Leute ins Nähzimmer.

»Schnell. Der Reihe nach, wie ich die Sachen gehängt habe. Zuerst die Nachmittagskleider … Hanna, du reichst die Sachen an, Gertie hilft beim Ankleiden, Kitty macht die Endkontrolle. Keine geht hinaus, bevor ich es sage.«

Das war Mama. Oh weh, sie war sehr aufgeregt. Was

85

machten sie nur? Ob das am Ende die Modenschau war, von der Serafina gesprochen hatte?

Dodo klammerte sich an das graue Tuch, Henny kauerte am Boden, vermutlich glaubte die dumme Liese, man würde sie nicht sehen, wenn sie sich ganz klein machte. Es würde nichts helfen, gleich würde Mama sie alle drei entdecken, und dann gab es Schelte.

Aber es kam anders. Jemand hob das graue Tuch von den Kleidern und warf es mit einer raschen Bewegung hinter den Kleiderständer. Dodo, Henny und Leo verschwanden darunter. Niemand sah sie, es war, als steckten sie unter einer Tarnkappe.

Ein Weilchen hockten sie stocksteif am Boden, dann musste Dodo niesen, und Leo dachte, dass es jetzt aus sei. Aber die Frauen im Zimmer waren viel zu aufgeregt, sie merkten nichts.

»Den Rock anders herum ... so ist es gut ... Zieh den Büstenhalter an, sonst sitzt die Bluse nicht ... Warte, dir hängt eine Strähne im Gesicht ... Die Naht ist schief ... Nicht die braunen, die senffarbigen Schuhe ... Halt, die Häkchen sind noch offen ...«

Mamas Stimme vernahm man aus dem Geschäftsraum des Ateliers. Sie sagte den Leuten, welche Kleider zu sehen waren, aus welchen Stoffen sie genäht waren und zu welcher Gelegenheit man sie tragen musste. Dazwischen gab es Ausrufe wie »Oooh« oder »Haach, wie schön!« oder »Nein, ist das entzückend«. Frau Ginsberg spielte Schumann und Mozart, jemand hatte einen hartnäckigen Husten, irgendwo zerschellte ein Glas ...

Leo hatte das Gefühl, unter diesem Stoff gleich ersticken zu müssen. Er brauchte Luft, ganz gleich, was geschehen würde. Wenn er tot umfiel, würde Mama auch nicht froh sein. Vorsichtig hob er den Stoff etwas an und atmete durch. Es roch seltsam. Nicht wie in Mamas Nähzimmer daheim in der Tuchvilla. Mehr nach Parfum. Und nach dicker Luft. Nach Wäsche. Und irgendwie nach ... nach ... nach Frauen.

Er musste die Kleider auf dem Ständer vor sich etwas zur Seite schieben, um sehen zu können, was sich vorn im Zimmer tat. Es war aufregend. Zwei junge Frauen standen vor den Spiegeln, er konnte ihren Rücken sehen und ihr Spiegelbild von vorn. Die eine hatte rötliches Haar, sie zog sich eine Bluse aus, dann auch den Rock. Die andere hatte einen Badeanzug an, dunkelblau mit weißen Rändern, jetzt setzte Tante Kitty ihr einen blauen Strohhut auf. Die junge Frau bewegte die Hüften und zupfte an den schmalen Trägern des Badeanzugs herum. Die andere Frau trug einen Büstenhalter, den hakte Gertie ihr jetzt am Rücken auf ... Leo wurde ganz schwindelig. Noch nie hatte er eine Frau ohne Kleider gesehen. Mädchen schon. Bis vor zwei Jahren hatte er mit Dodo in einer Wanne gebadet, dann hatte er das nicht mehr tun wollen. Aber Dodo hatte noch keinen Busen, auch jetzt noch nicht. Diese Frau aber schon.

»Dreh dich zu mir«, hörte er Tante Kitty sagen. »Gut. Nimm den Umhang, lass ihn aber offen. Am Ende der Bahn nimmst du ihn herunter, damit alle den Badeanzug sehen können. Los, jetzt!«

Eine dritte junge Frau kam herein, ganz erhitzt. Als sie drinnen war, hörte sie auf zu lächeln und zerrte sich das grüne Kleid herunter. Sie trug Strumpfhalter aus grüner Seide.

»Das blaue?«

»Nein, das lilafarbene zuerst ...«

Jemand nahm ein Kleid aus dem Ständer, und plötzlich blickte Leo in Hannas weit geöffnete, entsetzte Augen. Er hatte nicht bedacht, dass die Kleider eines nach dem anderen weggenommen und angezogen wurden, nun fehlte ihm die Deckung.

»Was ist denn, Hanna?«

»Nichts … gar nichts … mir war etwas schwindelig, das passiert mir manchmal, wenn ich mich bücke.«

Hanna konnte nicht gut lügen. Jeder sah es ihr an. Tante Kitty sowieso, sie war in solchen Sachen noch besser als Mama.

»Nein! Das kann nicht wahr sein!« Tante Kitty schob die Kleider mit beiden Armen auseinander und starrte in Leos schreckensbleiches Gesicht.

»Dodo? Henny?«, tönte ihre unheilschwangere Stimme.

Dodo schälte sich aus dem grauen Stoffberg heraus, Henny blieb unbeweglich am Boden hocken.

»Wer hat euch hier hereingelassen?«

Dodo übernahm die Angelegenheit, Leo war zu verwirrt, Henny tat, als sei sie gar nicht da.

»Wir haben nur die schönen Kleider anschauen wollen.«

Tante Kitty hatte weder Zeit noch Geduld, Erklärungen anzuhören, hinter ihr wartete schon die junge Frau im Badeanzug auf ihren Hut. Gertie nahm einen Wust von schwarzen Spitzen und durchsichtigem Spinnenwebstoff vom Kleiderbügel.

»Gib mir das Abendkleid, Gertie«, sagte Tante Kitty. »Lauf mit den Kindern nach hinten zu Julius. Er soll sie sofort zurück in die Tuchvilla fahren. Henny! Komm heraus. Ich weiß, dass du da unten hockst!«

Auf einmal ging alles ganz schnell. Gertie zerrte sie hinter dem Kleiderständer hervor, sie streiften den grauen Stoff ab, dann waren sie schon im Büro, gleich darauf im Wintergarten, wo Julius genüsslich ein Glas Wein trank und Zigarre rauchte.

»Du sollst sie nach Hause fahren …«

Julius besah verdrießlich die drei Kinder, denen das schlechte Gewissen in den Gesichtern geschrieben stand. Er war wenig erfreut über diesen Auftrag, hatte er es sich doch gerade ein wenig gemütlich gemacht.

»Für dich immer noch ›Herr Kronberger‹«, knurrte er Gertie an. Die machte sich wenig daraus. »Dass dir bloß kein Zacken aus der Krone fällt.«

»Wegen dir noch lange nicht.«

Gertie ließ die Kinder stehen und machte, dass sie zurück ins Nähzimmer kam. Die Modenschau ging ihrem Höhepunkt entgegen, sie wurde dringend gebraucht.

Julius trank sein Glas in einem langen Zug leer, die Zigarre nahm er mit.

»Dann los, die jungen Herrschaften. Durch den Hintereingang, nicht durch den Laden. Mäntel anziehen.«

Er schleppte ihre Mäntel herbei und setzte Henny die wollene Mütze auf. Seltsamerweise protestierte sie nicht, normalerweise hätte sie jetzt gezetert. Dieses Mal schien sie ehrlich zerknirscht.

Es ging durch den Garten, dann in ein schmales, stockdunkles Gässchen, das in die Karolinenstraße mündete. Dort mussten sie einen Moment in der Kälte warten, weil Julius den Wagen holte.

»Ist ja auch höchste Zeit für euch Kaulquappen, wie?«, sagte er, als sie alle drei still und brav auf dem Rücksitz saßen.

»Da haben Sie recht«, gab Dodo zurück.

Leo schwieg. Er stand noch unter dem Eindruck des Gesehenen und kam sich ungemein schlecht vor. Henny gab seltsam glucksende Laute von sich.

»Nein!«, brüllte Julius. »Nicht auf die Polster. Verdammt noch mal. Nicht auf die Polster!«

Er stürzte aus dem Auto und riss die rückwärtige Tür auf, wollte rasch die »Augsburger Neueste Nachrichten« auf die lederbezogenen Polster legen. Es war jedoch zu spät.

»Ihh«, sagte Dodo angewidert und rückte zur Seite.

»Jetzt ist mir besser«, seufzte Henny.

7

In der Küche der Tuchvilla war am Samstagabend emsiger Betrieb. Gerade hatte Julius oben den Tisch abgeräumt. Auguste war damit beschäftigt, die übriggebliebenen Speisen in kleine Behälter zu verstauen und in die Speisekammer zu bringen, während Gertie, die seit zwei Wochen Hannas Platz eingenommen hatte, das Geschirr spülte. Hanna war ebenfalls in der Küche, obgleich sie inzwischen im Atelier zur Näherin ausgebildet wurde, wohnte sie noch in der Tuchvilla und wurde hier verköstigt. Heute saß sie trübsinnig am Tisch, knabberte an einem Schinkenbrot und starrte auf ihren rechten Zeigefinger. Der war mit einer Mullbinde umwickelt.

»Ich hab's ja gleich gewusst, dass du zu ungeschickt für eine Näherin bist«, sagte Auguste im Vorbeilaufen. »Näht sich in den eigenen Finger! Wo gibt's denn sowas? Fräulein Hanna von Ungeschickt solltest du heißen ...«

»Jetzt lass das Mädel in Ruh!«, schimpfte die Köchin, die vorn am Tisch stand und Sellerie, Möhren und Zwiebeln schnitt. Morgen Abend waren verschiedene Geschäftsfreunde des gnädigen Herrn nebst ihren Gattinnen zum Essen geladen, da galt es jetzt schon, einige Gerichte vorzubereiten. Vor allem die Rinderbouillon, die mit Maultaschen als zweiter Gang gereicht werden sollte, musste schon einmal angesetzt werden. Das ausgekochte Rindfleisch war für einen Eintopf gedacht, der für die Angestellten bestimmt war. Den Gästen wurde gefüllter Schweinebauch mit Rotkohl kredenzt. Die Füllung würde sie ebenfalls schon heute Abend herstellen, damit die Gewürze bis morgen gut durchgezogen waren.

»Was kommt denn alles in die Füllung?«, rief Gertie vom Spülbecken herüber.

»Wirst schon sehen«, knurrte die Brunnenmayer, die ihre Rezepte nicht gerne preisgab.

»Gehacktes vom Schwein – ja? Und Semmelbröseln – ja? Und dann noch Salz und Pfeffer ... und ... ich glaub Muskat – ja?«

»Gehackter Echsenschwanz, Schuhwichse und Ofenruß«, gab die Brunnenmayer mürrisch zurück.

Julius krähte laut vor Schadenfreude, auch Auguste hatte ihren Spaß, nur Hanna war zu niedergeschlagen, um in das allgemeine Gelächter einzustimmen.

Gertie ließ sich nicht so schnell einschüchtern. Sie war nicht zum ersten Mal in Stellung, allerdings hatte sie bisher noch nie in einem so großen Haus gearbeitet. Sogar einen Hausdiener beschäftigten die Melzers, dazu eine Köchin, ein Stubenmädchen und eine Küchenhilfe. Vor dem Krieg sollte es sogar zwei Gärtner, zwei Stubenmädchen und zwei Kammerzofen gegeben haben. Dazu eine Hausdame. Diese seligen Zeiten waren wohl vorbei – aber wie man hörte, lief es in der Tuchfabrik jetzt besser. Vielleicht wurde über weitere Angestellte nachgedacht.

Gertie war nicht gerade begeistert gewesen, als Frau Katharina Bräuer ihr nur die Position eines Küchenmädchens in der Tuchvilla anbot.

»Du musst ja nicht ewig Küchenmädchen bleiben«, hatte Frau Bräuer gesagt. »Wenn du dich schlau anstellst, dann kannst du aufsteigen.«

Gertie hatte gehört, dass die junge Frau Melzer auch einmal als Küchenmädchen in der Tuchvilla angefangen hatte, das hatte sie mächtig beeindruckt. Gewiss – ein heiratsfähiger junger Herr stand momentan in der Familie Melzer nicht zur Verfügung, aber sie konnte möglicherweise zum Stubenmädchen oder gar zur Kammerzofe aufsteigen. Oder sie könnte Köchin werden. Eine Lehrzeit gehörte dazu, dann musste man eine besondere Schule besuchen. Die würde sie selbst nicht bezahlen können, vielleicht aber ihre Herrschaft …

»Sie tun Kümmel hinein – stimmt's?«, beharrte sie. »Und Majoran.«

»Majoran gehört in die Leberknödel und nicht in die Füllung vom Schweinebauch!«, regte sich die Brunnenmayer auf und biss sich auf die Lippen. Hatte sie sich jetzt doch von dieser Person zum Plaudern verleiten lassen. »Und wenn du jetzt net endlich die Gosch'n hältst, schick ich dich in den Keller, die Kartoffeln sortieren!«, schimpfte sie verärgert.

Auguste setzte sich nach getaner Arbeit aufseufzend neben Hanna und behauptete, völlig fertig zu sein. Ihr Leibesumfang war inzwischen so gewaltig, dass sie gut einen Kaffeebecher auf ihrem Bauch hätte abstellen können. Sie jammerte auch täglich, dass dieses Kind ein Wechselbalg sein müsse, weil es gar so groß und so unruhig in ihrem Bauch sei.

»Und treten tut's mich. Im Rücken. Kann in der Nacht kaum liegen … Wird nur besser, wenn der Gustav mich massiert, weil der so kräftige Hände hat.«

Sie hatte einige Reste vom herrschaftlichen Abendbrot vor sich auf einen Teller gelegt und in die Mitte des Tisches gestellt, damit jeder noch einen kleinen Imbiss nehmen konnte. Räucherwurst, Essiggürkchen, Butterbrot, ein paar Stückchen Zwetschgendatschi – was ihrer Meinung nach halt so gegessen werden musste.

»Ist auch noch was vom Hefezopf da«, sagte die Brunnenmayer jetzt. »Kannst es mitnehmen für deine Brut.«

Auguste hatte die vier Kuchenstücke schon beiseitegelegt. Jetzt erzählte sie mit vollem Mund, wie fleißig der Gustav doch sei. »Frühbeete zimmert er zurecht. Weil der gnädige Herr ihm doch die alten Schaufensterscheiben aus dem Atelier geschenkt hat.«

»Will keiner abtrocknen?«, beschwerte sich Gertie am Spülstein.

Auguste tat, als habe sie nichts gehört.

Schließlich stand Hanna auf und schnappte sich ein Küchentuch. »Wo ist überhaupt Else?«, wunderte sie sich.

»Die hat ihren freien Tag«, wusste Auguste.

»Aber es ist doch schon nach acht Uhr. Da ist sie sonst doch längst wieder zurück ...«

Auguste kicherte und meinte, die Else habe vielleicht einen hübschen Verehrer aufgetan und schwinge mit ihm das Tanzbein im Kaiserhof. »Oder sie sitzen im Luli am Königsplatz und schauen sich Charly Chaplin an.«

»Du spinnst ja, Auguste«, rief Julius dazwischen. »Die Else doch net!« Er war der Ansicht, die Lichtspielhäuser würden sowieso bald zumachen. Was sei dran an so einem Film? Belebte Bilder, weiter nichts. Und wie künstlich sich die Schauspieler bewegten. Sprechen konnten sie auch nicht, stattdessen gab es diese dummen Zwischentexte. Und das ewige Klavierspiel ... Nein, da ginge er lieber in eine Revue, da bekäme man lebendige Menschen zu sehen.

»Nackerte Madeln will er anschauen«, warf die Köchin ein, die die Suppe in dem dampfenden Topf am Herd umrührte.

»Das verbitte ich mir, Frau Brunnenmayer«, begehrte Julius auf. »Es sind Künstlerinnen.«

Auguste prustete, Gertie stieß ein helles Gelächter aus, sogar Hanna kicherte.

»Künstlerinnen schon. Aber nackert sind sie trotzdem.«

Julius warf den Kopf in den Nacken und schnüffelte. »Wenn du magst, Hanna«, sagte er in sanftmütigem Ton. »Wenn du magst, dann lad ich dich einmal zu einer Revue ein. Es wird dir gefallen.«

Hanna griff sich einen Teller und rieb ihn trocken. »Danke, nein«, sagte sie höflich. »Ich möchte lieber nicht.«

Julius verzog den Mund und trank einen Schluck Tee aus seinem Becher. Er war Hannas Widerstand bereits gewohnt, doch er ließ nicht locker. Vermutlich glaubte er, dass Beharrlichkeit zum Ziel führte.

»Wenn du mich einmal einladen wolltest – ich wär net so zurückhaltend«, rief Gertie zu ihm hinüber.

Julius gab keine Antwort, dafür meinte Auguste grinsend, da könnte Gertie wohl warten, bis sie schwarz würde.

»Unser Julius steht nun einmal auf die kleine Hanna«, lästerte sie. »Ist ja auch ein hübsches Ding. Dumm ist er gewesen, der Grigorij, dass er davongelaufen ist. Aber so sind sie, die Russen. Wissen nicht, was gut ist. Habt ihr gehört, dass sie die Reparationen, die wir an sie zahlen müssen, alle versoffen haben?«

»Das ist doch nur dummes Ge…« Hanna unterbrach sich, weil jemand an die Außentür geklopft hatte.

»Die Else«, meinte die Köchin stirnrunzelnd. »Höchste Zeit! Mach mal die Tür auf, Hanna.«

Doch als Hanna den Riegel zurückschob und die Tür öffnete, stand dort nicht Else, sondern Maria Jordan. Sie hatte sich mit einem Umhang aus kariertem Wollstoff und dickem Strickschal vor der Kälte geschützt, als sie jetzt in die Küche trat, sah man, dass ihr Gesicht rot vom Frost war.

»Ja, die Frau Waisenhausdirektorin«, rief Auguste ironisch aus. »Hast deine Kindlein allein gelassen und kommst zu deinen alten Freunden, um ihnen die Karten zu legen?«

Maria Jordan verzog keine Miene. Sie grüßte in die Runde, band sich den Schal ab und zog den Umhang aus. Julius ließ sich herab, ihr die Kleidungsstücke abzunehmen und sie am Haken neben der Eingangstür aufzuhängen.

»Was für ein eisiger Wind«, sagte sie und rieb die kalten Finger. »Gibt sicher Schnee. Nächsten Sonntag haben wir schon den ersten Advent.«

Sie lächelte, als sei sie ein lang erwarteter Gast und ließ sich einen Becher Tee mit Zucker vorsetzen, dazu das letzte Stückchen Zwetschgendatschi.

»Bist jetzt hier Küchenmädel, Gertie?«, fragte sie kauend.

»Die zweite Woche schon.«

Maria Jordan nickte und bemerkte, dass hier in der Tuchvilla schon so manches Küchenmädel einen steilen Aufstieg genommen habe.

»Und du?«, fragte die Köchin, die jetzt eine große Schüssel aus Steingut vor sich hatte und die Zutaten für die Füllung hineingab. »Und wie schaut's mit dir aus, Jordan?«

»Ich? Oh, ich mag net klagen …«

»So, so«, meinte Fanny Brunnenmayer und streute eine gute Portion Salz über die Masse in der Schüssel. Gertie, die die große Servierplatte spülte, reckte den Hals, um zu sehen, was die Köchin an Gewürzen vor sich stehen hatte. Doch auf den blau-weißen Steinguttöpfchen – das hatte sie schon herausgefunden – stimmten Inhalt und Aufschrift fast nie überein.

»Und hier im Haus?«, forschte Maria Jordan. »Ist's

wahr, dass eine Gouvernante für die Kinder eingestellt wird?«

»Das ist leider wahr«, gab Hanna zurück. »Die gnädige Frau, die alte Frau Melzer, *hat* bereits eine Gouvernante eingestellt. Gegen den Willen der Tochter und der Schwiegertochter. Es soll eine schreckliche Person sein – die arme Dodo hat sich gestern Abend bei mir ausgeweint.«

Maria Jordan trank ihren Tee in kleinen Schlucken, sie tat dabei sehr vornehm und spreizte den kleinen Finger ab. Gertie fand solch ein Verhalten bei einer ehemaligen Angestellten höchst seltsam. Aber man hatte ihr bereits erzählt, dass Maria Jordan eine ganz »besondere« Person sei.

»Also kennen die Kinder sie schon«, bemerkte Maria Jordan. »Wie heißt sie denn?«

Julius gähnte herzhaft, er hatte schon ganz kleine Augen, wahrscheinlich wäre er jetzt gern zu Bett gegangen. Aber weil Hanna noch in der Küche saß, blieb er ebenfalls unten.

»Sie heißt Serafina«, sagte Hanna.

Die Jordan runzelte die Stirn. »Serafina von Sontheim etwa?«

»Nein. Von Dobern. Sie soll eine Freundin der Elisabeth von Hagemann sein.«

Maria Jordan nickte. Sie kenne die Dame. Gewiss – die sei nicht einfach. Arme Kinder. Nein wirklich, die Kleinen seien zu bedauern.

Gertie stellte fest, dass außer ihr und Julius alle Angestellten über Serafina von Dobern Bescheid wussten. Verarmter Adel. Dürr und hässlich. Spitzes Kinn. Langweilig bis auf die Knochen. Wäre seinerzeit gern Frau Melzer geworden.

»Da wird's wohl Unfrieden geben«, meinte Maria

Jordan. »Ich hätte die alte Frau Melzer für klüger gehalten. Aber freilich, sie ist auch nimmer die Jüngste.«

Die Köchin probierte mit einem Teelöffel von der Füllung, nickte zufrieden und deckte die Schüssel mit einem frischen Küchentuch ab.

»Da!«, befahl sie Gertie. »Trag's hinüber in die Speisekammer und dann stellst die Gewürze wieder aufs Regal.« Anschließend ging sie zum Spülstein, um sich dort die Hände zu waschen.

»Und wie geht's mit der Gärtnerei, Auguste?«, wollte Maria Jordan wissen.

Auguste winkte ab. Sie hatte keine Lust, gerade der Jordan von ihren Sorgen zu erzählen. »Jetzt, wo der Winter ansteht, gibt's net so viel zu tun. Und dann komm ich ja bald nieder.«

»Freilich, freilich«, sagte Maria Jordan mit Blick auf Augustes hochstehenden Bauch. »Da wär euch doch gewiss ein kleiner Nebenverdienst willkommen. Ist ja bald Weihnachten, da wollen die Buben und das Madel doch beschenkt werden.«

An Weihnachtsgeschenke war im Hause Bliefert momentan nicht zu denken, man war froh, wenn wenigstens ein kleiner Festtagsbraten auf den Tisch käme.

»Was denn für ein Nebenverdienst? Brauchst jemanden, der dir beim Kartenlegen hilft, Maria?«, spottete Auguste.

Maria Jordan lächelte und lehnte sich im Stuhl zurück. Mit den gefalteten Händen vor dem Bauch wirkte sie jetzt sehr gönnerhaft.

»Ich hätt da ein paar kleine Arbeiten zu vergeben. Wände streichen. Fußböden verlegen. Ofenrohre austauschen …«

Alle Anwesenden starrten sie mehr oder weniger ungläubig an. Auch Gertie wusste nicht, was sie davon halten sollte. Hatte es nicht geheißen, die Maria Jordan sei

Leiterin eines Waisenhauses gewesen und habe wegen der Inflation ihre Stellung verloren?

»Du?«, fragte Auguste, die nicht wusste, ob sie lachen sollte oder besser ernst blieb. »Du vergibst solche Arbeiten?«

»Freilich!« Maria saß beharrlich lächelnd auf ihrem Stuhl und freute sich über die Wirkung ihrer Worte.

»Und du bezahlst sie auch, ja?«

»Freilich tu ich zahlen.«

»Ja, aber …«, stotterte Auguste und blickte hilfesuchend Fanny Brunnenmayer an. Die war jedoch ebenso ratlos wie alle anderen.

»Hast eine Erbschaft gemacht, Jordan? Oder einen reichen Liebhaber aufgetan?«

Maria Jordan blickte die Köchin vorwurfsvoll an. Was sie wohl von ihr denke? »Heutzutage muss eine Frau für sich selber sorgen«, verkündete sie und nickte in die Runde. »Wer sich auf fremde Hilfe verlässt, der ist verlassen.« Sie wartete ab, bis das Getuschel am Tisch aufgehört hatte, dann sprach sie weiter. »Ich hab zwei kleine Häuser am Milchberg gekauft, und die müssen halt ein wenig instand gesetzt werden. Ich will die Wohnungen vermieten.«

Auguste fiel der Unterkiefer herunter. Hanna hätte fast den letzten Teller, den sie noch abzutrocknen hatte, fallen lassen. Fanny Brunnenmayer verschüttete ihren Tee. Julius starrte die Jordan mit unverhohlener Bewunderung an.

»Häuser«, stammelte Fanny Brunnenmayer. »Du hast zwei Häuser gekauft. Sag einmal, Jordan: Willst du uns alle auf den Arm nehmen?«

Maria Jordan zuckte mit den Schultern und meinte, man könne es glauben oder auch nicht, dadurch ändere sich an der Tatsache überhaupt nichts. Die Inflation hätte ja sonst all ihr Erspartes gefressen. Da sie ein wenig Kapital angespart hatte, gab ihr die Bank einen Kredit, und da habe sie das Geld rasch angelegt.

»Ich verstehe«, murmelte Julius voller Neid. »Die Häuser haben Sie wohlfeil bekommen, weil die Besitzer in Not waren. Und die Bankschulden hat die Inflation hinweggefegt. Sauber! Meine Hochachtung, Fräulein Jordan.«

Er war der Einzige, der sich dazu äußerte, alle anderen schwiegen. Die Jordan. So eine gerissene Person. Jetzt hatte sie ihr Meisterstück vollbracht. Freilich war ihr Wohlstand auf dem Elend anderer gewachsen. Aber so war das nun einmal in diesen schlechten Zeiten.

Auguste fing sich als Erste. »Was zahlst denn?«

»Schick den Gustav zu mir – wir werden uns schon einig werden.«

»Nichts da«, gab Auguste zurück. »Mit mir handelst du den Preis aus. Ich kenn dich doch, Jordan.«

»Ganz, wie du magst, Auguste. Aber du musst bedenken, dass ich unten einen Laden für Delikatessen aufmachen werde. Da würd ich euch Blumenstöcke und Gemüse abnehmen.«

»Wir verkaufen unsere Sachen auf dem Markt.«

»Schaut halt morgen bei mir vorbei. Die zwei kleinen Häuser an der Straßenbiegung. Mein Name steht schon an der Tür.«

Maria Jordan erhob sich von ihrem Platz und sah Julius auffordernd an. Gertie konnte es kaum glauben, aber der sonst so hochnäsige Hausdiener trug ihr Umhang und Schal herbei. Er half ihr sogar, den Umhang umzulegen, und lächelte sie an, als sei sie eine gnädige Frau. Dabei war Maria Jordan nur eine entlassene Kammerzofe, die zu Geld gekommen war. Aber so war das im Leben. Geld hob den Stand.

»Da wünsch ich noch einen angenehmen Abend«, sagte die Jordan. In ihren Augen blitzte der Triumph auf. »Auf morgen dann, Auguste!«

Julius geleitete sie hinaus und verriegelte die Außentür hinter ihr. Ein Weilchen herrschte in der Küche betretenes Schweigen.

»Da brat mir einer einen Storch«, ließ sich Fanny Brunnenmayer schließlich vernehmen.

»Die fällt schon wieder runter von ihrem hohen Ross«, knurrte Auguste missgünstig. »Einen Delikatessenladen! Am Milchberg! Dass ich net lach! Die Jordan und Delikatessen!«

»Warum denn nicht?«, warf Gertie ein.

»Weil sie nichts davon versteht, dummes Ding«, fauchte Auguste sie an.

»Mutig ist sie aber«, beharrte Gertie. »Läuft jetzt ganz allein durch den dunklen Park und dann zurück in die Stadt.« Aus Augustes giftigem Blick machte sie sich gar nichts. Sie war nicht Hanna, die sich leicht einschüchtern ließ. An ihr würde sich Auguste, dieses boshafte Lästermaul, die Zähne ausbeißen.

»Stockdunkle Nacht ist's«, meinte die Brunnenmayer. »Schon neune durch. Wo bleibt denn bloß die Else?«

Auguste stand mühsam von der Bank auf und stöhnte, weil ihre Beine geschwollen waren. Hanna erbarmte sich und holte ihre Jacke und das Umschlagtuch.

»Was regt ihr euch auf? Die wird längst oben in ihrem Bett liegen und schnarchen.«

»Aber wie soll sie denn hineingekommen sein?«

Tatsächlich führte der Gesindeeingang durch die Küche – wenn Else heimgekommen wäre, hätte sie doch wenigstens Fanny Brunnenmayer begegnen müssen, die seit dem Mittag am Herd gestanden hatte.

»Ich geh jetzt heim – die Liesl wird die Buben längst in die Betten gesteckt haben«, meinte Auguste und zog das Umschlagstuch über das Haar. »Ein guats Nächtle allerseits.«

Gertie machte ihr die Tür auf und wartete, bis sie die Kerze in der Laterne angezündet hatte. Der Wind ließ Augustes Rock und Schultertuch flattern, schwerfällig stampfte sie über den Hof hin zu dem schmalen Kiesweg, der durch den herbstlichen Park zum Gartenhaus führte.

Die Liesl ist doch grad einmal zehn, dachte Gertie, als sie die Tür schloss und den Riegel wieder vorschob. Da muss sie schon bei den Brüdern die Mutterstelle vertreten. Armes Mädel.

In der Küche war nur noch die Brunnenmayer geblieben, um das Wasserschiffchen im Herd neu aufzufüllen, die anderen waren schon hinaufgegangen.

»Gut Nacht!«

»Schlaf wohl«, gab die Köchin zurück.

Gertie war gerade mal drei Stufen auf der Gesindetreppe hinaufgestiegen, da kam ihr Hanna aufgeregt entgegengelaufen, Julius im Gefolge.

»Die Else ist oben. Die röchelt so komisch. Ich glaub, wir müssen den Doktor holen.«

Unten an der Treppe stand die Brunnenmayer, sie war ehrlich erschrocken und hielt sich die Hand vor den Mund. »Ich hab's doch geahnt! Sie hat schon seit Wochen was. Aber sie sagt ja nix…«

Gertie schob Hanna und Julius beiseite, um nach oben zu gelangen. Sie mochte Else nicht besonders, die war unzugänglich und nörgelte oft herum. Aber wenn sie richtig krank war, dann musste man ihr doch helfen.

»Zahnweh hat sie«, meinte Julius. »Da soll sie morgen zum Dentisten gehen.«

»Morgen ist aber Sonntag«, hörte Gertie Hanna sagen.

»Dann halt am Montag in der Früh«, meinte Julius lapidar.

Gertie nahm die Stufen bis zum dritten Stock im Eilschritt. Der lange Flur, von dem die Gesindekammern rechts und links abgingen, war mit einer elektrischen Deckenlampe ausgestattet, die jedoch nur ein schwaches Licht gab. Trotzdem sah man auf den ersten Blick, dass Elses Kammertür nur angelehnt war.

»Else?«

Es kam keine Antwort, also schob Gertie entschlossen die Tür auf. Drinnen war ziemlich stickige Luft – man dachte besser nicht darüber nach, welche Gerüche sich hier miteinander vermischten. Gertie fand die Lampe und drehte sie an. Else lag im Bett, hatte sich in die Kissen vergraben und regte sich nicht, man hörte sie schnell und keuchend atmen. Alles, was man von ihr sah, war eine schweißnasse rote Stirn und eine bläulich gefärbte, ziemlich angeschwollene Wange.

Gertie starrte auf die dunkle Schwellung, und es wurde ihr unheimlich zumute. Ihre kleine Schwester war mit fünf an einer Blutvergiftung gestorben. Eine eitrige Wunde am Finger, weiter nichts. Niemand war auf die Idee gekommen, das Kind in die Klinik zu bringen, als noch Zeit dazu war … Gertie lief die Treppen so schnell wieder herunter, dass ihr ganz schwindelig wurde.

»Julius!«

Sie standen unten in der Küche und beratschlagten, ob man um diese Zeit einen Doktor holen solle. Julius drehte sich nicht einmal zu Gertie um, er war ganz und gar damit beschäftigt, Hanna zu einer nächtlichen Autofahrt zu überreden. »Wir fahren zu Dr. Greiner, Mädchen. Der ist ein guter Freund der Melzers und wird schon mitkommen.«

»Und was soll ich dabei? Kannst allein fahren«, versetzte ihn Hanna.

»Du musst mir helfen, den Doktor zu überreden. Das kannst du doch, Han…«

»Schluss damit!«, fuhr Gertie dazwischen. »Es geht um Leben und Tod. Wir müssen Else ins Auto packen und ins Krankenhaus fahren.«

Julius verdrehte die Augen. Solch ein Blödsinn. Und überhaupt – das könne er ohne Erlaubnis des gnädigen Herrn nicht machen.

»Wir müssen der Herrschaft Bescheid sagen«, meinte nun auch Fanny Brunnenmayer. »Die gnädige Frau soll entscheiden, was zu tun ist.«

Hanna war schon aus der Küche, Gertie folgte ihr. Der Flur im ersten Stock war dunkel, das Speisezimmer lag verlassen, auch im Herrenzimmer und im Wintergarten war niemand. Doch aus dem roten Salon drangen leise Stimmen, offensichtlich unterhielt sich dort die junge Frau Melzer mit ihrer Schwägerin.

Hanna klopfte an, beide Mädchen warteten ungeduldig, doch nichts tat sich. Das Gespräch drinnen schien ziemlich hitzig, sodass man Hannas leises Klopfen gar nicht gehört hatte.

»Oh weh«, flüsterte Hanna. »Es geht um die neue Gouvernante.«

»Das ist mir jetzt gleich.«

Gertie öffnete die Tür unaufgefordert und schaute hinein. Drinnen saßen Marie Melzer und Kitty Bräuer nebeneinander auf dem Sofa, beide hatten sich in Rage geredet. Kitty Bräuer hatte die Arme erhoben. Als sie Gertie in der Tür erblickte, erstarrte sie in der Bewegung.

»Gertie? Was willst du denn um diese Zeit?«, fragte sie, offensichtlich verärgert wegen der Störung.

Marie Melzer begriff schneller. »Ist etwas passiert?«

Gertie deutete einen Knicks an und nickte dabei heftig.

»Verzeihung, wenn ich einfach hereinplatze, gnädige Frau. Else ist todkrank. Ich glaub, sie hat eine Blutvergiftung.«

»Ach du lieber Gott!«, rief Kitty Bräuer. »Heute bleibt uns aber auch nichts erspart! Wie kommt Else denn zu so etwas?«

Marie Melzer war aufgesprungen. Im Flur traf sie auf Hanna, die brav dort gewartet hatte. »Hanna? Bist du bei ihr gewesen? Hat sie Fieber? Eine Wunde?«

Gertie blieb bei der Tür stehen und fand, dass die gnädige Frau eigentlich nicht Hanna sondern sie, Gertie, hätte fragen müssen. Aber so war das – ein Küchenmädchen zählte nicht. Eine Näherin schon eher.

»Die Gertie hat gemeint, wir müssen sie ins Krankenhaus fahren. Weil sie sonst sterben würde.«

»Komm mit hinauf, Hanna. Ich sehe sie mir einmal an.«

Gertie wurde nicht aufgefordert, an dieser Krankenvisite teilzunehmen, also verharrte sie bei der Tür. Hatte Hanna nicht eben laut und deutlich gesagt: »Die Gertie hat …«? Wieso durfte sie dann nicht mit hinauf?

Jetzt war auch Kitty Bräuer aufgestanden und in den Flur hinausgetreten. Missmutig sah sie Gertie an.

»Was für ein Theater! Wahrscheinlich hat sie mal wieder Zahnweh. Soll endlich mal zum Zahnarzt gehen, das dumme Mädchen. Was stehst du hier noch herum? Geh hinauf in deine Kammer. Halt! Warte! Wenn du schon einmal hier bist – bring mir eine Tasse Tee. Den Schwarztee aus Indien. Und zwei Krokantkekse. Bring den Tee nach oben in mein Zimmer. Nun mach schon!«

»Sehr gern, gnädige Frau.«

Diese Frau hatte ein Gemüt wie ein Hackklotz. Oben lag Else im Sterben – aber die gnädige Frau bestellte sich Tee mit Keksen. Zornig lief Gertie die Treppe hinunter in die Küche, wo neuer Ärger auf sie wartete.

»Musst du deine Nase immer in alles hineinstecken?«, knurrte Julius sie an. »Fast hätte ich sie herumgekriegt.«

»Sie dürfen das Auto gar nicht ohne Anweisung der Herrschaft fahren!«, fauchte sie zurück. Der hatte ihr gerade noch gefehlt. Dieser geile Bock wollte die Lage nur ausnutzen, um sich an Hanna heranzumachen.

»In einem Notfall, wenn es um Leben und Tod geht, darf ich das schon«, behauptete er.

Unfassbar! Die Einzige, die sich um die arme Else sorgte, war die Köchin. Fanny Brunnenmayer war ebenfalls hinaufgelaufen, jetzt kehrte sie schwer atmend in die Küche zurück. Die junge Frau Melzer sei oben bei Else. Gottlob. Die Marie Melzer wüsste gewiss, was zu tun sei.

Gertie dachte, dass auch sie wusste, was zu tun war. Nur leider hörte keiner auf sie.

»Julius! Fahr den Wagen vor!«, rief eine energische männliche Stimme.

Der Hausdiener fuhr zusammen. Offensichtlich hatte die Angelegenheit weitere Kreise gezogen, man hatte den Hausherrn herbeigeholt. »Sofort, Herr Melzer!«

Gertie eilte mit Fanny Brunnenmayer auf die andere Seite der Küche, wo der Ausgang zur Halle war. Licht flammte auf – der gnädige Herr hatte im vergangenen Jahr mehrere elektrische Lampen in der Halle anbringen lassen.

»Da!«, stöhnte Fanny Brunnenmayer und deutete mit ausgestrecktem Arm auf den herrschaftlichen Treppenaufgang. »Oh Gott, oh Gott ... Heilige Jungfrau ... Jesus Christus.«

Mit großen Augen verfolgte Gertie das Geschehen. Der gnädige Herr trug die reglose Else doch tatsächlich in seinen Armen die Treppe hinunter. Das hätte von ihren früheren Dienstherren ganz sicher keiner getan. Man hatte die Kranke in ihr Federbett gewickelt, aber ihre bloßen Füße ragten daraus hervor. Puh, die arme Else hatte jede Menge Hühneraugen.

»Ist der Wagen da? Bring noch eine Decke, Hanna.«

Marie Melzer lief neben ihrem Mann her, Hanna eilte voraus, um die Haustür zu öffnen. Weiße Flocken wehten herein, ausgerechnet jetzt hatte es zu schneien begonnen.

Fanny Brunnenmayer hatte den Arm auf Gerties Schulter gestützt und schluchzte zum Gotterbarmen. »Sie kommt nicht wieder, Gertie. Sie kommt nicht wieder.«

Gertie riss sich los, um Mantel und Hüte für die Herrschaft herbeizuholen. Marie Melzer lächelte ihr für einen winzigen Moment zu, dann nahm sie die Sachen über den Arm und lief hinter ihrem Mann her. Wie es schien, wollte sie mit ins Krankenhaus fahren.

Kaum hatte Hanna die Eingangstür hinter ihnen geschlossen, da erschien oben am Treppenaufgang Kitty Bräuer. Verwirrt starrte sie in die Halle, wo Hanna mit Gertie und der schluchzenden Köchin stand.

»Mein Gott – wie schrecklich!«, rief sie. »Gertie – vergiss meinen Tee nicht. Keine Kekse. Mir ist der Appetit vergangen!«

8

Es ging aufwärts. Paul Melzer spürte es, auch wenn fast alle in seiner näheren Umgebung skeptisch blieben. Aber er war sicher, den richtigen Riecher zu haben, genauso, wie ihn sein Vater immer gehabt hatte. Die Talsohle des wirtschaftlichen Niedergangs nach dem verlorenen Krieg war durchschritten.

Er legte das Schreiben, über dem er ein Weilchen gebrütet hatte, in die Mappe zurück und beschloss, die Entscheidung morgen nach einem ausführlichen Gespräch mit Ernst von Klippstein zu fällen. Das Angebot aus den USA für die Lieferung von Rohbaumwolle war durchaus akzeptabel, die Frage war nur, ob die neue Rentenmark, auf die er selbst so viele Hoffnungen setzte, tatsächlich eine Beruhigung des deutschen Währungssystems herbeiführen würde. Wenn die deutsche Währung dem Dollar gegenüber jedoch weiterhin an Wert verlor, würde man den Kauf von Baumwolle besser mit der Abnahme bedruckter Stoffe koppeln, um keine Verluste einzufahren.

Er schloss die Mappe und reckte sich – das Sitzen am Schreibtisch bekam seiner Schulter nicht; sie versteifte sich, wenn er nicht beständig in Bewegung blieb. Es war lästig, aber alles in allem hatte er viel Glück gehabt – andere hatten weitaus schlimmere Kriegsverletzungen mit heimgebracht. Von den vielen, vielen Tausenden, die der Krieg verschlungen hatte, die irgendwo namenlos in fremder Erde lagen, gar nicht erst zu reden. Ja, er war ein Glückskind. Er hatte nicht nur überlebt, er hatte auch seine geliebte Marie wieder in die Arme schließen können, seine beiden Kinder, seine Mutter, die Schwestern … Nicht allen Heimkehrern war es so gut ergangen, manch Unglücklicher hatte feststellen müssen, dass die Ehefrau oder Braut sich während seiner Abwesenheit jemand anders gesucht hatte.

Draußen war es schon dunkel. Durch das Bürofenster sah man einen Teil der beleuchteten Hallen der Melzer'schen Tuchfabrik mit den Zacken der verglasten Sheddächer, dahinter in einiger Entfernung die Gebäude der Kammgarnspinnerei und anderer industrieller Anlagen. Weit in der Ferne glommen die Lichter der Stadt im nächtlichen Dunkel. Es war ein guter, friedlicher und hoffnungsvoller Anblick. Seine Heimatstadt Augsburg – er hatte sich oft nach ihr gesehnt in diesen düsteren Kriegstagen in Russland. Aber es war besser, nicht weiterzudenken. Nur keine Erinnerungen aufkommen lassen. Was er auf den Feldzügen und später im Gefangenenlager gesehen hatte, war so unvorstellbar grausam gewesen, dass er es tief in sich hinein verbannen musste. Ein paarmal hatte er versucht, Marie etwas davon zu erzählen. Aber er hatte es später bereut, denn die Gespenster, die er gerufen hatte, quälten ihn mehrere Nächte lang und ließen sich nicht einmal mit Alkohol betäuben. Man musste sie im Keller des Vergessens begraben, die bösen Schatten, die Tür hinter ihnen mit siebenundsiebzig Schlössern verschließen und niemals wieder daran rühren. Nur so konnte man weiterleben, eine Zukunft aufbauen.

Er schob die Mappe zurück und ordnete die Stapel rechts und links auf seinem Schreibtisch. Links die unerledigten Angelegenheiten, nach Dringlichkeit geordnet, rechts die Ordner und Mappen, die er heute zur Einsicht benötigt hatte. In der Mitte die Schreibgarnitur aus grünem Stein, die einst seinem Vater gehört hatte. Seit nunmehr drei Jahren saß er hier im Büro seines Vaters, an seinem Schreibtisch, sogar auf dem gleichen Stuhl. Es war nur wenige Jahre her, da hatte der Direktor Johann Melzer hier in diesem Raum seinen Sohn Paul fürchterlich zusammengestaucht – in der Gegenwart mehrerer Angestellter! Paul war vor Zorn direkt nach München gefahren, wo er damals noch Jura studierte ...

Vergangen – vorbei. Die Zeit hatte die Generationen verschoben. Johann Melzer ruhte mit Gott auf dem Hermanfriedhof, Paul Melzer war an seine Stelle getreten und sein Sohn Leo, der Vater und Großvater nachfolgen sollte, prügelte sich in der Volksschule mit seinen Klassenkameraden herum.

Jemand klopfte an die Tür.

Henriette Hoffmann, eine der beiden Sekretärinnen, schaute durch den Türschlitz, ihre Brillengläser funkelten im Schein der Deckenlampe. »Wir wären dann so weit, Herr Direktor.«

»Es ist gut, Fräulein Hoffmann. Wir machen dann Schluss – sagen Sie Fräulein Lüders, sie soll diese beiden Aktenordner wieder in das Büro von Herrn von Klippstein zurückstellen.«

Es war wieder einmal spät geworden, seine Armbanduhr zeigte sieben Uhr – er würde sich einige Vorwürfe seiner Mutter anhören müssen. Mama war seit vielen Jahren die Hüterin eines geregelten Tagesablaufs in der Tuchvilla, wozu vor allem das Einhalten der Essenszeiten gehörte. Sie hatte es nicht leicht, da vor allem Kitty wenig von Pünktlichkeit hielt. Dazu kam nun auch noch Maries Arbeit im Atelier, die sich oft bis in den Abend hineinzog. Eine Entwicklung, die auch ihm selbst wenig gefiel, mit der er sich jedoch bisher klaglos abgefunden hatte.

»Sehr gern, Herr Direktor.«

»Das wär's dann für heute, Fräulein Hoffmann. Ist Herr von Klippstein schon gegangen?«

Henriette Hoffmann setzte ein bemühtes Lächeln auf. Gewiss, der Herr von Klippstein habe sein Büro vor einer Viertelstunde verlassen. »Er lässt ausrichten, dass er noch in der Karolinenstraße vorbeifährt, um Ihre Frau abzuholen.«

»Danke, Fräulein Hoffmann. Denken Sie bitte daran, die Tür zum Treppenhaus abzuschließen, wenn Sie gehen.«

Paul bemerkte, wie sie errötete. Heute Früh hatte Paul Melzer festgestellt, dass besagte Tür nicht verschlossen war. Jeder, der es gewollt hätte, hätte sich im Haus Zutritt zum Vorzimmer und dem Arbeitsraum der Sekretärinnen verschaffen können. Man hatte sich gegenseitig die Schuld zugeschoben, es war jedoch zu vermuten, dass der gute Klippi für die Nachlässigkeit verantwortlich war. Er schien überhaupt in letzter Zeit ein wenig zerstreut, vielleicht stimmte ja, was Kitty immer wieder behauptete, und Ernst von Klippstein ging tatsächlich auf Freiersfüßen.

Paul zog den Mantel über und setzte den Hut auf. Zu einem Stock, der angeblich den eleganten Herrn aus besseren Kreisen ausmachte, konnte er sich nicht entschließen. Hinter ihm eilte Ottilie Lüders in sein Büro, um die beiden Aktenordner zu holen und sie hinüber in Klippsteins Raum zu bringen, wo sie hingehörten. Anders als sein Vater, der stets vor einem übervollen Schreibtisch gesessen hatte, konnte Paul es nicht leiden, wenn sich dort Unterlagen ansammelten, die er nicht mehr benötigte.

»Einen angenehmen Feierabend wünsche ich den Damen.«

Er lief die Treppen im Eilschritt hinunter, die Abstände der Stufen waren ihm so vertraut, dass seine Beine sich von ganz allein bewegten. Unten angekommen, kontrollierte er noch rasch die Hallen, schaute bei der Spinnerei nach den neuen Maschinen und war zufrieden, dass alles funktionierte. In einer halben Stunde war auch hier Feierabend. Vor dem Krieg waren hier Tag und Nacht die Maschinen gelaufen, doch das war lange vorbei. Noch war die Auftragslage nicht in derart schwindelnde Höhen gestiegen, es reichte die Früh- und die Mittagsschicht, beide waren auf acht Stunden festgesetzt, was ihm den Ruf eingetragen hatte, ein fortschrittlicher Arbeitgeber zu sein. Es gab allerdings auch Stimmen, die behaupteten, er habe diese Regelung nur aus Furcht vor weiteren Streiks eingeführt, er sei ein Feigling, der vor den Sozialisten in die Knie ging. Wie auch immer – seine Arbeiter waren zufrieden und die Leistungen in Ordnung. Das zählte. Auch wenn sich sein Vater ob solcher Zugeständnisse vermutlich ständig im Grabe umdrehte.

»Einen schönen Abend noch, Herr Direktor!«

»Schönen Abend, Gruber!«

Der Pförtner war – wie immer – aus seinem mit Glaseinsätzen versehenen Raum herausgetreten, um den Herrn Direktor zu verabschieden. Eine treuere Seele als diesen Gruber würde man vermutlich auf der ganzen Erde nicht finden. Er lebte nur für die Fabrik, kam als Erster und ging als Letzter – Kitty hatte einmal behauptet, er wohne sogar in seinem Pförtnerhäuschen, was natürlich nicht stimmte. Aber Gruber kannte hier wirklich jeden, der hier ein und aus ging, alle Angestellten bis hinunter zur letzten Hilfskraft, den Briefträger, die Lieferanten, die Geschäftspartner und wer sonst Zugang zum Gelände hatte.

Während er über die Haagstraße in Richtung Tuchvilla fuhr, fragte er sich, was Ernst wohl dazu veranlasste, Marie vom Atelier abzuholen. Sein Freund hatte dies schon mehrfach getan, wobei er anführte, dass Marie während der dunklen Jahreszeit nicht ohne Begleitung nach Hause gehen sollte. Marie hatte ihn ausgelacht und behauptet, sie sei schließlich nicht die Einzige, die die Straßenbahn benutze. Ob er in Zukunft auch die Damen Hoffmann und Lüders nach Hause fahren wolle, die ebenfalls um diese Zeit allein unterwegs seien? Da hatte sich Ernst hinter Mama gestellt und erklärt, er sorge auf diese Weise dafür, dass das Abendessen im Hause Melzer pünktlich eingenommen werden könne. Und außerdem hoffe er selbstverständlich darauf, als Kavalier und Helfer zu Tisch gebeten zu werden. Was Mama nur allzu gern tat. Nun – Paul hatte nichts dagegen, Klippi – wie Kitty ihn nannte – war ein liebenswerter Mensch und ein angenehmer Tischgenosse.

Am Parktor fiel ihm zum wiederholten Mal auf, dass der linke Torflügel schräg in den Angeln hing, man würde den gemauerten Pfosten erneuern müssen, die großen schmiedeeisernen Torflügel waren glücklicherweise intakt. Paul nahm sich vor, bei nächster Gelegenheit diese Sache mit Mama zu besprechen, und richtete seinen Blick auf die Villa, die von mehreren Außenlampen hell beleuchtet wurde. Direkt vor der Eingangstreppe hatte ein Pferdefuhrwerk Halt gemacht. Vermutlich der Weinhändler, bei dem er etliche Kisten Rot- und auch Weißwein bestellt hatte. Paul war verärgert. Fuhrwerke hatten vor dem Haupteingang nichts zu suchen, die Bauern oder Händler, die der Tuchvilla Lebensmittel lieferten, taten besser, vor dem Dienstboteneingang zu halten, denn dorthin mussten auch die Waren gebracht werden. Beim Näherkommen stellte er jedoch zu seinem größten Erstaunen fest, dass nicht etwa Weinkisten ausgeladen, sondern verschiedene

Koffer und Möbelstücke aus der Villa herausgetragen wurden, um sie im Fuhrwerk zu verstauen.

Er parkte direkt hinter der Kutsche und kam gerade noch rechtzeitig, um Julius daran zu hindern, einen hellblauen, mit Seide bezogenen Hocker in den Wagen zu stellen.

»Was soll denn das werden, Julius? Das ist doch ein Hocker aus dem Zimmer meiner Schwester!«

Julius hatte ihn nicht kommen sehen und erschrak bei der unerwarteten und unwirschen Anrede. Er stellte den Hocker auf das Hofpflaster und atmete zuerst einmal tief durch. Paul sah seinem Hausdiener an, dass ihm diese ganze Angelegenheit sehr unangenehm war.

»Es geschieht auf Anweisung Ihrer Schwester, Herr Melzer«, sagte er beklommen. »Ich führe nur aus, was man mir aufträgt.«

Paul starrte zuerst Julius an, dann sah er hinunter auf den hübschen kleinen Hocker, den ein Volant aus feiner Seide umgab. Hatte der nicht immer vor Kittys Spiegeltisch gestanden?

»Tragen Sie alles wieder in die Villa zurück!«, wies er den verblüfften Hausdiener an. Dann stürmte er die Stufen hinauf, um Kitty den Kopf zurechtzusetzen. In der Halle prallte er auf einen kleinen Schreibtisch, den zwei junge Burschen zum Ausgang trugen.

»Abstellen! Es wird nichts mehr hinausgetragen!«, befahl er zornig.

Einer der jungen Kerle gehorchte, der andere sah ihm frech ins Gesicht. »Wir machen hier nur unsere Arbeit, mein Herr. Besser, Sie stehen uns nicht im Weg.«

Paul zwang sich, ruhig zu bleiben. Er kannte diese jungen Kerle, hatte einige in der Fabrik angestellt und viel Ärger mit ihnen gehabt. Mit siebzehn hatte man sie in den

Krieg geschickt, dort waren sie verroht, hatten gelernt, ohne Reue zu töten, zu schänden, zu zerstören. Jetzt fanden sie sich in der Heimat nicht mehr zurecht.

»Ich bin der Hausherr«, sagte er in ruhigem, aber energischem Ton. »Daher rate ich Ihnen, nichts gegen meinen Willen hinauszutragen. Es könnte Sie sonst teuer zu stehen kommen!«

An der Tür zu den Wirtschaftsräumen stand die Brunnenmayer mit der hochschwangeren Auguste, beide blickten mit erschrockenen Augen auf das Geschehen. Paul nickte ihnen nur kurz zu, dann eilte er durch die Halle in den ersten Stock.

»Kitty! Wo steckst du?«

Keine Antwort. Oben im zweiten Stockwerk, wo die Schlafräume der Familie lagen, wurden Möbel gerückt, man hörte Henny laut heulen. Er hatte schon den Fuß auf der Treppe, da sah er seine Mutter aus dem roten Salon treten.

»Paul! Was für ein Glück, dass du endlich kommst.«

Sie sah mitgenommen aus. Hatte sie etwa geweint? Oh weh – ein Familiendrama. Eigentlich hielt er sich aus den Zwistigkeiten der Damen in der Tuchvilla gern heraus.

»Was ist denn passiert?«

Tatsächlich, sie hatte geweint. Sie hielt das Taschentuch noch in der Hand und wischte sich die Augen. »Kitty hat den Verstand verloren«, stöhnte sie. »Sie will die Tuchvilla verlassen und mit Henny in die Frauentorstraße ziehen.«

Alicia musste sich erneut die Tränen abtupfen, und Paul begriff, dass es ihr weniger um Kitty als um die kleine Enkelin ging. Mama hing unendlich an den drei Kleinen.

»Und aus welchem Grund bitte schön?«

Eigentlich hätte er sich die Frage sparen können, denn er kannte die Antwort. Die neue Gouvernante, Serafina von Dobern. Wieso hatte Mama diese Person auch eingestellt, ohne sich darüber zuvor mit Kitty und Marie zu besprechen? Im Grunde hatte sich Mama diesen Kummer selbst zuzuschreiben.

»Ich bitte dich herzlich, Paul«, sagte sie. »Geh hinauf und setze deiner Schwester den Kopf zurecht. Auf mich hört sie ja nicht.«

Dazu hatte er nun schon überhaupt keine Lust. Zumal er seine kleine Schwester kannte – wenn sie einen Plan gefasst hatte, ließ sie sich durch nichts und niemanden davon abbringen. Er seufzte tief. Wieso kümmerte sich Marie nicht darum? Und wo war Ernst, dieser Feigling?

»Wenn Johann noch am Leben wäre«, flüsterte Mama in ihr Taschentuch, »dann hätte Kitty das nicht gewagt!«

Paul tat, als habe er diesen Satz nicht gehört, und stieg die Treppe in den zweiten Stock hinauf. Papa! Der hätte diese Serafina gar nicht erst ins Haus gelassen. Tatsächlich hatte Papa Lisas Freundinnen nie gemocht, wozu er allen Grund gehabt hatte.

Oben im Flur herrschte ein heilloses Durcheinander an Koffern und Kisten, Hennys Kinderbett stand auseinandergebaut gegen die Kommode gelehnt, die Matratzen und das Bettzeug daneben, das Nachttöpfchen, ihre Puppen und das große Schaukelpferd ...

»Kitty! Bist du denn ganz und gar verrückt geworden?«

Statt seiner Schwester Kitty erschien jetzt Marie im Flur, einen Stapel Kinderwäsche im Arm. Ein Haufen Kleider bewegte sich hinter ihr her, darunter erkannte Paul jetzt die kleine Gertie, die Kittys Garderobe zu einem großen Überseekoffer schleppte.

»Ach Paul!«, rief Marie und setzte die Wäsche in einen offenstehenden Koffer. »Es tut mir so leid ... Heute ist alles aus den Fugen.«

Kopfschüttelnd stieg er an Kisten und Kasten vorbei, um in Kittys Zimmer zu gehen. »Ich verstehe nicht ganz, dass du bei diesem irrwitzigen Treiben auch noch mithilfst, Marie«, sagte er im Vorübergehen. »Wieso versuchst du nicht zu vermitteln? Mama ist völlig außer sich.«

Marie sah ihn betroffen an, und sogleich bereute er seine Worte. Wie dumm von ihm, nun Marie zu beschuldigen. Sie konnte gewiss am wenigsten dafür.

Doch Maries Antwort machte ihm deutlich, dass er sich getäuscht hatte. »Es tut mir leid, dir dies sagen zu müssen, Paul«, erwiderte sie ruhig. »Aber Mama ist selbst daran schuld. Sie kennt Kitty schließlich seit ihrer Geburt und hätte wissen können, dass sie nicht auf diese Weise mit ihr umspringen kann.«

Paul nahm den Vorwurf gegen seine Mutter schweigend zur Kenntnis. Mama hatte behauptet, dass die Sorge um die Kinder allein an ihr hinge, da Marie den ganzen Tag in ihrem Atelier verbringe. Und daher habe sie eine Gouvernante ausgewählt, die ihr volles Vertrauen hatte. Er konnte dieser Argumentation zwar teilweise folgen, Marie gegenüber erwähnte er sie lieber nicht.

Kitty saß auf ihrem Bett, hielt die schluchzende Henny auf dem Schoß und sprach beruhigend auf sie ein. »Eine Puppenstube …«

»Neeeiiiin! Will hierbleiben!«

»Aber, mein Schatzekind. Die Oma Gertrude freut sich doch auf dich.«

»Maaag nich … Oooma … Truuuudää …«

Kitty blickte genervt auf und stellte fest, dass Paul an der Tür stand. Sie schien von seiner Anwesenheit ausnahmsweise nicht begeistert.

»Ach Paulemann«, rief Kitty mit künstlicher Fröhlichkeit. »Stell dir vor, dieses dumme, dumme Kind will nicht in die Frauentorstraße ziehen. Wo sie dort doch einen Garten ganz für sich allein hat. Und wo wir doch all ihre Spielsachen mitnehmen.« Jetzt sprach sie mehr zu der schluchzenden Henny als zu ihrem Bruder. »Und wo ich ihr doch eine wunderwunderschöne Puppenstube kaufen will. Mit echten Möbeln darin. Und mit Beleuchtung...«

Paul räusperte sich und beschloss, einen Versuch zu wagen. Auch wenn er sich wenig Hoffnung auf Erfolg machen konnte.

»Willst du das Mama wirklich antun, Kitty?«

Kitty rollte die Augen und warf mit einer energischen Kopfbewegung das zu einem Bubikopf geschnittene dunkle Haar zurück. »Mama ist eine egoistische Person, die ihre Enkelkinder kalt lächelnd einer Hexe ausliefert. Kein Wort mehr über Mama, Paulemann. Ich weiß, wovon ich rede. Schließlich kenne ich Serafina zur Genüge. Niemals, nie, nie und nimmermehr werde ich ihr meine süße kleine Henny überlassen.«

Paul seufzte. Er kämpfte auf verlorenem Posten, das war ihm klar. Aber er tat es seiner Mutter zuliebe. Und natürlich auch um den Familienfrieden zu wahren. »Wieso setzt ihr Frauen euch nicht zusammen und besprecht die Sache? Es muss doch möglich sein, wenn alle guten Willens sind, eine Lösung zu finden. Schließlich ist Frau von Dobern nicht die einzige Gouvernante in Augsburg.«

Henny hatte ganz offensichtlich bemerkt, dass die Aufmerksamkeit ihrer Mutter von ihr abgelenkt war, daher holte sie jetzt kräftig Luft und brüllte von Neuem los.

»Henny, meine Süße. Jetzt ist es aber gut ... Da muss man doch nicht so schreien.«

Doch Henny ließ sich nicht beruhigen und setzte erneut zum Trotzgeheul an. Kitty hielt sich die Ohren zu, während Paul sich abwandte und in den Flur flüchtete.

Dort war Marie beschäftigt, einen ganzen Arm voller Handtäschchen und Gürtel in eine Tasche zu stopfen.

»Wir hatten uns zusammengesetzt, Paul«, sagte sie bekümmert. »Aber da war es schon zu spät. Mama war auf gar keinen Fall bereit, Frau von Sontheim wieder zu entlassen. Ach Paul, ich fürchte, das alles ist meine Schuld. Ich verbringe viel zu viel Zeit in meinem Atelier und vernachlässige meine übrigen Aufgaben.«

»Nein, nein, Marie. Das darfst du nicht denken. Es ist alles eine Frage der Organisation. Wir werden eine Lösung finden, mein Schatz.«

Sie sah zu ihm auf und lächelte erleichtert. Für einen Augenblick versanken ihre Blicke ineinander, und er war versucht, sie in seine Arme zu nehmen. Seine Marie. Die Frau an seiner Seite, auf die er so stolz war. Nichts sollte zwischen ihnen stehen.

»Es tut mir leid, dass ich vorhin …«, begann er, doch er wurde unterbrochen. Aus Kittys Zimmer war Hennys durchdringendes Stimmchen zu hören.

»Und Dodo … und Leo … und … und … die Großmama … und meine Schaukel … und die Liesl mit dem Maxl und dem Hansl …«

»Drüben hast du Oma Gertrude, und zu Weihnachten kommt Tante Tilly, Mamas Freunde besuchen uns …«

»Kaufst du mir ein Puppenhaus?«

»Eine Puppenstube, hab ich gesagt, Henny.«

»Ein Puppenhaus. Und oben sind die Kammern für die Diener. Und im Salon sind rote Sessel. Und ein Automobil.«

»Eine Puppenst…« Hennys Geheule kam als Antwort, doch Kitty blieb hart. »Und wenn du weiter brüllst, gibt es gar nichts!«

Kurz darauf erschien Kitty im Flur, die schluchzende

Tochter auf dem Arm. Offensichtlich war der Handel nun beschlossene Sache, es gab eine Puppenstube und kein Puppenhaus.

»Marie, meine Herzensmarie. Ich fahre jetzt mit dieser Heulsuse in die Frauentorstraße, heute Abend muss ich zu einer Ausstellung im Kunstverein, da darf ich nicht fehlen, weil ich die Laudatio halte. Sei doch so lieb und kümmere dich darum, dass alles schön verpackt und hinübergefahren wird, ja? Ach Paulemann, es ist ganz furchtbar traurig. Wir werden uns nun nicht mehr so häufig sehen, aber ich verspreche dir, dass ich, sooft es geht, zu Besuch kommen werde. Und grüßt mir Mama, sie soll sich beruhigen und ja keine Migräne bekommen. Henny geht es gut, mein kleiner Schatz wird in der Frauentorstraße sehr glücklich sein. Und … Gertie, vergiss die Hüte im Schrankzimmer nicht! Wenn die Hutschachteln nicht ausreichen, dann stopfst du sie einfach in einen Koffer. Ach Paulemann – lass dich umarmen. Du bist doch mein allerallerliebster, einziger Paulemann, wir werden immer unzertrennlich sein. Marie, meine liebe Freundin, ich bin gleich morgen früh bei dir im Atelier. Sei umarmt, meine Süße. Nimm doch mal kurz Henny auf den Arm, Paulemann, damit ich Marie an mich drücken kann. Lebt wohl, ihr Lieben … lebt wohl … vergesst mich nicht. Gertie, denk an die blauen Pantöffelchen in der Kommode.«

Kittys Redeschwall umgab sie wie eine Schutzschicht – Paul war es nicht möglich, auch nur ein einziges Wort anzubringen. Mit beklommener Miene sah er ihr nach, hörte sie unten in der Halle mit Auguste schwatzen, dann das Geräusch der Eingangstür, die sich hinter ihr schloss. Gleich darauf wurde draußen ein Automotor angelassen.

»Sie fährt doch wohl nicht mit meinem Automobil in die Frauentorstraße?«

Er eilte in Maries Zimmer, dessen Fenster zum Hof hinausgingen, und starrte hinunter. Tatsächlich bewegte sich ein Wagen durch die Auffahrt in Richtung Parktor.

»Beruhige dich, Paul«, sagte Marie, die ihm gefolgt war. »Es ist Klippis alter Wagen. Er hat ihn ihr geschenkt.«

»Da schau einmal an«, knurrte Paul. »Damit wird er sich wohl Mamas Zuneigung verscherzt haben.«

Marie lachte leise und meinte, dass Klippi bei Mama so gut angeschrieben sei, dass er sich einen kleinen Ausrutscher leisten konnte.

»Er ist so ein liebenswerter, hilfsbereiter Mensch ...«

»Gewiss«, knurrte Paul. Wider besseres Wissen verspürte er einen heftigen Zorn gegen seinen Freund und Teilhaber. Wieso mischte sich Ernst von Klippstein eigentlich beständig in sein Familienleben ein? Nicht nur, dass er Marie vom Atelier abholte und damit ihm, Paul, mehr oder weniger vorwarf, seine junge Frau nicht genug zu schützen – jetzt nahm er noch Partei für Kitty und stellte sich damit gegen Mama. Paul empfand jetzt Mitleid mit seiner Mutter, die es doch gewiss nur gut gemeint hatte. Wer konnte ihr übel nehmen, dass sie eine andere Vorstellung von Kindererziehung hatte als ihre Tochter?

Aus dem Speisezimmer war der Essensgong zu hören.

»Lass uns wenigstens gemeinsam Abendbrot essen, Marie!«

Sie nickte und gab Gertie rasch noch einige Anweisungen, wie sie mit den Koffern zu verfahren hatte. Dann fasste sie Paul bei der Hand, und sie liefen durch den Flur zur Treppe. Bevor sie hinuntergingen, hielt Paul sie kurz fest und küsste sie rasch auf den Mund. Beide kicherten dabei, als sei Marie immer noch die Kammerzofe, die der junge Herr Melzer heimlich im Flur küsste.

Im Speisezimmer hatten die anderen bereits Platz genommen. Ernst von Klippsteins Lächeln erschien ihm ein wenig schuldbewusst, Mama war sehr ernst, sie saß jedoch aufrecht und mit geradem Rücken am Tisch. Kittys Stuhl war von Serafina von Dobern beschlagnahmt worden, rechts und links von der neuen Gouvernante waren die Plätze der Zwillinge. Leo sah nicht einmal auf, als die Eltern eintraten, Dodos Gesicht war rot und verquollen, vermutlich hatte es Ärger gegeben.

»Was ist los, Dodo?«, fragte Marie, die ihre Tochter mit besorgten Blicken betrachtete.

»Sie hat mich geohrfeigt!«

Marie blieb scheinbar gelassen, doch es zuckte um ihren Mund. Paul kannte dieses Zeichen – sie war zornig.

»Frau von Dobern«, sagte Marie langsam und mit fester Stimme. »Es war bisher niemals notwendig, meine Kinder zu schlagen. Und ich wünsche, dass Sie es auch so halten!«

Serafina von Dobern saß ebenso gerade wie Mama auf ihrem Stuhl – vermutlich gehörte diese Sitzhaltung zur Erziehung in Adelskreisen. Die Gouvernante lächelte nachsichtig.

»Selbstverständlich, Frau Melzer. Schläge sind kein adäquates Erziehungsmittel in unseren Kreisen. Wobei eine kleine Ohrfeige gewiss noch keinem Kind geschadet hat.«

»Das finde ich auch, Marie!«, ließ sich Mama vernehmen.

»Ich bin anderer Ansicht«, sagte Marie, und ihre Stimme klang dabei ungewohnt hart.

Paul fühlte sich denkbar unwohl bei diesem Tischgespräch. Papa hätte jetzt vermutlich ein Machtwort gesprochen und die Auseinandersetzung damit auf seine Weise entschieden. Paul war aus anderem Holz geschnitzt, er wollte vermitteln. Was ihm jedoch in der Fabrik mühelos gelang – hier in der Familie erschien es ihm nahezu unmöglich.

»Die beiden sind gewiss lebhaft, aber niemals ungezogen, Frau von Dobern«, sagte er verbindlich. »Drakonische Maßnahmen sind daher vollkommen unnötig.«

Serafina bemerkte, das verstünde sich von selbst. »Dorothea und Leopold sind ja so reizende Kinder«, sagte sie in süßlichem Ton. »Wir werden uns ganz ausgezeichnet miteinander verstehen. Nicht wahr, kleine Dorothea?«

Dodo zog die Nase hoch und sah Serafina feindselig an. »Ich heiße Dodo!«

9

In zwei Wochen war schon Weihnachten. Leo presste die Stirn gegen die Fensterscheibe und starrte in den winterlichen Park der Tuchvilla. Wie dreckig die Auffahrt war, lauter Pfützen und sogar Pferdeäpfel, die keiner zusammenfegte. Die kahlen Bäume reckten ihre Äste in den grauen Himmel, man musste genau hinschauen, um die frechen Raben darauf zu erkennen. Wenn sie sich nicht bewegten, sahen sie aus wie die schwarzen knotigen Äste, auf denen sie hockten.

»Leopold? Bist du auch fleißig? Ich komme in fünf Minuten.«

Er verzog das Gesicht und erschrak, weil das Fensterglas seine Grimasse spiegelte. »Ja, Frau von Dobern …«

Im Hintergrund hörte man die C-Dur-Tonleiter auf dem Klavier. Bei dem »f« zögerte Dodo jedes Mal, weil sie den Daumen untersetzen musste, danach ging es hurtig hinauf zum »c«. Auf dem Rückweg holperte sie vor dem »e«, manchmal rutschte sie dann weg und hörte auf. Sie spielte die Töne, so laut sie konnte, es klang richtig wütend. Leo wusste, dass Dodo das Klavier verabscheute, aber Frau von Dobern war der Ansicht, dass eine junge Dame aus guter Familie dieses Instrument bis zu einem gewissen Grad beherrschen sollte.

Er freute sich überhaupt nicht auf Weihnachten. Auch wenn Papa ihm von der schönen großen Fichte erzählte, die bald wieder in der Eingangshalle stehen würde. Mit bunten Kugeln und Strohsternen geschmückt. In diesem Jahr durften sie auch die selbstgebastelten Sterne aus Glanzpapier aufhängen. Aber das war Leo ziemlich gleich – er hatte sowieso kein Talent zum Basteln, seine Sterne waren immer schief und voller Klebstoff.

Er hatte Walter seit Wochen nur in der Schule gesehen. Die heimlichen Besuche bei den Ginsbergs, der Klavierunterricht – alles war vorbei. Zweimal hatte Walter ihm Noten von seiner Mutter mitgebracht, die hatte er in seinem Tornister versteckt und am Abend im Bett angeschaut. Dann stellte er sich vor, wie die Musik klingen würde. Das ging ganz gut, aber es wäre viel, viel schöner gewesen, die Stücke auf dem Klavier zu spielen. Doch das war verboten. Frau von Dobern erteilte den Klavierunterricht persönlich, es ging darum, Tonleitern und Kadenzen zu spielen, den Quintenzirkel zu erlernen und – wie sie behauptete – die Finger zu stärken. Kadenzen spielte er ganz gern, und der Quintenzirkel war auch nicht übel. Gemein war nur, dass sie all seine Noten weggeschlossen hatte – weil sie angeblich viel zu schwierig für seine kleinen Fingerchen seien.

Dodo hatte recht: Die Frau von Dobern war eine böse Frau. Ihr machte es Spaß, kleine Kinder zu quälen. Und sie hatte die Großmama ganz und gar in der Hand. Weil die von Dobern solch eine hinterhältige Lügnerin war und die Großmama das nicht durchschaute.

Unten war jetzt Papas Auto zu sehen, das sich langsam der Tuchvilla näherte. Wenn es eine der Pfützen durchfuhr, schwappte das Wasser hoch und spritzte gegen die Kotflügel. Es regnete schon wieder, der Beifahrer betätigte die Scheibenwischer. Hin und her. Hin und her. Hin und her.

Jetzt fuhr das Auto auf den Hof, vorbei an dem Rondell, auf dem im Sommer immer bunte Blumen blühten, und dann konnte Leo den Wagen nicht mehr sehen. Das ging nur, wenn er das Fenster öffnete und sich hinauslehnte.

Von wegen fünf Minuten. Die blieb fast immer länger weg. Weil sie drüben in ihrem Zimmer heimlich am Fenster Zigaretten rauchte. Leo kämpfte eine Weile mit dem Fenstergriff, der sich so schlecht drehen ließ, dann klappte es endlich, und er hängte sich über das Fensterbrett.

Aha. Sie hatten vor dem Gesindeeingang gehalten, und jetzt stiegen zwei Leute aus. Der eine war Julius, die andere Person war in eine Decke gehüllt, sodass man sie gar nicht erkennen konnte. Auf jeden Fall war es aber eine Frau, weil unter der Decke ein Rock hervorlugte. Ob das am Ende die Else war? Die war doch im Krankenhaus gewesen. Gertie hatte erzählt, es stünde »auf des Messers Schneide« mit ihr. Da war sie nun wohl wieder gesund geworden. Sie hätte auch sterben können, so wie der Großvater. Leo konnte sich nur noch verschwommen an ihn erinnern, aber die Beerdigung war ihm im Gedächtnis geblieben, weil es da ganz schrecklich geblitzt und gedonnert hatte. Er hatte damals geglaubt, das sei der liebe Gott, der den Großpapa zu sich holte. Wie dumm er doch da gewesen war – nun ja, das war auch schon lange her. Mindestens drei Jahre …

»Wer hat dir das erlaubt? Herein mit dir! Auf der Stelle!«

Leo erschrak so, dass er fast aus dem Fenster gefallen wäre. Frau von Dobern packte ihn beim Hosenbund und zerrte ihn ins Zimmer zurück, dann fasste sie sein rechtes Ohr und benutzte es sozusagen als Griff, um den Knaben zu sich herumzudrehen. Leo brüllte. Es tat höllisch weh.

»Das wirst du niemals wieder tun!«, zischte die Gouvernante ihn an. »Wiederhole den Satz!«

Leo knirschte mit den Zähnen, aber sie ließ sein Ohr nicht los. »Ich wollte … ich wollte nur …«

Sie ließ Kinder niemals ausreden. »Ich warte, Leopold!«

Sie wollte ihm vermutlich das Ohr abreißen, ihm war schon ganz schlecht vor Schmerz.

»Nun?«

»Ich will es nie wieder tun«, presste er hervor.

»Einen richtigen Satz möchte ich hören.«

Sie zerrte fester, seine Ohrmuschel wurde langsam taub, dafür tat sein Kopf weh, als steche jemand mit einer langen Nadel von einem Ohr zum anderen.

»Ich will mich niemals wieder aus dem Fenster lehnen.«

Die Brillenhexe war noch nicht zufrieden. »Warum nicht?«

»Weil ich dabei hinausfallen könnte.«

Sie ließ sein Ohr erst los, nachdem sie noch einmal fest daran geruckelt hatte. Er fühlte die Ohrmuschel nicht mehr, es war, als hinge an seiner rechten Kopfseite ein schwerer heißer Ball, mindestens so groß wie ein Kürbis.

»Schließe jetzt das Fenster, Leopold!«

Ihr Atem roch nach kalten Zigaretten. Irgendwann würde er der Großmama beweisen, dass sie heimlich rauchte. Irgendwann – wenn sie einmal unvorsichtig war und sich erwischen ließ.

Er schloss das Fenster und drehte sich dann um. Frau von Dobern stand an seinem Schreibpult und las seine Rechenaufgaben durch. Da konnte sie lange lesen, das war alles richtig.

»Das schreibst du noch einmal – deine Schrift ist jämmerlich!«

Daran hatte er nicht gedacht. Sie war dumm. Schon zweimal hatte sie bei Dodo Rechenfehler übersehen, es kam ihr nur darauf an, dass man die Zahlen und Buchstaben ordentlich schrieb. Trotzdem war es wohl besser, sich nicht zu beschweren, sonst strich sie ihm die halbe Stunde am Klavier.

»Danach wirst du 50-mal den Satz schreiben: ›Ich werde mich niemals wieder aus dem Fenster lehnen, weil ich sonst hinabstürzen könnte.‹«

Ade Klavierüben. Mit dieser Schreiberei war er dann wohl für den Rest des Nachmittags beschäftigt. Er war wütend. Auf die Gouvernante. Auf die Großmama, die sich so leicht beschwindeln ließ. Auf Mama, die immer nur in ihrem blöden Atelier war und sich nicht mehr um Dodo und ihn kümmerte. Auf Tante Kitty, die mit Henny einfach weggezogen war. Auf Papa, der die olle von Dobern nicht leiden konnte, sie aber auch nicht wegjagte, auf …

»Du kannst sofort anfangen!«

Er setzte sich an sein Schreibpult, das gleich neben Dodos stand. Papa hatte die beiden Pulte gekauft, als sie in die Schule kamen, weil es für Kinder angeblich gesünder war, an einem Pult zu schreiben. Die Sitzbank war fest an den Tisch angeschraubt, damit man nicht hin und her rutschen konnte. Oben war eine Ablage für die Stifte, daneben die Vertiefung, in der das Tintenfass stand. Die Schreibplatte war schräg, man konnte sie hochklappen, darunter war ein Fach für Bücher und Hefte. Alles war genauso wie in der Schule, nur dass die Gouvernante täglich das Bücherfach kontrollierte, sodass es unmöglich war, dort etwas zu verstecken. Noten zum Beispiel. Oder Kekse. Einmal hatte sie welche gefunden und sofort weggenommen. Nächstens würde er ihr eine Mausefalle hineinlegen, da würde sie schreien, wenn die zuschnappte und ihre Finger einklemmte. Dafür würde er gern hundert Mal schreiben: ›Ich darf keine Mausefalle im Pult verstecken, weil sich meine Gouvernante daran die Finger klemmen könnte.‹ Er würde morgen die Brunnenmayer danach fragen. Oder die Gertie. Die Auguste kam nicht mehr, weil sie jetzt zu dick geworden war mit ihrem Baby im Bauch. Aber sie alle konnten die Gouvernante nicht leiden. Vor allem die Brunnenmayer. Die hatte mal gesagt, diese Gewitterziege würde noch viel Unglück über die Tuchvilla bringen.

»Wie wäre es, wenn du mit dem Schreiben begännest, anstatt in die Luft zu starren?«, fragte Frau von Dobern mit kühler Ironie.

Er klappte die Platte hoch und suchte das »Strafarbeitenheft« hervor. Es war schon halbvoll mit dämlichen Sätzen wie: »Ich darf nicht mit meiner Schwester flüstern, weil das unhöflich ist« oder »Ich darf keine Noten in mein Schreibheft malen, weil dort nur geschrieben und nicht gemalt wird.« Alles war reichlich mit Tintenklecksen verziert – genau wie seine Finger. Zu Anfang des zweiten Schuljahres waren sie stolz gewesen, nun schon mit Bleistift und sogar mit Feder und Tinte schreiben zu dürfen. Jetzt hätte er auf diese dumme Tintenkleckserei gern verzichtet.

»Du hast eine halbe Stunde Zeit, Leopold. Ich werde jetzt deiner Schwester Klavierunterricht erteilen, danach gehen wir gemeinsam an die frische Luft.«

Er tunkte den Federhalter in die Tinte und streifte die Stahlfeder sorgfältig am Rand des Glasgefäßes ab. Dann begann er lustlos, die ersten Worte zu schreiben, wobei sich gleich ein dicker, blau glänzender Tintenklecks auf das weiße Papier schlich. Er konnte machen, was er wollte, mit dieser blöden Feder konnte man einfach nicht ordentlich schreiben. Klippi hatte neulich beim Abendessen seinen Füllhalter herumgezeigt, einen »Waterman«, der kam aus Amerika und hatte eine Feder aus echtem Gold. Man konnte damit schreiben, ohne die Spitze einzutunken, und klecksen tat der Füllhalter auch nicht. Aber Papa hatte gesagt, solch ein Gerät sei unfassbar teuer und für seine kleinen Finger viel zu dick und zu schwer. Immer die Finger! Warum die aber auch nicht wachsen wollten!

Nach zwei Sätzen tat er einen tiefen Seufzer und steckte den Federhalter ins Tintenfass. Die ganze Hand war schon verkrampft von dem Mist, den er hier schreiben musste. Von unten hörte man jetzt wieder Tonleitern, erst C-Dur, dann a-moll, dann G-Dur… Da stolperte Dodo natürlich gleich über die schwarze Taste, das »fis«. Arme Dodo – sie würde wohl niemals gut Klavier spielen können, das wollte sie ja auch gar nicht. Dodo wollte Fliegerin werden. Aber das wussten nur er und Mama.

Er wischte die tintenbeschmierte Hand an einem Lappen ab und stand auf. Eigentlich war es gleich, ob er dieses sinnlose Zeug jetzt oder nach dem Abendbrot schrieb – seine halbe Stunde am Klavier war sowieso gestrichen. Da konnte er jetzt genauso gut hinunter in die Küche flitzen und nachschauen, ob die Brunnenmayer Kekse gebacken hatte. Er öffnete leise die Tür und lief durch den Flur zur Gesindetreppe. Hier war er sicher – die Gouvernante benutzte diese Treppe niemals, sie legte großen Wert darauf, wie ein Mitglied der Familie über die Haupttreppe zu gehen. Auch in der Küche war man vor ihr sicher, dort ließ sie sich nur selten blicken.

»Ja, der Leo!«, sagte die Brunnenmayer, als er unten erschien. »Bist deiner Aufpasserin entwischt, Bub? Da komm rasch her …«

Wie gut es hier duftete! Erfreut lief er zu dem langen Tisch hinüber, wo sie gerade einen Krautsalat mit Speck und Zwiebeln mengte. Dort stand auch die Gertie und schnippelte gekochte Kartoffeln, neben ihr saß die Else. Tatsächlich, das war die Else, da hatte er vorhin doch richtiggelegen. Blass und faltig war sie geworden, die Backe war noch ein bisschen dick, aber sie konnte immerhin schon Zwiebeln schneiden.

»Geht es dir wieder gut, Else?«, fragte er höflich.

»Freiliff. Dankschön, daff du fragft, Leo. Ef geht schon wieder ...«

Er sah sie forschend an, weil er die Worte nicht gleich verstand. Das kam wohl daher, dass ihr ein paar Zähne fehlten. Nun ja – die würden bald nachwachsen. Ihm waren auch schon zwei Milchzähne ausgefallen, und darunter kamen jetzt die neuen heraus.

»Und wir sind alle froh, dass du wieder bei uns bist, Else!«, sagte die Köchin und nickte ihr zu. Else säbelte an den Zwiebeln herum und schaffte es zu lächeln, ohne den Mund dabei zu öffnen.

»Magst Lebkuchen kosten, Bub?«, fragte Gertie schmunzelnd. »Wir haben gestern welche gebacken. Für Weihnachten.«

Sie legte das Messer hin und wischte sich die Finger an der Schürze ab, bevor sie hinüber in die Speisekammer lief. Gertie war schlank und schnell wie ein Wiesel. Schneller sogar als Hanna, sie war auch schlauer.

»Bring auch die Dose mit den Nusskringeln«, rief ihr die Brunnenmayer nach. »Da kannst ein paar für deine Schwester mitnehmen, Leo.«

Mit zwei großen Blechdosen kam Gertie zurück, stellte sie auf den Tisch und klappte sie auf. Sofort verdrängte ein wundervoller Duft nach Weihnachtsgewürzen den Zwiebelgeruch, und Leo schluckte, weil ihm das Wasser im Mund zusammenlief. Er nahm zwei große Lebkuchen, einen Stern und ein Pferdchen, dazu vier Nusskringel. Da waren außer Haselnüssen auch Mandeln drin. Und Karamell. Wenn man daraufbiss, dann knackte die Kruste ganz wundervoll zwischen den Zähnen. Innen drin war der Kringel weich und klebrig süß. Leo schlang seine Portion hinunter, schnell in den Magen damit, wo sie ihm niemand, auch nicht Frau von Dobern, wieder wegnehmen konnte. Mit Dodos Anteil war das schon schwieriger, er wickelte den Lebkuchenstern mit den beiden Nusskringeln in sein Taschentuch, aber der Stern war zu groß, das Paket passte nicht in seine Hosentasche.

»Da müssen wir den Stern halt zerschneiden«, schlug Gertie vor. »Wär ja schad drum, wenn er von der falschen Person gegessen würde.«

Die Köchin sagte nichts dazu, sie stellte den Krautsalat beiseite und nahm sich die Schüssel mit dem Kartoffelsalat vor, den sie mit zwei großen Holzlöffeln durchmischte. Wer sie kannte, der konnte an ihren Bewegungen ablesen, dass sie ärgerlich war. Leo verstaute sein gut gefülltes Taschentuch und überlegte, ob er mal vorsichtig nach einer Mausefalle fragen sollte. Aber weil jetzt die Else dabeisaß, tat er es besser nicht. Der Else war nicht zu trauen, die hielt es immer mit den Stärkeren – und bei der Großmama hatte die Frau von Dobern leider einen dicken Stein im Brett.

»Gibt's Würsterl zum Abendessen?«

»Könnt schon sein«, meinte Gertie geheimnisvoll.

»Ich kann sie schon riechen!«, schwindelte Leo.

»Dass du dich da net täuschst, Bub!«

Hinter ihm kam Julius in die Küche, als er Leo erblickte, stutzte er. »Da oben läuft eine Spitzmaus über den Flur, Bub«, sagte er. »Da pass nur auf, dass sie dich nicht beißt.«

Leo begriff sofort. Die Gouvernante hatte Dodo im roten Salon allein weiterüben lassen und war hinaufgegangen, um in ihrem Zimmer rasch eine Zigarette zu rauchen. Jetzt hieß es aufpassen, wenn er ihr nicht genau in die Arme laufen wollte.

»Da geh ich mal. Dank schön für die Kekse.«

Er grinste in die Runde, befühlte noch rasch seine dick gefüllte Hosentasche und schlich dann die Gesindetreppe hinauf.

»Eine Schande ist das«, hörte er die Brunnenmayer noch sagen. »Früher haben sie alle miteinander in der Küche gehockt und ihren Spaß gehabt. Die Liesl und die zwei Buben und die Henny und auch die Zwillinge. Und jetzt …«

»Herrschaftskinder gehören halt net in die Küche«, widersprach Julius.

Mehr bekam Leo nicht mehr mit. Er hatte inzwischen die Tür zum zweiten Stock erreicht und schaute durch den schmalen Glaseinsatz in den Flur hinein. Freie Bahn – sie musste in ihrem Zimmer sein. Eigentlich war es ja Tante Kittys Zimmer, aber die war ja leider weggezogen, und da hatte die Großmama Frau von Dobern dort einquartiert. Damit die Gouvernante immer in der Nähe der Kinder sein konnte!

Vorsichtig öffnete er die Tür und schob sich in den Flur hinein. Wenn er ganz großes Pech hatte, dann hatte Frau von Dobern gemerkt, dass er nicht im Kinderzimmer war, und wartete jetzt dort auf ihn. So etwas tat sie gern. Es machte ihr Spaß, gerade dann aufzutauchen, wenn man nicht mit ihr rechnete. Weil sie sich für schrecklich schlau hielt.

Er entschloss sich, trotzdem ins Kinderzimmer zurückzugehen und im Notfall zu schwindeln, er habe mal austreten müssen. Er setzte die Füße so geschickt auf, dass man seine Schritte kaum hörte, nur gegen das Knarren des

Dielenbodens konnte er wenig ausrichten. Fast hatte er es geschafft, seine Hand lag schon auf der Klinke, da hörte er hinter sich das schleifende Geräusch einer Tür, die geöffnet wurde.

Pech. Riesiges Pech. Er drehte sich um, bemüht, auf keinen Fall eine ertappte Miene zu zeigen. Doch dann erstarrte er vor Verblüffung. Frau von Dobern kam keineswegs aus ihrem eigenen Zimmer. Sie war im Schlafzimmer seiner Eltern gewesen.

Für einen Moment verspürte Leo einen schmerzhaften Stich in der Brust. Das durfte sie nicht. Dort hatte sie nichts zu suchen, dieses Zimmer war inzwischen sogar für Dodo und ihn tabu. Es gehörte seinen Eltern.

»Was tust du auf dem Flur, Leopold?«, fragte die Gouvernante streng.

Sie konnte noch so strafend dreinblicken, er hatte längst gesehen, dass ihr Hals ganz rot geworden war. Die Ohren bestimmt auch, aber die konnte man nicht sehen, weil ihre Haare darüberlagen. Frau von Dobern wusste sehr gut, dass sie erwischt worden war. Diese boshafte Zicke spionierte im Schlafzimmer seiner Eltern herum!

»Ich musste mal auf die Toilette.«

»Dann zieh dich jetzt zum Ausgehen um«, sagte sie. »Ich rufe Dodo – wir werden vor dem Abendbrot noch einen hübschen Winterspaziergang durch den Park machen.«

Er stand immer noch im Flur und starrte sie an. Zornig. Verletzt. Vorwurfsvoll.

»Ist noch etwas?«, meinte sie und zog die dünnen Augenbrauen in die Höhe.

»Was haben Sie da drin gemacht?«

»Deine Mutter rief an und bat mich nachzusehen, ob sie vielleicht ihre rote Brosche auf dem Nachttisch vergessen hat.«

So einfach ging das. Erwachsene waren mindestens so gute Lügner wie Kinder. Wahrscheinlich sogar bessere.

»Wir wollen deine Mama nicht mit dieser dummen Fenstergeschichte beunruhigen, nicht wahr, Leopold?«

Sie lächelte ihn an. Er hatte noch viel zu lernen. Erwachsene waren nicht nur die besseren Lügner, sie waren auch gemeine Erpresser.

Er ließ sie im Ungewissen und gab ihr keine Antwort, sondern lief zur Treppe. Unten in der Halle wartete schon Gertie mit seinen braunen Lederstiefeln und dem Wintermantel. Dodo zupfte widerwillig an der Wollmütze herum, die Gertie ihr bis über die Ohren gezogen hatte.

»Ich hasse spazieren gehen«, sagte sie zu Leo. »Ich hasse es, ich hasse es, ich …«

»Da nimm!« Er fummelte das gefüllte Taschentuch aus der Hosentasche und gab es ihr.

Sie strahlte. Stopfte einen Nusskringel in den Mund und kaute mit vollen Backen. »Kommt sie schon?«, nuschelte sie und zog ein Stück Lebkuchenstern heraus.

»Nee. Steht vor dem Spiegel und macht sich schön.«

»Da hat sie aber viel zu tun.«

10

Elisabeths Wangen glühten, es war unerträglich heiß an der festlichen Weihnachtstafel im Wohnzimmer. Möglich, dass auch die vielen Schnäpse dazu beitrugen, die man hierzulande vor, zwischen und nach dem Essen zu sich nahm. Tante Elvira hatte ihr erklärt, dass dies notwendig sei – wegen der fetten Speisen.

»Auf das heilige Christkind in der Krippe!«, rief Nachbar Otto von Trantow und hob das Glas mit dem französischen Rotwein.

»Auf das Christkind ...«

»Auf den Erlöser, der heute geboren wurde ...«

Elisabeth stieß mit Klaus an, mit Frau von Trantow, dann mit Tante Elvira, mit Frau von Kunkel und schließlich auch noch mit Riccarda von Hagemann. Der dunkelrote Tropfen funkelte im Licht der Kerzen, dazu erzeugten Tante Elviras geschliffene Weingläser einen melodischen Klang. Otto von Trantow, Besitzer eines ausgedehnten Gutshofs in der Nähe von Ramelow, lächelte Elisabeth über den Rand seines Glases hinweg vielsagend zu. Sie lächelte zurück und bemühte sich, nur einen winzigen Schluck Burgunder zu sich zu nehmen. Inzwischen hatte sie etliche dieser pommerschen Festgelage hinter sich gebracht. Noch jedes Mal war sie am folgenden Tag sterbenskrank gewesen.

»Für eine Gutsbesitzerin verträgst du erstaunlich wenig, meine Liebe«, hatte Klaus mitleidslos bemerkt, wenn sie in der Nacht bleich und stöhnend aus dem Ehebett aufstand und ins Badezimmer schlich. Dieses Mal sollte ihr das nicht passieren, sie würde vorsichtig sein.

»Es ist eine rechte Weihnachtsnacht, Elvira«, bemerkte Corinna von Trantow, eine stattliche Dame um die vierzig, die wegen ihrer ergrauten Haare aber älter wirkte. »Die Eiszapfen hängen vom Dach herab, einer neben dem anderen, wie die Soldaten ...«

Alle blickten zum Fenster, wo man im Licht einer Laterne dicke Schneeflocken über den verschneiten Garten tanzen sah. Es war gut 15 Grad unter null, man hatte den Hunden eine Ladung Stroh in die Hütten gegeben, damit sie nicht erfroren. Wobei Leschik kopfschüttelnd bemerkte, dass es zu nichts führte, die Hunde zu verwöhnen. Die Wölfe drüben im Wald überwinterten auch ohne Stroh. Aber Klaus liebte seine Hunde, die er zur Jagd ausbildete, und Leschik hatte sich fügen müssen.

Am Ende der Festtafel saßen nach alter Tradition die Jugend und diejenigen Angestellten, die das Recht hatten, mit der Herrschaft zu feiern. Die Trantows hatten eine ältliche Erzieherin mitgebracht, Fräulein von Bodenstedt, die ein strenges Auge auf die sechsjährige Mariella und ihre elfjährige Schwester Gudrun hatte. Neben der Erzieherin, deren Korsett sie beinahe abschnürte, saß der Bibliothekar Sebastian Winkler in seiner braunen abgeschabten Jacke, an seiner Seite die beiden erwachsenen Sprösslinge der Familie Kunkel, Georg und Jette. Georg Kunkel war weithin als erfolgreicher Frauenheld und Nichtstuer bekannt, sein Studium in Königsberg hatte er geschmissen, da sein Vater jedoch noch sehr rüstig war, kümmerte sich Georg mehr um die angenehmen Dinge des Lebens als um den elterlichen Gutshof. Jette war im Gegensatz zu ihrem Bruder ein schüchternes Wesen. Mit ihren 26 Jahren war sie längst heiratsfähig, da sie jedoch nicht gerade durch Liebreiz auffiel, hatte es bisher an ernsthaften Bewerbern gemangelt. Sebastian, der sich an der großen Tafel unbehaglich fühlte, hatte sie in ein Gespräch über pommersche Weihnachtsbräuche verwickelt und damit ihre Augen zum Leuchten gebracht. Elisabeth, die ganz und gar von der redseligen Frau von Trantow eingenommen war, schaute immer wieder aufmerksam über den Tisch hinweg zu Sebastian. Die Begeisterung, die er im Gemüt seiner Tischdame entfachte, gefiel ihr überhaupt nicht. Gewiss – ein Bibliothekar, noch dazu von einfacher Herkunft, war für die Familie ihrer Nachbarn als Schwiegersohn indiskutabel. Aber wenn sich die Kleine auf Sebastian versteifte und sonst keiner anbiss ...

»Ah!«, rief Erwin Kunkel aus. »Der Gänsebraten! Darauf habe ich mich seit heute Früh gefreut! Mit Maronen?«

»Mit Äpfelchen und Maronen – wie es sich gehört!«

»Bonfortionös!«

Einen Hausdiener gab es hier auf dem Lande nicht, die einzelnen Platten wurden von einer drallen Küchenmagd auf den Tisch gestellt, danach war es üblich, dass der Hausherr den Braten tranchierte und die Frau des Hauses ihm die Teller reichte. Lisa war keineswegs böse darüber, dass Tante Elvira ihr diese Rolle abnahm, Klaus aber kam seinen Pflichten mit großem Vergnügen nach. Unter der gespannten Aufmerksamkeit aller Anwesenden schärfte er das Tranchiermesser und trennte dann das Fleisch des gebratenen Vogels akkurat, wie ein Chirurg, von den Knochen. Schnitt für Schnitt zerfiel die lecker duftende, knusprige Weihnachtsgans unter seinem Messer in tellerfertige Portionen.

Lisa, die schon seit einigen Jahren auf ein enges Korsett verzichtete und nur noch ein leichtes Mieder trug, atmete tief durch und fragte sich, ob sie diesen Gang nicht besser ausließ. Entenkleinsuppe, Räucheraal und Heringssalat, danach Hirschrücken mit Schwemmklößen und Backpflaumensoße – das allein war schon eine Leistung gewesen. Wenn sie daran dachte, dass nach dem fetten Gänsebraten noch Schmandpudding und Quarkbollerchen warteten, wurde ihr ganz übel. Wie war es nur möglich, dass diese Leute so viel fettes Zeug in sich hineinstopften? Man hatte ja unten in Augsburg zum Weihnachtsfest auch nicht gerade gehungert – aber solch raue Mengen an nahrhaften Speisen hatte es dort nicht gegeben. Auch nicht die ständige Schnapstrinkerei. Jetzt wusste sie auch, weshalb Onkel Rudolf selig immer seine eigene Wodkaflasche mitgebracht hatte, wenn er mit Elvira nach Augsburg zum traditionellen Weihnachtsbesuch kam.

»Auf das Christfest!«, rief Klaus von Hagemann laut und hob sein Wodkaglas.

»Auf unser deutsches Land!«

»Auf den Kaiser!«

»Jawoll! Auf unseren guten Kaiser Wilhelm. Er lebe hoch. Hoch. Hoch!«

Klaus hatte sich erstaunlich schnell den hiesigen Gegebenheiten angepasst. Er war ein wenig fülliger geworden, trug meist lange Stiefel und Reithosen, dazu eine Jacke aus Wollstoff. Zwei Operationen in der Charité in Berlin, von dem berühmten Arzt Jacques »Nasenjacques« Joseph durchgeführt, hatten seinem zerstörten Gesicht ein menschliches Aussehen zurückgegeben. Zwar sah man auf Wangen und Stirn immer noch die Narben, die die Verbrennungen zurückgelassen hatten, doch er hatte das Glück gehabt, dass sein Augenlicht erhalten geblieben war. Auch das Haar auf der Kopfhaut begann langsam wieder zu wachsen. Vor allem aber ging er vollkommen in seinen Aufgaben als Gutsverwalter auf. Mehr noch als der Beruf des Offiziers war ihm diese Tätigkeit auf den Leib geschnitten, er war den ganzen Tag über unterwegs, kümmerte sich um Äcker, Wiesen und Viehbestand, verhandelte mit Bauern, Nachbarn, Holzhändlern und mit dem Landratsamt und schaffte es sogar, am Abend noch die Bücher zu führen.

Elisabeth wusste, dass sie ihm mit der Umsiedlung nach Pommern das Leben gerettet hatte. Ein Leben als entstellter Kriegskrüppel, ohne Aussichten auf eine berufliche Zukunft und mittellos – das wäre nicht nach Klaus von Hagemanns Geschmack gewesen, früher oder später hätte er sich die Kugel gegeben. Elisabeth hatte das gespürt – aus diesem Grund hatte sie ihm dieses Angebot gemacht. Ihre Liebe zu Sebastian Winkler hatte Klaus schnell durchschaut, er war in solchen Dingen mit einem sicheren Instinkt ausgestattet. Aber er verhielt sich korrekt, er hatte kein einziges Mal ein Wort über ihre Besuche in der Bibliothek verloren. Das Ehepaar von Hagemann wahrte die Form, sie schliefen in den alten geschnitzten Ehebetten, in denen einst Onkel und Tante gelegen hatten. Nachdem Klaus zum zweiten Mal operiert worden und seine neue Nase einigermaßen verheilt war, hatte er hie und da seine ehelichen Rechte eingefordert. Elisabeth hatte sich nicht gesträubt – weshalb auch? Er war immer noch ihr Ehemann, er war außerdem ein guter und erfahrener Liebhaber. Der Mann, nach dem sie sich eigentlich sehnte, machte leider keine Anstalten, sie zu verführen. Sebastian Winkler saß oben in der Bibliothek und schrieb an seiner Chronik.

»Ein knuspriger Schlegel, Lisa? Nimm besser gleich zwei Klöße dazu. Das Rotkraut ist mit Äpfelchen und Räucherspeck …«

Den Rest hörte sie nicht mehr. Beim Anblick des gefüllten Tellers, den Tante Elvira ihr vor die Nase setzte, wurde Elisabeth plötzlich übel. Oh weh – sie hätte auf keinen Fall das Schnapsglas leer trinken dürfen. Sie hob den Blick und stellte fest, dass sich die festlich gedeckte Tafel mit den brennenden Kerzen und blitzenden Gläsern vor ihren Augen zu drehen begann. Dann nahm sie nur noch den braunen Gänsebraten wahr, an dem sich Klaus mit dem Tranchiermesser und einer spitzen Gabel zu schaffen machte. Hilflos krallte sie die Finger in die herabhängende weiße Tischdecke. Nur jetzt nicht in Ohnmacht fallen. Oder – was noch schlimmer gewesen wäre – sich auf den gefüllten Teller übergeben.

»Ist dir nicht gut, Elisabeth?«, hörte sie die Stimme ihrer Schwiegermutter.

»Ich … ich glaube, ich brauche ein wenig frische Luft.«

Ihre Hände waren jetzt kalt wie Eis, dafür hatte der Schwindel ein wenig nachgelassen. Eines war klar: Wenn sie noch länger diesen Gänsebraten sehen und riechen musste, würde etwas Furchtbares mit ihrem Magen geschehen.

»Oh … Soll ich besser mit Ihnen gehen, meine Liebe?«, fragte Frau von Trantow, die neben ihr saß.

Man hörte ihrem Tonfall an, wie ungern sie ihren Teller im Stich ließ. Elisabeth winkte ab.

»Nein, nein. Essen Sie nur. Ich bin gleich wieder da.«

»Trinken Sie noch einen Wodka oder einen Slibowitz, das stärkt den Magen.«

»Vielen Dank«, hauchte Lisa, und sie machte, dass sie aus dem Wohnzimmer kam.

Schon im zugigen Flur ging es ihr besser. Wie angenehm war es, sich bewegen zu können, anstatt eingeklemmt zwischen den essenden, Schnaps trinkenden Menschen an der Festtafel zu sitzen. Die Küchendünste, die hier umherzogen, gefielen ihr allerdings auch nicht, sie öffnete die Eingangstür und trat in den schneebedeckten Hof hinaus. Einer der Hunde erwachte und begann zu kläffen, die Gänse drüben im Stall schnatterten ein Weilchen, dann beruhigte sich das Vieh wieder. Elisabeth atmete die kalte, saubere Winterluft in ihre Lunge und spürte, wie ihr Herz klopfte. Im Schein der beiden Laternen, die rechts und links vom Eingang hingen, konnte sie das Schneetreiben sehen. Der Wind trieb den Schnee auf das Gutshaus zu, man sah, wie sich weißliche glitzernde Nebelschwaden vom Dach der Scheune lösten und über den Hof wirbelten. Die kalten Flöckchen setzten sich auf ihr erhitztes Gesicht, kitzelten Hals und Dekolleté und verfingen sich in ihrem aufgesteckten Haar. Es war ein seltsam schönes und befreiendes Gefühl. Ihr Magen beruhigte sich, der Anfall von Übelkeit war vorüber.

Am Ende war es nur, weil ihr diese Leute so fürchterlich auf die Nerven gingen. Es war hierzulande üblich, an den Festtagen die Nachbarn einzuladen und Besuche zu machen. Die wenigen Gutsbesitzer der Umgebung führten das Jahr über ein recht einsames Leben auf dem platten Land – da sollten wenigstens die Feiertage zum gesellschaftlichen und kulinarischen Ereignis werden.

»Du gewöhnst dich schon daran«, hatte Tante Elvira ihr tröstend gesagt.

Aber inzwischen fand Lisa die überreich gedeckten Tische, die immer gleichen Gespräche über Dienstboten und Dörfler, vor allem aber die ellenlangen Jagdgeschichten von Jahr zu Jahr abstoßender. Es war nicht ihre Welt. Auf der anderen Seite – wo lag denn eigentlich ihre Welt? Der Platz, der in diesem Leben für sie bestimmt war?

Sie lehnte sich mit dem Rücken gegen einen hölzernen

Pfosten des Vordaches und verschränkte die Arme vor der Brust. Weihnachten in der Tuchvilla – war es das? Ach, ohne Papa würde es niemals wieder so sein wie in ihrer Kindheit. Heute, am ersten Feiertag, saßen sie wohl im Speisezimmer in froher Runde, gewiss war Ernst von Klippstein bei ihnen und auch Gertrude Bräuer, Kittys Schwiegermutter. Vielleicht auch Schwägerin Tilly. Mama hatte geschrieben, dass Tilly in München bereits das Physikum bestanden habe, eine wichtige Zwischenprüfung und ein weiterer Schritt zum Staatsexamen. Tilly war eine der wenigen weiblichen Studenten an der medizinischen Fakultät, sie war ehrgeizig und fest entschlossen, Ärztin zu werden. Lisa tat einen tiefen Seufzer – arme Tilly. Sie hoffte wohl immer noch insgeheim, dass ihr Doktor Moebius irgendwann aus Russland zurückkam. Vielleicht studierte sie ja nur deshalb so eifrig, weil der Arzt sie damals dazu ermutigt hatte? Er war ein netter Kerl gewesen, dieser Dr. Ulrich Moebius. Ein guter Arzt und ein liebenswerter Mensch. Damals, als sie im Lazarett Weihnachten gefeiert hatten, hatte er so schön Klavier gespielt ...

Marie war die Einzige, die man wirklich als glücklich bezeichnen konnte, überlegte Lisa bekümmert. Sie hatte ihren geliebten Paul, ihre süßen Kinder und nun auch noch ein Atelier, in dem sie Kleider entwarf und verkaufte. Eigentlich war es ungerecht, dass eine einzige Person so viel hatte, während die anderen mit leeren Händen dastanden. Aber immerhin hatte Tilly ihr Medizinstudium. Und Kitty ihre kleine Tochter und dazu die Malerei. Was aber hatte sie?

Wenn sie wenigstens schwanger geworden wäre – aber auch dieses Glück hatte ihr das boshafte Schicksal versagt. Lisa spürte das altbekannte, hässliche Gefühl in sich aufsteigen, zu kurz gekommen zu sein, und sie bemühte sich, es zu ignorieren. Es führte zu nichts, es zog einen nur noch tiefer hinunter. Außerdem machte es hässliche Falten und einen trüben Blick…

Plötzlich erschrak sie, weil hinter ihr die Eingangstür bewegt wurde.

»Sie werden sich erkälten, Elisabeth.«

Sebastian! Er stand auf der Schwelle und hielt ihr den Mantel, sodass sie nur hineinzuschlüpfen brauchte. Mit einem Schlag war die düstere Stimmung verschwunden. Er sorgte sich um sie. Er war extra von seinem Platz neben Jette Kunkel aufgestanden, hatte seine anhängliche Tischdame sitzen lassen, um ihr, Elisabeth, einen warmen Mantel zu bringen.

»Oh, wie aufmerksam von Ihnen«, sagte sie während sie sich das wärmende Kleidungsstück von ihm um die Schultern legen ließ.

»Nun, ich musste einmal hinaus, und als ich durch den Flur ging, sah ich Sie vor der Tür im Schnee stehen.«

Aha. Nun – ganz so romantisch, wie sie geglaubt hatte, war es wohl doch nicht. Aber immerhin. Es war schön, seine Hände auf ihren Schultern zu spüren. Wenn auch nur kurz, denn er trat gleich wieder einen Schritt zurück, nachdem er ihr den Mantel umgelegt hatte. Es war zum Verzweifeln – hatte sie denn den Aussatz? Die Pest? Er hätte doch wenigstens einen Augenblick bei ihr stehenbleiben können, sich über ihren Nacken beugen und ihr einen Kuss auf die bloße Haut hauchen… Aber so etwas tat Sebastian Winkler nur in ihrer Fantasie. Leider.

»Es ist sehr unvorsichtig von Ihnen, Elisabeth. Sie können sich eine Lungenentzündung einhandeln, wenn Sie so erhitzt aus der warmen Stube hinaus in die Kälte gehen.«

Jetzt hielt er ihr auch noch Vorträge. Als ob sie das nicht

selber wüsste! »Ich brauchte ein wenig frische Luft ... Mir war nicht gut.«

Sie zog den Mantel vor der Brust zusammen und tat, als sei ihr immer noch schwindelig. Tatsächlich – es funktionierte. Sebastians Miene war sogleich voller Mitgefühl und Besorgnis.

»Diese Völlerei, die hier betrieben wird, ist ausgesprochen ungesund. Dazu der Alkohol, vor allem dieser russische Schnaps, den man wie Wasser trinkt. Sie sollten sich ein wenig hinlegen, Elisabeth. Wenn Sie möchten, begleite ich Sie die Stiege hinauf.«

Wenn Klaus einer Frau dieses Angebot gemacht hätte, wäre der Ausgang des Geschehens von vornherein klar gewesen. Sebastian aber würde sie brav die Treppe hinaufgeleiten und sich vor ihrer Schlafzimmertür mit herzlichen Genesungswünschen von ihr verabschieden. Das würde er doch – oder? Nun ja – es käme auf einen Versuch an.

»Tja, ich glaube, das ist ein guter Vorschlag.«

Sie wurde unterbrochen, da sich jetzt die Tür zum Wohnzimmer auftat und Jette Kunkel in Begleitung der beiden Trantow-Mädchen in den Flur trat.

»Oh, wie es schneit!«, rief Jette aus. »Ist es nicht zauberhaft, wie der Wind die weißen Flocken vor sich hertreibt?«

»Es treibt der Wind im Winterwalde die Flockenherde wie ein Wirt ...«, rezitierte die elfjährige Gudrun.

»Hirt heißt es, nicht Wirt, liebe Gudrun«, verbesserte Sebastian lächelnd. »Weil er ja die Herde treibt, der Wind. Deshalb muss er ein Hirte sein.«

Er war doch mit Leib und Seele Lehrer. Selten ließ er eine Gelegenheit aus, jemandem etwas beizubringen. Aber er machte es auf eine sympathische Weise, fand Elisabeth.

»Ja stimmt, ein Hirte. Ein Flockenhirte«, meinte Gudrun und kicherte. »Wollen wir rausgehen? Es ist gerade so schön draußen im Schnee.«

Ihre Schwester bohrte sich fest den Zeigefinger in die Schläfe und fragte, ob Gudi vielleicht übergeschnappt sei.

»Aber das ist doch eine wundervolle Idee!«, rief Jette aus. »Ich hole meinen Mantel. Und die Stiefel. Komm, Gudi ...«

Verrückte Weiber, dachte Elisabeth ärgerlich. Einen Nachtspaziergang über den Gutshof mitten im Schneesturm. So etwas Blödes muss einem erst einmal einfallen. Und natürlich würden sie Sebastian mitschleppen. Es war also nichts damit, ihn zu ihrer Schlafzimmertür zu schleusen ... Nun ja, es hätte vermutlich doch zu nichts geführt.

»Was ist denn hier los?«

Georg Kunkel lugte unternehmungslustig durch die halbgeöffnete Wohnzimmertür, an seinem leicht verschwiemelten Blick war zu ersehen, dass er ordentlich dem Rotwein zugesprochen hatte.

»Sie wollen einen Spaziergang machen, die Irrsinnigen«, gab Mariella Auskunft.

»Da schau an. Gehen Sie auch mit, meine Verehrteste?«

Elisabeth wollte schon verneinen, da wurde die Tür ganz aufgerissen, und Georgs Vater stolperte in den Flur, Tante Elvira und Frau von Trantow im Gefolge.

»Was wollt ihr machen? Einen Spaziergang? Wunderbar!«, brüllte Erwin Kunkel. »He, Gesinde! Holt Fackeln herbei. Unsere Mäntel, die Stiefel ...«

Nur Leschik kam aus einer dunklen Ecke herbeigetaumelt, die Mägde und die Köchin waren in der Küche mit dem Nachtisch beschäftigt.

»Fackeln?«, rief Tante Elvira. »Wollt ihr mir die Scheune anzünden? Hol Laternen herbei, Leschik. Paula und Miene sollen die Mäntel und das Schuhwerk bringen.«

Ein fürchterliches Gewühle entstand im Flur, man verwechselte Mäntel und Schuhe, Frau von Trantow setzte sich in einen Schmalztopf, zwei Gläser eingemachte Pflaumen, die auf der Kommode gestanden hatten, gingen zu Bruch, und die Gouvernante kreischte, jemand habe sie »angefasst«. Endlich kehrte Leschik mit drei brennenden Laternen aus der Waschküche zurück, und die Gesellschaft zog lachend und schimpfend auf den Hof hinaus. Die Hunde bellten aufgeregt, auch die Gänse waren wieder erwacht, drüben im Pferdestall wieherte Kunkels fuchsbrauner Hengst.

»Mir nach!«

Tante Elvira stapfte voraus und hielt ihre Laterne so hoch, wie sie es vermochte, die anderen folgten ihr in lockerer Reihe. Frau von Trantow stützte sich auf ihren Gatten, Erwin Kunkel musste sich bei seiner Frau Hilda einhaken, da er aufgrund des Wodkas nicht mehr stand- und noch weniger gehfest war. Auch Elisabeth schloss sich dem Zug an, und Sebastian, der zunächst gezögert hatte, begleitete sie. Zurück blieben nur Christian von Hagemann und seine Frau Riccarda, die erklärte, die Stellung halten zu wollen. Wobei Christian von Hagemann bereits in einen sanften Verdauungsschlaf gefallen war.

Der eisige Wind machte den Spaziergängern nicht wenig zu schaffen, man stellte die Mantelkragen hoch, und Georg Kunkel bedauerte, seine Pelzmütze nicht aufgesetzt zu haben. Immerhin wirkte die kalte Luft ernüchternd, das Kreischen und Gelächter nahm ab, man musste im tiefen Schnee aufpassen, wohin man die Füße setzte. Schattenhaft stiegen die Umrisse der Gebäude auf, schneegebeugte Fichten wurden zu unförmigen Gespenstern, ein Nachtvogel, der durch den Lärm aufgeschreckt worden war, schwebte eine Weile über ihnen, was Jette Kunkel zu der Vermutung anregte, es handele sich um den Heiligen Geist der Weihnacht. Corinna von Trantow erinnerte daran, wie kalt es seinerzeit die Heilige Familie doch im Stall gehabt hatte.

»Bei Schnee und Eis – denkt doch nur!«

»Und nicht einmal ein Feuerchen. Die Finger sind ihnen gefroren!«

»So armselig kam unser Herr Jesus Christus in die Welt.«

Elisabeth konnte Sebastians Gesicht im Halbdunkel nicht erkennen, aber sie wusste, dass er sich jetzt heftig zusammennahm. Die Mitteilung, dass Schneestürme und Temperaturen unter dem Gefrierpunkt in Bethlehem unbekannt seien, hätte die romantischen Vorstellungen der Damen gar zu grausam zerrissen.

»Geht es Ihnen gut, Elisabeth?«, fragte er stattdessen leise.

»Ein wenig wackelig noch – aber es geht schon.«

Oh, inzwischen war sie gewitzt. Er bot ihr seinen Arm, und sie hängte sich bei ihm ein, ließ sich von ihm vorsichtig um eine verschneite Schubkarre herumführen, die jemand auf dem Weg vergessen hatte. Wie umsichtig er war. Und wie heiter er jetzt dahinplauderte – ganz anders als oben in der Bibliothek, in der er sich meist jedes Wort überlegte. Dieser Gang durch die Nacht öffnete Schleusen, die er sonst ängstlich verschlossen hielt.

»Als Knabe bin ich oft durch verschneite Wälder im Dunkeln gelaufen ... Es war ein weiter Weg von unserem Dörfchen bis zum Gymnasium in der Stadt. Zwei Stunden der Hinweg, der Rückweg ging bergauf, da brauchte ich eine halbe Stunde länger.«

»Das war wirklich hart. Dann hatten Sie ja kaum Zeit, die Hausaufgaben zu erledigen.«

Er ging stetig voran, und sie konnte jetzt sehen, dass er gedankenverloren vor sich hin lächelte. Vermutlich dachte er an selige, entbehrungsreiche Kindertage.

»Im Winter mangelte es oft an Licht. Kerzen waren teuer, und einen Gasanschluss gab es bei uns nicht. Ich habe oft dicht beim Küchenfeuer gesessen und versucht, beim rötlichen Schein der Glut die Zahlen und Buchstaben in meinem Heft zu erkennen.«

Vorn intonierte Georg Kunkel mit voller Tenorstimme das Weihnachtslied »Oh, du fröhliche«. Einige fielen ein, bei der zweiten Strophe wurde der Gesang dünner, die meisten hatten den Text vergessen. Frau von Trantow stöhnte, sie habe die wollenen Socken nicht angezogen und würde sich die Zehen erfrieren.

»Im Sommer ging die Feldarbeit vor«, erzählte Sebastian, ohne auf die anderen zu achten. »Unkraut jäten, Korn schneiden, Heu machen, dreschen, das Vieh hüten … Mit zehn schleppte ich die Kornsäcke auf den Speicher, mit zwölf konnte ich pflügen und eggen. Mit den Kühen ging das bei uns – ein Pferd war nur für die Reichen erschwinglich.«

Er hatte seinen großen Traum, Missionar zu werden, nach der Untersekunda begraben müssen – die Eltern hatten das Schulgeld nicht mehr. Also besuchte er ein Lehrerseminar. Zehn Jahre lang hatte er die Schulkinder in Finsterbach bei Nürnberg unterrichtet, dann war der Krieg ausgebrochen. Sebastian Winkler gehörte zu den Ersten, die eingezogen wurden.

»Der Krieg, Elisabeth, der hätte nicht passieren dürfen … Ich hab sie doch erzogen, hab ihnen das Schreiben und Rechnen beigebracht, ich habe alles darcingesetzt, anständige und ehrliche Menschen aus ihnen zu machen. Aber gemeinsam mit mir haben sie auch sieben meiner ehemaligen Schüler eingezogen. Siebzehn, kaum achtzehn waren sie, drei hatten in der Bettenfabrik Arbeit gefunden, zwei arbeiteten auf dem elterlichen Hof, einer hatte sogar den Weg aufs Gymnasium in Nürnberg geschafft. Priester hat er werden wollen, ein kluger und braver Bub ...«

Er blieb stehen, weil er sein Taschentuch herausziehen musste. Lisa war tief gerührt. Zugleich verspürte sie ein großes Verlangen, ihn tröstend in die Arme zu nehmen. Warum eigentlich nicht? Sie waren ein wenig zurückgeblieben, es war dunkel um sie herum – niemand würde es sehen.

»Keiner ist zurückgekommen«, murmelte Sebastian und wischte sich über das Gesicht. »Kein Einziger ... Auch von den Jüngeren keiner.«

Sie hielt es nicht mehr aus. Mit einer impulsiven Bewegung schlang sie die Arme um seinen Nacken und lehnte den Kopf an seine schneebedeckte Brust. »Es tut mir so unendlich leid, Sebastian.«

Falls er überrascht war, dann zeigte er es nicht. Er stand ruhig inmitten des nächtlichen Schneetreibens. Nach einigen bangen Sekunden spürte Lisa seine Hand, die sacht und zärtlich über ihren Rücken strich. Sie rührte sich nicht, zitterte bei jedem Herzschlag, hoffte, dass dieser wundervolle Augenblick zu einer Ewigkeit werden würde.

»Es ist nicht möglich, Elisabeth«, vernahm sie seine leise Stimme. »Ich bin nicht der Mann, der eine Ehe zerstört.«

Endlich! Seit drei Jahren war kein einziges Wort darüber zwischen ihnen gewechselt worden. Weder sie noch er hatten gewagt, dieses heikle Thema anzusprechen.

»Es ist keine Ehe mehr, Sebastian ...«

Er strich mit der behandschuhten Hand über ihre Wange, als sie zu ihm aufblickte. Wegen des Schneetreibens hatte er die Brille abgenommen – ohne die schützenden Gläser waren seine Augen kindlicher, klarer, auch verträumter.

»Du bist seine Frau«, flüsterte er.

»Ich liebe ihn nicht. Ich liebe dich, Sebastian …«

Da überwältigte es ihn. Ihr erster Kuss war eine schüchterne, kaum wahrnehmbare Berührung ihrer Lippen. Ein süßer Hauch nur, der Duft seiner Rasierseife, seiner Haut, vermischt mit kleinen prickelnden Schneeflöckchen. Die Magie dieser harmlosen Berührung war jedoch tückisch, sie riss alle Schranken nieder, und die so lange zurückgehaltene Leidenschaft brach über beide herein.

Sebastian riss sich zuerst aus dem Taumel, er legte beide Hände auf Lisas Wangen und schob sie sacht von sich ab. »Verzeih mir!«

Sie gab keine Antwort – wartete mit geschlossenen Augen und wollte nicht wahrhaben, dass alles schon zu Ende war.

»Ich werde dein Geständnis für immer in meinem Herzen bewahren, Elisabeth«, sagte er leise und noch atemlos. »Du hast mich damit zu einem glücklichen Menschen gemacht. Wie es in meinem Herzen aussieht, das weißt du.«

Sie kam langsam wieder zu sich. Er hatte sie wirklich und wahrhaftig geküsst. Es war kein Traum gewesen. Und wie er küssen konnte – davon konnte sich Klaus ein Scheibchen abschneiden.

»Das weiß ich? Nichts weiß ich, Sebastian. Sag es mir!«

Er wand sich. Zupfte an seinen Handschuhen, sah nach vorn, wo die nächtlichen Wanderer inzwischen Halt gemacht hatten und über den Rückweg beratschlagten. Man vernahm Tante Elivras energische Befehlsstimme, die sich gegen Erwin Kunkel durchsetzen musste, der jetzt lauthals in die Nacht brüllte: »Wir wollen uns'ren guten Kaiser Wilhelm wieder hab'n …«

»Ruhe jetzt!«, rief Elvira. »Wir gehen am Gartenzaun entlang. Denkt immer an den Schmandpudding und die Quarkbollerchen, die drüben auf uns warten.«

»Die Bollerchen und der gute Bollo… Boscho… Beaujolais!«

Es war klar, dass die Gruppe umkehren und auf dem gleichen Weg wieder zurück zum Gutshaus laufen würde – alles andere wäre Unsinn gewesen, da man hier schon einen Trampelpfad durch den hohen Schnee getreten hatte.

»Wir sollten uns ein wenig abseits des Wegs verstecken und uns dann unbemerkt wieder anschließen«, meinte Sebastian verlegen. »Damit es keinen Ärger gibt.«

»Du hast mir noch keine Antwort gegeben.«

»Du kennst sie bereits, Elisabeth.«

»Gar nichts kenn ich.«

Es war zu spät, dieser Feigling würde sich vor dem Geständnis drücken, das sie so gern hören wollte. Die flackernden Laternenlichter näherten sich, man erkannte jetzt schon einzelne Gesichter, hörte Otto von Trantows dröhnendes Lachen. Lauter noch klang das schöne Lied, das man früher so gern auf die Melodie »Üb immer Treu und Redlichkeit« gesungen hatte:

»Der Kaiser ist ein lieber Mann, er wohnet in Berlin… Und wär das nicht so furchtbar weit, ich führe heut noch hin …«

»Großer Gott!«, stöhnte Sebastian leise. »Kommen Sie, Elisabeth. Treten wir beiseite.«

Sie warteten hinter einem schneeverhangenen Wacholder, bis die Nachtwanderer an ihnen vorübergezogen waren. Von der anfänglichen Euphorie war wenig übrig, fast alle froren jetzt erbärmlich, die beiden Mädchen waren so erschöpft, dass sie kaum noch die Füße heben konnten; Georg Kunkel hatte sich erboten, die sechsjährige Mariella auf seinem Rücken zu tragen. Tante Elvira hielt immer noch ihre inzwischen fast erloschene Laterne in die Höhe, auch die anderen beiden Laternen umgab nur noch ein matter zittriger Schein.

»Meine Knie sind zu Eis gefroren.«

»Meine Füße, meine armen Füße.«

»Ich kann in Anwesenheit der Damen gar nicht sagen, was mir alles eingefroren ist.«

Sebastian und Elisabeth hatten wenig Mühe, sich unbemerkt wieder anzuschließen, niemand achtete auf sie, alle sehnten die angenehme Wärme des Wohnzimmers herbei. Besonders die Damen fragten sich inzwischen, wer um alles in der Welt auf den schwachsinnigen Gedanken gekommen war, mitten in der Nacht durch den Schneesturm zu rennen. Sie waren mittlerweile dicht vor dem Gutshaus, die Hunde kläfften, und durch die Fenster konnte man in den erleuchteten Wohnraum hineinsehen.

Vor dem flackernden Kaminfeuer stand Klaus von Hagemann und hielt die junge Magd in seinen Armen, die Bluse und Mieder abgestreift hatte, schien die feurigen Zärtlichkeiten ihres Dienstherren keineswegs zu verabscheuen.

Elisabeth stockte der Atem. Sie spürte, wie Sebastian ihr den Arm um die Schulter legte, doch das war ihr nur ein schwacher Trost. Sie konnte nicht glauben, was sich da vor ihr abspielte. Da war sie nicht die Einzige.

»Donnerwetter!«, entfuhr es Erwin Kunkel.

»Der geht aber ran!«, murmelte auch Otto von Trantow mit Bewunderung in der Stimme.

»Was macht der Onkel Klaus da?«, piepste Mariella, die

von Georgs Rücken aus die beste Sicht ins Wohnzimmer hatte.

Unter den Damen herrschte peinliches Schweigen, nur Frau von Trantow zischte: »Unglaublich. Zum Heiligen Christfest!«

Als das in sich versunkene Paar endlich die Anwesenheit der Zuschauer im Hof bemerkte, riss sich die Magd mit einem erschrockenen Schrei von Hagemann los, raffte ihre Bluse vor der Brust zusammen und rannte davon.

Niemand erwähnte diesen Vorfall im weiteren Verlauf des Abends, doch Elisabeth litt unsäglich unter den neugierigen und mitleidigen Blicken. Sie hatte gewiss kein Recht, Klaus Vorwürfe zu machen. Und doch: Er hatte sie in aller Öffentlichkeit betrogen und der Lächerlichkeit preisgegeben. Schlimmer noch, es schien ihm nicht einmal leidzutun.

Spät in der Nacht, als alle Besucher sich in die Gästezimmer zurückgezogen hatten und Elisabeth mit Tante Elvira die Stiege hinaufging, um ebenfalls schlafen zu gehen, glaubte Elivra, ihre Nichte trösten zu müssen.

»Weißt du, Mädchen«, sagte sie lächelnd. »So etwas ist nun einmal Gutsherrenart und fällt unter ›seelische Gesundheit‹ und ›Leibesübungen‹.«

II

Das neue Jahr hatte in Augsburg mit Schnee begonnen, der schon während der ersten Januartage zerfloss. Schmuddelwetter machte sich breit, die Bäche traten über die Ufer und überschwemmten die Wiesen im Industrieviertel, auch auf den Wegen sah man breite Pfützen, die in den Nächten zu tückischem Eis gefroren. Über der grauen Trostlosigkeit hing der wolkenschwere Winterhimmel und versprach weiteren Regen.

Paul hatte seinen üblichen Rundgang durch die Hallen gemacht, hie und da mit einem der Vorarbeiter ein paar Takte geredet und sich über die neuen Ringspinnmaschinen gefreut, die ganz ausgezeichnete Ergebnisse lieferten. Sorgen machte ihm nur die Auftragslage, bisher waren die Maschinen noch nicht ausgelastet. Die deutsche Wirtschaft erholte sich nur sehr langsam und mit vielen Rückschlägen – aber immerhin hatte sich die Rentenmark bisher bewährt. Doch die gewaltig hohen Reparationen, die Deutschland aufbringen musste, mussten ja jeden Erfolg zunichtemachen. Noch immer war das Ruhrgebiet von französischen Soldaten besetzt. Wann würden die Franzosen endlich einsehen, dass ihnen ein heruntergewirtschaftetes Deutschland keinen Nutzen, sondern auch ihnen einen gewaltigen wirtschaftlichen Schaden bringen würde?

In düsterer Stimmung stieg er die Treppe im Verwaltungsgebäude hinauf. Wieso war er eigentlich so schlecht gelaunt? Die Geschäfte liefen doch gar nicht übel, die

Inflation schien eingedämmt, und der Vertrag mit Amerika war unter Dach und Fach. Es musste das schlechte Wetter sein. Oder die lästigen Halsschmerzen, die er beharrlich ignorierte. Eine Erkältung, wohlmöglich noch mit Fieber, konnte er sich überhaupt nicht leisten.

Er verharrte einen Augenblick an der Tür zum Vorzimmer, um sich die Schuhe abzutreten. Es war keineswegs seine Gewohnheit, die Gespräche seiner Sekretärinnen zu belauschen, doch Fräulein Hoffmanns Stimme war nicht zu überhören.

»Charmant soll sie sein, und auf Sonderwünsche eingehen … Meine Nachbarin ist mit Frau von Oppermann bekannt, die hat sich zwei Kleider und einen Mantel bei ihr machen lassen.«

»Tja, wer das nötige Kleingeld dazu hat.«

»Sie soll ja auch für die Menotti mehrere Kleidchen entworfen haben.«

»Für diese Sängerin? Ach nee – das hat dann wohl ihr aktueller Liebhaber bezahlt … Der junge Riedelmeyer, nicht wahr?«

»Natürlich. Er war bei jeder Anprobe dabei, sagte meine Nachbarin.«

»Da schau mal einer an …«

Paul drückte die Türklinke energisch herunter und durchquerte das Vorzimmer. Im Raum der Sekretärinnen verstummten die Gespräche, stattdessen setzten die Tastengeräusche der Schreibmaschinen ein. Unglaublich – seine Angestellten schwatzen miteinander, anstatt zu arbeiten.

»Guten Morgen, die Damen.«

Beide lächelten ihm mit freudigen Unschuldsmienen entgegen. Henriette Hoffmann fuhr von ihrem Sitz auf, um ihm Mantel und Hut abzunehmen, Ottilie Lüders vermeldete, die Post läge wie immer auf seinem Schreibtisch, außerdem wünsche Herr von Klippstein ein kurzes Gespräch.

»Danke. Ich gebe Bescheid, wenn ich so weit bin.«

Die Hoffmann trug bereits ein Tablett mit einer Tasse Kaffee und einem Tellerchen selbstgebackener Kekse – vermutlich von Weihnachten übriggeblieben – in sein Büro. Der Ofen war angeheizt – seine Damen waren auf Zack, eigentlich hatte er gar keinen Grund zur Beschwerde.

Warum sollten sich Fräulein Lüders und Fräulein Hoffmann nicht über Maries Modeatelier unterhalten? Es war ihm selbstverständlich bekannt, dass Marie sehr erfolgreich war und inzwischen eine lange Kundenliste hatte. Er freute sich darüber, bestätigte es doch seine Voraussagen. Er war stolz auf seine Frau. Tatsächlich, das war er. Allerdings hatte er bisher nicht gewusst, dass auch Herren bei den Anproben anwesend waren. Das erschien ihm zumindest ungewöhnlich. Vermutlich aber war dies eine Ausnahme, es lohnte keinesfalls, Marie darauf anzusprechen.

Er setzte sich und blätterte den Poststapel durch, zog die wichtigsten Briefe heraus und benutzte den Brieföffner aus grüner Jade. Bevor er sich dem ersten Schreiben – eine Nachricht der städtischen Steuerbehörde – widmete, nahm er einen Schluck Kaffee und einen Zimtstern. Das Schlucken machte Probleme, sein Hals musste entzündet sein. Dafür schmeckte der Keks gar nicht übel – ob die Hoffmann den tatsächlich selbst gebacken hatte? Der Zimtgeschmack rief die Erinnerung an das vergangene Weihnachtsfest wach, und seine Gedanken schweiften ab.

Eigentlich war ja alles wie immer gewesen. Die Fichte hatte er in diesem Jahr mit Gustav gemeinsam geschlagen. Julius hatte dabei geholfen und Leo im Weg herumgestanden. Der Bub war in solchen Dingen leider schrecklich ungeschickt. Dodo hingegen hatte gemeinsam mit Gertie die Zweige aufgelesen, mit denen später die Räume geschmückt wurden. Die kleine Gertie war ein recht anstelliges Ding, wie gut, dass man sie eingestellt hatte. Was man von Serafina von Dobern leider nicht sagen konnte. Sie tat sich schwer, die Kinder waren bockig, hielten sich nicht an ihre Anordnungen und nutzten jede Gelegenheit, die Gouvernante hinters Licht zu führen. Die Angelegenheit war vor allem deshalb schwierig, weil Serafina eine enge Freundin von Lisa war und man sie daher nicht wie eine Angestellte behandeln konnte. Er hatte mehrfach mit Marie darüber gesprochen, man war jedoch zu keinem Ergebnis gekommen. Im Gegenteil, es hatte zu einigen überflüssigen Streitereien geführt, denn Marie war der Meinung, Serafina so bald wie möglich fortzuschicken.

»Diese Frau ist kalt wie Eis. Und sie kann Kinder nicht ausstehen. Ich will auf keinen Fall, dass sie Dodo und Leo noch länger quält!«

Dass Marie damit Mama vor den Kopf stieß und ihre schwache Gesundheit schädigte, wollte sie nicht einsehen. Es bekümmerte ihn, dass seine Frau so gefühllos sein konnte. Mehrfach hatten ihn Bekannte auf Mamas kränkliches Aussehen hin angesprochen, Frau Manzinger hatte sogar den Vorschlag gemacht, mit der lieben Alicia nach Bad Wildungen zur Kur zu fahren. Was Mama natürlich abgelehnt hatte.

»Zur Kur? Aber Paul – ich kann doch nicht einfach wochenlang der Tuchvilla fernbleiben. Wer kümmert sich um die Haushaltsführung? Um die Kinder? Nein, nein – mein Platz ist hier. Auch wenn es mir nicht immer leicht gemacht wird!«

Er hatte sich zum Weihnachtsfest redlich bemüht, die Damen miteinander zu versöhnen, hatte Mama gut zugeredet, Serafina mit heiterer Freundlichkeit behandelt und sich mit besonderer Zärtlichkeit um Marie bemüht. Er hatte mit den Kindern im Park Schneemänner gebaut und ihnen erlaubt, auf den alten Bäumen herumzuklettern. Wobei er festgestellt hatte, dass seine Tochter Dodo weitaus geschickter und vor allem furchtloser war als ihr Bruder. Leo hatte wenig für die aufregende Kletterei übriggehabt und war unbemerkt in die Villa zurückgekehrt, wo er wieder einmal auf dem Klavier herumklimperte. Dass Marie diese übermäßige Leidenschaft für die Musik als harmlos bezeichnete, konnte er nicht begreifen.

»Aber Paul, er ist doch erst sieben. Und außerdem hat es noch niemandem geschadet, gut Klavierspielen zu können.«

Paul nahm einen weiteren Schluck Kaffee, verzog das Gesicht wegen der Halsschmerzen und wandte sich dann energisch der eingegangenen Post zu. Zwei Aufträge, einer davon erheblich, der andere ein kleiner Fisch. Anfragen nach Stoffmustern, Angebote für Rohbaumwolle. Verflucht teuer – wann gingen die endlich mit den Preisen herunter? Er würde dennoch bestellen, die Kunden mussten beliefert werden, auch wenn die Gewinnspanne vorerst ziemlich gering war; es gab sogar einige Fälle, da arbeitete er nicht einmal kostendeckend. Aber die Fabrikation musste in Gang bleiben, die Arbeiter und Angestellten bezahlt werden; mit Gottes Hilfe würde es bald bergauf gehen.

Er gönnte sich einen weiteren Zimtstern und trank den inzwischen kalt gewordenen Kaffee aus. Weihnachten. Nein, es war nicht wie immer gewesen. Es war ihm trotz aller Bemühungen nicht gelungen, die Spannungen in der Familie zu mildern, worunter das Fest gelitten hatte. Auch hatte ihnen Kitty am Heiligen Abend sehr gefehlt, die ihn gemeinsam mit Gertrude und Tilly in ihrem Haus in der Frauentorstraße verbracht hatte. Zum Weihnachtsfeiertag hatte man sich dann gemeinsam in der Tuchvilla getroffen, aber wegen der beständigen spitzen Bemerkungen von Kittys Seite war auch da keine rechte Freude aufgekommen. In der Nacht hatte er zu allem Unglück noch mit Marie gestritten – weshalb, das wusste er schon gar nicht mehr. Sicher war nur, dass der Anlass lächerlich gewesen war, dennoch hatte er dazu geführt, dass er Dinge sagte, die er besser für sich behalten hätte. Es war nur verständlich, dass Marie an den Abenden müde war, sie arbeitete schließlich hart. Nein, er war kein Ehemann, der seiner Frau deshalb Vorwürfe machte, er hatte Verständnis, konnte sich beherrschen. Und dennoch hatte sich seine Enttäuschung an diesem Abend Luft gemacht, er hatte behauptet, sie liebe ihn weniger als früher, sie entziehe sich ihm, weise seine zärtlichen Annäherungsversuche zurück. Das hatte Marie schwer zu schaffen gemacht, sie hatte ihm angeboten, das Atelier zu schließen, was natürlich großer Unsinn gewesen wäre. Und dann – zu allem Überfluss – musste er noch aussprechen, was ihm seit Jahren auf der Seele lag und was in dieser Situation mehr als ungeschickt gewesen war.

»Ich frage mich wirklich, wieso wir keine weiteren Kinder mehr haben, Marie.«

»Die Frage kann ich dir nicht beantworten.«

»Vielleicht solltest du einmal zu einem Arzt gehen.«

»Ich?«

»Wer sonst?«

Und da hatte ihm seine süße, zärtliche Ehefrau tatsächlich vorgeworfen, er sei offensichtlich auf einem Auge blind. »Der Grund dafür könnte genauso gut bei dir liegen!«

Er hatte ihr keine Antwort gegeben, sondern sich von ihr weggedreht, die Steppdecke bis hoch an die Schultern gezogen und seine Nachttischlampe ausgeschaltet. Marie tat es ihm gleich. Sie lagen still in den Kissen und wagten kaum zu atmen. Jeder hoffte, der andere würde ein paar Worte sagen, um die schreckliche Spannung aufzulösen. Doch nichts geschah. Kein Wort, auch keine vorsichtige Berührung mit der Hand, die den Willen zum Friedensschluss kundtat. Erst am frühen Morgen, als er seine schlafende Frau dicht neben sich spürte, war sein Verlangen so groß gewesen, dass er sie mit einem zärtlichen Kuss weckte. Die Versöhnung war wundervoll gewesen, auch hatten sie einander danach hoch und heilig versprochen, niemals wieder solch einen dummen, überflüssigen Streit vom Zaun zu brechen.

Die Halsschmerzen waren inzwischen nicht mehr zu verleugnen, es stellte sich auch ein unangenehmes Gefühl in den Bronchien ein. Da braute sich etwas zusammen, verdammt.

Er sah die restliche Post kurz durch und rief dann nach Fräulein Hoffman.

»Sagen Sie Herrn von Klippstein, dass ich jetzt Zeit für ihn habe.«

Er hätte auch einfach hinübergehen können, wie er es sonst oft tat, aber heute hatte er aus irgendeinem Grund keine Lust dazu.

»Und bringen Sie mir bitte noch einen Kaffee. Die Zimtsterne sind übrigens ausgezeichnet.«

Sie errötete vor Freude über das Lob und erklärte, das Rezept von einer guten Bekannten, der Frau von Oppermann, zu haben. »Übrigens eine begeisterte Kundin Ihrer Gattin.«

Das wusste er ja nun bereits, nickte aber trotzdem

freundlich, damit sie nicht glaubte, er neide seiner Frau den Erfolg. Wenn sie ihn doch nur mit solchem Geschwätz in Ruhe ließen.

Ernst von Klippstein war wie immer tadellos gekleidet, grauer Anzug, passende Weste, er wechselte in der kalten Jahreszeit sogar die Schuhe, weil er im Büro nicht gern die Winterstiefel trug. Er kam mit beiden Sekretärinnen glänzend zurecht, was ohne Zweifel daran lag, dass er in ihnen mütterliche Gefühle weckte. Ernst war damals mit mehreren Granatsplittern im Bauch in das Lazarett der Tuchvilla gebracht worden und hatte nur knapp überlebt, die Narben machten ihm auch jetzt noch zu schaffen.

»Du siehst heute ziemlich blass aus, alter Freund«, meinte Ernst, als er kaum zur Tür herein war. »Hat dich etwa die überall grassierende Erkältungswelle erwischt?«

»Mich? Ach woher ... Bin nur etwas abgespannt.«

Ernst nickte verständnisinnig und nahm auf einem der Ledersessel Platz. Es machte ihm Mühe, weil der Sitz ziemlich tief war, er ließ sich jedoch kaum etwas anmerken. Ernst war preußischer Soldat geblieben – er hielt auf Disziplin, vor allem bei sich selbst.

»Ja, das Wetter ...«, meinte er und sah aus dem Fenster in die tief hängenden Wolken. »Januar und Februar sind verteufelt düstere und kalte Monate.«

»Gewiss.«

Paul musste husten, und er war froh, dass jetzt Ottilie Lüders mit einem Tablett erschien. Natürlich servierten sie zweimal Kaffee und dazu ein doppeltes Aufgebot an Keksen. Zu den Zimtsternen hatten sich Lebkuchen und zerbröselte Mandelspekulatius gesellt.

Ernst nahm sich eine Tasse Kaffee, den er stets schwarz ohne Milch und Zucker trank. Die Kekse ignorierte er. »Ich wollte mit dir über einige Ausgaben sprechen, die meiner Ansicht nach reduziert werden könnten. Da wäre zum Beispiel das Kantinenessen ...«

Die Mahlzeit in der Kantine war schon zu Zeiten seines Vaters eingeführt worden, Marie war damals die treibende Kraft gewesen. Vorher hatte es nur den Speisesaal gegeben, wo die Arbeiter und Angestellten an langen Tischen saßen und die mitgebrachte Brotzeit verzehrten. Inzwischen verlangte Paul für das Essen eine kleine Summe, dafür bestand es jetzt auch aus Fleisch, Kartoffeln und Gemüse. Im Gegensatz dazu hatte es früher meist Steckrübeneintopf gegeben.

»Wir geben es zu billig ab, Paul. Wenn jeder um zehn Pfennige mehr zahlt, könnten wir den Zuschuss einsparen.«

Die Pfennige waren eine interne Währung, die man – wie auch viele andere Fabriken – wegen der Inflation eingeführt hatte. Es wäre viel zu umständlich gewesen, die Mahlzeiten mit dem momentan noch gültigen Papiergeld zu bezahlen, man hätte Waschkörbe dafür gebraucht. Wer regelmäßig das Mittagessen in der Kantine einnahm, bekam das Geld gleich vom Lohn abgezogen und dafür Melzer-Pfennige ausgehändigt. Davon konnte man auch Getränke, Seife oder Tabak kaufen.

»Warten wir erst einmal ab, wie sich die Dinge entwickeln.«

»Das sagst du immer, Paul.«

»Es wäre meiner Ansicht nach an der falschen Stelle gespart.«

Ernst seufzte. Man sei sowieso weit und breit als der großzügigste Betrieb verschrien, neulich habe ihn Herr Gropius von der Kammgarnspinnerei gefragt, ob man in der Melzer'schen Tuchfabrik zu viel Geld habe.

»Aber gut«, fuhr er fort. »Lassen wir die Arbeiter in Ruhe. Ich habe ausgerechnet, dass der Kohleverbrauch in den Büros in dieser Heizperiode bereits die Zahlen des vergangenen Geschäftsjahres eingeholt hat. Wenn wir also hochrechnen, dann werden die Heizkosten voraussichtlich gegenüber dem Vorjahresverbrauch um ein gutes Drittel ansteigen.«

Da hockte dieser Mensch in seinem Büro und verschwendete seine Zeit mit solch überflüssigen Rechenspielchen. Frierende Angestellte brachten schlechte Ergebnisse – nicht jeder war so spartanisch veranlagt wie Ernst von Klippstein, der die Sekretärinnen extra angewiesen hatte, in seinem Büro nur mäßig zu heizen.

»Es ist jetzt nicht die Zeit zu sparen, Ernst. Es ist die Zeit zu investieren und die Leute zu guten Leistungen anzutreiben. Wir müssen Dampf machen, zeigen, dass die Melzer'schen Stoffe und Garne nicht nur erstklassig, sondern auch preisgünstig sind …«

Es kam zu einem kurzen Wortwechsel. Ernst war der Ansicht, dass preisgünstige Ware nur durch eine knappe Kalkulation und Senkung der Kosten ermöglicht würde. Paul hielt ihm vor, dass es einen Unterschied zwischen Kostensenkung und Geiz gäbe. Die Argumente flogen ein Weilchen hin und her – schließlich gab Ernst nach, wie er es meist tat.

»Wir werden ja sehen«, meinte er verdrießlich. Dann griff er in die Innentasche seiner Jacke und zog einen Umschlag hervor.

»Hätte ich fast vergessen. Eine Bestellung …«

Sein verlegenes Grinsen machte Paul misstrauisch. In dem unbeschrifteten Umschlag steckte ein handbeschriebenes Blatt Papier, darauf hatte Marie ihre Stoffbestellung notiert. Wieso gab sie Ernst ihre Bestellung? Wieso nicht ihm, ihrem Ehemann? Zum Beispiel heute Morgen beim Frühstück.

»Wann hat Marie dir das gegeben?«

»Gestern Abend, als ich sie vom Atelier abholte.«

»Soso«, meinte Paul und legte das Blatt zu den übrigen Bestellungen. »Vielen Dank.«

Ernst nickte zufrieden und hätte jetzt eigentlich aufstehen und hinübergehen können, doch er blieb im Sessel sitzen.

»Eine ganz erstaunliche Person, deine Frau Marie. Ich habe sie schon damals bewundert, als sie gemeinsam mit deinem Vater die Fabrik über den Krieg gerettet hat.«

Paul gab keine Antwort. Er lehnte sich im Stuhl zurück und trommelte leise mit den Fingern auf der lederbezogenen Schreibfläche. Es machte auf Ernst jedoch nicht den erhofften Eindruck.

»Es ist ein solches Glück, dass ihr beide euch gefunden habt, Marie und du. Eine solche Frau braucht einen Ehemann, der ihr den nötigen Raum gibt, damit sie sich entfalten kann. Ein Kleingeist würde sie vermutlich einsperren, ihr die Flügel stutzen, sie in eine Form zwingen, die ihr nicht gemäß ist.«

Worauf wollte er eigentlich hinaus? Paul trommelte weiter, irgendetwas kratzte ihn im Hals, und er musste wieder husten. Kopfschmerzen meldeten sich auch an – aber daran war dieser lästige Schwätzer schuld. Hatten sich heute eigentlich alle verabredet, seine Nerven zu ruinieren?

»Ach, was ich noch sagen wollte«, unterbrach er Klippsteins begeisterte Rede. »Ich werde meine Frau heute Abend selbst vom Atelier abholen. Habe zufällig in der Gegend noch etwas zu erledigen, da liegt es auf dem Weg.«

»Ach ja? Nun, ich hoffe, ich darf mich trotzdem zum Abendbrot einfinden.«

»Aber natürlich. Wir freuen uns immer ...«

Man merkte ihm die Enttäuschung an, Paul frohlockte und kam sich gleich darauf schäbig vor. Wieso brachte er Ernst um dieses harmlose Vergnügen? Er hatte überhaupt nichts in der Karolinenstraße zu erledigen. Stattdessen sollte er heute Abend besser gleich nach Hause fahren und etwas gegen diese lästige Erkältung unternehmen. Tee mit Rum und dann gleich ins Bett. Die Brunnenmayer wartete bei solchen Gelegenheiten gern mit Fliedertee und klebrigen Schmalzlappen auf – aber darauf konnte er verzichten. Nicht solange er noch aufrecht stehen konnte.

»Dann will ich dich nicht länger bei der Arbeit stören.«

Er sah zu, wie sich von Klippstein aus dem Sessel quälte, und hatte wahnsinniges Mitleid mit ihm. Helfen ließ er sich nicht, da konnte er richtig unfreundlich werden. Es waren nicht nur die Narben im Bauchbereich, die ihm Schmerzen bereiteten – vermutlich steckten auch noch Splitter in seinem Körper, die man nicht hatte entfernen können. Er hatte überlebt – aber die Verletzung hatte ihn fürs Leben gezeichnet.

Bevor Ernst hinausging, trank er seine Tasse leer und stellte sie zurück auf das Tablett. Paul fühlte sich ein wenig erleichtert, als er wieder allein war. Er stand auf, um sich die kalten Finger am Ofen zu wärmen, legte Kohlen nach und fröstelte trotzdem. Mit schlechtem Gewissen öffnete er die Schranktür und goss sich ein Glas Whisky ein. Sein Vater hatte diesem Zeug gegen Ende seines Lebens recht ordentlich zugesprochen, und das, obgleich er wusste, dass es ihm schadete. Paul hielt im Allgemeinen nichts von solchen Gebräuchen, die kleine Sammlung verschiedener Spirituosen war für Gespräche mit Geschäftspartnern gedacht, bei denen ein Gläschen oft mehr bewirkte als ein ganzer Sack voller Argumente.

Er nahm das Zeug ja nur aus medizinischen Gründen

ein, dachte er und trank einen guten Schluck. Gleich darauf musste er sich heftig zusammenreißen, um nicht laut zu stöhnen, denn der Whisky brannte in seinem wunden Hals wie ein Höllenfeuer. Den Teufel mit Beelzebub austreiben, nannte man so etwas. Er trank den Rest aus dem Glas, der ihm die Tränen in die Augen trieb, und verbarg Flasche und Glas wieder im Schrank.

Trotzdem fühlte er sich elend. Beim Mittagessen hielt er sich mit viel Mühe aufrecht, hörte sich die Beschwerden der Gouvernante geduldig an und beruhigte Mama, als Marie die Kinder energisch in Schutz nahm. Das gemeinsame Mittagessen – früher ein Ruhepunkt in der Tagesmitte – hatte sich während der vergangenen Monate zu einem spannungsgeladenen Zusammentreffen unterschiedlicher Parteien entwickelt. Auch die Kinder litten darunter, sie hockten schweigsam vor ihren Tellern und sprachen nur, wenn sie gefragt wurden. Sobald der Nachtisch gegessen war, warteten sie ungeduldig darauf, dass Mama ihnen erlaubte, vom Tisch aufzustehen.

Heute brachte Mama Tilly Bräuer zur Sprache. Die junge Medizinstudentin war über Weihnachten in Augsburg gewesen, und man hatte sich am Weihnachtsfeiertag ausgiebig miteinander unterhalten.

»Dünn ist sie geworden, das arme Ding«, erklärte Mama mit Bedauern. »Und so blass. Früher haben wir ›Blaustrumpf‹ zu solch einem Mädchen gesagt. Kein Wunder, dass der arme Klippi ihr keinen Antrag gemacht hat. Ja, ich weiß, Marie. Die Zeiten haben sich geändert, heutzutage gehen junge Mädchen einem Beruf nach, und einige von ihnen glauben sogar, an den Universitäten studieren zu müssen.«

»Sie ist eine mutige und kluge junge Frau«, sagte Marie mit Überzeugung. »Ich bewundere sie sehr. Was ist daran schlimm, wenn eine Frau Medizin studiert und Ärztin wird?«

Über dieses Thema hatte man bereits ausgiebig gestritten, daher ließ Alicia nur einen unzufriedenen Seufzer hören. Doch Serafina fühlte sich genötigt, ihr zur Seite zu springen.

»Wie soll solch eine Person jemals einen Ehemann finden?«, meinte sie. »Welchem Gatten würde es gefallen, dass seine Frau täglich fremde Männer am ganzen Körper untersucht. Sie wissen, was ich meine …«

Wenn sie glaubte, die Zwillinge hätten ihre Andeutung nicht verstanden, dann irrte sie. Dodo bekam große Augen, Leo rote Ohren.

»Müssen die Männer sich nackig ausziehen?«, flüsterte Dodo.

Leo gab keine Antwort, er fand die Vorstellung ganz offensichtlich peinlich.

»Dass eine Frau von einem männlichen Arzt untersucht wird, stört den Ehemann ja auch nicht«, konterte Marie. »Es ist alles eine Frage der Gewohnheit.«

Alicia räusperte sich. »Ich möchte solch unappetitliche Themen bitte nicht am Esstisch abgehandelt haben. Und vor allem nicht vor den Kindern!«

Man aß schweigend weiter. Marie sah immer wieder auf die Uhr, Serafina bedeutete Dodo, sie solle gerade sitzen, Mama blickte besorgt zu Paul hinüber, der ab und zu husten musste.

»Du solltest dich heute Nachmittag besser hinlegen, Paul.«

»Unsinn!«, knurrte er.

Mama seufzte und erklärte, er sei in allem der Sohn seines Vaters. Johann habe sich auch niemals geschont.

Marie war die Erste, die vom Tisch aufstand, denn sie

hatte bereits für vierzehn Uhr eine Kundin ins Atelier bestellt. Sie drückte rasch die Zwillinge an sich, versprach ihnen, am Abend eine Geschichte vorzulesen, und weg war sie.

»Soll ich dich nicht fahren, Schatz?«, rief er ihr nach.

»Nicht nötig, Liebster. Ich nehme die Straßenbahn.«

Paul fühlte sich nach dem Essen zwar müde, aber die Halsschmerzen waren wesentlich schwächer als am Morgen. Hinlegen – das fehlte gerade noch. Das willige Opfer von Mamas Fürsorge. Halswickel. Brustwickel, Kamillentee, die ganze Palette. Schlimmstenfalls noch Dr. Stromberger oder der alte Dr. Greiner. Nein – er würde diese lästige Geschichte schon selbst auskurieren.

Im Büro kam er jedoch bald zu der Erkenntnis, dass ein weiches Bett und ein wenig Fürsorge nicht von der Hand zu weisen waren. Zumal ihn ein unangenehmer Schüttelfrost plagte, der sich mit beängstigen heftigen Hitzeanfällen abwechselte. Fieber. Er kannte dieses widerliche, hohle Körpergefühl noch aus seiner Kindheit. Später hatte er in Russland im Gefangenenlager lange Zeit im Wundfieber gelegen, da war er dem Tod nur knapp von der Schippe gesprungen. Dagegen war dies hier ein harmloses Zipperlein.

Er erledigte wichtige Telefonate, gegen sechzehn Uhr hatte sich ein neuer Kunde angesagt. Ein Sigmar Schmidt, der in der Maximilianstraße ein großes Kaufhaus eröffnen wollte und an bunt gemusterten Baumwollstoffen interessiert war. Paul führte ihn in die Weberei und danach in die Abteilung, in der die Stoffe bedruckt wurden. Schmidt zeigte sich sehr angetan, man ging zurück in Pauls Büro, um dort über Lieferbedingungen und Preise zu reden. Er war ein ausgefuchster Verhandlungspartner, dieser Sigmar Schmidt, versuchte immer wieder einen Sonderrabatt herauszuschlagen, aber Paul verwies ihn auf die ohnehin günstigen Preise und die gute Qualität. Schließlich wurden sie sich handelseinig, und Schmidt bestellte etliche Ballen.

Die Verhandlung hatte Paul aufrechterhalten, doch kaum war der Kunde aus dem Büro, fühlte er sich beängstigend schwach und fiebrig. Er zwang sich, bis halb sieben Uhr durchzuhalten, dann wünschte er seinen Sekretärinnen einen angenehmen Feierabend und erfuhr, dass Herr von Klippstein bereits zur Tuchvilla unterwegs war.

Draußen empfing ihn ein kalter Nieselregen, sodass er froh war, als er im Wagen saß. Ein kurzer Gruß an den Pförtner, dann fuhr er in Richtung Stadt davon. Es war kurz vor sieben Uhr – Marie würde hoffentlich noch nicht die Straßenbahn genommen haben. Doch als er am Straßenrand vor dem Atelier anhielt, stellte er zu seiner Beruhigung fest, dass offensichtlich noch Kunden bedient wurden. In dem hell beleuchteten Innenraum konnte er ein elegant gekleidetes Paar erkennen, das an einem kleinen Tisch saß und den Katalog durchblätterte. Das war doch … Natürlich, es waren Herr und Frau Neff, die das große Lichtspielhaus am Backofenwall betrieben. Die konnten sich freilich Maries teure Entwürfe leisten. Wie eifrig sie sich mit dem Katalog beschäftigten – nun ja, Marie hatte auch sämtliche Zeichnungen selbst angefertigt und koloriert.

Paul beschloss, im Wagen zu warten, um Marie nicht zu stören. Schließlich wusste er aus eigener Erfahrung, wie lästig so etwas bei einer Geschäftsverhandlung sein konnte. So lehnte er sich zurück, zog den Mantel enger um sich und schaute als ungebetener Zaungast durch die Ladenscheibe ins Atelier hinein. Da war sie ja, seine Marie. Hübsch war sie – dieser glockig geschnittene Rock und die lockere Jacke wirkten modern und lässig, dazu das dunkle üppige Haar. Sie sah aus wie wie ein zartes junges Mädel. Und doch war sie solch eine tüchtige Geschäftsfrau ...

Jetzt unterhielt sie sich mit den Neffs, lachte, gestikulierte – nein, sie war bezaubernd, seine Marie. Dieser Kinobesitzer schien ganz und gar von ihr hingerissen, wie albern er sich aufführte, jetzt schleppte er einen Stuhl für sie herbei und wäre dabei fast über seine eigenen Füße gestolpert. Und Marie schenkte ihm ein dankbares Lächeln, bevor sie sich setzte. Dankbar war wohl der richtige Ausdruck. Oder vielleicht eher warmherzig? Entgegenkommend. Ja, das war es. Aber auch irgendwie ... zärtlich.

Das bildest du dir ein, dachte er. Du kannst von hier aus ja gar nicht genau sehen, in welcher Weise sie diesen Burschen anlächelt. Schließlich geht es um ein Geschäft, da empfiehlt es sich, der Kundschaft entgegenzukommen. Trotzdem stellte er fest, dass er sich darüber ärgerte. Was hatte sie diesen Menschen anzulächeln? Es konnte gut sein, dass er ihre Freundlichkeit in den falschen Hals bekam und sie später belästigte.

Ein neuer Fieberschub überkam ihn, und er wischte sich mit dem Taschentuch den Schweiß von der Stirn. Wie lange dauerte das da drinnen denn noch? Es war schon halb acht – drüben in der Tuchvilla wartete Mama mit dem Abendessen.

Als der Anfall wieder nachließ, stieg er aus und ging entschlossen hinüber zum Atelier. Die Ladenglocke bimmelte, während er die Tür öffnete, Marie und die Neffs sahen ihn verblüfft an.

»Einen schönen Abend wünsche ich. Verzeihen Sie, dass ich so hereinplatze, ich kam zufällig vorbei und glaubte, es sei bereits Ladenschluss.«

Marie zog für einen kleinen Moment die Stirn kraus, die Neffs begrüßten ihn überschwänglich und ergingen sich in begeisterten Lobreden über Maries neue Kollektion.

»Dass wir hier in Augsburg solch eine grandiose Modeschöpferin haben. Diese Modelle könnten ebenso gut in Paris ausgestellt sein.«

»Lassen Sie sich nur nicht stören ... Ich werde im Wintergarten meine Zigarre rauchen und es mir gemütlich machen.«

»Oh, es wird nicht mehr lange dauern.«

Im Nähzimmer saß Hanna noch an der Arbeit. Das arme Mädchen schaute nicht besonders glücklich drein – er hatte nie verstanden, weshalb Marie sie unbedingt zu einer Näherin ausbilden wollte. Aber das waren Entscheidungen, in die er sich nicht einmischte.

»Gnädiger Herr ... So eine Überraschung. Oh weh – Sie schauen aus, als wären Sie krank.« Sie ließ ihre Nähmaschine im Stich und lief hinüber zum Ofen, auf dem ein Wasserkessel vor sich hin brodelte. »Ich brühe Ihnen einen heißen Tee – das wird Ihnen guttun.«

Er wehrte sich nicht – inzwischen ging es ihm so schlecht, dass er sogar bereit war, Tee zu trinken. Schlotternd hockte er neben dem Ofen, die Tasse mit dem heißen Getränk in der Hand.

»Da hat es Sie aber schlimm erwischt, gnädiger Herr. Und dann kommen Sie noch angefahren, um Ihre Frau abzuholen. Da hätten Sie wirklich den Herrn von Klippstein schicken sollen.«

Marie erschien nach einer knappen Viertelstunde, warf einen vollgeschriebenen Block auf ihren Bürotisch und zog sich hastig den Mantel über.

»Verflixt«, seufzte sie. »Wieder einmal viel zu spät. Arme Mama. Lass uns rasch fahren, Paul ... Hanna, schalte bitte das Licht aus, die Schaufensterbeleuchtung bleibt an.«

Sie setzte den Hut vor dem Spiegel auf, strich das Haar zurecht und drehte sich zu Paul herum. Erst jetzt sah sie, wie schlecht es ihm ging.

»Um Himmels willen – Paul! Du hättest wirklich heute Mittag auf Mama hören sollen. Jetzt wirst du uns gewiss alle anstecken!«

Er stellte den Becher auf den Ofen und stand mühsam auf. Nein, er war nicht wehleidig. Aber er fand, dass Marie früher mitfühlender gewesen war.

12

März 1924

Wie schnell der Sonntag doch vorbeirauschte. Dabei sollte es ein Tag der Besinnung in der hektischen Woche sein, Zeit für die Familie, kostbare Stunden der Erholung und der Muße. Aber nach einem hastigen Frühstück war man zur Kirche aufgebrochen, hatte die Messe gehört und im Anschluss mit einigen Bekannten geplaudert. Danach musste man sich zum Mittagessen umkleiden, darauf legte die Schwiegermutter Wert. Wenigstens am Sonntag – so hatte sie neulich wieder betont – wolle sie eine festlich gekleidete Familie um sich versammelt sehen. Was zur Folge hatte, dass die Mahlzeit in steifer Förmlichkeit ablief und vor allem die Zwillinge, die vor Mitteilungsbedürfnis geradezu platzten, nicht zu ihrem Recht kamen. Kinder hatten bei Tisch zu schweigen – das gehörte zum guten Ton.

Marie fühlte sich müde und ausgebrannt. Wie gern hätte sie sich nach dem Essen ein wenig hingelegt – aber dazu war keine Zeit. Dodo und Leo hatten sich in ihr Zimmer geschlichen, und sie brachte es nicht übers Herz, die beiden wegzuschicken. Zu dritt saßen sie auf dem Sofa, und Marie hörte sich geduldig an, was sich die Woche über an Kummer und Ärger aufgestaut hatte.

»Dreimal musste ich die blöden Zahlen abschreiben, Mama. Dabei habe ich alles richtig gerechnet.«

»Warum muss ich immer dieses geblümte Kleid anziehen, Mama? Es ist zu eng, ich kriege meine Arme gar nicht hoch.«

»Sie hat gesagt, dass wir keine Ostereier bekommen. Weil wir so ungezogen sind.«

»Und immer muss ich Klavier spielen … Mir tun schon die Ohren weh.«

Marie machte sich insgeheim Vorwürfe, die Entlassung der Gouvernante nicht energisch genug zu fordern. Aber es wäre auf eine Machtprobe mit der Schwiegermutter hinausgelaufen, und das wollte sie Paul nicht antun. Trotzdem fühlte sie sich unglücklich. Sie tröstete, versuchte zu erklären, machte vage Versprechungen. Sie nahm Dodo in den Arm und strich Leo übers Haar. Seit dem achten Geburtstag der Zwillinge vor vier Wochen durfte sie ihren Sohn nicht mehr an sich ziehen und auch nicht küssen. Er hatte ihr gesagt, das fände er affig. Er sei schließlich ein Bub und kein Schmusebaby.

»Nachher kommt Tante Kitty zum Kaffeetrinken, sie bringt ganz sicher Henny mit. Dann könnt ihr Kinder alle zusammen im Park spielen.«

Die Nachricht löste weder bei Dodo noch bei Leo große Begeisterung aus.

»Die Henny will uns doch nur herumkommandieren.«

»Wenn die Frau von Dobern mitgeht, müssen wir auf den Wegen bleiben und dürfen auch keine Äste oder Steine werfen.«

»Und die Liesl und der Maxl dürfen nicht mitspielen, das mag die Frau von Dobern nicht.«

Marie versprach, mit der Gouvernante zu reden. Ein wenig Spaß musste sie den Kindern schon gönnen, auch wenn Schuhe und Mäntel litten. Es war März, doch der Frühling wollte sich nicht einstellen, vor zwei Tagen hatte es sogar noch einmal geschneit.

»Fährst du einmal mit uns zum Flugplatz, Mama?«

Seit Monaten löcherte Dodo sie mit dieser Bitte. Sie wollte die Flugzeuge sehen. Die Rumpler Flugzeugwerke hatten ihren Sitz in der Nähe der Haunstetter Straße, das war im Süden der Stadt.

»Ich weiß nicht, Dodo... Ich habe gehört, dass die Fluggesellschaft in Schwierigkeiten ist. Und Motorflieger dürfen sowieso nicht mehr fliegen.«

Zu den vielen Auflagen der Alliierten gehörte ein Flugverbot für deutsche Motorflugzeuge; außerdem durften keine mehr gebaut werden.

Dodos Mundwinkel sanken herab, und Marie begriff, dass dies ein Herzenswunsch des Mädchens gewesen war. Wie kam sie nur auf diesen verrückten Einfall?

»Wir werden sehen, mein Schatz. Im Sommer vielleicht. Jetzt bei diesem Wetter könnten sie sowieso nicht aufsteigen.«

Gleich hellte sich Dodos Gesicht auf. »Also gut: Im Sommer! Versprochen?«, versuchte sie die Mama festzunageln.

»Wenn es sich machen lässt ...«

Der Motor eines Automobils wurde hörbar, und Leo eilte zum Fenster.

»Tante Kitty kommt!«, vermeldete er. »Puh – die fährt vielleicht Schlangenlinien! Gleich hat sie den Baum erwischt ... Ha, grad noch mal gut gegangen.«

Dodo rutschte von Maries Schoß. Am Fenster schob sie ihren Bruder zur Seite.

»Sie hat Tante Gertrude mitgebracht. Und Henny. Die leider auch ...«

Marie tat einen Seufzer. Nun war es endgültig aus mit der Hoffnung, sich noch einmal aufs Ohr zu legen. Sie stand auf, um den Angestellten Anweisungen zu geben, denn Alicia war seit einer schweren Bronchitis kränklich. Wenn sie schon unter der Woche die ganze Last des Haushalts zu tragen hatte – so hatte sie verlauten lassen –, dann wollte sie wenigstens am Sonntag einen kleinen Mittagsschlaf halten.

Unten in der Halle war bereits Kittys helle Stimme zu vernehmen, sie sprach wie immer aufgeregt und ohne Unterbrechung, manchmal hatte man Sorge, sie könne vergessen, Luft zu holen. Marie klopfte im Vorbeigehen an die Tür der Gouvernante, um Frau von Dobern aufzufordern, sich jetzt um die Kinder zu kümmern, dann eilte sie die Treppe hinunter.

Julius stand schon am Eingang des Speisezimmers bereit, er sah immer noch mitgenommen aus, denn die Erkältungswelle hatte ihn nicht verschont. Auch Hanna und Else waren betroffen gewesen, ebenso der arme Klippi. Paul hatte zwei Tage im Bett liegen müssen, dann hatte er die Geschichte hinter sich gehabt, doch von Klippstein war noch immer nicht wiederhergestellt.

Marie hatte ihm eine Woche lang das Mittagessen in seine Wohnung bringen lassen und schließlich Dr. Stromberger zu ihm geschickt. Von Klippstein war von dieser Fürsorge so gerührt gewesen, dass er ihr mitten im Februar einen Strauß weißer Rosen bringen ließ. Er musste ein Vermögen dafür ausgegeben haben, und Paul hatte Marie tagelang mit ihrem »Rosenkavalier« aufgezogen. Ja, Paul schien tatsächlich ein wenig eifersüchtig zu sein. Er hatte sich überhaupt in einigen Dingen verändert, er war empfindlicher und reizbarer als früher und machte ihr scheinbar aus heiterem Himmel Vorwürfe. Aber vielleicht lag es daran, dass sie einander erst jetzt richtig kennenlernten. Paul hatte ja ein gutes Jahr nach ihrer Hochzeit in den Krieg ziehen müssen, und sie waren vier lange Jahre getrennt gewesen. Damals hatten sie nur von Briefen und von ihrer Sehnsucht gelebt, kein Wunder, dass sie einander in goldenem Licht gesehen hatten. Nun aber war der Ehealltag eingekehrt, die Fabrik, die Kinder, ihr Atelier, die Familie – all das forderte seinen Tribut, vielleicht war ein Stückchen ihrer Liebe dabei auf der Strecke geblieben.

»Sagen Sie der Köchin, dass sie den Kaffee jetzt zubereiten kann. Für die Kinder heiße Schokolade. Den Kuchen servieren Sie erst, wenn alle am Tisch sitzen.«

Sie lief hinunter in die Halle, wo Hanna den Gästen Mäntel und Hüte abnahm. Gertie trug ein in Packpapier gehülltes Paket, in dem ohne Zweifel eines von Kittys Bildern steckte.

»Ach, meine Herzensmarie!«, rief Kitty laut, als sie die Schwägerin an der Treppe entdeckte. »Wie schön, dich zu sehen. Ich habe große Neuigkeiten für dich, meine Liebe. Du wirst staunen. Trag das Bild vorsichtig, Gertie. Es ist ein Geschenk für meinen Bruder und soll im Büro aufgehängt werden. Hu – was für ein grausliges Wetter, man friert sich ja die Füße ab. Marie, meine Süße. Komm an mein Herz. Ich muss dich einmal ganz fest an mich drücken.«

Ach, diese Kitty! Sie war so umwerfend, so überschwänglich, so ungemein herzlich. Marie vergaß alle Müdigkeit und atmete für einen Moment Kittys teures Parfum ein. Woher sie nur das Geld dafür nahm? Nun – vermutlich bekam sie diese Sachen von ihren diversen Verehrern zum Geschenk.

»Wie geht es Mamachen? Immer noch die Bronchien? Die Ärmste. Seitdem Papa nicht mehr bei uns ist, hat sie noch keine gute Stunde gehabt. Das ist die wahre Liebe, Marie. Da können wir beide nicht mit. Treue bis in den Tod … Ach ja, ich habe die liebe Gertrude mitgebracht. Hast du sie überhaupt schon begrüßt, Marie?«

»Wenn du mich loslässt, werde ich es sofort tun.«

Gertrude Bräuer, Kittys Schwiegermutter, war keineswegs beleidigt, dass sie zurückstehen musste. Sie war mit Kittys aufgeregter Art vertraut und kam – zu Alicias größter Überraschung – bestens damit zurecht. Henny wurde von Hanna gerade aus Mantel und Mütze geschält, die Kleine lugte bereits vorsichtig in alle Ecken der Halle, ob dort nicht irgendwo der Leo versteckt war. Beim letzten Besuch hatte er sich hinter der Kommode verborgen und wie eine Maus gepiepst, wusste der doch, dass Henny schreckliche Angst vor Mäusen hatte.

»Gehen wir hinauf«, meinte Marie. »Gertie – lauf in den zweiten Stock und wecke die gnädige Frau auf. Ganz vorsichtig, du weißt ja, sie erschreckt sich so leicht.«

Kitty bot Gertrude ihren Arm und erklärte, sie dürfe auf keinen Fall allein die Treppe hinaufsteigen, noch gestern habe sie mit Halsschmerzen und Husten im Bett gelegen.

»Lass nur die Finger von mir, Kitty! Das könnte dir so passen, mich als gebrechliche alte Schachtel darzustellen.«

»Ach Trudi!«, kicherte Kitty. »Ich bin doch so froh, dass du bei mir bist und will dich so lange wie möglich behalten. Noch hundert Jahre mindestens, darauf musst du dich leider einstellen. Wo ist denn nur mein Paulemann, Marie? Wo hast du deinen Ehemann gelassen? Da ist er ja!«

Paul war oben am Treppenaufgang erschienen und breitete lächelnd die Arme aus. Kitty ließ Gertrude los und eilte mit einem hellen Aufschrei nach oben, um sich an Pauls Brust zu werfen.

»Paulemann! Da bist du ja! Ach, mein lieber, allerliebster, einziger Bruder.«

»Kitty«, sagte er schmunzelnd und hielt sie fest. »Es ist

ungemein schön, dich hier in der Tuchvilla zu haben. Auch wenn du mich gerade bei der Arbeit gestört hast.«

»Arbeit? Heute ist Sonntag, Paulemann. Wer am Sonntag arbeitet, dem verdorrt die rechte Hand. Hat uns früher der Kaplan immer erzählt, weißt du das nicht mehr?«

»Es wundert mich, dass ausgerechnet du dir diesen Satz so gut gemerkt hast, Kitty!«

Der Flur strahlte vor Heiterkeit, beschwingt lief Marie neben Kitty einher, sie lachten und spotteten, Paul wehrte sich, so gut er konnte, doch Marie sah ihm an, wie sehr er diese fröhlichen Wortwechsel genoss. Auf einmal war er wieder der junge Herr, den das Küchenmädel Marie einst aus der Ferne angeschwärmt hatte. Paul Melzer, der eigenwillige Sohn der Familie, der die kleine Marie Hofgartner so oft mit zärtlichen Blicken verfolgte. Der sie in der Altstadt vor einem wütenden Angreifer beschützte und sie voller Sorge um ihre Sicherheit zum Jakobertor begleitete ... Ach, warum konnte diese wundervolle erste Verliebtheit nicht ewig währen?

Im Speisezimmer hatte Julius den Tisch mit Sorgfalt gedeckt und sogar mit den ersten Veilchen geschmückt. Die Gouvernante hatte die Zwillinge in ihre Sonntagskleider gesteckt und ihnen auch die Lackschuhe verordnet, die eigentlich schon zu klein waren. Leos schmerzlich verzogenes Gesicht fiel sogar Kitty auf.

»Großer Gott – Leo! Was ist passiert? Hat dich jemand gebissen?«

Bevor Leo eine Antwort geben konnte, wies ihn Paul zurecht.

»Hör auf mit den Faxen, Leo. Du musst hier nicht den Clown spielen!«

Leo wurde rot. Marie wusste, dass der Junge verzweifelt bemüht war, es dem Vater recht zu machen – leider hatte er nicht immer Erfolg. Das war etwas, das sie an Paul störte. Wieso kam er seinem Sohn nicht ein wenig entgegen? Spürte er denn nicht, wie sehr Leo sich danach sehnte? Aber Paul schien der Ansicht zu sein, dass Lob den Kindern eher schadete, daher war er äußerst sparsam damit.

»Du kannst die Schuhe nachher ausziehen«, sagte Marie. »Jetzt behältst du sie an, weil die Großmama sich so darüber freut. Sie hat sie euch doch gekauft.«

»Ja, Mama.«

Die Gouvernante lächelte milde und erklärte, dass man den Kindern ruhig etwas abverlangen sollte. »Das Leben ist nicht immer sanft, Frau Melzer. Es ist gut, wenn schon die Kinder lernen, Schmerzen klaglos zu ertragen.«

»Wenn Sie so weiterreden, liebe Serafina, dann springe ich gleich aus dem Fenster«, trompetete Kitty dazwischen. »Wollen Sie die armen Wesen zu Märtyrern erziehen? Wir brauchen keine Heiligen, Frau von Dobern. Wir brauchen aufrechte Menschen mit gesunden Füßen!«

Serafina wurde einer Antwort enthoben, weil in diesem Moment Alicia das Speisezimmer betrat.

»Kitty!«, sagte sie und legte die Hand an die Stirn. »Wie laut du doch bist. Denke bitte daran, dass ich Kopfschmerzen habe.«

»Oh Mamachen«, rief Kitty und umarmte sie stürmisch. »Schmerzen müssen klaglos ertragen werden, das wird hier in diesem Hause schon den Kindern beigebracht.«

Als Alicia sie verwirrt ansah, begann sie wie ein Kobold zu lachen und erklärte, das sei nur Spaß gewesen.

»Meine arme, arme Mama! Es tut mir so leid, dass du immer wieder von dieser dummen Migräne geplagt wirst. Ich wünschte, ich könnte etwas tun, damit es dir besser geht ...«

Alicia schob sie lächelnd von sich und meinte, es würde schon helfen, wenn sie ein wenig leiser spräche und sich jetzt an den Kaffeetisch setzte. »Wo ist denn meine kleine Henny? Mein Goldkind …«

Das Goldkind war hinunter in die Küche gelaufen und kehrte mit schokoladenverklebten Wangen zurück. Fanny Brunnenmayer war dem Charme der kleinen Schmeichlerin erlegen und hatte ihr drei frisch gebackene Kekse mit Schokoguss zugesteckt.

»Großmama – ich habe immer an dich denken müssen«, rief Henny und streckte die Arme nach Alicia aus. »Es ist so traurig, dass ich nicht mehr hier wohnen darf.«

Auf der Stelle war Alicia versöhnt, und Henny erhielt den Platz gleich neben der lieben Großmama. Marie wechselte einen Blick mit Paul und wusste, dass er das Gleiche dachte. Henny würde es im Leben vermutlich weit bringen.

Man setzte sich zu Tisch, Julius goss Kaffee oder Tee ein, eine Sahnetorte und ein Napfkuchen wurden angeschnitten, Teller mit Keksen dazugestellt. Kitty plauderte über die anstehende Ausstellung in München, die sie gemeinsam mit zwei Künstlerkollegen bestückte, Gertrude erzählte, dass Tilly sich bereits auf das Examen vorbereitete, Alicia erkundigte sich nach dem Herrn von Klippstein.

»Er rief mich gestern an«, sagte Paul. »Morgen will er wieder im Büro sein.«

»Wir hätten ihn unbedingt zum Kaffeetrinken einladen müssen«, bedauerte Alicia. »Er ist so ein liebenswerter Mensch!«

Serafina achtete streng darauf, dass Dodo und Leo keine Krümel auf die Tischdecke machten, während Henny die Umgebung ihres Kuchentellers fröhlich mit Sahne- und Schokoladenflecken garnierte.

»Gibt es Nachrichten von Elisabeth?«, erkundigte sich die Gouvernante. »Leider schreibt sie mir nur selten, was mich sehr bekümmert. Lisa ist meine beste Freundin.«

»Wieso schreibt sie Ihnen dann so selten?«, erkundigte sich Kitty boshaft.

»Ihnen wird sie gewiss öfter schreiben, liebe Frau Bräuer.« Alicia trank ihre Kaffeetasse leer und bat Julius, ihre Brille und den Stapel Briefe auf ihrem Schreibtisch herbeizuholen.

Ach je, dachte Marie. Jetzt wird sie Lisas letzten Brief vorlesen, den wir sowieso schon alle kennen. Und danach wird sie wohl von ihrer Jugend auf dem Gutshof erzählen. Armer Leo – wenn ich ihm jetzt erlaube, die Schuhe zu wechseln, wird die Großmama ihm das übel nehmen.

»Meine Lieben«, rief Kitty über den Tisch hinweg. »Bevor wir Lisas ländlichen Ergüssen lauschen, möchte ich gern eine famose Neuigkeit erzählen. Ich habe nämlich einen Brief bekommen ... aus Frankreich!«

»Ach, du lieber Gott!«, seufzte Alicia. »Doch nicht aus Lyon?«

»Aus Paris, Mama!«

»Aus Paris? Nun, die Hauptsache ist, dass ihn nicht dieser ... dieser ... Franzose geschrieben hat!«

Kitty wühlte in ihrem Täschchen herum. Sie legte mehrere Parfumfläschchen, zwei silberne Puderdöschen, einen Schlüsselbund mit Anhänger, gebrauchte Spitzentaschentücher und eine Sammlung Lippenstifte neben ihren Kuchenteller und jammerte, dass dieser Beutel ganz offensichtlich alle wichtigen Dinge auf Nimmerwiedersehen verschlucke.

»Da! Na endlich. Da ist er ja. Ein Brief von Gérard Duchamps, der mich gestern Früh erreichte.«

»Also doch!«, flüsterte Alicia.

Auch Paul runzelte die Stirn, und die Gouvernante machte ein höchst besorgtes Gesicht, als sei sie für die Familienehre der Melzers verantwortlich. Marie stellte fest, dass Gertrude als Einzige gelassen blieb und sich mit einem dritten Stück Sahnetorte bediente. Wie es schien, kannte sie den Inhalt des Briefes bereits.

»Meine süße, bezaubernde Kitty, mein liebreizender Engel, an den ich Tag und Nacht denke ...«, begann Kitty ungeniert und blickte strahlend in die Runde.

»Bitte nicht vor den Kindern!«, sagte Alicia ärgerlich.

»Mama hat recht«, meinte auch Paul. »Es ist mehr als unpassend, Kitty!«

Kitty schüttelte unwillig den Kopf und bedeutete, dass sie Ruhe zum Vorlesen brauche.

»Ich lasse den ersten Teil weg und komme gleich zu den wichtigen Dingen. Also: Zu meiner allergrößten Freude konnte ich im Nachlass des verstorbenen Kunstsammlers Samuel Cohn-d'Oré eine große Anzahl von Gemälden der deutschen Künstlerin Luise Hofgartner entdecken ...«

Marie fuhr zusammen und glaubte, nicht richtig gehört zu haben. Hatte Kitty eben gerade wirklich den Namen Luise Hofgartner ausgesprochen?

»Jawohl, Marie«, sagte Kitty, die ihr die Verblüffung von Gesicht abgelesen hatte. »Es handelt sich um über 30 Bilder, die deine Mutter gemalt hat. Dieser Cohn-d'Oré war märchenhaft reich und hat alle möglichen Kunstrichtungen gesammelt. Wie es scheint, hat er ein Faible für Luise Hofgartner gehabt – warum auch immer ...«

Marie sah zu Paul hinüber. Er war ebenso überrascht wie sie und lächelte sie begeistert an. Ein warmes Gefühl überkam sie. Paul freute sich für Kitty.

»Das ... das ist wirklich eine famose Neuigkeit«, meinte er zu ihr.

»Nun«, ließ sich Alicia vernehmen. »Das kommt darauf an. Was wird mit diesen ... Werken geschehen?«

»Sie stehen zum Verkauf«, sagte Kitty. »Die Erben des Herrn Cohn-d'Oré sind weniger an Kunst als an klingender Münze interessiert. Es wird wohl eine Auktion geben.«

»Die Bilder werden unter den Hammer kommen?«, rief Marie aufgeregt. »Wann? Wo?«

Kitty machte eine beruhigende Geste in ihre Richtung und nahm sich wieder ihren Brief vor. »... da ich annehme, dass deine Schwägerin Interesse hat, die Werke ihrer Mutter zu erwerben, habe ich bereits ein erstes Gespräch mit der Erbengemeinschaft geführt. Sie wären bereit, die Sammlung Hofgartner zu einem angemessenen Preis abzugeben.«

»Was ist unter einem ›angemessenen Preis‹ zu verstehen?«, erkundigte sich Paul.

Kitty zuckte mit den Schultern. Zahlen kämen in Gérards Brief nicht vor, er sei in diesen Dingen diskret. »Aber ein Schlitzohr ist er trotzdem. Er will mir für Verpackung und Transport noch zusätzlich Geld abnehmen, dieser Gauner. Erst tituliert er mich als seine bezaubernde Kitty und schreibt, er würde Tag und Nacht von mir träumen, um dann die Hand aufzuhalten. Auf solch einen Tagträumer kann ich verzichten.«

»Das hättest du von Anfang an tun sollen, liebe Kitty«, bemerkte Alicia trocken. »Ich denke, wir sollten diesen Menschen auf keinen Fall ermutigen, Kontakt mit uns zu pflegen. Deshalb bin ich strikt dagegen, irgendwelche Gefälligkeiten von seiner Seite zu akzeptieren.«

Marie wollte einwenden, dass sie Monsieur Duchamps sehr dankbar sei, dass er ihnen diese Nachricht zukommen ließ. Paul kam ihr jedoch zuvor.

»Ich bin anderer Ansicht, Mama. Gérard Duchamps

schlägt uns schlicht und einfach ein Geschäft vor. Dabei ist es selbstverständlich, dass wir ihm die Unkosten ersetzen und eventuell auch eine Vermittlungsprovision bezahlen.«

Alicia seufzte tief und legte wieder die Hand an die Stirn. »Julius! Sagen Sie Else, sie soll mir ein Pulver gegen die Kopfschmerzen bringen. Die Tütchen liegen in meinem Nachttisch.«

Marie spürte Pauls fragenden Blick, doch es war ihr unmöglich auszudrücken, was in ihr vorging. Sie wusste über das Leben und die künstlerische Arbeit ihrer Mutter so gut wie nichts. Nur über das letzte Lebensjahr und den tragischen Tod der Luise Hofgartner hatte man ihr berichtet. Ihre Mutter hatte den genialen Konstrukteur Jacob Burkard in Paris kennengelernt, das Paar hatte in Augsburg kirchlich geheiratet, bald darauf war Burkard verstorben. Luise blieb mittellos zurück. Eine Weile schlug sie sich und die neugeborene Tochter Marie mit kleinen Aufträgen durch, im Winter bekam sie in der eiskalten Wohnung eine Lungenentzündung und starb innerhalb weniger Tage. Die kleine Marie wurde ins Waisenhaus gegeben.

»Im Übrigen denke ich nicht, dass diese Bilder uns etwas angehen«, sagte Alicia. »Marie ist jetzt eine Melzer …«

»Was willst du damit sagen, Mama?« Kitty warf den Brief auf die Utensilien, die sie ihrem Handtäschchen entnommen hatte und starrte ihre Mutter entsetzt an.

Alicia aber hob die Kaffeetasse an die Lippen und trank in aller Ruhe, bevor sie antwortete. »Dass du immer so aufgeregt bist, Kitty … Ich habe nur gesagt, dass Marie zur Familie gehört.«

»Bitte, Kitty«, mischte sich Paul ein. »Lass uns ruhig bleiben, es lohnt nicht, darüber zu streiten.«

»Da hat Paul wirklich recht«, ließ sich auch Gertrude vernehmen.

Marie fühlte sich hilflos. Natürlich wollte sie keinen Streit, schon wegen Leo und Dodo, die dem Gespräch mit beklommenen Mienen folgten. Auf der anderen Seite hatte diese Nachricht alles in ihrem Inneren aufgewühlt. Die Bilder, die ihre Mutter gemalt hatte – waren das nicht Botschaften aus ihrer eigenen Vergangenheit? Würden sie nicht unendlich viel über ihre Mutter erzählen? All die Dinge, die Luise Hofgartner ihrer kleinen Tochter nicht mehr hatte mitgeben können, ihre Hoffnungen, ihre Überzeugungen, ihre Sehnsüchte, sie steckten in ihren Werken. Gewiss, sie war jetzt eine Melzer. Aber vor allem war sie die Tochter der Luise Hofgartner.

»Was meinst du dazu, Marie?«, rief Kitty über den Tisch hinweg. »Du hast noch gar nichts gesagt. Oh, ich verstehe dich so gut. Du bist noch vollkommen überwältigt von dieser Neuigkeit, nicht wahr? Meine arme Marie! Ich bin auf deiner Seite. Niemals werde ich zulassen, dass diese Bilder in falsche Hände geraten.«

»Ach, Kitty«, sagte Marie leise. »Lass es gut sein. Paul hat recht – wir sollten die Sache in Ruhe angehen.«

Aber Ruhe war nicht Kittys Sache. Ärgerlich warf sie ihre Habseligkeiten wieder in das Täschchen, stopfte den Brief mit hinein und erklärte, sie wisse schon, was zu tun sei.

»Ich bitte dich inständig, Kitty«, sagte Alicia und warf Paul einen besorgten Blick zu. »Tu um Gottes willen nichts Unüberlegtes. Diese Leute sind nur hinter Geld her, das ging aus dem Brief doch eindeutig hervor.«

»Geld!«, rief Kitty zornig. »Das ist natürlich das Erste, woran in diesem Haus gedacht wird. Dass nur kein Geld vergeudet wird. Vor allem nicht für Kunst. Ist euch eigentlich klar, dass es die Melzer'sche Tuchfabrik ohne Maries vorbildlichen Einsatz gar nicht mehr geben würde?«

Das war auch Paul zu viel. Er warf seine Serviette auf den leer gegessenen Teller und sah Kitty zornig an. »Was soll das denn nur, Kitty? Es ist Unsinn, das weißt du selbst!«

»Unsinn?«, regte sich Kitty auf. »Oh, wenn Papa jetzt hier bei uns säße, er würde dir den Kopf zurechtsetzen, Paulemann. Marie war es, die darauf drang, dass wir Papierstoffe herstellten. Nur dadurch hat die Fabrik überlebt, das hat auch Papa schließlich eingesehen. Aber natürlich – die Verdienste kluger Frauen werden nur allzu rasch vergessen. Typisch Mann, kann ich da nur sagen. Hochnäsig und undankbar!«

»Es reicht, Kitty!«, sage Alicia in scharfem Ton. »Ich möchte über dieses Thema kein Wort mehr hören. Und im Übrigen ist es mehr als pietätlos, deinen verstorbenen Vater zu bemühen. Lassen wir meinen armen Johann in seinem Grabe ruhen.«

Stille breitete sich im Speisezimmer aus. Gertrude goss Kaffee nach, Paul starrte düster vor sich hin, Kitty hatte die Lider halb gesenkt, knabberte an einem Keks und tat, als ginge sie das alles nichts an. Marie fühlte sich hilflos. Wenn Kitty doch nicht gleich so ausfallend geworden wäre. Sie musste ihr in vielen Dingen zustimmen. Aber nun war die Situation völlig verfahren.

»Dürfen wir aufstehen?«, fragte Dodo mit gepresster Stimme.

»Frag deine Großmama«, sagte die Gouvernante. Serafina hatte den Familienstreit schweigend mit angehört. Natürlich stand es ihr nicht zu, sich einzumischen oder gar ihre Ansicht kundzutun. Aber sie dachte sich sicherlich ihren Teil.

»Du wirst uns gleich ein Stück auf dem Klavier vorspielen, Dodo«, bestimmte Alicia. »Und was ist mit meiner kleinen Henny? Kannst du auch etwas vortragen?«

»Ich kann ein Gedicht«, prahlte Henny.

»Dann lasst uns hinübergehen. Julius, Sie können den Likör servieren und anschließend hier abräumen. Kommt, meine Kleinen. Ich bin sehr gespannt auf dein Gedicht, Henny.«

Marie konnte nicht anders, als Alicia für ihre Haltung zu bewundern. Wie leicht es ihr fiel, zu den üblichen Gewohnheiten eines Sonntagnachmittags zurückzukehren. Man trank ein Likörchen, plauderte über familiäre Belanglosigkeiten, und die Kinder wurden vorgeführt. Arme Dodo. Sie hasste das Klavier aus tiefstem Herzen.

Auf dem Flur legte Paul für einen Moment seinen Arm um Maries Schultern. »Wir reden nachher, Marie. Kopf hoch – wir finden eine Lösung.«

Es tat ihr gut. Sie sah zu ihm auf und lächelte ihn dankbar an. »Natürlich, Liebster. Es ist alles ein wenig hektisch.«

Er küsste sie rasch auf die Wange, dann waren sie schon an der Tür zum roten Salon, und Marie setzte sich neben Kitty auf das Sofa.

»Mach dir keine Gedanken«, flüsterte Kitty ihr zu und drückte ihre Hand. »Ich bin bei dir, Marie.«

Dann hörte sie ihrer Tochter zu, die ohne Stocken ein Gedicht aufsagte, das Kitty in ihrem ganzen Leben noch nie gehört hatte. Gertrude hatte es der Kleinen beigebracht.

»Und dräut der Winter noch so sehr

Mit trotzigen Gebären ...«

»Gebärden«, verbesserte Gertrude geduldig.

»... Und streut er Eis und Schnee umher

Es muss d o c h Frühling werden ...«

Henny verfügte über beachtliche schauspielerische Fähigkeiten, denn sie begleitete ihren Vortrag mit energischen Gesten. Bei dem Wort »doch« warf sie sich so ins Zeug, dass ihre Stimme überschnappte und sie husten musste. Trotz dieses kleinen Schönheitsfehlers wurde sie mit großem Beifall bedacht. Sie verbeugte sich nach allen Seiten wie eine erfahrene Bühnenkünstlerin. Dodo stampfte mit Todesverachtung zu dem ungeliebten Instrument, setzte sich auf den Schemel und hackte die Töne herunter. Auch sie wurde gelobt, man machte auch der Gouvernante Komplimente, die ihr Unterricht gab. Zum Schluss spielte Leo ein Präludium von Bach. Er trug es ohne Noten vor und hielt die Augen dabei geschlossen, versank ganz und gar in der Welt der Klänge. Marie war tief berührt, ebenso Kitty und Gertrude.

»Das war großartig, Leo!«, sagte Kitty mit Überzeugung. »Wer hat dir das beigebracht? Doch nicht Frau von Dobern ...«

Leo bekam rote Ohren, sah unsicher zu der Gouvernante hinüber und erklärte dann, er habe die Noten von Herrn Urban, seinem Lehrer, bekommen.

Marie wusste, dass es eine Lüge war. Ganz sicher stammte der Band mit Präludien und Fugen von Frau Ginsberg, der Mutter seines Freundes Walter.

»Wenn du in der Schule ebenso eifrig wie am Klavier wärst, Leo, dann könnten wir mit dir zufrieden sein«, sagte Paul.

Marie konnte sehen, wie Leo ein Stückchen kleiner wurde, und es tat ihr unsagbar weh.

»Ja, Papa.«

»Ihr dürft jetzt noch einen kleinen Spaziergang machen«, sagte Marie rasch und wandte sich an Serafina. »Ziehen Sie ihnen alte Sachen an und lassen Sie sie ein wenig herumrennen.«

Henny durfte zu ihrem großen Ärger nicht mittun, denn Kitty hatte beschlossen, nach Hause zu fahren. Sie schien den Streit vollkommen vergessen zu haben, drückte Alicia und Paul mit zärtlicher Inbrunst an sich und schwatzte dabei das Blaue vom Himmel herunter. Auch von Marie nahm sie überaus liebevoll Abschied, küsste sie auf beide Wangen – wie es die Franzosen immer taten – und raunte ihr zu: »Es wird alles gut, meine süße Marie. Ich kämpfe für dich, du dummes sanftes Lämmchen. Ich kämpfe für dich wie eine Löwin, die ihr Junges verteidigt.«

Später, als Alicia und die Kinder längst zu Bett gegangen waren, saß Marie in ihrem Zimmer über einem Entwurf, der bis morgen fertig sein sollte. Es fiel ihr schwer, denn in ihrem Kopf kreisten die Gedanken wild umher. Dreißig Bilder. Eine ganze Welt. Die Welt ihrer Mutter. Sie musste diese Bilder sehen. Auf sich wirken lassen. Die Botschaft entschlüsseln, die in ihnen verborgen war.

Sie war so vertieft, dass sie Pauls Eintreten fast überhört hätte. Er sah müde aus, hatte noch ein paar Stunden im Arbeitszimmer gesessen und Kalkulationen durchgearbeitet, jetzt lächelte er ihr entgegen.

»Noch wach, mein Schatz? Weißt du was, ich habe eine Entscheidung getroffen. Wir werden drei dieser Gemälde kaufen und hier in der Villa aufhängen. Wo, das bleibt dir überlassen.« Er schien mächtig stolz über diesen Entschluss zu sein.

»Drei Gemälde?«, fragte sie unsicher. Ob sie ihn recht verstanden hatte?

Er zuckte mit den Schultern und meinte, es könnten seinetwegen auch vier sein. Aber nicht mehr. Die Auswahl sollte man Gérard Duchamps überlassen, der sei vor Ort und außerdem ein Kunstkenner. »Komm jetzt, mein Schatz«, meinte er und streichelte ihren Nacken. »Lass uns diesen Sonntag auf angenehme Weise beschließen. Ich habe große Sehnsucht nach dir ...«

Sie wollte nicht schon wieder streiten. Sie war zu müde. Zu enttäuscht. Sie folgte ihm und gab sich der süßen Verführung ihrer Körper hin. Doch als Paul gleich danach in tiefen Schlaf fiel, fühlte sie sich neben ihm so einsam wie selten in ihrem Leben.

13

Habt's schon gesehen?«, fragte Else mit verzücktem Lächeln. »Die Narzissen wollen blühen. Ist sogar schon eine rote Tulpe aufgegangen.«

Das Lächeln war neu an Else, die früher immer verbissen dreingeschaut hatte. Aber seit ihrer schlimmen Zahnoperation hatte sich das Stubenmädchen Else Bogner in eine andere verwandelt. Anstatt wie früher bei jeder Gelegenheit zu nörgeln und nur das Schlimmste zu erwarten, erzählte sie jetzt, es sei solch ein Glück, in der Tuchvilla eine Anstellung zu haben, man müsse dankbar sein und sich jeden Tag aufs Neue darüber freuen.

»Zeit wird's«, gab Fanny Brunnenmayer kurz angebunden zurück. »Nächste Woche ist Ostern.«

Julius trug die letzten Teller und Platten aus dem Speiseaufzug in die Küche, die Herrschaft oben hatte zu Abend gegessen und das Personal wissen lassen, man brauche es für heute nicht mehr. Was nicht bedeutete, dass sie Feierabend machen konnten. Nur ging es jetzt ein wenig gemächlicher zu in der Küche, man gönnte sich eine Tasse Milchkaffee und aß gemeinsam zu Abend.

»Bist du unter die Heiligen gegangen, Else?«, spottete Auguste, die heute beim Aufräumen und Auswischen der Vorratsräume geholfen hatte. Nach der Geburt im Januar hatte sie einige Wochen gebraucht, um wieder auf die Beine zu kommen. Der Bub hatte sich lange gesträubt, den warmen Mutterleib zu verlassen, zuerst hatten sie geglaubt, er sei tot, denn er kam ganz blau zur Welt. Doch das kräftige Bürschlein erholte sich rascher als seine Mutter.

»Mei«, sagte Else mit Sanftmut. »Ich seh jetzt halt die schönen Dinge, die das Leben uns gibt. Wie schnell kann's vorbei sein, Auguste. Wie ich so in der Klinik gelegen hab und sie mir im Mund gebohrt und gehämmert haben, da ist literweis' das Blut gelauf…«

»Geh, sei still!«, meinte Hanna. »Net grad, wenn ich mein Abendbrot esse.«

»Und der Eiter«, fuhr Else unbeirrt fort. »Ich sag euch, wenn ich noch einen Tag gewartet hätt, dann wär es aus mit mir gewesen. Der Knochen war schon faul, haben sie mir hinterher gesagt…«

»Es langt«, knurrte die Köchin ärgerlich, und sie griff nach einer Brotscheibe. »Hast du nicht eben gesagt, du tätest nur noch die schönen Dinge des Lebens betrachten?«

»Ich sag das ja auch nur, damit ihr wisst, dass ich net silumiert hab.«

»Was hast net?«, fragte Auguste stirnrunzelnd.

Julius brach in meckerndes Gelächter aus, was alle am Tisch ungehörig fanden. Als er es bemerkte, hörte er auf zu lachen und bemühte sich um eine Erklärung. »Es heißt simuliert, liebe Else.«

Else nickte ihm wohlwollend zu, was Auguste beinahe aus der Fassung brachte. Früher hätte Else in solch einem Fall eine beleidigte Miene gezogen und später böse Bemerkungen gemacht. Nun schien sie also wirklich ein anderer Mensch geworden zu sein. Was es so alles gab auf der Welt.

Julius stand auf und trug ein Tablett voller silberner Gerätschaften herbei, Milchkännchen, Zuckerdosen, Salzfässchen, kleine Löffelchen und anderes mehr. Er stellte das Tablett am freien Ende des Tisches ab, wo er bereits weiche Tücher und verschiedene Fläschchen bereitgelegt hatte. Es war wieder einmal Zeit, das Silber zu putzen, denn an Ostern waren Gäste geladen. Julius legte seine Ehre darein, dass die silbernen Gerätschaften auf dem gedeckten Tisch im Schein der Kerzen blinkten und blitzten.

»Kannst mittun, Else«, forderte er auf. »Und du auch, Gertie!«

Gertie stopfte den Rest ihrer dritten Wurstsemmel in den Mund und nickte verdrießlich. Es war schon erstaunlich, welche Mengen an Lebensmitteln sie vertilgen konnte und dabei so dünn wie ein Fädchen blieb.

»Ich muss noch abwaschen«, vermeldete sie.

»Ich kann mithelfen«, sagte Hanna. »Ich mach das gern.«

Sie stellte ihren Teller weg, trank den Kaffee aus und setzte sich ans andere Tischende. Julius schob ihr ein schwarz angelaufenes Milchkännchen zu und bemerkte, sie müsse besonders auf den Rand achten, in der Verzierung bliebe gern noch etwas hängen. Hanna nickte verständig und machte sich ans Werk. Inzwischen hatte Julius begriffen, dass er bei der hübschen, aber eigenwilligen Hanna keine Chance hatte. Es ärgerte ihn und verletzte seinen männlichen Stolz, aber immerhin hatte er es akzeptiert und ließ sie in Ruhe.

»Du putzt freiwillig Silber?«, wunderte sich Auguste. »Du bist doch jetzt eine Näherin und kein Küchenmädel mehr, Hanna.«

Hanna zuckte mit den Schultern und rubbelte eifrig an dem Kännchen herum. Jetzt gesellte sich auch Else zu ihnen, griff sich einen Lappen und nahm sich die winzigen Salzlöffelchen vor.

»Die Hanna macht das gern, net wahr?«, sagte sie und lächelte.

Hanna nickte. Sie war nicht gerade glücklich gewesen,

als die Marie Melzer ihr erklärt hatte, sie wolle sie zur Näherin ausbilden. Aber sie hatte sich gefügt, vor allem, weil die Frau Melzer es ja gut mit ihr meinte. Inzwischen aber empfand sie das Nähen als eine einzige Plackerei. Den ganzen Tag auf demselben Stuhl hocken, immer nur auf den Stoff starren, auf die Nadel, die vor ihren Augen auf- und niedertanzte. Aufpassen, dass die Nähte gerade wurden, dass sie den Saum nicht zu knapp nahm, dass sie beim Treten nicht aus dem Rhythmus kam und der Faden riss …

»Zahlt dir die Frau Melzer denn einen anständigen Lohn?«, forschte Auguste.

»Ich lern' ja noch. Und ich wohne hier, und essen kann ich hier auch.«

Auguste zog die Augenbrauen hoch und sah hinüber zur Köchin, die sich Block und Bleistift genommen hatte, um die anstehenden Einkäufe für Ostern zu notieren. Fanny Brunnenmayer hob kurz die Schultern – sie wusste zwar, was Hanna verdiente, aber das würde sie der schwatzhaften Auguste bestimmt nicht auf die Nase binden. Es war mehr, als ein Küchenmädel bekam, aber freilich viel weniger, als eine gelernte Näherin verdiente.

»Wenn du Geld brauchst, dann kannst du am Abend bei uns Kinder hüten«, schlug Auguste vor. »Ein paar Groschen geb ich dir schon dafür.«

Gertie stellte jetzt die abgegessenen Teller ineinander, legte die Bestecke darauf und trug alles zum Spülstein. Aus dem Schiffchen am Kohleherd füllte sie heißes Wasser in eine Kanne, goss es in den Spülstein und ließ etwas kaltes Wasser dazulaufen, damit sie sich nicht die Hände verbrühte. Gespült wurde mit Seife und Soda, die Holzbrettchen mussten mindestens einmal die Woche mit Sand gescheuert werden.

»Ich hätte auch Lust, ein paar Groschen zu verdienen«,

meinte sie zu Auguste. »Wieso braucht ihr denn am Abend jemanden zum Kinderhüten?«

Auguste erzählte, dass das Geschäft im Augenblick richtig gut laufe, sie verkauften die jungen Pflänzchen wie warme Semmeln, weil man jetzt überall die Gemüsegärten anlegte. An den Abenden müssten die Pflanzen im Gewächshaus ausgegraben und in Töpfe gesetzt werden, damit man sie am folgenden Morgen im Laden oder auf dem Markt verkaufen konnte. Inzwischen hatte der Gustav neben den Frühbeeten auch eine Hütte gebaut, die sie ihren »Laden« nannten, weil dort manchmal Kunden bedient wurden.

»Die Liesl ist jetzt zehn, die kann gut mittun. Auch der Maxl ist sehr anstellig. Aber der Hansl ist halt erst zwei und der Fritz grad mal vier Monate.«

Es war keine Frage, dass die Kinder in der Gärtnerei mitarbeiten mussten, sobald sie dazu in der Lage waren. Keine schweren Arbeiten, das verstand sich, aber Pflanzen umtopfen oder Unkraut rupfen, das war schon angesagt. Meist waren sie stolz darauf, mithelfen zu dürfen, weil sie doch mit dem Papa zusammenarbeiten wollten.

»Wenn nur der dumme Fuß net wär«, seufzte Auguste. »Der Gustl ist doch keiner, der jammert. Aber am Abend, da ist's manchmal schlimm.«

Die Narbe an seinem Stumpf entzündete sich immer wieder, dann hatte er Schmerzen beim Gehen, und manchmal, wenn es ganz arg war, verlor er den Mut.

»Nur kein Kind mehr«, hatte der Gustl neulich zu ihr gesagt. »Wir haben schon genug Mäuler zu stopfen. Und ich weiß net, wie lange ich noch durchhalten kann.«

Er war zu Schwester Hedwig gegangen, die kannten sie noch aus der Zeit, als in der Tuchvilla ein Lazarett eingerichtet war. Ein Arztbesuch war viel zu teuer. Aber

Schwester Hedwig, die jetzt im Städtischen Krankenhaus angestellt war, hatte gemeint, da könne man nicht viel machen. Er dürfe halt nicht so lange herumlaufen, sonst könne es noch viel schlimmer werden. Sie hatte ihnen eine Salbe gegeben, die aber nicht viel half.

»Selber schuld«, meinte Fanny Brunnenmayer mitleidslos. »Der Gustav – hätte ja auch hier in der Tuchvilla im Dienst bleiben können. Der Herr Melzer hat der Else den Arzt und das Krankenhaus bezahlt – stimmt's etwa nicht, Else?«

Else nickte eifrig und versicherte, sie werde dem gnädigen Herrn ihr Leben lang dafür dankbar sein.

»Er hat dich sogar die Treppe hinab ins Automobil getragen«, rief Gertie vom Spülbecken herüber. Else wurde vor Verlegenheit rot.

»Ach was«, sagte Auguste ärgerlich. »Das wird schon wieder. Wenn wir erst genug verdienen, dann stellen wir Leute ein, die die Arbeit machen, dann kann sich der Gustl ausruhen. So wie die Jordan, die macht es richtig. So eine ausgefuchste …«

»Was macht sie denn?«, wollte Hanna wissen.

»Tja«, meinte Auguste und kicherte anzüglich. »Unsere gute Maria Jordan verkauft halt Delikatessen … Das heißt: Sie lässt verkaufen.«

Julius hielt die blank polierte Zuckerdose prüfend gegen das Licht und stellte sie dann zufrieden auf das Tablett.

»Was meinst du damit, Auguste?«, fragte er und schnüffelte daran, bevor er sich eine silberne Teekanne vornahm. »Sie hat wohl eine Angestellte, die Frau Jordan?«

»Einen jungen Mann hat sie …«

Hanna bekam große Augen. Fanny Brunnenmayer, die eifrig ihre Einkaufsliste schrieb, hob den Kopf, Julius stellte das Fläschchen mit dem Silberputzmittel auf den Tisch zurück. Nur Else bekam nichts mit, sie hatte den Kopf auf die Hand aufgestützt und war in dieser unbequemen Stellung eingeschlafen.

»Einen ... jungen Mann?«, fragte die Köchin ungläubig. »Wie meinst du denn das, Auguste?«

»So, wie ich es sage«, gab Auguste grinsend zurück.

»Sie hat also einen Verkäufer eingestellt«, forschte Julius. »Nun ja – warum auch nicht? Frau Jordan scheint mir eine kluge und geschäftstüchtige Person zu sein. Vermutlich ist der junge Verkäufer sachkundig.«

Er schwieg, weil Auguste in ein boshaftes Gelächter ausbrach. »Freilich ist der sachkundig, der Verkäufer«, sagte sie und kniff dabei ein Auge zu. »Und was er nicht weiß, das wird sie ihm schon beibringen, die Jordan ... Er schaut ja recht gelehrig aus.«

Julius rümpfte die Nase, die Vorstellung, Maria Jordan könne ein Verhältnis mit ihrem Angestellten haben, passt so gar nicht zu seinen eigenen Absichten.

»Ja, wie schaut er denn aus?«, fragte Hanna neugierig. »Ist er etwa ... jünger als sie?«

»Jünger?«, kicherte Auguste. »Der ist nicht einmal halb so alt wie sie. Ein dünner Bub mit abstehenden Ohren und riesengroßen wasserblauen Augen. Grad aus der Schule ist er gekommen, der arme Kerl. Und geht gleich dieser Hexe ins Garn.«

Gertie legte die gespülten Bestecke vor Else auf den Tisch und trug einen Stapel Teller zum Küchenschrank. Elses Kopf glitt aus der stützenden Hand, fast wäre sie mit dem Gesicht auf die Gabeln gefallen, doch sie fing sich rechtzeitig und begann, die Bestecke in die Tischlade einzusortieren.

»Ich hab ihn schon gesehen«, erzählte Gertie und öffnete den Küchenschrank, um die Teller hineinzustellen.

»Du?«

»Freilich. Ich hab doch gestern Kaffee und Quitten-gelee dort eingekauft.«

»Ach ja?«

Gertie grinste fröhlich und tat, als bemerke sie Augustes spitzen Ton gar nicht. Sie konnte Auguste nicht ausstehen, die war eine falsche Schlange und ein Schandmaul dazu. Wobei auch die Maria Jordan nicht nach Gerties Ge-schmack war, aber die hatte ja zum Glück schon vor län-gerer Zeit ihre Stelle in der Tuchvilla gekündigt.

»Christian heißt er«, erzählte sie. »Und er kennt sich tatsächlich gut aus. Ein netter, fleißiger Bub – ich glaub nicht, dass der was mit der Maria Jordan hat. Aber etwas anderes ist komisch in diesem Laden ...«

»Komisch?«, fragte Julius stirnrunzelnd. »Nun – aller Anfang ist schwer. Da fehlt's noch hie und da.«

»Nein, nein«, wehrte Gertie ab. »Der Laden ist hübsch gestrichen und eingerichtet, alles ist an seinem Platz, wie es sich gehört. Nur ... es gibt da eine Tür.«

Gertie zog sich einen Stuhl herbei und setzte sich zu den anderen an den Tisch. Alle sahen sie gespannt an.

»Eine Tür? Warum soll es dort keine Türen geben?«, fragte Fanny Brunnenmayer verständnislos.

»Also ...«, begann Gertie unsicher. »Das ist eben ko-misch. Weil da eine Dame hineingegangen ist. Eine ältere Dame. Die war ganz bestimmt sehr reich. Weil nämlich draußen ihr Chauffeur im Automobil gewartet hat.«

Man warf einander ungläubige Blicke zu, nur Auguste tat, als habe sie das längst gewusst. »Ein Hinterzimmer, wie?«

Gertie nickte. Sie hatte den Christian gefragt, was hin-ter der Tür sei, da war er rot geworden und habe herum-gestottert.

»Er hat gesagt, dort fänden Gespräche statt.«

»Da schau einer an«, murmelte Fanny Brunnenmayer.

»Das war doch vorauszusehen«, sagte Auguste.

Auch Else machte einen wissenden Eindruck, sie sagte jedoch nichts. Julius und Hanna hingegen standen noch auf dem Schlauch.

»Die legt die Karten, die schlaue Person«, ließ sich Auguste vernehmen. »Hab ich es mir doch gedacht. Der Feinkostladen ist nur eine Tarnung – in Wirklichkeit verdient sie sich als Wahrsagerin im Hinterzimmer dumm und dämlich. Oh, diese Teufelin. Ich wusste schon immer, dass sie es faustdick hinter den Ohren hat.«

»Die steckt uns alle in die Tasche!«, ließ sich Fanny Brunnenmayer vernehmen, und sie lachte gutmütig. »Eines Tages ist sie so reich wie die Fugger, und die halbe Stadt gehört ihr.«

»Das fehlte grad noch«, meinte Auguste und stand auf. »Ist Zeit, dass ich heimkomme. Der Gustl wird schon warten.«

»Magst ein paar Zuckerkringel für die Kleinen mitnehmen?«, fragte die Köchin. »Sind noch welche von gestern da.«

»Dank schön, nein. Ich hab selber gebacken.«

»Dann halt nicht«, meinte Fanny Brunnenmayer beleidigt.

Nachdem Julius die Tür hinter Auguste verriegelt hatte, beschloss auch Else, hinauf in ihre Kammer zu gehen. Hanna gähnte ebenfalls, die Nacht war kurz, und morgen würde sie wieder den lieben langen Tag an der Nähmaschine sitzen.

»Ich wollte noch etwas mit euch bereden«, sagte Julius »Es ist etwas, das die Auguste nichts angeht, deshalb hab ich gewartet, bis sie draußen ist.«

»Geht es mich etwas an?«, fragte Hanna, die gern ins Bett gegangen wäre.

»Nur am Rande …«

»Bleib schon da, Hanna«, bestimmte die Köchin. »Und du, Julius, leg los und schwatz nicht lange um den heißen Brei herum. Wir sind alle müd.«

Seufzend setzte sich Hanna wieder auf ihren Stuhl und stützte den Kopf in die Hand.

»Es geht um einige Vorgänge in diesem Haus, die mir nicht gefallen«, begann Julius. »Sie betreffen die Gouvernante.«

Mit dem letzten Satz hatte er die Aufmerksamkeit aller drei Frauen. Sogar Hanna verspürte keine Müdigkeit mehr.

»Die geht uns allen auf die Nerven.«

»Mir hat sie gestern befohlen, ihr Briefpapier aus dem Zimmer der gnädigen Frau zu bringen«, vermeldete Gertie.

»Und mir hat sie gesagt, ich sei ein dummes eingebildetes Mädel«, pflichtete Hanna ihr bei.

Julius hörte sich die Vorwürfe an und nickte, als habe er nichts anderes erwartet. »Sie maßt sich Befugnisse an, die ihr nicht zustehen«, sagte er und blickte in die Runde. »Ich bin keineswegs empfindlich, aber ich bin als Hausdiener nicht verpflichtet, Anweisungen der Gouvernante auszuführen. Außerdem finde ich es ungehörig, dass sie mich duzt.«

»Was habt ihr gedacht?«, meinte die Köchin. »Sie ist schließlich die Freundin einer Tochter des Hauses, da bildet sie sich etwas drauf ein. Mir kann sie damit nicht kommen. Falls sie irgendwann auf die Idee käme, mir eine Anweisung zu geben, dann werde ich sie eiskalt abblitzen lassen.«

Niemand zweifelte daran. Die Köchin Fanny Brunnenmayer hatte ihren festen Platz in der Tuchvilla, ihr machte so leicht keine etwas vor.

»Die Sache ist leider komplizierter«, begann Julius aufs Neue. »Die gnädige Frau Alicia ist in letzter Zeit häufig krank und hat daher einige Befugnisse an die Gouvernante abgegeben. So hat diese Person gestern von mir verlangt, sie in die Stadt zu fahren, um Besorgungen zu erledigen. Und vorgestern hat sie mich kontrolliert, als ich den Tisch für die Gäste deckte. So etwas steht einer Hausdame zu, nicht aber einer Gouvernante!«

»Da haben Sie recht«, sagte Hanna. »Es ist schade, dass Fräulein Schmalzler nicht mehr hier ist. Die hätte es der Gouvernante gegeben.«

»Das hätte sie«, grinste die Köchin. »Weiß Gott, die Eleonore Schmalzler, die hätte sie fertiggemacht.«

Gertie hatte die legendäre Hausdame nicht mehr kennengelernt, daher dachte sie weniger an vergangene, gute Zeiten als an die unsichere Zukunft. »Stimmt schon, Julius«, sagte sie. »Diese Person hat sich bei der Frau Alicia Melzer eingeschleimt, und deshalb kann sie sich so viel herausnehmen. Habt ihr nicht mitbekommen, wie sie gegen die junge Frau Melzer Intrigen spinnt?«

»Gegen die Marie Melzer?«, rief Hanna, und sie riss erschrocken die Augen auf.

»Freilich!«, sagte Gertie. »Als neulich der große Streit war wegen dieser Bilder in Frankreich …«

»Immer diese Bilder«, stöhnte Hanna. »Wie oft haben sie darum jetzt schon gestritten! Als ob eine Leinwand mit ein bisschen Farbe drauf das wert wäre.«

»Auf jeden Fall«, fuhr Gertie fort und sah dabei Julius an, »ist nach dem Streit die Gouvernante zu der Frau Alicia ins Zimmer gegangen und hat lange mit ihr geredet.«

Sie zögerte, weil sie nicht gern zugeben wollte, dass sie an der Tür gelauscht hatte. Als Julius ihr jedoch auffordernd zunickte, fuhr sie fort.

»Sie haben eine Menge schlimmer Dinge über die junge Frau Melzer gesagt: dass sie keine Erziehung habe, dass ihre Mutter eine… eine… eine liederliche Person gewesen sei, dass der arme Paul sich besser eine andere Frau gesucht hätte.«

»Wer hat das gesagt? Die gnädige Frau?«, wollte Fanny Brunnenmayer wissen.

»Es war eher so«, Gertie musste einen Moment überlegen, »dass die Frau von Dobern sie dahin geschoben hat. Wisst ihr, das macht sie ganz schlau. Sie fängt damit an, dass sie es richtig findet, was die gnädige Frau sagt. Und dann geht sie ein kleines Stückchen weiter. Und wenn die gnädige Frau dann mitzieht, heizt sie das Feuer noch ein wenig an. Bis sie sie dort hat, wo sie sie haben will.«

Julius behauptete, das habe Gertie sehr gut beschrieben.

»Wenn es so weitergeht, dann hat sie die Frau Alicia ganz und gar in ihrer Hand«, meinte er. »Ich bin dafür, dem einen Riegel vorzuschieben. Sie ist hier als Gouvernante angestellt und hat sich nicht als Hausdame aufzuspielen. Die Herrschaft sollte wissen, dass wir diese Person nicht akzeptieren.«

»Und wem wollen Sie diese Beschwerde vortragen?«, fragte die Köchin skeptisch. »Der gnädigen Frau Alicia etwa? Oder der Marie Melzer?«

»Ich werde mit dem gnädigen Herrn sprechen.«

Hanna seufzte tief und meinte, da wünsche sie ihm viel Glück.

»Der hat einen Haufen Sorgen, der arme gnädige Herr«, sagte sie leise. »Seine Schulter macht ihm Probleme. Und dann hat er sich mit dem Herrn von Klippstein zerstritten. Aber das ist nicht das Schlimmste ...«

Sie wussten alle, was Hanna meinte. Schon die dritte Nacht hatte jemand im Zimmer der jungen Frau Melzer auf dem Sofa geschlafen. Da musste es in der Ehe heftig eingeschlagen haben.

14

Mai 1924

> *Meine liebe Lisa, die so weit entfernt von uns im schönen*
> *Pommern das heitere Landleben genießt, mein herzens-*
> *gutes Schwesterlein, die ich so schrecklich vermisse ...*

Elisabeth ließ das soeben geöffnete Schreiben mit einem
ärgerlichen Seufzer in den Schoß sinken. Kein Mensch
außer ihrer Schwester Kitty konnte sich solch eine überschwängliche Anrede ausdenken. Da steckte doch etwas
dahinter – schließlich kannte sie Kitty gut genug.

> *Wie geht es dir? Du schreibst so furchtbar selten, und*
> *wenn, dann höchstens an Mama. Auch Paul hat sich*
> *schon darüber Gedanken gemacht und natürlich auch*
> *meine allerliebste Marie. Es ist ein Jammer, dass Pom-*
> *mern so weit von Augsburg weg ist, sonst wäre ich wohl*
> *schon hundertmal zum Kaffeetrinken oder zu einem*
> *Frühstücksplausch hinübergerutscht ...*

Das hätte mir gerade noch gefehlt, dachte Lisa. Als ob ich
nicht schon genug Sorgen hätte. Es lebe die geographische
Entfernung zwischen Augsburg und Gut Maydorn in
Pommern!

> *Hier in Augsburg haben sich inzwischen große Dinge*

*ereignet. Stell dir vor: Mein lieber Gérard hat ganze
dreißig Bilder von Maries Mutter aufgetan. Du weißt ja,
dass Luise Hofgartner eine bekannte Malerin gewesen ist.
Sie hat in Paris gelebt, dort hat ein begeisterter Anhänger,
ein gewisser Samuel Cohn-d'Oré, ihre Werke gesammelt.
Nach seinem Tod standen diese großartigen Bilder zum
Verkauf, und du kannst dir vorstellen, dass ich nicht
gezögert habe, sie alle zu erwerben. Eine solche Sammlung kommt nur sehr selten auf den Markt, sie ist von
einigem Wert, aber ich denke, dass sich diese Investition
auszahlen wird.*

*Da meine Mittel begrenzt sind, habe ich den lieben
Gérard gebeten, mir das Geld vorzustrecken, was er auch
getan hat. Nun biete ich meiner Familie und einigen
meiner besten Freunde die Möglichkeit, einen Anteil an
der Sammlung zu erwerben. Die Sache wird gewiss
lohnend sein, da die Bilder ohne Zweifel an Wert steigen.
Wir haben Ausstellungen in Augsburg, München und
Paris geplant, die Einkünfte werden selbstverständlich
den Teilhabern zugutekommen.*

*Schon mit der Summe von 500,– Rentenmark kannst du
dich beteiligen. Nach oben sind selbstverständlich keine
Grenzen gesetzt. Sei so lieb und reiche diesen Brief an
Tante Elvira weiter, auch sie gehört zum Kreise der
Auserwählten, denen ich dieses Angebot – unter dem
Siegel der Verschwiegenheit – unterbreite.*

Lisa las den Abschnitt zweimal, trotzdem wurde sie nicht
ganz schlau daraus. Sicher war nur eines: Kitty brauchte
Geld. Fünfhundert Rentenmark – das war ein ganz hübsches Sümmchen. Und wofür? Wie es schien, hatte sie Bilder von einer gewissen Luise Hofgartner gekauft, Maries
verstorbener Mutter.

Unangenehme Erinnerungen stiegen in Lisa auf. Hatte man nicht erzählt, Papa habe diese Frau seinerzeit in der Augsburger Altstadt besucht? Schlimmer noch: Ihr Vater war beschuldigt worden, für den frühen Tod der Luise Hofgartner verantwortlich gewesen zu sein. Er hatte die Konstruktionspläne des verstorbenen Jakob Burkard von ihr haben wollen. Da sie sich geweigert habe, sie ihm auszuhändigen, hatte er dafür gesorgt, dass sie nichts mehr verdienen konnte. Sie war an irgendeiner Krankheit gestorben, weil sie im Winter ihr Zimmer nicht mehr hatte heizen können ... Der arme Papa musste diese Schuld als sehr tief empfunden haben, vermutlich hatte er deshalb einen Herzinfarkt bekommen. Nein – Lisa hatte keine Lust, ein Werk dieser Frau zu kaufen. Schon gar nicht für 500 Rentenmark. Was dachte sich Kitty eigentlich? Dass die Gänse hier in Pommern goldene Eier legten?

Sie überflog den Rest des Schreibens, der nur noch ein paar unwichtige Mitteilungen enthielt. Mama hatte oft Migräne, Paul hatte viel Arbeit, mit der Fabrik ging es aufwärts, Marie hatte bereits eine Warteliste für ihre Kundinnen einrichten müssen. Henny erhielt jetzt Klavierunterricht bei einer gewissen Frau Ginsberg ... Wen interessierte das? Lisa faltete das Blatt zusammen und steckte es zurück in den Umschlag. Durch die Fenster schien die Maisonne ins Wohnzimmer, erzeugte Lichtblitze auf dem blank geputzten Kupferkessel, der auf dem Kaminsims stand und setzte gleißende Punkte auf die dunkle Tapete. Draußen im Hof war jetzt Hufgeklapper zu hören, Joschik führte Dschingis Khan, einen Braunen, aus dem Stall. Der Wallach war gesattelt, wie es schien, wollte Klaus ausreiten, um nach dem Roggen zu sehen. Erst neulich war auf den Feldern durch Wildschweine ein ziemlicher Schaden entstanden, die borstigen Wühler hatten sich in diesem Frühjahr ungewöhnlich vermehrt. Sie sah zu, wie ihr Mann in den Sattel stieg und sich dann von Joschik die Zügel reichen ließ. Klaus war ein vorzüglicher Reiter, auch ohne die schmucke Leutnantuniform, die er früher einmal getragen hatte, machte er zu Pferd eine ausgezeichnete Figur. Auch die schrecklichen Wunden in seinem Gesicht heilten zusehends, er würde sein früheres angenehmes Aussehen zwar nicht wiedererlangen, doch es war inzwischen möglich, ihn auszusehen, ohne zu erschrecken. Er ließ Dschingis Khan im Schritt vom Hof gehen, vermutlich würde er ihn später zu einem fröhlichen Galopp antreiben, wenn sie das Hoftor passiert hatten. Joschik stand immer noch am gleichen Fleck, er hatte die Arme in die Hüften gestützt und blinzelte in die Sonne.

Es herrschte ein brüchiger Burgfrieden auf Gut Maydorn. Klaus hatte sie nach seinem Fauxpas am Weihnachtstag um Verzeihung gebeten, er war tatsächlich tief zerknirscht, hatte behauptet, es habe sich um eine rein körperliche Angelegenheit gehandelt, und ihr hoch und heilig geschworen, von nun an keinerlei Liebschaften mehr zu pflegen. Zum Beweis seiner Reue wurde das Hausmädchen Pauline auf der Stelle entlassen und eine andere dafür eingestellt. Tante Elvira hatte darauf geachtet, dass die Nachfolgerin über so gut wie keine körperlichen Reize verfügte. Nach Ansicht der Tante war damit der Gerechtigkeit Genüge getan und der Ehefrieden wiederhergestellt.

Elisabeth hatte Sebastian gegenüber verschiedene Andeutungen gemacht, wie unglücklich sie sei und wie sehr sie seinen Trost benötigte. Er war zwar verbal auf ihre Wünsche eingegangen, hatte ihr erklärt, wie sehr er mit ihr fühle und dass er nicht begreifen könne, wie ein Mensch sich derart niederträchtig verhalten könne. Nach allem, was sie für ihren Ehemann getan hatte, war dieser Betrug der Gipfel der Undankbarkeit.

»Warum lassen Sie sich das gefallen, Elisabeth?«

»Was soll ich denn tun, Ihrer Ansicht nach?«

Er seufzte tief und erklärte, es sei nicht seine Sache, ihr Ratschläge zu erteilen. Ihre Versuche, auch auf körperlichem Wege von Sebastian getröstet zu werden, waren allesamt gescheitert. Obgleich sie sich ganz sicher war, dass Sebastian Winkler sie wie ein Verrückter begehrte, war er doch in der Lage, sich zu beherrschen. Nicht einmal ihr spätabendlicher Auftritt im Negligé hatte diesen keuschen Joseph zu Taten veranlasst.

Was wollte er erreichen? Dass sie sich scheiden ließ? Etwa um seine Frau zu werden? Und wovon sollten sie dann leben? Von seinem mickrigen Lehrergehalt – falls er überhaupt eine Stellung erhielt? Oh, sie hatte einmal große Rosinen im Kopf gehabt, damals, als Papa noch lebte. Da wollte sie sich zur Lehrerin ausbilden lassen, Dorfkinder unterrichten und ein bescheidenes Leben in Armut führen. Aber solchen Träumen hing sie inzwischen nicht mehr nach. Hier auf dem Gut war sie die Herrin, das gefiel ihr. Und Klaus von Hagemann war ein ausgezeichneter Gutsverwalter. Was ihr fehlte, war nur – Sebastian. Seine Liebe. Nicht nur in Worten und in Blicken. Sie wollte ihn spüren. Am ganzen Körper. Und sie war sich sicher, dass er es auch wollte.

Nachdenklich sah sie auf den Brief und überlegte, dass darin doch etliche Ungereimtheiten steckten. Warum – zum Beispiel – hatte Marie die Bilder ihrer Mutter nicht selbst gekauft? Sie musste doch mit ihrem Atelier gut verdienen. Aber ohne Einverständnis ihres Ehemannes durfte sie keine großen Ausgaben tätigen. Sie konnte über das Geld, das sie verdiente also keineswegs nach eigenem Gutdünken verfügen – sie musste ihren Ehemann fragen. Das war der Punkt. Hatte Paul sich geweigert, diese Bilder zu kaufen? Das war durchaus möglich. Mama hatte in ihren Briefen nur ein paar kleine Andeutungen gemacht, aber wie es schien, gab es zwischen ihrem Bruder Paul und seiner Ehefrau Marie einigen Zwist. Vor allem, seitdem Marie dieses Atelier eröffnet hatte.

Elisabeth musste sich eingestehen, dass sie darüber nicht besonders traurig war. Im Gegenteil. Es gefiel ihr. Warum sollte sie die Einzige sein, die unter einer unglücklichen Liebe litt? Nein, auch Paul und Marie, deren Glück sie bisher für vollkommen gehalten hatte, waren vor dem Schicksal nicht gefeit. Es gab eben doch noch Gerechtigkeit auf der Welt.

Ihre Stimmung hob sich. Vielleicht sollte sie mehr Beharrlichkeit an den Tag legen, irgendwann würde sie schon zum Ziel gelangen. Es war früher Nachmittag und draußen ein traumhaft schönes Maiwetter. Die Obstbäume blühten weiß und rosig, die Wälder trugen frisches Grün, und die Saat stand bereits hoch. Gar nicht zu reden von den Wiesen, das Gras ging ihr bereits bis an die Hüfte, man würde spätestens Anfang Juni das erste Heu machen.

Tante Elvira war mit Riccarda von Hagemann nach Groß-Jestin zum Einkaufen gefahren, sie wollten dort Eleonore Schmalzler besuchen, die bei der Familie ihres Bruders lebte, und würden erst gegen Abend zurückkehren. Christian von Hagemann hatte sich mit der Zeitung bewaffnet in den Garten begeben, wo er vermutlich im Liegestuhl eingeschlafen war. Warum sollte sie nicht rasch hinauf in die Bibliothek laufen, um Sebastian zu einem kleinen Spaziergang zu überreden? Am Bach entlang bis zum Waldrand, dann über den Wiesenpfad und an der alten Hütte vorbei – dort könnte man ein wenig rasten, auf der Bank in der Sonne sitzen – und zuletzt die Straße zurück zum Gutshof. Das Gras stand wirklich sehr hoch, falls sie auf die Idee kämen, sich irgendwo niederzusetzen oder vielleicht sogar sich ins Gras zu legen – kein Mensch würde sie bemerken.

»Einen Spaziergang?«, fragte er, von seinem Buch aufsehend.

Täuschte sie sich, oder blickten seine Augen sie vorwurfsvoll an? Sie wurde unsicher.

»Es ist wundervolles Wetter ... Sie sollten nicht immer hier oben zwischen all den Büchern sitzen, Sebastian.«

Er sah tatsächlich blass aus. Hatte er abgenommen? Oder kam ihr das nur so vor, weil er sie auf solch merkwürdige Weise ansah.

»Sie haben recht, Elisabeth, ich sollte nicht fortwährend zwischen all diesen Büchern sitzen.«

Er sprach noch langsamer, als er es sonst tat. Sie hatte das Gefühl, die Sache jetzt energischer angehen zu müssen. Er schien wieder in einer dieser trübsinnigen Stimmungen zu stecken, die ihn in letzter Zeit öfter befielen.

»Ziehen Sie feste Schuhe an, der Weg am Wald entlang ist noch ein wenig feucht. Ich warte am Hoftor auf Sie.« Sie lächelte ihm auffordernd zu und war schon an der Tür, als er ihren Namen rief.

»Elisabeth! Warten Sie ... Bitte.«

Mit einem unguten Vorgefühl drehte sie sich zu ihm um. Er war aufgestanden und zog seine Hausjacke glatt, es sah aus, als wolle er eine wichtige Rede halten.

»Was ... was ist?«

»Ich habe mich entschlossen, diese Stellung zu kündigen.«

Sie wollte nicht glauben, was sie da gehört hatte. Stand

und starrte ihm ins Gesicht. Wartete auf eine Erklärung. Doch er schwieg.

»Das kommt ... sehr überraschend.«

Mehr brachte sie zunächst nicht heraus. Nur langsam machte sich die Erkenntnis in ihr breit, dass er gehen würde. Sie hatte ihn verloren. Sebastian Winkler war kein Mann, mit dem sie auf Dauer dieses Spiel treiben konnte. Er wollte sie ganz oder gar nicht.

»Ich habe mir die Entscheidung nicht leicht gemacht«, sagte er. »Ich bitte Sie, mir eine Woche Zeit zu geben. Ich habe noch eine Arbeit abzuschließen, außerdem warte ich auf Nachricht aus Nürnberg, wo ich mich bei Verwandten angemeldet habe.«

Jetzt, da er ihr seinen Entschluss verkündet hatte, schien es ihm wesentlich besser zu gehen, er wurde sogar ein wenig geschwätzig.

»Ich konnte nicht mehr in den Spiegel sehen, Elisabeth. Was mir da entgegenstarrte, das war nicht mehr ich. Es war ein Abhängiger, ein Lügner, ein Duckmäuser. Ein Mensch, der jede Achtung vor sich selbst verloren hatte. Wie sollte ich in diesem Zustand darauf hoffen, von Ihnen respektiert zu werden? Oh nein – dieser Entschluss rettet nicht nur mein Leben, er rettet auch meine Liebe.«

Was schwafelte er da nur? Elisabeth stand an den Türrahmen gelehnt und hatte das Gefühl, in einen schwarzen Abgrund zu sehen. Leere. Einsamkeit. Jetzt erst wurde ihr klar, dass seine Gegenwart hier auf Gut Maydorn ihr Lebenselixier gewesen war. Diese prickelnde Erregung, wenn sie hinauf in die Bibliothek zu ihm ging. Der Gedanke in der Nacht, dass er jetzt ebenfalls wach lag und sie begehrte. An sie dachte. Die vielen Gespräche, die Blicke, die vorsichtigen Berührungen ... Einmal, ein einziges Mal hatte er sie in die Arme genommen und geküsst. Das war an Weihnachten gewesen. Und nun würde er gehen. Schon nächste Woche würde sie hier in diesem Raum stehen und auf einen leeren Stuhl starren. Auf den unbenutzten Tisch, wo sich der Staub ansammelte.

Sie riss sich zusammen. Falls er erreichen wollte, dass sie ihn anflehte hierzubleiben, dann hatte er sich getäuscht. Auch sie besaß Selbstachtung.

»Nun«, brachte sie heraus und musste sich räuspern. »Wenn Sie fest entschlossen sind, dann kann ich Sie nicht zurückhalten. Auch wenn ich …« Sie stockte, weil er sie jetzt eindringlich anblickte. Hoffte er auf eine Liebeserklärung? Gerade jetzt, da er sich davonschleichen wollte? Kam sein Fortgehen nicht einer Erpressung gleich? »Auch wenn ich es sehr bedaure, Sie zu verlieren.«

Sie schwiegen einen Moment. Ungesagtes stand im Raum, beide spürten es, beide ersehnten die erlösenden Worte, doch nichts geschah.

»Auch mir tut es leid«, sagte er leise. »Aber meine Arbeit hier ist längst getan. Und es widerstrebt mir, unverdientes Geld einzustecken.«

Sie nickte. Natürlich, da hatte er recht. Im Grunde gab es hier nichts für ihn zu tun.

»Die Schulkinder werden Sie vermissen.«

»Ja, um die Kinder tut es mir leid …«

Aha, dachte sie verbittert. Er grämt sich um die Rotzgören in der Schule, die er hilfsweise unterrichten durfte. Der Abschied von mir scheint ihm weniger auszumachen. Gut zu wissen. Dann brauche ich ihm auch nicht nachzuweinen … Es war die reine Selbstverteidigung, das wusste sie. Natürlich würde sie ihm nachweinen. Wie eine Verrückte würde sie ihm nachweinen.

»Dann … dann will ich Sie nicht weiter stören. Sie sagten ja, Sie wollten noch eine Arbeit beenden.«

Er machte eine Geste, als sei dies jetzt ganz unwichtig, doch sie ging nicht darauf ein.

»Ich werde heute Abend Ihre Gehaltsabrechnung machen.« Sie schloss die Tür hinter sich und lehnte sich für einen Moment mit dem Rücken dagegen. Nur jetzt stark bleiben. Nicht etwa zurücklaufen und ihm erzählen, dass sie ohne ihn nicht leben konnte. Langsam, mit festen Schritten die Treppe hinuntergehen und sich unten ein Weilchen ins Wohnzimmer setzen, um den ersten Schrecken zu überwinden.

Während sie die Stufen hinabstieg, wusste sie, dass er auf ihre Schritte horchte. Als sie unten im Flur ankam, zitterten ihr die Beine. Eine Tasse Kaffee, dachte sie. Ich brauche jetzt unbedingt eine Stärkung.

Sie öffnete die Küchentür und stellte fest, dass weder die Köchin noch die Mägde zu sehen waren. Natürlich – kaum war Riccarda von Hagemann aus dem Haus, da tanzten die Mäuse auf dem Tisch. Vermutlich trafen sich die Mädchen mit den polnischen Saisonarbeitern drüben in der Scheune. Konnten nicht einmal abwarten, bis das Heu gemacht wurde, die Weiber.

Immerhin stand noch eine Blechkanne mit einem Rest lauwarmem Kaffee auf dem Küchenherd. Sie goss etwas davon in eine Tasse, verlängerte mit Milch und fand endlich die Zuckerdose. Puh – so viel Kaffeesatz, man konnte das Getränk förmlich kauen. Trotzdem wirkte es belebend, sie setzte sich mit einem kleinen Seufzer an den Küchentisch und dachte darüber nach, dass ihr doch immerhin noch das Gut blieb. Dazu ihr Ehemann, der seit Weihnachten ein aufmerksamer und angenehmer Lebenspartner war. Sie hatte sich ihm seit seinem Fauxpas verweigert – trotzdem gab er sich große Mühe. Ja, sie musste sich eingestehen, dass Klaus nicht einmal während ihrer Brautzeit so liebenswürdig gewesen war. War das ein Wink des Schicksals? Sollte sie nicht als treue Ehefrau an seiner Seite stehen und vergessen, dass sie einmal an die große Liebe geglaubt hatte?

Nachdenklich schaute sie aus dem Fenster. Man sah von hier aus auf den Kräutergarten, der Riccardas ganzer Stolz war. Schnittlauch und Borretsch standen schon gut im Saft, die Petersilie war noch ein wenig mickrig, dafür blühten die Johannisbeerbüsche, die am Zaun entlang wuchsen.

»Und ob ich das weiß«, sagte eine Frauenstimme nicht weit entfernt. »Hat doch mein Bruder den Hof nebendran ...«

»Dein Bruder?«

Das war Joschik. Die Frau musste die Köchin sein. Die beiden standen vermutlich gleich neben dem Gartenzaun und ahnten nicht, dass jemand in der Küche saß. Elisabeth war nicht besonders neugierig auf den Dorfklatsch, aber es lenkte sie wenigstens von ihren Sorgen ab.

»Der ältere, der Martin. Hat nach Malzow eingeheiratet vor drei Jahren ... Der hat mir davon erzählt. Jeden zweiten Tag ist er dort. Bringt Geschenke mit, auch für die Eltern. Parfum hat er ihr gebracht. Und neue Schuhe. Ein seidenes Hemdchen.«

»Das lügt er doch ...«

»Der Martin lügt nicht. Und die Else, was seine Frau ist, die sagt, wie es ist. Die hat das Hemdchen auf der Wäscheleine flattern sehen.«

»Dass du ja dein Maul hältst.«

»Denkst du, ich wär blöde? Aber irgendwann wird es schon aufkommen. Spätestens dann, wenn das Kind geboren wird.«

Elisabeth spürte, wie sich ihr Puls beschleunigte. Hatte

sie ein ähnliches Gespräch nicht schon einmal belauscht? Nicht hier, in Pommern, sondern drunten in Augsburg in der Tuchvilla.

Sie vernahm einen gotteslästerlichen Fluch. Das war der Joschik.

»Ein Kind, sagst du? Aber das kommt doch sicher heraus ...«

»Was regst du dich auf? Seine Frau bekommt ja keine, da ist es doch ganz natürlich, dass er anderswo für Nachkommen sorgt. Wär nicht das erste Mal, dass so einer später Gutsherr wird.«

»So einer ... den der Esel im Galopp verloren hat.«

Beide kicherten, und Joschik fügte hinzu, dass die Pauline ein kräftiger Mensch sei und zur Mutter eines Gutsherrn viel besser tauge als die feine Dame aus Augsburg. Die sitze sowieso immer nur oben bei dem Lehrer Winkler, und von der Landwirtschaft verstehe sie so viel wie die Kuh vom Rechenschieber.

»Ist schon eine merkwürdige Wirtschaft auf diesem Hof ...«, seufzte die Köchin. »Aber mich geht's nichts an. Ich tu meine Arbeit und basta!«

Etwas fiel dicht neben Elisabeth auf den gefliesten Küchenboden, ein tönernes Gefäß zerbarst in Scherben, hellbrauner Kaffee bespritzte ihr Schuhe und Rock. Nur am Rande nahm sie wahr, dass ihr der Becher aus der Hand gefallen war. Sie hatte plötzlich das Gefühl, den Halt zu verlieren, ihr Hirn war leer, alles fühlte sich kalt an, eisig, als sei der Winter zurückgekehrt. Ihr Körper war leicht. Sie flog.

Da war die Küchentür, die sich wie von selbst zu öffnen schien, der Flur, die Haustür. Drei Stufen hinunter in den Hof – die erstaunten Blicke zweier Personen, die am Gartenzaun standen. Spatzen zeterten auf dem Dach, ein Fink schlug, drüben beim Scheuneneingang sonnte sich der graugetigerte Kater und zuckte mit dem rechten Ohr.

»Gnädige Frau, ist Ihnen nicht gut?«

In der Tat hatte sie immer noch das Gefühl, über dem Boden zu schweben. Auch war ihr Kopf seltsam dumpf, was der Köchin aber keineswegs das Recht zu dummen Fragen gab.

»Was hast du hier herumzustehen? Hast du nichts in der Küche zu tun?«

Die Frau machte einen ungeschickten Knicks und murmelte etwas, das sich nach »frische Luft schnappen« anhörte.

»Joschik! Sattle mir die Stute!«

»Aber die Soljanka ist mit den Damen unterwegs ...«

»Dann eine andere. Los, los!«

Er fragte nicht weiter und lief hinüber, um eine Stute von der Stallweide zu holen. Elisabeth ritt nicht oft aus, und wenn, dann bevorzugte sie die sanften, ruhigeren Tiere.

Elisabeth stand auf den Gartenzaun gestützt und wartete. In ihrem Hirn war ein Gedanke aufgetaucht, der Besitz von ihr nahm.

Ich will es mit eigenen Augen sehen. Und wenn es wahr ist, dann kratze ich dem Weib die Augen aus.

Das seidene Hemdchen auf der Wäscheleine. Wie es über dem Misthaufen und allerlei dreckigem Gerümpel auf dem Bauernhof flatterte. Malzow hatte sie gesagt. Das war nicht weit von hier. Mit dem Pferdewagen kaum eine halbe Stunde. Ein Reiter schaffte es in zehn Minuten, und Klaus war ein guter Reiter ... Sie bemerkte, dass sie kicherte und riss sich zusammen. War sie dabei, den Verstand zu verlieren?

»Sie ist ein bisschen unruhig«, sagte Joschik. »Das

macht der Frühling. Aber sonst ist sie eine ganz brave, die Cora.«

Er wollte ihr beim Aufsteigen helfen, aber sie schüttelte den Kopf und er wich zurück. Die rotbraune Cora war nicht so hoch wie die anderen, trotzdem hatte sie Mühe, sich in den Sattel zu hieven. Aber das war ihr heute ganz gleich, auch der skeptische Blick des Pferdeknechts war ihr egal. Sollte er über sie lachen – was ging es sie an?

Die Stute war energische Führung gewohnt, sie musste sie scharf rannehmen, damit sie nicht rechts und links des Weges die frischen Zweige anknabberte. Elisabeth trieb ihr Pferd zu einem leichten Trab an und ritt die Straße nach Gerwin entlang. Erst allmählich, als sie nicht mehr jeden Schritt des Tieres kontrollieren musste, kehrten die Gedanken zurück.

Er betrog sie also immer noch. Lächelte ihr ins Gesicht, fragte, wie sie sich fühle, ob er ihr einen Gefallen erweisen könne; und dann ritt er davon, um sich mit einer Bauerndirne im Bett zu vergnügen. Was sagte Tante Elvira doch immer? Körperliche Gesundheit und Leibesübungen. Sie kicherte schon wieder. Leibesübungen. Wie seltsam, dass andere Frauen davon schwanger wurden. Nur sie selbst nicht.

Sie taugte nicht zu einer Ehefrau. Weil sie keine Kinder bekam. Sie taugte auch nicht zu einer Geliebten. Weil sie keinen Mann verführen konnte. Sie würde sie alle beide verlieren. Klaus und auch Sebastian. Ach, sie hatte sie längst verloren. Vielleicht hatte sie sie ja nie besessen. Sie war dick und ohne Liebreiz, die hässliche ältere Schwester der bezaubernden Kitty. Warum hatte Klaus sie damals geheiratet? Doch nur, weil er Kitty nicht bekommen hatte. Warum war Sebastian hierher auf Gut Maydorn gekommen? Nur, weil sie ihn listig herbeigelockt hatte. Ach, noch vor wenigen Stunden hatte sie Befriedigung darüber empfunden, dass es in der Ehe von Paul und Marie Unstimmigkeiten gab. Das war boshaft von ihr gewesen, prompt hatte das Schicksal sie dafür bestraft.

Die Stute Cora war längst wieder in Schritt verfallen, und da ihre Reiterin mit ihren Gedanken beschäftigt war, naschte sie von den hellgrünen Grasbüscheln am Wegesrand. Elisabeth zwang sie wieder in die Wegesmitte und überlegte dann, dass es gewiss klüger war, eine Abkürzung durch das Wäldchen zu reiten. Auf diese Weise kam sie nicht über die Straße, sondern über die Wiesen zum Dorf Malzow und konnte Klaus leichter überraschen. Es würde nicht schwer sein, den Hof zu finden, sie brauchte nur nach seinem Pferd Ausschau zu halten.

Die Stute war nun allzu gern bereit, den Wiesenpfad zu nehmen, sie schlug aus eigener Machtvollkommenheit einen kleinen Trab an und fiel erst wieder in den Schritt, als sie den Waldrand erreicht hatten. Dort weigerte sie sich jedoch stur weiterzureiten, der schmale Waldweg war ihr offensichtlich unheimlich.

»Nun los doch … Es passiert dir nichts. Sei doch nicht so dickköpfig.«

Zweimal trieb sie das Tier in den Weg hinein, zweimal scheute die Stute und sprang zur Seite, sodass Elisabeth Mühe hatte, im Sattel zu bleiben. Dann geschah etwas, das sie sich erst später erklären konnte. Ein rotbrauner Pfeil schoss über den Weg, die Stute stieg in wilder Panik auf, und ihre Reiterin verlor den Halt. Elisabeth sah die Wurzeln einer Eiche mit rasender Geschwindigkeit auf sich zukommen, spürte jedoch keinen Schmerz, nur eine Erschütterung und dann die Empfindung einer tauben Dunkelheit.

Als sie wieder klar sehen konnte, lag sie auf dem Boden, über ihr die begrünten Eichenäste, durch die der blaue

Himmel leuchtete. Ein Eichhörnchen, das neben ihr im Vorjahreslaub gewühlt hatte, rannte eilig den Stamm hinauf und verschwand im Gezweig.

Mein Pferd!, schoss es ihr in den Sinn.

Hastig setzte sie sich auf und sah sich um – die rotbraune Stute war nirgendwo zu sehen. Dann begannen Zweige, Himmel und Baumstämme mit wahnsinniger Geschwindigkeit um sie zu kreisen, und sie musste sich eilig hinlegen, um nicht ohnmächtig zu werden. Es ist nichts weiter, dachte sie. Ich habe mich nur erschreckt. Es ist gleich vorbei, dann kann ich aufstehen und nach Cora sehen. Wahrscheinlich steht sie irgendwo in der Wiese und schlägt sich den Bauch mit Kräutern voll …

Tatsächlich ging der Anfall vorüber. Dieses Mal setzte sie sich langsam und vorsichtig auf, schüttelte einen vorwitzigen schwarzen Käfer von ihrem Ärmel und wollte aufstehen, doch ein stechender Schmerz im linken Knöchel ließ sie aufstöhnend wieder zurücksinken. Jetzt erst bemerkte sie, dass das Fußgelenk geschwollen war, vermutlich eine Verstauchung. Oder gar ein Bruch. Himmel – was sollte sie jetzt tun?

»Cora! … Cora! …«

Wo steckte dieses dumme Tier? Wieso war es nicht bei ihr stehengeblieben? Ach, die gute alte Soljanka, die wäre gewiss nicht von ihrer Seite gewichen. Sie versuchte erneut, sich auf die Füße zu stellen, stützte sich dabei an einem Eichenstamm ab, doch sobald sie mit dem linken Fuß auftrat, tat es höllisch weh. Und wie der Knöchel anschwoll! Man konnte förmlich dabei zuschauen. Vermutlich würde sie den Schuh nie wieder vom Fuß herunterbekommen. Trotz der Schmerzen humpelte sie einige Schritte zur Wiese hinüber, um sich nach dem Pferd umzusehen. Ohne Erfolg.

Schlagartig wurde ihr bewusst, in welch schlimmer Lage sie sich befand. Die Chance, dass jemand zufällig hier vorbeikam, war verschwindend klein. Wenn sie Pech hatte, dann hockte sie hier bis zum Abend, schlimmstenfalls auch die ganze Nacht. Nein – das wohl nicht. Irgendwann würde man nach ihr suchen. Allerdings ... Der Gedanke, von Joschik oder gar von Klaus hier aufgelesen zu werden, gefiel ihr gar nicht. Besser, sie versuchte ohne Rücksicht auf den verletzten Knöchel den Rückweg anzutreten. Die verwundeten Soldaten im Feindesland hatten sich schließlich auch unter Schmerzen und mit den schlimmsten Verwundungen weitergeschleppt.

Es war keine gute Idee. Sie schaffte es kaum 50 Meter weit, dann war der Schmerz so heftig, dass die Wiesen und Wäldchen um sie herum verschwammen und sie sich keuchend auf den Wiesenpfad fallen ließ. Es ging einfach nicht. Jetzt tat der Knöchel erst richtig weh, es pochte darin, als stecke ein fleißiger Specht in dem dick angeschwollenen Fuß.

Sie begann vor Schmerz und Verzweiflung zu weinen. Warum hatte nur immer sie solches Pech? Reichte es nicht, dass niemand sie leiden konnte, dass ihr Ehemann sie betrog und derjenige, den sie liebte, vor ihr davonlief? Nein, sie musste auch noch von diesem verdammten Gaul fallen und sich dabei verletzen. Lächerlich hatte sie sich gemacht. Sie konnte es förmlich hören, wie man über sie herzog: Die feine Dame aus Augsburg, die nicht einmal reiten konnte. Sie war von ihrem hohen Ross geplumpst. Hatte ihrem Ehemann nachspionieren wollen und war dabei in den Dreck gefallen ...

Beim Gedanken an die Häme der Angestellten überwältigte sie der Kummer ganz und gar. Alles, was an diesem unglückseligen Nachmittag über sie hereingebrochen war, all ihre zerstörten Hoffnungen, die Enttäuschungen, die Erniedrigungen – es suchte seinen Weg nach draußen, erschütterte ihren Körper, ließ sie laut und verzweifelt aufschluchzen. Es war ja gleich, niemand hörte sie hier.

»Elisabeth! Wo sind Sie? Elisabeth!«

Ein großer Schatten glitt durch das hohe Gras, Insekten schwirrten auf, ein Pferd schnaubte. Sie hatte kaum Zeit, mit dem Ärmel über das nasse Gesicht zu fahren, da erschien dicht vor ihr ein Pferdemaul, und sie schrie vor Schreck laut auf. Gleich darauf war der Reiter aus dem Sattel und kniete neben ihr.

»Himmel, bin ich froh! Sind Sie verletzt? Haben Sie sich etwas gebrochen?«

»Es … es geht schon. Nur der Fuß«, krächzte sie.

Sie war heiser vom Heulen, ihre Nase und ihre Augen waren fast ganz zugeschwollen – oh Gott, sie musste furchtbar aussehen. Was tat Sebastian hier?

»Der Fuß? Ah, ich sehe schon. Hoffentlich nicht gebrochen …«

Er betastete ihren Knöchel, der ihr dick wie ein mittlerer Kürbis erschien. »Spüren Sie etwas?«

»Nein. Er ist völlig taub, nur wenn ich auftrete …«

Noch nie hatte sie ihn so aufgeregt erlebt. Schweißperlen standen auf seiner Stirn, er atmete keuchend, doch als er sie jetzt ansah, lächelte er glücklich und erlöst.

»Die Stute kehrte mit leerem Sattel auf den Hof zurück … Da habe ich geglaubt, vor Sorge den Verstand zu verlieren. Es ist meine Schuld, Elisabeth. Ich habe Ihnen meinen Entschluss rücksichtslos entgegengeschleudert. Es war egoistisch und unsensibel. Ich habe nicht bedacht, wie sehr ich Sie damit verletzt habe.«

Sie hörte seinem Gestammel zu und wischte sich mehrfach mit dem Ärmel über das Gesicht. Dumme Heulerei. Wenn diese Schwellungen doch verschwinden würden. Zumal er sie die ganze Zeit über ansah.

»Ich ... ich wusste gar nicht, dass Sie reiten können«, murmelte sie.

»Ich auch nicht. Ich habe in meiner Kindheit ein paarmal auf einem Pferd gesessen, aber reiten konnte man das nicht nennen. Stützen Sie sich auf mich, ich helfe Ihnen in den Sattel.«

»Ich ... ich bin aber kein leichtes Mädchen«, scherzte sie beklommen.

»Das ist mir bekannt«, gab er mit großem Ernst zurück.

Er hatte wesentlich mehr Kraft, als sie geahnt hatte. Trotz seiner Kriegsverletzung hatte er keine Schwierigkeiten, sie hochzuziehen. Als sie den gesunden Fuß in den Steigbügel setzte, umfasste er fest ihre Taille, um sie zu stützen, und half ihr dabei, sich nun mühsam in den Sattel zu ziehen – wobei er sie an einem Körperteil anpackte, das er unter normalen Umständen niemals zu berühren gewagt hätte. Verwirrt setzte sie sich im Sattel zurecht und murmelte ein schüchternes »Danke«.

Er schritt vor ihr her und führte die Stute am Zügel. Hin und wieder drehte er sich zu ihr um, fragte, ob alles in Ordnung sei, ob sie Schmerzen habe, ob sie bis zum Gutshof durchhalten könne.

»Es geht schon ...«

»Sie sind sehr tapfer, Elisabeth. Ich werde mir das nie verzeihen.«

Fast hätte sie über ihn gelächelt. Er war so anständig, so ehrlich, so hilfsbereit. Warum hätte sie ihm sagen sollen, dass sie nicht seinetwegen davongeritten war, sondern um der Geliebten ihres Ehemannes die Augen auszukratzen? Es hätte ihn enttäuscht. Sebastian glaubte unerschütterlich an das Gute im Menschen. Vielleicht liebte sie ihn deshalb so sehr.

Auf dem Gutshof stand Joschik bereit, um der gnädigen Frau beim Absteigen zu helfen, die Mägde drängten sich an der Eingangstür, Elisabeth konnte sie kichern hören.

»Wir setzen sie auf ein Stühlchen, dann tragen wir die gnädige Frau die Stiege hinauf. Ein Mann an jeder Seite, das wird genügen«, schlug Joschik vor.

Hatte sie ihn hilfesuchend angeblickt? Oder hatte er impulsiv gehandelt? Als sie aus dem Sattel war, trat er zu ihr und nahm sie auf seine Arme. Er tat es, ohne zu fragen und mit großer Selbstverständlichkeit.

»Ich hoffe, es ist Ihnen nicht unangenehm«, sagte er etwas gepresst, als sie im Flur vor der Treppe standen.

»Es ist wunderbar … Ich hoffe nur, ich bin nicht zu schwer.« Sie hatte durch die gute Landmannskost nicht eben abgenommen.

»Überhaupt nicht …«

Er stieg langsam mit ihr die Treppe hinauf, hielt manchmal inne, um festen Stand zu gewinnen und Atem zu schöpfen, dann ging er weiter. Er atmete zwar schwer, doch er lächelte dabei und flüsterte ihr zu, sie brauche keine Sorge zu haben. Er sei seit früher Jugend daran gewöhnt, Lasten zu tragen.

Vermutlich hatte er damals die Kartoffelsäcke in den Keller geschleppt. Doch sie schwieg und genoss es, von ihm getragen zu werden. Wie stark er war. Wie hart mit sich selbst. Und wie fest er doch zupacken konnte.

Sie öffnete ihre Zimmertür. Nicht das Eheschlafzimmer, das sie seit Monaten mied, sondern der kleine Raum, der früher als Gästezimmer gedient hatte. Er trug sie bis zu ihrem Lager und ließ sie dort vorsichtig auf dem Federbett nieder.

»Setzen Sie sich«, bat sie ihn. »Sie müssen ja vollkommen erschöpft sein.«

Er tat es wirklich. Setzte sich auf den Bettrand, zog sein Taschentuch heraus, nahm die Brille ab und wischte sich übers Gesicht.

»Ich hätte nie gedacht, dass Sie so kräftig sind.«

»Es gibt einiges, das Sie nicht von mir wissen, Elisabeth.«

»Nun«, fuhr sie fort. »Heute habe ich viel über Sie gelernt.«

Sofort war er voller Schuldbewusstsein. »Sie haben erfahren, dass ich ein rücksichtsloser Mensch bin«, sagte er zerknirscht. »Aber ich schwöre Ihnen, Elisabeth …«

Sie schüttelte den Kopf. »Ich finde eher, dass Sie sich wie ein Feigling verhalten haben.«

Es traf ihn heftig, er starrte sie entsetzt an und wollte widersprechen. Doch sie ließ ihn gar nicht erst zu Wort kommen.

»Sie haben Angst, sich lächerlich zu machen, Sebastian. Angst, Regeln zu verletzen, die keinen Sinn mehr haben. Lieber laufen Sie davon und lassen mich in meiner Verzweiflung allein.« Jetzt hatte sie sich in Rage geredet. Sie sah in seine aufgerissenen Augen, spürte, wie nah ihm ihre Worte gingen, und ließ ihren Gefühlen freien Lauf.

»Sind Sie überhaupt ein Mann? Haben Sie Feuer in Ihren Adern? Mut zu großen Taten? Ach – Sie wagen nicht einmal, mich zu … zu …«

Sie schluchzte. Oh Gott, wie albern sie sich benahm! Aber sie wusste nicht mehr ein und aus vor Sehnsucht nach ihm.

»Ob ich ein Mann bin«, flüsterte er und beugte sich zu ihr hinab. »Das fragst du mich?«

Sie gab keine Antwort. Sah zu, wie er aufstand und zur Tür ging, glaubte schon, er wolle das Zimmer verlassen, empört über ihr eindeutiges Angebot. Doch dann drehte er den Schlüssel im Türschloss herum.

»Du hast gesiegt, Elisabeth … Ich bin ein Mann, und da du es von mir forderst, werde ich es dir beweisen.«

Es war anscheinend der Tag der außergewöhnlichen Taten und Ereignisse. Der Tag der Wunder. Elisabeth, die geglaubt hatte, vom Schicksal stets benachteiligt zu werden – heute bekam sie, was sie sich gewünscht hatte. Sie bekam sogar mehr, als sie sich erhofft hatte, denn er war unmutig über ihren Sieg und ließ sie seinen Zorn spüren. Aber auch das war wundervoll, denn es kam über sie wie ein Gewittersturm im Frühling.

Das böse Erwachen kam erst am folgenden Tag.

15

Selbstverständlich ist es mit Frau Melzer abgesprochen!«, sagte Kitty empört.

Serafina von Dobern stand in der Eingangshalle vor dem Treppenaufgang und blickte sie kühl und misstrauisch an. Sie hatte etwas von der Schneekönigin, fand Kitty. Dieses kaltherzige Weib, das den kleinen Jungen nicht hergeben wollte. Wer hatte diese Geschichte geschrieben? Hans Christian Andersen.

»Dann wundert es mich, dass man mich nicht davon in Kenntnis gesetzt hat.«

»Das kann ich Ihnen auch nicht erklären«, gab Kitty ungeduldig zurück. »Gertie – hol die Kinder herunter –, sie verbringen den Nachmittag bei mir. Ich gebe ihnen Zeichenunterricht.«

Gertie wartete dienstfertig vor der Küchentür, jetzt nickte sie und wollte die Treppe hinauf in den ersten Stock laufen. Doch die Stimme der Gouvernante hielt sie zurück.

»Warte, Gertie. Die Kinder machen ihre Hausaufgaben – bevor sie damit fertig sind, kann ich sie nicht freigeben.«

Kitty starrte in das blasse Gesicht der Serafina von Dobern. Unfassbar – diese Person widersetzte sich. Hier in der Tuchvilla, ihrem Elternhaus, glaubte sie, ihr Vorschriften machen zu dürfen.

»Was Sie können oder nicht können, ist mir vollkommen gleich, liebe Frau von Dobern«, sagte sie mit mühsamer Beherrschung. »Ich nehme jetzt Leo und Dodo mit in die Frauentorstraße. Gertie – hol die Kinder herunter!«

Gertie taxierte kurz, wer hier wohl am längeren Hebel saß, und entschied sich für Frau Kitty Bräuer. Schon weil sie die Gouvernante aus ganzem Herzen hasste. Also eilte sie nach oben.

»Es tut mir leid, aber in diesem Fall muss ich mich rückversichern.« Frau von Dobern stieg ebenfalls die Stufen hinauf.

Kitty wartete, bis sie in der Mitte der Treppe angekommen war, bevor sie sie anredete. »Es ist sicher keine gute Idee, den Mittagsschlaf meiner Mutter wegen einer solchen Lappalie zu stören!«

Die Gouvernante blieb stehen und wandte sich halb zu ihr um. Ihr Lächeln zeigte, dass sie einen Trumpf in der Tasche hatte.

»Machen Sie sich keine Gedanken, Frau Bräuer. Ich werde Ihre Frau Mutter nicht wecken. Ich beabsichtige, Herrn Melzer in der Fabrik anzurufen.«

Sie wollte Paul anrufen, dieses boshafte Weib. Natürlich würde sie ihn daran erinnern, dass Frau Ginsberg in der Frauentorstraße Klavierunterricht erteilte. Den Rest würde sich Paul zusammenreimen. Paulemann war nicht dumm.

»Tun Sie, was Sie nicht lassen können«, sagte sie mit bemüht gleichgültiger Miene. »He, Leo! Dodo! Wo bleibt ihr denn? Henny wartet im Auto auf euch!«

»Wir kommen schon!«

Oh, dieser Leo! Rannte mit den Notenbüchern unter dem Arm die Treppe hinunter an der Gouvernante vorbei. Es war nur Dodos Geistesgegenwart zu verdanken, dass die Gouvernante die kostbaren Noten nicht konfiszierte.

Dodo schob sich eilig zwischen Frau von Dobern und ihren Bruder, der daraufhin mit einem kühnen Sprung die restlichen Stufen überwand und rasch zu Kitty hinüberlief.

»Ich bin nicht bereit, Ihre Intrigen mitzumachen, Frau Bräuer!«, sagte die Gouvernante wütend. »Herr Melzer wünscht nicht, dass sein Sohn von Frau Ginsberg unterrichtet wird. Das ist Ihnen bekannt. Durch Ihr Verhalten bringen Sie nicht nur mich in Schwierigkeiten, Sie verleiten auch Leo, gegen den Willen seines Vaters zu handeln. Was glauben Sie, damit zu erreichen?«

Kitty musste zugeben, dass Serafina nicht ganz unrecht hatte. Deshalb hatte sie aber noch lange nicht recht. »Die Kinder erhalten von mir Zeichenunterricht«, gab sie ärgerlich zurück. »Das können Sie meinem Bruder gern mitteilen, wenn Sie es für nötig halten.«

Die Gouvernante hatte vor Aufregung gerötete Wangen bekommen, was ihr viel besser stand als ihre natürliche papierbleiche Gesichtsfarbe. Sie hob das Kinn und erklärte, sie würde die Kinder in genau zwei Stunden in der Frauentorstraße abholen.

»Nicht nötig. Sie werden gebracht.«

»Von wem?«

Jetzt reichte es aber. Kitty hatte große Lust, mit einer der hübschen Meissner Blumenvasen, die auf der Kommode vor dem Spiegel standen, nach dieser lästigen Person zu werfen. Es wäre allerdings schade um die Väschen gewesen, Mama hing sehr daran.

»Das geht Sie nichts an!«, sagte sie kurz angebunden, fasste Dodo und Leo bei den Händen und verließ die Eingangshalle.

»Das wird ein Nachspiel haben!«, rief die Gouvernante hinter ihr her.

Kitty schwieg, um die Kinder nicht zu verunsichern, aber innerlich platzte sie fast vor Zorn. Diese hochnäsige Seekuh! Typisch – Lisa hatte eine besondere Anziehungskraft auf solche spießigen Existenzen. Alle ihre Freundinnen waren von dieser Sorte. Früher war es noch nicht so gewesen, man hatte sich sogar geduzt. Aber diese Zeiten lagen lange zurück.

»Mama, du fährst ganz furchtbar ruckelig«, beschwerte sich Henny.

Die Kinder saßen alle drei auf dem Rücksitz, Henny in der Mitte. Im Rückspiegel konnte Kitty das empörte Gesicht ihrer Tochter sehen, von goldblonden Löckchen umrahmt. Ein Engelein, dieses Kind. In der Schule lagen ihr alle Knaben zu Füßen. Was sie weidlich ausnutzte, die süße kleine Henny. Mama hatte einmal gesagt, sie, Kitty, hätte es damals genauso gemacht. Ach, Mütter!

»Sie ist eine Hexe«, hörte sie ihre Tochter im Flüsterton verkünden.

»Ja, das ist sie. Eine richtige böse Hexe. Sie hat Spaß daran, Kinder zu bestrafen.«

Das war Dodo. Die nahm selten ein Blatt vor den Mund. Eine kleine Wilde war das. Kletterte auf Bäume wie die Buben.

»Mir hat sie gestern wieder das Ohr gequetscht«, meldete Leo.

»Zeig her!«

»Ist kein Zeiger dran ...«

»Sie schlägt auch mit dem Holzlineal«, flüsterte Dodo. »Und sie sperrt uns in die Besenkammer, wenn wir unartig waren.«

»Das darf die?«, staunte Henny.

Kitty fand das ebenfalls allerhand. Sie hatten früher auch hin und wieder eine Ohrfeige oder einen kleinen

Klaps mit dem Lineal auf die Finger bekommen. Aber Mama hätte niemals erlaubt, dass eines ihrer Kinder in die Besenkammer gesperrt wurde.

»Die macht das einfach.«

»Sie ist eben eine Hexe.«

»Kann sie auch zaubern?«

»Zaubern? Nee.«

»Schade«, meinte Henny enttäuscht. »Die Hexe in der Oper, die konnte Kinder starr zaubern. Und dann hat sie Lebkuchen aus ihnen gemacht.«

»Ich würde auch gern mal eine Oper hören«, sagte Leo. »Aber Mama und Papa nehmen uns nicht mit. Stimmt es, dass da ganz viele Instrumente spielen? Und oben auf der Bühne singen sie?«

Henny hatte wohl genickt, denn Kitty hörte keine Antwort. Sie bremste den Wagen und hielt an – die Augsburger Innenstadt war schon wieder von Pferdewagen und Automobilen verstopft. Zu allem Überfluss bimmelte hinter ihr auch noch die Straßenbahn. Sollte sie ruhig bimmeln, sie musste trotzdem warten. Ja, war das denn die Möglichkeit? Am Obstmarkt stand ein Fuhrwerk vor einem Geschäft, und zwei Männer luden in aller Seelenruhe Kisten und Fässer aus. Kein Wunder, dass der Verkehr stockte. Kitty streckte den Kopf aus dem Wagenfenster und schimpfte lauthals, erntete jedoch nur ein freundliches Grinsen von einem der Lastenträger.

»Oma Gertrude hat gesagt, eine Hexe muss man in den Ofen stecken«, sagte Henny auf dem Rücksitz.

»Das hat die Frau Brunnenmayer auch gesagt. Leider passt die Gouvernante nicht in den Küchenofen«, meinte Dodo.

»Die ist doch gar nicht so dick. Wenn man ein bisschen stopft, dann klappt das schon.«

Kitty drehte sich empört um und blickte ihre Tochter scharf an. »Das geht jetzt aber wirklich zu weit, Henny.«

»War nur ein Witz, Mama«, schmollte ihre Kleine.

Dodo grinste spitzbübisch, Leo hatte eines seiner Notenbücher aufgeklappt und starrte hinein, als er jetzt den Blick zu Kitty hob, begriff sie, dass er in eine andere Welt getaucht war. Nein – sie tat das Richtige. Dieser Junge war ein großes musikalisches Talent, das hatte auch Frau Ginsberg gesagt. Paulemann würde ihr eines Tages dankbar sein.

Endlich zuckelte das Fuhrwerk davon, und sie konnte zur Frauentorstraße weiterfahren. Der Motor tuckerte brav, im Sommer gab das Auto sich richtig Mühe. Klippi hatte es ihr geschenkt. Nur im Herbst und im Winter, da muckte es. Die Kälte und Feuchtigkeit machten ihm zu schaffen, es war eben kein junger Spring-ins-Feld mehr. Kitty redete ihm dann gut zu und klopfte sanft auf das hölzerne Lenkrad. Wenn sie jedoch gezwungen war, auszusteigen und die Motorhaube aufzuklappen, war sie nach kurzer Zeit von hilfreichen jungen Herren umringt. Ach, sie liebte diese kleine Klapperkiste.

Sie ließ die Kinder vor der Haustür aussteigen und fuhr das Auto in die Garage, die eigentlich eine umgebaute Gartenhütte war. Als sie den Motor ausgestellt hatte, hörte sie Klaviermusik – aha, Frau Ginsberg war schon da. Leo wartete ungeduldig vor der Tür, Dodo war mit Henny irgendwo im Garten verschwunden. Wenn man diese unberührte Wildnis, die ihr Haus im Sommer umgab, einen Garten nennen wollte.

»Langsam, Leo«, warnte sie, während sie aufschloss. »Im Flur stehen Gemälde, nicht dass du dagegenrennst.«

»Ja, ja.«

Er war nicht zu bremsen. Hätte seinen Freund fast umgerannt. Was für ein Bild: der blonde groß gewachsene Leo und der schmale Walter, der den Kopf voller schwarzer Löckchen hatte und immer so ernst dreinschaute. Kitty bekam vor Rührung feuchte Augen, als sie sah, wie die beiden sich verstanden. Zogen miteinander ab ins Wohnzimmer, hockten sich auf das Sofa und klappten Notenbücher auf. Zeigten mit den Fingern auf die Noten. Lachten. Ereiferten sich. Stritten herum und wurden wieder einig. Und beide hatten glühende Gesichter vor Glück.

»Darf ich hinüber?«, fragte Leo.

Es klang, als hinge sein Leben davon ab. Kitty nickte lächelnd, und der Bub lief ins Nebenzimmer, wo das Klavier stand. Walter ging langsam hinterher, verschwand ebenfalls im Musikzimmer. Kitty hörte Frau Ginsbergs leise, ruhige Stimme. Dann spielte jemand ein Präludium von Bach. Gleichmäßig und mit kräftigem Anschlag. Man konnte jede Stimme verfolgen, jede Linie hören, jeden Ton. Wann hatte der Bub das eingeübt? Daheim durfte er doch höchstens eine halbe Stunde am Tag ans Klavier.

»Das klingt hier viel lauter als bei uns.«

Kein Wunder. Mama hatte den Klavierbauer gebeten, die Töne zu dämpfen. Wegen ihrer Kopfschmerzen. Ach, die arme Mama. Damals als Paul, Lisa und sie selbst noch Kinder waren, hatte Mama ein besseres Nervenkostüm gehabt.

»Wollt ihr wohl herunterklettern! Henny! Dodo! In fünf Minuten seid ihr hier bei mir in der Küche. Sonst essen wir die Torte allein auf!«

Das war Gertrude. Kitty lief zum Fenster und entdeckte ihre Tochter auf dem Dach des Gartenhäuschens. Neben ihr balancierte Dodo auf der Dachrinne, sie hatte versucht, über einen langen Ast auf die danebenstehende Eiche zu klettern.

»Immer wenn Dodo hier ist!«, schimpfte Gertrude. »Henny ist solch ein braves Kind, wenn ich sie allein habe.«

»Gewiss, sie ist ein Lämmchen«, bestätigte Kitty mit Ironie in der Stimme.

Gertrude hatte die Arme in die Hüften gestemmt und verfolgte das Tun der beiden Mädchen durchs geöffnete Fenster. Dem Zustand ihrer Schürze nach zu urteilen gab es Kirschtorte mit Sahne und Raspelschokolade. Gertrude hatte zu Lebzeiten ihres Ehemannes ein großes Haus geführt und – wie üblich – die Küche einer Köchin überlassen. Nun aber, da man sich keine Angestellten mehr leisten konnte, hatte sie ihre Leidenschaft für das Kochen und Backen entdeckt. Mit unterschiedlichem Erfolg.

»Wie seht ihr beide nur aus!«, schimpfte sie, als die Mädchen mit erhitzten Gesichtern und zerzaustem Haar im Flur standen. »Wie ist es möglich, dass in dieser Familie die Mädels auf die Bäume steigen und die Buben brav in der Stube hocken? Jesus Maria – bei meiner Tilly und dem armen Alfons war es genauso.«

Kitty gab darauf keine Antwort, stattdessen dirigierte sie die beiden Mädchen ins Badezimmer und verordnete, sich Hände, Knie, Arme und Gesichter zu waschen und auch mit der Bürste durch das Haar zu fahren.

»Hörst du, Henny?«, sagte Dodo voller Stolz. »Das ist mein Bruder Leo am Klavier. Er will einmal ein Pianist werden!«

Henny drehte den Wasserhahn auf und hielt die Hände darunter, dass es ordentlich durch das gekachelte Badezimmer spritzte.

»Ich kann auch sehr gut Klavier spielen«, sagte sie und zog verächtlich die Nase kraus. »Frau Ginsberg hat gesagt, ich hätte Talent.«

Dodo schob die Jüngere beiseite, um an den Wasserhahn zu gelangen, und seifte ihre Finger ein.

»Talent – pah! Der Leo ist ein Genie. Das ist ganz was anderes als nur Talent.«

»Was ist ein Genie?«

Das wusste Dodo auch nicht so genau. Es war etwas ganz Großes, Unerreichbares. »So was wie Kaiser.«

Kitty verteilte Handtücher, wies die beiden an, im Flur vorsichtig zu gehen, weil dort die verpackten Gemälde gegen die Wände lehnten. Dann stieg sie die Treppe hinauf in ihr kleines Atelier, um ein wenig weiterzuarbeiten. Sie hatte sich eine Serie von Landschaftsbildern vorgenommen, nichts Besonderes, blumig, farbig, flimmernder Sonnenschein, zartes Gezweig. Spaziergänger in Gruppen, kleine Geschichten, die der geneigte Betrachter entdecken durfte. Das Zeug verkaufte sich gut, die Menschen hatten Sehnsucht nach dem Idyll, nach heiterem Geschehen in sommerlichem Licht. Kitty malte die Bilder nicht ungern, Begeisterung empfand sie jedoch nicht. Sie musste es tun, um Geld zu verdienen. Schließlich musste sie nicht nur für Henny sorgen, auch Gertrude und Tilly lebten von dem, was Kitty verdiente. Und sie war stolz darauf.

Die Klänge des Klaviers verbanden sich mit den Stimmen der beiden Mädchen, dazwischen vernahm man Gertrudes Schelten und das Rauschen des Wasserhahns im Badezimmer. Kitty fühlte sich wohl bei diesem Lärm, sie presste Farbe aus den Tuben auf die Palette, besah das angefangene Bild mit kritischem Blick und mischte den richtigen Farbton. Ein paar Tupfer – dann trat sie zurück, um die Wirkung kritisch zu betrachten.

Plötzlich kam ihr wieder in den Sinn, was Gertrude gerade gesagt hatte: »Bei meiner Tilly und dem armen Alfons.« Wie seltsam – in letzter Zeit hatte sie so oft an ihn denken müssen. Vielleicht lag es daran, dass sie schon längst nicht mehr an Gérards Versprechungen glaubte. Auch die anderen jungen Herren, die sie bei allen möglichen Gelegenheiten kennenlernte und die sie mit eindeutigen oder auch ehrenwerten Absichten bedrängten, bedeuteten ihr nichts mehr. Sie ging hie und da zu Ausstellungen, besuchte die Oper, traf sich mit Freunden bei Frau Direktor Wiesler oder anderen kunstbegeisterten Gönnern – aber sie stellte fest, dass sie sich zunehmend langweilte. Es gab niemanden, der ihr Herz berühren konnte, wie es einst Alfons getan hatte. Und dabei war er doch nur eine Verlegenheitslösung gewesen. Der liebenswerte, ein wenig linkische Bursche, der sie trotz des Skandals – sie war immerhin mit Gérard nach Paris durchgebrannt – geheiratet hatte. Dieser seltsame Mensch, ein gewiefter Bankier, ein knallharter Geschäftsmann und zugleich ein solch schüchterner und verliebter Ehemann. Wie ungeschickt er sich doch in der Hochzeitsnacht angestellt hatte – fast hätte sie ihn ausgelacht. Aber dann sagte er solch wunderbare Sachen. Dass er schon so viele Jahre in sie verliebt sei, dass er sein Glück kaum fassen könne, sie jetzt seine Frau nennen zu dürfen. Dass er so aufgeregt sei und sich daher schrecklich dumm anstellen würde …

Sie seufzte tief. Nein, sie würde in diesem Leben gewiss niemals wieder einen Menschen treffen, der sie so tief und so ehrlich liebte. Und wie hatte er sich über seine kleine Tochter gefreut. Rein verrückt vor Glück war er gewesen. Warum war das Schicksal so boshaft? Alfons hatte diesen Krieg von Anfang an verurteilt. Aber wen kümmerte das schon? Er musste ins Feld wie alle anderen, und sie wusste nicht einmal, wie und wo er gestorben war. Vielleicht war es besser so. Schlimm war nur, dass sich Henny gar nicht mehr an ihren Papa erinnern konnte.

»Kitty!«, rief Gertrude unten an der Treppe. »Kaffeepause mit Torte. Komm herunter, wir warten.«

»Einen Moment noch.«

Immer das Gleiche. Kaum hatte man sich die Farben zurechtgemischt, da störte jemand die Arbeit. Nein – es war schön, wenn das Haus voller Menschen war. Aber sie sollten sie gefälligst in Ruhe malen lassen. Und überhaupt, im Klavierzimmer wurde noch musiziert.

Sie setzte ein paar Tupfer auf das Bild, malte mit feinem Pinsel die Konturen, trat zurück und war unzufrieden. Sie musste an die Bilder denken, die überall verpackt in ihrem Haus herumstanden. Die Bilder der Luise Hofgartner. Gérard hatte sie ihr brav zugeschickt, nachdem er das Geld erhalten hatte. Sie hatte in ihrer ersten Begeisterung alle 20 Gemälde und zehn Rötelzeichnungen im Haus aufgehängt. Das ganze Wohnzimmer war voll gewesen, auch das Musikzimmer, der Flur, der Wintergarten. Kein Fleckchen war an den Wänden mehr frei. Sie hatte mehrere Abende und zwei ganze Sonntage mit Marie in Gesellschaft dieser Bilder verbracht, sie hatten sie betrachtet, waren in ihnen versunken, hatten darüber gemutmaßt, warum und mit welchem Hintergrund sie entstanden waren. Ihre liebe Marie war völlig durcheinander gewesen, sie hatte geweint, weil sie glaubte, dass ihre Mutter das Zeug zu einer großen Künstlerin gehabt habe. Wirklich, die arme Marie war völlig überwältigt gewesen von diesen Bildern, und wenn Kitty ehrlich war, dann ging es ihr genauso. Länger als drei Wochen ertrug sie allerdings diese gewaltige Übermacht der Luise Hofgartner in ihrem Haus nicht, sie hängte die Bilder ab und verpackte sie wieder. Nun standen sie im Flur herum, weil Marie sie nicht in die Tuchvilla transportieren ließ.

Ach ja – das war schon sehr enttäuschend. Paulemann,

den sie für den wunderbarsten und besten Ehemann der Welt gehalten hatte, ihr allerliebster Bruder Paulemann – er hatte sich geweigert, mehr als drei dieser Bilder zu kaufen. Ein einziges Mal war er für ein halbes Stündchen hier in der Frauentorstraße gewesen, hatte einen Blick auf die Sammlung geworfen und dann entschieden, dass er diese Bilder auf keinen Fall in seinem Zuhause sehen wolle. Vor allem nicht diese herausfordernden Aktstudien, schließlich müsse man Rücksicht auf die Kinder nehmen. Von Mama und den Gästen gar nicht erst zu reden. Paulemann war an diesem Nachmittag recht kurz angebunden gewesen. Auch sonst hatte Kitty den Eindruck, dass Paul immer seltsamer wurde. Ob es an der beständigen Sorge um die Fabrik lag? Oder hatten ihn der Krieg und die lange Gefangenschaft in Russland verändert? Aber nein – als er damals aus Russland zurückgekehrt war, war er genauso herzlich wie immer gewesen. Es lag einfach an der Tatsache, dass er jetzt Vaters Stelle eingenommen hatte, er war das Familienoberhaupt, der Herr Direktor Melzer. Vermutlich war ihm das zu Kopf gestiegen, und er fing an, die gleichen Allüren wie Papachen zu bekommen. Ach, wie dumm das war. Und wie sehr ihr die arme Marie leidtat.

»Mama, komm endlich. Oma Gertrude will die Torte nicht anschneiden, weil du noch nicht da bist!«

»Ja doch!«, schimpfte sie und stellte den Pinsel in das Wassergefäß.

Im Wohnzimmer saßen bereits Leo und Walter am Tisch, die nichts anderes vorhatten, als ein Stück Torte in sich hineinzustopfen, um gleich wieder hinüber zum Klavier zu laufen. Außerdem hatte Walter seine Geige mitgebracht, natürlich würde Leo probieren, damit zu spielen ... Nun, das sollte er ruhig tun, je mehr Instrumente er kennenlernte, desto besser. Kitty war davon überzeugt, dass Leo eines Tages Sinfonien und Opern komponieren würde. Leo Melzer, der bekannte Komponist aus Augsburg. Nein. Besser: Leopold Melzer. Oder noch besser: Leopold von Melzer. Das klang gut. Bei einem Künstlernamen konnte man ruhig ein wenig Fantasie entwickeln. Vielleicht würde er ja auch Dirigent? Paul Leopold von Melzer.

»Die Torte schmeckt nach … nach …« Henny zog die Stirn nachdenklich kraus und blickte hinauf zur Zimmerdecke. Dodo war da weniger diplomatisch.

»Nach Schnaps.«

Frau Ginsberg, die zwischen den beiden Buben saß, schüttelte energisch den Kopf. »Die Torte schmeckt wunderbar, Frau Bräuer. Haben Sie Vanillezucker hineingetan?«

»Ein wenig. Und einen kräftigen Schuss Kirschwasser. Für die Verdauung.«

»Oh.«

Die Buben fanden es großartig, Walter tat sofort, als sei er betrunken, Leo versuchte es ebenfalls, doch es wirkte nicht echt.

Am besten konnte es Dodo, sie brachte einen richtigen Schluckauf zustanden. »Ich möchte, hicks, bitte noch ein, hicks, Stück. Hicks.«

Nur Henny fand dieses Theater unmöglich, sie sah vorwurfsvoll zu Kitty hinüber und rollte mit den Augen. In diesem Moment läutete es an der Tür, und Dodo verstummte.

»Sicher einer deiner Bekannten, Kitty«, meinte Gertrude. »Sie kommen und gehen, wann sie Lust haben, diese Künstler.«

»Henny, geh und mach die Tür auf.«

Doch es war keiner der verliebten Künstler, die Kitty gelegentlich aufsuchten. Vor der Haustür stand Marie.

»Meine Güte, wie du uns überraschen kannst.« Kitty sprang auf, um Marie zu umarmen, sie küsste sie auf beide Wangen und drängte sie zu einem Stuhl. »Du kommst gerade richtig, meine süße Marie. Gertrude hat eine Sahnetorte gemacht. Iss nur ordentlich, du bist in letzter Zeit schrecklich dünn geworden.«

Wenn sie aufgeregt war, dann sprudelten die Worte aus ihr heraus, ohne dass sie wusste, was sie da redete. In ihrem Kopf war dann ein vollkommenes Durcheinander, ähnlich einer Vogelschar in einer Voliere, die vor Schreck aufstob und durcheinanderwirbelte. Im Grunde gefiel ihr dieser überraschende Besuch gar nicht. Natürlich hatte sie Marie von dem Zeichenunterricht erzählt, den sie den Zwillingen erteilen wollte. Und natürlich wusste die liebe Marie auch, dass Henny von Frau Ginsberg Klavierunterricht erhielt. Nur dass beides zur gleichen Zeit stattfinden sollte, hatte sie Marie bisher nicht auf die Nase gebunden.

»Ich freue mich, Sie zu sehen, Frau Ginsberg«, sagte Marie und streckte ihr die Hand entgegen. »Ich hoffe, es geht Ihnen gut. Guten Tag, Walter. Wie schön, dass ihr beiden euch auch einmal nach der Schule treffen könnt.«

Mit Maries Eintreten war die überschwängliche Heiterkeit am Kaffeetisch verschwunden. Die Kinder saßen gerade, wie sie es gelernt hatten, sie benutzten Kuchengabeln und Servietten und achteten darauf, nichts neben die Teller fallen zu lassen. Man sprach über die sommerliche Hitze und die Bauarbeiten für die neuen Markthallen zwischen Fugger- und Annastraße. Marie fragte nach den Klavierschülern, die sie an Frau Ginsberg vermittelt hatte, und Kitty erzählte von einer Ausstellung des Kunstvereins, in der Bilder von Slevogt und Schmidt-Ruttloff zu sehen waren. Schließlich bemerkte Frau Ginsberg, es sei nun Zeit für Hennys Unterricht.

Es war die perfekte Theatervorstellung. Henny ging brav mit Frau Ginsberg hinüber ins Musikzimmer, Dodo erklärte, sie wollte Tante Gertrude beim Abwaschen helfen, und die Buben fragten höflich, ob sie noch ein wenig im Garten spielen dürften. Was Marie genehmigte.

»Kitty!«, sagte Marie mit einem tiefen Seufzer, als sie miteinander allein waren. »Was hast du da nur angestellt? Paul wird zornig werden.«

Unfassbar. Anstatt ihr dankbar zu sein, dass sie die große Begabung ihres Sohnes förderte, bekam sie nun Vorwürfe zu hören. »Meine liebe Marie«, holte sie aus. »Ich bin ein wenig besorgt um dich. Früher warst du ein kluges Mädel, du wusstest, was du willst, und ich habe dich oft bewundert. Aber seitdem Paulemann wieder bei uns ist, wirst du immer mehr zu einer Duckmäuserin.«

Das war zu viel gesagt, natürlich widersprach Marie jetzt energisch. Sie sei eine Geschäftsfrau, führe ein Atelier, sie habe eine Menge wichtiger Kundinnen.

»Und wer bestimmt, was du mit deinem selbstverdienten Geld tust?«, fiel Kitty dazwischen. »Paulemann. Dazu hat er nicht das Recht, finde ich. Er soll über seine Fabrik bestimmen, aber nicht über dich.«

Marie senkte den Kopf. Darüber habe man ja nun ausgiebig gesprochen, aber die Gesetzeslage sei nun einmal so. Dafür müsse Paul auch finanziell haften, falls sie in Schulden geriet.

»Es ist nicht gerecht«, nörgelte Kitty.

Dennoch ließ sie das Thema vorerst fallen. Marie hatte schweren Herzens darauf verzichtet, die Bilder ihrer Mutter zu kaufen, weil Paul es nicht wollte. Kitty wusste sehr gut, wie schwer es Marie gefallen war, deshalb war sie eingesprungen. Allerdings hatte sie Marie bisher nicht gestanden, dass Ernst von Klippstein eine erhebliche Summe dazu beigetragen hatte. Sie hatte nur von einigen guten Freunden erzählt. Und Lisa hatte auch etwas beigesteuert. Das war für Kitty eine riesige Überraschung gewesen, dass ihre Schwester Lisa zwar spät, aber gerade noch rechtzeitig eine kleine Summe gegeben hatte. Die liebe Lisa! Sie durfte sich glücklich schätzen, dass sie so großzügig war.

»Warum glaubst du, dich einmischen zu müssen, Kitty?«, stöhnte Marie. »Leo erhält schließlich von Frau von Dobern Klavierunterricht, das muss genügen. Es ist für mich schwer genug, das alles unter einen Hut zu bringen. Die Kinder. Paul. Eure Mutter. Und dazu noch das Atelier. Manchmal bin ich einfach am Ende meiner Kräfte. Ich habe schon ernsthaft darüber nachgedacht, ob es nicht besser wäre, das Atelier aufzugeben.«

»Auf keinen Fall!«, rief Kitty entsetzt. »Nach allem, was du dort geleistet hast, Marie. Deine schönen Entwürfe. Deine Zeichnungen.«

Marie schüttelte nur traurig den Kopf. Ach, die Zeichnungen. Sie sei ja doch keine Künstlerin, wie es ihre Mutter gewesen war. Sie habe eine Familie. Zwei wundervolle Kinder. Und Paul. »Ich liebe ihn, Kitty. Es tut mir weh, ihn zu verletzen.«

Aber Kitty war anderer Ansicht. Marie machte sich etwas vor. Es war Paul, der sie verletzte. Und Marie hatte Mühe, sich einzugestehen, dass der geliebte Mann kein Engel war. Paulemann war ein herzensguter Mensch – aber er konnte auch ganz schön eigenwillig sein.

»Du bist überlastet, Marie«, meinte Kitty besänftigend. »In ein paar Tagen sind Schulferien. Warum machst du das Atelier nicht für ein paar Wochen zu und fährst in die Sommerfrische? Paul könnte euch an den Wochenenden besuchen.«

»Nein, nein. Aber ich werde kürzertreten. An drei Nachmittagen in der Woche bleibe ich zu Hause.«

Kitty zuckte mit den Schultern. Es gefiel ihr gar nicht, hörte sich fast nach einer Geschäftsaufgabe auf Raten an. Jetzt wollte Marie ihr auch noch das Versprechen abnehmen, Leo nicht mehr heimlich Unterricht geben zu lassen.

»Ich will es nicht, Kitty. Bitte versteh mich doch!«

»Eines Tages wird dein Sohn dir deshalb Vorwürfe machen!«

Sie lächelte, ihre dumme liebe Marie. Weil sie nicht an ihren Sohn glaubte. Himmel, sie würde den armen Kerl noch dazu zwingen, eines Tages die Fabrik zu übernehmen. Was für eine Verschwendung eines himmlischen Talents.

Sie versprach es trotzdem. Auch wenn es ihr schrecklich schwerfiel. Sie blieb sanft wie ein Lämmchen, als Marie nun erklärte, sie wolle mit den Zwillingen den Heimweg antreten.

»Wenn du noch ein halbes Stündchen Zeit hast – Klippi hat versprochen, die Kinder zurück zur Tuchvilla zu fahren.«

»Auf keinen Fall. Paul und Ernst haben momentan leider einige Differenzen – ich möchte Paul nicht vor den Kopf stoßen.«

Schon wieder fügte sie sich. Machte sich klein. Tat Unsinniges, nur um ihren Paul nicht gegen sich aufzubringen. Jetzt platzte Kitty der Kragen.

»Ach, was ich noch sagen wollte: Der Kunstverein wird im Herbst eine große Ausstellung mit den Bildern deiner Mutter machen. Ganz Augsburg wird sie sehen – ist das nicht großartig?«

Marie wurde bleich, doch sie sagte nichts.

16

Juli 1924

Ottilie Lüders trug eines dieser modernen Reform-kleider, das einem locker um den Körper hängenden Sack glich. Paul mochte diese Mode nicht, er fand, dass die Frauen vor dem Krieg hübscher ausgesehen hatten. Vor allem das lange Haar, aber auch die eng geschnürte Taille, die eleganten Roben und die bodenlangen Röcke – ach ja, vermutlich war er restlos altmodisch.

»Was gibt's, Fräulein Lüders?« Er lächelte sie an, um sie nicht merken zu lassen, wie sehr ihm ihr Kleid missfiel. Sie hatte es jedoch gespürt. Frauen hatten für so etwas einen sechsten Sinn.

»Da ist eine Dame, die Sie sprechen möchte. Privat.«

Er runzelte die Stirn. Schon wieder eine Bittstellerin. Sie sammelten für gute Zwecke, sie flehten ihn an, für den arbeitslosen Ehemann ein gutes Wort einzulegen, sie brachten Plakate von irgendwelchen künstlerischen Ver-anstaltungen und erhofften sich Spenden.

»Ist sie hübsch?«, scherzte er.

Die Lüders wurde rot, wie erwartet. »Geschmackssache. Hier ist ihre Karte.«

Er sah kurz auf das kleine vergilbte Kärtchen, auf dem in altmodisch geschwungenen Lettern ein Name stand. Die Adresse stimmte schon längst nicht mehr. Er tat einen Seufzer – die hatte ihm gerade noch gefehlt. Wieso kam sie überhaupt hierher?

»Schicken Sie sie herein.«

»Sehr gern, Herr Direktor.«

Serafina von Dobern bewegte sich ein wenig steif, aber dennoch mit der Ungezwungenheit einer jungen Frau aus adeligen Kreisen. Hübsch war sie niemals gewesen, zumindest seinem persönlichen Geschmack nach. Unauffällig. Eine graue Maus, wie man so sagte. Mauerblümchen. Immerhin hatte sie Grundsätze. Die Kinder mochten sie zwar nicht, aber Mama fand, dass sie eine hervorragende Erzieherin war.

»Bitte verzeihen Sie, dass ich Sie hier in der Fabrik aufsuche, lieber Herr Melzer. Ich tue das nur sehr ungern. Sie sind ein vielbeschäftigter Mann.«

Sie blieb vor seinem Schreibtisch stehen, und er fühlte sich genötigt, ihr einen der kleinen Ledersessel anzubieten.

»Oh, ich möchte Ihre Zeit nur ganz kurz in Anspruch nehmen. Es handelt sich um eine Angelegenheit, die man besser unter vier Augen besprechen sollte. Der Kinder wegen. Sie verstehen.«

Er verstand gar nichts, aber er ahnte, dass es wieder einmal familiäre Probleme gab. Wieso kümmerte sich Marie nicht darum? Nun – die Antwort war nicht schwer zu finden. Weil seine Frau mit dem Atelier beschäftigt war. Leider hatte sich Mamas Warnung, die er damals in den Wind geschlagen hatte, bewahrheitet. Das Atelier brachte Unfrieden in seine Ehe.

Er wartete, bis sie Platz genommen hatte, blieb aber selbst hinter seinem Schreibtisch sitzen.

»Nun – dann schießen Sie los, Frau von Dobern. Ich höre.«

Er versuchte, die Sache ins Heitere zu ziehen, was jedoch schlecht gelang. Möglich, dass es an ihrer ernsten Miene lag, vielleicht auch daran, dass ihm die unbefangene

Art, die ihn seinerzeit so angenehm von seinem Vater unterschieden hatte, immer mehr abhandenkam. Wurde er mit 36 Jahren schon zu einem alten Griesgram?

Sie zierte sich, man sah ihr an, dass die Geschichte ihr sehr unangenehm war. Sie tat ihm plötzlich leid. Früher hatte man sich geduzt, sich hie und da auf Festen oder in der Oper getroffen. Der Krieg und die nachfolgenden Inflationsjahre hatten viele, die einmal wohlhabend und angesehen gewesen waren, um alles gebracht.

»Es geht um Ihre Schwester Katharina. Ich führe diese Beschwerde nicht gern, Herr Melzer. Aber ich fühle mich vor allen Dingen Ihnen persönlich verpflichtet. Ihre Schwester hat die Kinder gestern Nachmittag gegen meinen ausdrücklichen Willen in die Frauentorstraße gefahren, wo Leo von Frau Ginsberg Klavierunterricht erhielt.«

Kitty! Diese dickköpfige Person. Er spürte, wie der Zorn in ihm aufstieg. Hinter seinem Rücken sorgte sie dafür, dass Leo sich weiter in diese unselige Leidenschaft hineinsteigerte.

Serafina beobachtete ihn aufmerksam, um die Wirkung ihrer Worte abschätzen zu können. Vermutlich hatte die Ärmste ein schlechtes Gewissen.

»Verstehen Sie mich bitte nicht falsch, lieber Herr Melzer. Ich weiß, wie sehr Sie Ihre Schwester schätzen. Aber sie hat mich damit in eine sehr schwierige Lage gebracht.«

Das verstand er gut. Kitty war wirklich unmöglich.

»Es ist vollkommen in Ordnung, liebe Frau von Dobern, dass Sie mir diese Mitteilung machen. Ich bin Ihnen dafür sogar sehr dankbar.«

Sie wirkte erleichtert und lächelte sogar. Wenn sie ein wenig Farbe bekam, war sie fast hübsch. Oder wenigstens ganz ansehnlich.

»Ich hatte mich standhaft geweigert, die Kinder freizugeben. Aber Ihre Schwester kümmerte sich nicht um meinen Protest.«

Natürlich nicht. Nur eine Dampfwalze konnte Kitty zwingen, ein einmal gefasstes Vorhaben aufzugeben.

»Ich hatte gehofft, Rückhalt bei Ihrer Frau zu finden. Aber leider war sie während dieses Vorfalls nicht in der Tuchvilla.«

Er schwieg dazu. Marie war im Atelier gewesen. Obgleich sie ihm doch erst neulich erzählt hatte, sie wolle nun kürzertreten und drei Nachmittage in der Woche zu Hause bleiben.

»Ihre Frau hat die Kinder gegen Abend nach Hause gebracht. Sie waren sehr müde und hatten leider ihre Hausaufgaben nicht beendet.«

Er hatte Marie eigentlich aus dem Spiel lassen wollen. Jetzt fragte er doch nach. »Meine Frau hat die Kinder abgeholt, sagen Sie? Am Abend?«

Serafina schien ehrlich erschrocken. Nein, sie habe sich falsch ausgedrückt. Frau Melzer habe ganz sicher nichts von dieser Absprache gewusst.

»Ihre Frau hat den Nachmittag bei Ihrer Schwester verbracht. Das tut sie ja hin und wieder. Auch an den Wochenenden ist sie ja oft in der Frauentorstraße. Es ist schön, dass Ihre Frau und Ihre Schwägerin ein solch herzliches Verhältnis miteinander pflegen. Sie sind nun einmal beide Künstlerinnen.«

»Gewiss«, bemerkte er kurz angebunden.

Er hatte während der vergangenen Wochen heftig mit Marie wegen dieser unseligen Gemälde herumgestritten. Es tat ihm ja Maries wegen sehr leid – aber dieses Zeug war mehr als hässlich. Zumindest in seinen Augen. Er wollte weder im Speisezimmer noch im roten Salon ein solches Machwerk an der Wand sehen. Auch nicht im

Herrenzimmer, aber da war sowieso kaum Platz an den Wänden wegen der hohen Bücherschränke. Und schon gar nicht in der Eingangshalle. Was sollten denn die Besucher von ihnen denken? Er hatte zwar versprochen, drei der Bilder zu kaufen, und war gewillt, sein Wort zu halten. Aber kein Stück mehr! Außerdem gefiel es ihm nicht, dass Marie sich ständig in der Frauentorstraße aufhielt. Zumal sie auch die Kinder dorthin mitgenommen hatte.

»Wie ich inzwischen von Ihrer Frau Mutter erfahren habe, wollte ja Herr von Klippstein die Kinder aus der Frauentorstraße abholen. Diese Nachricht hat mich sehr beruhigt, da ich mir zunächst Sorgen machte, wie die beiden nach Hause gelangen sollten. Man hat mir leider verboten, sie abzuholen.«

Der Name »von Klippstein« versetzte Paul einen weiteren Stich. Sein Freund Ernst hatte sich während der vergangenen Monate als ein verbohrter Pfennigfuchser entpuppt. Himmel – wie hatten sie über die Investitionen im Druckbereich gestritten. Über die Arbeitszeit. Die Löhne. Er, Paul Melzer, hatte letztlich recht behalten, denn sie heimsten Aufträge ein, eilten der Konkurrenz davon. Weil sie Qualität zu einem guten Preis anboten. Aber Ernst, dieser Kleinkrämer, hatte schreckliche Angst um sein Geld. Paul war inzwischen fest entschlossen, seinen Partner sobald wie irgend möglich auszuzahlen und sich dann von ihm zu trennen. Natürlich würde er ihm eine angemessene Summe anbieten. Er war schließlich kein Betrüger.

Aber da war noch etwas, das ihn an seinem alten Freund Ernst störte. Seine Art, sich in das Melzer'sche Familienleben hineinzudrängen. Was zum großen Teil auf Mamas Konto ging. Aber auch Marie war in diesem Punkt viel zu entgegenkommend. Ließ sich von ihm mit dem Automobil vom Atelier abholen. Zur Frauentorstraße fahren.

Hatte er das richtig verstanden? Gestern hatte Ernst Marie und die Kinder dort abgeholt. Wahrscheinlich hatte er sie auch hingefahren und dann mit den Damen Kaffee getrunken, während Leo im Nebenzimmer Klavierunterricht erhielt. So etwas war nicht die feine Art unter alten Freunden. Meine Güte – Klippstein hatte verdammtes Pech im Leben gehabt. Aber das berechtigte ihn nicht, sich als dritte Person in seine Ehe zu schleichen. Das sollte eigentlich auch Marie begreifen. Vor allem Marie. Mama konnte man ihre mütterliche Fürsorge schon eher nachsehen.

»Nun, da ich Ihnen meine Sorgen so freimütig mitteilen durfte, lieber Herr Melzer, fühle ich mich erleichtert. Bitte verstehen Sie mich – ich musste das tun. Ich könnte es nicht ertragen, vor Ihnen Heimlichkeiten zu haben oder Sie sogar belügen zu müssen. Lieber würde ich meine Stelle aufgeben, auch wenn ich unendlich an den Kindern hänge.«

Er versicherte ihr noch einmal, dass sie sich richtig verhalten habe, dass er ihr für das Vertrauen dankbar sei, dass er dieses Gespräch unter vier Augen für sich behalten würde. Sie lächelte wie befreit, erhob sich aus dem Sessel und wünschte ihm einen angenehmen Tag und Gottes Segen dazu.

Paul dankte und war froh, als sie endlich wieder draußen war. »Bringen Sie mir einen Kaffee, Fräulein Lüders.«

Es fiel ihm schwer, sich jetzt auf die Arbeit zu konzentrieren, wichtige Entscheidungen zu bedenken, die Produktionskosten zu überschlagen. In seinem Kopf tauchten immer wieder Gedanken auf, die ihn ablenkten und die er mühsam unterdrückte. Marie. Er liebte sie doch. Aber er hatte das Gefühl, sie entglitt ihm. Verwandelte sich in eine andere. Ließ ihn stehen und eilte davon. Auch Leo schien sich von ihm fortzubewegen. Mehrmals hatte er den Jungen mit in die Fabrik genommen, hatte ihn durch die Hallen geführt, die Maschinen erklärt. Aber Leo hatte sich die ganze Zeit über die Ohren zugehalten, weil er den Lärm angeblich nicht ertragen konnte. Nur als sie im Speisesaal an einem Tisch saßen und er für sie beide eine Mahlzeit kaufte – das hatte ihm gefallen. Vor allem, weil die Arbeiter die Hälse nach ihnen reckten. Der Herr Direktor aß ja sonst immer in der Tuchvilla, und jetzt hockte er hier bei ihnen. Mit dem achtjährigen Buben, der später einmal den jungen Herrn Direktor geben würde. Da war Paul aufgefallen, dass sein Sohn mit großem Interesse nach den jungen Arbeiterinnen schielte. Mit acht Jahren! Unglaublich. Da war er selbst noch ein unschuldiges Kind gewesen.

Später, als er zum Mittagessen hinüber in die Villa fuhr, dachte er darüber nach, wie es seinem Vater damals gelungen war, ihn, Paul, für die Fabrik zu begeistern. Da hatte es keine Führungen zu Kinderzeiten gegeben – er hatte die Hallen und Verwaltungsgebäude erst kennengelernt, als er schon Student war und durch alle Abteilungen geschleust wurde. Da hatte er nicht zuschauen dürfen, sondern mitarbeiten müssen. Er hatte es mit Begeisterung getan, stolz war er gewesen, hatte sich eingebildet, als Sohn des Direktors mehr zu wissen und zu können als andere. Aber er hatte sich getäuscht, sein Vater hatte ihn einmal sogar zusammengestaucht – vor allen anderen. Das war hart gewesen, eine lange Zeit der Stille zwischen Vater und Sohn war darauf gefolgt. Aber dennoch war sein Ziel und Streben immer dahingegangen, das Werk des Vaters eines Tages weiterzuführen. Vielleicht deshalb, weil es ihm der Vater so schwer gemacht hatte? Weil er darum hatte kämpfen müssen? War es das? Sollte er Leo besser in Ruhe lassen und seine Entwicklung aus der Entfernung beobachten? Möglich. Nur musste man sorgfältig darauf achten, dass der Junge nicht in eine falsche Richtung abbog. Einen Musiker konnte er als Nachfolger nicht brauchen.

Die brütende Augusthitze empfand er als lästig, auch die Fahrt zur Tuchvilla im offenen Automobil trug wenig zur Abkühlung bei. Von den gepflasterten Straßen und den Wiesenwegen stiegen Staubwolken auf, sodass er die Mütze tief in die Stirn zog und trotzdem das Gefühl hatte, Staub und Straßendreck einzuatmen. Erst als er die angenehm kühle Eingangshalle der Tuchvilla betrat, fühlte er sich besser.

Gertie kam ihm entgegen und nahm seine Garderobe in Empfang. »Ich habe oben schon alles zurechtgelegt, Herr Melzer. Was für eine Hitze! Man kann ja kaum atmen.«

»Danke, Gertie. Ist meine Mutter noch oben in ihrem Zimmer?«

Mama hatte heute Früh wieder einmal böse Kopfschmerzen gehabt.

»Nein, Herr Melzer. Es geht ihr besser. Ich glaube, sie ist im Büro und telefoniert.«

Das war eine gute Nachricht. Er eilte die Treppen hinauf, um sich vor dem Mittagessen noch rasch in der Badewanne abzubrausen und die frischen Sachen anzuziehen, die Gertie ihm jeden Mittag zurechtlegte. Eine Wohltat, wenn man verschwitzt und verstaubt aus der Fabrik kam.

Als er gewaschen und angekleidet aus dem Badezimmer trat, fühlte er sich wie neugeboren. Wie wenig doch dazu gehörte, eine trübe Stimmung zu vergessen. Auf einmal kamen ihm die Probleme, die ihn kurz zuvor noch so schwer bedrängt hatten, ganz unwichtig vor. Was regte er sich auf? In der Fabrik lief alles vielversprechend, er hatte eine liebe Frau und zwei gesunde Kinder, seiner Mutter ging es wieder besser, und zu allem Überfluss drang jetzt der Duft von Leberknödeln und Käsespätzle mit Röstzwiebeln in seine Nase. Nein, er hatte keinen Grund zu jammern. Probleme gab es in jeder Familie, sie waren dazu da, angepackt und gelöst zu werden.

Im Speisezimmer hantierte Julius mit einem großen Blumenstrauß, für den er auf der Anrichte wegen seines Umfangs kaum Platz fand. Ein gewaltiges Gesteck aus weißen und einigen roten Blüten, meist Rosen, soweit er sich auskannte.

»Wo kommt denn dieses Monstrum her, Julius?«

»Es wurde für die gnädige Frau abgegeben, Herr Melzer.«

»Für meine Mutter?«

»Nein, Herr Melzer. Für Ihre Frau.«

»Ach?« Wer schickte Marie wohl solch ein üppiges Gebinde? Er wartete, bis Julius das Zimmer verlassen hatte, und tat dann etwas, das er selbst eigentlich als unwürdig ansah. Aber die Eifersucht hatte ihn gepackt, und als er die kleine, mit Blüten verzierte Karte entzifferte, loderte dieses Laster in seinem Inneren hoch empor.

In tiefer Verehrung und Dankbarkeit.
Ihr Ernst von Klippstein

Er schaffte es gerade noch, das Stückchen Papier zurück in den Umschlag zu stecken und zwischen die Blumen zu schieben, bevor Serafina mit den Kindern eintrat.

»Hast du für die Mama Blumen gekauft?«, fragte Dodo, und sie strahlte ihn an.

»Nein, Dodo. Ein Bekannter hat sie geschickt.«

Er ärgerte sich über Dodos enttäuschte Miene und musste sich räuspern, weil ihm plötzlich wieder Straßenstaub im Hals saß. Serafina überging die Situation, indem sie die Kinder anwies, sich vor ihre Stühle zu stellen, um auf die Großmama zu warten. Kinder durften sich erst zu Tisch begeben, wenn die Erwachsenen es ihnen erlaubten.

Alicia erschien wenige Minuten später. Sie war sehr gefasst, lächelte in die Runde, setzte sich auf ihren Platz und sprach das Tischgebet. Danach forderte sie Julius auf, die Suppe zu servieren.

»Was ist mit Marie?«, wollte Paul wissen.

Der Blick, mit dem seine Mutter ihn jetzt bedachte, sprach Bände. Ach, du Elend, dachte er, und ein Gefühl der Hilflosigkeit befiel ihn angesichts der nicht enden wollenden Familienzwistigkeiten.

»Deine Frau hat vorhin angerufen. Sie lässt sich entschuldigen. Eine schwierige Kundin. Es wird wohl Nachmittag werden, bis sie zurück ist.«

Wenn Mama »deine Frau« und nicht »Marie« sagte, dann war es schlimm. Auch die Kinder verstanden solche Signale, möglicherweise waren sie darin sogar feinfühliger als er selbst.

»Mama hat versprochen, mit mir auf den Flugplatz zu fahren«, bemerkte Dodo.

Die Gouvernante erklärte ihr mit freundlicher Bestimmtheit, dass es heute für solche Ausflüge viel zu heiß und zu staubig sei.

»Was willst du denn auf dem Flugplatz, Dodo?«, fragte Paul gereizt.

Die Leidenschaften seiner Kinder verstörten ihn. Dodo war ein Mädchen, sie sollte mit Puppen spielen. Hatte man ihr nicht zu Weihnachten eine wunderhübsche Puppenküche mit einem Herd geschenkt, auf dem man richtig kochen konnte?

»Flugzeuge sehen. Von ganz nah.«

Immerhin schien da ein Interesse an moderner Technik zu bestehen. Wie schade, dass es gerade Dodo war.

»Und du, Leo? Willst du auch Flugzeuge sehen?«

Leo kaute energisch an einem Stück Leberknödel und schluckte es hinunter. Dann schüttelte er den Kopf. »Nein, Papa. Ich mag den Lärm nicht. Die rattern und rumpeln so.«

Mama trug heute wenig zur Unterhaltung bei, sie schien mit ihren eigenen Gedanken beschäftigt. Dafür bemühte sich Serafina, die sonst eher schweigsam war, die Stimmung ein wenig zu lockern. Sie ermunterte Dodo, ein neu gelerntes Gedicht aufzusagen, in dem der Frühling mit einem blauen Band flatterte. Leo durfte etwas über die Fuggerei erzählen, die er mit seiner Klasse letzte Woche besichtigt hatte. Paul hörte sich die Vorträge geduldig an, lobte, ergänzte, tauschte heitere Blicke mit Serafina, die sich über seine Aufmerksamkeit ganz offensichtlich freute.

Nach dem Dessert erlaubte Alicia den Kindern, vom Tisch aufzustehen, auch die Gouvernante verließ das Speisezimmer. Paul blieb mit seiner Mutter allein zurück.

»Möchtest du einen Mocca, Mama?«

»Danke, Paul. Aber mein Blutdruck ist am Überkochen.«

Er verordnete sich ruhige Gelassenheit, goss sich ein Tässchen Mocca ein, tat Zucker dazu, rührte um.

»Ich hatte vorhin ein Gespräch mit Frau Direktor Wiesler.«

Aha. Hatte die alte Klatschtante mal wieder eine Büchse der Pandora geöffnet. Sie musste daheim einen ganzen Schrank voll davon besitzen. »Mama, bitte mach es kurz. Du weißt, ich muss wieder hinüber in die Fabrik.«

Die Bemerkung war unklug gewesen, denn nun behauptete sie, dass er genau wie sein Vater sei. Niemals Zeit für die Familie – es ging immer nur um die Fabrik.

»Bitte, Mama. Lass mich hören, was dich so bedrückt.«

Sie atmete tief durch und blickte einen Moment zur Anrichte hinüber, wo der fatale Blumenstrauß stand.

»Frau Direktor Wiesler informierte mich darüber, dass der Kunstverein im Herbst eine öffentliche Ausstellung der Bilder von Luise Hofgartner plant. Eine Retrospektive. Frau Direktor Wiesler will selbst die Laudatio halten, sie hat sich bereits Material dazu aus Frankreich beschafft.«

Mama hielt inne, weil sie in Atemnot geraten war. Ihre Wangen waren gerötet, an einigen Stellen sogar dunkelrot, was Paul als schlechtes Zeichen für ihren Gesundheitszustand deutete. Großer Gott – was für eine Nachricht. Keine Wunder, dass Mama sich aufregte. »Du hast ihr hoffentlich gesagt, dass wir strikt dagegen sind, diese … Bilder öffentlich zu zeigen.«

»Natürlich habe ich das.« Alicia warf den Kopf ein wenig zurück und stieß ein kurzes hysterisches Lachen aus. »Aber diese Frau ist so verbohrt – sie hat behauptet, dazu gäbe es keinen Grund. Luise Hofgartner habe hier in Augsburg gelebt und gearbeitet, man habe sogar weitere Werke von ihr auftreiben können. Die Stadt könne stolz darauf sein, eine solch ungewöhnliche Künstlerin in ihren Mauern beherbergt zu haben.«

Was für ein Geschwafel! Und das alles wegen dieser grässlichen Bilder. Eine Künstlerin! Paul war eher der Ansicht, dass diese Frau – bei aller Rücksicht auf Marie – eine Verrückte gewesen war.

»Reg dich nicht auf, Mama. Ich werde mich um die Angelegenheit kümmern. Schließlich haben wir Melzers in Augsburg immer noch einigen Einfluss.«

Alicia nickte und wirkte etwas erleichtert. Gewiss, sie habe mit ihm gerechnet, man könne doch die Tuchvilla nicht so einfach überfahren. Ganz zu schweigen von Papas

Andenken, das durch diese Geschichte ganz sicher in den Schmutz gezogen werden würde.

»Es gibt überall Neid und Missgunst, auch hier in Augsburg. Ich bin sicher, dass man allerlei Unsinn herumtratschen würde. Vor allem, was die Beziehung deines Vaters zu dieser Frau betrifft.«

»Hat man Marie darüber in Kenntnis gesetzt?«, wollte er wissen.

»Ich glaube schon. Zumindest Kitty ist Feuer und Flamme. Und die beiden stecken ja ständig zusammen, wie du weißt.«

Paul stand auf und lief unruhig im Raum hin und her, die Hände in den Hosentaschen. War es möglich, dass Marie die ganze Zeit über von dieser Ausstellung gewusst hatte? Dass sie selbst dazu möglicherweise den Anstoß gegeben hatte? Nein – das mochte er nicht glauben. Vermutlich war es Kitty gewesen.

»Ich werde mit Kitty reden, Mama.«

»Du wirst nicht nur mit Kitty sprechen müssen, Paul.«

Das wusste er auch. Vor allem würde er mit Marie darüber reden. Ganz behutsam natürlich. Er wollte ihr nicht wehtun. Aber sie würde einsehen müssen, dass …

»Kitty besitzt nur einen geringen Anteil an den Bildern. Der größte Teil davon gehört Ernst von Klippstein.«

»Was?«

Paul unterbrach sein zielloses Hin- und Herlaufen und starrte seine Mutter entsetzt an. Hatte er recht gehört? Ernst hatte diesen ominösen Bilderkauf finanziert? Das war kaum zu glauben. In der Fabrik geizte er mit jedem Pfennig, und da warf er sein Geld für solch einen Unsinn heraus. Warum? Das lag ja wohl inzwischen auf der Hand. Er wollte Marie beeindrucken. Nun endlich wurde die Wahrheit offenbar: Sein sauberer Freund Ernst hatte es auf seine Frau abgesehen. Und was tat Marie? Wies sie ihn in seine Schranken?

Er starrte auf den enormen Blumenstrauß, dessen süßlicher Duft inzwischen sogar den kräftigen Geruch des Moccas überdeckte. *In tiefer Verehrung und Dankbarkeit* stand auf der Karte.

»Ich werde Julius anweisen, die Blumen auf die Terrasse zu stellen«, sagte Mama, die seinem Blick gefolgt war. »Ich bekomme Kopfschmerzen von diesem Geruch!«

Wusste sie, wer den Strauß geschickt hatte? Vermutlich ja. Auch Mama war neugierig, was sie jedoch niemals zugeben würde.

»Wir sehen uns heute Abend«, sagte er und küsste sie auf die Stirn. Sie hielt seine Hand einen kleinen Moment fest und schloss die Augen.

»Ja, Paul. Ach, es tut mir so leid für dich.«

Es war kein guter Tag, er hatte es schon geahnt. Und das Unheil, das über der Tuchvilla bereits wie eine dunkle Wolke hing, nahm auch weiterhin seinen schlimmen Lauf. Er war aufgeregt und zornig, er fühlte sich schmählich betrogen von einem Menschen, den er einmal für seinen besten Freund gehalten hatte. Am meisten aber brachte ihn Maries offensichtliche Mittäterschaft aus der Fassung. Sie steckte mit Ernst unter einer Decke, das war doch sonnenklar. Sie hatte diese Ausstellung heimlich mit Kitty und Ernst geplant, hinter dem Rücken ihres Ehemannes, ohne daran zu denken, was sie ihm und seiner Familie damit antat.

Er eilte hinunter in die Halle, riss die Mütze vom Garderobenständer, ohne auf Gertie, die herbeigelaufen war, zu achten. Schon umfasste er die Wagenschlüssel in der Jackentasche, da öffnete sich die Eingangstür. Marie trat in die Halle.

»Ach, Paul«, rief sie ihm entgegen. »Es tut mir so leid, dass ich aufgehalten wurde.«

Wie hübsch sie doch war, wenn sie so außer Atem auf ihn zuging. Sie lächelte, und ihre Augen baten ihn um Verzeihung. Ein wenig schelmisch, aber doch auch zärtlich.

Er war nicht in der Stimmung, solchen Empfindungen nachzugeben. »Schön, dass du überhaupt noch hierherfindest! Ich habe inzwischen von euren Machenschaften erfahren.«

Erschrocken blieb sie stehen. Sah ihn mit großen dunklen Augen an. Diese Augen, die er so sehr liebte. Die so lügen konnten.

»Was redest du denn da? Welche *Machenschaften*?«

»Das weißt du genau. Aber ich schwöre dir, dass ich diese Ausstellung verhindern werde. Diese Machwerke sollte man verbrennen, anstatt sie öffentlich zu zeigen.«

Er sah, wie ihre Züge erstarrten. Wie sie ihn ansah, als könne sie nicht glauben, dass er es war, der diese Worte aussprach. Er schämte sich vor sich selbst, und doch zwang ihn ein böser Geist, noch einen weiteren Pfeil abzuschießen. »Du kannst deinem Liebhaber und Blumenkavalier sagen, dass ich ihn in meinem Haus nicht mehr empfangen werde. Alles andere regele ich selbst mit ihm.«

Der Zorn, der ihn gerade eben noch regiert hatte, fiel in sich zusammen. Dumpf wurde ihm bewusst, dass er Dinge gesagt hatte, die nicht wiedergutzumachen waren. Er ging an ihr vorbei zur Tür und wagte nicht, ihr ins Gesicht zu sehen, zog nur die Mütze tief in die Stirn und lief die Stufen hinunter.

17

Marie verspürte einen Schmerz. Sie kannte dieses Gefühl, dieses heiße, wühlende Etwas, das in ihrem Magen entstand, die Kehle hinaufstieg und sich dann in ihrem ganzen Körper ausbreitete. Sie hatte es als Kind oft gehabt, wenn sie sich hilflos und ungerecht behandelt fühlte. Sie hatte es auch gespürt, als sie erfuhr, dass Paul in russischer Kriegsgefangenschaft war, und sie fürchtete, ihn niemals wiederzusehen.

Es waren nur Worte, dachte sie. Sie durfte nicht so viel darauf geben. Er war aufgeregt. Diese dumme Idee mit der Ausstellung.

Aber der Schmerz brannte in ihrem Inneren fort, er wurde sogar heftiger und wollte sie ganz ausfüllen. Nie zuvor hatte sie ihn so stark gefühlt.

Was hatte er gesagt? Man sollte die Bilder verbrennen? Wie konnte er so etwas sagen? Wusste er denn nicht, dass Worte Wunden schlagen konnten? Worte können töten. Wie groß muss eine Liebe sein, die solchen Worten standhält?

»Mama!«

Ihr wurde plötzlich bewusst, dass sie sich immer noch in der Eingangshalle befand, genau dort, wo er ihr besagte Worte entgegengeschleudert hatte. Er war davongelaufen und hatte sie stehen lassen. Paul, der Mann, den sie liebte.

»Mama!«

Dodo kam die Treppe hinuntergelaufen, die Finger tintenverschmiert, auch auf dem weißen Kragen war ein dunkelblauer Tintenfleck.

»Mama, du hast versprochen, heute mit mir auf den Flugplatz zu fahren.«

Das Mädchen stand vor ihr, außer Atem, die Augen erwartungsvoll auf sie gerichtet.

»Heute. Ich glaube, es ist heute zu heiß für solche Ausflüge, Dodo.«

Tiefe Enttäuschung machte sich in den Zügen ihrer Tochter breit, sie war nahe daran, in Tränen auszubrechen. Ach, sie wusste doch, wie lange Dodo um dieses Versprechen gekämpft hatte, wie oft sie gebettelt und gefleht hatte. Es schnitt ihr ins Herz, das Kind so zu enttäuschen.

»Du hast es aber versprochen!«

Es fehlte nicht viel, und sie hätte mit dem Fuß aufgestampft. Marie schwankte. Gewiss, sie war verletzt, sie fühlte sich elend und hatte das heftige Bedürfnis, allein zu sein. Aber warum sollte Dodo darunter leiden?

»Lass die Mama in Ruhe!« Leo war ebenfalls herbeigelaufen, er fasste seine Schwester am Arm und versuchte, sie mit sich fortzuziehen.

Dodo wehrte sich. »Warum? Lass mich los.«

Marie hatte feine Ohren, sie verstand auch geflüsterte Worte. Und Leo flüsterte ziemlich laut.

»Der Papa war ganz gemein zu ihr.«

»Ach was. Der schimpft immer so rum.«

»Heute war er richtig böse.«

»Na und?«

Sie hatten es natürlich gehört. Paul hatte ja auch laut genug gesprochen. Wusste er nicht, dass man die Geräusche in der Eingangshalle bis hinauf in den zweiten Stock vernehmen konnte? Natürlich wusste er das, schließlich war er hier aufgewachsen. Ihr wurde erst jetzt bewusst, dass auch das Personal in der Küche mitgehört haben musste. Gewiss auch ihre Schwiegermutter. Und auch die …

»Ihr beide kommt jetzt ganz schnell zu mir herauf – die Hausaufgaben sind noch nicht beendet.«

Serafina von Dobern stand oben am Treppenaufgang, und Marie glaubte, in ihren Zügen den Ausdruck großer Befriedigung zu lesen. Möglich, dass sie sich dies nur einbildete. Die Gouvernante verhielt sich ihr gegenüber stets korrekt, obgleich sie sehr genau wusste, dass Marie mit ihrer Erziehungsweise nicht einverstanden war und sogar ihre Entlassung gefordert hatte. Es war klar, dass Serafina von Dobern sie als ihre Feindin betrachtete, daher mussten Pauls Beleidigungen sie ganz besonders gefreut haben.

»Lassen Sie die beiden hier, Frau von Dobern – ich fahre gleich mit ihnen in die Stadt.«

Serafinas überschlanke Gestalt straffte sich, sie hob das Kinn und sah Marie von oben herunter durch die Brillengläser an.

»Das tut mir sehr leid, Frau Melzer. Aber das kann ich nicht zulassen. Dodo hat eine Strafarbeit zu erledigen, und Leo muss die Aufgaben nachholen, die er gestern versäumt hat. Im Übrigen wünscht Ihre Schwiegermutter, dass die Kinder einem regelmäßigen Tagesablauf folgen, damit sie Ordnung und Selbstdisziplin lernen!«

Sie sprach leise aber bestimmt, unter der glatten Oberfläche spürte Marie die Selbstsicherheit einer Person, die ihre Macht ausspielte. Der Hausherr hatte seine Ehefrau gedemütigt, nun glaubte sie, ihr widersprechen zu dürfen. Galt ihr Wort überhaupt noch etwas in diesem Haus? Oder wollte man sie von nun an wie eine Angestellte abkanzeln? Sie spürte, dass sie am ganzen Körper zitterte.

»Ich gebe Ihnen noch eine halbe Stunde, das muss reichen!«, hielt sie Serafina mit mühsamer Beherrschung entgegen.

Sie nahm den Hut ab und warf ihn auf eine Kommode, nickte dann Dodo und Leo auffordernd zu und eilte an der Gouvernante vorbei in den ersten Stock. Hastig lief sie durch den Flur und erreichte mit letzter Kraft das Arbeitszimmer. Dort ließ sie sich auf die Couch fallen, atmete schwer und schloss die Augen.

Was ist los mit mir?, dachte sie unglücklich. Das ist doch nicht der erste Streit, den Paul und ich ausfechten. Er wird seine Worte inzwischen längst bereuen. Heute Abend wird er sich bei mir entschuldigen.

Aber der Schmerz war so tief, dass sie wie gelähmt war. Eine Grenze war überschritten worden. Heute hatte Paul ihr offenbart, wie sehr er sie und ihre Herkunft verachtete. Er, Paul Melzer, hatte das Waisenkind Marie zu sich emporgehoben, er hatte die unendliche Güte bewiesen, sie zu seiner Frau zu machen. Dafür hatte sie ihm Gehorsam zu zollen. Sie hatte sich von ihrer Herkunft loszusagen, das Werk ihrer Mutter, das er als »scheußlich« bezeichnet hatte, sollte seiner Meinung nach verbrannt werden.

Hatte er nicht begriffen, dass ihre Mutter ein Teil von ihr war? Was auch immer Luise Hofgartner in ihrem kurzen wilden Leben getan hatte – Marie würde sie über alles lieben. Ihre Bilder, die so viel über sie erzählten, waren für Marie eine Kostbarkeit, eine Botschaft ihrer Mutter über den Tod hinaus. Wie sollte sie ertragen, dass Paul so abfällig von diesen Werken sprach?

Bitter dachte sie daran, dass es Pauls Vater gewesen war, der den frühen Tod der Luise Hofgartner verschuldet hatte. Mehr noch: Johann Melzer hatte auch ihren Vater um seinen Besitz betrogen, er hatte die genialen Konstruktionen seines Partners verwendet und Jakob Burkard dann

seine Anteile an der Fabrik auf betrügerische Weise ab-
geluchst. Sie, Marie, hatte die Größe gehabt, den Melzers
diese Schuld zu vergeben. Sie hatte ihnen verziehen, weil
sie Paul liebte und weil sie fest davon überzeugt gewesen
war, dass ihre Liebe stärker sein würde als die Schatten der
Vergangenheit.

Sie stöhnte und setzte sich auf. Wie eng und muffig
dieser kleine Raum war. Wie vollgestopft mit Schränken
und Aktenregalen. Mit Erinnerungen. Man bekam kaum
Luft. Sie nahm die Hände vors Gesicht und spürte die
Hitze ihrer Wangen. Nein, sie durfte nicht zulassen, dass
diese Schatten ihr Leben zerstörten. Sie sollten auch Paul
nichts anhaben. Vor allen Dingen aber musste sie die Kinder vor den düsteren Gespenstern behüten.

Sie musste zu sich selbst finden. Zur Ruhe kommen.
Den Zorn nicht Meister sein lassen, sondern die Liebe.

Sie stand auf und zog den Telefonapparat zu sich heran.
Hob den Hörer ab und wartete auf die Vermittlung.
Nannte Kittys Nummer.

»Marie? Was du für ein Glück hast – ich wollte gerade
aus dem Haus. Weißt du es schon? Frau Direktor Wiesler
hat einen Lebenslauf deiner Mutter aufgetan. Aus dem
Nachlass des Samuel d'Oré, stell dir nur vor.«

Was für eine Nachricht. Zu normalen Zeiten wäre
Marie vor Aufregung fast gestorben. Jetzt aber hörte sie
nur mit halbem Ohr, was Kitty daherschwatzte.

»Kitty, bitte. Es geht mir nicht gut. Könntest du vorbei-
kommen und mit den Kindern zum Flughafen an der
Haunstetter Straße fahren? Dodo möchte unbedingt die
Flugzeuge sehen.«

Auf der anderen Seite der Leitung entstand eine Über-
raschungspause.

»Waaas? Bei dieser Hitze? Auf den dreckigen Flugplatz?

Wo sich da sowieso nichts tut, weil die pleite sind? Ich wollte eben zu einem kleinen Plausch mit drei Kollegen in die Konditorei Zeiler.«

»Bitte Kitty.«

Es klang so ernst und flehentlich, dass Kitty vollkommen irritiert war.

»Aber ich … Es ist … Großer Gott – geht es dir wirklich ganz schlecht, Marie? Was ist los? Die Sommergrippe? Die Masern? Stell dir vor, die sind in der Annaschule ausgebrochen.«

Marie musste Kittys Redeschwall wieder einmal unterbrechen. Es kostete sie groß Mühe, weil sie sich so krank fühlte.

»Ich muss nachdenken, Kitty. Allein. Bitte versteh mich.«

»Nachdenken?«

Sie konnte sich Kitty vorstellen, wie sie jetzt das Haar hinter die Ohren strich und ihre Augen im Raum umherirrten, während sie versuchte, die Lage zu begreifen. Und sie war sofort auf der richtigen Spur.

»Hat Paulemann sich schlecht benommen?«

»Lass uns später darüber reden. Bitte.«

»Ich bin in zehn Minuten bei dir. Warte – nein. Ich muss noch Benzin tanken. In 20 Minuten. Wenn das Autolein sich gut benimmt. Wirst du es so lange aushalten?«

»Es geht nur um die Kinder, Kitty.«

»Zum Flugplatz? Muss das sein? Könnten wir nicht alle zusammen in der Konditorei Kuchen essen? Na schön, dann eben nicht. Ich sattle mal die Hühner. Henny! Wo bist du schon wieder? Henny, wir fahren zum Flugplatz.«

»Ich danke dir, Kitty.«

Sie legte den schwarzen Hörer in die Gabel und fühlte

sich ein wenig erleichtert. Nun hatte sie sich den Freiraum verschafft, den sie benötigte. Sie musste Klarheit gewinnen. Einen Weg finden, wahrhaftig zu sein und dennoch ihre Liebe zu bewahren. Anders konnte ein Mensch nicht leben.

Als sie das Arbeitszimmer verlassen wollte, läutete das Telefon auf dem Schreibtisch. Sie zuckte zusammen. Für einen Moment war sie versucht, den Hörer abzunehmen, doch sie tat es nicht. Stattdessen eilte sie davon, lief durch den Flur zur Treppe und war nahe daran, sich die Ohren zuzuhalten, um den beharrlichen Klingelton des Telefons nicht hören zu müssen. Unten in der Halle standen Gertie und Else. Als Marie so plötzlich erschien, fuhren sie auseinander wie ertappte Verschwörer.

»Frau Brunnenmayer lässt fragen, ob sie das Mittagessen noch warmhalten soll.«

In Gerties Stimme spürte Marie verhaltene Anteilnahme, Else zog sich ein paar Schritte zurück und tat, als sei sie mit dem Staubwedel beschäftigt. »Danke, Gertie. Sag Frau Brunnenmayer, dass ich kein Mittagessen benötige.«

»Gern, Frau Melzer.«

»In etwa 20 Minuten wird Frau Bräuer die Kinder abholen. Sag Frau von Dobern, dass dies mit mir abgesprochen ist.«

Gertie nickte gehorsam. Vermutlich sah sie wieder Ärgernisse auf sich zukommen, die Gouvernante hatte sich schon mehrfach bei Alicia über die angebliche Impertinenz des Küchenmädchens beschwert.

»Bring bitte meinen Hut.«

Sie hatte keine Ahnung, wohin sie gehen wollte, sie wusste nur, dass es hier in der Tuchvilla keinen Ort für sie gab, an dem sie zu sich selbst finden konnte. Dieses Haus atmete die Übermacht der Melzers, den Dünkel dieser Dynastie, die glaubte, mehr wert zu sein als andere Menschen. Wie kamen sie eigentlich dazu, diese anmaßenden Textilmagnaten? Worauf fußte all ihr Besitz? Ihr Einfluss? Doch wohl hauptsächlich auf den genialen Erfindungen ihres Vaters. Ohne Jacob Burkard gäbe es die Melzer'sche Tuchfabrik nicht.

Sie setzte den Hut auf, warf einen raschen Blick in den Spiegel und stellte fest, dass sie sehr bleich war. Auch das Zittern in den Gliedern hatte sich wieder eingestellt. Sie achtete nicht darauf. Als Gertie die Eingangstür für sie öffnete, drang die Mittagssonne in die Halle und zeichnete ein gleißendes längliches Viereck auf dem Marmorboden. Sie lief in das Licht hinein, blinzelte, eilte die Stufen hinunter und spürte, wie die Sommerhitze ihr die Luft nahm. Die Auffahrt zum Parktor war staubig, Wagen und Fuhrwerke hatten zwei Rinnen in den geschotterten Weg eingedrückt, in denen bei Regenwetter das Wasser stand. Jetzt waren sie ausgetrocknet und voller Sand und Schmutz. Früher hatte sich der Gärtner um die Auffahrt gekümmert, doch seitdem Gustav Bliefert nur noch sporadisch für die Tuchvilla arbeitete, verkamen Park und Wege zusehends.

Was kümmert es mich, dachte Marie. Meine Schwiegermutter und mein Ehemann bestimmten über Villa und Park – sie wurde nicht gefragt. Sie lief über die Wiesen, um auf keinen Fall Kitty zu begegnen, und gelangte auf Umwegen zum Parktor. Wie boshaft ihr Kopf eine Erinnerung aus den Tiefen des Gedächtnisses hervorkramte. Hier hatte sie damals gestanden und eine Gestalt im Nebel erblickt, vor der sie sich zunächst fürchtete. Dann aber hatte sie Paul erkannt. Er war aus dem Krieg zurückgekehrt – sie hatte ihr Glück damals kaum fassen können.

Sie wischte die Erinnerung fort und überquerte die

Straße, wählte einen der Wiesenwege, die zwischen Remisen, verlassenen Gebäuden und neu angesiedelten Fabriken zur Stadt hinüberführten. Sie fühlte sich jetzt besser, ihr Atem ging regelmäßig, das Zittern war fast verschwunden. Vermutlich lag es daran, dass sie den Grundstücksbereich der Tuchvilla verlassen hatte.

Ist es schon so weit mit mir gekommen?, fragte sie sich erschrocken. Nein, nein – ich werde eine Lösung finden. Wir werden uns einigen. Schon um der Kinder willen.

Graue Mäuse huschten vor ihren Füßen über den Weg, am Himmel kreisten zwei Habichte, man konnte ihre hellen langgezogenen Rufe hören. Sie lief am Gaswerk vorbei, blickte scheu auf den kreisrunden, aus der Erde ragenden Behälter und passierte die Baumwollspinnerei am Fichtelbach. Überall wurde gewerkelt und gebaut – die Rentenmark hatte sich bewährt, man gewann wieder Vertrauen in die Wirtschaft. Wie seltsam, dass gerade jetzt, da man wieder hoffnungsvoll in die Zukunft blicken konnte, ihr privates Glück zu zerbrechen drohte.

Die Bäche führten nur noch wenig Wasser, zweimal wagte sie es, von Stein zu Stein springend einen kleinen Wasserlauf zu überqueren. Hatte Paul nicht erzählt, wie er als Bub hier mit seinen Freunden geangelt hatte? Seinem eigenen Sohn gönnte er solche Freiheiten nicht. Sie ging den Milchberg hinauf, bewegte sich im Schatten der kleinen Altstadthäuser, um der glühenden Sonne zu entgehen. Die eingesunkenen Dächer und der abblätternde Putz waren ihr wohlvertraut, auch die Gerüche der Altstadt hatte sie noch aus Kindertagen in der Nase. Es roch hier immer nach Feuchtigkeit und Moder, an dunklen Eingängen auch nach Urin. Hunde liefen umher, auch herrenlose Katzen hockten bei den Kellerfenstern, auf der Jagd nach Ratten und Mäusen. Es hatte sich seit ihrer Kindheit hier nicht allzu viel geändert, nur wenige Häuser waren in besserem Zustand. Dazu gehörten die beiden Gebäude, die Maria Jordan ihr Eigen nannte. Eines davon besaß eine große Ladenscheibe, davor hatte man einen niedrigen Tisch mit allerlei Waren aufgestellt: ein wildes Kunterbunt aus Obst, Gemüse, bunt bemalten Holzkästchen, Vasen, Blechlöffeln und Ketten aus falschen Perlen. Während sie vorüberging, konnte sie den jungen Angestellten mit den abstehenden Ohren sehen, der voller Eifer eine Kundin bediente. Marie dachte daran, dass die Jordan eigentlich zu beneiden war. Sie hatte im richtigen Augenblick zugeschlagen und sich eine eigene Existenz aufgebaut. Da sie alleinstehend war, konnte sie Geschäfte auf eigene Rechnung tätigen und brauchte niemanden um eine Unterschrift zu bitten.

Tatsächlich – Maria Jordan war zwar keine liebenswerte, aber eine äußerst tüchtige Person.

Drei Gässchen weiter – dann stand sie vor dem Ort, auf den sie mehr unbewusst als mit einer festen Absicht zugesteuert hatte. Das Dach des Hauses war erneuert worden, sonst hatte sich nichts verändert. Unten hing immer noch das bemalte Holzschild »Zum grünen Baum«, in einer der schmutzigen Fensterscheiben spiegelte sich ein Sonnenstrahl, der durch eine Häuserlücke den Weg hierhergefunden hatte. Marie blieb an eine Hauswand gelehnt stehen, um das Gebäude zu betrachten. Dort oben war sie zur Welt gekommen, hatte die ersten beiden Lebensjahre bei ihrer Mutter sein dürfen. Luise Hofgartner hatte gekämpft, sich mit kleinen Aufträgen durchgebracht, Schulden gemacht, vielleicht auch gehungert – aber sie hatte die Konstruktionspläne, die Jakob ihr hinterlassen hatte, nicht an jenen Mann verkaufen wollen, der Jakob Burkard um seinen Anteil an der Fabrik betrogen hatte. Wie stur sie gewesen war! Wie hart mit sich selbst. Eine Frau, die mit dem Kopf durch die Wand ging. Auch auf die Gefahr hin, dass ihre kleine Tochter darunter litt.

Maries Herz klopfte laut und unruhig, die Beine zitterten, sie bekam plötzlich Angst, sie könnte hier in der Gasse in Ohnmacht fallen. Oder Schlimmeres. Sie erinnerte sich mit Grauen an die Nacht im Waisenhaus, als sie blutüberströmt in ihrem Bett aufwachte und erst nach einer Weile begriff, dass all dieses Blut von ihr selbst stammte. Ein Blutsturz. Sie hatte damals nur mit knapper Not überlebt.

Nein, dachte sie, und sie atmete tief ein und aus, um das dumme Herzklopfen zu beschwichtigen. Niemals würde sie ihren Kindern zumuten, ohne Mutter aufzuwachsen. Lieber wollte sie ... Ja, was? Sich selbst verleugnen? Konnte sie das? War es das, was sie für ihre Kinder sein wollte? Eine Frau, die sich opferte. Die verzichtete, die das ungetrübte Familienglück über das eigene Wohlergehen stellte. Es gab eine Menge Romane und Geschichten, die jungen Mädchen diese edle Bestimmung der Frau schmackhaft machen sollten. Einige davon hatten im Waisenhaus auf dem Bücherregal gestanden, auch in der Bibliothek der Tuchvilla waren Romane dieser Art zu finden. Luise Hofgartner hätte darüber vermutlich nur gelacht.

Sie löste sich von der Hauswand und stellte fest, dass ihr das Weitergehen keine Probleme machte. Vermutlich hatte sie sich das Herzklopfen und Gliederzittern nur eingebildet, jetzt, da sie sich bewegte, ging es ihr gut. Sie schlug den Weg zur Hallstraße ein, von dort aus lief sie Richtung Bahnhof. Dort, wo die Züge vorüberrattern und die Lokomotiven pfiffen, lagen die Toten zu ihrer letzten Ruhe auf dem Hermanfriedhof.

Ich bin verrückt, dachte sie. Warum will ich dorthin?

Wunder geschehen immer nur einmal, und Pfarrer Leutwien, der mich damals getröstet und unter seinem Dach aufgenommen hat, ist längst aus dem Amt.

Aber ihre Füße trugen sie dennoch an diesen Ort, es gab etwas, das sie mit magischer Wirkung dorthin zog. Es war nicht das aufwendige Familiengrab der Melzers, auch nicht die letzte Ruhestätte des armen Edgar Bräuer, der nach dem Zusammenbruch seiner Bank durch eigene Hand gestorben war. Es war der kleine Stein, der dicht an der Friedhofsmauer lag, halb vom Gras überwachsen. Darauf stand der Name ihrer Mutter. Luise Hofgartner. Marie hatte von Zeit zu Zeit ein Blumengebinde neben den Stein gelegt, jetzt, bei diesem heißen Sommerwetter, gab es dort nur einen Kranz aus Efeu, da alle Blüten in kurzer Zeit verwelkten.

Der Friedhof war um diese Zeit fast menschenleer. Zwei schwarz gekleidete Frauen bewegten sich zwischen den Grabreihen, pflanzten Fleißige Lieschen und begossen sie, neben der Kirche hockten drei Kinder auf der Erde und spielten mit Murmeln. Marie setzte sich auf die Wiese und berührte sacht den kleinen Grabstein, strich zärtlich über seine Kanten, folgte mit dem Zeigefinger der Inschrift.

Was soll ich tun?, dachte sie. Gib mir einen Rat. Sag mir, was du an meiner Stelle getan hättest.

Die Sonne brannte auf sie herab, in der Windstille hinter der Mauer war die Hitze noch unerträglicher als draußen auf den Wegen. Nicht einmal die Vögel sangen, nur eine Menge kleiner brauner Ameisen schleppte ihre weißen Puppen eifrig im Gras herum.

Marie begriff, dass niemand ihr raten konnte, auch nicht ihre Mutter, was sie nun tun sollte. Sie rief sich Pauls Vorwürfe ins Gedächtnis und überlegte, was sie ihm entgegenhalten würde. Das Wort »Machenschaften« schoss ihr wieder in den Sinn. Mein Gott – er glaubte tatsächlich, sie hätte diese Ausstellung gemeinsam mit Kitty geplant. Hinter seinem Rücken. Wie konnte er nur!

Und was hatte er mit dem »Liebhaber und Blumenkavalier« gemeint? Erst jetzt fiel ihr dieser Satz wieder ein, dem sie vor Empörung über die Geringschätzung ihrer Mutter bisher kaum Aufmerksamkeit geschenkt hatte. Hatte er das ironisch gemeint? Er konnte doch nicht ernsthaft glauben, sie habe einen Liebhaber. Oder doch? Hatte er am Ende Klippi damit gemeint? Der schickte ihr tatsächlich hie und da Blumen, aber die schickte er auch an Kitty, und Tilly hatte zu Ostern ebenfalls ein Gebinde von ihm erhalten. Aber Paul musste doch wissen, dass Ernst von Klippstein niemals wagen würde, ihr zu nahe zu treten!

Erschöpft sah sie sich nach einem Schattenplatz um und fand ihn unter einer alten Buche. Ein Eichhörnchen sauste den Stamm hinauf und verschwand in den Ästen, keckerte und raschelte dort oben herum, möglicherweise war es dort auf einen Konkurrenten gestoßen.

Sie nahm den Hut ab und fächelte sich damit Luft zu. Paul würde ganz sicher inzwischen zur Vernunft gekommen sein. Dennoch würde sie auf seine Beschuldigungen eingehen, ihm erklären, dass sie bis gestern Abend nichts von Kittys Plänen gewusst hatte. Dass sich Ernst von Klippstein stets wie ein Gentleman benommen hatte. Dass die Bilder ihrer Mutter in ihren Augen alles andere als »scheußlich« waren.

Sie lehnte den Hinterkopf an den glatten Buchenstamm und sah hinauf in das dicht belaubte Gezweig. Nur an wenigen Stellen drangen Sonnenstrahlen wie gleißende Lichtpfeile durch das grüne Blätterdach. Sie schloss die Augen.

Nein, sagte etwas in ihr. Es geht nicht mehr. Eine Grenze ist überschritten. Niemand kann sich immer und immer wieder gegen ungerechte Anschuldigungen verteidigen. Wo Liebe ist, da sollte Vertrauen sein. Wo das Vertrauen fehlt, da ist auch die Liebe tot.

»Er liebt mich nicht mehr.«

Sie flüsterte diesen Satz vor sich hin, ohne es zu bemerken. Irgendwo rauschte ein Gewässer, vielleicht waren es die Frauen, die am Brunnen ihre Gießkannen füllten. Vielleicht auch ein Bachlauf, ein Fluss. Ihr Herz hämmerte, es wurde ihr schwindelig. Nicht in Ohnmacht fallen, dachte sie. Auf keinen Fall in Ohnmacht fallen …

»Marie! Ach, du lieber Schreck. Ich hab es doch gewusst. Marie! Was ist los mit dir? Marie, meine süße, liebste Herzensmarie.«

Wie durch einen gleißenden, flirrenden Nebel sah sie ein Gesicht, das sich über sie beugte. Große erschrockene blaue Augen, kurzes Haar, das in Stirn und Wangen fiel.

»Kitty? Mir ist … ein wenig … schwindelig …«

»Schwindelig? Na, Gott sei Dank. Ich hab schon gedacht, du wärst tot.«

Der Nebel klärte sich, Marie stellte fest, dass sie rücklings auf dem Boden lag, direkt unter der Buche, an deren Stamm sie sich sitzend gelehnt hatte.

»Hab ich mir doch gedacht, dass du hierhergelaufen bist! Kannst du aufstehen? Nein, warte, ich helfe dir … Oder soll ich besser einen Doktor holen? Da drüben spaziert ein Ehepaar, die können uns helfen.«

»Nein, nein – es geht schon. Es ist nur die Hitze. Wo sind die Kinder?«

Jetzt, da Marie sich aufgesetzt hatte, spürte sie wieder ein leichtes Schwindelgefühl. Kitty musterte sie besorgt.

»Die Rasselbande ist bei Gertrude. Und dich fahre ich jetzt auch dorthin.«

Marie stand mühsam auf, hielt sich die Hand an die Stirn und spürte, wie Kitty den Arm um ihre Schultern legte.

»In die Frauentorstraße?«, murmelte sie. »Kitty... Ich...«

»In die Frauentorstraße!«, sagte Kitty energisch. »Und ihr könnt solange bleiben, wie ihr wollt. Meinetwegen bis zum Jüngsten Tag. Oder auch länger.«

18

Die geschlossenen Vorhänge halfen wenig – das Büro war so stickig, dass er Jacke und Weste hatte ablegen müssen. Zum Glück hatten sich keine Besucher angesagt, sodass es niemanden störte, dass der Herr Direktor in Hemdsärmeln am Schreibtisch saß. Paul arbeitete wie ein Berserker, gönnte sich keine Pause, trank jetzt schon die sechste Tasse Kaffee und spürte, dass er immer fahriger wurde.

Er hatte sich gehen lassen, seine Beherrschung verloren. Das war es, was ihn am meisten reute. Sie hatte ihn so weit gebracht, dass er schon kaum mehr wusste, was er redete. Und natürlich hatte er die Dinge so überspitzt formuliert, dass sie jetzt tief getroffen sein musste. Das war vollkommen unnötig gewesen, er hatte sich damit nur den Schwarzen Peter eingehandelt, weil er es jetzt war, der etwas zurücknehmen und sich entschuldigen musste. Er hatte sich selbst in die schwächere Position gebracht, Idiot, der er war.

Dreimal hatte er in der Tuchvilla angerufen. Auch das bereute er inzwischen. Das erste Mal hatte niemand den Hörer abgenommen. Damit hätte er es bewenden lassen sollen. Aber nein – er musste ja unbedingt sein schlechtes Gewissen beruhigen und Marie sagen, dass es ihm leidtäte. Dabei war sie gar nicht mehr in der Tuchvilla – aber das erfuhr er erst, als er das zweite Mal angerufen hatte.

»Haus Melzer. Frau von Dobern am Apparat.«

Die Gouvernante! Was hatte die eigentlich im Arbeitszimmer zu suchen? Und wieso nahm sie Telefonate entgegen?

»Hier Melzer«, sagte er kurz und unfreundlich. »Würden Sie bitte meine Frau ans Telefon holen?«

»Ich bedaure sehr, Herr Melzer. Ihre Frau ist ausgegangen.«

Er hatte tatsächlich für einen Moment geglaubt, Marie sei unterwegs zu ihm in die Fabrik. Er war fast gerührt, denn eigentlich war es doch seine Sache, um Verzeihung zu bitten.

»Außerdem wurden die Kinder mit Einverständnis Ihrer Frau schon wieder in die Frauentorstraße gebracht. Ich versichere Ihnen, dass ich mich dagegen verweh…«

Er hatte wenig Lust, sich ihr Gejammer anzuhören. »Hat meine Frau gesagt, wohin sie gehen will?«

»Leider nicht, Herr Melzer. Ich sah sie in den Park hineinlaufen und nehme an, dass sie erwartet wurde.«

Es wurde ihm klar, dass seine schöne Hoffnung, Marie gleich hier im Büro bei sich zu sehen, ein Trugbild war. Sie war in den Park gelaufen. Weshalb?

»Sie nehmen an«, wiederholte er. »Was meinen Sie damit, Frau von Dobern?«

»Oh, ich sah ganz zufällig aus dem Fenster und nahm an, dass sie wohl einen Grund hatte, sich hinter den Büschen zu verbergen.«

Visionen stiegen in ihm auf. Ernst von Klippstein, der auf Marie wartete und sie in die Arme nahm. Dann gewann er wieder Oberhand über seinen Verstand und begriff, dass es keinerlei Gründe für solche Fantastereien gab. Ernst saß im Büro nebenan und war mit der Kalkulation mehrerer Aufträge beschäftigt.

»Ich ersuche Sie ernsthaft, keinerlei Gerüchte über

meine Frau in die Welt zu setzen, Frau von Dobern«, sagte er in scharfem Ton.

»Verzeihung, Herr Melzer. Das war nicht meine Absicht. Wirklich nicht. Ich mache mir nur Sorgen.«

Diese Person war eine perfide Intrigantin. Wieso hatte er das bisher nicht bemerkt? Er hatte sie schon damals nicht leiden können, als sie zu Elisabeths Busenfreundinnen gezählt hatte.

»Kümmern Sie sich lieber um die Erziehung meiner Kinder. Und lassen Sie das Telefon in Ruhe. Die Anrufe, die in der Tuchvilla ankommen, gehen Sie nichts an!«

Er wartete ihre Antwort nicht ab, sondern legte den Hörer schwungvoll in die Gabel. Marie war also fortgelaufen. In den Park. Na schön – vielleicht half ihr ein Spaziergang, sich wieder zu beruhigen.

Beim dritten Anruf hatte er seine Mutter an der Strippe.

»Marie? Die ist noch nicht zurück. Auch die Kinder nicht.«

Es war schon nach fünf Uhr. Was – in aller Teufel Namen – trieb Marie so lange im Park? Ob sie am Ende doch von jemandem abgeholt worden war? »Hast du in der Frauentorstraße angerufen?«

»Ja, ich habe angerufen, aber es hat sich niemand gemeldet. Ich finde es einfach ungehörig von Kitty, die arme Frau von Dobern ist tief gekränkt. So kann das nicht weitergehen, Paul. Du musst mal ein ernstes Wörtchen mit Kitty reden.«

»Am Sonntag vielleicht«, knurrte er. »Ich habe jetzt zu tun.«

»Natürlich. Du hast zu tun. Wie gut, dass du dich aus allem heraushalten kannst.«

»Bis heute Abend, Mama!«

Dieser Anruf war ganz sicher der unnötigste gewesen.

Er arbeitete bis halb sieben, dann zog er Weste und Jacke an, setzte den Strohhut auf und ließ von Klippstein melden, dass er jetzt nach Hause fuhr.

Er befand sich unter extremer Anspannung, hätte beinahe ein Fuhrwerk übersehen, als er aus dem Fabrikgelände auf die Lechhauser Straße einbog. So ging es tatsächlich nicht weiter. Diese beständigen Streitereien gingen ihm unter die Haut, er war nicht mehr er selbst, entdeckte an sich auf einmal Eigenschaften, die er früher an seinem Vater so gehasst hatte. Ungeduld. Jähzorn. Ungerechtigkeit. Hochmut. Lieblosigkeit. Ja, das war das Schlimmste. Was war mit ihrer Liebe geschehen? Er durfte nicht zulassen, dass sie von all diesen Schwierigkeiten zerrieben wurde. Hatte er nicht erlebt, wie die Ehe seiner Eltern zu einer bloßen Form erstarrte? Wie sie aneinander vorbeilebten, getrennte Tagesabläufe, getrennte Schlafzimmer. Besonders Mama hatte sehr darunter gelitten. Nein – das wollte er weder Marie noch sich selbst antun.

Er parkte den Wagen gleich vor dem Treppenaufgang der Villa – Julius konnte ihn später in die Garage fahren. Mit klopfendem Herzen stieg er die Stufen hinauf, ging langsam in die Halle hinein, als Else die Tür für ihn öffnete. Es war hier angenehm kühl, im rückwärtigen Teil hatte man die Türen zur Terrasse geöffnet, sodass ein sanftes Lüftchen die Halle durchwehte.

Er reichte Else den Strohhut und zögerte, die Frage zu stellen, die ihm auf der Seele brannte. Seine Augen suchten die Haken an den Garderobenständern ab – dort hingen zwei Hüte, einer davon, ein heller breitkrempiger Sommerhut, gehörte mit Sicherheit Mama. Der andere – ein graues topfförmiges Gerät – war vermutlich Eigentum der Gouvernante, zumindest passte er zu ihr.

»Ihre Frau Mutter lässt Sie in den roten Salon bitten.«

Elses Lächeln war durch die Zahnoperation noch schmäler geworden, weil sie vermutlich die Lücke nicht zeigen wollte. Dennoch hatte ihre Person einiges an Wärme hinzugewonnen. Jetzt schaute sie geradezu mitfühlend drein.

Marie war nicht da, dachte er, und er versuchte, seine Panik zu verbergen. Was war geschehen? Ein Unfall? Oh Gott – lass ihr nichts zugestoßen sein. Und die Kinder?

Alicia Melzer ruhte im roten Salon auf dem Sofa, ein dickes Federkissen stützte ihren Kopf, auf ihrer Stirn lag eine kalte Kompresse. Neben ihr auf einem Sessel saß Serafina, deren Aufgabe es war, das weiße Baumwolltuch von Zeit zu Zeit in eine Schale mit Eiswasser einzutauchen und es Alicia wieder aufzulegen.

Er trat leise ein, schloss die Tür sacht, um nur kein Geräusch zu verursachen, und näherte sich dem Sofa auf Zehenspitzen. Mama bewegte mühsam den Kopf in seine Richtung, schob die Kompresse ein wenig höher und öffnete die Augen.

»Frau von Dobern. Sie dürfen sich zurückziehen.«

»Danke, Frau Melzer … Ich wünsche gute Besserung. Ich bin draußen – falls Sie mich brauchen.«

Serafina gönnte Paul ein würdevolles Kopfnicken, mehr nicht. Vermutlich hatte sie ihm das Telefongespräch übel genommen. Alicia wartete, bis die Gouvernante die Tür hinter sich geschlossen hatte, dann warf sie die Kompresse in die Schale und setzte sich auf.

»Gut, dass du endlich da bist, Paul«, stöhnte sie. »Es geschehen furchtbare Dinge. Die Erde bebt unter unseren Füßen. Der Himmel stürzt ein.«

»Mama, bitte!«

Sie fuhr sich mit der Hand über die noch feuchte Stirn und atmete schwer. »Kitty hat vor einer halben Stunde hier angerufen. Marie und die Kinder sind bei ihr in der Frauentorstraße.«

»Gott sei Dank!«, rief er unwillkürlich. »Ich fürchtete schon, es könnte ihnen etwas geschehen sein.«

Alicia blickte ihn mit starren Augen an. »Lass mich ausreden, Paul. Meine Tochter Kitty teilte mir in dürren Worten mit, dass Marie nicht gedenkt, in die Tuchvilla zurückzukehren. Sie will bei Kitty bleiben und auch die Kinder bei sich behalten.«

Paul spürte, wie ihm der Atem stehen blieb. Hatte er recht gehört? Das konnte doch gar nicht sein. Marie gehörte hierher. Sie war seine Frau. Was war das für eine verrückte Idee, die Kitty da wieder ausgebrütet hatte?

»Das hast du ihr doch wohl nicht geglaubt, Mama?«

Alicia machte eine erschöpfte Armbewegung, eine Geste der Hilflosigkeit.

»Natürlich nicht. Aber inzwischen fürchte ich, dass sie es ernst gemeint hat. Stell dir vor.« Sie musste nun doch ihr Taschentuch benutzen, weil ihr die Tränen kamen. »Hanna, diese perfide Person. Sie hat sich von allen unbemerkt ins Haus geschlichen, hat oben in den Kinderzimmern die Schulsachen sowie einige Kleider der Kinder zusammengepackt und sich damit davongemacht.«

Jetzt überwältigte sie die Verzweiflung. Die Schwiegertochter hätte sie ja noch entbehren können. Aber doch nicht ihre Enkel. Ihre heißgeliebten Enkelkinder! »Paul – sie hat uns verlassen und die Kinder mitgenommen. Nie im Leben hätte ich Marie so etwas zugetraut. Aber das kommt davon, wenn man eine Frau heiratet, die keine anständige Erziehung genossen hat. Gütige Mutter Maria – ich habe selbst harte Zeiten in meiner Ehe durchgemacht. Aber niemals wäre ich auf den Gedanken gekommen, meinen Ehemann zu verlassen.«

»Das ist doch alles Unsinn!«, rief Paul. »Das hat sich Kitty ausgedacht, um mich zu erschrecken. Du weißt doch, wie sie ist.«

Alicia seufzte tief, drückte die Kompresse im Eiswasser aus und hielt sie gegen ihre Stirn. »Ich kenne meine Tochter Kitty – gewiss. Aber Marie ist für mich ein Buch mit sieben Siegeln. Sie ist oft so langmütig. So unfassbar geduldig. Immer ansprechbar, hilfsbereit. Nein, sie hat tatsächlich einige gute Eigenschaften, deine Frau. Aber dann – ganz plötzlich – tut sie Dinge, die niemand begreifen kann. Eiskalt und mitleidslos.«

Paul war aufgestanden, um sie beruhigend in den Arm zu nehmen. Er würde die Angelegenheit regeln, versprach er ihr. Noch heute. Sie solle sich nicht weiter aufregen.

»Alles wird gut, Mama. Ich fahre jetzt hinüber in die Frauentorstraße und spreche mich mit Marie aus. In spätestens zwei Stunden sind wir alle wieder hier.«

»Dein Wort in Gottes Ohr.«

Als er die Tür des Salons öffnete, entdeckte er Gertie, die mit Julius vor dem Speisezimmer stand und ganz offensichtlich Neuigkeiten austauschte. Julius nahm sofort eine diensteifrige Haltung an, während Gertie verlegen zur Seite trat, denn sie hatte jetzt eigentlich in der Küche zu sein.

»Soll ich den Wagen in die Garage fahren, Herr Melzer?«

»Nein, Julius. Ich brauche ihn noch.«

Julius verbeugte sich leicht, weitere Fragen zu stellen wäre ihm niemals in den Sinn gekommen. Vor einigen Monaten hatte Paul mit seinem Angestellten ein längeres, ernstes Gespräch geführt und ihm versprochen, die Befugnisse der Gouvernante einzugrenzen. Was er auch getan hatte. Leider torpedierte seine Mutter diese Anweisungen immer wieder – dagegen war er machtlos.

»Gertie – wenn du schon einmal hier bist: Gib in der Küche Bescheid, dass wir später zu Abend essen. Und frag nach, ob meine Mutter etwas benötigt.«

»Gern, Herr Melzer.«

Wie ein Wiesel lief sie davon. Ein anstelliges Mädel, diese Gertie. Schade, sie würde wohl nicht lange im Hause bleiben, vermutlich wollte sie höher hinaus. Vielleicht sollte man sie fördern, ihr eine Ausbildung zur Köchin ermöglichen. Vielleicht auch zur Kammerzofe.

Er wunderte sich, dass er in dieser schwierigen Lage ausgerechnet über Gerties Zukunft nachdachte. Wichtiger wäre gewesen, sich eine Strategie für das bevorstehende Treffen mit Marie zurechtzulegen, doch es wollte ihm nichts Großartiges einfallen. Er würde mit ihr sprechen. Im Guten. Keine Vorwürfe. Gelassen bleiben und auf keinen Fall zornig werden. Ihr zuhören. Ja, das war vermutlich die beste Strategie. Er würde sie reden lassen, sich ihre Vorwürfe ohne Widerspruch – das würde verdammt schwer sein – anhören und abwarten, dass ihre Aufregung verflog. Wenn sie sich erst abreagiert hatte, würde es leichter sein. Vor allen Dingen musste er sie und die Kinder zurück in die Tuchvilla lotsen. Das war das Wichtigste. Danach konnte man immer noch Argumente austauschen und eine Lösung finden. Auch ein wenig streiten, wenn es denn sein musste. Besser aber nicht. Er würde erst einmal in allen Punkten nachgeben, um später einzelne Probleme – wie zum Beispiel Leos Erziehung – gezielt anzusprechen und seine Wünsche durchzusetzen.

Es war immer noch sehr warm, obgleich die Sonne schon tief stand und ihre Strahlen kraftlos wurden. In der Stadt hatte man das Gefühl, dass Häuser und Straßenpflaster die tagsüber aufgenommene Hitze speicherten. Einige Restaurants hatten Tische und Stühle hinausgestellt, dort saßen vor allem junge Leute bei Kaffee oder Bier. Im Vorüberfahren stellte er fest, dass nicht wenige Frauen ohne Herrenbegleitung dort Platz genommen hatten, was vor dem Krieg für eine anständige junge Frau unmöglich gewesen wäre. Einige rauchten sogar ungeniert in der Öffentlichkeit.

Hie und da winkte ihm ein Bekannter zu, der ihn am Steuer des offenen Wagens erkannt hatte. Paul grüßte scheinbar fröhlich zurück, wenn es eine weibliche Person war, lupfte er mit höflichem Lächeln den Hut. Er war heilfroh, als er in die Frauentorstraße einbog und fragte sich, wieso diese Leute Zeit und Geld hatten, am Abend eines ganz normalen Wochentages im Restaurant zu sitzen. Da gab es immer noch jede Menge Arbeitslose, die kaum wussten, wie sie ihre Familien durchbringen sollten, und andere verprassten ihr Geld bei Wein und nutzlosem Geschwätz.

Er stellte seinen Wagen vor Kittys Gartenhütte ab, die sie als Garage benutzte. Klaviermusik war zu vernehmen. Es hörte sich nach Leo an, der verbissen an einem viel zu schweren Stück herumprobierte. Wenn er sich nicht täuschte, dann war das die »Appassionata« von Beethoven. Der Anfang gelang schon recht gut, danach aber war es nur noch mühsames Gestotter. Wenn der Bub diese sture Beharrlichkeit auch auf anderen Gebieten zeigen würde, könnte er es weit bringen.

Er zog die Jacke glatt und räusperte sich, bevor er an der Eingangstür läutete. Als nicht sofort geöffnet wurde – sie hatten kein Hausmädchen –, nahm er auch den Hut ab. Er wollte auf keinen Fall herrisch und fordernd auftreten.

Man ließ ihn warten. Vermutlich hatten sie seinen Wagen durchs Fenster entdeckt, vielleicht auch beobachtet, wie er ausstieg und zur Haustür ging. Er konnte hören, wie drinnen gesprochen wurde, vor allem Kittys Stimme war unverkennbar. Das Klavierspiel setzte aus. Dann, endlich, bewegte sich die Haustür.

Gertrude öffnete nur einen schmalen Spalt, durch den sie Paul misstrauisch betrachtete. Hatte sie Angst, er würde ihr ins Gesicht springen?

»Guten Abend, Gertrude«, sagte er in harmlosem Ton. »Darf ich hereinkommen?«

»Besser nicht.«

Offensichtlich hatte man sie als Zerberus an die Tür beordert. Aber so leicht wurde man ihn nicht los.

»Ich möchte meine Frau und meine Kinder sehen«, sagte er jetzt schon energischer. »Ich denke, dass ich ein Recht darauf habe.«

»Das denke ich nicht.«

Unglaublich! Gertrude Bräuer war schon immer eine ungewöhnliche Person gewesen. Zu Lebzeiten ihres Ehemannes war ihr Mundwerk bei den Abendgesellschaften gefürchtet, da sie keinen Hehl daraus machte, was sie dachte.

»Es tut mir leid, Gertrude«, sagte er und setzte den Fuß in den Türschlitz. »Aber ich bin nicht bereit, mich so abspeisen zu lassen. Wenn du nicht willst, dass ich mit der Polizei zurückkomme, dann geh jetzt zur Seite!«

Er hatte genug, drückte die Tür mit der Schulter auf und trat in den Flur. Gertrude hatte seinem Angriff nicht standhalten können und war zurückgewichen. Im gleichen Moment erschien Kitty im Flur. Seine Schwester war sehr blass und ungewöhnlich ernst.

»Es ist besser, wenn du gehst, Paul«, sagte sie leise. »Marie ist krank, Dr. Greiner hat gesagt, sie darf sich auf keinen Fall aufregen.«

»Krank?«, fragte er ungläubig. »Was fehlt ihr denn?«

»Sie ist zusammengebrochen. Du weißt ja, dass sie früher einmal einen Blutsturz hatte.«

Er wollte es nicht glauben, verlangte, zu ihr gelassen zu werden. Nur einen Blick auf sie werfen. Schließlich sei er ihr Ehemann.

»Gut. Aber weck sie nicht auf, Dr. Greiner hat ihr ein Schlafmittel gegeben.«

Marie lag in Kittys Bett, zart und sehr bleich, die Augen geschlossen. Er musste an Schneewittchen denken, die in ihrem Sarg schlief. Es wurde ihm ganz schlecht vor Angst.

»Morgen«, sagte Kitty, und sie schloss die Tür wieder. »Morgen vielleicht.«

Unverrichteter Dinge fuhr er zurück. Er hatte nicht einmal mehr darauf bestanden, die Kinder mitzunehmen, um nur keinen Aufruhr zu verursachen, der Marie schaden könnte.

19

August 1924

Eleonore Schmalzler hatte sich in ihrem Ruhestand kaum verändert. Elisabeth kam es vor, als sei die ehemalige Hausdame sogar um einige Jahre jünger geworden. Möglich, dass es an der guten Landluft und dem reichlichen Essen lag, vielleicht auch daran, dass sie nicht mehr die Verantwortung für den großen Haushalt der Tuchvilla tragen musste. Hier in ihrem kleinen Wohnzimmer zwischen den altmodischen Möbeln und den aus Augsburg mitgebrachten, bunt gemusterten Gardinen erschien sie Elisabeth beneidenswert glücklich und zufrieden.

»Das freut mich, dass du mich einmal besuchst, liebe Lisa … Ich darf doch noch »Lisa« sagen, wenn wir unter uns sind?«

»Natürlich. Sehr gern«, versicherte Elisabeth eifrig.

Der Bauernhof der Familie Maslow lag östlich vom Gutshof Maydorn, nicht weit von Ramelow. Vier kleine Höfe waren hier zu einem Bauernflecken zusammengewachsen, drei davon kümmerten vor sich hin, der vierte aber, der Hof der Maslow, war außerordentlich gut in Schuss. Elisabeth war klar, dass die neuen Dächer und der hübsche Anbau an das Wohnhaus von den Ersparnissen der ehemaligen Hausdame bezahlt worden waren. Aber sie hatte ihr Kapital an der rechten Stelle investiert, denn »Tante Jella«, wie sie hier genannt wurde, spielte eine bedeutende Rolle im Familiengeschehen.

Die Maslows stammten ursprünglich aus Russland, waren irgendwann zu Napoleons Zeiten hier eingewandert und hatten sich mit Fleiß und Beharrlichkeit behauptet. Tante Elvira hatte Elisabeth einmal erzählt, dass Eleonore Schmalzler eigentlich »Jelena Maslowa« hieß und auch ihre Papiere auf diesen Namen lauteten. Es war Alicia gewesen, die seinerzeit aus Jelena »Eleonore« und aus Maslow »Schmalzler« gemacht hatte. Weil sie in Augsburg keine Kammerzofe mit einem russischen Namen haben wollte.

»Das war damals etwas ganz besonderes, auf dem Gutshof arbeiten zu dürfen«, sagte die Schmalzler, während sie Elisabeth Kaffee eingoss. »Als Erntearbeiterin kam man schon mal dorthin, aber das war nur für ein paar Wochen im Sommer, und da musste man in der Scheune schlafen. Auch Stallmägde haben sie eingestellt – aber dass eine im Haus arbeiten durfte, da, wo die Familie des Gutsherren wohnte, sozusagen im Allerheiligsten –, das war selten. Und oft dauerte die Anstellung nur ein paar Monate, denn deine Großmutter führte ein strenges Regiment.«

Elisabeth nickte und dachte an das, was Tante Elvira über »körperliche Ertüchtigung« gesagt hatte. So ein Mädel vom Dorf hatte es im Haus des Gutsherrn nicht immer leicht. Doch sie wollte dieses Thema lieber meiden, auch Frau Schmalzler ging nicht darauf ein.

»Wie haben Sie es eigentlich geschafft, sich zur Kammerzofe hochzuarbeiten?«

Eleonore Schmalzler lächelte nicht ohne Stolz und legte Elisabeth ein Stück Schmandkuchen auf den Teller. »Nun – das hat sich so ergeben. Dreizehn war ich, als ich auf das Gut kam. Deine Mutter und ich – wir waren von Anfang an wie Schwestern. Mit dem gebührenden Abstand selbstverständlich. Aber die Zuneigung zwischen uns Mädchen, die war groß. Du weißt sicher, dass deine Mutter einen schlimmen Reitunfall hatte. Das war im Jahr 1870 – gleich nachdem ihr Lieblingsbruder im Krieg gegen Frankreich gefallen war. Ich habe Tag und Nacht bei ihr gesessen, damals. Habe sie getröstet in ihrem Kummer und war doch selbst so ganz und gar verzweifelt.«

Elisabeth trank einen Schluck Kaffee, der zum Glück mit Milch verlängert war. Mama hatte nur selten von ihrem älteren Bruder Otto gesprochen, aber sie wusste, dass er in Frankreich gefallen war. Daher kam auch der Hass ihrer Mutter auf alles Französische.

»Er war ein gutaussehender, junger Mann«, sagte Eleonore Schmalzler und blickte verträumt zum Fenster hinüber. »Groß gewachsen, dunkles Haar und ein kleiner Oberlippenbart. Er hat so gern gelacht, er liebte das Leben. Und so jung ging er dahin.«

Da schau an, dachte Elisabeth. Ob die kleine Ella sich damals in den Leutnant Otto von Maydorn verliebt hat? Die Vorstellung hatte etwas Bezauberndes, jetzt, nach so vielen Jahren, da er schon lange unter der Erde lag und das kleine Mädel von damals eine alte Frau war.

»Du isst ja gar nichts, Lisa! Lang nur ruhig zu, ich meine, du hättest in letzter Zeit abgenommen. Fühlst du dich nicht wohl? Bekommt dir das Landleben nicht? Das wäre schade, denn ich hoffe sehr, dass du diesen schönen Gutshof einmal übernehmen wirst.«

Lisa riss sich zusammen und nahm ein paar Bissen von dem fetten Kuchen zu sich. Die gute Landkost. Viel Butter und Schmalz, viel Sahne und Mehl, Eier, Räucherwürste, Schweinebraten und Kartoffeln. Nicht zu vergessen der Gänsebraten, den man nicht nur zu Weihnachten servierte. Ihr wurde schlecht, und sie stellte den Teller rasch wieder auf den Tisch zurück. Zum Glück war die

Schmalzler jetzt abgelenkt, denn ein hochbeladener Heuwagen wurde gerade von zwei Pferden in den Hof gezogen, und die drei Enkel, die obendrauf saßen, winkten ihr stolz zu. Es war bereits der zweite Schnitt in diesem Jahr, wenn das Wetter weiterhin so blieb und noch ein wenig Regen dazukam, würde man vielleicht sogar ein drittes Mal schneiden können.

»Da schau sie dir an, Lisa!«, rief die Schmalzler und klatschte in die Hände. »Der Gottlieb und der Krischan haben schon aufgegabelt, Martin darf mit den Frauen nachharken. So wachsen sie heran, die Kleinen.«

»Ja, das geht schnell.«, sagte Lisa und trank etwas Milchkaffee, um ihren Magen zu beruhigen. Es half nur wenig, sie musste sich heftig zusammennehmen.

Wie alt waren die Enkel eigentlich? Gottlieb war gerade mal neun gewesen, als sie hier ankam. Und Krischan, der eigentlich Christian hieß, war zwei Jahre jünger. Martin war noch nicht eingeschult gewesen. Warum machte man in der Fabrik eigentlich solch ein Theater, wenn eine Arbeiterin noch keine vierzehn war? Hier auf dem Land arbeiteten die Kinder mit, sobald sie eine Harke halten konnten. Manche schon mit fünf, die meisten mit sechs oder sieben. Und die Landarbeit war kein Zuckerschlecken, weiß Gott nicht.

Draußen klopften energische Kinderhände gegen die Fensterscheibe.

»Tante Jella, Tante Jella. Ich kann schon reiten, der Gottlieb hat's mir gezeigt«, schallte es von draußen.

»Tante Jella, kochst du uns heut Abend einen süßen Pudding mit Pflaumen?«

Die Gerufene öffnete das Fenster und erklärte freundlich, aber sehr deutlich, dass sie momentan Besuch habe und daher nicht gestört sein wolle. Ein süßer Pudding mit

Pflaumen käme höchstens für Sonntag in Betracht, aber wer nachher sauber gewaschen und ordentlich gekämmt bei ihr anklopfe, für den hätte sie ein Stückchen Schmand-kuchen.

Die drei Knaben trollten sich hinüber zur Scheune, wo der Vater schon begonnen hatte, das Heu vom Wagen zu gabeln. Gottlieb und Krischan hatten die Aufgabe, die Pferde auszuspannen und in den Stall zu bringen, Martin durfte auf dem Scheunenboden zusammenkehren.

Lisa entschloss sich, jetzt ihr Anliegen vorzutragen. Wenn die Buben erst zurückkamen, um hier am Tisch ihren Kuchen zu essen, würde es ohnehin zu spät sein.

»Ich habe eine Frage, Fräulein Schmalzler.«

Sie schien keineswegs erstaunt – vermutlich hatte sie so etwas schon erwartet. Sorgfältig schloss sie das Fenster und setzte sich zu Lisa an den Tisch.

»Es ist eine Sache, die unter uns bleiben sollte.«

Ihr Gegenüber nickte, und Elisabeth wusste, dass sie sich auf Eleonore Schmalzler verlassen konnte. Verschwiegenheit war immer eine ihrer obersten Tugenden gewesen.

»Es geht um ... um Herrn Winkler.«

Elisabeth unterbrach sich und wartete einen Moment in der Hoffnung, die Schmalzler würde von selbst zu reden anfangen. Die ehemalige Hausdame blickte sie aufmerksam an, sagte jedoch kein Wort.

»Ich erfuhr von meiner Tante, dass er im Mai eine Nacht hier verbracht hat, bevor er ... weiterreiste.«

»Das ist wahr.«

Wieso musste sie dieser Frau eigentlich jedes Wort aus der Nase ziehen? Die Schmalzler wusste doch längst, worauf sie hinauswollte.

»Hat er ... hat er da erzählt ...« Sie stockte. Es war schwierig, die richtigen Worte zu finden. Sebastian war kein Schwätzer, er hatte ganz sicher nichts über ihre Beziehung verraten. Und doch ...

»Was soll er erzählt haben?«

»Ich meine, was er so vorhat. Von seinen Plänen. Wo er unterkommen wollte.«

Die Schmalzler lehnte sich im Stuhl zurück und faltete die Hände vor dem Schoß. Auf dem dunklen Wollstoff sahen ihre Hände sehr weiß aus, glatt, keine Schwielen oder Risse, die Hände einer Frau, die niemals auf dem Feld hatte arbeiten müssen.

»Nun«, sagte sie gedehnt. »Ich habe mich schon vor vier Jahren, als wir gemeinsam nach Pommern gereist sind, lange mit Herrn Winkler unterhalten. Ein Mensch mit Grundsätzen.« Sie machte eine Pause und sah Elisabeth forschend an.

»Das ist auch mein Eindruck«, beeilte sich Elisabeth einzuwerfen.

»Er war in einer schwierigen Lage damals«, fuhr die Schmalzler fort. »Wir alle wussten von seiner Beteiligung an der Räterepublik und von seinem Aufenthalt im Gefängnis. Wir haben während der Zugfahrt recht offen darüber gesprochen, und ich kam zu der Überzeugung, dass Herr Winkler ein Idealist ist, der nur das Gute für alle Menschen im Sinn hat.«

Elisabeth nickte bestätigend. Was mochte Sebastian da wohl erzählt haben?

»Er war dir für die Anstellung auf Gut Maydorn unendlich dankbar«, sagte die Schmalzler lächelnd. »Umso mehr, als er später erfuhr, dass du mit deinem Ehemann ebenfalls nach Pommern ziehen würdest.«

Elisabeth spürte, dass sie rot wurde. Natürlich hatte die Schmalzler ihr Spiel durchschaut, was hatte sie anderes von ihr erwartet? Sie hätte nicht herkommen sollen. Aber es war leider die einzige Möglichkeit, etwas über Sebastians Verbleib zu erfahren.

»Es ... es hatte sich so ergeben«, sagte sie. »Die schwere Verwundung meines Mannes erforderte besondere Maßnahmen. Hier auf dem Land war es für ihn leichter, neu anzufangen.«

»Gewiss«, meinte Eleonore Schmalzer. Sie trank einen Schluck Kaffee und stellte die Tasse sorgfältig wieder zurück auf die Untertasse.

Elisabeth platzte fast vor Ungeduld. Waren das nicht schon die Stimmen der hungrigen Knaben?

»Nun«, nahm die Schmalzler den Gesprächsfaden wieder auf. »Im Mai kam Herr Winkler zu später Stunde auf den Hof. Wir waren alle sehr überrascht, denn er war zu Fuß und trug eine Reisetasche. Er bat um ein Nachtquartier, das wir ihm selbstverständlich gewährten. Den Grund für sein spätes Erscheinen hat er uns nicht genannt, aber er beabsichtigte, nach Nürnberg zu reisen. Daher hat mein Sohn ihn am folgenden Morgen mit dem Pferdefuhrwerk nach Kolberg mitgenommen.«

So etwas hatte sich Elisabeth schon zusammengereimt. Hals über Kopf war er in der Nacht davongelaufen, dieser Dummkopf. Vor lauter Zorn, dass er nun doch »schwach geworden war« und getan hatte, was sie sich von ihm erhofft hatte. Und dabei hatte er mindestens so viel Lust dabei empfunden wie sie. Aber nein – Herr Winkler war ein Mann mit Grundsätzen.

»Nach Nürnberg. Hat er eine bestimmte Adresse genannt?«

»Er sagte, er sei nicht sicher, ob er dort Aufnahme fände.«

Elisabeth spürte, wie sich die lästige Übelkeit wieder in ihrem Magen breitmachte, und sie atmete tief, um sich dagegen zu wehren. Wie demütigend das war, so hinter ihm her zu spionieren. Warum hatte er sich bis zum heutigen Tag nicht bei ihr gemeldet? Aber so war es nun einmal: Was sie auch anpackte, es wurde ein Fehlschlag. Vor allem, wenn es mit der Liebe zu tun hatte, da hatte sie immer nur Pech.

Wie zur Bestätigung klopfte es jetzt an der Stubentür.

»Tante Jelli!«

Der jüngste der drei Enkel lugte durch den Türspalt und grinste fröhlich, als er den Kuchen auf dem Tisch entdeckte.

»Komm herein, Martin. Sag Guten Tag zu Frau von Hagemann und mach einen Diener. So ist es gut. Zeig deine Hände. Na schön. Setz dich dorthin.«

Elisabeth gab sich ebenso viel Mühe wie der sechsjährige Martin, um das Begrüßungszeremoniell mit Anstand hinter sich zu bringen. Wenigstens war er ein hübscher Bub, braunlockig, helle Augen, eine verschmitzte Art zu lächeln. Sie sah zu, wie er sich über den Schmandkuchen hermachte, und dachte, dass es schön sein musste, solch einen Buben zu haben. Wie kam sie nur auf solche Einfälle?

»Ich habe mich sehr gefreut, so angenehm mit Ihnen zu plaudern, Fräulein Schmalzler. Ich hoffe, Sie besuchen uns bald einmal auf dem Gutshof.«

Eleonore Schmalzler stand auf, um ihren Gast zur Tür zu begleiten. Dort zögerte sie einen Augenblick, dann fasste sie Elisabeth am Arm. »Warte«, sagte sie leise. »Ich weiß nicht, ob es richtig ist, was ich tue. Aber ich denke, ich bin dazu verpflichtet.«

Sie öffnete eine Schranktür und zog zwischen Tassen und Blumenvasen einen Brief hervor.

»Er schrieb mir im Juni und bat mich, über das Geschehen auf dem Gutshof zu berichten. Was ich in kurzen

Worten getan habe. Weitere Briefe habe ich mir verbeten und auch nicht erhalten.«

Das Schreiben war in Günzburg aufgegeben, und es gab eine Rückadresse. Sebastian Winkler – bei Familie Joseph Winkler, Pfluggasse 2. Also logierte er dort bei seinem Bruder. Oh, diese Schmalzler! Wie hatte sie sie hingehalten!

»Ich werde für dich beten, Lisa«, sagte die Schmalzler mit großem Ernst. »Das Leben geht nicht immer liebevoll mit dir um, Mädchen. Aber du bist stark, und eines Tages wirst du glücklich sein. Ich weiß es ganz sicher.«

Sie umarmte Elisabeth zum Abschied und drückte sie dabei fest an sich, was sie früher nie gewagt hätte. Elisabeth wurde ganz rührselig zumute, fast so, als sei es Mama, die sie so zärtlich in den Armen hielt.

»Ich danke Ihnen. Ich danke Ihnen von ganzem Herzen.«

Auf dem Kutschbock an der frischen Luft ging es ihr besser, auch die zuckelnde Bewegung des Wagens und der Geruch der Stute taten ihr gut. Vor allem aber war es der Brief in ihrer Handtasche, der zu ihrem Wohlbefinden beitrug. Natürlich war es möglich, dass Sebastian inzwischen eine andere Unterkunft gefunden hatte. Aber sein Bruder würde die Post ganz sicher an ihn weiterleiten.

Er hatte also wissen wollen, wie es um Gut Maydorn stand. Immerhin. Hatte er sich Sorgen um sie gemacht? Ach was! Vermutlich wollte er erfahren, ob sie tat, was er verlangt hatte, und sich scheiden ließ. Und als er las, dass davon keine Rede sein konnte, hatte er sich nie wieder gemeldet. Oh, dieser Dickschädel.

Sie hatten heftig gestritten in dieser Nacht im Mai. Nicht gleich – zuerst waren sie beide einfach nur unsagbar glücklich gewesen. Es war ja wie ein Rausch über sie gekommen, ein Feuerwerk lange angestauter Leidenschaften, eine Begegnung, bei der sie kaum wussten, was mit ihnen geschah. Danach kam Erschöpfung. Schließlich Erkenntnis. So ähnlich musste es damals im Paradies gewesen sein. Die verbotene Frucht war aufgezehrt – nun wartete der Engel mit dem strafenden Schwert.

In ihrem Fall übernahm Sebastian diese Rolle gleich selbst. »Es gibt nur eine einzige Lösung«, hatte er gesagt. »Ich will, dass du meine Frau wirst. Offen vor aller Welt sollst du dich zu mir bekennen. Und ich schwöre dir, dass ich dich auf Händen tragen werde.«

Er würde eine Anstellung finden. Eine kleine Wohnung, gleich neben der Dorfschule. Ein bescheidenes Leben, ehrlich und glücklich. Nein – er sei nicht bereit, mit ihr in die Tuchvilla zu ziehen. Er wolle auch keine Protektion von Seiten ihrer Familie. Da sei er sehr altmodisch. Wenn sie nicht bereit sei, sein Los zu teilen, dann liebe sie ihn nicht.

Oh, was hatte sie ihm alles entgegengehalten. Dass sie nicht gewohnt sei, in Armut zu leben. Dass es Unsinn sei, auf die Hilfe ihrer Familie zu verzichten. Dass es sowieso fraglich sei, ob er eine Anstellung erhielt, schließlich sei seine Aktivität in Sachen Räterepublik kaum fünf Jahre her. Aber er war unbelehrbar gewesen. Sie habe ihn lange genug am Gängelband geführt. Ob sie nicht begreifen könne, wie sehr sie ihn damit verletzt habe? Er bestehe auf einer Ehe, einer von Gott gesegneten Verbindung zweier Menschen, die eine Familie gründen wollten. Die ganze Zeit über habe er gehofft, sie würde das einsehen und endlich die Scheidung einreichen. Gewiss, er habe verstehen können, dass sie Mitleid mit ihrem Ehemann hatte, wegen seiner Kriegsverletzung, die ihn schrecklich entstellt hatte. Aber inzwischen ginge es ihrem Ehemann ausgezeichnet, während er, Sebastian, der Verzweiflung nahe sei und sich täglich den Tod wünsche.

Hatte sie ihm so etwas wie »Stell dich doch nicht so an!« entgegengehalten? Sie konnte sich nicht mehr genau erinnern, sie waren schließlich beide aufgeregt und zornig gewesen. Aber er war daraufhin aus ihrem Bett gesprungen, hatte seine Kleider übergestreift und war davongerannt. Und weil sie diese vermaledeite Fußverletzung hatte, war es ihr nicht möglich gewesen, ihm nachzulaufen.

Er wird sich schon wieder beruhigen, hatte sie gedacht. Er hat mit mir geschlafen – er wird bleiben. Aber das Gegenteil war eingetreten. Am folgenden Morgen erzählte ihr die Magd, der Herr Winkler sei noch in der Nacht auf und davon und habe sogar seinen großen Koffer, den er schon gepackt hatte, dagelassen.

Ohne Abschiedsbrief. Ohne Adresse. Er hatte ihr keine Chance gelassen. Die ersten Wochen waren entsetzlich für sie. Der Doktor hatte an ihrem Fuß herumgezerrt, dass ihr ganz übel geworden war, dann behauptete er, es sei ein glatter Bruch, sie habe Glück gehabt. Sechs Wochen nicht belasten, mit zwei Schienen bandagieren, dann würde das schon wieder. Also lag sie Tag und Nacht in ihrem Zimmer, schwankte zwischen Zorn, Verzweiflung und Sehnsucht, verfasste zahllose Briefe, die die Magd täglich vor ihren Augen im Ofen verbrennen musste. Sie versuchte zu lesen, häkelte schwachsinnige Sofaschoner und spielte mit der grauen Katze, die sich in ihrem Bett einquartierte und mit ihr die Mahlzeiten teilte. Hin und wieder fragte sie, ob Post gekommen sei. Kitty schrieb ihr. Auch Serafina. Mama schickte zärtliche Briefe, Marie tröstete sie und wünschte rasche Besserung. Nur der, auf dessen Schreiben sie so verzweifelt wartete, schickte keine Nachricht.

Als sie endlich wieder auftreten und umherhumpeln

durfte, hatte sie genug mit ihrem schmerzenden Fußgelenk zu tun. Sie war so damit beschäftigt, dass sie die
Veränderungen an ihrem Körper zunächst gar nicht bemerkte. Natürlich hatte sie von dem langen Liegen zugenommen. Aber wieso sprengte ihr Busen fast das Mieder?
Und weshalb musste sie ständig aufs Örtchen – hatte sie
sich die Blase verkühlt? Gut – ihre Regel war ausgeblie-
ben, jetzt schon zum zweiten Mal, aber sie war immer
unregelmäßig gekommen. Erst als sich eine höchst unangenehme morgendliche Übelkeit einstellte, wurde sie langsam stutzig. Zu allem Unglück breitete sich die Magenverstimmung bald über den ganzen Tag aus und störte
sogar nachts ihren Schlaf. Es war einfach grauenhaft –
kaum hatte sie etwas gegessen, schon fand die Mahlzeit
wieder den Weg nach draußen.

»Brrr!«

Sie schaffte es gerade noch, die Stute anzuhalten, dann
hatte ihr Magen gewonnen, und sie übergab die paar
Bissen Schmandkuchen. Stöhnend suchte sie nach dem
Taschentuch, um sich den Mund abzuwischen. Es gab
zwei Möglichkeiten. Entweder hatte Tante Elvira recht,
und sie hatte sich einen Bandwurm eingefangen. Oder –
sie war schwanger. Aber das konnte eigentlich gar nicht
sein. Neun Jahre war sie mit Klaus verheiratet, zumindest
in der ersten Zeit war er ein fleißiger Ehemann gewesen.
Wie verzweifelt hatte sie auf eine Schwangerschaft gehofft,
aber nichts war geschehen. Und nun sollte eine einzige
Nacht genügt haben?

Aber was für eine Nacht, dachte sie sehnsüchtig. Und
wie unfassbar stark ihr Verlangen nach ihm war. Besonders in letzter Zeit hatte sie oft wach gelegen und mit offenen Augen von ihm geträumt. Auch andere Dinge hatte
sie getan, die sie zutiefst beschämend fand. Doch sie hatte

sich nicht dagegen wehren können – ihr Körper befahl es ihr.

Eines war zumindest sicher. Falls sie tatsächlich ein Kind unter ihrem Herzen trug, dann war es von Sebastian, denn Klaus hatte sie seit Weihnachten nicht mehr berührt. Es wäre eine grandiose Vergeltung für seine Untreue, wenn sie ihm jetzt das Kind eines anderen unterschieben würde. Wollte sie das? Oh – Klaus hätte ein solches »Kuckucksei« wohl tausendfach verdient. Aber wahrscheinlich bekam sie gar kein Kind. Sie hatte einen Bandwurm, dagegen gab es Mittelchen, die musste man schlucken, und gleich war man das Biest los. Vielleicht streikte ja auch ihre Galle. Das Essen hier auf dem Land war sehr fett, das musste man von Kind auf gewohnt sein. Am besten, sie mied von jetzt an jegliche fettige Kost, auch Butter und süßen Kuchen. Dann würde man ja sehen, ob ihr Magen sich beruhigte.

Sie setzte sich auf dem Kutschbock zurecht und trieb die Stute wieder an. Mailüftchen. Sanfter Wind, der über den Kopf streichelte und die Frisur nicht zerstörte. Nachdenklich sah sie über die Wiesen, auf denen das dunkelgrüne, frisch geschnittene Gras in der Sonne ausgebreitet lag. Wenn sie Sebastians Frau würde, müsste sie altmodische Kleider und Schuhe tragen. Nie wieder das Haar kurz schneiden lassen. Täglich das Essen für ihn kochen. Ihn trösten, wenn das Leben schlecht zu ihm war. Ihm am Samstagabend ein Bad bereiten. Ihn verwöhnen. Sein Los teilen. Auch die Badewanne mit ihm teilen. Und das Bett. Vor allem das Bett. Jede Nacht. Und am Sonntag vielleicht sogar …

Hör auf, dachte sie. Es geht nicht. Nur wenige Monate und ich bekäme Platzangst in der engen Stube. Und der ewig rauchende Ofen in der Küche, davon bekommt man rote Augen. Immer nur Graupensuppe zu Mittag. Vor Frost zittern im Winter. Die Frau des armen Schulmeisterleins. Und wenn er arbeitslos ist? Soll ich mit ihm in einem Kellerloch wohnen? Auf der Straße? Wie kann er mir das zumuten? Ist das die Liebe, von der er geredet hat? Ich sehe keine Liebe, ich sehe nur Eigensinn. Oh nein, Sebastian Winkler. So einfach geht das nicht. Einfach davonlaufen und sich einbilden, ich liefe hinterher! Ein Ultimatum stellen und dann verschwinden. Mich erpressen. Da kannst du warten bis zum Sankt-Nimmerleins-Tag!

Und schwanger war sie überhaupt nicht. Kein bisschen. Sie fühlte sich großartig. Eine kleine Magenverstimmung – das war alles.

Warum habe ich mich vor Eleonore Schmalzler lächerlich gemacht?, dachte sie verärgert. Wer weiß, was sie jetzt über mich denkt. Dabei brauche ich diese dumme Adresse gar nicht. Aber nun ja, es ist trotzdem nicht schlecht, sie zu besitzen.

Der Gutshof war jetzt im Sommer vom Laub der Buchen und Eichen nahezu verdeckt, nur das rote Dach des Wohnhauses leuchtete zwischen den Stämmen. Auf der Wiese liefen die weißen Gänse und braunen Enten herum, schwammen ihre Runden in dem Teich, der von einem Bachlauf gespeist wurde. Auch ein paar Kühe grasten mit ihren Kälbern auf der Wiese. Die Pferdeweiden befanden sich auf der anderen Seite, dort sprangen etliche Fohlen umher, die im Frühjahr geboren worden waren. Im Herbst würde man viele der inzwischen dreijährigen Hengste und Stuten wohl verkaufen müssen, Elisabeth dachte nur ungern daran, denn sie hatte die Pferde aufwachsen sehen. Tante Elvira war trotz ihrer Pferdeleidenschaft wesentlich härter gestrickt – man konnte auf keinen Fall alle Tiere über den Winter bringen, daher mussten einige verkauft werden. Pferde waren wie Setzlinge – man sortierte die besten aus, um sie einzupflanzen, der Rest wurde abgestoßen. Darüber machte sich niemand Gedanken, und außerdem brachte der Verkauf gutes Geld.

Elisabeth musste nun die Stute zügeln, die vor lauter Begeisterung, auf die gewohnte Weide zu kommen, schon einen sachten Galopp anschlug. Auf dem Hofplatz vor der Scheune wurde Heu abgeladen, sie vernahm schon aus der Entfernung die helle, energische Stimme ihres Ehemannes.

»Auf der Tenne ausbreiten! Und das nächste Mal schaut, dass das Zeug richtig trocken ist. Meine Pferde bekommen kein faules Heu!«

Als er Elisabeth sah, verließ er seinen Platz oben auf der Tenne und stieg die Leiter hinunter.

»Wo warst du so lange?«, fragte er und nahm die Stute am Geschirr. »Ich habe auf dich gewartet.«

Er trug eine dunkelblaue, ziemlich speckige Schirmmütze, die er wie immer tief in die Stirn gezogen hatte. Lächelte er? Vermutlich. Es war nicht leicht zu erkennen, weil seine Lippen und die Wangenpartie voller Operationsnarben waren.

»Du hast auf mich gewartet?«

»Ja, Lisa. Ich wollte etwas mit dir besprechen.«

Sofort fiel das lästige Unwohlsein wieder über sie her, und sie musste seinen Arm in Anspruch nehmen, während sie vom Kutschbock stieg. Was er besprechen wollte, war nicht schwer zu erraten. Er wollte vermutlich das Kind, das diese Pauline vor acht Wochen geboren hatte, als seines anerkennen. Ein Bub war es.

»Was hast du?«, fragte er, als sie schwer atmend vor ihm stand.

»Nichts. Warte auf mich im Wohnzimmer.«

Sie schaffte es gerade noch bis zum Komposthaufen des kleinen Bauerngartens, dort stand sie eine Weile und würgte so lange, bis ihr endlich besser wurde.

»Wird ein Junge«, sagte die alte Magd Berta aus der Himbeerhecke heraus. »Wenn du so spuckst, wird das ein Junge, Herrin. Kannst es mir glauben.«

Elisabeth nickte ihr einen kurzen Gruß zu und eilte ins Gutshaus. Kein Fett mehr. Keine süßen Kuchenstücke. Schluss damit. Ein für alle Mal!

Im Wohnzimmer saß Klaus vor dem Kamin und winkte ihr, sich auf das Sofa zu setzen.

»Mach es kurz«, sagte sie. »Ich fühle mich nicht wohl. Und außerdem weiß ich, was du mir sagen willst. Es ist recht überflüssig, da sowieso alle Welt weiß, wer der Vater ist.«

»Ach ja?«, meinte er mit leichter Ironie. »Lass mich raten. Sebastian Winkler?«

Sie fuhr hoch und starrte ihn voller Entsetzen an. »Was?«, flüsterte sie. »Wovon sprichst du überhaupt?«

Er ging nicht darauf ein. Stattdessen nahm er die Mütze ab, und nun konnte sie tatsächlich erkennen, dass er lächelte.

»Ich möchte die Scheidung, Lisa. Und ich denke, das liegt auch in deinem Interesse.«

»Du?«, stammelte sie. »Du willst … die Scheidung?«

Sie fasste es nicht. Er war es, der mit einem kühnen Streich den Knoten zerschlug, die Entscheidung herbeiführte. Die Scheidung. Das Ende. Vielleicht aber auch ein neuer Anfang.

»Lass uns nicht im Zorn auseinandergehen, Elisabeth«, sagte er sanft. »Ich verdanke dir unendlich viel, das werde ich niemals vergessen.«

20

Dieser Sonntag wollte einfach nicht vorübergehen. Vielleicht war die Hitze daran schuld, die die Bewohner der Tuchvilla mit bleierner Müdigkeit erfüllte. Eher aber die Stille. Seit Tagen umgab das Haus ein ungewohntes trauriges Schweigen.

»Tee für drei Personen. Etwas Gebäck. Keine Makronen. Die sind der gnädigen Frau zu hart.«

Julius zog sein Taschentuch heraus und wischte sich den Schweiß von der Stirn. Die dunkle Uniform des Hausdieners war aus feinem Wollstoff und bei diesen spätsommerlichen Temperaturen die reine Folter. Zumal hier unten in der Küche auch noch das Herdfeuer brannte.

»Zu hart?«, murrte die Köchin. »Hast keinen Apfel mit in die Blechdose gelegt, Gertie?«

Gertie, die am Tisch gesessen und vor sich hingeträumt hatte, fuhr hoch. »Freilich hab ich einen Apfel hineingetan. Aber die sind halt schon ganz klein und schrumpelig.«

»Da nimm halt von den Butterkeksen und leg ein paar kleine Makronen dazwischen. Der Leo isst sie doch so gern.«

Die Brunnenmayer hielt inne und tat einen Seufzer. Jetzt hatte sie schon wieder vergessen, dass die Kinder gar nicht in der Tuchvilla, sondern in der Frauentorstraße waren. Fast drei Wochen ging das nun schon.

»Lang kann's nimmer dauern«, sagte Else, und sie lächelte

matt. »Der Herrgott wird ein Einsehen haben und die Familie wieder vereinen. Ich weiß es ganz sicher.«

Fanny Brunnenmayer warf ihr einen schrägen Blick zu und erhob sich von ihrem Stuhl, um den Tee zuzubereiten. Seit einiger Zeit trank die Herrschaft am Nachmittag lieber Tee als Kaffee. Das ging auf das Konto der Gouvernante, die eine begeisterte Teetrinkerin war und der gnädigen Frau eingeredet hatte, der Kaffee verursache Magenschrumpfen und Gallenkoliken.

»Das ist nicht richtig, dass diese Person mit der gnädigen Frau und dem jungen Herrn im roten Salon sitzt«, meinte Gertie aufgebracht. »Die ist eine Angestellte, genau wie wir auch. Da hat sie nicht mit der Herrschaft Tee zu trinken.«

Julius nickte, Gertie sprach ihm aus der Seele. Jetzt, da die junge Frau Melzer nicht mehr in der Tuchvilla war, wurde es mit der Gouvernante immer schlimmer. Ständig scharwenzelte sie um die Frau Alicia herum, tat ihr schön, redete ihr nach dem Mund und gab dem Hausdiener eigenmächtig Anweisungen. Das tat sie mit Fleiß und voller Häme, vermutlich hatte ihr jemand gesteckt, dass er, Julius, sich über sie beschwert hatte.

»Wenn der gnädige Herr nicht so am Boden zerstört wäre, dann würde er es dieser dürren Zecke schon geben«, meinte Gertie, die nur selten ein Blatt vor den Mund nahm. »Aber der arme gnädige Herr ist ja kaum noch er selbst. So düster und traurig läuft er herum. Wenn er aus der Fabrik kommt, dann sitzt er die halbe Nacht mutterseelenallein im Arbeitszimmer, liest Akten und raucht Zigarren.«

»Nicht nur das«, meinte Else, und nickte bekümmert. »Er trinkt Rotwein. Gestern eine ganze Flasche Beaujolais.«

Die Köchin befüllte das silberne Teeei und senkte es

in die blau-weiß gemusterte Teekanne. Meißner Porzellan. Zwiebelmuster. Das Lieblingsservice der gnädigen Frau. Ein Hochzeitsgeschenk ihres Bruders Rudolf von Maydorn, der vor einigen Jahren gestorben war. Seitdem hielt die Gnädige es ganz besonders in Ehren.

»Anstatt sich dem Suff zu ergeben, sollte er die Gouvernante rauswerfen und in die Frauentorstraße laufen, um seine Frau zurückzuholen«, meinte Fanny Brunnenmayer. Julius' Nicken besagte Zustimmung.

»Aber die ist doch krank, heißt es.«, warf Gertie ein.

»Woher willst du das denn wissen?«

Gertie zuckte die Schultern. Sie habe gestern auf dem Markt die Hanna getroffen und mit ihr geredet. Die Hanna wohne jetzt auch in der Frauentorstraße, weil sie die junge Frau Melzer pflegen müsse.

»Einen Zusammenbruch hat sie gehabt. Tagelang hat sie im Bett gelegen, weil sie zu schwach war aufzustehen. Die Hanna hat sie die ganze Zeit über umsorgt, sie gewaschen, ihr das Essen eingetrichtert und sie aufgeheitert. Auch um die Kinder hat sie sich gekümmert.«

»So eine ist das also, die Hanna!«, meinte Else kopfschüttelnd. »Anstatt der Tuchvilla die Treue zu halten, läuft sie davon und lässt uns alle im Stich!«

»Sie hat gesagt, sie habe große Angst um die junge Frau Melzer gehabt. Weil die doch in ihrer Jugend einmal einen schlimmen Blutsturz hatte. Daran ist sie fast gestorben.«

»Jessus Maria!«, rief Else und schlug die Hände zusammen. »Sie wird uns doch nicht sterben wollen.«

Die Brunnenmayer schlug mit der Faust auf den Küchentisch, dass Else vor Schreck heftig zusammenzuckte. »Halt die Goschn und mal den Teufel net an die Wand! Die Marie Melzer muss erst einmal wieder in der Tuchvilla sein, dann wird sie schon gesund werden!« Damit drehte sie sich zum Herd, nahm den Wasserkessel und goss heißes Wasser in die Teekanne.

»Hast auch aufgepasst, dass die Sahne net sauer ist, Gertie?«

Das Küchenmädel hatte bereits Tassen und Untertassen auf ein Tablett gestellt, dazu ein Kännchen Sahne und die gefüllte Zuckerdose. Auch die Kekse lagen schön dekoriert in einer Schale bereit. Jetzt steckte Gertie den kleinen Finger ins Kännchen und leckte die Sahne ab. Bei der Hitze konnte die schnell einmal sauer werden, da hatte die Köchin recht. »Die ist gut.«

»Dann hoch damit«, sagte die Brunnenmayer und stellte die Teekanne dazu.

Julius nahm das Tablett mit kundigem Griff und bewegte sich damit zum hinteren Küchenausgang, wo der Speiseaufzug und die Gesindetreppe zu den herrschaftlichen Räumen führten.

»Wie man bei dieser Hitze noch heißen Tee trinken kann«, fragte sich Gertie kopfschüttelnd und bediente sich an dem Krug mit Eiswasser. Gleich darauf musste sie den Becher abstellen und zur Außentür laufen, denn dort hatte jemand angeklopft.

»Grüßt euch miteinander.«

Auguste war verschwitzt von dem raschen Lauf durch den Park zur Villa hinüber. Die Sonne tat ihrer hellen Haut nicht gut, ihre Nase schälte sich, und auf den Wangen hatte sie mehrere rote Flecken.

»Hast Langeweile gehabt?«, fragte Fanny Brunnenmayer, die sich wieder gesetzt und die Brille herausgenommen hatte, um das Wochenblatt zu lesen.

»Langeweile? Freilich, bei vier Kindern hast du ja nix zu tun«, gab Auguste zurück. »Ich hab da noch Suppengrün und Sellerie. Sind auch schöne Astern und Dahlien im

Garten. Für den Tischschmuck. Wo die Gnädige doch bald Geburtstag hat.«

Sie stellte einen gefüllten Henkelkorb auf den Tisch und ließ sich auf einen Stuhl fallen. Seit der Geburt im Januar hatte sie trotz schmaler Kost kaum abgenommen, vor allem der Bauch war nicht zurückgegangen. Auguste war erst Anfang dreißig, aber nach vier Geburten und den beständigen Sorgen um das tägliche Auskommen schien ihre beste Zeit vorbei.

»Suppengrün?«, meinte die Köchin, und wiegte den Kopf hin und her. »Davon haben wir schon drei große Steintöpfe voll für den Winter eingesalzen. Und wegen der Astern – da musst du die Gnädige fragen.«

»Da kochst halt morgen einmal eine leckere Kalbsbrühe mit Leberknödeln«, schlug Auguste vor. »So frisch kriegst das Suppengrün nimmer. Das hat grad eben noch in der Erde gesessen.«

»Ja mei, lass es halt da.« Die Brunnenmayer nahm die Geldbörse aus der Schrankschublade und legte eine Mark und zwanzig Pfennige vor Auguste auf den Tisch.

Auguste beklagte sich nicht. Das war ein guter Preis für drei Bündel verwelktes Suppengrün, das die Liesl gestern auf dem Markt nicht mehr hatte losschlagen können. Rasch ließ sie das Geld in ihre Rocktasche gleiten. »Eine nagelneue Reichsmark ist das«, sagte sie fast zärtlich. »Die soll ja einen Goldkern haben, sagen die Leut. Nur die Pfennige, die sind noch alt.«

Gertie suchte drei der am besten erhaltenen Bündelchen aus Augustes Korb heraus und trug sie hinüber in die Speisekammer. Die Brunnenmayer hatte nun einmal ein gutes Herz. Sie selbst hätte der Auguste keinen einzigen Stängel abgekauft, weil die zuweilen recht hinterhältig sein konnte. Aber freilich – es ging schlecht mit der Gärtnerei, und die vier Kleinen konnten nichts dafür, dass ihre Mutter ein solches Miststück war.

»Da rackert man sich ab von früh bis spät«, sagte Auguste und nahm einen tiefen Schluck aus dem Becher, den Else vor ihr hinstellte. »Aber das Geld geht so schnell wieder fort, wie es gekommen ist. Steuern, Lohngelder, Schulgeld, Standgeld auf dem Markt. Die Liesl braucht einen neuen Rock, der Maxl hat keine Winterjacke, und Schuhe für den Winter haben sie alle noch nicht. Und ausgerechnet jetzt meint der Gustl, das Saufen anfangen zu müssen. Geht am Abend in die Stadt und hockt mit alten Kriegskameraden in der Kneipe beim Bier.«

Sie schob den Becher zurück und griff hungrig nach den Keksen, die in der Tischmitte auf einem Teller lagen. Es waren die weniger gelungenen Exemplare, die das Gesinde essen durfte, einige waren beim Abheben vom Backblech zerbrochen, andere ein wenig zu dunkel geworden. Natürlich aß man auch das, was die Herrschaft auf dem Teller zurückließ.

»Dass der Gustav mal das Trinken anfängt, das hätt ich nie gedacht«, sagte Else kopfschüttelnd. »Wo er doch immer solch ein braver Mensch gewesen ist.«

Auguste kaute Butterkeks und gab darauf keine Antwort. Es war gewiss nicht klug gewesen, diesen Umstand hier zu erzählen. Aber es hatte herausgemusst, sie wäre sonst wohl geplatzt. Der Winter stand bevor, da würde kaum Geld hereinkommen, und sie hatte nichts zurücklegen können. Wenn sie nicht hin und wieder in der Tuchvilla Arbeit hätte – sie wären längst verhungert.

Hinten an der Gesindetreppe waren jetzt Schritte zu vernehmen. Julius kehrte aus dem roten Salon zurück, das Tablett in den Händen.

»Ich habe es gewusst«, sagte er mit bebender Stimme.

»Mein Gefühl trügt mich niemals. Ich wusste, dass sie etwas plant, um mich zu demütigen. Diese widerliche, hinterfotzige Spinne.«

Alle wandten sich in seine Richtung, denn ein solcher Ausbruch war ungewöhnlich für ihn.

»Was hat sie getan?«, flüsterte Gertie.

Alle, auch Auguste, wussten natürlich, von wem die Rede war.

Julius stellte das Tablett ab, auf dem sich nur noch die Zuckerdose befand. Seine Hände zitterten. »Zuerst hat sie behauptet, dieser Zucker sei für den Tee ungeeignet. Sie benötige Kandiszucker, das habe sie in London so gesehen. Und die Engländer seien erfahrene Teetrinker.«

»Da soll sie hingehen, das Luder«, sagte Auguste bissig. »Nach England. Meinetwegen auch nach London.«

»Das war alles?«, meinte Gertie enttäuscht. »Deshalb regen Sie sich so auf?«

Julius musste sich niedersetzen, er war so bleich, dass man Angst um ihn bekommen konnte. Nein, das sei nur der Anfang gewesen.

»Als ich den Tee eingoss«, sagte er mit brüchiger Stimme, »da stand ich einen guten Meter weit von ihr entfernt. Und da sagte sie doch … Da besaß sie die unglaubliche Unverschämtheit …« Er schnüffelte verzweifelt, wischte sich mit fahrigen Fingern über die Stirn. Man hatte das Gefühl, der arme Kerl würde gleich in Tränen ausbrechen. »Da sagt sie zu mir: ›Waschen Sie sich eigentlich nicht, Julius? Sie haben einen üblen Körpergeruch.‹«

Stille trat ein. Das war stark. Selbst wenn sie damit recht gehabt hätte – so etwas sagte man nicht im Salon vor den Herrschaften. Es war in der Tuchvilla stets üblich gewesen, solche Themen über die Hausdame in einem diskreten Gespräch unter vier Augen zu regeln.

»Und die gnädige Frau?«, stotterte Gertie. »Hat die die von Dobern nicht zurechtgewiesen?«

Julius war nicht mehr in der Lage zu sprechen. Er schüttelte nur den Kopf und bedeckte das Gesicht mit den Händen.

»Die reine Bosheit!«, sagte die Köchin mit Nachdruck. »Sie haben nach einer Giftschlange getreten, Julius, und nun beißt sie zurück.«

Jemand klopfte an die Küchentür, man war jedoch so erregt über Julius' Bericht, dass niemand aufstand, um zu öffnen.

»In einen Käfig gehört so was!«

»Ausgestopft ins Museum.«

»Und die Giftzähne muss man noch extra totschlagen.«

Es klopfte lauter. Gertie sprang schließlich auf und lief widerwillig zur Tür.

»Jessus, nein so was!«, platzte sie heraus. »Die Maria Jordan. Das passt ja wie die Faust aufs Auge.«

»So? Was meinst du denn damit, Gertie?«

Maria Jordan trat mit großer Selbstverständlichkeit in die Küche, lächelte in die Runde und grüßte mit Herablassung. Schließlich war sie jetzt eine selbstständige Geschäftsfrau und keine Angestellte mehr, die sich unterzuordnen hatte. Auch ihre Kleidung war ihrem neuen Status angepasst, sie trug eine helle Seidenbluse zum cremefarbigen wadenlangen Rock, dazu helle Sommerschuhe mit einem kleinen Riemchen quer über dem Spann. Die beiden oberen Knöpfe der Bluse standen offen, damit die blitzende Goldkette zu sehen war, die um ihren dünnen Hals hing.

»Ach gar nichts«, stotterte Gertie. »Wir … wir redeten gerade über … über Zähne.«

»Und was hat das mit mir zu tun?«, fragte Maria Jordan leicht pikiert.

»Weil Sie sich doch diesen hübschen Goldzahn haben machen lassen«, schwindelte Gertie unverdrossen.

Tatsächlich glänzte seit einigen Monaten oben links ein goldener Eckzahn im Gebiss der Jordan. Auch dies ein Beweis, dass ihre Geschäfte gut liefen.

»Deshalb so viel Aufhebens?«, meinte sie schulterzuckend und lächelte noch einmal, um ihre teure Errungenschaft auch allen zu zeigen. »Nun – ich habe häufig Kundschaft aus höheren Kreisen bei mir im Laden. Da muss ich ein gepflegtes Bild abgeben.«

»Freilich, freilich«, sagte Else bewundernd. »Sie haben sich außerordentlich herausgemacht, Fräulein Jordan. Möchten Sie sich nicht zu uns setzen?«

Seitdem die Jordan zwei Häuser und ein Ladengeschäft besaß, hatte Else beschlossen, sie zu siezen. Julius nahm sich angesichts der Besucherin zusammen und legte seine Grabesmiene ab, Auguste starrte die Jordan missgünstig an. Diese falsche Schlange hatte sich selbstständig gemacht, genau wie sie selbst es auch getan hatte. Aber während die Gärtnerei fast pleite war und sie alle nicht wussten, wie sie über den Winter kommen würden, schien das Geschäft der Jordan zu blühen. Man wusste ja inzwischen, womit sie ihr Geld verdiente, diese betrügerische Taschenspielerin. Sie las ahnungslosen Kunden die Zukunft. Angeblich hockte sie in einem pechschwarzen Zimmer zwischen Geisterbildern und ausgestopften Eulen, benutzte außer Karten inzwischen auch eine mit Wasser gefüllte Glaskugel. Die hatte sie einem Schuster abgekauft, der seine Werkstatt aus Altersgründen zugemacht hatte.

»Ich freue mich immer, mit meinen alten Freunden und Kollegen ein wenig zu plaudern«, sagte Maria Jordan. »Wir sind doch immer noch eine verschworene Gemeinschaft, auch wenn einige von uns inzwischen die Tuchvilla verlassen haben. Wie geht es unserem lieben Humbert, Fanny? Schreibt er dir fleißig?«

»Ab und zu«, knurrte die Köchin, die sich wieder ihrem Wochenblatt zuwandte.

»Ein solches Talent hatte der Bursche! Wie er die Leute nachäffen konnte. Täuschend echt. Ist das Eiswasser in dem Krug dort?«

»Eiswasser mit ein wenig Pfefferminzgeschmack.«

Julius hatte sich wieder gefangen und beeilte sich, den Gast zu bedienen. Nachdem sich Hanna als uneinnehmbare Festung und Gertie als Kratzbürste erwiesen hatten, war er bemüht, der Jordan den Hof zu machen. Was die sich nur allzu gern gefallen ließ.

»Danke, Julius. Sehr aufmerksam von Ihnen. Sie sehen ein wenig überarbeitet aus, mein Gutester. Oder macht Ihnen gar der späte Sommer zu schaffen?«

Julius behauptete, schlecht geschlafen zu haben. Oben, unter dem Dach, wo die Gesindekammern lagen, sei es momentan auch in der Nacht noch unerträglich heiß.

»Wem sagen Sie das!«, seufzte die Jordan. »Ich erinnere mich an lange Sommernächte, in denen ich wach lag und mir sogar das Hemd vom Leibe riss, um nicht zu ersticken.«

Gertie prustete los und tarnte ihre Heiterkeit mit einem vorgetäuschten Hustenanfall. Auguste rollte die Augen. Else lächelte milde. Julius grinste anzüglich. Nur die Brunnenmayer las weiter ihr Wochenblatt und tat, als habe sie nichts gehört.

»Und wenn man dann schon einmal wach liegt, in der Nacht«, fuhr die Jordan ungeniert fort. »Dann kommen die Sorgen, und man macht sich Gedanken über alles Mögliche. Nicht wahr, das geht uns doch allen so.«

Julius räusperte sich und stimmte ihr zu. Auguste bemerkte, dass es in diesem Jahr ungewöhnlich viele boshafte Stechmücken gäbe. Dann kehrte Stille ein, man hörte nur Else, die an einem Keks knusperte. Unzufrieden lehnte sich die Jordan im Stuhl zurück. Sie hatte gehofft, der kleine Anstoß würde genügen, die Schleusen zu öffnen. Aber wie es schien, musste sie schärfere Geschütze auffahren.

»Ja, es geht halt nicht alles auf der Welt so, wie der Mensch es gerne will«, bemerkte sie und seufzte. »Das Atelier der Frau Melzer ist auch schon seit gut zwei Wochen geschlossen. Sie ist doch nicht etwa krank?«

Alle wussten, dass die Jordan einen Hass auf die Marie Melzer hatte. Die Abneigung stammte noch aus der Zeit, als die Marie vom Küchenmädel zur Kammerzofe aufgestiegen war und die Jordan von ihrem Platz verdrängt hatte. Das hatte sie ihr niemals verziehen.

»Die gnädige Frau ist allerdings krank«, sagte die Brunnenmayer schließlich. »Nichts Ernstes. Aber sie muss eine Weile das Bett hüten.«

Die Jordan tat bekümmert und ließ »gute Besserung« ausrichten. »Was hat sie denn? Doch hoffentlich keinen Blutsturz? Sie war ja schon früher sehr kränklich.«

Nicht einmal Auguste, die so gern über die Frau Marie Melzer lästerte, hatte Lust, der neugierigen Jordan weitere Bissen hinzuwerfen.

»Sie ist bald wieder auf dem Damm«, sagte Gertie beiläufig.

»So, so. Das freut mich. Wirklich. Ich sah neulich die Frau Kitty Bräuer mit den beiden Kindern im Automobil. Sie bogen in die Frauentorstraße ab.«

Julius öffnete den Mund, um etwas zu sagen, doch ein warnender Blick der Köchin ließ ihn verstummen.

»Wenn du gekommen bist, um uns auszuhorchen, Jordan, dann hast du Pech!«, sagte Fanny Brunnenmayer. »Keiner von uns wird über die Herrschaft der Tuchvilla schwatzen, die Zeiten sind vorbei. Damals, als du hier angestellt gewesen bist, da hast du zu uns gehört, und wir haben alles miteinander beredet. Aber jetzt bist du eine reiche Ladenbesitzerin, trägst teure Schuhe und ein Pfund Gold um den Hals und im Gesicht! Da brauchst nicht scheinheilig bei uns am Tisch zu hocken und lange Ohren machen!«

»So ist das also! Gut, dass ich das nun weiß«, sagte die Jordan spitz. »Von alter Freundschaft scheint hier niemand etwas zu halten. Schade, kann ich nur sagen. Sehr schade. Aber so lernt man halt die Menschen kennen.«

Julius hob beschwichtigend die Hände. Sie müsse sich nicht aufregen, die Köchin sei heute bei schlechter Laune. Die Hitze sei schuld.

»Der Neid ist schuld«, sagte die Jordan und erhob sich entschlossen von ihrem Stuhl. »Der Neid schaut euch doch aus allen Knopflöchern! Weil ich es zu etwas gebracht hab und ihr immer noch hier in der Küche hockt und den gnädigen Herrschaften für einen Hungerlohn in den Hintern kriechen müsst. Das könnt ihr mir nicht verzeihen, was?«

Die einzige Antwort der Brunnenmayer war eine deutliche Handbewegung, die zur Tür hinüberzeigte.

»Denkt ihr, ich wüsste nicht, was hier in der Tuchvilla los ist?«, fuhr die Jordan mit leiser Häme fort. »Ein Donnerwetter hat's gegeben. Getrennt von Tisch und Bett. Die Spatzen pfeifen's ja von den Dächern, dass da eine Scheidung ansteht. Da wird sie sich umschau'n, die stolze Marie. Ja, wer hoch aufsteigt, der fällt tief.«

»Da passen's nur auf, dass Sie net selber im Dreck landen«, sagte Auguste, die sich doch heftig über den Vorwurf ärgerte, neidisch zu sein. Vor allem, weil er leider sehr berechtigt war.

Maria Jordan war schon an der Tür. Dort schob sie Julius zur Seite, der sie besänftigend am Arm fassen wollte, und drehte sich zu Auguste um.

»Grad du hast am wenigsten Grund, über mich zu lästern, Auguste«, meinte sie erbost. »Gestern noch hast du bei mir im Laden gestanden und mich um einen Gefallen gebeten. Ich wär dir ja entgegengekommen, aber du bist gleich davongelaufen.«

Auguste lief rot an, weil jetzt alle zu ihr hinschauten. Aber in der Not war sie selten um eine Lüge verlegen.

»Da wunderst du dich?«, meinte sie und zuckte mit den Schultern. »Zu teuer bist du, Jordan. Wer kann schon zwei Mark für ein Viertelpfund Kaffee bezahlen?«

Sehr gelungen war die Schwindelei nicht, denn alle hier wussten, dass sich die Familie des Gärtners Bliefert niemals echten Bohnenkaffee leisten konnte.

»Kommst halt morgen noch mal vorbei. Da werden wir schon einig werden«, sagte die Jordan zu ihr und wandte sich dann mit falschem Lächeln der Brunnenmayer zu. »Und den anderen wünsch ich einen angenehmen Sonntag. Arbeitet nicht zu viel, meine lieben Freunde, das wäre ungesund bei diesem warmen Wetter.«

Julius öffnete ihr die Tür und blieb geduldig stehen, während sie betont langsam nach draußen ging.

»Einen schönen Sonntag, und nichts für ungut. Auf bald ...«

Als er zum Tisch zurückkehrte, empfing ihn ein unfreundlicher Blick der Köchin, den er mit einem Schulterzucken beantwortete.

»Das wundert mich jetzt aber«, sagte Gertie.

»Was wundert dich?«

»Dass Sie mit der von Dobern nicht zurechtkommen, Julius«, gab Gertie harmlos zurück. »Wo Sie doch eine solche Vorliebe für Giftschlangen haben.«

Julius schnaubte nur und machte eine verächtliche Handbewegung in Gerties Richtung. Auguste lachte hysterisch auf und griff nach ihrem Henkelkorb.

»Wird Zeit für mich«, sagte sie und stand auf. »Morgen komm ich für zwei Stunden – die Teppiche klopfen.«

»Auguste.«

Unwillig drehte sie sich zur Brunnenmayer um.

»Was ist denn noch?«

Fanny Brunnenmayer nahm die Brille ab, blinzelte zweimal und sah sie dann durchdringend an.

»Du wirst doch dein Geld nicht für solch einen Schmarrn hinauswerfen, oder? Kartenlegen. Glaskugel und was nicht noch?«

Auguste lachte der Köchin ins Gesicht. Ob sie denn glaube, sie habe den Verstand verloren? Da wüsste sie Besseres mit ihrem Geld anzufangen. Wenn sie denn einmal welches hätte.

»Dann ist's ja gut.«

Kopfschüttelnd ging Auguste zur Tür, winkte Else noch rasch zu, um sie bei Laune zu halten, denn sie sollte morgen der Herrschaft erzählen, dass sie für den großen Herbstputz im Oktober unbedingt Augustes Hilfe benötige.

Nein, von der Wahrsagerei der Jordan hielt sie ebenso wenig wie die Brunnenmayer. Ihr ging es um etwas ganz anderes.

21

Sie sah in diesen Fieberträumen Dinge, die lange Zeit in der Tiefe ihres Bewusstseins geschlummert hatten, wie welkes Laub, das in einem Teich versank. Die Bilder waren unklar und schienen zu schwanken, wie eine Spiegelung auf einer bewegten Wasserfläche. Manchmal war es nur ein einziges Bild, eine Erinnerung, die sie zärtlich betrachtete, mit der sie redete, manchmal auch weinte. Dann wieder brach eine Vielzahl erschreckender Szenen über sie herein, verwirrend wie die vorüberrasenden Fenster eines Schnellzugs, und sie lag keuchend in den Kissen, den Fieberfantasien ausgeliefert.

Zu Anfang sah sie ihre Mutter. Es waren blasse Bilder, eher Bleistiftzeichnungen, keine Farben. Eine junge Frau vor einer Staffelei, ein wollenes Tuch um die Schultern geschlungen, darüber hing das lange offene Haar. Ihr Gesicht war kantig, die Nase trat hervor, das Kinn, die Lippen hielt sie schmal zusammengepresst. Ihre rechte Hand fuhr immer wieder mit harten, gewaltsamen Bewegungen über das Blatt auf der Staffelei. Schwarze Striche und Flächen. Sie malte mit Kohlestift.

Dann wieder erschien ihr das Gesicht der Mutter ganz nah, über sie gebeugt, da war sie eine andere. Zärtlich. Sie lachte mit ihr. Neckte sie. Nickte ihr zu. Legte den Kopf schief, warf das lange Haar zurück. Marie … Ma fille. Mariechen … Marienkind … Meine kleine Maria … Que je t'aime. Meine Heilige … Ma petite, mon trésor …

Sie hörte die Kosenamen und erkannte sie wieder. Jeden einzelnen. Ihre Hände waren ganz klein, und sie fuchtelte damit im Gesicht ihrer Mutter herum, fasste ihre Nase. Sie hörte sie lachen und schelten: »Lass los, kleine Wilde. Du tust mir weh!« Sie spürte eine der dichten rötlichen Haarsträhnen in ihrer Faust, sie steckte sie in den Mund und wollte sie nicht mehr freigeben.

Wenn sie aus den Fieberträumen für eine kurze Weile auftauchte, saß Hanna bei ihr. Hielt einen Becher in der Hand und versuchte, ihr ein wenig Kamillentee einzutrichtern. Sie trank gierig, musste husten und sank erschöpft zurück in die Kissen.

»Sie müssen etwas essen, Frau Melzer. Nur ein Löffelchen. Gertrude hat extra Rinderbrühe mit Ei für Sie gemacht. So ist es gut ... Noch einen kleinen Löffel. Und dieses winzige Stückchen Weißbrot.«

Das Essen war ihr zuwider. Sie wollte nur trinken, den trockenen Mund, die ausgedörrte Zunge benetzen, kühles Wasser in den vor Fieber glühenden Körper aufnehmen. Aber jede Bewegung war unendlich anstrengend, sie schaffte es kaum, den Kopf zu heben. Ihr Puls raste, ihr Atem ging rasch, manchmal glaubte sie zu fliegen.

Sie hörte Klavierspiel. Das war Leo, ihr kleiner Leo. Auch Dodo war in ihrer Nähe, sie hörte sie mit Hanna flüstern. Ihre Kinder waren bei ihr. Dodo reichte Hanna feuchte Tücher und sprach leise mit ihr. Hanna wickelte die kühlen Lappen um ihre Fuß- und Handgelenke, und das Fieber verlor für einen Moment an Kraft. Oft vernahm sie eine Stimme, die sie sehr gut kannte. Die Stimme ihrer Schwägerin Kitty.

»Nein, Mama. Daran ist überhaupt nicht zu denken. Sie fiebert ganz schrecklich hoch. Dr. Greiner kommt jeden Tag, um nach ihr zu sehen ... Die Kinder? Auf keinen Fall. Nicht, solange diese Megäre in der Tuchvilla ihr Unwesen treibt ... Du weißt sehr gut, wen ich damit meine.«

Dann wurde Marie plötzlich klar, dass sie krank in Kittys Haus lag. Fern von der Tuchvilla. Fern von Paul, mit dem sie gestritten hatte. Ein Abgrund tat sich vor ihr auf wie ein großes Maul, das sie verschlingen wollte. Die Trennung. Vielleicht die Scheidung. Man nahm ihr die Kinder fort. Sie wurde verstoßen. Musste alles verlassen, was sie je geliebt hatte. In die Finsternis gehen. Allein.

Das Fieber loderte empor wie eine gewaltige Flamme und schloss sie ein. Sie sah ein wohlbekanntes, hässliches Zimmer, Bett an Bett, von den Wänden bröckelte der Putz, unter den Betten standen nicht geleerte Nachttöpfe. Immer war eines der Kinder krank, meist die kleinen. Oft auch mehrere, die sich gegenseitig ansteckten. Wenn eines starb, trug man es, eingewickelt in das Betttuch, hinaus, doch wohin, das hatte sie nie erfahren. Sie sah ihre Freundin, sie hieß Dodo, wie ihre Tochter. Ihr kleines blasses Gesicht, die dünnen Hände, das lange, an der Seite zerrissene Nachthemd. Sie hörte ihre flüsternde Stimme, ihr kleines Lachen, spürte für kurze Zeit den schmächtigen Körper neben sich in ihrem Bett. Dodo wurde fortgebracht in ein Krankenhaus, sie hatte sie nie wiedergesehen. Wenn man gesund war, musste man unten in der Küche arbeiten oder im Keller Kartoffeln lesen.

»Mit dir hat man immer nur Ärger. Meinst wohl, du bist zu gut für die Fabrik? Willst hoch hinaus, wie? Bücher lesen. Bilder malen.«

Das war die Pappert, die Leiterin des Waisenhauses »Zu den sieben Märtyrerinnen«. Nie würde sie diese Frau vergessen, die sie jahrelang gequält hatte. Unzählige arme Wesen hatte dieses Weib auf ihrem Gewissen, hatte mit

Essen und Kleidung gespart, den Ofen nicht geheizt, das Geld der Stiftung auf ihr eigenes Konto verschoben. Was störte es die Pappert, wenn die Kleinen starben? Es kamen ja immer neue, und die Kirche zahlte für sie.

»Aber nur für ein paar Minuten«, sagte Kittys Stimme. »Du kannst nicht mit ihr reden. Sie fiebert immer noch. Pass auf, dass du die Teekanne nicht umwirfst.«

Sie spürte eine Hand auf ihrer Stirn, schwer und kühl. Jemand strich mit ungeschickten Fingern über ihre Wange, berührte ihren Mund.

»Marie. Hörst du mich? Marie.«

Eine große Sehnsucht erfasste sie. Sie öffnete die Augen und erblickte ein Gesicht, schwankend, undeutlich. Es war Paul. Er war zu ihr gekommen. Alles war gut. Sie liebte ihn doch. Sie liebte ihn mehr als alles in der Welt.

»Du musst gesund werden, Marie. Versprich es mir. Wir werden nie wieder streiten. Wenn du nur erst wieder bei uns bist. Es gibt doch gar keinen Grund für diese dumme Streiterei. Alles kann so einfach sein.«

»Ja«, hörte sie sich flüstern. »Ja, alles ist so einfach.«

Hatte er sie geküsst? Sie spürte für einen Moment den Geruch seiner Jacke, roch die gewohnte Mischung aus Tabak, Fabrik, Auto und Blumenseife, fühlte sein unrasiertes, kratziges Kinn an ihrer Wange. Dann war er fort, und irgendwo draußen im Flur stritten zornige Stimmen miteinander.

»Wo sollen sie wohl sein? In der Schule natürlich!«

»Ich lasse sie dort abholen. Sie gehören in die Tuchvilla!«

»Willst du, dass Marie gesund wird?«

»Was soll die Frage?«

»Dann lass die Kinder hier in der Frauentorstraße, Paul.«

»Das ist doch albern! In zwei oder drei Tagen können wir Marie zurück in die Tuchvilla bringen, ich habe mit Dr. Greiner gesprochen. Ich werde eine Krankenschwester engagieren, die sie gesund pflegen wird.«

»Du kannst Marie nicht gegen ihren Willen in die Tuchvilla schaffen lassen, Paul. Das erlaube ich nicht! Das ist Menschenraub.«

»Was redest du da für einen Blödsinn, Kitty? Menschenraub! Marie ist meine Frau.«

»Was hat das damit zu tun?«

»Du bist ja vollkommen übergeschnappt, Kitty. Sind das die modernen Ansichten der neuen Frauen? Gehörst du jetzt auch zu diesen Weibern, die in der Öffentlichkeit rauchen, für freie Liebe plädieren und die Ehe von Mann und Frau für überflüssig halten?«

»Marie verlässt mein Haus nicht, es sei denn, sie tut es freiwillig und aus eigenem Entschluss. Merk dir das, Paul!«

Es folgte ein Knall, als habe jemand eine Tür gewaltsam ins Schloss geworfen. Marie spürte, dass sie weinte. Unaufhörlich quollen Tränen unter ihren Augenlidern hervor, rannen seitlich über ihre Schläfen ins Kopfkissen, wo sich ihre Feuchte bald nicht mehr heiß, sondern kühl anfühlte. Etwas, das ihr lieb und teuer gewesen war, eine große, glückhafte Hoffnung war zerborsten, und die Splitter schwirrten wie spitze Eisnadeln umher.

»Mami, du musst aufhören mit Weinen. Ich will, dass du jetzt gesund bist, ja? Bitte.«

»Dodo? Wie kühl deine Finger sind.«

»Mami. Tante Kitty war mit uns auf dem Flugplatz. Der Leo hat sich ja fürchterlich gelangweilt. Ich fand es famos. Wir haben die Hallen gesehen. Und ein netter Herr hat uns hineingelassen, weil Tante Kitty ihn gebeten hat. Da war ein Flugzeug drin, und ich durfte mich hineinsetzen. Und dann bin ich geflogen. Nicht richtig, ich hab nur so getan. Schneller, immer schneller, ganz, ganz schnell. Und hui ... in die Luft. Mama? Mama, ich will Fliegerin werden.«

Sie blinzelte ihre Tochter an. Dodo zeigte aufgeregt mit den Armen, wie der Flieger sich in die Luft erhob. Wie hell ihre grauen Augen blitzten. Pauls Augen. Wie viel Kraft und Willen in diesem Kind steckten.

»Gib mir bitte ein Taschentuch, Dodo.«

»Henny! Hol mal ein frisches Taschentuch!«

Henny schaute durch den Türschlitz und schien wenig begeistert von diesem Auftrag. »Aber nur dieses eine Mal. Weil es für deine Mama ist.«

Sie erhielt ein zartes spitzengerandetes Tüchlein aus Battist, das intensiv nach einem teuren Parfum duftete. Henny hatte es vermutlich Kittys Kommode entnommen.

Das Fieber hatte noch Glut, hin und wieder loderte es auf, doch seine Kraft war gebrochen. Marie konnte den Klängen um sie herum lauschen, dem Geflüster und Gekicher der Frauen, in das sich Hennys Gezeter mischte, dem Topfgeklapper, das aus der Küche heraufdrang, den leisen Stimmen der beiden Knaben unten im Musikraum. Sie hörte ihrem Spiel zu, folgte den Melodien, litt, wenn sie abbrachen, schwamm mit ihnen in Seligkeit davon, wenn die Phrase gelang.

»Mama? Du siehst besser aus, Mama. Wir haben Mozart für dich gespielt. Frau Ginsberg hat gesagt, das sei besser als Beethoven, wenn jemand krank ist. Beethoven regt auf, von Schubert wird man traurig und muss weinen. Aber Mozart, hat sie gesagt, Mozart heilt alle Sorgen und macht glücklich. Stimmt das, Mama? Bist du jetzt glücklich?«

Ihr Sohn schien zumindest im Glück zu schwimmen. Er schwatzte von Akkorden und Kadenzen, von C-Dur und a-Moll, von piano und pianissimo, moderato und allegro.

Für einen Moment glaubte sie, sein vor Begeisterung glühendes Gesicht erinnere sie an jemanden, dann sank das Bild in die Vergessenheit zurück. Wie sehr sein Haar doch nachgedunkelt war, fast schien es, als bekomme es einen rötlichen Schimmer, wenn das Licht darauffiel.

»Ihr habt ganz wunderbar gespielt, Walter und du. Aber du musst dein Haar schneiden lassen – du schaust ja bald aus wie ein Mädel.«

Er fuhr sich gleichgültig mit vier Fingern durch die Tolle, die sich über seiner Stirn bildete. »Tante Gertrude hat gesagt, sie schneidet das heute Abend kurz.«

Am Abend, zu der Zeit, als das Fieber meistens wieder anstieg, ging es ihr besser. Sie lachte mit Hanna über das roséfarbige Bettjäckchen, das Kitty ihr geliehen hatte, damit sie im Bett sitzen und man ihr Haar kämmen konnte.

»Es ist schier unmöglich, Frau Melzer«, jammerte Hanna, die sich redlich bemühte, Maries verfilzte Haarflut mit Kamm und Bürste zu bezwingen. »Ich komme nicht durch.«

Auch Kitty gab ihr Bestes, wobei sie nicht ganz so vorsichtig wie Hanna war. »Jetzt siehst du einmal, wie unpraktisch das ist«, meinte sie und legte die Bürste resigniert zur Seite. »Wer hat denn heutzutage noch langes Haar? Doch nur die letzten Hinterwäldlerinnen auf den Berghöfen droben in den Alpen.«

»Ach, Kitty.«

»Abschneiden!«, sagte Kitty kategorisch.

Marie hatte schon lange mit dem Gedanken gespielt. Sie hatte sich dagegen entschieden, weil Paul es nicht wollte. Aber auch die Kinder.

»Willst du mit einer Filzmatratze auf dem Kopf herumlaufen? Man könnte ja meinen, die Mäuse hätten sich bei dir eingenistet.«

Marie zupfte an ihrer Haarpracht herum – in der Tat, sie ließ sich nicht mehr entwirren.

»Nun ja ... dann also.«

Gertrude bereitete alles vor und widmete sich schließlich der Aufgabe mit Leidenschaft, sie erklärte dabei, dass sie als kleines Mädchen eigentlich Friseurin hatte werden wollen, später aber lieber einen Bankier geheiratet hatte. Es klang, als würden Glasfäden zerschnitten, Marie schloss vorsichtshalber die Augen während der Prozedur. Danach besah sie sich in Kittys silbernem Handspiegel und fand, dass der Bubikopf recht gut gelungen war.

»Hier sind noch ein paar Zipfelchen, Gertrude«, nörgelte Kitty. »Du musst genau hinsehen, Marie hat dichtes Haar. Aber es sieht wundervoll aus! Eine ganz neue Marie! Oh, so gefällst du mir noch einmal so gut, meine süße Marie. Und jetzt machen wir Picknick.«

»Draußen im Garten?«, fragte Gertrude lachend. »Jetzt, so spät abends?«

»Nein, nicht im Garten. Hier bei Marie.«

»Bei ... bei mir?«

Das Leben kehrte mit Macht zu ihr zurück, es schwappte in buntem Durcheinander in das ehemalige Krankenzimmer, es kehrte Fieber und Schwachheit einfach hinaus und setzte sich bei ihr fest. Eine blau-weiß karierte Tischdecke wurde über ihr Federbett geworfen, Hanna steckte ihr drei dicke Kissen in den Rücken, während Gertrude einen mächtigen Topf Kartoffelsalat mit Maultaschen auf dem Bett platzierte. Teller, Bestecke, ein Korb mit frischem Brot, Butter und zuletzt das Glanzstück des kulinarischen Angebots: ein Kuchenblech mit dem ersten Zwetschgendatschi des Jahres!

Alle saßen um sie herum, die Kinder sogar auf dem Bett. Gertrude jammerte, dass ja niemand den Apfelmost auf das weiße Laken kleckern solle. In dem allgemeinen fröhlichen Getümmel ging ihre Mahnung jedoch ungehört unter.

»Mama, du schaust furchtbar aus mit den kurzen Haaren!«

»Leo, du bist dumm wie Stroh! Tante Marie ist richtig schön mit Bubikopf!«

»Ich finde Bubikopf auch famos. Wenn ich erst ein Flugzeug fliege, schneide ich mir die blöden Zöpfe ab.«

Hanna reichte Marie einen gefüllten Teller. Zu ihrer eigenen Verwunderung konnte sie nicht nur essen, sie hatte sogar richtigen Hunger. Fast hätte man die Haustürglocke nicht bemerkt, nur Leo, der die feinsten Ohren hatte, lief hinunter, um zu öffnen. Gleich darauf erschien er wie ein Herold an der Tür, verbeugte sich theatralisch und sagte:

»Herr von Klippstein!«

»Klippi? Oh, wie süß von ihm.«, rief Kitty. »Er soll hereinkommen und sich einen Stuhl mitbringen. Haben wir noch ein Stück Zwetschgendatschi? Hanna, gib doch einmal das Kissen herüber, der arme Klippi wird nur noch einen Küchenstuhl finden.«

Ein großer Rosenstrauß wurde auf die Kommode gestellt. Kitty sagte später, Klippi sei zum Schießen komisch gewesen. So schrecklich verlegen, als er Maries Schlafzimmer betrat, so steif auf dem wackeligen Küchenstuhl, und dann habe er nicht gewusst, wohin mit dem Becher Apfelmost, während er doch gleichzeitig einen Teller mit Zwetschgendatschi auf den Knien balancierte.

»Wissen Sie auch, dass sich Tilly für die kommende Woche angesagt hat? Sie will, bevor das Semester losgeht, noch rasch einen Besuch bei ihrer Mutter machen. Arme Tilly, sie hat es nicht leicht bei all diesen verbohrten, alten Professoren.«

»Das tut mir herzlich leid für Fräulein Bräuer. Sie ist so eine kluge und begabte junge Frau, und sie hat all meine Bewunderung. Wann wird sie hier sein?«

»Ist der Datschi schon alle, Gertrude?«

»Hanna, du hast gekleckert!«

»Mama, darf ich bei dir schlafen, heute Nacht?«

Marie fühlte sich satt und müde. Sie hörte den Gesprächen zu, obwohl sie ihnen kaum folgen konnte, freute sich über die laute Fröhlichkeit, gab hie und da eine Antwort und lächelte glücklich vor sich hin. Ihre Lider sanken immer häufiger herab, helle Träume mischten sich in die Wirklichkeit, der Schlaf wollte sie sanft in seine Arme nehmen.

»Wenn Dodo bei ihrer Mama schläft, dann will ich heute Nacht bei Leo schlafen!«, posaunte Henny.

»Im Leben nicht!«, wehrte sich Leo entsetzt.

»Könnte ich noch einen kleinen Klecks Kartoffelsalat bekommen? Er ist köstlich, gnädige Frau.«

»Aber Herr von Klippstein. Sie beschämen mich. Ein ganz normaler Kartoffelsalat. Sie kochen die Kartoffeln, schneiden Zwiebelchen, Gürkchen, geben ein wenig Essig und Öl hin…«

»So genau wollte Klippi das nicht wissen, Gertrude.«

»Warum denn nicht? Es kann keinem Mann schaden, etwas vom Kochen zu verstehen. Schon die Kreuzritter haben sich ihr Süppchen selber gebrutzelt.«

»Ich glaube, Marie möchte jetzt schlafen, Frau Bräuer.«

»Du hast recht, Hanna. Bist ein kluges Mädchen. Was täten wir nur ohne dich? Hallo, ihr lieben Leute. Das Picknick ist aufgehoben. Jeder nimmt etwas mit hinunter in die Küche. Auch die Kinder. Seid leise, Marie will jetzt schlafen ... Du liebe Güte, ich glaube, sie schläft schon. Henny, der große Topf ist zu schwer für dich. Leo, du krümelst auf den Teppich. Klippi, nehmen Sie bitte die Blumen mit nach unten.«

Marie wusste später nicht mehr, wie sie alle aus dem kleinen Schlafzimmer samt Geschirr, Bestecken und Stühlen hinausgekommen waren. Sie war in einen tiefen, kühlen Brunnen gefallen, und dort unten hielt sie der Schlaf in seinen Armen. Nur sanfte Dunkelheit und erholsames Schweigen. Kein Traum. Kein Bild. Die Pforten der Erinnerung hatten sich wieder geschlossen.

Am folgenden Morgen erwachte sie mit dem Gesang der Vögel und fühlte sich gesund. Leise stand sie auf, ging ins Badezimmer, wusch sich mit kaltem Wasser, kämmte das kurze Haar und zog einen Morgenmantel von Kitty an.

»Das Leben hat mich wieder«, sagte sie lächelnd, als sie zu Gertrude hinunter in die Küche kam.

»Höchste Zeit«, meinte Gertrude und goss ihr einen Becher heißen Kaffee ein. »Dein Ehemann hat sich für heute Vormittag angesagt.«

Marie verspürte ein leichtes Stolpern ihres Herzschlags, doch sie achtete nicht darauf. »Das ist gut«, sagte sie langsam und nippte von dem Kaffee. »Wir werden uns endlich aussprechen. Und uns versöhnen.«

Gertrude sagte nichts. Vor dem Fenster sang eine Amsel ihr Morgenlied. Nach einigen schweigsamen Minuten erschien Hanna, schenkte Marie ein frohes Lächeln und meinte, sie wolle jetzt die Kinder für die Schule wecken. Bald darauf erfüllten helle Stimmen das Haus, Henny und Dodo stürmten das Badezimmer und richteten eine kleine Überschwemmung an, während Leo, der Langschläfer, dreimal von Hanna geweckt werden musste, bis er sich endlich aus den Kissen schälte.

Rasches Frühstück am Küchentisch, heiteres Geschwätz, Gelächter, Hanna schmierte Butterbrote, Gertrude packte sie ein und steckte sie in die Brottäschchen. Henny stürzte nach oben, weil sie ein Heft vergessen hatte, Dodo kippte ihren Milchbecher um, Leo war schon wieder am Klavier.

»Ich habe die ganze Nacht von dieser Musik geträumt, Gertrude. Ich muss es ausprobieren.«

»Leise!«, schimpfte Henny erbost. »Mama schläft noch!«

Zum Abschied fielen alle drei Marie um den Hals, klebrige Honigfinger streichelten ihre Wange.

»Jetzt, wo du gesund bist, Mama, ist es richtig schön hier. Wenn noch Papa und die Großmama herziehen – dann soll die Frau von Dobern doch allein in der Tuchvilla bleiben!«

Hanna stand schon bereit, die Rasselbande zu den verschiedenen Schulen zu begleiten, und dann waren sie fort. Auf einen Schlag war das Haus wieder still geworden, Gertrude räumte das Geschirr ab, und Marie stieg wieder hinauf, um sich anzukleiden. Hanna, die gute Seele, hatte ihre Sachen gewaschen und gebügelt. Marie seufzte. Nein, als Näherin hatte das Mädchen keine Zukunft, sie war einfach zu ungeschickt. Hier in der Frauentorstraße schien sie vollkommen zufrieden. Sie half in der Küche, machte die Räume sauber, kümmerte sich liebevoll um die Kinder; nicht zuletzt hatte Hanna sie aufopferungsvoll gepflegt. Sie war der gute Geist des Hauses. Was für ein Unglück, dass sie sich damals mit diesem Russen eingelassen und das Kind abgetrieben hatte. Seit diesem schrecklichen Erlebnis war sie jedem Mann, der in ihre Nähe kam, angstvoll ausgewichen. Und dabei wäre sie wohl als Ehefrau und Mutter sehr glücklich.

Ehefrau und Mutter, dachte Marie. Das bin ich doch auch. Ist es nicht die wichtigste Bestimmung der Frau? Wozu muss ich dieses dumme Atelier führen, wenn ich dadurch meinen Ehemann und meine Kinder vernachlässige? Nein – auf das Atelier kann ich leicht verzichten.

Paul traf gegen zehn Uhr ein. Kitty war um diese Zeit immer noch nicht aufgestanden, also empfing ihn Gertrude an der Tür. Marie stand im Wohnzimmer am Fenster, starrte hinaus in verwilderten Garten, und ihr Herz hämmerte so heftig, dass ihr schwindelig war.

»Es geht ihr besser? Sie ist aufgestanden?«, vernahm sie Pauls aufgeregte Stimme im Flur.

»Sie ist noch schwach, Paul. Du solltest sie auf keinen Fall aufregen.«

»Mein Gott, wie bin ich erleichtert!«

Sie hörte ihn leise lachen, und die Sehnsucht nach ihm überwältigte sie. Paul. Ihr Geliebter. Wie sie dieses freche, jungenhafte Lachen liebte. Seine trockenen Scherze. Der rasche Seitenblick, wenn er sie herausfordern wollte.

Er klopfte an. Nicht gerade leise, aber auch nicht aufdringlich.

»Komm herein, Paul.«

Er öffnete, hielt die Klinke noch in der Hand, während er lächelnd zu ihr hinübersah. Sie spürte, wie die Hitze in ihr aufstieg, ihre Wangen glühten. Sie hatte ihn so sehr vermisst.

Einen kleinen Moment lang standen sie unbeweglich, fühlten beide die Anziehung ihrer Körper, die Sehnsucht, eins mit dem Geliebten zu werden. Marie schoss der Gedanke durch den Kopf, dass dieser Augenblick unwiederholbar war. Niemals in ihrem Leben würden sie einander stärker lieben und begehren wie in diesen wenigen Sekunden.

Paul war es, der die Spannung auflöste. Er schloss die Tür und ging auf Marie zu, verharrte für wenige Sekunden vor ihr, dann legte er impulsiv die Arme um sie und presste sie an sich.

»Dass ich dich wiederhabe«, murmelte er. »Ich hatte solche Angst um dich, mein Schatz!«

Marie verspürte ein dumpfes Glücksgefühl, während sie sich an ihn schmiegte, ein Empfinden von Rückkehr und Sicherheit, zugleich aber war ihr schwindelig, denn seine Umarmung nahm ihr die Luft.

»Sei vorsichtig, Liebster. Ich bin noch etwas wackelig auf den Beinen.«

Er küsste sie zart, führte sie zum Sofa, damit sie sich niedersetzen konnte, und schlang die Arme um sie.

»Es war unverzeihlich von mir, was ich über deine Mutter gesagt habe, Marie. Vergib mir. Ich habe es wohl tausendmal bereut. Sie war eine Künstlerin, eine mutige Frau, vor allem aber war sie deine Mutter. Dass sie dich, meine geliebte, einzige Marie, in die Welt gesetzt hat, dafür will ich Luise Hofgartner mein Leben lang dankbar sein.«

Es hörte sich so süß an, wie er auf sie einredete. So voller Schuldgefühl, voller Zuneigung. Er bat sie um Verzeihung. Es war mehr, als sie erwartet hatte. Und sie wollte nicht nachstehen. Nein, sie war nicht die Frau, die stolz alle Zugeständnisse seiner Liebe einkassierte. Auch sie wollte ihm zeigen, dass sie nachgeben konnte.

»Ich hab es mir überlegt, Paul. Ich brauche das Atelier nicht, um zufrieden und glücklich zu sein. Im Gegenteil – es bringt uns allen doch nur Kummer. Daher will ich es aufgeben und von nun an nur noch für dich und die Familie da sein.«

Er küsste sie, und sie ergaben sich für eine kleine Weile dem glückhaften Gefühl des Wieder-zueinander-Findens.

»Es ist klug von dir, mein Schatz, dass du selbst es so entscheidest. Obgleich ich es doch recht bedaure, dass es nun mit dem Atelier vorbei sein wird. Du weißt, dass ich selbst dich zu Anfang dazu ermutigt habe. Aber du hast vollkommen recht, Marie: Es ist besser, wenn du es aufgibst.«

Sie nickte und hörte zu, wie er diesen Gedanken weiter ausführte. Vor allem Mama würde sehr erleichtert sein, denn damit wäre ihr die Last der alleinigen Haushaltsführung abgenommen. Aber auch die Kinder würden profitieren, sie hätten ihre Mama ja kaum noch gesehen. Und nicht zuletzt auch er selbst.

Er nimmt mein Opfer so vollkommen selbstverständlich an, dachte Marie enttäuscht. Begreift er eigentlich, was es für mich bedeutet? Weiß er, dass ich es nur aus Liebe zu ihm tue?

»Wenn es deine Zeit zulässt, dann wirst du gewiss ein wenig malen oder auch Kleider entwerfen können. Ich habe dafür gesorgt, dass die Kinder allein dir anvertraut sind, dabei wird dich Hanna unterstützen.«

»Du hast Frau von Dobern also entlassen?«

Er grinste sie jungenhaft an und erklärte, eine ausgezeichnete Lösung gefunden zu haben. »Frau von Dobern wird ab sofort die Position der Hausdame in der Tuchvilla einnehmen. Das war ein Vorschlag von Mama, den ich nur allzu gern aufgegriff…«

»Hausdame?«, unterbrach ihn Marie entsetzt. »Aber Paul. Das kann auf keinen Fall gut gehen.«

Er zog sie dichter an sich und liebkoste ihr Haar. Erklärte flüsternd, diese neue Frisur sei wie für sie gemacht, sie sei noch nie so hübsch gewesen wie mit dem kurzen Haar.

»Es kann nicht funktionieren, Paul. Die Angestellten

hassen sie. Es wird zu Unmut und sogar zu Kündigungen kommen.«

»Wir werden sehen, Marie. Lass es uns einfach versuchen. Ich wollte Mama nicht kränken. Sie hängt sehr an Frau von Dobern.«

Marie schwieg. Es ging darum, sich zu verständigen. Zu versöhnen. Miteinander auszukommen. Da konnte es nicht hilfreich sein, Zugeständnisse gegeneinander aufzurechnen. Aber dennoch hatte er ihr ehrliches Entgegenkommen bisher nur wenig honoriert. Frau von Dobern würde also bleiben, zwar nicht als Gouvernante, aber man würde sich weiter mit ihrer Gegenwart abfinden müssen. Paul, das Schlitzohr.

»Erst einmal freue ich mich darauf, dass du zu uns zurückkehrst, meine geliebte Marie. Es war eine schreckliche Zeit für mich, so ganz allein und verlassen. Du bist ein so wichtiger Teil meines Lebens, dass ich das Gefühl hatte, jemand habe mir ein Stück aus meinem Leib herausgerissen ...«

Sie war gerührt und schmiegte sich tröstend an ihn. Ja, sie würde gleich ihre Sachen zusammenpacken, Hanna könne sich um das Gepäck der Kinder kümmern, und dann würde man gemeinsam in die Tuchvilla fahren. Sie wollte wieder Einzug halten in ihrem Haus ... und auch im gemeinsamen Schlafzimmer.

Er liebkoste sie so stürmisch, dass sie fürchtete, er wolle gleich hier auf dem Sofa seiner ehelichen Pflicht nachkommen, was mit Rücksicht auf Hanna, Gertrude und Kitty natürlich nicht möglich war. Das wusste auch Paul, daher hielt er sie nur umschlungen und redete leise und zärtlich auf sie ein.

»Ich verspreche dir, dass ich mich von nun an mehr um die Kinder kümmern werde, Marie. Vor allem um Leo.

Schluss mit der Klavierspielerei – ich werde meinen Sohn durch die Fabrik führen, er soll dort kleine Aufgaben erhalten und die Funktion der Maschinen kennenlernen. Meinetwegen soll Dodo Klavierspielen lernen, sie ist schließlich ein Mädel, da kann es nicht schaden, wenn sie ein wenig Musik machen kann.«

»Aber Paul – gerade Dodo ist diejenige, die sich für Maschinen und Technik interessiert.«

»Nun, das kann sie ja gern tun. Aber vor allem soll Leo endlich einmal auf den richtigen Weg geleitet werden. Du wirst schon sehen, Marie, ich werde mich als ein umsichtiger Vater erweisen.«

Es würde also alles bleiben wie zuvor. Wie seltsam, dass Paul nicht bemerkte, wie sehr er seinem eigenen Vater ähnelte. Starrsinnig hielt er an einer Überzeugung fest, die sich längst als unsinnig erwiesen hatte. Leo würde ein unglücklicher Mensch werden, wenn Paul ihn dazu zwang, die Fabrik zu übernehmen.

»Und auch wegen dieser Bilder habe ich mir Gedanken gemacht«, fuhr er fort. »Ich werde sie kaufen, gleich zu welchem Preis. Es kann nicht sein, dass Klippstein die Bilder deiner Mutter besitzt. Wir werden all diese Werke sorgfältig verpacken und oben auf dem Dachboden lagern, damit sie gut erhalten bleiben.«

Vor allem wollte er sie damit aus dem Verkehr ziehen und eine mögliche Ausstellung verhindern. Paul war schon ein schlauer Kopf, aber dieses Mal ging er zu weit.

»Das möchte ich nicht, Paul«, sagte sie. »Diese Bilder haben auf dem Dachboden nichts zu suchen. Meine Mutter hat sie gemalt, und ich möchte, dass sie eines Tages öffentlich ausgestellt werden. Das bin ich meiner Mutter schuldig.«

Er tat einen tiefen, ärgerlichen Atemzug, beherrschte

sich jedoch. Marie löste sich aus seinen Armen und lehnte sich auf dem Sofa zurück. Warum hatte sie das gesagt? Es hätte doch genügt, ihm zu erklären, dass er die Bilder nicht zu kaufen brauchte.

»Du weißt, Marie, dass eine solche Ausstellung dem Ansehen unserer Familie und damit auch der Fabrik schweren Schaden zufügen würde.«

»Aber wieso denn? Es geht um die Malerin Luise Hofgartner, um ihre künstlerische Entwicklung, um ihre Einordnung unter eine oder verschiedene Kunstrichtungen.«

»Das ist doch Wortklauberei, Marie. Man wird nur allzu schnell über Jakob Burkard und meinen Vater reden.«

Natürlich, da war der Punkt. Die stolze Sippschaft der Melzers wollte nach außen hin auf keinen Fall durchblicken lassen, dass ihr Wohlstand auf den Konstruktionen des armen alkoholkranken, aber genialen Jakob Burkard fußte. Gewiss, sie hatte sich damit abgefunden. Man hatte sie um Verzeihung gebeten. Paul hatte sie zur Frau genommen. Nicht aus schlechtem Gewissen, sondern weil er sie liebte. Und doch stieg das Schicksal ihrer Eltern jetzt wieder bitter in ihr auf. Wiederholte sich da nicht etwas? War es nicht wieder ein Melzer, der Burkards Tochter zwingen wollte, seinem Willen zu folgen? Sich zu fügen?

»Es tut mir leid, Paul. Aber ich werde zu verhindern wissen, dass Ernst von Klippstein dir seinen Anteil der Bilder verkauft!«

Sie spürte, wie sein Körper starr wurde, seine Kiefermuskeln spannten sich und gaben seinem Gesicht ein hartes Aussehen.

»Du würdest diese Ausstellung also gegen meinen ausdrücklichen Willen durchführen?«

Sein Ton erschreckte sie, denn er klang drohend. Aber in ihr steckte nicht nur die sanfte Marie, da war auch ein

Stück Luise Hofgartner, jener Frau, die dem reichen Fabrikanten Melzer einst die Stirn geboten hatte. »Das steht momentan nicht zur Debatte, Paul. Wichtiger erscheint mir, dass Frau von Dobern die Tuchvilla verlässt. Darauf muss ich leider bestehen.«

»Ich sagte dir bereits, dass ich das Mama nicht antun möchte.«

»Aber mir willst du es antun?«

Er stöhnte zornig auf und erhob sich, um zum Fenster hinüberzugehen. Sie sah, wie er die Fäuste ballte, hörte seinen raschen Atem. »Ich kann sie doch nicht so einfach von heute auf morgen entlassen!«

»Das brauchst du auch nicht, Paul. Ich kann warten. Aber ich werde erst in die Tuchvilla zurückkehren, wenn Frau von Dobern das Haus verlassen hat.«

Jetzt war er wütend. Oder war es Verzweiflung? Hilflosigkeit? Er kickte mit dem Fuß gegen den Schaukelstuhl, der sich hastig in Bewegung setzte. Seine Kufen erschienen Marie plötzlich wie das halbrunde Messer, mit dem Gertrude in der Küche die Kräuter hackte.

»Ist das dein letztes Wort?«

»Es tut mir leid, Paul. Ich kann nicht anders.«

Er umfasste mit der rechten Hand die Kante der hölzernen Fensterbank, als müsse er sich dort festkrallen.

»Du weißt, dass ich dich zwingen kann, Marie ... Ich will nicht bis zum Äußersten gehen. Aber die Kinder kehren in die Tuchvilla zurück. Noch heute. Darauf muss *ich* bestehen!«

Sie schwieg. Er konnte die Scheidung einreichen und ihr die Kinder nehmen. Er konnte das Atelier schließen, das auf seinen Namen lief. Ihr würde nichts bleiben.

»Solange ich hier bei Kitty wohne, bleiben die Kinder bei mir.«

Er wandte sich abrupt zu ihr um, und jetzt sah sie seine grauen Augen vor Zorn blitzen. Oh, wie sehr glich er jetzt seinem Vater. Hartnäckig und uneinsichtig. Ein Melzer. Einer, der gewohnt war zu siegen. Wo war ihre Liebe geblieben? Sie konnte sie nicht mehr finden. Wie hatte sie diesen Mann je lieben können?

»Dann zwingst du mich leider, andere Maßnahmen zu ergreifen, Marie!« Er eilte zur Tür und riss sie auf, drehte sich dort noch einmal zu ihr um, als wolle er etwas sagen. Doch er kniff die Lippen zusammen und schwieg.

»Paul«, sagte sie leise. »Paul.«

Doch auch sie spürte, dass es in diesem Augenblick nichts mehr zwischen ihnen zu sagen gab.

Wenige Sekunden später schlug die Haustür zu, und der Motor seines Wagens setzte sich stolpernd in Gang.

22

Oktober 1924
»Das Dreckzeug, da sind Maden im Weißkohl!«

Gustav stapfte mühsam über den Acker, in jeder Hand einen Henkelkorb voller Kohlköpfe. Klein waren sie, weil er die äußeren Blätter hatte abschneiden müssen, um wenigstens das Innere zu retten. Von manchen der vielversprechend dicken Weißkohlköpfe war gar nichts geblieben. Nur zerfressene Blätter und verfaulte Strünke. Dazu hatte es nun auch noch zu regnen begonnen. Viel zu spät – wäre die Nässe ein paar Wochen früher gekommen, dann hätte sie wohl den verdammten Fliegen den Garaus gemacht. Aber so hatten sie in aller Ruhe ihre Eier im Kohl abgelegt.

»Was wir nicht verkaufen, stampfen wir zu Sauerkraut«, tröstete Auguste. »Ich leih mir den Krauthobel und ein paar große Steinguttöpfe aus der Tuchvilla.«

Gustav nickte. Da würde ihnen wohl nichts anderes übrigbleiben. Er rief die Liesl und den Maxl herbei, die drüben im Unterstand Suppengemüse zu kleinen Bündeln zusammenbanden.

»Auf den Wagen stapeln. Aber vorsichtig. Und die Plane drüber, damit nichts nass wird.«

»Ja, Papa.«

Es regnete feine Tröpfchen, die mühelos durch die Kleidung bis auf die Haut drangen. Und kühl war es geworden, am frühen Morgen hatte über dem Acker ein weißer

Hauch gelegen. Dabei war es erst Oktober und der Winter noch in weiter Ferne.

»Was macht dein Fuß?«, fragte Auguste, die gesehen hatte, wie Gustav über den Acker humpelte.

»Ganz gut«, behauptete er. »Ein wenig wund noch, aber es heilt schon. Gib mal die Körbe rüber. Ich will noch Möhren und Sellerie holen. Den Rosenkohl lassen wir stehen, den ernten wir erst, wenn der erste Frost gewesen ist.«

Auguste nickte und ging in den Unterstand, wo man wenigstens im Trockenen arbeiten konnte. Der dreijährige Hansl hockte am Boden und klatschte mit beiden Händchen in den grauen Matsch – da würde sie seine Hose waschen müssen, aber wenigstens gab er Ruhe. Fritzchen hingegen war jetzt neun Monate alt, mollig, kräftig und eifrig dabei, sich an allem Erreichbarem hochzuziehen. Noch ein oder zwei Wochen und der Bursche machte seine ersten Schritte. Auguste bündelte Suppengrün und betrachtete dabei die bunten Astern und Dahlien, die die Liesl geschnitten und in Blechdosen voller Wasser gestellt hatte. Auch die würden sie gleich zum Markt mitnehmen. Was für ein Jammer, dass sie es nicht verstand, solch schöne Sträuße zu binden wie die Blumenfrauen. Die bekamen für die gleichen Blumen mindestens das doppelte Geld.

Sie sah blinzelnd hinüber zu dem großen Parkgelände, das den Melzers gehörte. Was für eine Verschwendung, dachte sie. Das war guter Ackerboden, da konnten sie Kartoffeln und Rüben ziehen, Kräuterbeete anlegen und Blumenkohl pflanzen. Aber die reichen Melzers, die brauchten das alles ja nicht. Die machten jede Menge Profit mit ihrer Fabrik und umgaben sich mit einem Park. Bäume, Wiesen und Blumen – nur fürs Auge. Muss einer sich halt leisten können.

Freilich hatte sie keinen Grund, über die Melzers zu

lästern, denn sie wohnte mit ihrer Familie immer noch mietfrei im Gartenhäuschen. Eng war es, und die beiden Zimmerchen unterm Dach waren im Winter nicht heizbar. Dafür war's halt umsonst. Wenn sie auch noch Miete zahlen müssten, dann wären sie wohl längst verhungert.

Sie beugte sich vor, um Gustav und die beiden älteren Kinder auf dem Acker sehen zu können. Waren die denn immer noch nicht fertig mit den paar Möhren und dem Sellerie? Sie mussten gleich los, den Marktstand aufbauen, bevor ein anderer ihnen den Platz streitig machte. Und wenn das erledigt war, musste sie die Liesl und den Hansl notdürftig mit einem feuchten Lappen waschen, damit sie in der Schule wegen ihrer Dreckfinger nicht Ärger bekamen. Was sich der Herr Lehrer da so dachte. Saubere Hände – die konnten sich die reichen Leute leisten. Bei ihnen mussten die älteren Kinder mitarbeiten, sonst hatten sie alle sechs nichts mehr zum Leben. So war das, Herr Lehrer. Und wenn Sie es nicht glauben wollen, dann kommen Sie doch her und graben ein paar Möhren aus. Dann wollen wir doch einmal schauen, wie Ihre Finger danach aussehen!

»Gustav! Mach zu! Wir müssen los!«, rief sie hinüber und griff dann schnell zu den Kräutern, um sie in kleine Körbchen zu stellen. Petersilie, Dill und Schnittlauch hatten so gut wie alle Marktstände im Angebot. Aber bei ihnen gab es auch Majoran und Estragon, Rosmarin und Thymian. Den kauften die Köchinnen aus den reichen Häusern, weil sie es an den Braten und in die Soßen gaben. Damit war immerhin etwas zu verdienen.

Drüben stapften jetzt Gustav und die beiden Kinder zum Wagen hinüber, der mit einer Plane abgedeckt im Regen stand. Wenn sie doch ein Pferd hätten. Oder besser noch: ein Automobil. Aber solche Träume konnte sie getrost begraben. Noch ein paar Wochen und der Verdienst würde auf einen winzigen Betrag schrumpfen, der kaum das Standgeld am Markt deckte. Ende November war Schluss mit den Blumen, dann gab es nur noch Rosenkohl, Zwiebeln und Möhren. Die Möhren lagerten sie im Keller vom Gartenhaus ein, sie steckten sie in Krüge voller Sand, da hielten sie sich den ganzen Winter über saftig und frisch.

Ein Gewächshaus, das wäre es. Ein großes Gewächshaus, das viel Licht hineinließ und im Winter beheizbar war. Da könnte man Blumen und Kräuter das ganze Jahr über züchten.

»Gut gemacht, ihr zwei«, hörte sie Gustav zu den Kindern sagen. »Seid fleißig gewesen. Da lauft hinüber zur Mama und holt euer Frühstück.«

Er tätschelte der Liesl die Mütze und gab dem Maxl einen liebevollen Klaps auf den Po. Auguste holte die Brotscheiben heraus und goss Milch in die Becher. Butter gab es nicht, nur etwas Marmelade, die war ihr zu flüssig geworden, sodass man sie nicht verkaufen konnte.

»Mama, meine Füße tun weh«, beschwerte sich Liesl. »Das kommt, weil ich immer die Zehen zusammenkrumpeln muss.«

Die Schuhe waren längst zu klein, und auch der Maxl hatte solch große Füß, dass ihm das abgelegte Schuhwerk der Liesl nicht passen wollte. Sie würde also beiden Schuhe kaufen müssen, denn auch der Maxl stieß mit den Zehen vorn an. Früher hatte sie hin und wieder Kleider und Schuhwerk von den Melzers geschenkt bekommen, aber seitdem die Marie Melzer nicht mehr in der Tuchvilla war, durfte man solche Bitten gar nicht erst aussprechen. Die gnädige Frau Alicia fing sofort an zu weinen, sobald man ihre Enkelkinder nur erwähnte.

Der Fritz brüllte zornig im Unterstand, weil Auguste den Kleinen vorsichtshalber mit einem Band an der Tür festgemacht hatte. Sonst krabbelte er auf Enddeckungsreise, und sie konnte ihn grau verkleistert wie eine Rübe aus dem Acker ziehen.

»Fertig?«, fragte Gustav und stellte die Körbchen mit Gewürzen und Suppengrün auf den Wagen.

»Da nimm. Gibt erst heut Abend wieder was.«

Sie hielt ihm eine Brotscheibe mit Marmelade hin, und er biss lustlos ein paarmal hinein. Dann brach er den Rest in kleine Stücke und gab sie dem Hansl, der schon hungrig danach gierte. Man konnte sagen, was man wollte, aber die drei Buben sahen nicht grad verhungert aus. Ganz im Gegenteil. Nur die Liesl war dünn, die war jetzt elf und schoss in die Länge.

Auguste steckte den Jüngsten in den alten Kinderwagen, den die Melzers ihr geschenkt hatten und in dem einst Paul, Kitty und Lisa spazieren gefahren worden waren. Der Hansl musste sich vor Fritz auf die Kante setzen, dann ging es ganz gut. Gustav spannte sich vor den Gemüsewagen, die Liesl und der Maxl drückten von hinten, so setzte sich der Treck langsam in Bewegung. Was für eine Plackerei das doch war. Zumal es die Nacht durch geregnet hatte und man auf dem Pfad, der zur Straße hinüberführte, in dem matschigen Boden einsank.

So geht das nicht weiter, dachte Auguste. Der Gustav ist ein braver und fleißiger Mensch. Ein anständiger Bursche, der niemanden übers Ohr hauen mag. Deshalb wird er es auch nie und nimmer zu etwas bringen. So ist das halt im Leben, die bescheidenen Leut, die gehen unter. Nur wer das Maul weit aufreißt und etwas wagt, der kommt nach oben.

Sie mussten durch die Jakoberstraße, am Perlach vorbei

in die Karolinenstraße, wo der Gemüsemarkt war. Eine schier endlose Reise über holpriges Pflaster und nasse Gehwege, besonders der alte Kinderwagen quietschte und jammerte, sodass man Angst haben musste, das Gefährt würde zusammenbrechen. Natürlich war ihr Lieblingsplatz schon besetzt, sie mussten mit einem ungünstigen Eckchen dicht neben dem Milchladen vorliebnehmen. Dafür waren sie dort wenigstens vor dem Regen geschützt, denn der Gustav durfte die Plane an einem Haken an der Hauswand befestigen.

»Das wird heut net viel Kundschaft geben«, sagte ihr Standnachbar, der Kartoffeln, Zwetschgen und Äpfel anbot. »Wo's so regnet, da bleiben die Leut daheim.«

»Heut Mittag klart es auf«, behauptete Auguste.

Sie hatte keine Ahnung, woher sie diese Gewissheit nahm, aber irgendetwas musste ein Mensch ja gegen diesen Trübsinn tun. Sie verkaufte zwei Bündelchen Suppengrün an ein nassgeregnetes Küchenmädel, dann schauten sich einige Frauen die Kohlköpfe an, kauften aber lieber anderswo. Auguste fror, auch die Kinder bibberten, der Maxl hatte schon blaue Lippen. »Wascht euch die Finger.«

Die Schule hatte zwar noch nicht angefangen, aber dort konnten sie sich wenigstens unterstellen; wenn der Pedell ein Einsehen hatte, ließ er sie schon hinein. Auguste ließ Maxl bei Gustav und packte Kräuter und Blumen zum Fritz auf den Kinderwagen.

»Ich geh hinunter zur Jordan«, sagte sie zu Gustav. »Die soll sich aussuchen, was sie haben will.«

Er hockte auf einer Kiste und hob den Kleinen auf den Schoß. »Geh nur. Ist eh wenig los.«

Dass er immer so zufrieden aussah, der Gustav. Nur selten beklagte er sich, nie schimpfte er. Nur dass er am Abend immer sein Bier trinken musste. Die Sorgen wegspülen, hatte er mal gesagt. Manchmal wäre ihr fast lieber gewesen, er hätte eine eigene Meinung, würde mal mit der Faust auf den Tisch hauen und sagen, wo es lang ging. Aber das war nicht Gustavs Sache. Der wartete immer brav, was sie entschied, und richtete sich danach.

Der Regen ließ nun tatsächlich ein wenig nach, auch der Dunst, der auf den Dächern gelegen hatte, lichtete sich, und die Stadt sah gleich freundlicher aus. Die Straßen belebten sich, Pferdefuhrwerke rumpelten vorbei, mit allerlei Fässern und Kisten beladen, hie und da zeigten sich die ersten Automobile, auch eine Pferdekutsche rasselte vorüber. In der Straßenbahn drängten sich die Berufstätigen, die zu ihren Büros und zu den Geschäften unterwegs waren. So mancher ging normalerweise zu Fuß zur Arbeit, um Geld zu sparen, bei diesem Regenwetter wollten viele jedoch trocken an den Arbeitsplatz gelangen. Auguste blickte neidisch auf die gut gekleideten Frauen, die an der Haltestelle ausstiegen, hastig ihre Regenschirme aufspannten und ihren Arbeitsstellen zustrebten. Die mussten sich nicht mit dreckigen Kohlköpfen und vier kleinen Bälgern herumplagen. Die saßen in einem hübschen Büro im Trockenen und tippten auf der Schreibmaschine, arbeiteten bei der Post als Fräulein vom Amt oder standen in einem schönen Ladengeschäft als Verkäuferin. Auf der anderen Straßenseite kam jetzt das Atelier der Frau Melzer in Sicht. Seit gut drei Wochen war es wieder geöffnet, die wohlhabenden Kundinnen gingen ein und aus, man erzählte sich sogar, dass die Frau oder Tochter des Bürgermeisters bei ihr arbeiten ließen. Auguste nahm den Fritz, der zu brüllen anfing, auf den Arm und kniff die Augen zusammen, um hinter den großen Ladenscheiben etwas zu erkennen. War das nicht die Hanna, die da mit einem Arm voller Stoffe vorüberlief? Nein, das war diese Frau, die einmal mit ihrem Sohn in die Tuchvilla gekommen war. Ein Schulfreund vom Leo war das gewesen, ein Jud. Die Gouvernante hatte die beiden damals wieder weggeschickt. Arbeitete diese Jüdin jetzt etwa für die Frau Melzer? Na, die schreckte wohl vor nichts zurück.

Auguste schäkerte ein wenig mit dem Fritz, um ihn bei Laune zu halten, dann steckte sie ihn wieder in den Wagen und legte einen Schritt zu. Vom Perlach aus ging es jetzt die Maximilianstraße hinunter bis zum Milchberg, wo die Jordan ihr Geschäft hatte. Nicht gerade die feinste Gegend und ziemlich abgelegen – aber für ihre Zwecke gar nicht so übel. Wer zu ihr ging, um sich die Zukunft vorhersagen zu lassen, der wollte ja nicht unbedingt dabei gesehen werden. Sie musste stehenbleiben, weil der Kleine jetzt wieder brüllte und mit den Füßen trat, sodass sie Angst um die Kräuter auf dem Wagen haben musste. Also kaufte sie einer Händlerin zwei Brezeln ab, gab eine dem Buben und aß die andere selber. Damit war das Geld, das sie am Verkauf des Suppengrüns verdient hatte, schon wieder ausgegeben.

Sie tröstete sich mit dem Gedanken, dass es bei den Melzers in der Tuchvilla trotz all ihres Geldes auch nicht zum Besten stand. Nach wie vor wohnte die junge Frau Melzer mit den Kindern in der Frauentorstraße, es ging zwar die Rede von Scheidung und Gerichtsbeschluss, der die Kinder in die Tuchvilla zurückbringen sollte – doch einstweilen schien der Herr Melzer nichts zu unternehmen. Obgleich seine Mutter schon ganz unglücklich war, weil sie die Kinder so vermisste. Das Schlimmste aber war diese Schreckschraube. Die neue Hausdame, Frau Serafina von Dobern. Das Elend auf dürren Beinen. Nein, so eine boshafte Person hatte die Tuchvilla noch nicht gesehen, die schlug die Jordan noch um Längen. Sie hatte das Büro der Schmalzler beschlagnahmt und sich dort eingerichtet. Dorthin musste Gertie ihr auch am Morgen das Frühstück bringen, denn sie nahm nur die Abendmahlzeit gemeinsam mit den anderen Angestellten ein. Nach dem Frühstück erschien sie in der Küche und erteilte Befehle, nörgelte, ermahnte, forderte, beleidigte und trieb es so weit, dass alle froh waren, wenn sie endlich davonstelzte. Auf die Gertie hatte sie es ganz besonders abgesehen, weil die ihr gern widersprach. Einmal hatte sie sogar geschafft, das arme Mädel bei der Frau Alicia anzuschwärzen, sodass Gertie ins Speisezimmer zitiert wurde und den Kopf gewaschen bekam. Es waren natürlich lauter Lügen, die die von Dobern über sie erzählt hatte. Sie hätte Gläser zerbrochen und sogar einen Teller vom guten Geschirr gestohlen. In Wirklichkeit stand besagter Teller im Büro der Hausdame, die sich regelmäßig ungefragt an der Keksdose der Brunnenmayer bediente. Else hielt sich natürlich immer an der Seite der Stärkeren, und das war momentan leider die von Dobern. Julius hatte sich schon nach einer anderen Stellung umgeschaut, aber bisher nichts gefunden. Er bemühte sich redlich, die Hausdame einfach links liegen zu lassen und auf ihre boshaften Reden nicht einzugehen, aber man sah ihm an, dass es ihm schwerfiel. Oft war der arme Kerl ganz gelb im Gesicht vor Ärger. Nur die Brunnenmayer – die bot ihr die Stirn. Bei der hatte die von Dobern schlechte Karten. Wenn sie ihr Befehle gab, kümmerte sich die Köchin gar nicht darum. Sie tat ihre Arbeit, wie sie es immer tat, und schenkte der Hausdame nicht mehr Aufmerksamkeit als einer Fliege an der Wand. Höchstens, dass sie sich mal einen Scherz mit ihr erlaubte. Als die von Dobern unbedingt Kandiszucker für ihren Morgentee verlangte, hatte die Brunnenmayer ihr Glasmurmeln in die Zuckerdose gelegt. Die hatte die Gertie ihr aus dem Kinderzimmer geholt. Jessus Maria – was hatte sich die Hausdame darüber aufgeregt. Ein Mordanschlag sei das gewesen. Die Polizei wolle sie holen. Dann könne die Köchin ihr Dasein im Zuchthaus beschließen. Und früher, unter dem Kaiser, da hätte man so eine wie die Brunnenmayer am Galgen aufgeknüpft.

Auguste blieb abrupt stehen, sodass ihr beinahe ein Körbchen mit Estragon vom Wagen gekippt wäre. War das nicht die Gertie, die da vorn vor der Litfaßsäule stand? Ja, freilich. Hatte den Henkelkorb im Arm und ein Tuch um den Kopf geschlungen wegen des Regenwetters, aber Auguste erkannte sie an dem dunkelrot gemusterten Rock. Der hatte einmal dem Fräulein Elisabeth gehört, die den Leutnant von Hagemann geheiratet hatte und jetzt mit ihm auf dem Gutshof in Pommern wohnte. Armer Kerl, der von Hagemann. Er war einmal solch ein fescher Leutnant gewesen. Wirklich ein fescher. Doch nun zwang sich Auguste, nicht weiter an Vergangenes zu denken und steuerte auf die ahnungslose Gertie zu.

»Da schau an, die Gertie. Bist ja ganz versunken.«

Zu ihrer Enttäuschung erschrak das Mädchen überhaupt nicht, sie drehte nur langsam den Kopf und grinste Auguste fröhlich zu.

»Grüß di, Auguste! Hab euch schon von Weitem gehört. Das Wagerl quietscht ja wie ein ganzer Stall voller Ferkel. Wollt ihr zum Gemüsemarkt mit euren Kräutern?«

»Nein. Die sind für die Jordan.«

»Ah so.«

Auguste warf einen Blick auf den Anschlag, den Gertie vor der Nase hatte, aber sie konnte nur »Verein christlicher Damen« entziffern, das andere war zu klein gedruckt.

»Willst etwa ins Kloster gehen?«

Gertie lachte hell auf. Sie habe zwar mit der neuen

Hausdame täglich jede Menge Verdruss, aber deshalb wolle sie der Welt noch nicht Ade sagen.

»Die bieten Kurse an. Da schau. Kurse für Hausmädchen dauern zweieinhalb Monate. Für Kammerzofen drei Monate. Und kosten tut es nichts.«

Schau einmal einer an, die Gertie. Wollte hoch hinaus. Gleich zur Kammerzofe. Na, wenn sie sich da nicht übernahm. »Was lernt man denn da so? Steht das auch dabei?«

Gertie folgte der Zeile mit dem Zeigefinger, während sie vorlas.

»Ja hier: Anstands- und Höflichkeitslehre. Aneignung guter Manieren. Servieren und Tischdecken. Frisieren. Glanzplätten. Schneidern. Wäschepflege und Lampenputzen.«

»Da kannst doch das meiste schon.«

Das Mädchen trat einen Schritt zurück und zuckte mit den Schultern. »Freilich kann ich das meiste schon. Bis auf die Höflichkeit und die guten Manieren. Aber wenn eine diesen Kurs macht, dann kriegt sie ein Diplom. Und das kannst du dann vorlegen, wenn du dich bewirbst. Verstehst mich?«

Auguste nickte. Die Gertie war eine, die nicht lange Küchenmädel blieb. Die wollte weiterkommen, und sie hatte das Zeug dazu. Warum hatte sie selbst es nie weiter als bis zum zweiten Stubenmädel gebracht? Ach, da waren Liebschaften gewesen. Mit dem Hausdiener Robert. Dem Leutnant von Hagemann. Das Kind, für das sie einen Mann brauchte. Die Ehe mit dem Gustav. Und dann hatte sie einen Buben nach dem anderen in die Welt gesetzt. Die Gertie aber war zu schlau, um sich mit einem Kerl einzulassen.

»Wär schad, wenn du aus der Tuchvilla fortgehen tätest, Gertie«, sagte sie und meinte es ehrlich.

Gertie seufzte ein wenig und behauptete, es fiele auch ihr nicht leicht. Aber seitdem diese falsche Person überall ihre Netze spinne, habe sich in der Tuchvilla vieles zum Schlechten gewendet.

»Du hast ja die Gärtnerei und deine Familie«, meinte Gertie. »Aber wir müssen Tag und Nacht mit dieser Zwiderwurzen auskommen. Das ist schon hart.«

Auguste nickte. Keine Ahnung hatte dieses junge Ding. Dachte wohl, eine Familie und eine Gärtnerei, das sei das reine Zuckerschlecken und die Sorgen um das tägliche Brot nur ein Spaß. Sie hob die halbe Brezel auf, die der Fritz aus dem Wagen geworfen hatte, wischte sie an ihrem Rock ab und steckte sie in die Tasche.

»Da wollen wir mal«, meinte sie und schaute hinüber zum Rathausturm, der von der Sonne beschienen wurde. Da hatte sie ja tatsächlich recht behalten, es klarte auf.

»Ja, ich muss auch weiter. Die Brunnenmayer hat mir eine lange Einkaufsliste gemacht. Pfüati, Auguste.«

Die beiden Häuser der Jordan konnte man schon aus der Entfernung erkennen, denn es waren die einzigen, die neu verputzt und mit einem hellen Anstrich versehen worden waren. Klein waren sie und niedrig – aber immerhin. Und viel besser als ein Gartenhaus, in dem man nur gelitten war. Der junge Angestellte Christian stellte einen Tisch auf den Gehweg und begann, darauf allerlei Waren auszubreiten. Töpfchen mit Wunderpaste und kleine Gläschen mit Gewürzen aus dem Orient, künstliche Blumenkränze, kleine Bilderrähmchen aus Silber, ein seidener Schal, eine nackte Tänzerin aus Bronze.

»Grüß dich, Christian. Ist die Fräulein Jordan drinnen?«

Er wurde ganz rot, als sie ihn anredete. Vermutlich deshalb, weil er gerade mit dem Finger den Konturen der Tänzerin nachgespürt hatte. Ein netter Bub. Was er für große, blaue Augen hatte. Hoffentlich verführte ihn die Jordan nicht, das Luder.

»Ja, ja. Warten Sie, ich helf Ihnen mit dem Wagerl.«

Er ließ die Auslagen stehen und fasste den Kinderwagen vorn, damit sie besser über die Ladenschwelle kamen. Dann freute er sich, weil der Fritz ihn anlachte und mit den Händchen nach seinem grauen Kittel griff.

»Ich hatt auch einen kleinen Bruder«, sagte er zu Auguste. »Er ist am Scharlach gestorben, ist schon fünf Jahr her.«

»Ach«, sagte Auguste. »So ein armes Wurm.«

Eigentlich konnte sie glücklich sein, dass ihre vier Kleinen bisher kaum krank gewesen waren. Es starben viele Kinder, vor allem in den Vierteln, wo die armen Leute wohnten. Schrecklich war das, wenn man solch ein unschuldiges kleines Wesen begraben musste. Aber so weit würde sie es nicht kommen lassen. Sie war eine, die kämpfen konnte. Wie die Gertie wollte auch sie nach oben.

Die Tür des Hinterzimmers wurde geöffnet, und Maria Jordan erschien im Laden. Hübsch machte sie sich zurecht – konnte es sich ja auch leisten. Ein dunkles Kleid mit weißem gesticktem Kragen – von Weitem sah sie aus wie ein junges Mädel. Sie war halt dünn, das kam ihr zustatten. Aus der Nähe sah man freilich die Falten in ihrem Gesicht, sie musste schon an die fünfzig sein.

»Grüß dich, Auguste. Was bringst denn Schönes?«

Sie besah die Kräuter und die Blüten, zog die Augenbrauen in die Höhe und meinte dann, sie könne halt nur ein wenig Estragon und Majoran brauchen. Vielleicht noch Thymian. Ob sie auch Rosmarin habe?

Schlau war sie, die Jordan. Die meisten Kräuter trocknete sie und mischte daraus Substanzen für Duftkisschen. Oder sie füllte sie in Gläschen als Badezusatz. Mit Heilwirkung, selbstverständlich. Ohne solche Versprechungen würde wohl niemand das stinkerte Zeug für teures Geld kaufen.

»Und die Blumen?«

Die Jordan wiegte den Kopf. Dafür habe sie momentan keine Kundschaft. »Hast es dir überlegt?«, fragte sie dann mit gedämpfter Stimme.

»Ja. Aber net für 30 Prozent. Das ist ja fast ein Drittel!«

»Schon gut«, gab die Jordan zurück. »Komm hinein. Wir werden schon einig werden.«

Sie trug dem Angestellten auf, sich um Laden und Kinderwagen zu kümmern, und winkte Auguste nach hinten.

Zum ersten Mal betrat sie jenes Zimmer, über das so viel geflüstert und gemutmaßt wurde. Von wegen alles schwarz. Die Wände waren ganz normal mit Tapete beklebt, eine Kommode gab es, einen Diwan und einen kleinen Tisch mit einer grünen Schirmlampe, die ein ruhiges Licht verbreitete. Freilich lag auf dem Boden ein Teppich mit Orientmuster, und auf dem Diwan gab es eine Reihe seidener Kissen. Aber das alles war kein bisschen unheimlich. Höchstens dass die Bilder an den Wänden des fensterlosen Raums etwas seltsam waren. Da gab es einen Sultan mit grünem Turban, der eine Anzahl unbekleideter, badender Frauen begaffte. Dann war da ein gezeichneter Mädchenkopf, das Gesicht mit einem schwarzen Schleier verhängt. Und eine Landschaft mit spitzen Felsen im Mondlicht. Die schaute tatsächlich ein wenig gruselig aus.

»Setz dich.«

Sie nahm der Jordan gegenüber auf einem Stuhl Platz und stellte fest, dass das Tischlein eine schöne Einlegearbeit war. So etwas stand auch im Herrenzimmer der Tuchvilla. Da musste sie ja wirklich gutes Geld verdienen, die Jordan, dass sie sich so teure Möbel leisten konnte.

»Also, weil du es bist, Auguste. Und weil wir uns schon so lang kennen. Achtundzwanzig …«

»Das ist immer noch zu viel. Wir können ja net gleich verdienen, wenn wir das Gewächshaus gebaut haben. Erst müssen die Pflanzen wachsen. Das wird bis zum März dauern.«

Die Jordan nickte, das wusste sie auch.

»Drum verlang ich das Geld ja auch nicht sofort. Du zahlst jeden Monat einen Betrag. Zuerst nur wenig, und wenn ihr dann verdient, dann zahlt ihr mehr. Das schreib ich dir alles genau auf, und du setzt deine Unterschrift darunter.«

»Fünfundzwanzig.«

»Da könnt ich es dir ja gleich schenken!«

»Fünfundzwanzig Prozent. Und spätestens nach einem Jahr hast du das Geld zurück. Mit den Zinsen.«

»Sechundzwanzig Prozent. Das ist mein letztes Angebot. Da leg ich ja noch drauf. Denk an die Inflation.«

»Ach was. Die ist vorbei. Wir haben jetzt eine neue Reichsmark und keine Inflation mehr.«

Mit einem tiefen Seufzer erklärte sich Maria Jordan mit dem Geschäft einverstanden. Fünfundzwanzig Prozent Zinsen, auf ein Jahr. Fünftausend Reichsmark bar auf die Hand.

»So soll es sein.«, sagte Auguste, und ihr Herz klopfte so heftig, dass sie die Vibration in ihrer Halsgrube spürte.

Sie sah zu, wie die Jordan eine lederne Schreibmappe aus der Kommodenschublade nahm, ein Tintenfass auf das Tischlein stellte, die Feder eintauchte. Kratzend glitt das Schreibwerkzeug über das Papier, notierte Fristen, Termine, Zahlen. Bis Januar brauchte sie gar nichts abzuzahlen, dann fingen die monatlichen Raten an. Wenn sie mehr als zwei Monate in Verzug geriet, hatte die Jordan das Recht, die gesamte, noch ausstehende Summe sofort zu fordern und notfalls ihren Besitz pfänden zu lassen.

»Lies in aller Ruhe durch. Und da unten setzt du dann deine Unterschrift hin.«

Die Jordan schob ihr das Schriftstück zu, und Auguste bemühte sich redlich, es zu entziffern. Das Lesen war noch nie ihre Stärke gewesen, und die winzige Schrift der Jordan machte die Sache nicht leichter. Drüben im Laden war jetzt Kundschaft, sie hörte den Fritz greinen und sorgte sich, er könnte aus dem Wagen fallen.

»Es ist gut. Und die Jungfrau Maria steh mir bei.«

Sie schrieb »Auguste Bliefert« mit ungelenk steifer Handschrift und schob das Blatt wieder hinüber zur Jordan.

»Na siehst du. War doch gar net so schwer. Und jetzt geb ich dir das Geld.«

Die Jordan stand auf und nahm das Bild mit dem Mädchenkopf von der Wand. Auguste traute ihren Augen nicht. Hinter dem Bild gab es eine kleine Tür aus Eisen, darin war ein Schlüsselloch und darüber ein rundes Ding wie eine große Schraube. Die Jordan griff sich in die Bluse und zog einen kleinen Schlüssel hervor, der an einer silbernen Kette um ihren Hals hing. Auguste sah zu, wie sie den Schlüssel ins Schloss steckte und dann an der großen Schraube drehte. Die Metalltür ließ sich nun öffnen, doch die Jordan stellte sich so, dass Auguste beim besten Willen nicht sehen konnte, was hinter der Tür verborgen war.

»Zähl nach«, sagte Maria Jordan und legte ein in braunes Papier eingewickeltes Päckchen vor Auguste auf den Tisch.

Sie hatte alles vorbereitet, diese schlaue Person. Augustes Hände zitterten, als sie die Schnur löste und das Papier auseinanderfaltete. Nie zuvor in ihrem ganzen Leben hatte sie so viel Geld vor sich gesehen, sie wagte kaum, die Scheine zu berühren.

»Das sind alles neue Scheine. Gute, harte Reichsmark«, sagte die Jordan, die ihr über die Schulter sah. »Hab ich noch heute Früh von der Bank geholt.«

Es waren Scheine zu zehn, zwanzig und fünfzig Reichsmark. Auch einige Hunderter waren dabei. Auguste fasste sich ein Herz und begann zu zählen, stapelte die Scheine nach ihrem Wert, rechnete zusammen, verzählte sich zweimal und stellte schließlich fest, dass alles stimmte.

»Da pass nur auf, wenn du damit durch die Stadt läufst«, warnte die Jordan. »Es gibt überall Spitzbuben, die vor nichts zurückschrecken.«

Auguste packte ihren Schatz sorgfältig wieder in das Papier und wickelte den Bindfaden drum.

»Keine Angst – ich leg es ins Kinderwagerl unter die Matratze.«

Maria Jordan fand diese Idee ausgezeichnet. »Da pass aber auf, dass die Scheine nicht nass werden, Auguste!«

»Und wenn schon. Geld stinkt net.«

23

Es tut mir sehr leid, dass du warten musstest, alter Freund!«, sagte Rechtsanwalt Grünling, während er Paul jovial die Hand entgegenstreckte. »Du kennst das ja – ein unerwarteter Notfall. Eine Mandantin, die ich nicht abweisen konnte.«

»Natürlich, natürlich.«

Paul schüttelte die dargebotene Hand und machte gute Miene zum bösen Spiel. Was blieb ihm auch übrig? Während er drüben im Vorzimmer auf samtbezogenem Sessel wartete, hatte er Grünlings Telefonat zumindest teilweise mitgehört. Eine Mandantin – das war möglich. Abgewiesen hatte er sie tatsächlich nicht. Aber der angebliche Notfall war ohne Zweifel eher privater Natur gewesen. Grünling, dieser Schluri, hatte ein Rendezvous vereinbart.

»Setz dich, mein Lieber. Hat dir Fräulein Cordula einen Kaffee serviert? Nein? Das ist ja unverzeihlich.«

Paul konnte ihn gerade noch davon abhalten, der hübschen Sekretärin eine Rüge zu erteilen. Er sei durchaus gefragt worden, habe jedoch abgelehnt.

»Ich hatte bereits in der Tuchvilla zwei Tassen und danach noch eine in der Fabrik. Das sollte erst einmal genug sein.«

Grünling nickte zufrieden und setzte sich hinter seinen Schreibtisch. Ein ausgesprochen prachtvolles Möbelstück, Danziger Barock vom Feinsten, dunkelgrünes Leder, eine Schreibunterlage mit Orientdruck. Grünling wirkte dahinter wie ein kleiner bebrillter Affe. Vor allem, wenn er wie jetzt, die Hände vor dem Bauch faltete.

»Was kann ich für dich tun, Paul?«

Paul bemühte sich, eine gelassene Haltung einzunehmen. Grünling war seit vielen Jahren für die Melzer'sche Tuchfabrik als juristischer Berater und Beistand tätig. Sein Vater hatte ihn damals ausgewählt, weil Grünling – wie Papa es ausdrückte – ein schlauer Fuchs war. Und diskret. Das war von besonders großer Wichtigkeit.

»Ich brauche eine Beratung, Alois. Es geht um eine private Angelegenheit.«

»Ich verstehe«, gab Grünling ohne das geringste Zeichen von Überraschung zurück.

Natürlich war er nicht überrascht. Die Spatzen pfiffen es ja von allen Augsburger Dächern, dass es mit der Ehe des Fabrikanten Melzer nicht zum Besten stand.

»Ich brauche einige Details über das ... das Ehescheidungsverfahren. Nur zur Information. Um auf möglicherweise eintretende Situationen vorbereitet zu sein.«

Grünling verzog immer noch keine Miene, er setzte sich jetzt gerade hin und stützte die Arme auf die Schreibtischplatte.

»Nun«, holte er aus. »Grundsätzlich wurde das Scheidungsverfahren in diesem Jahr per Reichstagsgesetz verändert. Wobei der Ansatz durchaus ist, eine Ehe so lange wie möglich aufrechtzuerhalten und eine Scheidung nur als letzte Konsequenz zu sehen.«

»Gewiss.«

»Neu ist vor allem der Zusatz, dass Mann und Frau gleich sind. Leider hat es sich während der vergangenen Jahre erwiesen, dass immer mehr Frauen von der Möglichkeit einer Scheidung Gebrauch machen. Eine traurige Folge der weiblichen Berufstätigkeit.« Grünling rückte

seine Brille zurecht und erhob sich, um die neuen Gesetzes-
texte, die sich in einem Aktenordner abgeheftet befanden,
aufzuschlagen. »Zuständig ist nach wie vor das Landgericht.
Der Kläger benötigt einen gravierenden Grund, um eine
Ehescheidung zu verlangen. Eine einvernehmliche Scheidung, wie sie manche linke Abgeordnete fordern, wird es
auch in Zukunft nicht geben.«

»Und was würde als ›gravierender Grund‹ durchgehen?
Ehebruch?«

Der Rechtsanwalt blätterte im Ordner herum, setzte
hier und dort den Finger auf eine Zeile, bewegte lautlos
die Lippen und fuhr fort, die Seiten umzuwenden.

»Wie? Äh ja! Ehebruch selbstredend. Er muss allerdings
bewiesen und mit Zeugenaussagen belegt sein. Trotzdem
wird zunächst ein Sühnetermin beim Amtsgericht angesetzt, zu dem Kläger und Beklagte persönlich erscheinen
müssen. Dort wird festgestellt, inwieweit die Ehe noch
aufrechterhalten werden kann oder ob die Widerstände
derart stark sind, dass keine Hoffnung mehr besteht. Erst
dann kommt es zur Verhandlung über die Scheidungsklage.«

»Und wie lange zieht sich solch ein Verfahren gewöhnlich hin?«

Grünling zuckte mit den Schultern. »So genau kann
man das nicht sagen, aber mit einigen Monaten musst du
schon rechnen. Falls du ernsthaft so etwas vorhättest,
Paul«, sagte er und setzte sich auf die Kante des Schreib-
tisches. »Dann gäbe es da ein paar Kleinigkeiten, auf die
du achten solltest. Um Komplikationen zu vermeiden.
Wenn du verstehst, was ich meine.«

Paul mochte diese vertraulich-herablassende Art des
Rechtsanwalts nicht, er hatte diesen Grünling überhaupt
noch nie leiden können. Ein hässlicher Zwerg, der sich

nach dem Krieg durch geschickte Geldgeschäfte bereichert hatte. Aber vermutlich war es vor allem das Thema Ehescheidung, das ihm die Stimmung verdarb und Grünling in einem schlechteren Licht erscheinen ließ, als er es verdiente.

»Ich habe es nicht ernsthaft vor, Alois. Trotzdem bin ich für Ratschläge dankbar.«

»Jederzeit, mein Bester. Schließlich habe ich schon deinem Vater aus dieser oder jener Bredouille geholfen. Da wäre zunächst das Atelier, das deine Frau in der Karolinenstraße führt. Sehr großmütig von dir. Du weißt ja, dass sie nur mit deiner Zustimmung Geschäfte abschließen darf. Es würde sich also – im Ernstfall – durchaus anbieten, das Geschäft zu schließen und den Eintrag im Handelsregister löschen zu lassen.«

Paul schwieg. Der Rechtsanwalt sagte ihm nichts Neues, aber er hatte bisher davor zurückgeschreckt, diesen Schritt zu tun. Gewiss hätte er Marie damit die finanzielle Grundlage entzogen – doch was hätte er damit gewonnen? Würde sie dann reumütig in die Tuchvilla zurückkehren? Vermutlich nicht. Er hätte damit nichts anderes erreicht, als dass sich die Fronten weiter verhärteten.

»Welche Handhabe bietet mir das Gesetz, meine Kinder zurück in die Tuchvilla zu holen?«

Grünling tat einen langen Atemzug, wobei er Paul wenig hoffnungsfroh betrachtete. »Nun – das könnte sich aus dem Vorigen ergeben. Wenn es deiner Angetrauten an Geld mangelt, wäre zu beweisen, dass die Kinder an ihrem jetzigen Aufenthaltsort vernachlässigt werden oder gar verwahrlosen.«

»Sie werden verdorben«, fiel Paul ihm zornig ins Wort. »Ihre Fähigkeiten in eine ungünstige Richtung gelenkt. Zu lebensuntüchtigen Menschen werden sie erzogen.«

Paul hielt inne, denn er war laut geworden, was ihm selbst unangenehm war.

Grünling verließ seinen Sitzplatz auf der Schreibtischkante und kehrte auf seinen Schreibtischsessel zurück. Er lächelte besänftigend und fuhr aus sicherer Entfernung fort. »Vor allem wäre es wichtig, Beweise zu sammeln. Einschlägige Zeugenaussagen schriftlich fixieren, mit Datum und Unterschrift versehen, damit du sie vor Gericht geltend machen kannst. Sowohl die Situation deiner Kinder betreffend als auch, was die Treue deiner Ehefrau angeht.«

Paul musste sich beherrschen, um nicht wieder in Zorn zu geraten. Auch wenn er Ernst von Klippstein immer noch im Verdacht hatte, sich an seine Frau heranzumachen, so hatte er doch nicht vor, dieses Thema ausgerechnet mit Grünling zu besprechen.

»Das wird nicht einfach sein«, meinte er zurückhaltend.

»Es gibt für solche Fälle professionelle Helfer, die zwar Geld kosten, aber gute Arbeit leisten.«

Paul kniff die Augen zusammen und begriff, dass sein Gegenüber von einer Überwachung durch eine Detektei sprach. Was für ein Gedanke! So etwas konnte nur im Hirn eines kalten Juristen gedeihen. Glaubte Grünling tatsächlich, er sei bereit, seine Kinder oder gar Marie von solch einem Schnüffler beobachten zu lassen?

»Vielen Dank für die freundschaftlichen Ratschläge – ich komme vielleicht bei Gelegenheit darauf zurück. Jetzt möchte ich deine Zeit nicht länger in Anspruch nehmen.«

Der schlaue Fuchs, wie Papa ihn bezeichnet hatte, schien nicht im Mindesten verlegen. Im Gegenteil, er grinste Paul verständnisinnig an, reichte ihm die Hand über den Schreibtisch hinweg und erklärte, im Ernstfall gern zu Diensten zu sein.

»Der Umgang mit dem schönen Geschlecht ist nicht immer leicht«, sagte er. »Ganz besonders beschwerlich ist er mit jenen Damen, die uns am Herzen liegen. Glaub mir, mein lieber Paul, vor dir steht ein Mann, der aus Erfahrung spricht!«

»Gewiss!«, gab Paul trocken zurück.

Er war heilfroh, als er die weiträumige, pomphaft eingerichtete Anwaltskanzlei verließ und durch das Treppenhaus hinunter zur Straße eilte. »... ein Mann, der aus Erfahrung spricht.« Was für ein dümmlicher Ignorant! Paul war sich sicher, dass Rechtsanwalt Grünling sein Herz noch nie an eine Frau gehängt hatte. Wie sollte er auch? Da, wo andere Menschen ein Herz in der Brust hatten, steckte bei Grünling eine gefüllte Geldbörse.

Erst später in seinem Büro, als er seinen eigenen Kaffee trank und in die Arbeit eintauchte, beruhigte Paul sich wieder und sah die Lage mit anderen Augen. Immerhin hatte er einige Details über die Ehescheidung in Erfahrung gebracht, die ihm möglicherweise in einem Gespräch mit Marie nützlich sein konnten. Leider war es während der vergangenen Wochen zu keiner Annäherung gekommen – man befand sich im Status quo, die verhärteten Fronten wurden eher noch zementiert. Er überlegte wohl zum hundertsten Mal, ob es nicht klug sei, ihr einen Brief zu schreiben. Ein gut durchdachtes, ausgewogenes Schreiben, in dem er ihr Vorschläge für eine gütliche Versöhnung unterbreitete. Gewiss – er konnte auch nachgeben. Wenn sie tatsächlich bereit war, zu ihm zurückzukehren, dann würde er mit Mama reden, und Frau von Dobern musste unverzüglich gehen. Allerdings würde er das erst in die Wege leiten, wenn Marie ihre Einwilligung zu einer Rückkehr gegeben hatte. Nicht schon vorher, sozusagen als Vorleistung. So nicht. Er hatte keineswegs vor, sich von ihr unterbuttern zu lassen. Wenn sie einen Pantoffelhelden zum Ehemann wollte, dann war sie bei ihm an der falschen Adresse. Dann musste sie sich an Ernst von Klippstein halten. Kitty, die völlig unbefangen mit Mama telefonierte, hatte berichtet, dass Ernst von Klippstein ein gern gesehener, lieber Gast in der Frauentorstraße war. Worauf Mama ihm auf der Stelle Hausverbot erteilt hatte.

»Dieser Mensch, den du als deinen Freund bezeichnetest, hat doch schon damals ein Auge auf Marie geworfen. Im Lazarett hat er ihr Liebeserklärungen gemacht, das hat mir Kitty erzählt.«

Unglaublich, wie wandelbar die Frauen waren. Und nun sogar Mama. Hatte sie von Klippstein nicht jahrelang als »liebenswerten, armen Menschen« bezeichnet und ihn bei jeder Gelegenheit in die Tuchvilla eingeladen? Er wies den Gedanken, der ihn hin und wieder quälte, energisch von sich. Nein – Marie war ihm treu. Sie hatte ihn niemals betrogen. Nicht damals, als er in russischer Kriegsgefangenschaft war und Ernst ihr – wie Mama behauptete – Liebeserklärungen machte, und auch später nicht.

Solche Dinge wie Ehebruch, Doppelleben oder gar Scheidung hatte es in seiner Familie nicht gegeben, und es würde sie auch nicht geben. Marie und er hatten einen ernsthaften Ehestreit, der in naher Zukunft beigelegt werden würde. Das war alles.

Er beschloss, heute zu Fuß zur Tuchvilla zu laufen, um dort das Mittagessen einzunehmen. Das Wetter war trocken und sonnig, nur der Wind störte ein wenig, aber die frische Luft und die Bewegung würden ihm guttun. Nicht umsonst hatte sein Vater – von den letzten Monaten einmal abgesehen – die Strecke ausschließlich zu Fuß zurückgelegt. Im Vorzimmer, wo die beiden Sekretärinnen die mitgebrachten Wurstbrote verzehrten, warf er einen raschen Blick auf von Klippsteins Bürotür.

»Herr von Klippstein ist zu Tisch«, sagte die Hoffmann mit vollem Mund und wurde dann rot. »Verzeihung.«

»Schon gut.«, meinte er und fuhr in ironisch-militärischem Ton fort: »Zurücktreten, rühren, weiteressen.«

Sie freuten sich über den Scherz und kicherten. Na also.

Durchgepustet und mit flatterndem Mantel, traf er in der Tuchvilla ein. So ein Spaziergang hatte seine Vorteile, er hatte festgestellt, dass der Wind im Park eine Menge Äste herabgerissen hatte – es war höchste Zeit, dass man sich um die Bäume kümmerte. Seitdem er nur hie und da ein paar Leute im Park beschäftigte, war die Anlage recht verwildert. Man würde wohl doch einen Gärtner einstellen müssen, er musste einmal mit Mama darüber sprechen.

Else öffnete ihm die Tür, knickste und nahm Mantel und Hut entgegen.

»Ist meine Mutter wohlauf?«

Die Frage war inzwischen zur Regel geworden, da Alicia oft wegen Migräne oder anderen Leiden daniederlag. Allerdings erschien sie in den meisten Fällen trotzdem zum Mittagessen.

»Leider nein, Herr Melzer … Sie ist oben in ihrem Zimmer.«

Else verzog das Gesicht zu einem bedauernden Lächeln, ohne dabei den Mund zu öffnen. Es sah merkwürdig aus, aber man hatte sich daran gewöhnt.

»Frau von Dobern möchte Sie sprechen.«

Das passte ihm nicht, musste jedoch durchgestanden werden. Seitdem Serafina von Dobern zum Zankobjekt in seiner Ehe und Familie geworden war, ging ihre Gegenwart ihm auf die Nerven. Was natürlich nicht ihre Schuld war. Da musste man schon gerecht sein. Die Ärmste tat sich ziemlich schwer auf ihrer neuen Position, Marie hatte leider recht gehabt.

»Sie erwartet Sie im roten Salon.«

Also noch vor dem Essen. Nun ja – es war wohl besser, die Sache gleich hinter sich zu bringen. Vermutlich wollte sie sich einmal wieder über die Angestellten beschweren, und da Mama unpässlich war, kam sie damit zu ihm. Allerdings gefiel es ihm wenig, dass sie den roten Salon beschlagnahmte. Frau Schmalzler hatte sich dergleichen niemals herausgenommen.

»Sagen Sie ihr, dass ich sie ins Büro bitten lasse.«

Sie ließ ihn tatsächlich ein Weilchen warten, was ihn ziemlich ärgerte, denn er war hungrig. Schließlich hörte er die Tür des roten Salons schlagen. Aha, die Dame war beleidigt, weil er ihrer Einladung in den herrschaftlichen Salon nicht Folge geleistet hatte. Er nahm sich vor, ihrem Hochmut einen Dämpfer zu verpassen.

»Es tut mir leid, dass Sie warten mussten«, sagte sie beim Eintreten. »Ich hatte noch einen Brief ins Reine zu schreiben, den Ihre Mutter mir in aller Eile diktierte.«

Er nickte und wies wortlos mit der Hand auf einen Stuhl. Er selbst saß aus alter Gewohnheit hinter dem Schreibtisch, jenem Möbelstück, in dem Jacob Burkard einst seine Konstruktionspläne versteckt hatte. Zehn Jahre war es nun schon her, dass er und Marie diese Pläne gefunden hatten. Marie – wie sehr hatte er sie damals geliebt. Wie glücklich war er gewesen, als sie sich dafür entschied, seinen Antrag anzunehmen. Waren die Schatten der Vergangenheit nun stärker als ihre Liebe? Konnte es sein, dass die Schuld seines Vaters ihr Glück zerstörte?

»Ihre Mutter hat mir aufgetragen, Sie über eine unerwartete, neue Entwicklung zu informieren«, sagte Serafina von Dobern, während sie ihn mit höflichem Lächeln fixierte.

Er riss sich zusammen. Es hatte wenig Sinn, sich trüben Ahnungen hinzugeben. »Wieso spricht sie nicht selbst mit mir?«

Serafinas Lächeln drückte jetzt Bedauern aus.

»Ihre Mutter hat heute Morgen ein Telefonat entgegengenommen, das ihr ohnehin schwaches Nervenkostüm extrem belastete. Ich habe ihr daher ein Beruhigungsmittel gegeben, sie wird zum Mittagessen hinunterkommen, aber zu längeren Diskussionen ist sie momentan nicht in der Lage.«

Mit Einverständnis von Dr. Greiner verabreichte Serafina seiner Mutter hie und da etwas Baldrian. Vollkommen ungefährlich, wie der Arzt ihm erklärt hatte. Zumal die Dosis, die er verordnete, gering war.

Er wappnete sich. War es am Ende ein Anruf von Marie gewesen? Hatte sie – verrückter Gedanke – die Scheidung eingereicht? Sagte nicht Dr. Grünling, dass immer häufiger Frauen solch eine Klage einreichten? Eine Folge der weiblichen Berufstätigkeit.

»Es wird leider eine Scheidung geben«, sagte Serafina in seine Gedanken hinein.

Also doch! Er spürte, wie er in einen Abgrund sank. Er würde Marie verlieren. Sie liebte ihn nicht mehr.

»Eine ... Scheidung«, brachte er langsam hervor.

Serafina beobachtete aufmerksam die Wirkung ihrer Worte und zögerte die Antwort ein wenig hinaus. »Ja, leider. Ihre Schwester Elisabeth rief aus Kolberg an, um uns mitzuteilen, dass sie Scheidungsklage gegen ihren Ehemann Klaus von Hagemann eingereicht hat. Das Verfahren wird auf Antrag des Ehemannes hier in Augsburg am Landgericht geführt.«

Lisa! Es war Lisa, die sich scheiden ließ. Warum auch immer. Lisa und nicht Marie hatte die Scheidung eingereicht. Er war namenlos erleichtert und zugleich verärgert, weil er seine Gefühle Serafina gegenüber so offen gezeigt hatte.

»Also doch«, murmelte er. »Hat sie auch gesagt, was sie weiterhin vorhat?«

»Sie wird zunächst hier in der Tuchvilla Quartier beziehen. Was sie ansonsten plant, wissen wir nicht.«

Er konnte sich gut vorstellen, dass diese Nachricht, die Lisa vermutlich kurz und knapp wie es ihre Art war, durchgegeben hatte, für Mama eine gelinde Katastrophe darstellte. Was für ein Skandal. Noch schwatzte die Augsburger Gesellschaft über die weggelaufene Ehefrau des Paul Melzer, da ließ sich seine Schwester von ihrem Ehemann scheiden und kehrte ins elterliche Haus zurück. Dazu kam das permanente Getuschel über das angeblich lasterhafte Leben der jungen Witwe Kitty Bräuer, die recht offen mit verschiedenen jungen Künstlern verkehrte. Das zerrüttete Familienleben der Melzers würde wieder einmal das Lieblingsthema aller Augsburger Lästermäuler sein.

»Wenn ich mir eine Bemerkung erlauben darf?«

»Bitte!«

Serafina wirkte jetzt verlegen, was ihr wesentlich besser stand als das aufgesetzte Lächeln. Nun – sie stammte aus einer adeligen Familie, da zeigte man nur in Ausnahmefällen die wahren Gefühle. Er kannte das von Mama.

»Ich für meinen Teil bin sehr froh, dass Lisa wieder hierherkommt. Sie erinnern sich vielleicht. Wir sind Freundinnen. Ich glaube, Lisa hat eine schwere, aber richtige Entscheidung getroffen.«

»Das ist möglich«, gab er zu. »Lisa ist natürlich in der Tuchvilla herzlich willkommen und wird jegliche Unterstützung von mir erfahren.«

Serafina nickte und schien jetzt ehrlich gerührt. Sie

hatte auch ihre guten Seiten, diese anstrengende Person, und für ihr fades Aussehen konnte sie nichts.

»Es ist ein großes Glück, solch einen Bruder zu haben. Jemand, der so bedingungslos zu seiner Schwester steht«, sagte sie leise.

»Oh, vielen Dank«, gab er zurück, bemüht, die Sache ins Scherzhafte zu ziehen. »In der Not halten wir Melzers nun einmal zusammen.«

Sie nickte und blickte ihn an. Schmachtend. Oh weh – so hatte sie damals immer geschaut, wenn sie sich auf irgendwelchen Gesellschaften oder Bällen begegnet waren.

»Dann sollten wir jetzt zu Mittag essen«, sagte er prosaisch. »Ich werde in der Fabrik erwartet.«

Mama saß bereits am Tisch, mit geradem Rücken, wie sie es gewohnt war, dabei jedoch bleich und mit einer Miene, als sei die Welt in sich zusammengestürzt. Paul legte die Arme um sie und hauchte ihr einen Kuss auf die Stirn.

»Paul. Hast du es schon erfahren? Ach Gott – es sieht so aus, als bliebe uns Melzers nichts erspart.«

Er gab sich alle Mühe, sie zu trösten, was nur teilweise gelang. Immerhin sah Mama sich jetzt in der Lage, das Tischgebet zu sprechen. Julius servierte die Suppe schweigend und mit düsterer Miene, auf Pauls Frage, ob er wohlauf sei, erklärte der Hausdiener, er habe sich selten besser gefühlt. Wobei er Frau von Dobern ansah, als wolle er sie mit der Suppenkelle traktieren.

»Dieser Herr Winkler«, äußerte Alicia nachdenklich, als Julius die Suppe hinaustrug. »Es wundert mich ein wenig, dass Lisa ihn gar nicht am Telefon erwähnte.«

»Nun«, sagte Serafina mit mildem Lächeln. »Das muss nicht von Bedeutung sein. Warten wir einfach ab. Wenn sie erst hier ist, wird sie uns schon ihr Herz öffnen.«

Alicia wirkte tatsächlich erleichtert, was Paul verwunderte. Lisa vertraute sich so gut wie niemals einem anderen Menschen an. Sie machte ihre Sachen mit sich allein aus und wartete mit überraschenden Entscheidungen auf. Das hätte Mama eigentlich am besten wissen müssen. Aber wie es schien, war seine Mutter in letzter Zeit ein wenig zerstreut und hielt sich lieber an das, was Frau von Dobern sagte.

»Mir scheint, der Kohl ist versalzen«, meinte die Hausdame und betupfte die Lippen mit der Stoffserviette.

»Sie haben recht, Frau von Dobern.«, sagte Mama. »Etwas zu viel Salz.«

»Im Ernst?«, fragte Paul stirnrunzelnd. »Ich finde ihn ausgezeichnet.«

Frau von Dobern überhörte sein Urteil und trug Julius auf, die Köchin wissen zu lassen, dass sie das Gemüse versalzen habe. Julius neigte leicht den Kopf, um anzudeuten, dass er es vernommen habe, eine Antwort gab er nicht.

»Es ist wichtig, dass das Personal eine strenge Führung spürt«, erklärte Frau von Dobern. »Nachgiebigkeit wird stets als Schwäche angesehen. Vor allem – wenn Sie verzeihen, liebe Alicia –, vor allem von den Frauen. Wer ihnen mit Nachgiebigkeit begegnet, der wird verachtet, denn jede Frau wünscht sich einen Mann, zu dem sie aufsehen kann.«

Paul war einigermaßen verblüfft, solche Theorien aus dem Mund eines weiblichen Wesens zu vernehmen, aber Serafina war schließlich Tochter eines Offiziers. Nun immerhin – es war nicht ganz falsch, was sie da verkündete. Wenn auch leicht übertrieben.

Alicia stimmte eifrig zu und bemerkte, dass sie ihren seligen Johann stets respektiert und zugleich sehr geliebt habe.

»Er hatte immer seinen eigenen Kopf«, meinte sie lächelnd und sah zu Paul hinüber. »Und das war gut so.«

Offensichtlich waren ihr die langen und kräftezehrenden Ehekämpfe völlig aus dem Gedächtnis entschwunden. Paul konnte sich gut erinnern, dass Mama es damals überhaupt nicht schätzte, wenn Papa »seinen eigenen Kopf« hatte. Aber vielleicht war auch dieses Vergessen eine Form von Liebe? Und geliebt hatten die beiden einander auf ihre Weise schon.

»Vermutlich hätte Johann Melzer seiner Frau nicht gestattet, einen eigenen Betrieb zu führen, nicht wahr?«, sagte Serafina zu seiner Mutter.

»Johann? Oh nein. Er war der Ansicht, dass eine Frau ins Haus gehörte. Ein großer Haushalt wie die Tuchvilla ist für eine Frau Beschäftigung genug.«

»Nun ja, Ihre Schwiegertochter hat mit ihrem Atelier bewiesen, dass eine Frau zugleich einen Haushalt führen und auch eine Geschäftsfrau sein kann. So ist es doch? Oder täusche ich mich da?«

»Da täuschen Sie sich aber sehr, liebe Serafina. Marie hat leider Kinder und Hauswesen gleichermaßen vernachlässigt. Meiner Ansicht nach hat das Atelier deiner Ehe sehr geschadet, Paul.«

Paul war mit dem Gulasch beschäftigt und tat, als habe er nicht gehört. Er fühlte sich unbehaglich, mochte aber nicht in das Gespräch eingreifen, um Mama nicht zu verärgern. Dennoch gefiel es ihm wenig, dass seine Eheprobleme hier bei Tisch mit der Gouvernante beredet wurden. Was fiel Mama da nur ein?

»Oh, ich finde, dass sich Herr Melzer ausgesprochen großmütig gegenüber seiner Frau verhält«, nahm Serafina den Faden wieder auf. »Was wäre denn, wenn er Strenge walten ließe, und das Atelier müsste geschlossen werden? Wovon sollte seine Frau dann mit den Kindern leben?«

Alicia wartete mit der Antwort, bis Julius den Nachtisch serviert hatte, der aus einem süßen Grießpudding mit Himbeersoße bestand. Dann blickte sie Serafina mit einem frohen Lächeln an. »Sie haben den Nagel auf den Kopf getroffen, liebe Serafina. Hast du es gehört, Paul? Ich habe dich von Anfang an gewarnt, und du hast meine Worte in den Wind geschlagen. Das Atelier ist Marie zu Kopf gestiegen, und deshalb solltest du ihr so schnell wie möglich klarmachen, wie die wahren Verhältnisse liegen. Mit Nachgiebigkeit erreichst du gar nichts, im Gegenteil, sie wird jeglichen Respekt vor dir verlieren.«

Paul hatte zwar gewusst, dass Mama dieser Ansicht war, bisher hatte sie es jedoch vermieden, ihm ihre Meinung direkt ins Gesicht zu sagen.

»Danke für deinen Rat, Mama. Ich habe jetzt in der Fabrik zu tun.«

Er ließ den Grießpudding stehen, obwohl er zu seinen Lieblingsspeisen gehörte, denn er hatte keine Lust, sich Mamas übliche Klagen anzuhören, er laufe immer in die Fabrik davon. Täuschte er sich, oder hatte Serafina sich eifrig bemüht, Mama dorthin zu lenken, wohin sie sie haben wollte? Er sollte diese Frau besser im Auge behalten.

Da der Wagen in der Fabrik stand, musste er den Weg wieder zu Fuß zurücklegen. Es gefiel ihm dieses Mal längst nicht so gut wie vorhin, er verfiel ins Grübeln, steigerte sich in seinen Ärger hinein und dachte ernsthaft darüber nach, ob Mamas Ratschlag nicht doch die Lösung aller Probleme sei. Wenn Marie das Geld fehlte, die Kinder anständig zu versorgen und zu kleiden, würde er bald eine Handhabe besitzen, Leo und Dodo zurück in die Tuchvilla zu schaffen. Dann würde auch Marie einsehen, dass er als der Mann in der stärkeren Position war. War nicht aller Kummer daraus entstanden, dass er zu nachgiebig gewesen war?

Den Rest des Arbeitstages über befand er sich in ausgezeichneter Stimmung, er besprach sogar anstehende Projekte mit seinem Teilhaber, den er seit Tagen geflissentlich ignoriert hatte. Es fiel ihm nicht gerade leicht, über seinen Schatten zu springen, denn von Klippstein hatte ihn wissen lassen, dass er unter keinen Umständen bereit sei, seine Anteile an der Fabrik abzugeben. Man musste sich im Interesse des Unternehmens also arrangieren.

Erst am Abend, als er wieder allein im Arbeitszimmer der Tuchvilla saß und seinen Kummer mit Rotwein betäubte, begriff er, dass er auf dem Holzweg war. Er konnte Marie nicht zwingen. Sie musste freiwillig zu ihm zurückkehren. Alles andere wäre sinnlos.

Was will sie denn noch?, fragte er sich verzweifelt. Ich habe sie um Verzeihung gebeten. Ich bin bereit, Frau von Dobern zu entlassen. Unter gewissen Umständen würde ich auch gestatten, dass Leo Klavier spielt ... Nur diese Ausstellung – die könnte sie mir ersparen.

Er machte mehrere Versuche, einen Brief an Marie zu schreiben, brach aber jedes Mal ab und warf die zusammengeknüllten Blätter in den Papierkorb.

Kitty, dachte er. Sie muss mir helfen. Warum habe ich nicht früher auf Kitty gesetzt?

Morgen würde er sie vom Büro aus anrufen. Der Entschluss gab ihm den Mut, endlich zu Bett zu gehen. Er hasste das gemeinsame Schlafzimmer, in dem er nun allein nächtigte. Das Bett, dessen andere Seite unberührt war, das Schweigen, die Kälte, das gut aufgeschüttelte Kopfkissen neben ihm. Marie fehlte ihm so sehr, er wusste kaum, wie er ohne sie weiterleben sollte.

24

Ich hätte es wissen müssen, dachte Marie. Sie schämte sich, denn sie war sehenden Auges ins offene Messer gerannt. Was wohl die Leute von ihr gedacht haben mochten, als sie heute Früh ganz allein in St. Maximilian zur Messe erschienen war? Sie hatte sich nicht in die Familienbank der Melzers gesetzt, die gleich vorn rechts in der zweiten Reihe stand. Sie fühlte sich nicht dazu berechtigt und verkroch sich in einer der hinteren Bänke auf der linken Seite des Kirchenschiffs. Von ihrem versteckten Platz aus spähte sie zwischen den Kirchgängern hindurch zur Melzer'schen Familienbank, auf der nur drei Personen Platz genommen hatten: Alicia, Paul und Serafina von Dobern.

Wieso hatte sie diese Sitzordnung so betroffen gemacht? Die Gouvernante hatte auch früher gemeinsam mit ihnen die Messe gehört und mit Dodo und Leo auf der Bank der Melzers gesessen. Heute aber waren die Zwillinge nicht hier, Hanna besuchte mit den Kindern die Messe in St. Ulrich und Afra, das war Kittys Idee gewesen, um Komplikationen zu vermeiden. Serafina war inzwischen zur Hausdame aufgerückt und saß neben Paul. Sie hatte nun Maries Platz eingenommen.

Während die Orgel ein Präludium hören ließ und der Küster die Kirchentüren schloss, kämpfte Marie heftig gegen das Gefühl an, aus der Kirche laufen zu müssen. Warum war sie überhaupt gekommen? Gewiss nicht aus Frömmigkeit, die hatte man ihr schon damals im Waisenhaus gründlich ausgetrieben. Nein, sie hatte die verrückte Idee gehabt, nach der Messe ein paar Worte mit Paul zu reden. Missverständnisse zurechtzurücken. Sich zu erklären, versuchen, bei ihm auf Verständnis zu stoßen. Oder einfach ... ihn zu sehen ... ihm in die Augen zu blicken. Ihn spüren zu lassen, dass ihre Liebe nicht gestorben war ... ganz im Gegenteil.

Aber es war der falsche Ort, die falsche Zeit. Während der Priester und die Ministranten einzogen und die Messe ihren Anfang nahm, fühlte sie die neugierigen Blicke der Augsburger Bekannten von allen Seiten auf sich gerichtet. Da war sie also, die Marie Melzer. Das Küchenmädel, das zur Herrin aufgestiegen war. Ein paar Jahre nur hatte ihr Glück gedauert, nun war es damit vorbei. Schade um sie, aber so hatte es kommen müssen. Paul Melzer hatte eine bessere Frau verdient als ein Mädel aus dem Waisenhaus.

Ja, dachte sie voller Bitterkeit. Serafina ist zwar verarmt, aber die Familie ist von Adel. Oberst von Sontheim, ihr Vater, war im Krieg für das Vaterland gefallen. Verarmter Adel und wohlhabender Fabrikant – das passte schon eher zusammen.

Sie spähte wieder nach vorn und sah, wie Paul sich Serafina zuneigte und ihr lächelnd etwas zuflüsterte. Und Serafina errötete, als sie ihm leise antwortete.

Hilflose Eifersucht durchfuhr Marie wie ein lähmendes Gift. Weggegangen, Platz vergangen, dachte sie. Du bist selbst schuld daran, du hast ihn verlassen, ihn freigegeben. Hast du geglaubt, ein Paul Melzer habe Schwierigkeiten, eine andere zu finden? Er ist wohlhabend, sieht gut aus, er kann unglaublich charmant sein ... Die heiratswütigen Damen werden sich um ihn reißen, sobald er geschieden ist.

Dachte er an Scheidung? War es schon so weit gekommen?

Sie brachte die Kraft auf, die Messe bis zu Ende zu hören. Die althergebrachten lateinischen Texte halfen ihr dabei, wirkten beruhigend auf ihr Gemüt, schützten sie vor dem Aufruhr ihrer Gefühle. Das Orgelnachspiel hatte kaum eingesetzt, da stand sie rasch auf, schob sich an den neben ihr Sitzenden vorbei und erreichte den Ausgang als eine der Ersten. Sie hoffte sehr, dass weder Paul noch seine beiden Begleiterinnen ihre Anwesenheit bemerkt hatten. Es wäre gar zu peinlich gewesen.

Sie nahm eine Droschke, um so schnell wie möglich von St. Maximilian zu verschwinden, in der Frauentorstraße schlich sie ungesehen von der in der Küche arbeitenden Gertrude die Treppe hinauf, warf den Mantel von sich, zog die Stiefeletten aus und setzte sich an ihren Arbeitstisch.

Und wenn schon, dachte sie trotzig und rieb sich die kalten Hände. Ich habe meine Arbeit, die kann er mir nicht nehmen. Und ich habe die Kinder. Dazu Kitty. Gertrude. Ich darf in diesem hübschen kleinen Haus wohnen und arbeiten. Auch wenn ich Paul verloren habe – es bleibt mir doch noch unendlich viel ... Soll er doch glücklich werden mit einer anderen ... Ich wünsche es ihm. Ja, ich will tatsächlich, dass er glücklich wird. Ich liebe ihn doch ... Ich liebe ihn ...

Sie starrte aus dem Fenster und verfolgte das Spiel des Herbstwindes, der die letzten Blätter von den Buchenzweigen riss. Sie musste arbeiten, dachte sie. Die Arbeit würde ihr dabei helfen zu vergessen. Sie wandte sich ihrer Zeichnung zu, dem ersten Entwurf zu einem weit schwingenden Mantel mit Pelzbesatz für eine Kundin. Der Kragen schlicht, ohne Pelz, der Besatz an den Ärmeln und am Saum dafür umso üppiger. Dazu ein kleines Hütchen aus Samt. Vielleicht in Röhrenform, wie es jetzt die allerneuste Mode war? Ach nein, sie mochte diese abgeschnittenen

Würmer nicht. Lieber eine Kreation mit aufgeschlagener Krempe und einem Pelzrand als Clou? Sie zeichnete einige Versuche, verwarf, änderte ab, überlegte und gab sich neuen Einfällen hin.

»Aber Mama. Dieses Thema hatten wir doch nun schon ausgiebig besprochen.«

Marie hielt inne und lauschte. Gestern Abend war Tilly aus München angekommen, um einige Tage in der Frauentorstraße zu verbringen. Sie war sehr müde gewesen, hatte nur ein wenig gegessen und sich dann gleich in ihr Zimmer unter dem Dach zurückgezogen. Arme Tilly. Es schien ihr nicht gut zu gehen, und nun fiel auch noch Gertrude über sie her.

»Mein liebes Kind – die Wahrheit kann man nicht oft genug wiederholen. Ich hatte so sehr gehofft, dass du nun endlich Vernunft annimmst.«

Mutter und Tochter schienen sich unten im Wohnzimmer zu befinden. Das Haus war leider etwas hellhörig, vor allem Gertrudes kräftige Stimme drang mühelos durch alle Etagen.

»Bitte, Mama, ich möchte nicht darüber sprechen.«

»Ich bin deine Mutter, Tilly! Und ich werde aus meinem Herzen keine Mördergrube machen. Hast du einmal in den Spiegel gesehen? Wie das Leiden Christi schaust du aus. Ringe unter den Augen, die Nase spitz, die Wangen hohl. Es tut mir weh, dich nur anzusehen.«

»Dann schau eben weg.«

Marie stellte sich vor, wie Gertrude jetzt voller Empörung Luft holte und die Arme in die Seiten stemmte. Ach Tilly – sie kannte doch ihre Frau Mama. Mit solch einer Antwort ließ sie sich nicht abspeisen.

»Wegsehen soll ich? Nicht hinschauen, wenn mein einzig mir verbliebenes Kind sich vor meinen Augen ruiniert?

Studieren! Ärztin werden! Hirngespinste sind das. Schau lieber zu, dass du beizeiten einen Ehemann findest, der dich ernähren kann. Aber dazu musst du mehr auf dich halten, Mädel. Eine Vogelscheuche wird keiner nehmen.«

Marie legte entschlossen den Bleistift hin und stand auf, um Tilly beizustehen. Gewiss – Gertrude machte sich Sorgen, sie meinte es gut mit Tilly. Auf ihre Art.

»Ich sage es nun schon zum hundertsten Mal: Ich werde niemals heiraten. Nimm das bitte endlich zur Kenntnis, Mama!«

Marie beeilte sich auf der Treppe. Sie war nun ernsthaft besorgt, denn Tillys Stimme klang zittrig. Möglich, dass sie gleich in Tränen ausbrach.

»Gertrude!«, rief Marie, während sie die Wohnzimmertür öffnete. »Ich glaube, Hanna kommt mit den Kindern aus der Kirche.«

Es war ein kluger Schachzug, denn Gertrude sah zur Standuhr hinüber und lief dann zum Fenster. »Du liebe Güte. Hast du sie von oben schon sehen können? Da sind sie aber früh dran. Ich werde heiße Schokolade kochen, es weht ein kalter Wind draußen. Und in der Kirche wird's auch nicht grade warm gewesen sein.«

»Eine gute Idee!«, rief Marie. »Heiße Schokolade ist bei diesem Herbstwetter genau das Richtige!«

Derart angefeuert, eilte Gertrude in die Küche, um den schwarzen bitteren Kakao mit Zucker und ein wenig Sahne zu einem dicken Brei zu rühren, der später mit heißer Milch aufgegossen wurde. Gertrudes Begeisterung für das Kochen und Backen hielt unvermindert an, wobei Hanna ihr inzwischen eine kluge und eifrige Unterstützung war.

Tilly strich das lange offene Haar zur Seite und sah mit dankbarem Blick zu Marie hinüber. Sie erschien Marie jetzt, im Licht des frühen Vormittags, noch magerer als gestern Abend. Auch war ihr Kleid ziemlich abgetragen, am rechten Ärmel sogar durchgescheuert.

»Du bist genau im richtigen Moment gekommen, Marie. Noch einen Satz, und ich wäre Mama an die Kehle gesprungen!«

»Ich weiß ...«

»Das war eine geplante Aktion?«

Marie lachte leise und nickte. Daraufhin musste auch Tilly schmunzeln. Aus der Küche vernahm man das Geschepper eines eisernen Kochtopfs, der auf die Bodenfliesen aufschlug. Gertrude war mitunter etwas ungeschickt.

»Jesus und Maria!«, schimpfte Kitty im Flur. »Was machst du nur für einen Lärm mitten in der Nacht, Gertrude? Kann man in diesem Haus überhaupt kein Auge mehr zutun?«

»Es ist fast Mittag, junge Dame!«, stellte Gertrude seelenruhig fest. »Aber Leute, die ein ausgedehntes Nachtleben pflegen, brauchen wohl den Tag zum Schlafen!«

Ein unmutiges Knurren war die Antwort, dann öffnete sich die Wohnzimmertür. Kitty war im Morgenkleid, das Haar verwuschelt, die Augen voller Schlaf.

»Sie macht mich wahnsinnig. Wirft mit Kochtöpfen. Ach Tilly. Hast du gut geschlafen, Liebes? Du schaust aus wie eine verwelkte Tulpe. Wir müssen dich ordentlich aufpäppeln, nicht wahr Marie? Das tun wir, du kannst dich auf uns verlassen, Tilly. Meine Güte – ich bin noch ganz benommen. Es ist doch Sonntag, oder?«

Sie fuhr sich durch das Haar und lachte, wischte mit dem Handrücken über die Stirn, zog eine Grimasse und lachte wieder.

»Sonntag – ganz recht. Setz dich, Kitty. Ich glaube, es ist noch Kaffee in der Kanne.«

Marie kannte Gertrudes Gewohnheit, eine Tasse Kaffee

für Kitty aufzuheben, da sie nur selten vor zehn Uhr am Morgen aufstand.

»Oh ja! Lauwarmer Kaffee ist genau das, was ich jetzt brauche«, spottete Kitty undankbar.

Sie spielte ihr übliches Theater. Sank mit leichtem Stöhnen auf das Sofa, nahm huldvoll die Tasse entgegen und hielt sie in der Hand, während sie weiterredete.

»Puh, schmeckt grauenhaft, aber belebt. Jetzt bin ich wieder da. Was für ein schönes Fest gestern im Kunstverein! Stell dir vor, Tilly, er war ganz aufgeregt, als ich erzählte, dass du schon in Augsburg bist ... Er will heute Abend kommen. Ach ja. Marc und Roberto schauen auch vorbei. Und Nele, glaub ich. Ich muss Gertrude und Hanna noch Bescheid geben, Roberto liebt ihren Mandelkuchen so sehr.«

Marie hatte ein wenig Mühe, Kittys Redeschwall zu sortieren, als sie Tillys ratloses Stirnrunzeln bemerkte, griff sie schließlich ein.

»Von wem sprichst du, Kitty?«

»Von Roberto natürlich, liebste Marie. Roberto Kroll, der so ein hübscher Junge ist und leider darauf besteht, einen Bart zu tragen, weil er sich für einen genialen Künstl…«

»Roberto war aufgeregt, weil Tilly in der Stadt ist?«

Kitty starrte sie mit großen Augen an. »Was redest du denn da, Marie? Doch nicht Roberto. Das war Klippi, der brave, treue Klippi.«

Tilly wurde rot und sah unwillig zur Seite. Kitty trank ihre Tasse leer, rutschte in eine Ecke des Sofas und zog die Füße hoch.

»Wir wissen ja alle, dass der arme Klippi bis über alle Ohren in unsere Marie verliebt ist«, schwatzte sie drauflos. »Aber da meine allerliebste Marie ihn partout nicht haben will – worüber ich sehr froh bin, denn Marie gehört meinem Paulemann –, wird Klippi sich anders orientieren müssen. Er ist ein Goldstück, Tilly, das kannst du mir glauben.«

Tilly stöhnte auf und hielt sich beide Hände über die Ohren. »Bitte, Kitty! Fang du nicht auch damit an. Gerade hat Mama mir den üblichen Vortrag gehalten.«

Doch Kitty ließ sich nicht aufhalten. »Ich sage ja nur, dass der Herr von Klippstein heute Abend unser Gast sein wird und dass er erfreut ist, dich hier zu treffen. Mehr nicht. Er ist ein ausgesprochen liebenswerter und großmütiger Mensch, wie du ja selbst weißt. Niemals käme er auf die Idee, seiner Ehefrau Vorschriften zu machen. Du könntest unbesorgt studieren und Ärztin werden – Klippi wäre immer hilfreich an deiner Sei…«

»Du bemühst dich umsonst, Kitty«, fiel ihr Tilly ins Wort. »Ich werde niemals heiraten. Gerade du müsstest mich doch am besten verstehen.«

Kitty schwieg ausnahmsweise und umschlang die hochgezogenen Knie mit den Armen. Dabei blickte sie hilfesuchend zu Marie hinüber.

»Wegen … wegen Dr. Moebius?«, fragte Marie leise.

Tilly nickte nur. Sie schluckte und strich das lange Haar hinter die Ohren. Seltsam, dass gerade sie, die so mutig einen von Männern besetzten Beruf erlernte, das Haar auf diese altmodische Art trug.

»Du hoffst immer noch, dass er irgendwann aus der Gefangenschaft zurückkehrt?«

Tilly schüttelte den Kopf. Einen Moment lang herrschte Schweigen im Wohnzimmer, man hörte den gleichmäßigen Schlag der Standuhr, in der Küche klapperte Geschirr. Dann begann Tilly zu sprechen, stockend und sehr leise.

»Ich weiß sicher, dass Ulrich tot ist. Er starb in einem

kleinen Nest irgendwo in der Ukraine. Sie hatten das Feldlazarett gleich hinter der Frontlinie errichtet, wie sie es immer taten. Damit die Verwundeten so schnell wie möglich versorgt werden konnten. In dem Dorf hatten sich Partisanen versteckt, sie schossen auf alles, was sich bewegte. Ulrich starb, während er versuchte, das Leben eines jungen Soldaten zu retten.«

Marie wusste nichts zu sagen. Kitty glich einem ängstlichen Kind, das sich zusammenkauert.

»Woher weißt du das?«, fragte sie beklommen.

»Einer seiner Kameraden hat es seinen Eltern berichtet. Sie schrieben mir ... Ulrich hatte seinen Kameraden gebeten, mich zu benachrichtigen, falls er fallen sollte.«

Ein Schicksal wie tausend andere, dachte Marie unglücklich. Und doch so grausam, wenn man es am eigenen Leibe erfährt. Es ist seltsam, dass man inzwischen vermeidet, sich an den Krieg zu erinnern. Dass wir uns in ein neues, modernes Leben stürzen und die Krüppel, die in den Straßen betteln, nicht mehr sehen wollen. So wie wir auch unsere eigenen Narben und Verwundungen vergessen möchten.

»Gewiss«, sagte Tilly nun mit veränderter Stimme. »Wir waren nicht verlobt. Dazu war die Zeit zu kurz. Ich habe mir immer wieder Vorwürfe gemacht, so abweisend gewesen zu sein. Ich hätte ihn ermutigen müssen, aber wir Frauen wurden dazu erzogen, niemals den Anfang zu machen. Und so hatten Ulrich und ich nur ein paar Minuten miteinander, mehr war es nicht. Ein Kuss, eine Umarmung, ein Versprechen.«

Sie brach ab, weil die Erinnerung sie überwältigte. Kitty sprang von ihrem Sofa und schlang die Arme um Tilly.

»Ich verstehe dich ja«, rief sie bekümmert. »Ich verstehe dich so gut, aber du weißt wenigstens, wie er starb. Ich werde niemals erfahren, was mit meinem armen Alfons geschehen ist. Ach Tilly – ich träume immer wieder die schrecklichsten Dinge, wie er hilflos daliegt und verblutet. Meilenweit fort von mir und ganz allein. Der Krieg. Wer hat ihn nur gewollt? Kennst du irgendjemanden, der diesen Krieg gewollt hat? Bring ihn zu mir und ich reiße ihn in Stücke!«

Marie schwieg. Sie kam sich undankbar und selbstsüchtig vor. Ihr Mann war zu ihr zurückgekehrt – wie viele Frauen hatten sie darum beneidet! Und doch hatte sie Paul nun verlassen, konnte ihm nicht vergeben, was er ihr angetan hatte. Das Glück, sich wiederzufinden, und das tägliche Zusammenleben waren zweierlei Dinge.

»Ich schätze Ernst von Klippstein«, fuhr Tilly fort. »Du hast ganz recht, Kitty. Er ist ein wunderbarer Mensch. Und er hat viel durchgemacht. Sein Leben stand damals auf Messers Schneide.«

»Richtig«, meinte Kitty, die immer noch Tillys Schulter streichelte. »Du hast ihn ja damals im Lazarett gepflegt. Sag einmal, Tillylein. Man spricht ja nicht darüber, aber es bleibt ja unter uns, nicht wahr? Ganz im Vertrauen: Kann er ... Kann Klippi überhaupt, na, du weißt schon, eine Familie gründen?«

Tilly sah zum Fenster hin, wo jetzt die lachenden Gesichter der Kinder auftauchten. Sie hüpften in die Höhe, um besser ins Wohnzimmer hineinschauen zu können, und winkten den drei Frauen zu, dann liefen sie kichernd zurück zur Haustür, wo Hanna auf sie wartete.

»Bitte«, sagte Tilly hastig. »Ich möchte auf keinen Fall, dass jemand es erfährt. Ich weiß es auch erst jetzt. Wir hatten einen ähnlichen Fall an der Fakultät. Damals im Lazarett hatte ich keine Ahnung von diesen Körperfunktionen.«

»Also kann er es nicht«, stellte Kitty trocken fest. »Armer Kerl!«

Marie hatte so etwas schon vermutet, nun war es also Gewissheit. Wie tragisch. Er hatte einen Sohn, der jedoch bei seiner geschiedenen Frau lebte. Weitere Kinder waren ihm versagt. Wie albern Pauls Eifersucht doch war. Wie hatte er von Klippstein doch genannt? »Dein Liebhaber und Blumenkavalier.« Das war boshaft und ungerecht!

Das fröhliche Stimmengewirr der Kinder im Flur zerriss die traurige Stimmung, Kitty sprang auf, verschränkte die Hände im Nacken und dehnte sich.

»Was soll's? Das Leben geht weiter. Eine neue Zeit ist angebrochen, und wir drei stehen mitten drin. Ich mit meinen Bildern. Marie mit ihrem Atelier. Und du, Tilly, wirst eine großartige Ärztin werden.«

Sie stand auf den Zehenspitzen, die Arme immer noch im Nacken verschränkt und sah herausfordernd von einer zur anderen. Offensichtlich wartete sie auf Zustimmung. Marie lächelte verhalten. Auch Tilly versuchte, eine frohe Miene aufzusetzen, was jedoch schlecht gelang.

»Na schön, Mädels«, meinte Kitty nachsichtig. »Ich will mich dann mal anziehen. Sonst erzählt Henny wieder in der Schule, ihre Mama säße den ganzen Tag im Nachthemd herum.«

Auch Tilly lief hinaus, um ihr Haar aufzustecken, das Zimmer aufzuräumen und ihr Bett zu machen. Die Zeit, als sie noch von Hausmädchen und Kammerzofe bedient wurde, lag lange zurück, sie war daran gewöhnt, allein für sich zu sorgen. Hanna hatte genug zu tun, sie wollte ihr auf keinen Fall zusätzliche Arbeit machen.

»Tante Tilly!«, hörte Marie die durchdringende Stimme ihrer Tochter im Flur. »Tante Tilly! Warte doch. Ich will mit nach oben.«

»Dann komm, Dodo. Ich muss aber aufräumen.«

»Da helfe ich dir. Ich kann gut aufräumen, das hat Frau von Dobern uns beigebracht. Darf ich dein Haar kämmen? Büüütte! Ich bin auch ganz vorsichtig.«

Was das Mädchen wohl veranlasste, sich so Tilly anzuschließen?, dachte Marie. Vielleicht wollte Dodo auch einmal Medizin studieren? Auf jeden Fall besser, als Fliegerin zu werden. Sie lächelte über sich selbst. Die Kinder hatten noch so viel Zeit, es war albern, sich jetzt schon Gedanken zu machen. Und doch sagte man ja, dass ein Häkchen sich beizeiten krümmte.

Leo platzte herein, den Becher noch in der Hand, einen Schokoladenschnurrbart über dem Mund. »Mama, ich habe eine ganz famose Neuigkeit für dich!«

Er fuchtelte mit dem halbvollen Becher herum, sodass der Kakao um ein Haar auf dem Teppich gelandet wäre.

»Wunderbar, mein Schatz. Stell den Becher lieber ab, sonst gibt es eine Überschwemmung.«

»Ich habe ein absolutes Gehör, Mama!«

Er sah zu ihr auf, als habe er heute den Ritterschlag empfangen. Marie grub in ihrem Gedächtnis. Was war denn nur ein »absolutes Gehör«?

»Wie schön. Und wer hat das festgestellt?«

»Wir waren nach der Messe noch oben an der Orgel, Walter und ich. Weil wir doch so gern einmal darauf spielen wollen. Und da hat der Kantor gemerkt, dass ich immer weiß, wie der Ton heißt. Auch die Halbtöne. Alles weiß ich. Bis ganz hoch hinauf in den Diskant. Und runter in den Bass. Alle Orgelregister durch. Kann ich alles hören, Mama. Walter kann das nicht. Da war er ganz traurig, weil er das nicht kann. Der Kantor heißt Herr Klingelbiel, und er hat gemeint, das sei etwas Seltenes. Eine Gabe Gottes, hat er gesagt.«

»Das ist wirklich großartig, Leo.«

Da sonst niemand im Zimmer war, durfte sie ihn an sich drücken und über sein Haar streichen. Als sich die Tür öffnete und Henny durch den Schlitz ins Wohnzimmer lugte, machte er sich sofort von Marie los und lief hinüber ins Musikzimmer.

»Tante Marie.« Henny gab dem Wort »Marie« einen Schlenker, auch war ihr Lächeln mindestens so bezaubernd wie das ihrer Mutter. Aha – da war wohl ein Anschlag geplant.

»Was gibt's, Henny?«

Die Kleine hatte eines der blonden Zopfenden gefasst und drehte es zwischen den Fingern. Dabei blinzelte sie zu Marie hinauf.

»Ich könnte dir doch im Atelier helfen. Am Nachmittag. Wenn ich meine Schularbeiten gemacht habe.«

Freiwillige Arbeit war eigentlich nicht Hennys Sache. Aber Marie ging erst einmal auf den Vorschlag ein. »Wenn du das gern möchtest, warum nicht? Ich könnte dich schon brauchen. Knöpfe sortieren. Garnrollen aufwickeln. Die Blumen gießen.«

Henny nickte zufrieden. »Bekomme ich dann auch einen Lohn?«

So war das also. Fast hatte Marie es sich gedacht. Sie verbiss sich das Grinsen und erklärte der Kleinen, dass sie erst acht Jahre alt war und noch gar nicht für einen Lohn arbeiten durfte.

»Aber … aber ich arbeite doch nicht. Ich helfe nur ein bisschen. Dafür könntest du mir doch zehn Pfennige schenken. Weil du meine liebste Tante bist.«

Was für ein kleiner Schlaukopf. Geld verdienen auf die elegante Art. Ich tu dir einen Gefallen, und du tust mir einen Gefallen.

»Und wozu brauchst du zehn Pfennige?«

Henny warf das Zopfende über die Schulter und schob die Lippen vor. Was für eine dumme Frage, stand auf ihrem Gesicht geschrieben.

»Oh nur so. Zum Sparen. Weil doch bald Weihnachten ist.«

Was für ein rührendes Kind, dachte Marie. Sie will arbeiten, um Weihnachtsgeschenke zu kaufen. Diesen Sinn für Geld und Geldeswert hatte sie ganz sicher von ihrem Papa geerbt.

»Wir werden das mit deiner Mama besprechen, ja?«

Hennys Miene verdüsterte sich, sie nickte jedoch brav und lief davon. Irgendetwas führt die Kleine doch im Schilde, dachte Marie unschlüssig. Es war vielleicht klüger, ihrem Wunsch nicht nachzugeben und vor allem mit Kitty darüber zu sprechen.

Gegen Abend begann es heftig zu regnen, auch wehte ein kalter Herbstwind, der die Büsche und Bäume im Garten beutelte. Ihre Zweige schlugen gegen die Hauswände, gelbe und braune Blätter segelten mit dem Wind davon und zu allem Überfluss vermeldete Hanna, dass oben zwei Fenster undicht seien.

»Leg ein paar alte Handtücher auf die Fensterbretter«, schlug Tilly vor. »Sonst fängt das Holz an zu schimmeln.«

»Ein Fass ohne Boden ist dieses Haus«, jammerte Kitty. »Diesen Sommer habe ich das Dach flicken lassen, was mich fast ruiniert hat. Dachdecker werde ich, wenn ich noch einmal auf die Welt komme.«

Ernst von Klippstein erschien in einem vor Nässe triefenden Mantel, den Regenschirm hatte der Wind ihm mehrfach umgestülpt, sodass er schließlich darauf verzichtet und besser seinen Hut festgehalten hatte. Statt Blumen überreichte er den Damen feuchte Konfektschachteln, und er war überglücklich, als Hanna ihm warme Hausschuhe brachte.

»Verzeihen Sie bitte meinen Aufzug«, meinte er, als er Tilly begrüßte und fuhr sich mit der Hand durch das nasse Haar.

»Aber wieso? Sie sehen gut aus, lieber Ernst. So rosig und gesund. Wie frisch gewaschen!«

»Da ist was dran«, bestätigte Kitty lachend. »Von jetzt an stellen wir Sie in den Regen, bevor wir Sie einlassen, lieber Klippi. Kommen Sie trotzdem herein, es wird gerade aufgetragen.«

Marie stellte erleichtert fest, dass sich Ernst von Klippstein heute vor allem Tilly widmete. Während der ersten Zeit ihrer Trennung von Paul war er fast täglich in der Frauentorstraße zu Gast gewesen und hatte sich die allergrößte Mühe gegeben, sie zu trösten. Nun – es war lieb gemeint, aber für sie eher eine Last als eine Hilfe.

»Siehst du, Marie?«, flüsterte ihr Kitty verschmitzt zu. »Die beiden sitzen schon ganz vertraut nebeneinander. Gleich werden sie Händchen halten und ihre Herzen tauschen.«

Kitty trug eines ihrer raffiniert geschnittenen Kleidchen aus heller Seide, die ihre Knie nur knapp bedeckten und ihre inzwischen wieder mädchenhafte Figur betonten. Ein Wesen zwischen Kind und Frau, die strahlte, reizte, kokettierte – kein Mann kam an ihr vorbei. Wen sie mit ihren tiefblauen Augen ansah, den stürzte sie in heftige Gefühlsverwirrungen. Wobei Marie festgestellt hatte, dass Kitty dieses Spiels im Grunde längst überdrüssig war und es nur noch spielte, um sich selbst ihre Macht immer wieder zu beweisen. So zählten auch Roberto, der schwarzbärtige Maler, sowie Marc, der Galerist, zu ihren folgsamen Verehrern. Wie weit Kittys Gunst ihren Herren gegenüber ging, wusste Marie nicht. Falls ihre hübsche Schwägerin sich auch auf körperliche Liebe einließ, dann tat sie es niemals in der Frauentorstraße.

»Nele, meine Süße! Dass du bei diesem Wetter aus dem Haus gehst.«

Nele Bromberg wurde von allen stürmisch umarmt. Sie war schon über siebzig, dürr wie ein Zicklein, das kurz geschnittene Haar sorgfältig tiefschwarz gefärbt. Vor dem Krieg hatte sie als Malerin Furore gemacht und eine Menge Bilder verkauft, später war ihr Ruhm verblasst, doch das hinderte sie nicht daran, ihr Leben ganz und gar der Kunst zu widmen. Marie mochte die skurrile alte Dame, oft dachte sie, dass ihre Mutter, wenn sie noch am Leben wäre, ihr vielleicht sehr ähnlich wäre.

»Oh – Regen und Sturm, das ist das rechte Wetter für uns Hexen«, rief Nele. »Es war ein Vergnügen, auf dem Besen zu dir zu reiten, meine kleine Flatterelfe.«

Sie sprach meist viel zu laut, was daran lag, dass sie mit den Jahren immer schwerhöriger wurde. Doch es störte niemanden, sogar die Kinder, die noch ein Weilchen dabei sein durften, fanden »Tante Brummberg« nett und stritten sich oft, wer am Tisch neben ihr sitzen durfte.

Ach, diese geselligen Mahlzeiten im Haus in der Frauentorstraße! Wie unbefangen fröhlich es dabei zuging. Keine steifen Benimmregeln wie in der Tuchvilla, niemand hielt die Kinder an, gerade zu sitzen und nicht zu kleckern. Auch gab es weder Herrschaft noch Dienerschaft, denn Gertrude teilte den Gästen Aufgaben zu, die sie bereitwillig übernahmen. Den Tisch decken. Ein Blumengesteck herrichten. Die Speisen auftragen. Für die Getränke sorgen. Vor allem Klippstein machte sich gern nützlich, doch auch Marc schleppte bereitwillig die Schüssel mit den Schupfnudeln, und der Maler Roberto legte die Bestecke exakt im gleichen Abstand neben die Teller. Später aber, wenn alles gerichtet war, saß man gemeinsam am Tisch, wo es so eng zuging, dass man aufpassen musste, den Nachbarn nicht versehentlich mit der Gabel zu stechen. Auch Hanna, die sich zuerst zierte, musste sich dazusetzen und war immer noch schrecklich verlegen, wenn Kittys Freunde sie mit »Fräulein Johanna« anredeten.

Man speiste, lobte die Köchin, scherzte mit den Kindern, erzählte Possen, stieß mit den Gläsern an. Die Gespräche drehten sich fast immer um Kunst, vor allem Marc Boettger, der Galerist, führte das Wort, verurteilte diesen und hob jenen in den Himmel, berichtete von Künstlern, die über Nacht berühmt geworden waren, und von Genies, die ewig verkannt bleiben würden. Nele rief dazwischen, er solle lauter sprechen, sie könne ihn nicht verstehen, worauf Dodo die Aufgabe übernahm, der alten Dame die wichtigsten Gesprächsfetzen zu wiederholen.

»Ein kluges Mädel hast du in die Welt gesetzt, Marie. Etwas ganz Besonderes. Die wird einmal alle verblüffen.«

Nele duzte grundsätzlich all ihre Freunde, und sie hatte Marie gleich von Anfang an in ihr Herz geschlossen. Vor allem lobte sie die Bilder ihrer Mutter, auch wenn sie Luise Hofgartner zu ihrem größten Bedauern nie kennengelernt hatte.

Wenn alle sich satt gegessen hatten und die Gespräche ein wenig ruhiger wurden, schlug Leos Stunde. Dann ging er hinüber ins Musikzimmer, um einige Stücke auf dem Klavier vorzuspielen, was er leidenschaftlich gern tat. Auf Maries Zeichen hin wurde dem Musikanten kräftiger Applaus gespendet – damit war das abendliche Konzert beendet, und Hanna ging mit den maulenden Kindern hinauf, um sie ins Bett zu bringen.

Die Erwachsenen verteilten sich nun in kleinen Grüppchen im Wohnzimmer, machten es sich auf dem Sofa bequem, belegten die Sessel, Roberto liebte es besonders, mit gekreuzten Beinen auf dem Teppich zu hocken. Er war ein begeisterter Turner und hatte einmal seine Künste im Radschlagen vorgeführt, wobei jedoch eine Kristallvase und der große, aus Rohr geflochtene Sessel beschädigt worden waren, sodass Kitty ihn bat, damit aufzuhören.

»Ich liebe diesen Sessel! Ich habe meine Tochter darauf geboren!«

»Auf diesem Sessel?«, erkundigte sich Marc beklommen.

»Nein, eigentlich auf dem Sofa. Da, wo du gerade sitzt, mein Freund.«

Marie stimmte in das Gelächter ein. Sie fühlte sich heute ein wenig müde und hatte Mühe, sich auf ein Gespräch zu konzentrieren. Möglich, dass es am Wein lag, ein kräftiger Rheinwein, sie hätte das zweite Glas besser nicht getrunken.

Sie hörte sich höflich an, was der junge Galerist zu erzählen hatte, lächelte an den richtigen Stellen und war froh, als Hanna wieder ins Wohnzimmer zurückkehrte, um zu vermelden, dass die Kinder zufrieden in ihren Betten lagen. Da sich Marc jetzt an »Fräulein Johanna« wandte, um sie zum wiederholten Mal in seine Galerie in der Annastraße einzuladen, hatte Marie die Möglichkeit, einem anderen Gespräch zuzuhören.

Tilly saß wieder mit Ernst von Klippstein zusammen, und wie es schien, hatte sie ihm tatsächlich ihr Herz geöffnet. Zumindest konnte Marie in Klippsteins Miene große Anteilnahme erkennen.

»Was für eine Bosheit. Aus purem Neid, vermute ich.«

»Das ist möglich«, sagte Tilly bedrückt. »Ich bin eifrig im Studium und stets eine der Besten. Es ist wichtig für eine Studentin, gute Leistungen zu zeigen, um von den

Professoren anerkannt zu werden. Aber einige Kommilitonen nehmen mir das leider übel.«

»Und da sind diese Burschen sturzbetrunken vor dem Haus Ihrer Vermieterin aufgetaucht und haben Einlass gefordert?«

»Ja. Und zu allem Überfluss haben sie behauptet, schon mehrfach bei mir übernachtet zu haben. Da hat sie mir gekündigt.«

Klippstein tat einen tiefen mitleidigen Seufzer. Vermutlich hätte er jetzt gern Tillys Hand ergriffen, doch er wagte es nicht.

»Und nun? Haben Sie ein neues Quartier gefunden?«

»Noch nicht. Ich habe meine Sachen bei einer Bekannten untergestellt, es sind nur ein Koffer und die Tasche mit meinen Büchern.«

»Wenn ich Ihnen in irgendeiner Weise behilflich sein kann, Fräulein Bräuer. Ich habe Freunde in München.«

Marie konnte nicht mehr hören, ob Tilly dieses Angebot annahm, denn jetzt fiel Nele über sie her.

»Meine liebe Marie. Du hast zwei wundervolle Kinder – ich beneide dich ganz furchtbar darum. Dieser Junge ist ein kleiner Mozart. Und wie hübsch er ist mit seiner blonden Haartolle. Wie ein Engel. Ein Erzengel.«

»Ja, ich bin sehr stolz auf die beiden.«

Marie redete, lächelte, hörte zu und gab Antwort. Es war angenehm, in diesem Zimmer zu sitzen, so warm und geborgen, umgeben von fröhlichen Menschen, während draußen der Wind an den Ästen zerrte und der Regen gegen die Fensterscheiben schlug. Wie kam es nur, dass sie sich trotzdem so unsagbar einsam fühlte?

Warum streiten wir nur?, dachte sie. Ist nicht alles, was ich ihm vorwerfe nichtig? Pure Einbildung? Sträfliche Selbstsucht?

Warum ging sie nicht morgen zu ihm in die Fabrik, um ihm zu sagen, dass sie ihn liebte? Dass alles andere unwichtig sei. Dass nur ihre Liebe zählte.

Doch dann kam ihr wieder die Kirchenbank in den Sinn. Die Familienbank der Melzers in St. Maximilian. Paul zwischen seiner Mutter und Serafina von Dobern. Sein lächelndes Gesicht im Profil, Serafina, die sich ihm zuneigte, um sein Flüstern besser zu verstehen ...

Nein. Liebe konnte nicht alles im Leben ersetzen. Schon gar nicht eine Liebe, die sich auf Lügen gründete.

Dezember 1924

»Ach Gottchen, nee! Schlagen Sie mich tot, gnädige Frau. Aber in so einen Kasten steig ich nicht ein.«

Elisabeth tat einen tiefen ärgerlichen Seufzer. Sie hätte dieses Mädchen auf dem Gut lassen sollen, mit ihr hatte man nur Scherereien. Eine rothaarige dralle Landpomeranze, der es in der Eisenbahn ständig schlecht wurde, die zu nichts zu gebrauchen war und zu allem Überfluss auch noch Angst davor hatte, in ein Automobil zu steigen.

»Nimm dich zusammen, Dörthe! Es ist schon dunkel, und ich habe keine Lust, mich in einer alten Droschke durchrütteln zu lassen.«

Sie standen vor dem Augsburger Bahnhof inmitten ihrer Taschen und Koffer, die der Gepäckträger freundlicherweise in einer Pfütze abgestellt hatte. Kalt war es in der Heimat, im Schein der Straßenlampen konnte man die kleinen Schneeflöckchen sehen, die der Wind vor sich hertrieb. Trotzdem hockten noch ein paar Kriegsversehrte an der Mauer des Bahnhofsgebäudes und bettelten die letzten Reisenden an.

»Ich werde auf der Stelle tot umfallen, gnädige Frau«, jammerte Dörthe. »In Kolberg ist solch ein Automobil einmal in die Luft gegangen. Einen Schlag hat's getan, dass die Scheiben in den Fenstern gesprungen sind.«

Lisa war von der zweitägigen Reise so erschöpft, dass sie keine Kraft mehr hatte, gegen die beharrliche Dummheit des Mädchens anzukämpfen. Aber sobald sie in der Tuchvilla war, würde sie sich die Kleine vornehmen. So ging es nicht. Da konnte sie gleich wieder zurück auf das Gut fahren. Oder laufen, wenn ihr das lieber war.

Sie ignorierte die wartenden Miettaxen und winkte einer Pferdedroschke. Wenigstens verstaute der Kutscher ihr Gepäck schnell und war Elisabeth dabei behilflich, ins Innere des Gefährts zu steigen. Sie war jetzt schon im siebten Monat, fühlte sich schwer und unbeweglich, und ihre Beine waren vom langen Sitzen im Zug angeschwollen.

»Was für eine große Stadt, gnädige Frau. Und so viele Lichter. Und die Häuser, die reichen ja bis zum Himmel hinauf.«

»Rutsch zur Seite, damit ich meine Füße hochlegen kann.«

»Ja, gnädige Frau. Oh, die sind ja dick wie Fässchen geworden. Wir werden kalte Umschläge mit Essig machen müssen.«

Elisabeth antwortete nicht. Man hörte den Kutscher schnalzen, dann klapperten die Hufeisen des Pferdes auf dem Kopfsteinpflaster, und die Droschke zuckelte in Richtung Jakobertor. Elisabeth lehnte den Kopf gegen die hölzerne Rückwand und schloss für einen Moment die Augen. Wieder daheim in Augsburg. Sie kannte jedes Haus, jede Gasse, hätte den Weg vom Bahnhof hinaus zur Tuchvilla mit geschlossenen Augen finden können. Es war ein gutes Gefühl, von dem sie selbst überrascht wurde. Es musste die Schwangerschaft sein, die ihr anstehende Schwierigkeiten in rosigem Licht erscheinen ließ. Eine merkwürdige Sache. Hin und wieder hatte sie den Eindruck, unter einer Glasglocke zu leben, die alle Sorgen und Aufregungen dämpfte und ihr das wohlige Empfinden von warmer Geborgenheit gab. Der schöne Zustand hielt jedoch meist nur für kurze Zeit an, danach stürzte sie in die triste Wirklichkeit zurück.

Während der vergangenen Wochen hatte sie die niederschmetternde Entdeckung gemacht, dass niemand auf dem Gut über ihre Abreise traurig war. Nicht einmal Tante Elvira, die doch stets freundlich zu ihr gewesen war.

»Ach Mädchen. Du gehörst halt in die Stadt, das war mir bald klar. Geh mit Gott und werde glücklich, Lisa!«

Sie ließ sie leichten Herzens ziehen. Auch Christian von Hagemann hatte ihren Entschluss nur mit einem Schulterzucken zur Kenntnis genommen. Nur Riccarda von Hagemann, die sie noch nie hatte leiden können, schien betroffen.

»Und was wird aus uns?«

Lisa hatte sie beruhigt. Klaus behielt seinen Posten als Gutsverwalter, darauf hatte Tante Elvira bestanden, denn sie war sehr zufrieden mit ihm und hatte außerdem wenig Lust, einen neuen Verwalter zu suchen. Pauline und ihr uneheliches Kind würden auf das Gut ziehen, denn Klaus hatte die Absicht, den Bub zu adoptieren. Möglich, dass er noch weitere Buben und Mädel zeugen würde – aber das war seine Sache und ging sie nichts mehr an. Der Abschied von ihrem Ehemann war sogar herzlich ausgefallen, er hatte sie in die Arme genommen und ihr gedankt.

»Ich hab dich immer gerngehabt, Lisa. Wie eine gute Freundin, eine treue Kameradin.«

Sie war sich dabei reichlich lächerlich vorgekommen, denn Sebastians Kind in ihrem Bauch bewegte sich heftig, als wolle es auf sich aufmerksam machen.

»Dass dieser fade Bursche einen Treffer gelandet hat – das nehme ich ihm übel«, hatte Klaus grinsend hinzugefügt. »Aber niemand kann behaupten, dass ich mich nicht bemüht hätte, oder?«

Sie hatte seine Scherze nicht kommentiert, sondern ihm nur versichert, dass sie keinen Groll gegen ihn hegte und in Frieden gehen wollte. Er nickte, doch als sie sich abwenden wollte, fasste er sie noch einmal beim Arm.

»Hör zu, Lisa: Wenn du es für besser hältst, bin ich bereit, das Kind auf meine Kappe zu nehmen.«

»Danke, Klaus. Das wird nicht nötig sein.«

Elisabeth öffnete die Augen und richtete den Rücken gerade, sie bekam Kopfweh von dem Gerüttel auf dem Kopfsteinpflaster. Dörthe, die sie tagelang angefleht hatte, mit nach Augsburg zu dürfen, hockte jetzt steif wie eine Statue auf dem Sitz und starrte aus dem Droschkenfensterchen. Wenn sie an einer Straßenlaterne vorbeifuhren, erschienen Häuser und Passanten in grauem Licht, dann wurde es wieder dunkel. Nur die Ladenfenster waren bunt beleuchtet, und man konnte sogar die Auslagen erkennen. Es hatte sich viel getan in Augsburg, seitdem sie fortgegangen war. Wie es schien, waren die schlimmen Inflationszeiten vorbei, Geschäfte und Firmen erholten sich, da würde es auch in der Melzer'schen Tuchfabrik aufwärtsgehen. Wie seltsam, dass Mama so wenig darüber geschrieben hatte. Ihre Briefe waren in den vergangenen Monaten recht knapp geblieben, von Kitty hatte sie gar keine Post mehr erhalten. Vermutlich nahm man ihr übel, dass sie nun doch die Scheidung eingereicht hatte und als geschiedene Frau in ihrem Elternhaus leben wollte. Dass Mama darüber bekümmert war, konnte man ja noch verstehen. Aber dass Kitty sich so anstellte, war wieder einmal typisch. Ihre kleine Schwester führte – das hatte ihr Serafina ausführlich beschrieben – ein ziemlich unmoralisches Leben, ging freimütig mit verschiedenen Männern um und hatte Liebschaften. Nun ja – Kitty hatte schon immer eine Neigung zur Boheme gehabt, das war schon damals so gewesen, als sie mit diesem Franzosen nach Paris verschwunden war. Auf jeden Fall hatte ausgerechnet Kitty nicht die mindeste Ursache, sich abfällig über sie zu äußern. Höchstens Marie hätte das Recht dazu gehabt. Aber von Marie war weder in Mamas noch in Serafinas Briefen die Rede gewesen.

Sie passierten das Jakobertor und fuhren geradeaus weiter ins Industrieviertel.

»Jetzt wird's ganz dunkel, gnädige Frau. Schwarz wie in der Hölle. Ach Gottchen – was ist das für ein Licht dort hinten? Das flimmert und flackert wie tausend Leuchtkäfer?«

»Da flimmert gar nichts, Dörthe«, sagte Lisa unwillig. »Das sind die Fenster einer Fabrik. Warte mal – das müsste die Mechanische Baumwollspinnerei sein. Die fahren also wieder Nachtschicht. Da haben die wohl jede Menge Aufträge.«

Als sie Augsburg verließ, lagen noch alle Tuchfabriken am Boden, es gab kaum Wolle und schon gar keine Baumwolle, die man hätte verarbeiten können. Sie schärfte den Blick und versuchte, in der Ferne die Lichter der Melzer'schen Tuchfabrik zu erkennen, doch es gelang ihr nicht. Wie es schien, waren hier neue Gebäude entstanden, die den Blick verstellten.

»Mir ist so übel, gnädige Frau. Sind wir bald da? Sonst muss ich dem Kutscher sagen, dass er anhalten soll.«

»Nur noch ein paar Minuten. So lange wirst du dich wohl beherrschen können.«

Dörthe nickte mehrfach mit großer Entschlossenheit und fuhr fort, nach draußen zu starren. Tatsächlich war das arme Ding weiß wie ein Tischtuch – diese Reise und der Anblick der nächtlichen Stadt waren vermutlich das Aufregendste, das ihr in ihrem bisherigen Leben widerfahren war.

Das alte Parktor hing immer noch schief in den Angeln. Dörthe krampfte die Finger in den ledernen Droschkensitz, als sie in die Einfahrt einbogen, dann erblickte man weit hinten, am Ende der Allee, die Lichter der Villa. Sie hatten die Lampen im Hof angeschaltet, man erwartete sie. Heute Früh hatte sie aus Berlin telefoniert und Mama gebeten, keine Umstände zu machen. Nein, Paul brauche sie nicht vom Bahnhof abzuholen, sie würde sich ein Krafttaxi mieten.

»Da ist es. Siehst du die Lichter?«

Der Kutscher hielt vor der Treppe zum Haupteingang, und Dörthe stürzte nach draußen, um sich gleich neben dem mit Tannenzweigen abgedeckten Rondell zu erleichtern. Oben öffnete sich die Eingangstür, und Elisabeth entdeckte zu ihrer Freude Gertie, die einmal ihr Hausmädchen gewesen war. Der Hausdiener, der jetzt die Stufen hinuntereilte, um ihr Gepäck in Empfang zu nehmen, war ihr nur flüchtig in Erinnerung. Wie hieß er doch? Johann? Nein. Jonathan? Auch nicht. Er machte einen etwas hochnäsigen Eindruck, aber das konnte täuschen.

»Willkommen zu Hause, Frau von Hagemann!«, sagte er und verbeugte sich. »Julius, mein Name. Ich freue mich, Ihnen behilflich sein zu dürfen.«

Er stützte sie, als sie aus der Droschke kletterte. Kräftig war er ja, das musste man ihm lassen. Und auch nicht so pingelig, wie Humbert es gewesen war. Der hatte sich immer geziert, jemanden anzufassen.

Sie gab Order, welche Gepäckstücke wohin zu tragen waren und überlegte, wo man sie wohl unterbringen würde. Hatte Kitty nicht einmal geschrieben, dass sich Marie in ihrem ehemaligen Zimmer einen Arbeitsraum eingerichtet hätte? Hoffentlich steckten sie sie nicht in Papas ehemaliges Schlafzimmer. Dort war es viel zu eng, und außerdem würde sie immer an den armen Papa denken müssen.

»Lisa! Lass dich anschauen, Schwesterlein! Gut siehst du aus. Ein wenig blass um die Nase, aber das kommt von der langen Reise.«

Paul war ebenfalls die Stufen hinuntergelaufen, um sie zu begrüßen. Er war herzlich, und seine Freude schien echt zu sein. Es tat ihr wohl. Als er sie jedoch in die Arme nahm, konnte auch der weite Mantel über gewisse Tatsachen nicht mehr hinwegtäuschen.

»Sag mal. Bist du etwa …«, fragte er leise.

»Im siebten Monat. Es kommt vermutlich im Februar.«

Er war verblüfft, denn sie hatte nichts über ihre Schwangerschaft nach Augsburg geschrieben. Verlegen fuhr er sich durch das Haar, atmete tief durch – dann grinste er. Verschmitzt und jungenhaft wie früher.

»Gratuliere. Da kommt wieder Leben ins Haus. Weiß es Mama schon?«

»Sie wird es heute erfahren.«

Er pfiff leise durch die Zähne, auch das hatte er früher hin und wieder getan. »Aber sei diplomatisch, Lisa. Oder versuche es zumindest. Mamas Nerven sind etwas angespannt.«

»Ach ja?«

»Sie liegt im Bett. Zum Abendessen wird sie aufstehen.«

Lisa ignorierte den Arm, den er ihr bot, und stieg die Eingangstreppe ohne seinen Beistand hinauf. Das fehlte noch, dass man sie wie eine pflegebedürftige Kranke behandelte. Schlimm genug, dass es Mama gesundheitlich so schlecht ging. Das erklärte auch, weshalb sie ihr so selten geschrieben hatte.

In der Halle warteten Else und die Brunnenmayer am Mutter, während Gertie und Julius bereits das

Gepäck nach oben schleppten. Elisabeth war gerührt. Du lieber Himmel, Else hatte tatsächlich Tränen in den Augen, und die Brunnenmayer strahlte sie an.

»Das ist recht, dass Sie wieder bei uns sind, Frau von Hagemann. Mei, ich hab die kleine Elisabeth doch mit großgezogen.«

Lisa drückte der Köchin die Hand, es hätte nicht viel gefehlt, und sie wäre ihr um den Hals gefallen. Auch Else bekam einen Händedruck. Diese beiden treuen Menschen hingen an ihr, ganz gleich, was geschehen war. Wie gut das doch tat, nach dem kühlen Abschied auf Gut Maydorn.

Serafina von Dobern wartete oben am Treppenaufgang zum ersten Stock auf sie. Lisa schnaufte, während sie die Stufen hinaufstieg, da Else ihr unten Mantel und Hut abgenommen hatte, war ihr Zustand nun deutlich zu sehen.

Serafina ließ sich jedoch nichts anmerken. »Lisa, meine liebste Freundin! Ich freue mich unendlich, dich wiederzusehen. Hattest du eine gute Reise?«

Die Umarmung war nur kurz und auf Abstand, auch die Küsschen, die sie austauschten, berührten nicht die Haut. Serafina war sittenstreng erzogen, sie musste die Tatsache, dass ihre Freundin sich scheiden ließ und zugleich ein Kind trug, erst einmal verkraften. Lisa verzieh es ihr.

»Danke, meine liebe. Es war erträglich. Die üblichen Unannehmlichkeiten im Zug, du weißt ja … Fenster auf – Fenster zu. Man kann die Beine nicht ausstrecken, und irgendjemand ist immer da, der mit einer Zeitung raschelt. Aber wie geht es dir, Finchen? Bist du glücklich, hier in der Tuchvilla? Du hast doch nicht etwa abgenommen?«

Tatsächlich erschien ihr Serafina noch dünner als früher. Auch ihre Gesichtsfarbe hatte sich nicht gebessert, aber sie schien inzwischen die Wangen mit einem zarten Hauch Rouge zu färben.

»Abgenommen? Möglich wäre es schon. Das Essen in diesem Haus bekommt mir nicht.«

Lisa begriff, dass sie ins Fettnäpfchen getreten war, denn Serafina hatte auch früher darunter gelitten, so dünn zu sein.

»Ja, richtig, du hast einen empfindlichen Magen. Und dabei kocht unsere Brunnenmayer doch ganz hervorragend.«

Wie seltsam. Sie hatte sich auf Serafina gefreut. Sie waren seit der Schulzeit gute Freundinnen und hatten auch später viele Gemeinsamkeiten gehabt. Momentan jedoch spürte sie eine ungewohnte Distanz. Nahm sie ihr die Schwangerschaft wirklich so übel?

»Ich zeige dir jetzt das Zimmer, das ich für dich habe vorbereiten lassen.«

Noch eine Treppe. Lisa stapfte hinter der Freundin her in den zweiten Stock und überlegte, was Serafina wohl mit dieser Formulierung hatte sagen wollen. Sie habe das Zimmer vorbereiten lassen. Als Gouvernante gehörten solche Dinge doch nicht zu ihren Aufgaben.

Man hatte Kittys ehemaliges Zimmer für sie eingerichtet. Nun ja – damit konnte sie sehr zufrieden sein, zumal es eine Kleiderkammer gab, die sie benutzen konnte. Etwas beklemmend fand sie es, in Kittys Bett zu schlafen, die übrigen Möbel waren jedoch entfernt und durch andere Stücke ersetzt worden. Serafina erklärte, dass sie alles mit viel Sorgfalt für ihre liebe Freundin ausgesucht und eingerichtet habe, öffnete die Kommodentüren, die Schubladen, ordnete die Kissen auf dem grünen Kanapee, das man zweifelsohne vom Dachboden geholt hatte. Lisa erinnerte sich schwach, dass dieses Möbelstück einmal im

Herrenzimmer gestanden hatte, dann aber durch zwei Polstersessel ersetzt worden war.

»Sag einmal, bist du nicht als Gouvernante angestellt?«

»Ach, das weißt du noch gar nicht, Lisa? Ich bekleide seit einiger Zeit die Position der Hausdame.«

Lisa setzte sich auf das Kanapee und sah die Freundin von unten herauf an. »Sagtest du Hausdame?«

Serafina lächelte mit Stolz. Lisas Verblüffung schien sie zu amüsieren.

»Ganz recht. Da deine Schwägerin nicht mehr bei uns ist ...«

Lisa kam jetzt nicht mehr mit. Da schien sich während ihrer Abwesenheit eine Art Erdrutsch in der Tuchvilla zugetragen zu haben, den man ihr vollkommen verschwiegen hatte.

»Marie ist ... Marie ist nicht mehr hier?« Jetzt erst fiel ihr auf, dass Marie nicht zu ihrer Begrüßung in die Halle gekommen war. »Ist sie etwa krank?«

Serafina zog die Augenbrauen in die Höhe und kniff die Lippen zusammen. Man sah ihr an, dass sie Vergnügen daran hatte, ihrer Freundin diese ungemein aufregende Neuigkeit zu eröffnen.

»Die junge Frau Melzer ist mit den Kindern in die Frauentorstraße gezogen. Wir haben die Sache sehr diskret behandelt und dir aus diesem Grund nichts davon mitgeteilt. Vor allem wegen Tante Elvira. Sie ist mitunter recht gerade heraus und nimmt wenig Rücksicht auf den guten Ruf der Familie.«

Lisa saß stumm auf dem Kanapee, diese Nachricht kam so unerwartet, sie musste erst einmal die heftig aufkommenden Gedanken und Gefühle sortieren. Marie hatte ihren Bruder verlassen. Respekt. Und die Kinder hatte sie mitgenommen. Unfassbar. Kitty, ihre kleine Schwester, musste mit Marie im Bunde sein, denn Marie wohnte bei ihr. Natürlich, das war zu erwarten gewesen! Ach Gott – der arme Paul! Und Mama, wie würde sie die Kinder vermissen. Daher also ihre schwachen Nerven.

»Ich möchte dich sehr bitte, liebe Lisa, deiner Mutter gegenüber so feinfühlig wie möglich zu sein. Ich meine, was deinen – Zustand betrifft. Sie hat so viel durchgemacht.«

»Natürlich. Das versteht sich von selbst.«

Lisa antwortete mechanisch, sie war noch mit ihren Gedanken beschäftigt. Trotzdem störte es sie, dass man sie nun schon zum zweiten Mal ermahnte, Mama vorsichtig zu behandeln. Hielt man sie eigentlich für ein Trampeltier? Eine rücksichtslose Person ohne Gefühl für die Seelenlage ihres Gegenübers? Jetzt wurde sie doch ein wenig ärgerlich auf die Freundin, auch wenn sie sich dessen bewusst war, dass Serafina keine Schuld traf.

»Schick mir bitte Gertie hinauf, Finchen«, sagte sie in kühlerem Ton, als es zwischen ihnen üblich war. »Und sag der Köchin, dass Dörthe – das Mädchen, das mich begleitet hat – in der Küche helfen kann.«

»Ruh dich nur aus, Liebes«, meinte Serafina mitfühlend. »Du hast eine anstrengende Zeit hinter dir. Du kannst auf mich zählen, Lisa. Ich bin immer für dich da.«

»Lieb von dir, Finchen.«

Serafina schloss die Tür so leise hinter sich, als befände sich eine Kranke im Zimmer. Ihre Schritte im Flur waren kaum zu hören, sie musste über den Teppichläufer schweben, ohne die Füße aufzusetzen. Auch das ärgerte Lisa jetzt, denn sie selbst stampfte momentan wie ein Elefant daher und geriet wegen der Gewichtszunahme rasch außer Atem, sodass auch ihr Schnaufen gut zu hören war. Ach ja – sie war wieder einmal diejenige, die den Schwarzen Peter gezogen hatte. Kitty – sie erinnerte sich gut – hatte man die Schwangerschaft kaum angesehen. Auch Marie war trotz der Zwillinge niemals so in die Breite gegangen wie sie selbst. Sie hatte einfach überall zugenommen: an den Hüften, an Armen und Beinen, am Rücken und vor allem am Busen. Der war vorher schon üppig gewesen – jetzt aber sprengte er alle Dimensionen. Großer Gott – wenn das Kind glücklich auf der Welt war, würde sie sich nur noch von gedünstetem Gemüse und trockenem Brot ernähren. Sie hatte keine Lust, den Rest ihres Daseins als wandelnde Tonne zu verbringen!

Als Gertie bei ihr erschien, besserte sich ihre Stimmung auf der Stelle. Was für ein nettes Geschöpf dieses Mädel doch war. Kein Wort über die Schwangerschaft, keine dummen Fragen wegen geschwollener Beine oder anderer Beschwerden. Sie hatte den Badeofen angeheizt, brachte den weiten Morgenmantel herbei und schwatzte pausenlos allerlei Neuigkeiten daher, während sie ihr beim Ausziehen half.

»Die Auguste, die kommt inzwischen gar nicht mehr. Früher hat sie immer Geld verdienen müssen, weil es in der Gärtnerei vorn und hinten nicht gereicht hat. Die gute Brunni hat ihr oft was für die Kleinen eingepackt. Damit sie nicht hungern müssen. Aber jetzt ist der Wohlstand über Auguste hereingebrochen. Woher, das sagt sie net. Ein Treibhaus bauen sie. Groß wie eine Markthalle. Ich weiß auch net, gnädige Frau, aber es muss Geld vom Himmel geregnet haben.«

Elisabeth überlegte, ob am Ende ihr Noch-Ehemann Klaus von Hagemann die Finger im Spiel hatte, da er schließlich Liesls Vater war. Aber woher sollte der wohl so viel Geld haben? Sie streckte sich wohlig im warmen Wasser aus und griff nach der Rosenseife. Ach, dieser Duft ihrer Kindheit. Es war immer noch die gleiche Marke, die

Mama seit Jahren kaufte. Sie drehte sie in den Händen, bis es schäumte und seifte sich Hals und Arme ein, dann gab sie Gertie das glitschige, roséfarbige Seifenstück, damit sie ihr den Rücken wusch. Sie machte das wunderbar, die kleine Gertie, massierte die verspannten Stellen und träufelte ihr warmes Wasser auf die Schultern. Dabei erfuhr sie, dass Humbert, der ehemalige Hausdiener, immer noch in Berlin lebte und dort auf einer Bühne auftrat, inzwischen jedoch seltener schrieb, sodass die Brunnenmayer ein wenig besorgt um ihn war.

»Sie sagt das ja net, aber ich seh es ihr doch an. Ich glaub, die Brunnenmayer und der Humbert, das ist eine richtig dicke Freundschaft. Und die Hanna, das untreue Ding, die ist hinüber in die Frauentorstraße gelaufen. Aber die Maria Jordan erst. Die ist jetzt eine reiche Hausbesitzerin. Und einen Buben hat sie auch.«

»Die Jordan hat ein Kind?«

Gertie lachte so ansteckend, dass Lisa einstimmen musste.

»Ein Kind hat sie net. Aber wohl einen jungen Liebhaber, der ist fast noch ein Bub. Wenn's stimmt, was die Leut so reden.«

Sie half ihr aus der Wanne und legte ihr das große, nach Flieder und Bergamotte duftende Badetuch um die Schultern, rubbelte ihr den Rücken trocken.

»Jessus, das Mädel, das Sie aus Pommern mitgebracht haben! Das ist ja eine! Hockt unten am Küchentisch und hört net auf zu essen. Kartoffeln schält sie fingerdick. Und den Holzstapel draußen hat sie net finden können, dabei hat die Brunnenmayer ihr es dreimal erklärt. Nachher soll sie abwaschen – da wird wohl einiges zu Bruch gehen. So einen ungeschickten Trampel hätt sie noch nie in ihrer Küche gehabt, sagt die Köchin.«

»Sie wird es schon lernen.«

Gertie hatte ihr frische Wäsche und ein bequemes Hauskleid zurechtgelegt, das sie in einem der Koffer gefunden hatte.

»Darf ich Ihnen das Haar kämmen? Und aufstecken? Ich würde es gar zu gern tun, weil ich doch einen Kurs zur Kammerzofe mache und schon viel gelernt habe.«

Elisabeth hatte das Haar inzwischen wachsen lassen und trug es wieder aufgesteckt wie früher. Nicht etwa, weil Sebastian die Kurzhaarfrisur nicht gefallen hatte. Wirklich nicht. Was ging sie Sebastian an? Es war einfach so, dass ihr Gesicht nicht zu einem modischen Bubikopf passte.

Nach dem Bad fühlte sie sich angenehm entspannt und sehr schläfrig. Sie blinzelte in den Spiegel, während Gertie ihr feuchtes Haar entwirrte und kämmte. Tatsächlich steckte die Kleine ihr die Haare auf eine sehr vorteilhafte Weise auf, die ihr Gesicht, das einem rosigen Vollmond glich, ein wenig schmäler erscheinen ließ. Ein sehr anstelliges Mädel, die Gertie. Sie erinnerte ein wenig an Marie. Ach Gott, es war nun schon zehn Jahre her, dass die hübsche Kammerzofe Marie ihr die Haare aufgesteckt und ganz bezaubernde Kleider für sie genäht hatte. Unfassbar, dass dieses Mädchen, das solch einen enormen gesellschaftlichen Aufstieg geschafft hatte, nun auf einmal alles aufs Spiel setzte.

Else klopfte an ihre Zimmertür. Das Abendessen sei bereit.

»Der Herr Melzer lässt ausrichten, Sie möchten bitte gleich herunterkommen.«

»Danke, Else.«

Wieso hatte er es denn so eilig? Nun ja – es war wirklich besser, nicht zu zögern, sonst schlief sie noch hier auf dem Stuhl ein.

»Das hast du sehr gut gemacht, Gertie«, sagte sie und erhob sich ächzend.

Das Mädchen knickste und freute sich über das Lob.

»Ich würde Sie sehr gern bedienen, Frau von Hagemann. Ich kann auch nähen und bügeln ... Und in der Küche hilft doch jetzt die Dörthe.«

Aha, dachte Elisabeth belustigt. Daher weht der Wind. Leider hatte sie das hier in der Tuchvilla nicht zu entscheiden, aber es würde gewiss hilfreich sein, während der kommenden Monate ein so kluges und gewitztes Mädel wie Gertie an ihrer Seite zu haben.

Unten im Speisezimmer war der Tisch nach allen Regeln der Kunst gedeckt – dieser Julius verstand sein Handwerk. Millimetergenau gleich die Abstände der Besteckteile zu den Tellern, rechts oben die Trinkgläser in der richtigen Reihenfolge angeordnet, links für jeden das blitzblank geputzte silberne Salzgefäß mit kleinem Löffelchen, die gestärkten Stoffservietten zu hübschen Schmetterlingen gefaltet.

»Du setzt dich am besten neben mich, Lisa«, meinte Paul, der mit ihr eintrat. »Frau von Dobern hat ihren Platz drüben neben Mama.«

Er stellte ihr den Stuhl zurecht, wartete, bis sie sich gesetzt hatte und ließ sich dann neben ihr nieder. Lisa war irritiert.

»Serafina, ich meine Frau von Dobern: Sie isst mit uns?«

Sie konnte Paul ansehen, dass ihm die Frage unangenehm war.

»Mama möchte es so.«

Nun ja – da Marie und die Kinder nicht mehr in der Tuchvilla wohnten und auch Kitty fehlte, saßen nur noch Mama und Paul zu Tisch. Möglich, dass sich Mama ein wenig einsam fühlte. Aber trotzdem war es doch sehr ungewöhnlich, dass die Hausdame mit am Tisch saß. Fräulein Schmalzler wäre im Leben nicht auf diese Idee gekommen.

»Möchtest du vielleicht diesen Schal umwerfen, Lisa? Es ist ein wenig kühl hier.«

Paul reichte ihr einen breiten dunkelroten Seidenschal, der eigentlich Mama gehörte.

»Nein, danke«, wehrte sie ab. »Ich finde, es ist warm genug.«

»Nun leg ihn schon um, Lisa«, bedrängte er sie. »Mama muss ja nicht gleich zu Anfang sehen, was die Stunde geschlagen hat.«

Langsam fand sie dieses Theater lästig. Wieso sollte sie sich verstecken? Irgendwann würde Mama es sowieso erfahren – warum also nicht gleich?

»Lass Mama wenigstens zuvor etwas essen. Sie hat wegen der häufigen Migräne schrecklich abgenommen.«

Lisa schnaubte ärgerlich und fügte sich. Was für ein hässliches Stück Stoff diese Stola doch war! Aber wenn es Mama so schlecht ging, würde sie eben Rücksicht nehmen.

Tatsächlich erschien ihr Alicia sehr schmal, als sie nun von Serafina geführt eintrat. Faltig war das Gesicht ihrer Mutter geworden, das Haar ergraut und nicht mehr gefärbt, die Hände fleischlos, sodass die Knöchel zu sehen waren.

»Lisa! Wie füllig du geworden bist. Die Landluft hat dir wohlgetan.«

Elisabeth, die aufstehen wollte, um Mama zu umarmen, spürte Pauls Hand an ihrem Arm und begriff, dass sie besser auf ihrem Platz sitzen blieb. Mama machte eine Bewegung, als wolle sie zu ihr hinübergehen, doch Serafina fasste sie sanft um die Schulter und führte sie zu ihrem Patz.

»Setzen Sie sich, liebe Alicia. Wir freuen uns alle, dass unsere Lisa wieder bei uns ist, nicht wahr? Sprechen wir das Tischgebet.«

Gleich darauf trat Julius ein, um die Suppe zu servieren. Rinderbrühe mit Maultaschen – ach wie lange hatte sie das nicht mehr gegessen! Sogar mit frischer Petersilie bestreut – und das im Dezember!

Man entfaltete die Servietten und widmete sich der Suppe, für einen Moment war nur das leise Klirren der Löffel auf den Tellern zu vernehmen.

»Wie soll das denn nun mit dir weitergehen, Lisa?«, meldete sich Mama schließlich zu Wort. »Du bist immer noch entschlossen, dich scheiden zu lassen?«

»Ja, Mama. Das Verfahren ist bereits im Gang. Es kann nicht mehr lange dauern.«

Serafina mischte sich ein und erklärte, eine Scheidung sei heutzutage nichts Ungewöhnliches mehr.

»Anstatt ein Leben lang in einer unglücklichen Ehe zu verbleiben, ist es doch sehr viel klüger, sich zu trennen. So hat man die Möglichkeit, eine zweite, glückliche Ehe einzugehen.«

Sie blickte in Lisas Richtung, während sie das sagte, und das Licht der Wandleuchter ließ ihre Brillengläser aufblitzen. Täuschte sie sich, oder hatte Serafina nicht sie, sondern Paul angesehen?

Alicia schob den halb geleerten Teller von sich und betupfte die Lippen mit der Serviette. »Zu meiner Zeit war es nicht üblich, sich scheiden zu lassen. Und wenn es doch geschah, dann steckte meist ein Skandal dahinter.«

Sie blickte prüfend zu Lisa hinüber, da mischte sich Paul rasch in das Gespräch ein.

»Und wie hast du dein Leben nach der Scheidung geplant, Lisa?«

Beinahe hätte sie jetzt gesagt, dass sie erst einmal ein Kind auf die Welt bringen wollte. Sie biss sich noch im letzten Moment auf die Zunge.

»Oh, ich denke, dass ich zunächst ein wenig Abstand benötigen werde. Ich werde mich hier in der Tuchvilla nützlich machen. Wenn du erlaubst, Mama, dann greife ich dir gern bei der Haushaltsführung unter die Arme.«

Serafina lächelte eifrig und meinte, das sei ein guter Gedanke.

Allerdings sei die Haushaltsführung momentan ganz ausgezeichnet organisiert und bedürfe keiner weiteren Unterstützung.

»Nicht wahr, liebe Alicia? Wir kommen sehr gut zurecht.«

Mama stimmte ihr bei, dann erstarb das Gespräch, weil Julius eintrat, um die Teller abzuräumen und den nächsten Gang aufzutragen. Kalbsbraten mit Erbsen und Möhren, dazu Semmelklöße und Sahnesoße. Elisabeth vergaß ihren Ärger über Serafinas Rede und ließ sich von Julius gleich drei Scheiben Braten auflegen. Wie das Sößchen gewürzt war – ein Gedicht. Die Semmelklöße – unerreicht. Und der Braten so zart und mürbe.

»Was ist eigentlich mit diesem Herrn Winkler?«, störte Paul ihren Essensgenuss. »Gab es da nicht eine gewisse … Neigung zwischen euch beiden?«

»Ich bitte dich, Paul«, rief Mama dazwischen. »Ein Schulmeister. Noch dazu hat er im Gefängnis gesessen!«

»Wie auch immer«, beharrte Paul. »Er schien mir ein kluger und anständiger Mensch zu sein.«

»Ein Kommunist, nicht wahr?«, fragte Serafina sanft. »War er nicht einer der Rädelsführer der sogenannten Räterepublik? Als der Pöbel glaubte, in Augsburg die Macht ergreifen zu können!«

Paul ignorierte Serafinas Einwurf und fragte in aller Harmlosigkeit weiter. »Ist er immer noch als Bibliothekar auf Gut Maydorn angestellt?«

Elisabeth spürte, wie ihr Gesicht heiß wurde. Paul, der Schlaukopf, hatte sie längst durchschaut. Am Ende ahnte er auch, wer der Vater des Kindes in ihrem Bauch war.

»Schon lange nicht mehr«, erklärte sie eifrig. »Herr Winkler hat im Mai gekündigt und das Gut verlassen. Soweit mir bekannt, wollte er sich um eine Stelle als Lehrer an einer Volksschule bemühen.«

»Du meine Güte«, stöhnte Mama. »Ein Revolutionär, der auf die unschuldigen Kinder losgelassen wird! Er wird doch hoffentlich keine Anstellung bekommen haben, oder etwa doch?«

Elisabeth war der Ansicht, dass hier etwas ein für alle Mal klargestellt werden musste. Sie legte ihr Besteck auf den Tellerrand und holte Luft.

»Um es deutlich zu sagen, Mama: Ich weiß nicht, was Herr Winkler momentan tut und wo er sich befindet. Und es interessiert mich auch nicht im Mindesten.«

Eine kurze Stille trat ein. Lisa ergriff ihr Besteck so hastig, dass ihr die Gabel aus der Hand fiel und ein Fettfleck auf dem weißen Damasttischtuch entstand. Serafina setzte ein mitfühlendes Lächeln auf und wandte sich an Mama.

»Unsere Lisa ist von der Reise erschöpft, da ist es kein Wunder, wenn ihr die Nerven durchgehen. Morgen, liebe Alicia, wird sie sich wieder gefangen haben.«

Elisabeth sah zu Paul hinüber, doch der stocherte in den Erbsen auf seinem Teller herum und schien nichts gehört zu haben. Unfassbar, was sich diese Person, die sie für ihre Freundin gehalten hatte, herausnahm. »Unsere Lisa.« und »kein Wunder, wenn ihr die Nerven durchgehen.«

War sie Mama gegenüber etwa auf die Fürsprache der Hausdame angewiesen?

»Meine kleine Lisa«, sagte Mama, und sie blickte mit einem Lächeln zu ihr hinüber. »Du hast dich kaum verändert, Kind. Immer noch so schnell beleidigt. Immer der Ansicht, die Benachteiligte zu sein.«

»Mama …«, fiel Paul ein.

Alicia machte eine abwehrende Bewegung in seine Richtung und fuhr fort. »Es ist Zeit, Lisa, dass ich dir sage, wie sehr ich mich über deine Rückkehr freue. Gerade jetzt, da es so einsam bei uns geworden ist.« Sie sah mit anklagendem Blick zu Paul hinüber, der beklommen den Kopf senkte. »Du bist mein Kind, Lisa, und hast hier in der Tuchvilla deinen Platz, solange ich lebe. Und ganz besonders glücklich macht es mich, dass nun bald ein neues Leben in diesem Haus einkehren soll. Wann ist es so weit, Lisa?«

Paul machte ein Gesicht, als habe man ihm jäh ein Glas kaltes Wasser übergegossen. Elisabeth brauchte einige Sekunden, um zu begreifen: Mama wusste über ihre Schwangerschaft Bescheid!

»Im … im Februar.«, stotterte sie. »Woher weißt du es, Mama?«

Alicia schüttelte den Kopf, als sei dies eine ziemlich dumme Frage.

»Meine liebe Serafina hat es mir zugeflüstert«, sagte sie und legte vertraulich die Hand auf Serafinas Arm.

26

Es hatte über Nacht kräftig geschneit, sodass Paul es vorzog, den Wagen stehen zu lassen und zu Fuß zur Fabrik zu gehen. In letzter Zeit hatte er das ungewöhnlich oft getan, nicht etwa weil er seinem Vater nacheifern wollte, der nur im Notfall das Automobil benutzt hatte, sondern weil er beim raschen Gehen den Kopf freibekam. Die trüben Gedanken, die ihn am frühen Morgen befielen, lösten sich bei der körperlichen Bewegung auf, der kalte Wind kniff ihn an Ohren und Wangen, und die morgendliche Dunkelheit zwang ihn, alle Aufmerksamkeit auf den Weg zu richten. Wie üblich blieb er einen Moment lang an der Pförtnerloge stehen, zog die Handschuhe aus und grüßte den Pförtner.

»Morgen, Gruber. Na? Was halten Sie von der Reichstagswahl?«

Der alte Pförtner hatte die Morgenzeitung vor sich auf dem Tisch ausgebreitet, der von einer elektrischen Lampe beleuchtet wurde. Die fettgedruckte Überschrift »Kommunisten erhalten einen Denkzettel« sprang förmlich in die Augen. Paul hatte den Artikel schon beim Frühstück gelesen.

»Gar nichts, Herr Direktor«, meinte Gruber und schob die wollene Mütze aus der Stirn. »Wird wieder mal nichts draus werden. Viele Köche verderben den Brei, heißt es. Und viele Parteien, die sich gegenseitig beschimpfen, verderben unser Land.«

Paul hatte sich zwar inzwischen mit der Republik abgefunden, in manchen Punkten war er jedoch der gleichen Meinung wie sein Pförtner. Vor gut zwei Wochen hatte Reichspräsident Ebert den Reichstag wieder einmal aufgelöst. Warum? Weil sich die Herren nicht hatten einigen können. Es war um die Einbeziehung der DNVP in die Reichsregierung gegangen, man hatte monatelang darüber herumgestritten, bis der Reichskanzler – wie hieß er doch gerade? Ach ja: Marx – also bis Reichskanzler Marx das Handtuch geworfen hatte. Und nun schienen die Neuwahlen wieder keine regierungsfähige Mehrheit erbracht zu haben.

»Wer regiert uns eigentlich?«, fuhr Gruber missmutig fort. »Die haben doch gar keine Zeit dazu, weil die sich gegenseitig die Köpfe einschlagen. Und kaum hat man sich an eine Regierung gewöhnt, da kommt schon die nächste.«

»Ganz so schlimm ist es nicht, Gruber«, beruhigte ihn Paul. »Den Dawesplan haben sie durchgesetzt, mit London verhandelt, und im Ruhrgebiet sind ein paar Orte die französische Besatzung losgeworden. Und dann haben wir seit Oktober die Reichsmark, die sich bisher gut bewährt.«

Gruber nickte zustimmend, Paul sah ihm jedoch an, dass er es nur ihm zuliebe tat. In Wirklichkeit sehnte sich der alte Pförtner in die Zeiten des Kaiserreichs zurück. Wie so viele andere auch.

»Dann wollen wir mal, Gruber. Schönen Tag noch.«

»Schönen Tag, Herr Direktor.«

Er nickte den beiden jungen Burschen zu, die im Hof Schnee schoben, und begann seine übliche Morgenrunde durch die Hallen. Es wurde fleißig produziert, die Auftragsbücher füllten sich zusehends, was seinem Konzept »Qualität zu knapp kalkuliertem Preis« recht gab. Es freute ihn, dass Ernst von Klippstein inzwischen ebenfalls auf seine Linie eingeschwenkt war und ihn auch in anderen Fragen unterstützte. Es herrschte Burgfrieden zwischen ihnen, man musste um der Fabrik willen miteinander auskommen, die alte Freundschaft war jedoch zerbrochen. Es war nicht zu ändern, obgleich Paul es bedauerte. Hatte er überhaupt noch persönliche Freunde? Damals, im Krieg, als man miteinander im Schützengraben hockte, als keiner von ihnen wusste, ob er den morgigen Tag noch erleben würde – da waren Männer zu Kameraden und zu Freunden geworden. Niemand wünschte sich den elenden Krieg zurück – aber tatsächlich wurden echte Freundschaften jetzt, da es wieder aufwärtsging, immer seltener. Vielleicht weil jeder mit sich selbst beschäftigt war.

Er sah sich einen der Ringspinner an, der immer wieder Mucken hatte, und entschied, dass er aus der Produktion genommen und von einem der Mechaniker überholt werden musste. Dann begutachtete er die neuen Baumwollstoffe, prüfte die Festigkeit des Gewebes, den Faltenwurf und gab seine Zustimmung. Die Druckmuster waren immer noch die alten, sie verkauften sich zwar gut, dennoch war es Zeit, modernere zu entwerfen und gravieren zu lassen. Unversehens fiel ihm Marie ein, die diese ineinander verschlungenen Zweige und Vögel damals kreiert hatte, als er selbst in Kriegsgefangenschaft war. Es versetzte ihm einen kleinen Schmerz in der Brust, wie immer, wenn er an Marie erinnert wurde, und er verzog das Gesicht. Sie bestellte regelmäßig Stoffe in der Fabrik und bezahlte sie, was ihn immer wieder ärgerte. Letztlich war es sein Geld, mit dem sie bezahlte, denn er war der Inhaber des Ateliers. Er hatte die Lieferungen hinauszögern lassen, die Bestellungen ganz zu ignorieren wagte er nicht. Es fehlte noch, dass sie bei der Konkurrenz einkaufte!

Es wurde langsam heller, sodass man die elektrische Beleuchtung in den Hallen vorerst ausschalten konnte. In den Wintermonaten verbrauchten die Lampen leider sehr viel Strom, auch mussten die Hallen bei Frost geheizt werden – all diese Kosten zehrten am Umsatz, die Verluste mussten im Sommer wieder eingeholt werden.

Er lobte seinen Vorarbeiter Alfons Dinter in der Druckabteilung, nickte den Arbeiterinnen in der Spinnerei fröhlich zu und klopfte dem alten Huntzinger auf die Schulter. Dann überquerte er den inzwischen schneefreien Hof und betrat das Verwaltungsgebäude. Er sah nur kurz in die Büros hinein – die Kalkulation und Buchführung fielen in Klippsteins Zuständigkeit – und stieg eilig hinauf. Schon im Vorzimmer stieg ihm der Kaffeeduft in die Nase, sie hatten natürlich schon vorgesorgt, das Tablett mit der Tasse und den Keksen stand für ihn bereit.

»Morgen, Fräulein Lüders. So ganz allein heute?«

Die Hoffmann lag mit Grippe zu Bett und ließ sich entschuldigen. Auch der Herr von Klippstein sei unpässlich, er habe angerufen, dass er heute erst am Nachmittag komme.

Paul ließ sich seinen Ärger nicht anmerken, aber er fand, dass eine kleine »Unpässlichkeit« kein Grund war, einen ganzen Vormittag lang nicht zu arbeiten. Aber gut – Ernst hatte hin und wieder noch mit den Folgen seiner Kriegsverletzung zu tun, man musste Verständnis haben.

»Dann halten wir beide heute die Stellung, wie?«, meinte er augenzwinkernd zur Lüders, die sich geschmeichelt fühlte und albern kicherte.

»Sie können sich auf mich verlassen, Herr Direktor!«

»Das weiß ich doch! Bringen Sie mir erst einmal meinen Kaffee!«

»Sehr gern, Herr Direktor. Ach ja: Ihre Schwester hat angerufen.«

Er blieb auf der Schwelle zu seinem Büro stehen und drehte sich überrascht um. »Meine Schwester? Frau von Hagemann?«

»Nein, nein. Frau Bräuer. Sie wird nachher persönlich vorbeikommen.«

Kitty! Das war endlich einmal eine gute Nachricht. Er hatte mehrfach in der Frauentorstraße angerufen, jedoch nur Gertrude erreicht. Die hatte geschimpft, dass das Telefon eine Erfindung des Teufels sei und sie stets beim Kuchenbacken störte, dann aber war sie bereit gewesen, seine Bitte an Kitty weiterzugeben.

»Hat Frau Bräuer gesagt, wann genau sie kommen will?«

Die Lüders hob die Schultern. Die Frage war im Grunde überflüssig, da Kitty nicht nach der Uhr, sondern nach ihrem eigenen Zeitgefühl lebte. »Nachher« konnte um die Mittagszeit, aber auch am späten Nachmittag bedeuten.

Er hatte gerade den ersten Schluck Kaffee zu sich genommen, als er aus dem Vorzimmer die helle Stimme seiner kleinen Schwester vernahm.

»Ach, das Fräulein Lüders. Sie haben sich gar nicht verändert seit der Zeit, als ich meinen Papa hier im Büro besucht habe, damals war ich elf oder zwölf. Meine Güte, wie die Zeit vergeht. Sitzt Paulemann hinter der rechten oder der linken Tür? Ach, ich weiß schon. Hinter der rechten – dort, wo auch Papa immer gesessen hat. Richtig geraten?«

»Ja, Frau Bräuer. Ich melde Sie an.«

»Nicht nötig. Ich mach das schon. Tippen Sie nur weiter. Ich bewundere Sie, bei den vielen Tasten den richtigen Buchstaben zu erwischen, das ist bestimmt nicht einfach.«

Er hatte gerade noch Zeit, die Tasse abzustellen und

von seinem Stuhl aufzustehen, da war sie schon im Büro. Wie ein fremder Vogel wirkte sie in ihrem roten Mantel mit dem weißen Pelzbesatz, dazu weiße Fellstiefelchen und eine seltsam röhrenförmige Mütze, die an einen abgeschnittenen Wurm erinnerte. Überhaupt erinnerten ihn die Farben daran, dass man in wenigen Wochen Weihnachten feiern würde.

»Setz dich ruhig wieder hin, Paulemann. Ich komme nur auf einen Sprung. weil ich doch nachher noch zu Marc hinüberwill, der hat drei Bilder von mir verkauft. Glaubst du, ich könnte auch einen Kaffee bekommen? Mit Zucker. Keine Milch.«

Er nahm ihr den Mantel ab, schob einen der kleinen Ledersessel zurecht und orderte Kaffee mit Zucker, dazu Gebäck.

»Ich bin sehr froh, dass du gekommen bist, Kitty. Im Ernst: Ich setze große Hoffnungen in dich.«

Sie war nun ruhiger geworden, rührte in ihrem Kaffee und sah ihn mitleidig an. »Ich weiß, Paulemann. Du schaust recht blass und übernächtigt aus. Ich wünschte wirklich, ich könnte euch beiden helfen. Ja, ich will es versuchen. Vor allem werde ich dir den Kopf zurechtsetzen, Paul. Weil ich das Gefühl habe, dass dein Hirn vernagelt ist und du gar nicht merkst, was du der armen Marie antust.«

Das fing ja gut an. Er schluckte ihre Ankündigung kommentarlos herunter und nahm sich vor, alle persönlichen Empfindlichkeiten zurückzustellen. Möglicherweise gab es ja wirklich ein paar Kleinigkeiten, die er falsch gemacht hatte. Nicht absichtlich, er hatte nie die Absicht gehabt, Marie zu kränken. Dumme Missverständnisse, die man aufklären konnte. Außenstehende sahen oft mehr als diejenigen, die in den Konflikt verwickelt waren.

»Dann sage mir doch, was Marie mir eigentlich so übel nimmt? Was will sie? Ich habe mich entschuldigt. Ich lasse ihr das Atelier. Ich habe bisher noch nichts unternommen, um meine Kinder zurück in die Tuchvilla zu holen. Obgleich ich das könnte.«

Kitty trank einige Schlucke, setzte die Tasse dann ab und spitzte den Mund. »Sagtest du eben: meine Kinder?«

Er starrte sie an, dann begriff er. »Dann eben unsere Kinder, wenn du Wert auf Genauigkeit legst. Ich habe sogar die Gouvernante zur Hausdame gemacht, Frau von Dobern hätte also nichts mehr mit den Kindern zu tun.«

Kitty zeigte sich davon wenig beeindruckt. »Hast du das Marie zuliebe getan oder einfach nur, weil eine Gouvernante ohne Kinder keinen Sinn hat?«

»Was hat das damit zu tun? Ich habe Maries Wunsch erfüllt.«

Kitty tat einen tiefen Seufzer und zog die rote Röhre vom Kopf. Sie schüttelte das Haar und legte es mit der Hand in Form. Unfassbar, wie gut ihr dieser modische Bubikopf stand. Er konnte diese Frisur eigentlich nicht ausstehen, aber Kitty war dafür wie geschaffen.

»Weißt du, Paulemann, solange diese Person in der Tuchvilla ihr Unwesen treibt, werde ich das Haus nicht mehr betreten. Und ich bin ziemlich sicher, dass Marie ähnlich denkt.«

Er ärgerte sich. Warum waren Frauen nur so stur? Er war auch kein begeisterter Anhänger dieser Dame, aber sie war momentan für Mama eine wichtige Stütze. Was Kitty und Marie aber offensichtlich wenig interessierte.

»Aber lassen wir ›Finchen‹, wie Lisa sie immer nennt, einmal beiseite«, fuhr Kitty fort. »Wenn du wirklich noch nicht begriffen hast, wie sehr du Marie gekränkt hast, dann lass es dir jetzt von mir sagen: Du hast ihre Mutter missachtet. Mehr noch, du hast sie beleidigt und dich über sie lustig gemacht. Damit hast du Marie sehr, sehr wehgetan, mein lieber Paul!«

Das nannte sie also »helfen«. Im Grunde hätte er genauso gut mit Marie streiten können. Und der strafende Blick seiner Schwester tat ihm jetzt auch nicht wohl.

»Dafür habe ich mich entschuldigt. Meine Güte – wieso nimmt sie das denn nicht zur Kenntnis?«

Kitty schüttelte langsam den Kopf, als habe sie es mit einem kleinen Kind zu tun. »Du verstehst nicht, Paul. So etwas ist nicht mit einem ›Ach, das tut mir aber leid‹ wiedergutzumachen. Es steckt mehr dahinter. Marie hat damals vieles vergessen müssen, was Papa ihrer Mutter und auch ihrem Vater angetan hat.«

»Verflixt noch mal«, rief er aus und griff sich mit beiden Händen an den Kopf. »Es ist nun einmal geschehen. Und es ist nicht meine Schuld gewesen. Ich habe es satt, ständig für etwas herhalten zu müssen, was ich nicht getan habe!«

Er verstummte, weil ihm klar wurde, dass die Lüders nebenan seine aufgeregte Stimme hören konnte.

»Ich weiß, was du meinst, Paulemann«, sagte Kitty sanft. »Ich habe Papa ganz schrecklich lieb gehabt, und ich weiß, dass er das alles nur wegen der Fabrik tat. Und dann hat er ja auch nicht ahnen können, dass sie gleich sterben würde. Aber Marie hat ihre Mutter verloren, und man hat sie in ein mieses, hässliches Waisenhaus gesteckt.«

»Das weiß ich doch«, knurrte er. »Und ich habe mir die allergrößte Mühe gegeben, sie glücklich zu machen. Das schwöre ich dir, Kitty. Wieso sollte ich etwas gegen ihre Mutter haben? Ich habe sie ja gar nicht gekannt! Aber es kann doch nicht sein, dass die Familie Melzer durch diese

Ausstellung in den Dreck gezogen wird. So viel Pietät kann ich für Luise Hofgartner wirklich nicht aufbringen. Denk doch an Mama!«

Kitty rollte mit den Augen. Es war ihm klar, dass sie jetzt von der Künstlerin Luise Hofgartner reden würde, der man gerecht werden musste. Besonders die Familie Melzer. Aber Kitty kam überraschenderweise auf ein ganz anderes Thema.

»Ist dir eigentlich aufgefallen, Paul, dass in der Tuchvilla seit einiger Zeit nur noch von Mama die Rede ist? Mama hat Migräne. Mama darf keine Aufregung haben. Nehmt doch Rücksicht auf Mamas schwache Nerven.«

Was sollte das jetzt wieder? Es war wirklich keine gute Idee gewesen, mit Kitty über all diese Probleme zu sprechen. Sie war wie immer vollkommen irrational.

»Mamas Gesundheit hat sich leider sehr verschlechtert, seitdem das gesamte Hauswesen der Tuchvilla allein an ihr hängt.«

»Komisch«, meinte Kitty ungerührt. »Früher hat Mama niemals mit dem Hauswesen Schwierigkeiten gehabt.«

»Du vergisst, dass sie nicht mehr die Jüngste ist.«

»Und dir ist nicht aufgefallen, dass Mama von Anfang an gegen Maries Atelier war? Dass sie jede Gelegenheit genutzt hat, Marie in den Rücken zu fallen.«

»Bitte lass diese Verdächtigungen, Kitty. Sonst müssen wir das Gespräch beenden!«

»Bitte sehr!«, meinte sie kühl und wippte mit der Fußspitze. »Ich kam nur auf deine Bitte hin und habe sowieso wenig Zeit.«

Er schwieg und starrte düster vor sich hin. Es war, als ob man gegen eine Wand anrannte. Nirgendwo ein Durchkommen. Wo war der Weg? Er wollte noch nichts weiter als einen Weg zu Marie.

»Ach ja«, sagte Kitty mit einem leisen Seufzer. »Nun ist ja Lisa wieder in der Tuchvilla. Da werden die beiden Busenfreundinnen Lisa und Finchen glücklich beieinander sein und Mama unter die Arme greifen.«

Woher wusste sie wohl, dass Lisa seit einigen Tagen wieder in Augsburg war? Hatte Lisa in der Frauentorstraße angerufen? Oder hatten die Angestellten geplaudert?

»Lisa hat ihre eigenen Sorgen.«

»Sie lässt sich scheiden, ich weiß.«

Er war froh, dass das Gespräch trotz seiner Drohung wieder in Gang gekommen war. Zum Glück war Kitty im Gegensatz zu Lisa niemals lange beleidigt, sie regte sich rasch auf und war auch schnell wieder versöhnt.

»Nicht nur das«, sagte er leise und sah sie bedeutungsvoll an. »Lisa bekommt im Februar ein Kind.«

Kittys Augen wurden groß und starr. Genauso hatte sie früher immer ausgesehen, wenn er ihr eine dieser kleinen Spinnen vor die Nase hielt, die er im Gebüsch des Gartens gefunden hatte.

»Nein!«, flüsterte sie und klapperte mit den Augenlidern. »Das ist ... Sag das noch mal, Paulemann. Ich glaub, ich hab mich gerade verhört.«

»Lisa ist schwanger. Sehr schwanger sogar. Sie hat sich fast verdoppelt.«

Kitty prustete los, warf den Kopf zurück, strampelte mit den Beinen, keuchte, japste, erstickte fast und packte dann seine Hand so fest, dass es wehtat.

»Lisa ist schwanger«, stöhnte Kitty. »Das ist wundervoll! Oh, du liebes Christkind. Sie ist schwanger. Sie macht mich zur Tante. Wie ich mich für sie freue.«

Sie musste wieder zu Atem kommen, suchte Spiegel und Taschentuch aus dem Handtäschchen und betupfte die Augenwinkel, wischte die ausgelaufene Wimperntusche ab. Während sie den kirschroten Lippenstift aufschraubte, schien ihr ein Gedanke zu kommen.

»Von wem mag das Kind wohl sein?«

»Von wem schon? Von ihrem Ehemann doch wohl.«

Er kam sich reichlich naiv vor unter Kittys zweifelndem Blick. Nun ja – auch er hatte sich schon so seine Gedanken gemacht.

»Weißt du, Paulemann«, meinte Kitty, während sie ihre Oberlippe anmalte. »Wenn Lisa von Klaus schwanger ist – wieso will sie sich dann von ihm scheiden lassen?«

Er schwieg und wartete ab, wie sie den Gedanken weiterspinnen würde. Sie fuhr mit dem Lippenstift über die Unterlippe, presste die Lippen zusammen und besah das Ergebnis im Handspiegelchen.

»Da sie sich aber unbedingt von ihm scheiden lassen will«, sagte sie gedehnt und klappte den Spiegel zu, »könnte es ja sein, dass sie gar nicht von ihm schwanger ist.«

Beide schwiegen einen Moment. Im Vorzimmer setzte die Schreibmaschine ein, das Telefon läutete, das Tippen hörte wieder auf, weil die Lüders den Hörer abnahm.

»Was ist eigentlich mit diesem … diesem Sebastian?«

»Du meinst Herrn Winkler?«

»Genau. Den sie auf das Gut mitgenommen hat. Als Bibliothekar oder so. Da war doch ganz sicher etwas zwischen den beiden.«

Das hatte er auch angenommen. Allerdings hielt er sich mit solchen Verdächtigungen gern zurück. Lisa war eine verheiratete Frau, sie musste wissen, was sie tat.

»Herr Winkler hat gekündigt und ist abgereist.«

Kittys Gesicht erinnerte jetzt ein wenig an eine schlaue Füchsin. »Wann?«

Er schaute sie irritiert an. »Was?«

»Wann ist er abgereist?«

»Wann? Ich glaube im Mai. Ja, im Mai, sagte sie.«

Seine kleine Schwester spreizte die Finger und zählte ab. Sie zählte sogar zweimal und nickte dann.

»Das kommt hin«, meinte sie zufrieden. »Knapp, aber es kommt hin.«

Er musste über ihren verschmitzten Gesichtsausdruck lachen. Nun kam sie sich wohl schrecklich schlau vor. Und möglicherweise hatte sie sogar recht.

»Ach Kitty!«

Sie kicherte und meinte, dass Männer in solchen Dingen meist etwas langsam seien.

»Ob der gute Sebastian weiß, was er da angerichtet hat?«, überlegte sie.

»Auf jeden Fall will sie nichts mit ihm zu tun haben.«

»Ach je!«, seufzte Kitty, und sie beugte sich vor, um ihren rechten Seidenstrumpf zu richten. »Lisa kann so schrecklich stur sein, Paulemann. Die Welt wäre überhaupt besser dran, wenn nicht einige Leute solche scheußlichen Dickschädel hätten.«

Sie sah ihn dabei eindringlich an, und er musste sich sehr zusammenreißen, um keine boshafte Antwort zu geben. Wer war denn hier stur? Er doch wohl nicht. Marie war der Dickschädel.

»Ich habe natürlich auch mit meiner lieben Marie ein langes Gespräch geführt und ihr meine Meinung gesagt«, fuhr Kitty zu seiner größten Überraschung fort.

Immerhin. Viel war leider nicht dabei herausgekommen. Aber die gute Absicht zählte.

»Ich habe ihr – vor allem um der Kinder willen – einige Zugeständnisse abringen können, Paulemann. Weil doch bald Weihnachten ist. Und weil es grausam wäre, dieses Fest nicht irgendwie *en famille* zu verbringen.«

Er war nicht begeistert. Was half ihm eine halbherzige

Familienidylle, wenn sich nicht grundsätzliche Dinge änderten? Doch er schwieg vorerst und wartete ab.

»Deshalb mache ich den Vorschlag, dass wir alle am ersten Feiertag in die Tuchvilla kommen und gemeinsam feiern.«

Was für eine Idee! Typisch Kitty!

»Um dann wieder zurück in die Frauentorstraße zu fahren?«, gab er verdrossen zurück. »Nein. Dieses Theater mache ich nicht mit. Entweder kommt Marie mit den Kindern in die Tuchvilla und bleibt für immer, oder sie kommt gar nicht. Habe ich mich klar ausgedrückt?«

Kitty lehnte sich mit einem ärgerlichen Seufzer im Sessel zurück und richtete den Blick auf die Zimmerdecke. Ihr aufreizendes Fußwippen ging ihm inzwischen schrecklich auf die Nerven. Er konnte es nicht leiden, wenn eine Frau mit übereinandergeschlagenen Beinen vor ihm saß.

»Warst du nicht um Mamas Gesundheit besorgt, Paulemann?«, fragte sie perfide. »Und da willst du ihr dieses Wiedersehen mit den Enkeln nicht gönnen? Pfui, das ist nicht nett von dir!«

Er wollte ihr entgegenhalten, dass er Mama durchaus ein Wiedersehen mit den Enkeln gönne, aber dauerhaft und nicht nur für einen Abend. Es hatte jedoch wenig Sinn – Kitty würde nicht zuhören.

»Dann wird dich wohl auch nicht interessieren, was ich Marie außerdem noch abgerungen habe.«

»Wenn es von ähnlicher Sorte ist ...«

»Weißt du was?«, knurrte sie. »Manchmal könnte ich euch beide packen und stundenlang schütteln!«

Ihm wurde jetzt auf einmal klar, dass Marie sich gegen diese Weihnachtsfeier ebenfalls heftig gewehrt hatte. Aber sie hatte schließlich nachgegeben. War es nicht klüger, einen Schritt auf sie zuzugehen, anstatt auf der Forderung »Ganz oder gar nicht« zu beharren?

»Nun rede schon.«

Kittys Blicke waren vorwurfsvoll und machten ihm ein schlechtes Gewissen. Sie hatte sich Mühe gegeben, seine kleine Kitty. Auf ihre Art. Es war nicht richtig, sie so abweisend zu behandeln.

»Ich habe ihr erklärt, dass sie kein Recht hat, den Kindern den Vater zu nehmen. Ich weiß selbst am besten, wie sehr meine kleine Henny einen Papa nötig hätte. Aber mein lieber Alfons ist nun einmal nicht mehr auf der Welt. Du, Paulemann, bist aber hier ganz in der Nähe und kannst dich um Dodo und Leo kümmern.«

Was redete sie da? Zweifelnd schaute er sie an. Natürlich hatte sie recht, sehr sogar. Allerdings fürchtete er, dass sie nicht die gleichen Schlüsse aus dieser Erkenntnis zog, wie er es tat. Dass Marie mit den Zwillingen wieder in die Tuchvilla einziehen musste.

»Deshalb habe ich mit Marie einen Vorschlag abgesprochen. Hanna wird die Zwillinge jeden zweiten Sonntag zur Tuchvilla bringen und sie am Abend wieder abholen. So hast du Zeit, dich mit den beiden zu beschäftigen, etwas Hübsches zu unternehmen oder sie einfach nur bei Mama abzugeben. Wie du magst.«

Er brauchte ein Weilchen, um sich darüber klar zu werden, dass man ihm seine eigenen Kinder sozusagen leihweise zweimal im Monat überließ. Ein unmöglicher Zustand.

»Oh – viel Vertrauen!«, bemerkte er ironisch. »Und was ist, wenn ich die beiden in der Tuchvilla behalte?«

Jetzt blitzte sie ihn so wütend an, dass er fast gelacht hätte. Er tat es jedoch nicht, dazu war die Situation zu verfahren.

»Es geht natürlich nur, wenn du dein Ehrenwort gibst, Paul«, sagte sie vorwurfsvoll.

»Wem? Marie?«

»Nein. Mir!«

Fast war er gerührt. Kitty vertraute ihm. Sie glaubte an sein Wort als Ehrenmann, so wie sie auch als kleines Mädchen immer fest an ihren großen Bruder geglaubt hatte. »Versprochen ist versprochen und wird auch nicht gebrochen.«

»Es gefällt mir nicht gerade, Kitty«, gestand er. »Ich muss darüber nachdenken. Aber trotz allem danke ich dir. Ich weiß, dass du dich ehrlich bemüht hast.«

»Und wie!«

Sie stand mit einer geschickten Bewegung auf, zupfte ihr Kleid zurecht und schlüpfte in den Mantel, den er für sie hielt. Dann sah er zu, wie sie sich die rote Stoffröhre aufsetzte, das seltsame Ding zurechtschob und schließlich ihr Täschchen wieder an sich nahm.

»Ach, Paulemann«, sagte sie und warf sich ihm in die Arme. »Das wird alles wieder gut. Bestimmt! Ich bin ganz sicher.«

Es klang in seinen Ohren wenig überzeugend, aber er drückte sie an sich und wehrte sich auch nicht, als sie ihn zärtlich auf beide Wangen küsste.

»Bis bald. Ruf uns an. Sprich mit Mama und grüße Lisa von mir.«

Die Tür schloss sich hinter ihr, und sie war fort. Nur der Duft ihres Parfums verblieb im Raum und die benutzte Kaffeetasse, an der reichlich kirschroter Lippenstift klebte. Paul zog sein Taschentuch und ging hinüber in die Toilettenzelle, um sich vor dem Spiegel die Hinterlassenschaften ihrer Küsse von den Wangen zu wischen. Sie ist einsam, dachte er. Seitdem Alfons tot ist, fehlt ihr der sichere Halt.

Möglich, dass sie hie und da verliebt war – aber das waren oberflächliche Geschichten. Und bei dem Leben, das sie führt, wird sie auch ganz sicher niemanden kennenlernen, bei dem sie sich glücklich und geborgen fühlen könnte. Ich muss mich um sie kümmern …

Er musste sich auch um Lisa kümmern. Um seine Mutter. Um die Fabrik. Um seine Arbeiter und Arbeiterinnen. Um die Tuchvilla. Die Angestellten.

Wie hat Marie nur damals diese ganze schwere Last alleine tragen können?, überlegte er. Es muss sie fast zu Boden gedrückt haben, und ich bin leichten Herzens darüber hinweggegangen, als ich aus dem Krieg zurückkam.

Er beschloss, das Nachdenken über Kittys seltsame Vorschläge auf später zu verschieben und sich erst einmal seiner Arbeit zu widmen. Es gelang ihm überraschend gut. Um die Mittagszeit ging er zur Tuchvilla hinüber, wo er gemeinsam mit Mama, Frau von Dobern und Lisa das Essen einnahm. Von Kittys Besuch erzählte er kein Wort, dafür stellte er fest, dass die ehemals herzliche Freundschaft zwischen Lisa und Serafina von Dobern wohl einen kleinen Knacks bekommen hatte. Es schien ihm fast, als seien beide um Mamas Gunst in Konkurrenz getreten – aber das konnte täuschen, er war aus verständlichen Gründen nicht ganz bei der Sache.

Am Nachmittag erschien von Klippstein im Büro, dem es tatsächlich nicht gut ging. Er hatte sich wieder einmal eine schlimme Erkältung eingehandelt und litt ganz besonders unter einem hartnäckigen Husten.

»Manchmal reißt dabei eine der Narben dabei wieder auf«, gestand er und sah Paul mit schrägem Lächeln an. »Ich bin ein Krüppel, Paul. Ein Wrack. Es gibt da nichts zu beschönigen.«

Pauls Mitgefühl hielt sich in Grenzen, denn er vermutete, dass von Klippsteins Selbstmitleid damit zusammenhing, dass er in der Frauentorstraße wenig Glück gehabt hatte. Es war idiotisch von ihm gewesen, auf diesen armen Burschen eifersüchtig zu sein. Falls Marie tatsächlich einen anderen im Sinn hatte, dann war es sicher nicht Ernst von Klippstein. Der hatte sich umsonst Hoffnungen gemacht und außerdem viel Geld in den Kauf dieser scheußlichen Bilder gesteckt. Was Paul ihm immer noch ziemlich verübelte.

»Ach was!«, sagt er und legte Ernst seine Hand auf die Schulter. »Ich bin froh, dass ich dir den lästigen Papierkram aufbürden kann, Partner!«

Ernst nickte, schien getröstet und begab sich in sein Büro. Burgfrieden. Vielleicht wurde ja noch ein echter Frieden daraus. Wenn auch keine Freundschaft mehr. Er stürzte sich wieder in die Arbeit und erlaubte sich erst kurz vor Feierabend, über das Gespräch mit Kitty nachzugrübeln.

Alles in allem hatte es ihm nicht gerade das Gefühl vermittelt, dass Marie auf eine baldige Versöhnung aus war. Vielmehr schien sie sich auf eine längere Trennung einzustellen. Das gefiel ihm ganz und gar nicht. Je länger dieser Zustand andauerte, desto mehr entfremdeten sie sich voneinander. Vor allem die Kinder. Der Gedanke plagte ihn, Marie könne tatsächlich eine Scheidung planen. In diesem Fall würde sie jedoch das Atelier verlieren und damit auch die Kinder. Oder nicht? Konnte sie als geschiedene Frau selbstständig ein Geschäft führen? Oder gar mit Kitty gemeinsam?

Das führte doch alles zu nichts. Wenn sie erst vor Gericht standen, würde es nicht mehr möglich sein, sie zurückzugewinnen. Dann war Krieg angesagt, und Krieg war immer die schlechteste aller Möglichkeiten.

In der Abenddämmerung begann es wieder zu schneien. Er ging zu Ernst hinüber und erklärte, heute früher heimzugehen, dann zog er den Mantel über und verließ die Fabrik zu Fuß. Wie erwartet biss ihn die Kälte im Gesicht und an den Händen, dennoch ging er am Parktor der Tuchvilla vorbei in Richtung Stadt. Es tat gut, sich gegen Wind und Kälte zu behaupten, aus eigener Kraft voranzukommen und sich weder von den erstaunten Blicken aus vorüberfahrenden Wagen noch von seinen eiskalten Füßen aus der Ruhe bringen zu lassen.

Er lief durch die Barfüßerstraße und bog in die Karolinenstraße ein. Dort verharrte er vor einem Schaufenster und nahm den Hut herunter, um den Schnee abzuschütteln. Hinter ihm eilten dick vermummte Gestalten über den Gehweg, meist waren es Angestellte, die jetzt heimwärts strebten, um den knappen Feierabend zu genießen. Die Frauen hatten wollene Schals um die Köpfe gelegt, um Hut und Frisur vor dem Schnee zu schützen, die Männer neigten sich gegen den Wind, Hüte und Mützen tief ins Gesicht gezogen. Paul ging ein paar Schritte, dann konnte er direkt in die Schaufenster von »Maries Atelier« auf der anderen Straßenseite sehen. Sie waren hell beleuchtet, doch die vorübergehenden Menschen und der heftige Schneefall ließen ihn nur schemenhaft erkennen, was dahinter vor sich ging. Eine Weile stand er, die Augen zusammengekniffen, auf die Schattenwesen starrend, ohne daraus schlau zu werden. Dann entschloss er sich, hinüberzugehen.

Es war glatt auf dem Fahrweg, er wäre fast gestürzt, konnte sich im letzten Moment noch an der Straßenlaterne festhalten. Dort blieb er stehen, heftig atmend wegen des dummen Zwischenfalls, die Hand noch an dem kalten Metall des Laternenpfahls. Er sah einen Schatten in einem

der Schaufenster, glaubte zuerst, es sei eine der Schneider-
puppen, dann begriff er, dass es ein Mensch war. Eine
Frau. Zierlich. Das dunkle Haar kurz geschnitten. Das
Gesicht sehr blass. Die Augen groß und fast schwarz.

Sie starrte ihn durch die Ladenscheibe an, als sei er ein
Wesen von einem anderen Stern. Minutenlang. Passanten
gingen vorüber, er hörte eine junge Frau hell auflachen,
ein Mann antwortete mit einem Scherzwort, die Stimmen
entfernten sich, flogen vorbei, andere kamen. Er blickte
wie gebannt auf Marie, die leibhaftig dort stand und doch
unerreichbar war, durch eine fließende Menschenmenge
und eine dicke Glasscheibe von ihm getrennt.

Erst als er eine unwillkürliche Bewegung machte, den
Laternenpfahl losließ und sich anschickte, einen Schritt
auf sie zuzugehen, wich der Zauber. Marie drehte sich um
und verschwand im Hintergrund des Ladens.

Er hatte nicht den Mut, ihr zu folgen.

27

Warum müssen wir in die Tuchvilla?«

»Weil wir doch alle zusammen das Christfest feiern wollen, Leo. Jetzt setz dich mal richtig hin. Nicht dahin. Rutsch zur Seite, damit Dodo Platz hat. Henny, hör auf zu drängeln.«

Es schneite, und Tante Kittys Automobil hatte nur ein Dach aus Stoff, zwei kleine Löcher waren auch darin. Leo klemmte sich in die linke Ecke des Rücksitzes und steckte die kalten Fäuste in die Jackentaschen. Die blöde Pelzmütze, die Mama ihm geschenkt hatte, kitzelte ganz fürchterlich an der Stirn. Überhaupt sah er albern damit aus, wie ein sibirischer Waschbär, hatte Oma Gertrude gesagt.

Mama setzte sich zu ihnen auf den Rücksitz, sie trug einen weißen Wollmantel und hatte die Kapuze über den Kopf gezogen. Aber er hatte schon gesehen, dass ihr Gesicht ganz blass und verkniffen war. Zu dumm. Außer Tante Kitty, die ständig redete, wollte eigentlich niemand in die Tuchvilla. Oma Gertrude jedenfalls nicht. Höchstens Dodo, die hatte gestern gesagt, dass sie den Papa ganz schlimm vermisste. Henny wollte eigentlich nur die Geschenke haben und die Großmama drücken. Und er wäre am liebsten in der Frauentorstraße geblieben. Schon die Aussicht, Frau von Dobern zu begegnen, war wenig verlockend. Aber mehr noch fürchtete er sich vor dem Wiedersehen mit Papa. Warum, das konnte er nicht so genau sagen. Vielleicht weil Papa von ihm enttäuscht war. Das war nicht zu ändern, er konnte machen, was er wollte – es gefiel Papa nicht. Dabei wollte er eigentlich nichts anderes, als so sein, wie Papa ihn haben wollte. Es ging nur nicht. Er war irgendwie der falsche Sohn. Vielleicht hatte der Klapperstorch ihn aus Versehen vertauscht, und Papas richtiger Sohn lebte in einer anderen Familie? Dort wollte er immer nur Maschinen ansehen und mit dem Metallbaukasten spielen. Aber diese Eltern hätten gern einen Sohn gehabt, der Klavier spielen konnte und den Kopf voller Klänge hatte.

»Schau doch nicht so ernst, Leo«, sagte Mama. »Denk doch, wie schön die große Tanne in der Halle sein wird.«

»Ja, Mama.«

Gleich würden sie ihm erzählen, dass sich Großmama Melzer so schrecklich über ihren Besuch freuen würde. Aber das glaubte er nicht. Wenn sie solche Sehnsucht nach ihnen hätte, dann wäre sie doch längst einmal in der Frauentorstraße zu Besuch gekommen. Überhaupt war es viel netter mit Oma Gertrude. Die schimpfte zwar oft und jagte sie aus der Küche, wenn sie vom Kuchenteig naschten, aber sie meinte das nicht so. Sie mochte es eigentlich gern, wenn die Kinder zu ihr in die Küche kamen. Auch Walter. Der war ihr genau so lieb wie die anderen. Vor allem das gefiel Leo an Oma Gertrude.

»Kriege ich auch Geschenke von Onkel Paul?«, wollte Henny wissen. »Oder nur Dodo und Leo?«

Tante Kitty hatte gar nicht zugehört, weil das Automobil wieder einmal nicht tat, was sie wollte. Es ruckelte und zischte, vorn stieg weißer Dampf auf. Wenn er Glück hatte, ging das Auto jetzt kaputt, und sie brauchten nicht in die Tuchvilla zu fahren.

»Immer das Gleiche mit meinem Autolein«, seufzte

Tante Kitty. »Ich muss ihm gut zureden, ihn ein wenig streicheln und vor allem ihn loben. Du bist der Beste. Du schaffst es. Ich weiß ganz sicher, dass du es schaffst, mein Kleiner.«

Leo hörte interessiert zu. Papa verstand zwar viel von Maschinen, aber er wusste nicht, dass sie eine Seele hatten. Es musste so sein, denn das Auto ließ sich von Tante Kitty überreden, brav zu sein. Es fuhr von jetzt an anständig und hörte auf zu ruckeln. Schade!

Dabei hatten sie doch gestern Abend schon Weihnachten gefeiert. Der Heilige Abend war sowieso das richtige Christfest, weil das Jesuskind doch am Abend geboren war. Und die Hirten waren auch schon in der Nacht zum Stall gelaufen, weil der Engel sie losgeschickt hatte. Warme Schaffelle hatten sie mitgebracht. Und vielleicht auch eine Flasche Milch. Und ein paar Lebkuchen. Weil die Maria und der Josef bestimmt hungrig waren. Und die Könige waren mitten in der Nacht gekommen. War ja klar. Die liefen doch hinter einem Stern her, den konnte man tagsüber gar nicht sehen.

Es war schön gewesen, gestern Abend in der Frauentorstraße. Sie hatten zwar nur einen kleinen Christbaum, aber dafür durften sie ihn mit selbstgebastelten Sternen und Papierketten schmücken. Die silbernen Kugeln hatte Oma Gertrude in einer Schachtel gehabt, sie mussten ganz vorsichtig damit sein, weil sie aus Glas waren. Es gab auch bunte Vöglein aus Glas, die konnte man an die Zweige klemmen. Und Lametta! Ganz feine Silberfäden, die hängte Mama in kleinen Bündeln an die Zweige, und sie sagte, nun schaue die Tanne aus wie ein verzauberter Himmelsbaum. Sie hatten Walter und seine Mutter eingeladen und ein paar Freunde von Tante Kitty, außerdem war Herr Klippi bei ihnen zu Gast. Er hieß eigentlich Ernst von

Klippstein, aber alle nannten ihn nur Klippi. Er war ein bisschen komisch, so steif, und manchmal schaute er traurig. Aber er brachte famose Geschenke mit. Dodo bekam eine Puppe mit echtem Haar und ein Flugzeug aus Blech. Er selbst erhielt ein Grammophon und dazu drei Shellack-Platten. Zwei mit Sinfonien von Beethoven und eine mit einem Klavierkonzert von Mozart. Es klang komisch, nicht so wie in Wirklichkeit, sondern irgendwie gequetscht. Wie aus weiter Ferne. Aber trotzdem war es grandios. Sie hatten die Platten so oft laufen lassen, dass Tante Kitty schließlich meinte, wenn sie diese Musik noch ein einziges Mal hören müsse, würde sie auf der Stelle in die Luft gehen. Tante Kitty hatte den ganzen Abend über ihre Plapperanfälle. Das hatte sie oft. Dann konnte sie nicht aufhören zu reden und zu lachen. Es ging allen auf die Nerven, nur die Herren, die zu Besuch waren, fanden das »allerliebst«. Einer von ihnen, der blonde Herr Marc, fuhr später Walter und seine Mutter in seinem Auto nach Hause.

Hanna hatte sie erst gegen elf Uhr in die Betten gebracht, und Dodo hatte das Licht wieder angeschaltet, kaum dass Hanna die Tür des Kinderzimmers zugemacht hatte und hinuntergelaufen war. Dodo hatte ein Buch von »Nesthäkchen« geschenkt bekommen, das sie sich so schrecklich gewünscht hatte, und konnte mit dem Lesen nicht aufhören. Er hatte eigentlich nur still daliegen wollen, um die Sinfonie noch einmal anzuhören, die jetzt in seinem Kopf war, aber weil Henny aufgestanden und leise die Treppe hinuntergelaufen war, hielt er es nicht im Bett aus. Unten im Flur mischten sich allerlei Stimmen und Geräusche, es roch immer noch nach Bratenfleisch und Rotkohl, auch ein wenig nach den Zimtsternen, die Oma Gertrude gebacken hatte. Henny stand gebückt vor der Wohnzimmertür und schaute durchs Schlüsselloch – als er zu ihr ging, ließ sie ihn auch einmal hindurchlinsen. Man konnte einen Zweig vom Weihnachtsbaum sehen, daran hing eine silberne Kugel. Die Kerze war schon heruntergebrannt, sie flackerte nur noch als winziges, bläuliches Flämmchen. Ab und zu ging Mama vorbei, die irgendetwas aufräumte. Sie machte jetzt ein sehr bekümmertes Gesicht – vorhin hatte sie mit ihnen Witze gemacht und »Mensch ärgere dich nicht« gespielt. Tante Kittys Plapperanfälle waren jetzt ziemlich laut, sie lachte immer wieder und trank Sekt aus einem schmalen, hohen Glas. Herr Marc und der Maler mit dem schwarzen Bart redeten auch laut daher und fanden alles lustig.

»Geh jetzt ins Bett«, hatte er leise zu Henny gesagt.

»Ich bin gar nicht müde. Das kommt, weil Mama mir einen Schluck Schampus erlaubt hat. Es schmeckt himmlisch, und es prickelt, als ob du tausend Mücken im Mund hättest.«

Pfui Deibel. Auf dieses Gefühl konnte er gern verzichten. Dann mussten sie beide rasch die Treppe hinauflaufen und sich oben zusammenkauern, denn Hanna trat aus der Küche in den Flur. Sie hatte einen Zettel in der Hand und ging damit zum Telefon, das im Flur auf der kleinen Kommode stand. Henny rollte die Augen.

»Die Hanna darf doch gar nicht telefonieren. Das ist Mamas Telefon.«

»Pst!«

Unten hatte Hanna den Hörer abgenommen und an der Kurbel gedreht. Jetzt redete sie mit gedämpfter Stimme.

»Fräulein? Bitte eine Verbindung nach Berlin. Die Nummer ist ...«

Das war schon komisch, dass die Hanna nach Berlin telefonierte. Das tat nicht einmal Tante Kitty. Die redete manchmal mit München. Mit irgendeiner Galerie. Oder manchmal auch mit Tante Tilly. Aber das nur ganz selten. Weil das Telefonieren doch Geld kostete. Kinder und Angestellte durften überhaupt nicht telefonieren. Zumindest in der Tuchvilla war das so gewesen. Aber die Frau von Dobern, die hatte trotzdem telefoniert, die alte Hexe.

»Humbert?«, sagte die Hanna unten im Flur. »Humbert, bist du das? … Da bin ich aber froh … Ja, ich bin das, die Hanna.«

»Wer ist denn Humbert?«, flüsterte Henny neben ihm.

Er wusste es nicht genau. Den Namen hatte er schon mal gehört, aber es wollte ihm nicht einfallen, wo und von wem.

»Die Hanna hat sicher einen Freund«, wisperte Henny. »Was für ein komischer Name.«

»Pst!«

Hanna hatte feine Ohren. Trotz des Lärms, der aus dem Wohnzimmer drang, und Oma Gertrudes Gerumpel in der Küche hatte sie Hennys Geflüster gehört. Sie drehte sich um und schaute zur Treppe hin, weil aber das Licht nicht angeschaltet war, konnte sie niemanden entdecken.

»Das darfst du nicht tun, Humbert. Dazu hat niemand das Recht als nur Gott allein. Du musst geduldig sein.«

Schlau konnte man aus diesen Reden nicht gerade werden. Henny seufzte enttäuscht. Wahrscheinlich hatte sie gehofft, die Hanna würde jetzt von Liebe und von Küssen reden. Mädchen waren immer auf so was aus.

»Nein, nein. Wenn es gar so schlimm ist, dann frage ich die Fanny … Doch, das tue ich. Und dann schicken wir dir das Geld, Humbert. Auch wenn du das nicht willst.«

Das wurde ja immer geheimnisvoller. Leo hatte jetzt ein schlechtes Gewissen, dass sie Hanna heimlich belauschten. Sie war schrecklich aufgeregt und presste sich den Hörer so fest ans Ohr, dass ihre Backe ganz weiß war. Henny wurde kein bisschen von ihrem Gewissen geplagt, sie schüttelte verständnislos den Kopf.

»Ist der aber dumm. Warum will er das Geld nicht, wenn sie es ihm geben will?«

Er wäre gern zurück ins Kinderzimmer gegangen, aber er hatte Angst, dass der Fußboden knarren könnte, und dann hätte Hanna sie beide entdeckt. Also blieb er neben Henny am Treppengeländer hocken und wartete, bis Hanna fertig war. Hennys blondes Haar war verwuschelt, weil Hanna ihr die Zöpfe nicht für die Nacht geflochten hatte. Sie trug eines der Nachthemden, die Mama für sie genäht hatte und frisch gewaschen rochen. Er hörte eine C-Dur-Melodie in seinem Kopf, leise, aber sehr klar. Henny war eine typische C-Dur-Person. Hell und energisch, blau, hart und kein bisschen verspielt.

Als sie endlich zurück ins Kinderzimmer laufen konnten, war er unter seine Bettdecke geschlüpft und sofort eingeschlafen ...

»Da wären wir!«, rief Tante Kitty. »Schaut doch, die Else steht an der Tür. Und der Julius kommt schon gelaufen. Huuuch!«

Das Automobil machte einen kleinen Satz, dann puffte es, und der Motor war ausgegangen.

»Du hast ihn schon wieder abgewürgt, Tante Kitty«, sagte Dodo. »Du musst den Gang herausnehmen, bevor du die Kupplung loslässt.«

Leo staunte über Dodos Kenntnisse. Er selbst hatte keine Ahnung, wie und warum sich ein Automobil vorwärtsbewegte, und es war ihm auch egal. Tante Kitty drehte sich zu Dodo um und meinte unfreundlich, das nächste Mal könnte Fräulein Dorothea Melzer, die berühmte Fliegerin, gern das Steuer übernehmen.

»Wirklich?«, strahlte Dodo. »Ich darf das Auto mal fahren?«

In manchen Dingen war seine Schwester doch ziemlich einfältig. Tante Kitty rollte nur die Augen, und Mama erklärte ihnen sanft, dass Dodo frühestens in dreizehn Jahren die Fahrerlaubnis erwerben könnte.

Julius öffnete schwungvoll die Beifahrertür und half Oma Gertrude beim Aussteigen, dann trug er zusammen mit Else und Gertie die mitgebrachten Geschenke nach oben. Sie gingen hinterher – Mama war die Letzte, die die Treppe hinaufstieg.

Da war sie also, die große Tanne. Mächtig stand sie in der Eingangshalle, mit roten Kugeln und braunen Lebkuchen behängt, und duftete nach Weihnachten. Letztes Jahr hatten Papa und Gustav den Baum im Park geschlagen, und alle hatten beim Hineintragen geholfen. Er erinnerte sich noch genau, dass seine Finger mit dem klebrigen, stark duftenden Harz verschmiert gewesen waren, das sich auch mit Wasser und Seife nicht abwaschen ließ. Es störte beim Klavierspielen, weil die Finger an den Tasten kleben blieben.

»Nun? Wie gefällt dir unsere Tanne?«

Er fuhr heftig zusammen, denn er war so versunken gewesen, dass er Papa gar nicht bemerkt hatte.

»G… gut. Sie ist … sie ist sehr groß.«

»Nicht größer als sonst. Wir haben sie in diesem Jahr bringen lassen. Sie kommt aus dem Königholz bei Derching.«

»Ja.«

Es fiel ihm nicht viel anderes ein, was er hätte antworten können. Papas forschender Blick lähmte ihn regelrecht. So war es oft. Wenn Papa ihm eine Frage stellte, hatte er das Gefühl, sein Kopf sei vollkommen leer.

»Onkel Paul!«, piepste Henny. »Mama hat gesagt, dass ich ein Geschenk von dir bekomme.«

Papa wandte sich ihr lächelnd zu, und Leo war erleichtert, dass er nun wohl in Ruhe gelassen wurde. Wie leicht es Henny doch fiel, seinen Papa zum Lächeln zu bringen. Sie plauderte einfach irgendwas daher, und schon klappte es. Er hingegen …

»Wollen wir in der Halle feiern, oder sollten wir jetzt hinauf ins Warme gehen?«, fragte Oma Gertrude, der Gertie Mantel und Hut abgenommen hatte.

»Aber liebe Frau Bräuer – darf ich Ihnen meinen Arm anbieten?«, sagte eine bekannte Stimme.

Leo erkannte die Stimme sofort, auch Dodo und sogar Henny zuckten zusammen. Das war Frau von Dobern. Leos Rücken versteifte sich, Dodo rümpfte die Nase und wirkte angriffslustig. Henny spitzte die vollen Lippen, sodass ihr Mund einer rosigen, leicht verschrumpelten Kirsche glich.

»Sehr liebenswürdig, Frau von Dobern«, entgegnete Oma Gertrude laut. »Aber ich bin noch nicht so gebrechlich, dass ich die Treppe hinaufgeführt werden müsste.«

Die nahm kein Blatt vor den Mund, die Oma Gertrude. Leo liebte sie jetzt noch mehr. Während er neben Dodo die Treppe in den ersten Stock hinaufging, hörte er hinter sich Papas Stimme. Sie klang jetzt ganz anders. Fast so, als habe er Angst, etwas Falsches zu sagen.

»Guten Tag, Marie. Ich freue mich, dich zu sehen.«

Mamas Antwort klang auch sehr merkwürdig. So steif und fremd. »Guten Tag, Paul.«

Mehr sagte sie nicht, wie es schien, freute sie sich nicht, Papa wiederzusehen. Leo spürte eine Last, die sich unsichtbar über ihn legte. So wie ein dunkles Tuch. Oder eine schwere graue Wolke. Ein wenig, aber nur ganz wenig, tat Papa ihm leid. Oben im Speisezimmer wartete Großmama Melzer auf sie. Sie mussten sich der Reihe nach von ihr abküssen lassen. Das fand Leo schon schlimm genug, aber ganz und gar peinlich war, dass sie dabei die ganze Zeit weinte. Er wischte sich heimlich die feuchten Wangen trocken und war froh, als sie sich auf ihre Plätze setzen durften. Als er jedoch merkte, dass er zwischen Papa und Frau von Dobern sitzen musste, war er nicht mehr froh. Er hatte ja gewusst, dass es ein schrecklicher Tag werden würde, aber ganz so furchtbar hatte er ihn sich doch nicht vorgestellt. Dodo war auch nicht begeistert, denn sie wurde zwischen Frau von Dobern und Großmama Melzer platziert. Nur Henny hatte wieder mal Glück, sie bekam den Stuhl zwischen Mama und Oma Gertrude.

Wenn wenigstens Hanna hier gewesen wäre, aber sie war in der Frauentorstraße zurückgeblieben. Julius, der das Essen servierte, machte immer ein Gesicht, als gehe ihn das alles nichts an, nur die Gertie, die manchmal beim Abräumen half, zwinkerte ihnen zu. Alles war ganz entsetzlich steif. Nur Tante Kitty hatte einen Plapperanfall nach dem anderen, und manchmal redete auch Frau von Dobern. Mama und Papa saßen einander gegenüber an den Kopfenden des langen Tisches, sie waren beide schweigsam und schauten sich nicht an. Es war schade um das gute Essen, das die Brunnenmayer gekocht hatte, denn niemand am Tisch hatte Freude daran.

»Ihr seid aber gewachsen!«, sagte eine dicke Frau neben Tante Kitty. »Kennt ihr mich denn überhaupt noch? Ich bin eure Tante Lisa. Die Schwester von eurem Papa und von Tante Kitty.«

Dodo sagte höflich, sie glaube schon, sich zu erinnern. Er selbst war sicher, diese Frau noch nie in seinem Leben gesehen zu haben. Sie wollte Tante Kittys Schwester sein?

»Sie sehen meiner Mama gar nicht ähnlich«, sagte Henny mit bezauberndem Lächeln. »Weil Sie blonde Haare haben und so dick sind.«

»Henriette!«, tadelte Frau von Dobern. »So etwas sagt ein wohlerzogenes Mädchen nicht!«

»Lisa bekommt auch bald Besuch vom Klapperstorch«, warf Tante Kitty rasch ein. »Dann gibt es für euch eine kleine Cousine. Oder ein Cousin.«

»Ach«, meinte Henny wenig erfreut. »Na ja – wenn es eine Cousine ist, dann kann sie in meinem Puppenwagen schlafen.«

»Das ist sehr großzügig von dir, Henny«, sagte Tante Lisa ernsthaft.

Leo hoffte, dass es ein Cousin werden würde. Es gab viel zu viele Mädchen in der Familie. Warum der Klapperstorch wohl immer zu den dicken Frauen kam? So wie damals bei Auguste. Als Tante Lisa ins Speisezimmer gekommen war, hatte sie ausgesehen, wie ein riesengroßer Kaffeewärmer. Trotzdem war sie nicht übel, sie schaute immer wieder mal zu ihm hinüber und nickte ihm zu. Einmal fragte sie, ob er nachher etwas auf dem Klavier vorspielen würde, aber seine bejahende Antwort ging in Tante Kittys lauter Rede unter.

Nach dem Essen gingen alle hinüber in den roten Salon, wo ein geschmückter Tannenbaum auf dem Tisch stand. Darunter lagen viele bunt eingepackte Schachteln – das waren ihre Geschenke. Dodo bekam eine Puppe mit Schlafaugen und beweglichen Porzellangliedern, die eklig knirschten. Dazu einen Puppenkleiderschrank voller Zeug und einen Schulranzen für die arme Puppe. Henny wurde mit einem Malkasten und mehreren Bilderbüchern beglückt, er selbst erhielt ein beängstigendes schwarzes Gerät aus Metall, das einen spitzen Schornstein und einen

kastenförmigen Körper mit einem Deckel aus Kupfer besaß. Überall waren Kurbeln, Türchen, Haken und Schie-
ber, zwei lange Fäden führten von einem großen Metallrad
über mehrere kleinere Räder zu einem kleinen Hammer,
der über einem Tisch aus Metall angebracht war.

»Eine Dampfmaschine!«, rief Dodo voller Neid. »Da
musst du Wasser reintun. Und hier wird ein Feuer gemacht. Und dann fängt es an zu kochen, und der Dampf
drückt den Kolben nach oben. Und dann spritzt kaltes
Wasser nach, und der Kolben fällt wieder herunter.«

Leo stand hilflos vor dem schwarzen Wunderwerk und
fühlte Papas enttäuschten Blick auf sich ruhen. Nein, er
konnte mit diesem Ding nichts anfangen. Auch wenn er
versuchen sollte, es zu verstehen, es würde nicht in seinen
Kopf hineingehen. Ja, wenn es ein Klavier gewesen wäre.
Er hätte Papa schon erklären können, wie die kleinen
Hämmerchen bewegt wurden, damit sie die Saiten an-
schlugen.

»Papa«, zeterte Dodo. »Wollen wir die Maschine mal
anmachen?«

»Nein, Dodo. Sie gehört Leo.«

»Aber Leo will sie nicht. Ich will sie, Papa. Ich weiß, wie
das geht.«

Leo konnte sehen, wie Papa den Mund verzog. Jetzt
wurde er ärgerlich, das kannte er schon.

»Du hast eine Puppe bekommen, Dodo!«, sagte Papa in
scharfem Ton. »Eine sehr teure Puppe, die deine Großmama extra für dich gekauft hat.«

Dodo wollte etwas sagen, doch Frau von Dobern war
schneller.

»Undankbarkeit ist eine Sünde, Dorothea! Vor allem
heute, am Tag, da unser Herr Jesus arm und bloß in einer
Krippe geboren wurde. Du solltest froh sein, dass du

Eltern und Großeltern hast, die dich so großzügig beschenken!«

»Amen!«, sagte Oma Gertrude auf dem Sofa vernehmlich.

Eine Weile war es still, und Leo spürte, dass die Stimmung jetzt endgültig verdorben war. Papa starrte böse vor sich hin, Mama sah abwesend aus dem Fenster in den verschneiten Park. Tante Kitty holte Luft, um irgendetwas in die beklemmende Stille hineinzureden, zuvor vernahm man aber Tante Lisas Stimme.

»Du meine Güte, Paul! Das Mädel weiß, wie eine Dampfmaschine funktioniert, und du schimpfst sie dafür aus!«

»Lisa!«, sagte Großmama Melzer unwillig. »Pas devant les enfants!«

»Wir sollten einfach nur die Geschenke umtauschen«, kicherte Tante Kitty. »Dodo bekommt die Dampfmaschine, und Paul geben wir die Puppe!«

Leo war froh, dass niemand über diesen dummen Witz lachte. Papa sah von einer zur anderen, als müsse er nachdenken, wie er die Lage retten könnte. In Mamas Richtung schaute er nur ganz kurz, aber dieses Mal erwischte er den Moment, als auch sie zu ihm hinblickte. Beide sahen wie ertappte Sünder aus, als ihre Blicke sich so unversehens trafen, ihre Augen hingen einen winzigen Moment aneinander, dann schaute Mama rasch zur Seite, und Papa drehte sich weg.

»Na schön«, sagte er. »Wenn wir nachher noch Zeit haben, werde ich die Maschine unter Dampf setzen, und wer mir dabei helfen will, der ist willkommen.«

Dabei starrte er Leo an, als wollte er sagen: Das ist deine letzte Chance, mein Sohn. Dodo hatte ihre Puppe an sich gezogen und zupfte an deren gestärkter Spitzenbluse herum. Henny nutzte die Lage, um sich unbemerkt mit Marzipankartoffeln vollzustopfen. Wenn sie doch endlich wieder in der Frauentorstraße wären – es war einfach grässlich hier in der Tuchvilla!

Aber wie es schien, warteten noch weitere Schrecknisse auf sie.

»Genug im Zimmer herumgesessen«, sagte Papa mit aufgesetzter Fröhlichkeit. »Wir gehen jetzt hinunter in den Park.«

Ein Parkspaziergang! Möglicherweise mit Frau von Dobern! Leo sah beklommen zu Dodo hinüber, Henny erklärte, mit vollen Backen Marzipan kauend, dass sie im Park nasse Füße bekäme und deshalb hierbleiben wolle.

»Ganz wie Sie wünschen, mein Fräulein«, sagte Papa.

Dodo und er mussten natürlich mit. Weil Mama sich mit Tante Lisa unterhalten wollte und Tante Kitty keine warmen Stiefel hatte, blieben sie auch oben im roten Salon. Und die beiden Großmütter saßen beieinander und schauten ein Fotoalbum an. Nur Frau von Dobern wollte mit spazieren gehen. Hatte er es doch geahnt!

Unten in der Halle stand die Frau Brunnenmayer am Kücheneingang. Als Leo ihr freudestrahlendes Gesicht sah, ging es ihm schon viel besser. Dodo rannte auf die Brunni zu und hing sich ihr an den Hals.

»Dorothea!«, rief Frau von Dobern empört.

Aber Papa freute sich und lachte, deshalb musste sie den Mund halten.

»Ja, Bub!«, sagte die Brunni. »Wie bist du gewachsen. Und hübsch bist geworden. Wirst immer hübscher. Spielst du immer noch so schön Klavier? Ach, das fehlt uns doch. Das wir dich nicht mehr spielen hören.«

Sie fuhr ihm mit ihren dicken Händen durch das Haar. Es war schön, auch wenn ihre Hände immer nach Zwiebeln und Sellerie rochen. Um der Brunni willen tat es ihm schon leid, dass sie nicht mehr hier wohnten.

Papa drängelte, er wollte endlich losgehen. Er lief die Eingangsstufen so schnell herunter, dass Frau von Dobern kaum folgen konnte. Unten im Hof war nur wenig Schnee, weil Julius gekehrt hatte, aber der Park war ganz weiß, und alle Wege waren zugeschneit.

»Na los! Wir laufen mittendurch bis hinüber zum Gartenhaus!«

Was war Papa da nur eingefallen! Er stapfte durch den Schnee, der ihnen fast bis zu den Knien ging, und drehte sich ab und zu nach ihnen um. Es schien ihn überhaupt nicht zu stören, dass Frau von Dobern immer weiter zurückblieb. Dodo hatte Spaß dabei, sie stieg in Papas Fußstapfen und kicherte, weil sie so weit auseinander waren. Leo hatte die Hände in die Jackentasche vergraben und stampfte gleichmütig vor sich hin.

»Weiter! Nicht aufgeben. Drüben hinter dem Wacholder wartet eine Überraschung.«

Hoffentlich nicht noch eine Dampfmaschine, dachte Leo und linste zu dem dichten Wacholdergrün. Waren da nicht Spuren im Schnee? Na klar – da waren Leute gelaufen.

Da krochen sie auch schon heraus. Voller Schnee waren ihre Jacken, die Liesl hatte eine rote Strickmütze schief auf dem Kopf, und der Maxl trug eine fesche Kappe mit Ohrenklappe. So eine hätte er auch gern gehabt. Und der Hansl, der war so dick eingepackt, dass er gleich mal in den Schnee fiel.

»Hurra! Überraschung. Fröhliche Weihnachten!«

Die drei hüpften und winkten, rannten auf sie zu, und dann standen sie beieinander, grinsten, kicherten, freuten sich, einander wiederzusehen.

»Zeig mal deine Haare«, forderte Dodo die Liesl auf. »Ui, die sind ja ganz kurz. Mama will, dass ich diese blöden Zöpfe habe.«

Der Maxl schwatzte, er habe zwei Blechautos und eine Tankstelle vom Christkind bekommen, und der Hansl redete etwas von einem Kaufladen. Leo erwähnte kurz, er habe eine Dampfmaschine bekommen, weil ihm wohl klar war, dass er weder den Maxl noch den Hansl mit einem Grammophon und Schellack-Platten beeindrucken konnte. Die Liesl war schon zwölf, also vier Jahre älter als er. Sie schaute ganz anders aus als ihre Mama, die Auguste. Schlank war sie und ihr dunkelblondes Haar wellte sich, ihr Gesicht war schmal und der Mund klein, wie ein Herz geformt. Sie gefiel ihm, weil sie immer lieb und sanft war und weil es ihn ärgerte, wenn ihre Brüder an ihr herumzerrten.

»Und was hat dir das Christkind gebracht?«, fragte er sie.

»Ein Kleid und eine Jacke. Neue Schuhe. Und zwei bestickte Taschentücher.«

Er wollte noch fragen, ob sie denn gar keine Spielsachen bekommen hatte, aber da flog ein Schneeball gegen seine Pelzmütze und riss sie ihm vom Kopf.

»He!«, brüllte Dodo. »Warte, Maxl, jetzt kriegst du auch welche!«

Alle bückten sich jetzt, rafften Schnee zusammen, formten daraus Wurfgeschosse. Dodo erwischte Maxl an der Schulter, Liesl traf Dodo am Arm, Leo landete einen bildschönen Wurf auf Maxls Bauch. Schneebälle zischten hin und her, es wurde gejubelt und geschimpft, Dodo kreischte, weil ihr das kalte Zeug in den Kragen geraten war, Liesl lachte Leo aus, der danebengeworfen hatte. Hansl war der Geschickteste, wenn es galt, einem Geschoss auszuweichen. Er ließ sich einfach in den Schnee plumpsen.

»Aber Kinder!«, hörte man die Stimme von Frau von Dobern. Niemand kümmerte sich darum.

Zack – traf Leo ein Wurf an der Backe. Es tat weh, und er wischte sich den Schnee ab, dann sah er, dass es Papa gewesen war, der geworfen hatte. Er lachte. Nicht hämisch. Auch nicht böse. Ein bisschen schelmisch. So wie er früher manchmal Mama angeschaut hatte. Leo bückte sich und presste Schnee zusammen. Seine Hände waren kalt, und es stach darin wie mit spitzen Eisnadeln. Er sah zu Papa hinüber, der ihn beobachtete. Er grinste immer noch. Na los, hieß das. Versuch mal, ob du mich treffen kannst. Ich stehe hier, rühre mich nicht vom Fleck.

Der erste Wurf ging daneben. Beim zweiten Versuch traf ihn ein Schneeball vom Hansl am Hals, sodass er sein Ziel wieder verfehlte. Dann erwischte er Papa an der Brust. Der bückte sich, um einen neuen Schneeball zu formen, wurde aber gleich von drei Angreifern getroffen. Dodo und Maxl taten mit.

»Rasselbande!«, lachte Papa. »Alle auf einen. Na wartet!«

Es hagelte weiße Geschosse, sie kreischten, lachten, jammerten und blieben schließlich erschöpft mit roten Köpfen und schmerzenden Fingern stehen. Da hörte er es. Das leise Klingeln. Glöckchen, mindestens vier. In regelmäßigem Metrum, hüpfend, schwingend, fröhlich. D-Dur. Man hörte auch den Schnee knirschen, knarr, knarr und ein leises Zischen, ein Gleiten.

»Das Christkind.«, flüsterte Dodo ehrfurchtsvoll.

Maxl fing an zu lachen, die Liesl wies zur Villa hinüber, wo jetzt ein seltsames Gefährt zu sehen war. Ein Pferd zog einen Wagen. Nein – einen Schlitten!

»Das ist unser Papa!«, rief Liesl. »Er hat den alten Schlitten repariert. Und wir dürfen alle mitfahren!«

Der alte Schlitten! Sie hatten ihn manchmal in der Remise gesehen, da stand er und rostete vor sich hin. Rot war er gewesen, die Sitze aus Leder, aber ziemlich schadhaft und die langen Kufen ganz braun vom Rost.

»Na? Überraschung geglückt?«, meinte Papa.

Und wie! Gustav Bliefert hielt bei ihnen an, und man sah, dass er riesig stolz darauf war, den Schlittenkutscher zu machen. Alle stiegen ein, auch Papa, zuletzt auch noch Frau von Dobern, die verkniffen lächelte. Wahrscheinlich war ihr kalt, ihr Mantel war nicht gerade dick und die Stiefel nicht gefüttert.

»Was für eine wunderschöne Idee hat euer Vater da gehabt«, sagte sie. »Da wird Henny wohl traurig sein, dass sie nicht dabei ist.«

Tatsächlich gefiel Leo die Vorstellung, dass Henny jetzt oben in der Tuchvilla am Fenster stand und neidisch in den Park starrte. Sie fuhren eine große Runde. Am Gartenhaus vorbei, wo der Schornstein rauchte und Auguste mit dem kleinen Fritz auf dem Arm stand und ihnen zuwinkte. An den Fichten und Wacholderbüschen vorbei, die unter der weißen Last wie bucklige Riesenzwerge aussahen. Dann um die Tuchvilla herum, über die Wiese bis fast zum Tor und durch die lange Auffahrt mit den kahlen, schneebedeckten Bäumen bis zum Rondell auf dem Hof. Leo hörte die ganze Zeit über Klänge und spürte den Rhythmus der Pferdehufe. In seinem Kopf war schon wieder Musik, es kamen Töne, viele gleichzeitig, auch Geräusche und manchmal Melodien. Auf dem Hof knirschten und kreischten die Kufen, weil dort zu wenig Schnee lag und man sah, wie sie buntes Feuer sprühten.

An der Treppe warteten Oma Gertrude und Großmama Melzer, dick in Pelze eingepackt, auch Tante Kitty wollte eine Runde mitfahren.

»Ach, Paulemann!«, rief sie begeistert. »Weißt du noch, wie wir in diesem Schlitten durch den Wald gefahren sind? Ich habe Marie zu uns in den Schlitten geholt. Du und mein armer Alfons, ihr rittet nebenher.«

Papa stieg aus, um Platz zu schaffen, dann zwängten die drei sich hinein, und der Hansl musste auf Oma Gertrudes Schoß sitzen. Henny war nicht mitgekommen, sie hatte zu viel Marzipan gegessen und ihr war schlecht geworden.

Dass Tante Lisa nicht mitfuhr, wunderte Leo gar nicht – das arme Pferd hätte die Last wohl nicht ziehen können. Aber dass Mama nicht herunterkam, das tat ihm leid.

Später, als sie sich verabschiedet hatten und wieder in Tante Kittys Automobil saßen, war Henny schon wieder obenauf.

»Ich darf meine Geschenke mitnehmen«, prahlte sie. »Aber eure, die bleiben in der Tuchvilla, hat Onkel Paul gesagt. Ihr dürft nur damit spielen, wenn ihr ihn besuchen kommt!«

Dodo bedauerte das sehr, weil die Dampfmaschine ihr so gut gefallen hatte. Papa hatte sie ins Kinderzimmer getragen und dort in Gang gesetzt, aber gleich wieder ausgehen lassen, weil es zu spät geworden war. Die Puppe war Dodo egal.

Leo wollte vor allen Dingen ans Klavier, weil er die Klänge, die in seinem Kopf herumirrten, nachspielen musste. Zumindest versuchen wollte er es. Obgleich es für die meisten Klänge gar nicht genug Tasten gab.

28

Januar 1925

> *Sehr geehrter Herr Winkler,*
> *da Sie es vorzogen, ohne Abschied davonzuschleichen,*
> *habe ich während der vergangenen Monate wenig Mühe*
> *darauf verschwendet, Ihren augenblicklichen Aufenthalts-*
> *ort zu erfahren. Wozu auch? Ihr Desinteresse an Gut*
> *Maydorn und meiner Wenigkeit war überdeutlich –*
> *ich bin nicht die Frau, die einem Mann nachläuft.*
> *Ohne Zweifel werden Sie ja inzwischen den Platz im*
> *Leben gefunden haben, der Ihnen gemäß ist. Ich bin*
> *davon überzeugt, dass Sie ein ausgezeichneter Lehrer und*
> *Erzieher der Jugend sind, hier liegt Ihre Begabung ebenso*
> *wie auch in der Erforschung der Vergangenheit und*
> *Heimatgeschichte.*

Lisa lehnte sich zurück und steckte den Federhalter ins
Tintenfass. Unzufrieden las sie das Geschriebene durch,
schüttelte den Kopf und brachte Verbesserungen an, »da-
vonzuschleichen« war zu hart, sprach von Betroffenheit,
wenn nicht Zorn. Er sollte aber nicht den Eindruck erhalten, dass dieser Brief eine Art »Abrechnung« war. Sie
wollte höflich und gelassen erscheinen. Sie lief ihm nicht
nach. Schon gar nicht, um ihm Vorhaltungen zu machen.
Sie war darüber hinaus. Jetzt ging es nur noch um ...

Was schwafele ich eigentlich von seinen Begabungen,

dachte sie und strich den letzten Satz mit dickem Federstrich aus. Schließlich habe ich nicht vor, ihm Honig ums Maul zu schmieren. Das fehlte noch. Nach allem, was er mir angetan hat, dieser Feigling!

Sie stand auf, raffte den Morgenrock um sich und stellte fest, dass das ehemals weite Gewand sich kaum noch schließen ließ. Wie schrecklich. Sie fühlte sich bleischwer und unbeweglich wie eine Bienenkönigin. Es war Mitte Januar – die Plackerei würde ja hoffentlich bald ihr Ende finden. Vor der Geburt hatte sie zwar Angst, aber das würde vorübergehen, schließlich war es eine Sache, die seit Anbeginn der Menschheit funktionierte. Die Hauptsache war ein gesundes Kind, ganz gleich ob Mädel oder Bub. Und dann würde sie alles tun, um wieder ihre normale Figur zu bekommen. Vor allem das. Sie hatte kaum noch etwas zum Anziehen, und ihre Schuhe passten auch nicht wegen der geschwollenen Füße.

Obgleich es erst sechs Uhr war und draußen noch Finsternis herrschte, zog sie die Gardinen beiseite und öffnete ein Fenster. Kalte Nachtluft wehte ihr entgegen, und sie atmete tief ein. Kleine Schneeflöckchen setzten sich auf ihr erhitztes Gesicht, gerieten mit der Atemluft in ihre Nase und kitzelten. Hu – wie eisig es draußen war. Drüben bei MAN wurde gearbeitet, die entfernten Lichter der Fabrik ließen die Bäume und schneebedeckten Flächen des Parks schemenhaft erkennen. Ein Hase hoppelte über den Schnee, dann ein zweiter. Sie machten Männchen, starrten einander an, dann gab der kleinere Fersengeld und flitzte unter die Fichten. Der andere hockte sich hin und buddelte im Schnee herum.

Sie zog den Morgenmantel am Hals zusammen und beugte sich ein wenig vor. Auf den Schneemassen, unter denen die Terrasse versunken war, tanzten jetzt gelbliche

Lichter. Aha, man hatte die Beleuchtung in der Halle angeschaltet. Vermutlich war die Brunnenmayer längst dabei, das Frühstück vorzubereiten, und Julius putzte noch rasch die Stiefel der Herrschaft. Sie seufzte. Serafina hatte ihr schon mehrfach gesagt, dass Dörthe entsetzlich »täppisch« sei und zu nichts tauge. Das Beste sei wohl, sie bei nächster Gelegenheit zurück aufs Gut zu schicken. Vermutlich hatte sie nicht unrecht, aber Lisa war dennoch der Meinung, dass man Dörthe noch eine Chance geben sollte. Sie vertrat diesen Standpunkt hartnäckig, weil es ihr Spaß machte, Serafina zu widersprechen.

Jetzt wurde es doch zu kalt, sie schloss das Fenster und zog sich an den Kachelofen zurück, den Gertie gestern Abend noch einmal mit glühenden Briketts gefüttert hatte. Wie angenehm war es doch, den schmerzenden Rücken an die warmen Kacheln zu lehnen und sich für einen Moment dem wohligen Gefühl von sanfter Geborgenheit hinzugeben. Man wurde damit hier in der Tuchvilla weiß Gott nicht gerade zugeschüttet. Ganz im Gegenteil, sie fühlte sich allein und von allen im Stich gelassen. Paul war mit seinen Eheproblemen beschäftigt, Mama litt pausenlos an Migräne und lag meist im Bett, und Serafina, ihre liebe Herzensfreundin, auf die sie sich so gefreut hatte, die kochte ihr eigenes Süppchen.

»Du kannst dir nicht vorstellen, meine liebe Lisa, wie undankbar das Vaterland seine Helden abtut. All jene, die Leben und Blut auf dem Feld der Ehre gelassen haben – man bemüht sich eifrig, ihr Opfer in den Dreck zu ziehen und zu vergessen.«

Nun ja – ein wenig konnte sie Serafina verstehen. Ihr Vater, Oberst von Sontheim, war in Russland gefallen, auch ihr jüngerer Bruder und ihr Ehemann. Armin von Dobern, war Leutnant gewesen – der Heldentod hatte ihn in Flandern ereilt. Wie es schien, erhielten die Witwen nicht gerade reiche Pensionen, Serafina musste nicht nur ihre Mutter, sondern auch noch die Schwiegereltern unterstützen, die ihr Vermögen in der Inflation eingebüßt hatten. Dass sie darüber verbittert war, konnte niemanden verwundern. Trotzdem war es eine Frechheit, wie sich diese dürre, spitzgesichtige Person zwischen sie und Mama drängte.

»Deine Mutter braucht jetzt ihre Ruhe, Lisa. Wenn du etwas auf dem Herzen hast, dann kannst du es ja mir sagen.«

»Deine liebe Mutter hält ihren Mittagsschlaf. Du darfst sie auf keinen Fall stören.«

»Ich habe deiner Mama ein kleines Beruhigungsmittel gegeben. Sie darf sich nicht aufregen, das weißt du doch.«

Lisa hatte wissen wollen, was für ein Zeug Serafina ihrer Mutter eigentlich ständig verabreichte. Hier ein Gläschen, dort ein paar Tröpfchen auf einem Stückchen Zucker, ein »Schlaftrunk« jeden Abend, damit sie die Nacht ruhig zubringen konnte.

»Das ist Baldrian, Lisa. Völlig harmlos. Das kannten schon die alten Römer.«

Baldrian hatte Lisa selbst häufig im Lazarett verwendet, es beruhigte, wenn die Verwundeten von Unruhe oder Schmerzen geplagt wurden. Der Geruch war unverkennbar. Allerdings war seit Beginn der Schwangerschaft ihre Nase fast durchgehend zugeschwollen, sie konnte daher den Baldrian in Serafinas »Schlaftrunk« nicht wahrnehmen.

»Wieso darf Mama keine Aufregung haben? Hat sie etwas am Herzen?«

Serafinas wissend-überlegenes Lächeln war so penetrant, dass sich die feinen Härchen an Lisas Armen vor Widerwillen aufrichteten.

»Ach, du weißt doch, Lisa. Deine Mama ist nicht mehr die Jüngste, da ist auch das Herz nicht mehr so wie in Jugendtagen.«

»Mama wird siebenundsechzig. Keine siebenundachtzig!«

Serafina ließ den Einwand nicht gelten. Siebenundsechzig – das war ein hohes Alter in diesen Zeiten. »Dein armer Papa ist in genau diesem Alter gestorben, Lisa. Vergiss das nicht.«

»Das werde ich ganz sicher niemals vergessen, Serafina!«

Sie ließ tatsächlich nichts aus, um sie niederzumachen. Aber abwarten – es würde sich noch herausstellen, wer den längeren Atem hatte.

»Meiner Ansicht nach ist Mama viel gesünder, als du sie haben willst!«

»Ich bitte dich, Lisa. Diese schlimmen Migräneanfälle.«

»Ach was! Mama hat ihr Leben lang Migräne gehabt.«

»Es stimmt mich sehr traurig, wie wenig Rücksicht du auf die schwache Gesundheit deiner Mama nimmst, Lisa. Ich wünsche dir, dass du es niemals bereuen wirst.«

Sie nahm sich zusammen. Schließlich würde es dem Kind in ihrem Bauch schaden, wenn sie sich jetzt auf Serafina stürzte, um sie zu ohrfeigen. Aber ihre Zeit würde kommen.

Arme Marie! Während der vergangenen Tage war Lisa so einiges klar geworden. Sie hatte am Christtag ein Weilchen Zeit gefunden, sich mit Marie allein zu unterhalten. Zunächst hatte Marie sich wortkarg gezeigt, dann aber, als sie begriff, dass Lisa nicht die Absicht hatte, ihr Vorwürfe zu machen, war das Gespräch zwischen ihnen intensiv und sehr herzlich gewesen. Oh ja – sie vermisste Marie hier in der Tuchvilla. Plötzlich war ihr bewusst, dass Marie die Seele dieses Hauses gewesen war. Diejenige, die immer

Verständnis gehabt hatte. Die bemüht war, alle Miss-verständnisse und Streitigkeiten aus der Welt zu schaffen. Die für alle gesorgt hatte, immer heiter, immer zufrieden, immer mit einer guten Idee bei der Hand. Marie – das war wie ein warmer, belebender Wind gewesen, der durch das Haus wehte und den alle mit Wohlbehagen einatmeten.

Jetzt hatte sie das Gefühl, vom Morgen bis zum Abend einen kalten, muffigen Kellerhauch zu verspüren, der vor allem von Serafina ausging. Wenn es nur dem Kind nicht schadete!

»Ihr müsst euch aussprechen, du und Paul!«, hatte sie zu Marie gesagt. »Ich weiß doch, dass er dich liebt. Jeden Abend hockt er allein im Büro über irgendwelchen Akten und leert dazu eine Flasche Rotwein. Das ist doch nicht normal.«

Marie hatte ihr erklärt, dass es nicht so einfach sei.

»Es liegt gewiss an mir, Lisa. Aber ich hatte das Gefühl, in diesem Haus keinen Ort mehr zu haben. Ich war plötz-lich wieder das arme Waisenkind, das aus Mitleid auf-genommen worden war. Die uneheliche Tochter einer Frau, die skandalöse Bilder malte und sich dem Willen des Johann Melzer hartnäckig widersetzte. Ich hatte fast das Gefühl, dass mir sogar der unheilvolle Tod meiner armen Mutter als böse Hypothek angerechnet wurde.«

»Jetzt spinnst du aber wirklich, Marie!«

»Ich bin mit mir selbst nicht einig, Lisa. Und leider ist Paul nicht derjenige, der mir hilfreich zur Seite steht. Im Gegenteil, er steht auf der Seite seiner Mutter. Und die hat sich leider sehr verändert.«

»Das ist mir auch aufgefallen, Marie. Und weißt du, was ich glaube?«

Marie hatte ihre Theorie, dass Mamas Veränderung Serafinas Einfluss zuzuschreiben war, weder bestätigt noch ihr widersprochen. Das sei möglich, jedoch nicht bewiesen. Auf jeden Fall hätten die Kinder unter ihr gelitten, und sie mache sich jetzt Vorwürfe, nicht früher eingegriffen zu haben. Kitty hatte das Problem auf ihre Art gelöst. Sie war mit Henny in die Frauentorstraße gezogen. Und basta!

»Und wie lange soll dieser Zustand nun andauern?«

»Ich weiß es nicht, Lisa.«

Eigentlich beneidete sie Marie ein wenig. In der Frauentorstraße ging es bestimmt fröhlicher zu als hier in der Tuchvilla. Da wuselten die drei Kinder herum, Gertrude schwang den Kochlöffel, Kitty genoss Maries Gegenwart, und Besucher hatten sie auch. Alles war Boheme, ungezwungen, unkonventionell, großzügig. Dort hätte sich vermutlich auch niemand über eine schwangere Ehefrau aufgeregt, die in Scheidung lebte. Hier in der Tuchvilla wurden nur selten Gäste eingeladen, und wenn es doch geschah, waren es die üblichen Geschäftsfreunde der Melzers. Lisa war kein einziges Mal gebeten worden, an solchen Gesellschaften teilzunehmen, Mama hatte ja Serafina an ihrer Seite. Unfassbar. Diese Person saß bei den Einladungen doch tatsächlich auf Maries Platz. Das hatte ihr Gertie erzählt, die darüber ebenso empört war wie alle anderen Angestellten.

Marie war es auch gewesen, die sie überredet hatte, einen Brief an Sebastian zu schreiben.

»Wie auch immer, Lisa. Er hat das Recht zu erfahren, dass er Vater wird. Was er damit anfängt, ist seine Sache.«

Das war echt Marie. Keinen Augenblick hatte sie daran geglaubt, dass das Kind, das sie trug, von ihrem Noch-Ehemann war. Mit der ihr eigenen Intuition hatte sie die Lage erfasst und sie als ganz selbstverständlich hingenommen.

»Ich kann mir nicht vorstellen, dass es ihm gleichgültig ist, Lisa.«

Lisa widersprach. Sie habe vier Jahre im gleichen Haus mit ihm gelebt, und seine Sturheit und Ehrpusseligkeit seien ihr fürchterlich auf die Nerven gegangen.

»Diese eine Begegnung war mehr oder weniger ein ... ein tragischer Unfall. Wenn du verstehst, was ich meine.«

Sie spürte selbst, wie unglaubwürdig diese Erklärungen sich anhörten, und tatsächlich war es nicht die Wahrheit. Doch Marie hatte verständnisvoll genickt. Sie waren beide aufgestanden und hatten ein Weilchen aus dem Fenster geschaut. Paul hatte doch tatsächlich in aller Heimlichkeit den alten Schlitten wieder flottmachen lassen und fuhr jetzt mit den Kindern im Park herum.

»Das ist doch eine hübsche Idee von Paul, findest du nicht?«

Marie hatte nur traurig gelächelt. Wahrscheinlich erinnerte sie sich an die Schlittenfahrt vor zwölf Jahren, als sie noch das Küchenmädel in der Tuchvilla war. Damals waren Paul und Marie ganz schrecklich ineinander verliebt gewesen.

»Vielleicht ist die alte Regel doch richtig, dass niemand über seine Verhältnisse heiraten sollte«, sagte Marie leise.

»So ein Blödsinn«, knurrte Lisa. »Mama und Papa kamen auch aus unterschiedlichen Familien. Mama ist eine Adelige, und Papa war bürgerlich.« Sie stockte, weil sie darüber nachdachte, ob die Ehe ihrer Eltern glücklich oder unglücklich gewesen war. Dann fiel ihr ein, dass auch Sebastian aus sehr einfachen Verhältnissen kam und sie, als Tochter des wohlhabenden Fabrikbesitzers, für ihn eigentlich unerreichbar gewesen wäre. Früher zumindest war das so. Heute, vor allem nach dem Krieg, hatte sich vieles geändert!

»Was würdest du tun, wenn Sebastian plötzlich vor der Tür stünde?«, fragte Marie plötzlich.

»Um Gottes willen!«, rief sie entsetzt. »So aufgequollen und hässlich, wie ich jetzt bin, darf er mich auf keinen Fall sehen!«

Marie schwieg und schaute zu, wie sich Alicia und Gertrude gemeinsam mit Kitty in den Schlitten zwängten. Aber ihr Gesicht zeigte Lisa deutlich, dass sie sich nun verraten hatte. Sie liebte Sebastian noch. Sie liebte ihn sogar mehr als je zuvor.

»Schau an«, sagte Marie und wies nach unten in den Hof. »Wie gelenkig Mama sich in die Polster schwingt. Und wie sie lacht – es stört sie gar nicht, dass es so eng ist und die Kinder herumzappeln.«

Am Abend des Christtages, nachdem Kitty mit ihrem fröhlichen Anhang wieder zurück in die Frauentorstraße gefahren war, hatte Mama ganz fürchterliche Migräne bekommen.

Serafina meinte mit vorwurfsvoller Miene zu Paul: »Erst gibt man ihr die Enkel zurück, und dann muss sie sich wieder von ihnen trennen. Es ist wirklich grausam, was Ihre Frau Ihrer Mutter antut!«

»Darüber steht Ihnen kein Urteil zu, Frau von Dobern!«, sagte Paul mit harter Stimme und schlug die Bürotür hinter sich zu. Lisa hatte den Anblick von Serafinas versteinerter Miene genossen.

Gut zwei Wochen war das nun her, am Sonntag würden die Zwillinge zu Besuch kommen. Lisa verzog das Gesicht, weil das Kind in ihrem Bauch rumorte. Gestern hatte es sich so ungünstig gedreht, dass sie plötzlich keinen Schritt mehr gehen konnte. Ein Schmerz fuhr von der Hüfte bis hinunter zu ihrem rechten Fußknöchel. Eine Folter, so eine Schwangerschaft!

Sie löste sich von den warmen Ofenkacheln und trat wieder zu dem altmodischen Schreibtisch, den man ebenfalls vom Dachboden zurückgeholt hatte. Kritisch besah sie das Blatt, verbesserte den Ausdruck »davongeschlichen« zu »überraschend abgereist« und grübelte darüber nach, wie sie ihren Zustand kundgeben sollte.

»Ohne Ihren weiteren Lebensweg beeinflussen zu wollen, teile ich Ihnen mit diesem Schreiben mit, dass unser kurzes Beisammensein nicht ohne Folgen...«

Sie hielt inne, weil sie ein ungewohntes Geräusch vernahm. Ein Schrei aus weiblicher Kehle. Ein Kreischen. Ziemlich hysterisch. War das Else? Auf jeden Fall kam es aus dem Erdgeschoss. Dörthe? Oh Gott, nicht Dörthe, dieses Unglücksmädel!

Eine Tür wurde zugeschlagen, jemand lief mit gehetzten Schritten eine Treppe hinauf. Das konnte nur die Dienstbotentreppe sein, die war aus Backstein gemauert, die Treppe, die die Herrschaften benutzten, war mit einem Teppichläufer bedeckt.

»Zu Hilfe!«, kreischte unten eine sich überschlagende Frauenstimme. »Polizei! Überfall! Einbrecher.«

Das war nicht Dörthe, stellte Lisa erleichtert fest. Das klang nach Serafina. Du liebe Güte, wie hysterisch sie war.

»Ein Mann... ein Mann ist in mein Zimmer eingedrungen.«

Jetzt mischten sich andere Stimmen darunter. Lisa erkannte die Brunnenmayer, dann auch Julius. Offensichtlich bemühte man sich, die Hausdame zu beruhigen.

Ein Mann? In Serafinas Zimmer? Jetzt wurde es auch Lisa ungemütlich. Die Auswahl an männlichen Bewohnern war in der Tuchvilla momentan nicht gerade groß. Und wenn es nicht Julius gewesen war, blieb nur noch Paul übrig. Eine schreckliche Sekunde lang stieg in ihr die Vorstellung auf, ihr Bruder könne in Serafinas Zimmer gewesen sein. Weshalb auch immer. Ein Mann war nun einmal ein Mann. Aber nein – in diesem Fall hätte Serafina ganz bestimmt nicht geschrien. Im Gegenteil, dann wäre sie fein still gewiesen. Also doch ein Einbrecher. Und wie es schien, war er jetzt auf den Dachboden gelaufen, wo sich die Gesindezimmer und der Trockenboden befanden.

Sie raffte den Morgenmantel so gut es ging und lief auf den Flur hinaus. Dort stand Paul bereits vollständig angekleidet an Mamas Zimmertür und redete auf sie ein.

»Leg dich wieder hin, Mama. Ich bitte dich. Das ist ganz sicher nur ein dummer Witz.«

»Ruf die Polizei, Paul.«

»Erst wenn ich weiß, was überhaupt los ist.«

Lisa ging zu ihnen hinüber. Das Kind hampelte jetzt ganz fürchterlich in ihrem Bauch, vermutlich hatte es die Aufregung gespürt.

»Da ist jemand die Angestelltentreppe hochgelaufen, Paul.«

»Wann?«, wollte er wissen.

»Gerade eben. Nachdem sie geschrien hat.«

»Aha! Dann schauen wir doch einmal nach.«

»Paul!«, stöhnte Mama. »Sei um Gottes willen vorsichtig. Er kann dir dort oben auflauern.«

»Wer auch immer es ist«, meinte Lisa trocken. »Nach dem Anblick der nachtgewandeten Hausdame wird er nur noch an eilige Flucht denken.«

Mama war mit ihren Gedanken woanders, sie verstand die böse Spitze gegen Serafina nicht. Sie ließ sich jedoch von Lisa zurück in ihr Zimmer führen und setzte sich auf ihr Bett.

»Gib mir bitte meine Tropfen, Lisa. Sie stehen drüben neben der Wasserkaraffe.«

»Du brauchst keine Tropfen, Mama. Trink einfach einen Schluck Wasser.«

Mama hatte den Klingelknopf betätigt. Gleich darauf hörte man Elses schwere Schritte auf dem Flur.

»Gnädige Frau«, sagte sie und knickste an der Tür.

»Was ist los, Else?«

»Oh, Sie müssen sich nicht beunruhigen, gnädige Frau.«

Else war eine sehr schlechte Lügnerin, man konnte ihr ansehen, dass sie etwas verbarg.

»Warum hat die Hausdame geschrien?«, wollte Mama wissen.

Else druckste herum, machte einen seltsam anmutenden Kratzfuß, sammelte eine Fluse von ihrer Schürze. »Frau von Dobern hat wohl schlecht geträumt, gnädige Frau.«

Wann stand die Hausdame eigentlich am Morgen auf? Es war halb sieben – Fräulein Schmalzler war um diese Zeit längst im Dienst gewesen.

»Es ist ihr doch nichts geschehen?«, fragte Mama besorgt.

Else schüttelte heftig den Kopf und presste die Lippen aufeinander. »Nein, nein. Sie ist wohlauf. Zieht sich an. Hat sich nur ein wenig erschrocken.«

Mehr war nicht aus ihr herauszubekommen. Mama trug ihr auf, Julius nach oben in die Gesindezimmer zu schicken, um Paul notfalls beizustehen.

Gleich darauf erschien Serafina. Totenbleich wegen des ausgestandenen Schreckens, ansonsten aber gefasst.

»Es ist mir sehr unangenehm, liebe Alícia.«

Ihre Stimme flackerte ein wenig, sie hatte auch Mühe mit dem Atem. Fast bekam Lisa Mitleid – sie musste ja einem Herzschlag nahe gewesen sein.

»Setzen Sie sich, meine Liebe«, sagte Mama. »Nehmen Sie ein paar Tropfen Baldrian, Sie haben es weiß Gott nötig.«

Serafina lehnte ab, sie habe sich bereits beruhigt. Leider habe sie Grund, sich über das Personal zu beschweren.

»Ich hatte Julius gebeten, die Polizei anzurufen. Umsonst. Als ich selbst zum Büro ging, um den Anruf zu tätigen, stellte sich mir Frau Brunnenmayer in den Weg.«

»Das ist unglaublich«, sagte Mama.

»Sie wurde sogar handgreiflich.«

»Frau Brunnenmayer? Sie sprechen von unserer Köchin Fanny Brunnenmayer«, rief Alicia und sah mit hilflosem Blick zu Lisa hinüber.

»Allerdings! Sie hat mir das Handgelenk verdreht.«

Serafina knöpfte ihr Ärmelbündchen auf, um die Verletzung vorzuzeigen, doch niemand achtete mehr auf sie. Die Tür zur Gesindetreppe wurde aufgerissen, und man hörte Schritte.

»Nun los doch!«, sagte Paul. »Wir fressen dich nicht.«

Jemand stolperte polternd gegen die Tür.

»Stehengeblieben. Kommen Sie, ich halte Sie fest.«

»Danke«, sagte eine schwache Stimme. »Mir ist ... mir ist schwindelig.«

Serafina straffte sich, dann trat sie mutig aus Alicias Schlafzimmer hinaus auf den Flur. Lisa zögerte einen Moment, weil sie nur unvollständig bekleidet war, dann folgte sie ihr.

»Das ist ... das ist ja Humbert!«

Fast hätte sie den ehemaligen Hausdiener nicht wiedererkannt, so abgemagert und hohlwangig hing er an Pauls Arm. Hatte man ihr nicht erzählt, Humbert sei im Begriff, die große Bühnenkarriere in der Hauptstadt zu machen? Nun – das war wohl eine Fehlmeldung gewesen. Er sah eher aus, als habe er sich jahrelang in den schlimmsten Elendsquartieren durchgehungert.

»Das ist er«, sagte Serafina gefasst, aber mit leicht zitternder Stimme. »Das ist der Mann, der vorhin in mein Schlafzimmer eindrang. Wie gut, dass Sie ihn erwischt haben, Herr Melzer!«

Humbert hatte den Kopf gehoben, um Serafina genauer anzusehen, er schien sie jedoch nicht wiederzuerkennen.

»Ja, sag einmal, Humbert«, meinte Paul, der die Angelegenheit nun eher heiter betrachtete. »Was hattest du denn dort zu suchen? Wieso schleichst du überhaupt in aller Frühe hier in der Tuchvilla herum?«

Humbert räusperte sich, dann hustete er. Hoffentlich bringt er uns nicht die Schwindsucht, dachte Lisa. Schließlich musste sie an ihr Kind denken!

»Ich bitte vielmals um Verzeihung«, sagte Humbert zu Serafina. »Ich hatte keine Ahnung, dass jemand in diesem Raum schlief. Ich wollte mich nur für einen Moment ... Ich war todmüde nach der langen Bahnfahrt.«

Sehr erhellend war diese Erklärung nicht. Paul runzelte die Stirn, Serafina schnaubte empört.

»Sie sind also ohne Wissen der Herrschaften ins Haus eingedrungen«, stellte sie fest. »Wer hat Ihnen die Tür geöffnet?«

Humbert sah jetzt teilnahmslos vor sich hin, und wenn er sprach, hatte man das Gefühl, er rede in eine andere Welt hinein.

»Um halb sieben wird immer der Riegel der Küchentür aufgeschoben, weil der Milchjunge kommt. Da bin ich unbemerkt hineingeschlüpft.«

»Erzählen Sie uns keine Märchen«, sagte Serafina, deren Wangen ein ungesundes helles Rot zeigten. »Sie haben

Helfershelfer gehabt. Man hat Ihnen die Küchentür geöffnet und Sie heimlich in die Villa eingeschleust.«

Humbert schien zu erschöpft, um darauf zu antworten. Er hing so schwer an Pauls Arm, dass man befürchten musste, er würde zu Boden fallen, wenn Paul ihm die Stütze entzog.

»Ich weiß auch genau, wer dafür verantwortlich ist«, fuhr Serafina triumphierend fort. »Liebe Alicia, Sie haben Ihre Gunst jahrelang an eine Unwürdige verschwendet. Die Köchin ist eine hinterhältige Lügnerin. Eine Tyrannin, die die Angestellten gegen mich aufhetzt und meine Anweisungen beharrlich ignoriert. Frau Brunnenmayer hat ohne Zweifel bei diesem Verbrechen ihre Hand im Spiel.«

Paul machte eine ungeduldige Armbewegung, er hatte jetzt keine Lust mehr, sich auf solch alberne Streitereien einzulassen.

»Julius! Bringen Sie diesen jungen Mann in einer der freien Gesindekammern unter. Und dann hätte ich gern mein Frühstück.«

Julius, der am Treppenaufgang gewartet hatte, eilte an Serafina vorbei, ohne ihr auch nur einen Blick zu schenken. Hinter ihm hatten Gertie und Dörthe gestanden, die natürlich mitbekommen wollten, was oben entschieden wurde. Lisa war klar, dass das Gesinde voll und ganz hinter der Brunnenmayer stehen würde. Es gefiel ihr. Serafina hatte sich den Schrecken selbst zuzuschreiben – wieso schlief sie überhaupt unten im Büro der Hausdame? Das hatte Frau Schmalzler niemals getan, sie hatte oben in ihrer Kammer genächtigt und den Raum unten nur als Arbeitsraum genutzt. Aber natürlich – jetzt im Winter waren die Gesindekammern eisig kalt, deshalb hatte sich Serafina unten in der Nähe der warmen Küche einquartiert. Damit hatte sie sich bei den Angestellten bestimmt keine Freunde gemacht.

»Liebe Serafina«, sagte Mama ungehalten. »In Bezug auf Frau Brunnenmayer irren Sie sich ganz sicher.«

Sie war nicht dumm, ihre ehemalige Freundin. Es war ihr klar geworden, dass sie zu weit gegangen war, daher nahm sie sich jetzt etwas zurück. »Vielleicht haben Sie recht, liebe Alicia. Ach, solch ein unnötiger Aufruhr. Sie müssen nun zur Ruhe kommen.«

Sie füllte ein Glas mit Wasser und schraubte den Deckel von der braunen dickbauchigen Glasflasche. Aber Mama schüttelte den Kopf.

»Nein danke, keine Tropfen... Else, hilf mir beim Anziehen. Und vor dem Frühstück möchte ich mit der Köchin kurz sprechen. Lisa, leg dich wieder hin, wir frühstücken zusammen gegen halb neun.«

Lisa war dankbar für Mamas Verständnis, denn sie war plötzlich so müde, dass sie sich kaum noch auf den Beinen halten konnte. Täuschte sie sich, oder hatte dieser unerwartete Vorfall Mamas Lebensgeister neu geweckt?

Als sie eine gute Stunde später zum Frühstück hinunterging, saß dort ihre Mutter mit Zeitung am Tisch. Sie lächelte ihr zu und fragte besorgt, wie es ihr ginge.

»Es macht eifrig Turnübungen, Mama.«

»Das muss so sein, Lisa. Ich habe für dich Tee zubereiten lassen, der Kaffee könnte das Kind zu unruhig machen.«

Serafina? Die Hausdame bezöge gerade ihre Kammer oben unter dem Dach.

»Frau Brunnenmayer hat mir alles erklärt, Lisa. Der arme Humbert hatte in Berlin einen Rückfall. Du erinnerst dich? Er hat auch damals schon an diesen Angstzuständen gelitten.«

Hanna und die Brunnenmayer hatten ihn angefleht,

zurück nach Augsburg zu kommen. Dass er bereits in dieser Nacht ankommen würde, hatte niemand gewusst.

»Sonst hätte Frau Brunnenmayer selbstverständlich um Erlaubnis gefragt. Aber es ist doch unsere Christenpflicht, den armen Menschen bei uns aufzunehmen, nicht wahr?«

»Du wirkst frisch und munter, Mama.«

»Ja, Lisa. Ich habe mich lange nicht mehr so wohlgefühlt.«

»Dann solltest du dieses Zeug nicht mehr nehmen. Du bekommst Kopfschmerzen davon.«

»Ach, Lisa! Baldrian ist doch völlig harmlos.«

29

Der Februar war ungewöhnlich mild in diesem Jahr, fast musste man fürchten, die Krokusse in den Parkwiesen könnten schon ihre Blattspitzen herausstrecken. Doch immer wenn das Wetter auf Frühling zu deuten schien, fuhr in den folgenden Tagen ein eisiger Wind über das Land, und der Frost kehrte zurück. Zweimal schon hatte tückisches Glatteis in der Stadt den Straßenverkehr lahmgelegt und für verstauchte und gebrochene Knochen gesorgt, wie man hörte, war auch Rechtsanwalt Grünling unter den Betroffenen. Auguste, die seit einigen Tagen wieder in der Tuchvilla zugange war, wusste zu berichten, dass sich der arme Herr Grünling beide Arme gebrochen habe.

»Jessus Maria«, sagte Gertie und nippte an dem heißen Morgenkaffee. »Da kann er ja gar net vors Gericht gehen.«

»Wieso net?«, versetzte Auguste. »Reden kann er ja noch.«

»Aber mit den Armen wedeln beim Reden, das kann er net.«

Auguste zuckte mit den Schultern und langte nach dem geschnittenen Weißbrot. Sie schmierte sich dick Butter drauf und sparte auch nicht mit der guten Erdbeermarmelade.

»Wie der sich wohl die Joppe anzieht«, meinte Dörthe nachdenklich. »Und was tut er, wenn er mal die Hose runterlassen muss?«

Jetzt verbreitete sich boshafte Schadenfreude am langen Tisch in der Küche. Sogar die Brunnenmayer musste grinsen. So war das eben, auch die reichen Leute hatten mal Pech. Der liebe Gott war halt doch gerecht.

»Da wird sich schon eine finden, die ihm die Hose runterlässt«, vermutete Auguste hämisch. »So ein Junggeselle, der hat doch gewiss eine liebende Braut. Wahrscheinlich sogar mehrere. Da geht's hinauf und hinunter mit der Hose.«

Alle lachten los, Gertie geriet ein Stück Weißbrot in die Luftröhre und sie hustete los, doch Julius klopfte ihr hilfreich auf den Rücken. Else war wieder einmal rot geworden. Sie schnitt sich die Rinde vom Brot ab, bevor sie es mit Butter bestrich, dann kaute sie lange und umständlich. Manchmal tunkte sie das Brot auch in den Kaffee, damit es weich wurde. Ein künstliches Gebiss war eine viel zu teure Angelegenheit für ein alt gewordenes Stubenmädel. Und außerdem hatte Else nach wie vor eine höllische Angst vor dem Zahnarzt.

»Es ist nicht recht, sich über einen Kranken lustig zu machen«, bemerkte sie milde und spülte den Bissen mit einem Schluck Kaffee hinunter.

»Der hat so vielen Leuten das Geld aus der Tasche gezogen«, sagte Auguste mitleidslos. »Dem geschieht es recht!«

Niemand widersprach. Es war bekannt, dass einige Schlaumeier nach dem Krieg zu erheblichem Besitz gekommen waren, sie hatten sich an der Not derer bereichert, die während der Inflation gezwungen waren, alles zu verkaufen. Aber diese Raffkes waren solche, die auch vorher schon Geld gehabt hatten. Wer arm war, der blieb auch arm, da konnte man sich auf den Kopf stellen – so war das.

»Und was ist mit deiner Erbschaft, Auguste?«, fragte die

Brunnenmayer ungeniert. »Habt schon alles wieder ausgegeben?«

Auguste hatte ihren plötzlichen Wohlstand mit einer Erbschaft erklärt. Eine entfernte Tante, die keine Nachkommen hatte und darum ihre liebe Nichte in Augsburg bedacht hatte. Nein, sie habe nicht damit gerechnet, man habe sich nur selten gesehen. Dass die gute Lotti aber auch so viel Geld in ihrem Sparstrumpf aufbewahrt hatte … Ja, ja, die alten Leut.

»Was denken Sie denn?«, gab sie der Köchin trotzig zurück. »Ein Gewächshaus bauen wir von dem Geld. Und von dem, was übrig ist, hab ich den Buben Kleider und Schuh gekauft.«

Das war stark untertrieben, aber Auguste hütete sich, den anderen zu erzählen, dass sie auch neue Möbel und allerlei hübsche Dinge angeschafft hatte, die sie aus der Tuchvilla kannte. Silberzeug und Porzellanvasen. Teller und Bestecke, wo alles zueinanderpasste. Auch Arbeitskleidung für den Gustav, neue Wäsche und einen guten Anzug. Teure Bettwäsche. Und sich selber hatte sie ebenfalls neu eingekleidet. Erwähnenswert wäre auch das Automobil, das in der Remise stand und erst im Frühjahr eingesetzt werden sollte. Damit es nicht so viel Gerede gab.

Dörthe nahm sich die dritte Brotscheibe und stieß einen Milchkrug um, als sie nach der Butter griff.

»Kannst net einmal aufpassen?«, schalt Julius, dem die Milch den Ärmel benetzte. »Jetzt muss ich das Hemd und auch den Jackenärmel auswaschen.«

»So ein bisschen Milch.«

»Heut die Milch. Gestern einen Topf mit Schmalz. Neulich eine Flasche Rotwein, die ich dem gnädigen Herrn bringen sollte. Was in deine Finger gerät, das wird zu Scherben.«

Julius rettete seinen Kaffeebecher vor dem feuchten Tuch, mit dem Dörthe über den Tisch fuhr, um die Milch aufzunehmen. Auguste schüttelte den Kopf, die anderen nahmen es gelassen. Man hatte längst herausgefunden, dass das Mädel es nicht mit Absicht tat, sie war einfach ein Pechvogel. Dafür war sie eine ehrliche Haut, wenn auch ein wenig dumm. Man ließ sie das Brennholz für den Ofen holen, die Kartoffeln schälen oder den Schnee im Hof kehren. Da konnte sie nicht viel Unheil anrichten. Im Frühjahr wollte sie sich um die Gartenbeete bei der Terrasse kümmern und das Blumenrondell im Hof bepflanzen. Vielleicht lag ihr die Gartenarbeit ja mehr.

»Schläft der Humbert noch?«, erkundigte sich Auguste. »Ich dachte, es ging ihm jetzt schon besser?«

Die Köchin schnitt Schinkenspeck in feine Scheiben, legte eine Leberwurst dazu und ein Stück Räucherwurst. Das tat sie vor allem für den Humbert, das wussten sie. Aber natürlich durften sich auch die anderen an dem leckeren Frühstücksteller bedienen.

»Er kommt gleich herunter«, sagte sie. »Braucht viel Schlaf, der Bub. Und essen muss er, damit er net vom Fleisch fällt.«

Auguste nickte eifrig und schnitt sich rasch ein Stück von der Leberwurst herunter. Sie arbeitete jetzt wieder dreimal in der Woche in der Tuchvilla, angeblich tat sie das aus alter Anhänglichkeit.

»Wie Sie den Humbert verteidigt haben, Frau Brunnenmayer«, meinte die Gertie kauend. »Das war einmalig. Ich hab net glauben wollen, was ich da gehört hab.«

Fanny Brunnenmayer war dieses Thema nicht angenehm, sie warf Gertie einen unwilligen Blick zu und knurrte:

»Was musst auch allweil an den Türen lauschen? War

net für dich bestimmt, was ich da vor der Gnädigen geredet habe.«

Gertie ließ sich nicht einschüchtern. Sie schaute nur rasch zum Treppenausgang, ob der Humbert nicht etwa schon kam, dann versuchte sie, die Stimme der Brunnenmayer nachzuahmen.

»Wenn der Humbert keinen Platz in der Tuchvilla findet, dann bleib auch ich nicht mehr hier. Sechsunddreißig Jahr tu ich nun schon meinen Dienst, und ich hab nie Grund zum Klagen gehabt. Aber wenn es so ist, dann pack ich mein Bündel und geh zum nächsten Ersten!«

»Das haben Sie tatsächlich zu der gnädigen Frau gesagt, Frau Brunnenmayer?«, staunte Julius.

Obgleich Gertie dieses Zitat schon mehrfach zum Besten gegeben hatte, war Julius immer wieder tief beeindruckt. Nie im Leben hätte er sich solch ein Auftreten der Herrschaft gegenüber gestattet. Selbst dann nicht, wenn es um seinen eigenen Bruder gegangen wäre. Allerdings hatte er keinen Bruder und auch sonst keine Geschwister.

»Ich schwör's!«, sagte Gertie und nickte dreimal hintereinander. »Und die gnädige Frau war ganz erschrocken. Dass sie doch nie im Leben daran gedacht habe, den Humbert wieder fortzuschicken. Nur hätte sie halt gern vorher gewusst, dass er kommt.«

»Jetzt ist's genug!«, schimpfte Fanny Brunnenmayer und schlug mit der Faust auf den Tisch. »Die gnädige Frau ist eine gute Seele. Hab wohl mit Kanonen auf Spatzen geschossen. Schwamm drüber!«

Man war übereingekommen, dass Humbert sich erst ein wenig erholen und zu Kräften kommen musste. Danach sollte er bei der Arbeit helfen, so gut er konnte. Was halt so anfiel. Das Automobil pflegen. Im Park das Gebüsch zurückschneiden. In der Küche helfen. Botengänge erledigen. Zunächst nur für Kost und Logis. Später würde man sehen.

»Wenn er nur wieder gesund wird«, meinte die Köchin, und sie tat einen Seufzer. »Der Krieg, der elende. Der steckt uns allen noch in den Knochen. Und wird da wohl noch lange stecken.«

Sie hob den Kopf, weil im Treppenhausflur das wohlbekannte »Tack-tack-tack« zu hören war. Die Schuhe der Hausdame waren zwar nicht neu, sie hatte sie jedoch mit hartem Leder besohlen lassen.

»Achtung!«, sagte Julius und schnüffelte, weil er durch die Nase schlecht Luft bekam, wenn er sich aufregte.

»Da ist's wohl vorbei mit der Gemütlichkeit«, murmelte Gertie und goss sich rasch noch einen Schluck Milchkaffee ein. Fanny Brunnenmayer ließ den Teller mit Wurst und Schinken in der Tischschublade verschwinden. Man musste sich nicht mehr Verdruss als nötig einhandeln.

Frau von Dobner betrat die Küche mit der Miene einer Frau, die sich gegen alle Bosheiten und Ungerechtigkeiten dieser Welt gewappnet hatte. Ihre Augen hinter den Brillengläsern erfassten zunächst den gesamten Raum, dann die am Tisch Sitzenden, die aufgestellten Lebensmittel, die Töpfe und die blecherne Kaffeekanne auf dem Herd, die Bütte mit dem ungewaschenen Geschirr von gestern Abend neben dem Spülstein.

»Guten Morgen allerseits!«

Man erwiderte den Gruß ohne Begeisterung, nur Gertie erlaubte sich die Frage, ob Frau von Dobern gut geschlafen habe.

»Danke. Du kannst das Tablett aus dem Büro abräumen, Gertie.«

Obgleich sie nun endlich oben ihre Schlafkammer bezogen hatte, hielt sie immer noch an der Gewohnheit fest, allein in ihrem Büro zu frühstücken.

»Morgen hätte ich gern ein Stück Schinken und etwas Räucherwurst zum Frühstück«, sagte sie zur Köchin.

»Wurst zum Frühstück?«, fragte die Brunnenmayer in scheinbarem Erstaunen. »Heut ist Freitag.«

»Wir sind noch nicht in der Fastenzeit«, gab die Hausdame spitz zurück. »Glauben Sie, ich könnte nicht riechen, dass hier Leberwurst und Räucherspeck gegessen wurden?«

»Freilich – die habe ich für Frau von Hagemann vorbereitet. Sie erwartet ein Kind, da darf sie auch am Freitag Fleisch essen.«

Frau von Dobern schnaubte verächtlich, um anzuzeigen, dass sie kein Wort davon glaubte. Womit sie auf der richtigen Spur war. Was ihr jedoch wenig nutzte, denn die Brunnenmayer würde ihren Wunsch ignorieren.

»Heute Abend gibt der gnädige Herr eine kleine Gesellschaft, wie ihr alle wisst«, begann sie jetzt, den Tagesplan anzusagen. »Es sind drei Ehepaare und zwei einzelne Herren geladen, also sieben Personen, dazu der gnädige Herr, seine Frau Mutter und ich. Das Menü hat die gnädige Frau ja bereits mit der Köchin besprochen. Zuvor wird ein Aperitif angeboten, das betrifft dich, Julius. Else und Gertie werden heute Früh den roten Salon und das Herrenzimmer reinigen und in einen präsentablen Zustand bringen, Dörthe wird sich am Abend um das Schuhwerk der Gäste kümmern.«

Alle hörten gelangweilt zu. Glaubte sie wirklich, man wisse nicht, wie eine kleine Abendgesellschaft in der Tuchvilla vonstattenging? Das war eine ihrer leichtesten Übungen – das dumme Geschwätz der Hausdame brachte nur Durcheinander in den gewohnten Ablauf. Fräulein

Schmalzler hatte sie bei solchen Gelegenheiten angefeuert, ihr Bestes zu geben, für die Tuchvilla Ehre einzulegen, da war man ganz anders an die Arbeit gegangen. Aber das wussten nur noch die Köchin und Else – die anderen hatten die großartige alte Dame nicht mehr kennengelernt. Humbert allerdings, der kannte sie noch, aber der war immer noch nicht aufgestanden.

»Du wirst der Wäscherin helfen und die Teppiche klopfen«, sagte die Hausdame zu Auguste.

»Die Teppiche haben wir erst am Montag ausgeklopft«, behauptete Auguste. »Da wär es klüger, sich einmal die Polster vorzunehmen.«

Es war ein Fehler gewesen, das merkte sie sofort. Die Nüstern der Hausdame blähten sich – das bedeutete nichts Gutes.

»Willst du mir erzählen, wie ein Haushalt zu führen ist? Wieso hockst du eigentlich hier am Tisch? Wir sind kein Gasthaus – du kannst daheim frühstücken!«

Augustes Gesicht schwoll an, als habe sie Hefe gegessen, sie wagte jedoch nichts zu sagen. Dafür vernahm man die tiefe Stimme der Köchin.

»Wer hier im Haus arbeitet, der soll auch essen. Das haben wir immer so gehalten, und daran ändert sich nix!«

»Wie Sie meinen«, gab die Hausdame zurück. »Ich werde diese Verschwendung bei der Durchsicht Ihres Haushaltsbuchs berücksichtigen.«

Sie fuhr zusammen, weil neben dem Herd ein blecherner Kohleeimer umfiel und die Kohlen durch die Küche rollten. Dörthe war wieder glänzend in Form.

»Es tut mir leid ... Verzeihung. Vergebung.«, stotterte das Mädchen. Sie begann hastig, die Kohlen aufzulesen und in ihrer Schürze zu bergen.

»Eine Dümmere als dich findet man wohl auf dem ganzen Erdball nicht«, bemerkte Frau von Dobern und kickte ein Stück Kohle in Dörthes Richtung.

»Oh nein, Frau von Dobern. Ich hab eine Schwester in Klein Dobritz, die ist gewiss noch dümmer als ich«, gab Dörthe ganz ernsthaft zurück.

Gertie gab einen erstickten Laut von sich und kaschierte ihn als Hustenanfall. Die Köchin schaute betont grimmig vor sich hin, Julius tat sich keinen Zwang an und grinste breit. Nur Auguste war noch zu wütend, sie hatte gar nicht zugehört.

»Musst du die Kohlen in deine Schürze tun? Nimm den Eimer.«

»Ja, Frau von Dobern.«

Der abfällige Ton der Hausdame brachte die arme Dörthe noch mehr durcheinander. Alle sahen es kommen, Gertie rief noch rasch: »Pass auf!«, doch da war es schon geschehen. Dörthe hatte sich beim Einsammeln der Kohle rückwärts in Richtung Spülstein bewegt, und jetzt stieß ihr umfangreiches Hinterteil gegen den Spültisch. Der Bottich darauf kam ins Wanken, rutschte über die Kante, und das ungespülte Abendbrotgeschirr ergoss sich auf den Küchenboden. Teller für Teller, Tasse für Tasse – Gertie und Auguste konnten das Milchkännchen und die große Auflageplatte retten, der Rest lag in Scherben.

»Ach Gottchen, was ist das heut nur für ein Unglückstag«, stammelte Dörthe, die vor Entsetzen stocksteif auf der Stelle stand. »Wo ich doch hinten keine Augen hab, Frau von Dobern.«

»Es ist unfassbar«, zischte die Hausdame, blass vor Ärger. »Ich werde dafür sorgen, dass Sie von hier verschwinden.«

Dörthe heulte los und ließ alle Kohlen, die schon in ihrer Schürze gewesen waren, wieder auf den Boden fallen, weil sie die Hände vors Gesicht nahm. Julius bemerkte laut, dass darüber Frau von Hagemann zu entscheiden habe, denn Dörthe sei ihre persönliche Dienerin. Gertie, Else und Auguste sammelten Scherben und Kohlestücke auf.

In diesem Moment erschien Humbert in der Küche. Niemand bemerkte ihn zunächst im allgemeinen Tumult, er blieb am Eingang stehen, lehnte gegen den Türpfosten und verschränkte die Arme vor der Brust.

»Ein Gutes hat die Sache ja«, meinte er dann grinsend. »Was kaputt ist, muss nicht mehr abgewaschen werden.«

Dörthes Miene klärte sich ein wenig auf, Frau von Dobern aber fuhr ärgerlich herum und fixierte den Sprecher.

»Finden Sie es auch noch lustig, wenn Gut und Besitz der Herrschaft zerschlagen werden?«

»Keineswegs«, meinte Humbert freundlich. Er löste die verschränkten Arme und machte eine kleine, aber deutliche Verbeugung vor der Hausdame. Es war schwer zu unterscheiden, ob Höflichkeit, persönliche Hochachtung oder Ironie dahintersteckte.

»Aber fast alles im Leben ist ersetzbar, liebe Frau von Dobern. Nur Leben und Gesundheit nicht.«

Er war zwar beängstigend dünn und hohlwangig geworden, doch er hatte eine gewisse Wirkung auf Frauen, die er früher nicht in dieser Weise ausgespielt hatte. Auch die Hausdame verspürte dies, sie ließ sich zu einem Lächeln bewegen und bestätigte, dass er in diesem Punkt freilich recht habe.

»Wie fühlen Sie sich heute, Humbert?«

Er dankte der Nachfrage und erklärte, es ginge ihm von Tag zu Tag besser. »Die Ruhe und die gute Verköstigung, dazu die freundschaftliche Aufnahme und all die lieben Menschen, die sich so rührend um mich bemühen.« Er blinzelte zu der Hausdame hinüber und fügte hinzu, er sei für dies alles außerordentlich dankbar. »Wenn ich irgendwo nützlich sein kann, liebe Frau von Dobern, dann setzen Sie mich ein. Darum bitte ich Sie herzlich. Es widerstrebt mir sehr, untätig herumzusitzen, während so viel Arbeit getan werden muss.«

Falls sie vorgehabt hatte, ihm Vorhaltungen zu machen, weil er bisher noch keinen Finger gerührt hatte, dann hatte er ihr jetzt den Wind aus den Segeln genommen.

»Nun – wenn Sie glauben, dass Sie kräftig genug sind. Sie könnten Julius helfen, das Automobil zu reinigen. Von innen und von außen. Am Sonntag will Herr Melzer mit den Kindern einen Ausflug machen.«

»Aber liebend gern.«

Frau von Dobern nickte zufrieden, warf noch einen Blick auf die drei Frauen, die Kohle und Scherben vom Küchenboden auflasen und in zwei verschiedene Eimer sortierten, dann bewegte sie sich zum Ausgang in Richtung Halle.

»Das Frühstück für Frau Melzer, Frau von Hagemann und mich um acht im Speiseraum. Wie immer!«, rief sie über die Schulter.

Die Köchin wartete ab, bis die Luft rein war, dann holte sie den Teller mit Wurst und Schinken wieder aus der Lade und stellte ihn Humbert vor die Nase.

»Möchte doch wissen, wo die das alles lässt«, murmelte sie. »Frühstück um sieben allein im Zimmer der Hausdame, Frühstück um acht mit der Herrschaft. Um eins Mittagessen mit der Herrschaft, später Kaffee und Sahnetörtchen, Abendbrot mit der Herrschaft. Danach taucht sie noch mal hier auf, um sich an unserem Tisch einen Teller für die Nacht zu füllen. Dabei bleibt sie dürr wie eine Trockenpflaume.«

»Manche haben halt Glück«, seufzte Auguste, die seit der letzten Schwangerschaft immer noch rund wie ein Fässchen war und angeblich schon zunahm, wenn sie eine Semmel nur anschaute.

»Nee – so wie die, wollt ich nicht ausschauen«, meinte Gertie. »So ein dürres Gestell. Und darauf das Kirschkernköpferl.«

Gelächter erfüllte die Küche, sogar die Dörthe, deren verheultes Gesicht nun auch noch kohleverschmiert war, konnte wieder fröhlich sein.

»Was das wieder geben wird am Sonntag«, meinte die Köchin, während sie Humbert Milchkaffee eingoss. »Beim letzten Mal, da waren die zwei grad fünf Minuten bei mir in der Küche, da mussten sie schon wieder fort. Die neue Druckmaschine in der Fabrik anschauen. Und dann hat die gnädige Frau mit den Kindern Kaffee getrunken und Sahnetorte gegessen.«

Else, die sonst ungern etwas Negatives über ihre Herrschaft sagte, bemerkte mit bekümmerter Miene, dass der arme Bub keine Klaviertaste hatte anrühren dürfen.

»Freilich«, bestätigte Gertie. »Da hat's in der Fabrik schon Ärger gegeben. Das hat man sehen können, als sie zurückkamen. Ganz bös hat der gnädige Herr geschaut, und dann hat er sich den ganzen Nachmittag über nicht mehr um die Kinder gekümmert.«

Humbert wartete geduldig, bis die Brunnenmayer sein Schinkenbrot mit Gürkchen belegt und zurechtgeschnitten hatte. Sie tat das mit einer Sorgfalt, als sei er ein dreijähriges Kind. Dabei ging es ihm jetzt tatsächlich besser, nur seine Nächte, die waren schlimm. Alle hörten, wenn er auf dem Flur umherirrte, manchmal lief er auch hinunter in die Küche und hockte sich unter den großen Tisch. Dort fühlte er sich sicher, hatte er einmal gesagt. Die

Granaten könnten dem alten Tisch nichts anhaben. Auch die Flieger nicht, die mit Maschinengewehren von oben herabschossen.

»Arme Würmer«, sagte er und kaute bedächtig. »Warum ist er nur so blind, der gnädige Herr? Der Bub mag nun einmal keine Maschinen. Aber wenn er so gut Klavier spielt, wie ihr sagt ...«

»Der könnt in Berlin auftreten. Als Wunderknabe«, sagte Gertie mit Überzeugung.

»In Berlin? Besser nicht«, murmelte Humbert.

»Warum denn nicht?«, fragte Gertie neugierig.

Aber Humbert war jetzt mit seinem Schinkenbrot beschäftigt und gab keine Antwort. Er hatte zwar dies und das von der großen Stadt Berlin erzählt, von den Geschäften, den Kinotheatern, den vielen Seen, wo man baden und rudern konnte. Von der Stadtbahn, dem Reichstag, der Siegessäule, auch von seinem Zimmer im Hinterhaus eines Mietgebäudes. Er hatte auch von dem Kabarett am Kurfürstendamm erzählt, klein sei es, gerade mal 50 Leute passten hinein, aber die hätten Schlange gestanden, um eine Karte zu bekommen. Vor allem seinetwegen – aber das sagte er nicht. Das hatte die Brunnenmayer behauptet.

Irgendwann war etwas geschehen, das er nicht verkraftet hatte. Was – das blieb sein Geheimnis. Eine Liebesgeschichte? Eine Intrige unter Kollegen? Ein Unfall? Niemand wusste es. Seine Anfälle, die er aus dem Krieg mitgebracht hatte, kehrten zurück, häuften sich, machten es ihm schließlich unmöglich aufzutreten.

»Wenn die Hanna nicht so auf mich eingeredet hätte. Ich weiß nicht, was geschehen wäre.«

Die Hanna war wohl die Einzige, die etwas wusste. Sie kam jeden Tag in die Tuchvilla, meist heimlich, damit die Hausdame sie nicht erwischte. Nur selten war sie in der

Küche, meist stieg sie hinauf in Humberts Kammer, und die beiden redeten miteinander.

»Die und reden? Das glaubst doch wohl selber net, Gertie«, hatte Auguste gemeint.

Auguste war sich ganz sicher, dass da noch mehr passierte. Schließlich war sie nicht aus Dummersdorf, und der Humbert hatte die Hanna schon immer gemocht. Aber sowohl Gertie als auch Else und Julius versicherten ihr, dass sie auf dem Holzweg sei. Und die Brunnenmayer sowieso.

»Dann wollen wir mal«, sagte die Köchin und stand von ihrem Platz auf. »Dörthe wischt die Küche. Else und Gertie kümmern sich um den roten Salon und das Herrenzimmer. Auguste – du hilfst beim Gemüse. Julius – das Frühstückstablett von der Dobern. Und dann kannst gleich oben decken.«

Sie sagte das schnell, ohne Punkt und Komma – aber jeder wusste, was zu tun war. Es gab allen ein Gefühl froher Zuversicht. Solange die Brunnenmayer in der Küche das Zepter schwang, war die Tuchvilla noch nicht verloren.

Auguste setzte sich mit der Gemüseschüssel neben Humbert an den Tisch, schrappte Möhren und sah zu, wie er langsam und bedächtig sein Brot mit Räucherwurst aß.

»Sag einmal, Humbert. Du hast doch gewiss gut verdient, oder? Ich mein, so ein Künstler, der kann auch mal reich werden.«

Humbert runzelte die Stirn und schien von solch einer Frage überrascht.

»Da. Magst eine Möhre? Ganz frisch.« Sie hielt ihm die gerade geschrappte Karotte hin, doch er lehnte dankend ab. Er sei kein Hase.

»Geld verdient hab ich schon. Mal mehr, mal auch weniger«, gestand er zögernd. »Warum willst das wissen?«

Auguste betätigte das Küchenmesser so eifrig, dass man fürchten müsste, es bliebe von der Möhre kaum etwas übrig.

»Ich dacht mir halt ... der Gustav und ich, wir bauen ja ein Gewächshaus, und da sind wir grad ein wenig knapp.«

»Ach so«, bemerkte Humbert und steckte die Nase in seinen Kaffeebecher. »Und da hast gedacht, ich könnt dir was leihen?«

»Genau das«, flüsterte Auguste mit hoffnungsfrohem Augenaufschlag.

Doch Humbert schüttelte den Kopf. »Hab alles längst wieder ausgegeben. Ist mir durch die Finger gerutscht. Und weg war's.«

30

Sie hatte dieses klobige Gebäude nie leiden können. Am Alten Einlaß, Hausnummer 1. Klassizistisch. Protzig. Hässlich. Aber gut – ein Gerichtsgebäude konnte einfach nur scheußlich sein. Vor allem innen. Himmel – was für ein Labyrinth! Endlose Gänge. Treppen. Flure. Gehen Sie bitte geradeaus, dann nach rechts, dann gleich wieder links, und bei der Treppe fragen Sie noch einmal. Wäre Marie nicht bei ihr gewesen, sie wäre wieder umgekehrt und zurück in die Tuchvilla gefahren. Aber Marie hatte sie sanft beim Arm genommen und ihr immer wieder Mut zugesprochen.

»Nur noch ein paar Schritte, Lisa. Dann hast du es geschafft. Lass dir ruhig Zeit, wir sind eh zu früh. Geh langsam.«

Sie hatte nur die Hälfte davon verstanden, weil sie so aufgeregt war, außerdem schnaufte sie vor Anstrengung wie eine Dampfmaschine. Dann endlich war der richtige Saal gefunden und der Gerichtsdiener so freundlich, sie noch vor der Ankunft des Richters einzulassen.

»Da setzen's Ihnen schon mal hinein. Net dass Sie s' Kind noch auf dem Flur bekommen. Bei der Aufregung.«

»Dank schön auch.«

Marie steckte dem freundlichen Schnauzbart ein paar Münzen zu, worauf er sich tief verbeugte und die knarrende Pforte für sie öffnete.

»Drüben auf die Klägerbank, bittschön. Net da vorn, da hocken die Angeklagten.«

»Das ist gruselig«, murmelte Lisa, als sie auf der steinharten Holzbank saß. Ringsum dunkle Wandvertäfelung, dunkles Holzgestühl, einschüchternd schmale hohe Fenster, mit Vorhängen verhängt. Der Richter und die Beisitzer würden hoch über ihnen auf einem Podest thronen, vermutlich weil sie den Überblick behalten wollten.

»Nicht gemütlich, da hast du recht«, flüsterte Marie.

»Und wie es riecht. Mir wird ganz übel.«

»Das ist das Bohnerwachs, Lisa. Und vielleicht das Öl, mit dem sie die hölzernen Bänke einreiben.«

Gewiss hatte Marie recht. Aber Lisa erschien es, als röche sie den Staub unzähliger Akten. Mehr noch. Es lag Hass in der Luft. Verzweiflung. Rache. Triumph. Wut. Trauer. Unzählige Tragödien hingen in den muffigen Vorhängen. Die hölzerne Wandverkleidung hatte sich damit vollgesogen.

»Halt durch, Lisa. Ich bin bei dir.«

Sie spürte Maries Arm, der sich um ihre Schultern legte. Mein Güte – ja. Sie hatte es so gewollt, und nun musste sie hindurch. Was war los mit ihr? Vermutlich war es die Schwangerschaft, die sie so gefühlsduselig machte. Dieses Kind in ihrem Bauch wollte auch keinen Moment Ruhe geben. Nur noch wenige Tage. Wenn sie sich nicht verrechnet hatte …

Gleich darauf erschien der Richter, ein großer überschlanker Mensch mit hohen Schläfen und einer eckigen Kinnlade, der in dem langen schwarzen Gewand wie ein wandelnder Kleiderständer wirkte. Er fuhr den Gerichtsdiener an, weil er die Damen bereits eingelassen hatte, begrüßte sie dann mit unfreundlichem Kopfnicken und legte einen Stapel abgegriffener Mappen auf seinen Richtertisch. Zwei weitere Herren erschienen, ebenfalls schwarz gewandet, dann trat Klaus ein.

Er grüßte, verneigte sich kurz und nahm seinen Platz auf der Anklagebank ein. Gott, wie albern dieses Theater. Wie in der Schule, da hatten sie sich immer nach dem Rang hinsetzen müssen. Ganz hinten die Klassenbeste. Die schlechten Schüler gleich vorn beim Lehrer. Sie musterte Klaus, der hier sein verletztes Gesicht und die Narben am Kopf nicht durch einen Hut verdecken konnte. Es sah immer noch schlimm aus, auch wenn das Haar jetzt die Kopfnarben einigermaßen verbarg. Auch der Richter starrte zu Klaus hin, Abscheu und Mitgefühl waren in seinen Zügen zu lesen. Klaus selbst schien mit den neugierigen Blicken zurechtzukommen, er saß ruhig auf seinem Platz und harrte der Dinge.

Zunächst kam – zu Lisas größter Überraschung – Rechtsanwalt Grünling. Den rechten Arm angewinkelt und in einer Schlinge ruhend, der linke nur am Handgelenk dick umwickelt.

»Meine Damen, gnädige Frau, ich darf Sie herzlich begrüßen. Herr Melzer bat mich, die Angelegenheit für Sie zu führen. Meine Verehrung, Frau Melzer. Frau von Hagemann.«

Lisa begriff zunächst gar nichts. Paul hatte einen Rechtsanwalt für sie beauftragt? Wieso hatte er ihr nichts davon gesagt? Wozu brauchte sie diesen Grünling? Sie hatte den Burschen noch nie leiden können.

»Es ist nicht mehr zu ändern, Lisa. Vielleicht hat Paul ja recht.«

Das Spektakel begann. Endlose Vorträge, die man mit »Ja« oder »Nein« beantworten musste. Klaus wurde über den Hergang des Ehebruchs befragt, und er gab bereitwillig bekannt, dass er mit einer jungen Angestellten einen Sohn habe.

»Sie erklären sich also des Ehebruchs für schuldig?«

Es steckte mehr als Unglauben in dieser richterlichen Frage. Es schwang darin die Überzeugung, dass ein Fehltritt mit einer Angestellten kaum als Ehebruch zu bezeichnen war. Ein kleiner Ausrutscher, der einem Ehemann verziehen werden sollte.

»Allerdings, Herr Richter.«

Der Richter starrte ihn an und bemerkte, er habe größten Respekt vor allen, die Leben und Gesundheit auf dem Feld der Ehre gewagt hätten.

Lisa musste zur Befragung aufstehen und vor den Richtertisch treten. Es war ihr ein wenig schwindelig, als sie dort stand. Auch machte sich ein seltsames Ziehen im Rücken bemerkbar.

»Finden Sie den Zeitpunkt dieser Scheidung nicht etwas unpassend, Frau von Hagemann? Ich meine – weil Sie doch ganz offensichtlich ein Kind erwarten. Von Ihrem Ehemann, nehme ich an.«

Rechtsanwalt Grünling mischte sich ein. Die Frage habe mit dem Sachverhalt des bewiesenen und eingestandenen Ehebruchs nichts zu tun, daher brauche seine Mandantin sie auch nicht zu beantworten.

Der Richter, der Grünling offensichtlich kannte, blieb gelassen. »Ich erwähne das nur nebenbei. Leider gibt es immer häufiger Scheidungsverfahren, die von der Ehefrau eingeleitet werden. Vor allem, weil diese Frauen nicht bereit sind, an der Seite ihres kriegsverletzten und pflegebedürftigen Ehemannes auszuharren. Wie es ja doch die Pflicht einer treuen Ehefrau ist.«

Lisa schwieg. Sie hätte erwähnen können, dass sie ihrem Ehemann einen neuen Wirkungskreis eröffnet hatte, ihm einen Ort und eine Aufgabe gab, die ihm ein Weiterleben ermöglichte. Aber ihr war so schwindelig und auch etwas übel, dass sie kein Wort herausbrachte.

Der Rest der Verhandlung ging an ihr vorüber, ohne dass sie ihr große Aufmerksamkeit widmete. Ihr Herz klopfte unfassbar schnell, so als wäre sie zu rasch gelaufen. Dabei hockte sie doch nur auf dieser Bank. Auch das Ziehen im Rücken kam immer wieder. Sie beachtete es kaum, da sie diesen leisen Schmerz schon seit einiger Zeit kannte. Stattdessen war sie beschäftigt, gleichmäßig zu atmen und sich alle drei Minuten zu sagen, dass es nun gleich vorbei sein müsse.

»Was ist mit dir, Lisa? Hast du Schmerzen?«, fragte Marie leise.

»Nein, nein. Alles ist gut. Ich bin sehr froh, dass du bei mir bist, Marie.«

Wieder wurden schier endlose Traktate vorgelesen, Klaus stimmte zu irgendetwas zu, sie tat es ebenfalls. Es war ihr langsam gleich, sie hätte vermutlich auch zugestimmt, wenn man sie gefragt hätte, ob sie gleich in den Lech springen wolle. Der Richter äugte voller Verachtung in ihre Richtung, setzte sich eine goldfarbig umrandete Brille auf, blätterte in der vor ihm liegenden Akte. Klaus starrte zu Marie hinüber, warum auch immer. Die beiden schwarz gekleideten Herren schrieben um die Wette. Irgendwo im Saal summte eine Fliege, eine von den ganz hartgesottenen, die hier trotz Bohnerwachsgestank überwintert hatte. Lisa spürte, wie sich ihr Rücken verspannte, der Bauch wurde hart, sie hatte Mühe mit dem Atem.

»... dass Sie mit Datum vom 15.3.1925 geschieden sind. Die anfallenden Gebühren sind dem Gericht ...«

»Endlich«, murmelte Marie, und sie drückte ihre Hand. »Es ist vollbracht, Lisa. Mitte März bist du endlich frei.«

Ihre Freude hielt sich in Grenzen, weil sie sich grauenhaft fühlte. Etwas passierte in ihrem Bauch, etwas, das sie bisher noch nicht erlebt hatte, und es gab keine Möglichkeit, darauf einzuwirken.

Marie stützte sie, als sie aufstand. Klaus kam auf sie zu, schüttelte ihr die Hand.

»Ich gratuliere dir, Lisa«, sagte er grinsend. »Du bist mich los. Nein, meine Liebe, so ist das nicht gemeint. Ich weiß, was du für mich getan hast. Einen besseren Kameraden als dich werde ich wohl niemals wieder haben.«

Er begleitete sie aus dem Gerichtssaal und wandte sich dabei hauptsächlich Marie zu. Wie sie sich befände? Er habe von ihrem Atelier gehört, sie scheine sich ja als Geschäftsfrau großartig zu bewähren.

»Ich bewundere Sie unendlich, gnädige Frau. Welch ein Talent hat da jahrelang in Ihnen geschlummert, um nun ganz wundervoll zu erblühen.«

Auf dem Flur wartete Paul auf sie. Er drückte ihr die Hand, ohne dabei besonders glücklich auszusehen, dann wandte er sich Grünling zu, der ihnen gefolgt war. Was die beiden miteinander beredeten, bekam Lisa nur am Rande mit. Sie war plötzlich sehr müde und setzte sich auf eine der Bänke.

»Das ist die Aufregung, die jetzt von dir abfällt«, meinte Marie und gab ihr ein Taschentuch, denn ihr Gesicht war schweißbedeckt. »Es ist gut, dass Paul gekommen ist, er kann dich gleich zur Tuchvilla mitnehmen. Du und dein Kind – ihr braucht jetzt ein gemütliches Bett und eine Mütze voll Schlaf.«

»Nein, Marie. Ich möchte, dass du mitkommst.«

»Aber ... aber Lisa. Du weißt doch ...«

Marie war im Zwiespalt. Sie war gern bereit gewesen, Lisa zu dieser Verhandlung zu begleiten. Aber danach hatte sie eigentlich vorgehabt, einen Mietwagen für Lisa zu bestellen und selbst in ihr Atelier zu gehen. Sie hatte die Termine zweier Kundinnen auf den Nachmittag verschoben und wollte vorher noch allerlei erledigen. Und außerdem hatte sie nicht vorgehabt, die Tuchvilla zu betreten. Schon gar nicht so überraschend und unangemeldet.

»Ich bitte dich sehr, Marie«, beharrte Lisa. »Ich brauche dich. Du bist die Einzige, der ich vertraue.«

Paul mischte sich ein. Man müsse dieses Thema nicht hier auf dem Gerichtsflur bereden. Damit hakte er Lisa unter und führte sie zur Treppe.

»Ich verstehe dieses Theater nicht, Lisa«, sagte er leise zu ihr, während sie die Treppe hinuntergingen. »Mama ist in der Tuchvilla, außerdem Frau von Dobern.«

Lisa war zunächst an einer Antwort verhindert, weil ein widerlicher Schmerz ihren Bauch zusammenpresste. Oh Gott, was geschah mit ihr? Waren das etwa Wehen? Panik erfasste sie.

»Frau von Dobern? Diese Person, die Mama mit ihren Tropfen vergiftet? Die kommt nicht in meine Nähe. Ich schreie und werfe mit Gegenständen, falls sie mein Zimmer betreten sollte.«

»Nimm dich bitte zusammen, Lisa!«, zischte Paul.

Hinter ihnen ging Marie, an ihrer Seite Klaus von Hagemann, Rechtsanwalt Grünling war zurückgeblieben, da er noch seine schwarze Robe hatte ablegen müssen.

»Nur die Ruhe«, sagte Klaus. »Schwangere Frauen sind manchmal etwas … anstrengend. Auf keinen Fall sollte man ihnen widersprechen.«

Lisa sah, dass Paul sich umwandte, um Marie anzusehen. Maries Gesicht spiegelte Ablehnung.

»Ich denke, wir kommen auch ohne dich zurecht«, sagte Paul zu ihr.

»Das denke ich auch«, gab Marie kühl zurück.

»Dann besorge ich dir jetzt einen Mietwagen.«

»Nicht nötig – ich gehe zu Fuß.«

Lisa wurde erst von einer Wehe, dann von einer ungeheuren Welle des Selbstmitleids überkommen. Sie entschieden einfach über ihren Kopf hinweg. Niemand nahm Rücksicht. Nicht einmal Marie.

»Könnt ihr einmal, ein einziges Mal, tun, was ich möchte?«, hörte sie sich kreischen. »Ich bekomme ein Kind, verdammt noch einmal. Und ich brauche Marie. Ich will, dass Marie bei mir ist. Habt ihr das gehört? Marie. Marie!«

Sie standen in der Eingangshalle des Gebäudes, und ihre Stimme hallte durch alle Flure. Der Pförtner in seiner Loge starrte sie mit entsetzten Augen an, zwei Herren mit Aktenordnern unter den Armen blieben stehen, Rechtsanwalt Grünling, der sie endlich eingeholt hatte, stolperte an der letzten Treppenstufe und prallte gegen das Geländer.

»Reg dich nicht auf, Lisa«, sagte Marie in ruhigem Ton. »Ich komme mit.«

Die nächsten Minuten hatte Lisa vollauf damit zu tun, wieder zu Atem zu kommen. Dann führte sie jemand – Paul? – die Stufen der Außentreppe hinunter, und sie stieg in einen Wagen. Klaus stand auf dem Trottoir und winkte ihr zum Abschied. Wünschte alles Gute. Marie saß neben ihr, hielt die Hände auf ihren Bauch, lächelte sie an.

»Ich spüre es. Das sind Wehen. Es wird ganz hart, nicht wahr? Werde ich es im Auto bekommen, Marie?«

»Aber nein. Du hast noch jede Menge Zeit.«

»Aber es tut ... es tut so weh.«

»Liebes, das geht vorüber. Dafür bekommst du das wunderbarste Geschenk, das es geben kann.«

Marie fand die rechten Worte, das hatte sie doch gewusst. Lisa würde ein Kind auf die Welt bringen – was jammerte sie herum? Hatte sie nicht jahrelang mit Gott und der Welt gehadert, weil sie nicht schwanger wurde?

»Ach Marie, du hast so ja recht.«

Auf einmal erschien ihr alles in rosigem Licht. War das nicht Humbert, der den Wagen steuerte? Wie schön, dass es dem armen Burschen besser ging und er wieder Aufgaben in der Tuchvilla wahrnehmen konnte! Und dort in der Tuchvilla war die kleine Gertie, diese hübsche, gewitzte Person. Sie würde gleich die Hebamme herbeiholen. Und natürlich würde Mama bei ihr sein. Sie würde Kitty anrufen. Natürlich, ihre kleine Schwester sollte auch in ihrer Nähe sein, schließlich hatte sie selbst damals, als Henny auf die Welt kam, Kitty auch beigestanden. Nein, es ging ihr gut. Nur ein paar kleine Wehen. Das ging vorüber. Sie legte sich einfach in ihr Bett und wartete ab. In einer Stunde war das Kind da. Höchstens anderthalb Stunden. Vielleicht ging es auch schneller. Sie dachte an die hölzerne Wiege, die Mama vom Dachboden hatte holen lassen und die nun mit frisch bezogenen Kissen und einem weißen spitzenbesetzten Himmel in Mamas Zimmer wartete.

»Hat die Zeremonie dir gefallen?«, fragte jemand mit Ironie in der Stimme.

Paul saß neben Humbert auf dem Beifahrersitz, er hatte sich halb umgedreht und sprach zu Marie.

»Nein!«, gab Marie kurz angebunden zurück.

Sie klang abweisend. Es war offensichtlich, dass sie in Ruhe gelassen werden wollte. Doch Paul ließ sich davon nicht abschrecken. Er hatte den Hut tief in die Stirn gedrückt, seine Augen blitzten angriffslustig.

»Nicht? Das wundert mich. Ich glaubte fest, du wärst ebenfalls an einer ›glücklichen Scheidung‹ interessiert.«

Lisa spürte, wie Maries Hand sich verkrampfte.

»Da befindest du dich im Irrtum.«

Humbert musste den Wagen anhalten, weil ein Lehrer mit einer Schülergruppe die Straße überquerte. Es waren Gymnasiasten von Sankt Stephan, sie liefen brav immer zu zweit und hielten ihre Schülermützen fest, damit der Wind sie ihnen nicht von den Köpfen riss.

»Und was hast du dir vorgestellt?«, fragte Paul zornig, als der Wagen weiterfuhr. »Der augenblickliche Zustand ist unhaltbar!«

»Ich erwarte, dass du mich so akzeptierst, wie ich bin!«

Wie energisch Marie doch sprechen konnte. Das hatte Lisa ihr gar nicht zugetraut. Paul offensichtlich auch nicht, denn er schwieg einen Moment und schien nachzudenken.

»Ich begreife nicht, was du damit sagen willst. Habe ich dich je missachtet? Habe ich dich schlecht behandelt? Was willst du eigentlich von mir?«

Eine Schlinge legte sich um Lisas Bauch und drückte so heftig zu, dass sie kaum noch Luft bekam. Sie stöhnte leise. Das ging jetzt aber wirklich zu weit. Das tat richtig schlimm weh!

»Ich will, dass du mich als Tochter meiner Eltern erkennst. Jacob Burkard war mein Vater. Und Luise Hofgartner meine Mutter. Und sie sind beide nicht weniger wert als Johann und Alicia Melzer.«

»Habe ich das je bezweifelt?«

»Ja, das hast du. Du hast das Werk meiner Mutter beleidigt, du wolltest ihre Bilder auf dem Dachboden verstecken.«

»Das ist doch alles Blödsinn!«, schimpfte Paul und schlug zornig mit der Faust auf die gepolsterte Lehne.

»Wenn du das wirklich für Blödsinn hältst, dann gibt es zwischen uns nichts mehr zu sagen!«

»Gut!«, rief er. »Ich werde also die Konsequenzen ziehen!«

»Tu das!«, rief Marie aufgebracht. »Ich warte darauf, dass du deine Macht ausspielst.«

Lisa stöhnte vor sich hin. Das Geholper des Wagens auf dem Kopfsteinpflaster würde sie ganz sicher umbringen. Und dazu mussten sie ständig anhalten. Fußgänger. Die Straßenbahn. Ein Pferdefuhrwerk voller Kisten. Dann drängte sich noch ein Miettaxi vor sie und schnitt ihnen den Weg ab.

»Könnt ihr endlich aufhören zu streiten?«, jammerte sie. »Ich will nicht, dass mein Kind in solch einer Atmosphäre zur Welt kommt. Nehmt gefälligst Rücksicht!«

Paul starrte sie hilflos an und setzte sich wieder gerade hin. »Fahr zu, Humbert. Nun los. Überhol diesen lahmen Esel!«, kommandierte er.

Humbert trat aufs Gas, und sie ratterten mit einem gefährlichen Manöver an einem Pferdegespann vorbei. Ein Schwarm Tauben flatterte erschrocken auf, sie fuhren mit mindestens sechzig Sachen durch das Jakobertor, der Wagen schwankte, und Lisas Hände krampften sich in Maries Mantel. Die Gebäude und Wiesen der Haag-Straße glitten wie Schemen an ihr vorüber, sie hörte Maries beruhigende Stimme.

»Nicht aufregen. Wir streiten nur ein wenig herum. Dein Kind hat genug mit sich selbst zu tun. Es will auf die Welt, das ist eine anstrengende Arbeit. Gleich sind wir da. Lisa? Lisa – hörst du mich?«

Sie war tatsächlich einen Moment lang weg gewesen. Irgendwo zwischen Himmel und Erde hatte sie in grauen Nebelwolken geschwebt, nun plumpste sie zurück in die anstrengende, feindselige Welt.

Humbert bog am Parktor scharf um die Kurve, fuhr wie der Teufel durch die kahle Allee, rechts und links spritzte das braune Wasser der Pfützen auf, dann hatten sie den Hof erreicht.

»Julius! Gertie! Else!«

Paul lief aufgeregt die Stufen zum Eingang der Villa hinauf, gab wirre Anweisungen und schreckte die Angestellten auf. Frau von Dobern stand wie angewachsen im Eingang und starrte hinunter auf das Automobil, aus dem Marie jetzt ausstieg.

»Humbert«, sagte Marie. »Wir brauchen einen der Korbsessel aus der Halle. Und sag Julius, er muss tragen helfen.«

Lisa war jetzt ganz sicher, diese Geburt nicht zu überleben. Solche Schmerzen konnte doch kein Mensch aushalten. Sie hielt sich verzweifelt an den Lehnen der Vordersitze fest und begriff erst nach einer Weile, dass sie aussteigen sollte, um sich in einen Korbsessel zu setzen.

»Ich kann … ich kann nicht. Die Treppen.«

»Das wissen wir doch, Lisa. Wir tragen dich die Treppen hinauf in dein Bett.«

Marie war ruhig und gefasst wie immer. Julius packte die rechte Armlehne des Sessels, Paul stand auf der anderen Seite. Die Köchin war von irgendwoher gekommen und fasste mit an, auch Humbert tat sein Bestes.

»Der Koloss von Rhodos wäre leichter«, stöhnte Paul.

»Hoffentlich hält der Sessel das aus!«, sagte Else, die mit angstvoller Miene danebenstand.

»Wenn sie die Treppe hinabstürzt, ist es das Ende!«, rief Serafina. »Warum lasst ihr sie nicht unten?«

»In der Küche ist es warm, da kann sie doch ihr Kind bekommen«, warf Dörthe ein.

»Oder im Speisezimmer.«

Marie dirigierte den Transport, ohne sich um das Gerede zu kümmern. »Hier hinauf. Langsam. Mach die Tür auf, Else … Wo ist Gertie?«

»Sie legt noch schnell ein paar alte Laken ins Bett. Damit nachher nicht alles …«

»Schon gut. Mama soll die Hebamme anrufen.«

Der Korbsessel knirschte bedenklich, Julius' Miene verzerrte sich zusehends vor Anstrengung, Paul stöhnte leise, die Brunnenmayer, die den Sessel von hinten stützte, gab keinen Ton von sich. Man hörte sie nur schnaufen.

Auf der Schwelle zu ihrem Zimmer riss die linke Armlehne, der Stuhl kippte zur Seite, doch sie konnten Lisa noch rechtzeitig auf dem Boden abstellen.

»Aussteigen, die junge Familie. Rüber ins Bett.«

Sie wankte mehr, als dass sie die wenigen Schritte ging, dann fiel sie in kühle, weiche Laken, spürte das Federkissen unter ihrem Kopf, jemand zog ihr die Schuhe aus, hob ihre Beine an, damit sie sich ausstrecken konnte. Aber da fiel schon wieder die nächste Wehe über sie her, und auf einmal waren Bett, Laken und Federkissen völlig unwichtig. Wichtig war nur noch der höllische Schmerz, der vom Rücken kommend ihren Bauch umspannte und zusammenpresste.

»Marie … Marie, bist du da?«

Sie spürte eine kleine feste Hand, die ihren Bauch massierte.

»Ich bin hier, Lisa. Ich bin die ganze Zeit bei dir. Entspann dich. Es geht gut voran.«

»Dann bin ich hier wohl überflüssig«, hörte sie Pauls Stimme.

»Allerdings«, sagte Marie.

»Ihr sollt nicht streiten«, ächzte Lisa.

Eine Stunde verging. Zwei Stunden. Wie lange noch? Sie war am Ende ihrer Kräfte. Mittlerweile war die Hebamme gekommen und fummelte von Zeit zu Zeit an ihr herum, bohrte den Finger zwischen ihre Beine, drückte auf ihren Bauch, horchte mit einem langen Rohr.

»Es wird … es wird.«

»Ich kann nicht mehr!«

»Nur Mut.«

Marie kühlte ihr die heiße Stirn, redete ihr Mut zu, hielt ihre Hand. Gertie brachte belegte Schnittchen, Kaffee, eine Süßspeise. Weder Marie noch Lisa rührten etwas an, die Hebamme verdrückte die Schnittchen, trank den Kaffee und orderte einen Humpen Bier.

»Das kann sich noch über die Nacht hinziehen.«

Kitty erschien im Zimmer, aufgelöst und redselig wie immer, streichelte Lisas Wange, küsste sie auf die Stirn. Dann erzählte sie von Hennys Geburt und wie süß die Kleine in ihrem Bettchen gelegen habe.

Drei Stunden, vier Stunden, fünf Stunden. Es wurde Abend, es wurde Nacht. Manchmal ließen die Krämpfe sie eine Weile in Ruhe, sie lag auf dem Rücken, die Augen fielen ihr zu, und sie schlummerte ein. Dann tat die verdammte Hebamme etwas mit ihrem Bauch, und die Schmerzen kamen zurück, schlimmer als zuvor, so unerträglich, dass sie lieber sterben wollte, als weiter diese Qualen auszuhalten.

Gegen Morgen, als schon ein fahles Licht durch die Spalten zwischen den Vorhängen schien, entschied das Kind, einen letzten verzweifelten Versuch zu machen.

»Fest! Pressen Sie! Mit aller Kraft! Mehr, mehr. Sie sind doch keine schwächliche Person. Los jetzt. Volldampf. Raus damit. Auf die Welt damit. Nicht nachlassen.«

Sie spürte nicht, was geschah. Ihr Körper arbeitete, ohne dass sie daran beteiligt war. Der Schmerz ließ nach und verging. Geflüster um sie herum. Sie war zu erschöpft, um zu begreifen.

»Was ist mit ihm?«

»Das Röhrchen ... An den Füßen halten. Hat zu viel Fruchtwasser geschluckt.«

Die Hebamme hielt ein bläuliches, blutbeschmiertes Etwas über ihr, es pendelte, wurde mit Schlägen traktiert, die Hebamme legte es ihr auf den Bauch, saugte mit einem Röhrchen, hob es wieder hoch. Hängte es an den winzigen Füßen auf.

»Lieber Gott im Himmel«, wisperte jemand neben ihrem Bett.

»Maria, du Mutter Gottes. Hilf uns in unserer Not.«

Das war Else. Lisa starrte auf das fremde Wesen, das in der Luft hing und ganz offensichtlich von ihr gekommen war. Es krähte leise und jämmerlich. Die kleinen Arme zuckten. An seinem Bauch hing noch das Ende der Nabelschnur wie ein dicker roter Wurm.

»Na also! So ein kräftiger Bub. Bist faul gewesen, mein Kleiner. Hab mir wegen dir die Nacht um die Ohren schlagen müssen.«

Was die Frau weiter an ihr hantierte, kümmerte Lisa wenig. Sie ließ alles geschehen, merkte kaum noch, dass man sie wusch, neu bettete, ihr ein Nachtgewand überzog.

»Ach Lisa, meine kleine Lisa.«

Das war Mama. Sie saß an ihrer Bettkante und schlang die Arme um die Tochter.

»Was für ein prächtiger Bub! Ich bin ja so stolz auf dich, Lisa. Weißt du, was ich mir ausgedacht habe? Wir könnten ihn Johann nennen. Was meinst du?«

»Ja, Mama.«

Wie merkwürdig das war. Sie hatte noch nie in ihrem Leben so gelitten. Aber sie war auch nie zuvor so glücklich gewesen.

31

Wegen des frohen Ereignisses hatte sich Julius mit dem Frühstückstisch am Sonntag besondere Mühe gegeben. Über der weißen Damasttischdecke lag ein blütenweißer Voile mit Einsätzen aus zarter Klöppelstickerei. Drei hellrote, voll aufgeblühte Amaryllis, von grünen Kieferzweigen umgeben, schmückten die Mitte des Tisches, dazu passend hatte Julius das Streublumenservice gewählt und die Stoffservietten, die Alicia einst als Mitgift in die Villa gebracht hatte. Sie waren mit ihrem Monogramm bestickt, einem A, um das sich ein kleines v und das M rankten. Alicia von Maydorn.

»Sehr nett, Julius«, bemerkte Paul. »Warten Sie mit dem Kaffee, bis die Damen da sind.«

»Gern, Herr Melzer.«

Julius stellte die Kanne zurück auf das Stövchen und verneigte sich. Er war doch ein wenig altmodisch, der Gute. So steif und das Gesicht fast immer unbeweglich, als könne nichts ihn rühren. Nun ja – er hatte in einem adeligen Haus gelernt.

Paul setzte sich auf seinen Platz und sah auf die Uhr. Schon zehn Minuten nach acht – wieso kam Mama eigentlich in letzter Zeit immer zu spät zum Frühstück? Früher war sie es gewesen, die sich über die Unpünktlichkeit der Familie beklagte, und nun hielt sie sich selbst nicht an die Essenszeiten. Er lehnte sich zurück und trommelte mit den Fingern auf der Tischdecke.

Was ist los mit mir?, dachte er. Wieso bin ich heute Früh so schlecht gelaunt? Es ist schließlich Sonntag, und die Messe beginnt erst um elf. Zeit genug, um in aller Ruhe das Frühstück einzunehmen.

Aber das Unbehagen blieb, und er wurde sich darüber klar, dass es mit dem Nachmittag zu tun hatte. Gegen zwei Uhr würde Kitty die Kinder in die Tuchvilla bringen, dann musste er entscheiden, was er mit ihnen anfangen wollte. Er hatte die halbe Nacht darüber nachgegrübelt und verschiedene Pläne geschmiedet, letztlich aber alles wieder verworfen. Die Enttäuschung des letzten Zusammenseins saß ihm noch im Nacken, sie hatte ihn umso heftiger getroffen, weil er sich besondere Mühe gegeben hatte, etwas zu finden, das den beiden Freude machen würde. Aber Leo hatte mit zusammengekniffenen Augen vor der Stoffdruckmaschine gestanden und sich die Ohren zugehalten. Und Dodo, die vorwitzige kleine Person, hatte sich mit schwarzer Farbe beschmiert, als sie der Druckwalze zu nahe kam. Er hatte sie von der Maschine wegreißen müssen, sonst hätte sie noch ihre Finger eingebüßt. Später, als sie im Auto saßen, hatte er versucht, ihnen zu erklären, dass man in Zukunft alle Maschinen mit Elektrizität betreiben würde und dass die Dampfmaschinen in der Fabrik dann vollkommen überflüssig waren. Aber das hatte die jungen Herrschaften nicht interessiert. Dabei waren sie durchaus alt genug, um solche Dinge schon zu verstehen. Er selbst wäre damals sehr froh gewesen, wenn sein Vater ihn so zeitig mit den Vorgängen in der Fabrik vertraut gemacht hätte.

»Warum unternimmst du nicht mal etwas Schönes mit ihnen?«, hatte Kitty gefragt, als sie sie abholte. »Geh mit ihnen in den Zirkus. Oder ins Kino. Oder zeig ihnen, wie man angelt. Bist du nicht damals mit deinen Freunden in den Wiesen herumgelaufen und ihr habt Fische im Bach gefangen?«

Er hatte sie gebeten, ihre Vorschläge für sich zu behalten. Zirkus! Kino! War er der Spaßmacher vom Dienst? Es war nicht seine Absicht, auf solch billige Weise um die Zuneigung seiner Kinder zu buhlen. Er war für ihren Werdegang verantwortlich, er hatte die Aufgabe, ihre Erziehung zu gestalten, die Weichen für ihre Zukunft zu stellen. Und außerdem gab es im Proviantbach schon lange keine Fische mehr.

Na endlich! Mama trat ein, an ihrer Seite die unermüdliche Serafina. Beide begrüßten ihn herzlich, lobten Julius für den schönen Frühstückstisch und bezogen ihre Plätze.

»Wir waren noch rasch bei Lisa und dem Kleinen«, berichtete Mama, während sie ihre Serviette entfaltete. »Mein Gott, schauen Sie nur, Serafina. Diese Stickerei habe ich vor gut 40 Jahren angefertigt. Damals wusste ich noch nicht, dass ich einmal Frau Melzer sein würde und dass mich das Schicksal nach Augsburg verschlagen wollte.«

»Oh, wie schön«, sagte Serafina und betrachtete andächtig die Stickerei. »Solch feine Arbeit sieht man heutzutage selten.«

Julius schenkte Kaffee ein, man reichte das Körbchen mit den Sonntagssemmeln herum, die die Köchin schon am frühen Morgen in den Ofen geschoben hatte. Mama erzählte mit glänzenden Augen von dem kleinen Johann, der so rosig und brav in der Wiege läge und dicke Fäustchen wie ein Boxer habe.

»Über acht Pfund hat er bei der Geburt gewogen, stellt euch das nur vor. Du hattest damals gerade einmal sechs Pfund, Paul.«

»Ach ja? Ich kann mich leider nicht mehr erinnern, Mama.«

Niemand lachte über seinen Scherz. Serafina schnitt ihre Semmel auf und bestrich sie mit Butter, Mama erklärte, dass Lisa damals sieben Pfund und Kitty ebenfalls sechs Pfund schwer gewesen seien. Er nickte dazu und fand es merkwürdig, dass Frauen ihre Säuglinge nach Pfund und Gramm klassifizierten. Und wenn sie es schon taten, dann war es doch ärgerlich, dass seine Schwester Lisa ein ganzes Pfund mehr als er selbst auf die Waage gebracht hatte.

»Wie bin ich froh, dass alles so gut verlaufen ist«, sagte Mama und seufzte. »Ich wollte es ja niemandem sagen, aber ich habe viele Nächte voller Sorgen wach gelegen. Lisa wird in diesem Jahr zweiunddreißig – für das erste Kind ist das sehr alt.«

Serafina widersprach. Es käme dabei nicht auf das Alter, sondern auf die Konstitution an. Lisa sei immer kräftig gewesen, und dann habe sie selbstverständlich eine »geschonte Jugend« genossen. Damit spielte sie auf die jungen Frauen in den Arbeitervierteln an, die oft schon als 13-Jährige Erfahrungen mit Männern hatten. »Ein Jammer, dass die Taufe doch wohl ohne den Vater gefeiert werden muss«, bemerkte sie anschließend und blinzelte anzüglich über den Tisch.

Paul spürte Mamas hilfesuchenden Blick, doch er hatte wenig Lust, dieses delikate Thema in Anwesenheit der Hausdame zu erörtern. Er hatte gestern kurz mit Kitty sprechen können, die ihm erzählte, dass Lisa sich wohl Marie anvertraut hatte. Ausgerechnet! Es war nicht zu ändern – er würde ein Gespräch mit Marie führen müssen. Lisa, diese sture Person, schwieg beharrlich, wenn es um den Vater ihres Kindes ging.

»Nun ja – als geschiedene Frau sollte sich Lisa sowieso aus der Öffentlichkeit zurückziehen«, bemerkte Serafina.

»Vor allem, weil die Familie Melzer in Augsburg eine gewissen Rolle spielt und es doch peinlich wäre.«

»Hätten Sie die Güte einer Semmel?«, unterbrach er sie.

»Wie bitte?«

»Ich wollte sagen: Hätten Sie die Güte, mir eine Semmel zu reichen, Frau von Dobern?«

»Aber mit dem größten Vergnügen, lieber Paul.«

Wie ihr Gerede ihm auf die Nerven ging! Hatte sie nicht bemerkt, dass er sie beim Nachnamen angeredet hatte? Auf jeden Fall beharrte sie darauf, ihn »lieber Paul« zu nennen.

»Ich bin ja so gespannt, was Dodo und Leo zu ihrem neuen Cousin sagen werden«, meinte Mama. »Kitty bringt die beiden doch nach dem Mittagessen, nicht wahr?«

»Gewiss.«

Er räusperte sich energisch, weil ihm ein Krümel in den Hals geraten war, und hielt dann Julius seine Tasse hin, damit er Kaffee nachschenkte. Ärgerlich. Er hatte immer noch keine Idee. Sollte er vielleicht doch eine Kinovorstellung mit ihnen besuchen? Diese amerikanischen Komiker sollten recht witzig sein. Buster Keaton. Charly Chaplin. Aber war es nicht verschwendete Zeit, mit den beiden nur im Kino zu sitzen?

Weiter kam er in seinen Überlegungen nicht, denn Julius eilte zur Tür. Lisa erschien zum Frühstück. Immer noch mollig, aber mit rosigen Wagen und einem zufriedenen Lächeln trat sie ein, nickte in die Runde und setzte sich. Julius, der für sie nicht gedeckt hatte, überschlug sich fast, um ihr Tasse, Teller, Serviette und Besteck vorzulegen.

»Es tut mir unendlich leid, Frau von Hagemann. Ich wusste nicht, dass Sie zum Frühstück herunterkommen.«

»Schon gut, Julius. Nur die Ruhe. Danke, keinen Kaffee für mich. Gibt es Tee?«

Alicia tätschelte ihre Hand und wollte wissen, ob der Kleine schlafe. Ob er getrunken habe. Ob sie einverstanden sei, Rosa Knickbein in die Tuchvilla zu holen, die doch eine bewährte Kinderfrau sei?

»Eine Kinderfrau – ja! Eine Amme brauche ich wirklich nicht, Mama. Ich platze fast vor Milch.«

Serafinas Miene wurde starr, auch Paul fand dieses Thema am Frühstückstisch nicht gerade passend. Auf der anderen Seite freute er sich über Lisas Mutterglück. Ehemann oder nicht – sie schien zum ersten Mal in ihrem Leben rundum mit sich zufrieden. Mit entspannt-heiterer Miene thronte sie auf ihrem Platz, ließ sich von Mama eine Semmel mit Butter bestreichen und rührte Zucker in ihren Tee.

»Wenn ich recht verstanden habe, dann kommen nach dem Mittagessen Dodo und Leo zu Besuch, ja? Hast du dir schon überlegt, was du mit ihnen anfangen willst, Paul?«

Warum mussten ihn eigentlich sämtliche Familienmitglieder auf dieses heikle Thema ansprechen?

»Ich bin noch zu keinem Schluss gekommen«, gab er mürrisch zur Antwort.

»Dodo will bestimmt irgendwelche Flugzeuge anschauen, und Leo hat nur eines im Sinn: Klavier spielen«, meinte Lisa mit leicht boshaftem Schmunzeln.

»Kinder sollten frühzeitig lernen, die Wünsche ihrer Eltern zu respektieren«, dozierte Serafina. »Das mag ihnen nicht immer gefallen, ist aber eine Notwendigkeit. Wir wollen doch keine Revolutionäre erziehen, nicht wahr? Pünktlichkeit, Fleiß und vor allem: Pflichtbewusstsein sind immer noch die Garantie für ein gelungenes Leben.«

»Da haben Sie recht, liebe Serafina«, bemerkte Mama,

bevor Lisa etwas einwerfen konnte. »Ich finde auch, dass wir die preußischen Tugenden bei der Erziehung unserer Kinder beherzigen sollten.«

Lisa köpfte schwungvoll ihr Frühstücksei. Paul schwieg. Im Prinzip war gegen diese Aussagen nichts einzuwenden. Obgleich ...

»Wenn Sie nichts dagegen haben, lieber Paul, dann würde ich mit den beiden einen netten Spaziergang machen«, erbot sich Serafina.

»Sehr schön«, fand auch Mama. »Und anschließend trinken wir gemeinsam Kaffee und spielen ein wenig ›Mensch ärgere dich nicht‹.«

»Oh ja, das wird die beiden begeistern!«, bemerkte Lisa ironisch.

»Meine liebe Lisa«, sagte Serafina mit mildem Lächeln. »In Bezug auf die Kindererziehung hast du noch einiges zu lernen.«

Lisa kaute ihre gebutterte Semmel und blickte Serafina schweigend an. Eine kurze Stille entstand, man hörte ein leises Knötern aus dem zweiten Stock, das sich zu einem Wimmern steigerte. Lisa wollte aufstehen, doch Serafina hielt sie mit sanfter, aber energischer Geste am Arm fest.

»Nein, nein – so geht das nicht. Du musst deinen Sohn an feste Zeiten gewöhnen, Lisa. Sonst wird ein kleiner Tyrann aus ihm.«

»Aber er ist hungrig!«

Frau von Dobern faltete mit aller Sorgfalt ihre Serviette zusammen und legte sie neben ihren Teller. »Er wird schon nicht sterben, wenn er mal ein Stündchen brüllt, Lisa. Das stärkt die Lunge.«

Paul hatte es geahnt, schließlich kannte er seine Schwester. Lisa sammelte ihren Zorn und explodierte meist dann, wenn es niemand erwartete. Das Geschirr erzitterte, fast wäre die gute Kaffeekanne vom Stövchen gekippt, als Lisa mit beiden Fäusten auf den Tisch schlug.

»Das Maß ist voll!«, rief sie und sah erbost in die Runde.

»Lisa!«, hauchte Mama erschrocken. »Ich bitte dich.«

Aber Lisa achtete nicht auf sie. »Du kannst Mama und Paul auf der Nase herumtanzen, Serafina. Aber mir wirst du nicht vorschreiben, wie ich mit meinem Kind umzugehen habe!«

Serafina atmete so heftig, dass man fürchten musste, sie würde gleich vom Stuhl fallen.

»Aber Lisa, so nimm dich doch zusammen. Alicia, meine Liebe, bleibe ganz ruhig. Frauen im Wochenbett neigen zur Hysterie.«

Es war das falsche Wort zur falschen Zeit, denn nun hatte sie Lisas Zorn erst richtig angefacht.

»Hör endlich auf, dich hinter Mama zu stecken, du falsche Schlange!«, rief sie mit schriller Stimme. »Marie hat vollkommen recht. Du bist eine miese Intrigantin. Seitdem du in dieses Haus eingezogen bist, gibt es nur Unheil und Streit!«

Lisa hatte jetzt Ähnlichkeit mit einer altgriechischen Rachegöttin. Einer wohlgenährten Rachegöttin.

Serafina sah hilfesuchend zu Alicia hinüber, dann zu Paul. Er fühlte sich bemüßigt, Lisa zu besänftigen, doch er kam nicht zu Wort.

»Ich will dir etwas sagen, Mama«, fuhr Lisa fort und schnaubte zornig in Serafinas Richtung. »Ich bin nicht bereit, meine Mahlzeiten in Gegenwart der Hausdame einzunehmen. Wenn du mich weiterhin dazu zwingst, dann nehme ich mein Kind und ziehe zu Kitty in die Frauentorstraße!«

Paul sah, wie Mama erstarrte, die Erdbeermarmelade

kleckste von der Semmel in ihrer Hand auf den Teller. Paul machte einen vorsichtigen Versuch.

»Bitte, Lisa. Wir wollen doch nicht dramatisch werden.«

»Das ist mein voller Ernst, Paul!«, fuhr seine Schwester ihn an. »Ich packe noch heute meine Koffer!«

»Nein«, sagte Mama mit plötzlicher Entschlossenheit. »Das wirst du nicht tun, Lisa. Das lasse ich nicht zu. Serafina – es tut mir leid.«

Das Unglaubliche geschah. Unter Mamas auffordernderm Blick erhob sich Frau von Dobern langsam von ihrem Stuhl, sah noch einmal fragend zu Paul hinüber, der die Schultern hob, um anzudeuten, dass er nicht die Absicht hatte, in das Geschehen einzugreifen. Julius stand mit unbeweglicher Miene bei der Tür, nur seine Augen waren übergroß, als wollten sie ihm aus dem Kopf fallen. Als er Serafina öffnete, um sie in den Flur hinaustreten zu lassen, war seine Bewegung schwungvoll wie selten.

»So!«, sagte Lisa, und sie trank die Neige aus ihrer Teetasse. »Jetzt fühlte ich mich sehr viel besser!«

»War dieser Auftritt nötig?«, fragte Paul verärgert. »Deine Gefühle kann ich ja verstehen – aber man hätte die Angelegenheit auch diskreter handhaben können.«

Lisa sah ihn mit einem seltsamen Blick an. Trotzig und zugleich triumphierend. Ohne ihm eine Antwort zu geben, wandte sie sich an Alicia.

»Sei so lieb, Mama. Du musst mir gleich beim Wickeln helfen. Gertie ist doch unten in der Küche.«

»Ich habe wieder schlimme Kopfschmerzen, Lisa. Else soll dir helfen.«

Lisa war aufgestanden, sie strotzte jetzt vor Energie. »Else? Ach, du lieber Gott. Die fällt doch in Ohnmacht, wenn sie nur die Windel öffnet und das Zipfelchen sieht.

Nun komm, Mama. Dein Enkelsohn braucht dich. Kopfschmerzen kannst du später haben.«

Alicia lächelte schwach und behauptete, sie habe schon lange kein Kind mehr gewickelt, außerdem habe das früher meist die Kinderfrau getan. Doch sie erhob sich und folgte Lisa. Als Julius ihnen die Tür öffnete, hörte man das energische Quengeln des kleinen Johann.

Was für eine Szene! Ein wahres Erdbeben! Paul, der im Speisezimmer zurückblieb, fühlte sich plötzlich sehr niedergeschlagen. Er stand auf und trat zum Fenster, schob die Gardine beiseite und starrte in den winterlichen Park. Hier hatte er damals gestanden. Papa hatte ihm Whiskey eingegossen, um ihn zu beruhigen, denn oben lag Marie in den Wehen. Wie lange war das jetzt her? Neun Jahre. Nun war Papa nicht mehr am Leben. Auch Marie war nicht mehr hier. Und seine Kinder sah er nur sporadisch. Wie hatte das geschehen können? Er liebte Marie mehr als alles in der Welt. Er liebte auch seine beiden Kinder. Verdammt! Auch wenn sie nicht so waren, wie er sie sich erhofft hatte, so waren sie doch sein eigen Fleisch und Blut, und er liebte sie.

Irgendetwas musste geschehen. Die Mauer musste eingerissen werden. Stein um Stein. Gleich, welche Kräfte es ihn kosten würde. Gleich, was er dafür aufgeben musste. Er würde nicht nachlassen, bis er sie wieder bei sich hatte. Denn ohne sie hatte er keinen Grund mehr zu leben.

Nach dem Mittagessen, das ohne Serafinas Gegenwart abgehalten wurde, stand er am Fenster seines Büros und wartete. Krähen hockten auf den kahlen Zweigen, der Boden war hart gefroren, kleine Schneeflöckchen, winzig wie Eisnadeln, schwirrten durch die Luft. Als er Kittys Wagen sah, der ein wenig ungelenk in den Park einbog und sich dann langsam tuckernd der Villa näherte, hatte er immer noch keinen Plan. Er wusste nur eines: Er wollte diesen Nachmittag mit seinen Kindern verbringen, ihnen nahe sein.

Er beobachtete, wie Kitty das Rondell im Hof zweimal umkreiste, was sie ganz offensichtlich tat, um den beiden einen Spaß zu bereiten. Als sie schließlich anhielt, kletterten zuerst Dodo und schließlich auch Leo aus dem Wagen. Sie taten es lustlos, fast widerwillig. Leo hielt seine Pelzmütze in der Hand, Dodo versuchte, auf dem vereisten Pflaster zu schlittern, hörte jedoch gleich wieder damit auf.

Eine Schlitterbahn, dachte er. Die haben wir Buben damals auf dem Wiesenweg angelegt. Einer nach dem anderen sind wir über den Weg geschlittert, bis die Stelle glatt wie pures Eis wurde. Und dann, als es so richtig Spaß machte, hat uns der Bauer vertrieben …

Er lief die Treppe hinunter in die Eingangshalle, wo Gertie den Kindern die Mäntel abnahm und sie nötigte, die Stiefel auszuziehen. Dodo kicherte, weil sie die linke Socke verloren hatte, Leo bemühte sich, die Pelzmütze so geschickt zu werfen, dass sie an einem der Garderobenhaken hängenblieb. Als die beiden Paul erblickten, machten sie ernste Gesichter.

»Na ihr zwei? Geht es euch gut?«

Dodo ließ die Socke liegen und machte einen Knicks, Leo versuchte sich an einem Diener.

»Ja, Papa.«

»Guten Tag, Papa.«

Wie förmlich sie sich benahmen. Hatte er das je von ihnen verlangt? Es verletzte ihn. Er wollte nicht, dass seine eigenen Kinder ihn begrüßten, als sei er der Schulmeister.

Kitty tauchte aus dem Hintergrund der Halle auf, wo sie an einem der Spiegel ihre Frisur gerichtet hatte.

»Wie soll es ihnen schon gehen, Paulemann? Gut natürlich. Wir hegen und pflegen unsere Rasselbande, wir füttern und stopfen sie. Sei gegrüßt, Brüderlein. Lass dich umarmen. Du schaust heute so grimmig drein. Hast du vielleicht gar Kummer?«

»Ach, Kitty.«

Sie lachte und fasste die Kinder bei den Händen.

»Ihr müsst jetzt ganz leise sein. Wie die Mäuschen, ja? Sonst wecken wir das Baby. Gertie? Wie steht es dort oben? Die beiden wollten ihren neuen Cousin sehen.«

»Ich glaube, er wird gerade gestillt.«

»Ach, du liebe Güte«, sagte Kitty. »Aber das macht fast gar nichts. Das ist das Leben, Kinder. Ein Säugling trinkt nun einmal an der Mutterbrust.«

Paul hatte einmal mehr den Eindruck, dass die Ereignisse an ihm vorbeigingen. Er folgte Kitty, die mit den Kindern die Treppen hinauf in den zweiten Stock lief und in Lisas Zimmer verschwand. Er selbst blieb ein wenig ratlos im Flur stehen und fühlte sich nicht berechtigt, ebenfalls einzutreten.

»Sagen Sie den Kindern, dass ich sie unten in meinem Büro erwarte, Else.«

Es dauerte länger, als er gedacht hatte, daher vertrieb er sich die Zeit damit, einen Katalog für Ringspinnmaschinen durchzublättern, konnte sich jedoch nicht recht konzentrieren. Schließlich vernahm er Kittys Stimme im Flur.

»Seid hübsch artig, ihr beiden. Bis heute Abend.«

»Wann kommst du, Tante Kitty?«, fragte Leo.

»Komm nicht so spät, ja?«, bat Dodo.

»So gegen sechs, denke ich.«

Er hörte einen zweistimmigen Seufzer, bald danach klopfte es an der Bürotür.

»Ich komme«, rief er. »Zieht euch an, wir gehen in den Park.«

Getuschel vor der Tür. Als er in den Flur hinaustrat, fuhren sie auseinander und zeigten gespielt harmlose Mienen.

»Kommt Frau von Dobern mit?«, fragte Dodo.

»Nein.«

Es schien sie zu erleichtern. Fast hätte er gegrinst, als er sah, wie eilig sie nun in die Halle hinunterhüpften, die Stiefel anzogen und in die Mäntel fuhren. Gertie lief herbei und band ihnen die wollenen Schals um, dann brachte sie Paul Mantel und Hut.

»Gehen wir spazieren?«, erkundigte sich Leo misstrauisch.

»Mal sehen. Warum setzt du die Mütze nicht auf? Es ist kalt.«

Leo drehte die Pelzkappe in den Händen, rümpfte die Nase und stülpte sich die Kappe schließlich über.

»Was ist damit?«, wollte Paul wissen.

»Nichts, Papa.«

Er wurde ungeduldig. Warum log er? Hatte er so wenig Vertrauen?

»Leo, ich habe dich etwas gefragt!«

Er hielt inne, denn er spürte, wie zornig seine Stimme klang. Dodo sprang ihrem Bruder bei.

»Er hasst die Mütze, Papa. Weil sie kitzelt. Und weil die Buben in seiner Klasse ihn auslachen.«

Aha. Das war doch wenigstens eine Erklärung. Er konnte sogar etwas damit anfangen.

»Stimmt das, Leo?«

»Ja, Papa.«

Er zögerte. Natürlich könnte Marie es falsch verstehen. Schließlich hatte sie ihm diese Mütze zu Weihnachten geschenkt. Aber auf der anderen Seite ...

»Was für eine Mütze hättest du denn gern, Leo?«

Ungläubig blickte sein Sohn ihn an. Es lag sogar ein

wenig Misstrauen in diesem Blick, und Paul verspürte einen kleinen Schmerz. Tatsächlich hatte Leo nicht das mindeste Vertrauen zu ihm.

»So eine wie die anderen.«

Im kommenden Jahr würde Leo auf das Knabengymnasium überwechseln, dann war die Mützenfrage vom Tisch. Bis dahin allerdings... »Dann fahren wir zuerst in die Stadt, und du zeigst mir im Schaufenster, welche Mütze du willst.«

»Und... und die kaufst du mir dann?«, wollte Leo wissen.

»Wenn ich sie denn bezahlen kann!«

Er grinste, setzte den Hut auf und lief voraus, um den Wagen aus der Garage zu fahren. Hinter ihm auf dem Rücksitz war wieder Getuschel. Die beiden hielten immer noch fest zusammen. Eine geschlossene Front aus Bruder und Schwester.

»Der Papa ist doch reich!«, hörte er Dodos Stimme.

»Schon«, sagte Leo. »Aber der kauft doch keine Mützen. Und heut ist sowieso Sonntag, da sind die Läden zu.«

»Wirst schon sehen.«

Paul begriff plötzlich, dass es ihm sehr viel leichterfallen würde, das Herz seiner Tochter zu gewinnen. Dodo war offen, sie kam ihm entgegen. Und sie schien ihm zu vertrauen.

»Papa?«

Er fuhr langsam und vorsichtig die Allee entlang zum Tor und überlegte schon, wo er den Wagen in der Stadt abstellen würde. »Was ist, Dodo?«

»Darf ich auch mal fahren?«

Schon schlug sie über die Stränge. Er hörte förmlich die mahnende Stimme der Frau von Dobern und ärgerte sich zugleich darüber.

»Das geht nicht, Dodo. Kinder dürfen ein Automobil nicht fahren.«

»Ich will doch nur mal lenken, Papa.«

Hm. Warum eigentlich nicht? Dies war sein Park, seine Allee. Niemand hatte ihm auf seinem Privatgelände Vorschriften zu machen. Er hielt den Wagen an.

»Komm nach vorn. Pass auf, mach die Sitze nicht dreckig mit den Stiefeln. So ... Setz dich auf meinen Schoß.«

Wie aufgeregt sie war. Wie sie sich an das Lenkrad klammerte. Mit welchem Ernst sie an die Sache heranging, die Augen schmal zusammengezogen, entschlossene Miene, die Lippen fest aufeinandergepresst. Er fuhr so langsam wie möglich, half aus, wenn ihr die Kraft fehlte, lobte sie und erklärte schließlich, dass es nun genug sei.

»Schade! Wenn ich groß bin, fahre ich immer nur im Automobil. Oder ich fliege mit dem Motorflieger. Segelflugzeug geht auch.«

Er wartete, bis sie wieder auf die Rückbank geklettert war, schaute fragend nach hinten, doch Leo schwieg. Wie es schien, hatte sein Sohn keine Lust, ein Auto zu steuern.

Am Sonntag war um diese Zeit in den Einkaufsstraßen der Innenstadt wenig Betrieb, zumal die Kälte die meisten Augsburger daheim im warmen Stübchen hielt. Nur ein paar unentwegte Spaziergänger flanierten an den Schaufenstern vorüber, die Damen im Pelz, die Herren mit Stock und steifem Hut. Paul hielt vor dem Zentralkaufhaus, und sie besahen sich die ausgestellten Kindermützen, die jedoch alle nicht Leos Geschmack trafen.

»Wie soll sie denn aussehen?«

»So wie Walter eine hat. Braun, mit Ohrenklappen, die man nach innen machen kann. Und vorn länger, so mit einem Schirm.«

»Ich verstehe.«

Er fand ein Fachgeschäft für Sportmoden, dort war tatsächlich die begehrte Kappe zu sehen. Nur die Ohrenklappen fehlten, aber das war nicht so schlimm.

»So eine, richtig?«

»Ja, genau so eine, Papa!«

Immerhin erntete er einen geradezu strahlenden Blick aus blaugrauen Augen. Sie standen ein Weilchen vor dem »Haus der Hüte«, wo Dodo sich an den flotten Damenmodellen nicht sattsehen konnte, dann, als er auf der anderen Straßenseite die Konditorei Zeiler entdeckte und darauf zusteuerte, blieb Dodo wie angewurzelt vor einem kleinen Buchladen stehen. »Eisele. Kunst und Buchdruckerei. Zeitungen, Illustrierte, Literatur.«

»Das Buch da, Papa!«

Sie zeigte auf ein Werk mit braunem Leineneinband und Golddruck. »Otto Lilienthal: Der Vogelflug als Grundlage der Fliegekunst.«

»Das ist ein Fachbuch, Dodo. Sehr schwierig geschrieben. Du würdest kein Wort davon verstehen.«

»Doch!«

»Es hat keinen Zweck, Dodo. Du hättest keine Freude daran.«

Wie stur sie war. Der Gedanke durchfuhr ihn, ob sie diese Hartnäckigkeit vielleicht von ihrer Großmutter hatte. Nicht von Mama, sondern von Luise Hofgartner.

»Das ist ganz einfach, Papa. Ein Flugzeug fliegt wie ein Vogel. Es hat ja auch zwei Flügel.«

In diesem Fall hatte er zum Glück einen Trumpf im Ärmel. Und er zögerte nicht, ihn auszuspielen.

»Wir haben das Buch in der Bibliothek, Dodo. Dort kannst du es dir anschauen.«

»Wirklich? Fahren wir jetzt gleich zurück in die Tuchvilla?«

Was für ein verrücktes Mädel. Die Puppe, die Mama für sie gekauft hatte, saß unberührt auf dem Sofa. Stattdessen wollte Fräulein unbedingt ein Buch über die Fliegekunst lesen, das weit über ihren Horizont ging.

»Wir könnten ins Kino gehen. Wollen wir schauen, was es im Capitol gibt?«

Das Interesse war mäßig. Dodo wollte sofort in die Tuchvilla, Leo zuckte mit den Schultern.

»Wenn du willst«, meinte er gelangweilt.

Paul musste sich wieder einmal zusammennehmen, um nicht ärgerlich zu werden. Er war schließlich selbst schuld, warum fragte er überhaupt. Sie blieben vor Dolges Musikhaus stehen und besahen einen schwarzglänzenden Stutzflügel, der neben zwei Klavieren mit ausklappbaren Kerzenhaltern und geschnitzten Beinen ausgestellt war.

»Der taugt nicht viel«, behauptete Leo kühn.

»Warum?«

»Wenn schon, dann ein richtiger, großer Flügel. Von Bechstein. Aber nicht so ein billiger Kram.«

Unglaublich. Woher hatte sein Sohn diesen Hochmut? Immerhin war der Preis für dieses Instrument nicht gerade niedrig.

»Warum gerade Bechstein?«

»Das sind die besten, Papa. Franz Liszt spielte nur auf Bechstein. Frau Ginsberg sagt immer …«

Er stockte und sah unsicher zu Paul auf.

»Na, was sagt Frau Ginsberg?«

Leo zögerte. Er wusste schließlich, dass sein Vater über den Klavierunterricht bei Frau Ginsberg nicht erfreut war. »Sie sagt, dass Bechstein einen ganz klaren und zugleich farbigen Klang hat. Da kommt keiner ran.«

»Soso.«

Sie fuhren zurück zur Tuchvilla, und er zeigte ihnen auf

dem Hof, wie man eine Rutschbahn anlegte. Dodo war entzückt, Leo fand die Sache zunächst peinlich, später zeigte sich aber, dass er recht gut Bescheid wusste.

»Machen wir auf dem Pausenhof auch, Papa. Aber nur, wenn Herr Urban nicht aufpasst.«

Immerhin hatten sie alle drei einen Riesenspaß, als die Bahn richtig in Gang kam. Nach einer Weile kam Humbert dazu, der ebenfalls sehr geschickt im Dahingleiten war, sogar Julius probierte es. Auch gelang es ihm, Gertie zu überreden, die es ebenfalls versuchte. Else und die Brunnenmayer standen kopfschüttelnd am Küchenfenster, von oben rief Mama immer wieder, es sei nun genug. Sie sollten aufhören, sich wie die Kinder zu benehmen und ihre heilen Knochen zu riskieren.

Als Kitty gegen halb sieben vorfuhr, um die Kinder abzuholen, hockte Dodo neben Paul in der Bibliothek und ließ sich den Auftrieb erklären, Leo saß am Klavier und spielte Debussy.

»Jetzt schon?«, fragte Leo unwillig.

32

März 1925

»Der Ebert ist tot«

Auguste hatte den kleinen Fritz auf dem Schoß und versuchte, ihm einen weiteren Löffel Karottenbrei einzutrichtern. Fritz schüttelte energisch den Kopf, seine Backen waren gefährlich dick aufgeblasen.

»Wer ist tot?«

Gustav sah von der Zeitung auf, die vor ihm auf dem Tisch ausgebreitet lag. Sie leisteten sich jetzt die »Augsburger Neueste Nachrichten«. Auch der Tisch und die Stühle waren neu. Ebenso wie das Büfett, auf dem ein brauner Kasten mit einem runden Einsatz aus Stoff und zwei Knöpfen zum Drehen prangte. Ein Rundfunkgerät – Gustavs ganzer Stolz.

»Der Reichspräsident Friedrich Ebert. Ist an einer Blinddarmentzündung gestorben.«

»Ach ja?«

Fritz spuckte eine Karottenbreifontäne aus, die sich gleichmäßig auf Tisch, Zeitung, Teppich und Augustes Jackenärmel verteilte. Gustav bekam auch ein paar Spritzer ab.

»Allweil musst den Buben so vollstopfen«, schalt er und wischte sich das Gesicht mit dem Ärmel.

Auguste ließ den strampelnden Fritz auf den Boden, wo er eilig auf eigenen, noch etwas wackeligen Beinen davonlief. Der Hansl, der brav gewartet hatte, durfte jetzt den restlichen Brei essen. Hansl war nicht wählerisch, er aß so gut wie alles, was man ihm vorsetzte. Manchmal auch Dinge, die man besser nicht essen sollte, wie Zigarrenstummel oder Flaschenkorken.

Auguste lief in die Küche und kam mit einem feuchten Lappen zurück, damit beseitigte sie die roten Spritzer auf den guten neuen Möbeln.

»Geht's heut voran mit dem Bau?«, wollte sie von Gustav wissen.

Der verneinte grimmig. Zu kalt. Da wurde der Mörtel nicht hart. Sie mussten warten, bis es wärmer wurde. Die Pfosten, die das Dach tragen sollten, mussten fest einzementiert werden. Die Eisenträger und die Verstrebungen standen schon in der Remise, die hatte die Schlosserei Muckelbauer angefertigt, und Auguste hatte bar bezahlt. Auch die großen Glasscheiben waren geliefert worden.

»Wenn nur die Scheiben drin sind, bevor's wieder regnet.«

Das neue Gewächshaus hätte längst fertig sein müssen. Aber der Gustav war halt kein Baumeister, und die Leute, die er geholt hatte, waren auch nicht vom Fach. Sie hatten den Grund ausgehoben und ein paar niedrige Mauern gezogen, mit Müh und Not war dann der Boden noch fertig geworden. Aber dann hatte es zu regnen begonnen, der Rohbau hatte noch kein Dach und war voll Wasser gelaufen. Die Liesl hatte gemeint, das sei doch hübsch, jetzt hätten sie ein Schwimmbad. Dann war im Dezember alles zugefroren, da waren ein paar Schulkameraden vom Maxl mit ihren Schlittschuhen gekommen, und sie hatten viel Spaß gehabt.

Jetzt, im März, hätten sie eigentlich schon die ersten Pflänzchen ziehen müssen. Der Gustav hatte auch schon gesät und die Töpfe an allen Fenstern im Haus verteilt.

Aber das war halt ein Tropfen auf den heißen Stein – ein Gewächshaus, das wäre etwas ganz anderes gewesen.

»Da schau, wie schnell es gehen kann«, murmelte Auguste, während einen Spritzer von dem polierten Holz des Rundfunkgeräts wischte. »Der Herr Ebert, der war doch noch gar net alt gewesen.«

»Wie's der Herrgott halt will«, meinte Gustav und wendete die Zeitung, um die Anzeigen durchzuschauen.

Auguste schnappte sich den Fritz, der im Wohnzimmer nur Unsinn anstellte, und nahm ihn mit in die Küche. So hatte sie auch einen Grund, die Küchentür zuzumachen, ohne dass der Gustav misstrauisch wurde. Es war sowieso nicht gut, dass er jetzt meist untätig herumhockte, weil er dann immer trübe Gedanken ausbrütete. Wenn die verflixte Kälte endlich vorüber war, dann konnte er sich draußen zu schaffen machen. Er war halt einer, der in der Erde herumwühlen musste, dann war er glücklich und zufrieden.

Auguste setzte den Fritz auf den Boden und gab ihm zwei Kochlöffel in die Hände, damit hatte er mehr zu tun als mit dem teuren Holzspielzeug, das sie ihm zu Weihnachten gekauft hatte. Die Bauklötze benutzte er sowieso nur als Wurfgeschosse, auch das Blechspielzeug vom Maxl war schon kaputt. Nur die schöne Puppe im rosa Rüschenkleid war noch ganz, die Liesl hütete sie wie ihren Augapfel und hatte sie oben auf den Schrank gesetzt, damit die Brüder nicht drankamen. Während der Kleine in der Küche herumlief und mit den Kochlöffeln mal an den Herd, dann wieder an die Holzkiste oder an einen Stuhl trommelte, zog Auguste die Tischlade auf und nahm ihr Haushaltsbuch heraus. Mit einem Seufzer schlug sie das dicke Heft auf, blätterte, ordnete die vielen Rechnungen, die sie hineingelegt hatte. Die meisten waren ja zum Glück bezahlt, nur die Sämereien, die der Gustav eingekauft hatte, zwei neue Schaufeln und ein Spaten waren noch zu begleichen. Dazu die Rechnung des Glasers, die schlug mit einigen Hundert Reichsmark zu Buche. Aber weil eine der Scheiben beim Abladen zerbrochen war, würde sie erst zahlen, wenn die kaputte Scheibe ersetzt war.

Der große Batzen, den sie sich von der Jordan geliehen hatte, war schneller als gedacht zusammengeschmolzen. Sie hatte unter ihrer Matratze noch sechshundert Reichsmark, das war die eiserne Reserve, denn davon mussten nicht nur der Glaser, sondern auch die Arbeiter, die das Dach des Gewächshauses errichteten und die Scheiben einpassten, bezahlt werden. Sie zog die Lade etwas weiter auf und holte ihre lederne Geldbörse hervor. Gutes braunes Leder war das, sie hatte die Börse vor Jahren in der Tuchvilla zu Weihnachten geschenkt bekommen. Das war, als sie den Gustav geheiratet hatte, also noch vor dem Krieg. Zwanzig Mark hatte die Frau Melzer hineingelegt, davon hatte sie Babywäsche für den Maxl und eine gute Hose für den Gustav gekauft. Nun war das Leder schon ziemlich abgegriffen, aber immer noch haltbar, nur der Inhalt, der bestand hauptsächlich aus Pfennigen. Drei Markstücke fanden sich noch dazwischen – das reichte kaum für den heute fälligen Einkauf.

Sie sprang auf, weil der Fritz beinahe den vollen Wasserkessel vom Herd gestoßen hätte, und gab ihm eine Blechschüssel, darauf konnte er mit den Kochlöffeln herumtrommeln. Dann setzte sie sich wieder hin und grübelte, was zu tun war.

Diese verdammte, hinterhältige Jordan! Sie hatte doch geahnt, dass an diesem großherzigen Angebot etwas faul war. Von wegen – »während der ersten Monate brauchst du nur wenig abzahlen, fast gar nichts«. Gerade einmal zwei Monate hatte diese gierige Spinne sie in Ruhe gelassen, dann hatte sie einen Brief geschrieben, dass von nun an monatlich fünfzig Reichsmark abzutragen seien. Im Januar hatte sie den Betrag dann auf siebzig Reichsmark erhöht und sie wissen lassen, dass sie den Gerichtsvollzieher schicken würde, falls Auguste Bliefert mit ihren Zahlungen mehr als einen Monat in Rückstand geraten sollte. Auguste hatte den Fritz in den Wagen gepackt und den Hansl bei der Hand genommen und war spornstreich zum Milchberg gelaufen, um die gierige Person zur Rede zu stellen. Aber die Jordan hatte ihr kalt lächelnd den Vertrag mit ihrer Unterschrift vor die Nase gehalten und erklärt, dass sie in den kommenden Jahren noch eine Menge Geld zu zahlen habe und dies erst der Anfang sei.

»So geht's nun einmal, wenn einer etwas aufbaut. Ich hab dir das Geld geliehen, da will ich auch was davon haben, wenn du mit meinem Geld ein Geschäft machst. Das machst du doch, oder?«

»Gewiss. Allerdings steht das Gewächshaus noch net. Und im Winter können wir eh nix verkaufen. Da kann ich auch keine Zinsen zahlen.«

Damit war sie bei der Jordan aber schlecht angekommen. Ob sie geglaubt habe, das Geld sei ein Geschenk? Wegen ihrer schönen Augen und der beiden Rotznasen, die sie mit sich herumschleppen täte?

»Ich muss hart arbeiten für das Geld, das ich verdiene«, hatte die Jordan behauptet. »Ich krieg nix geschenkt, Auguste. Und deshalb schenk ich auch nix her. Also schau, dass du zahlst, sonst geh ich vor Gericht und lass euer Grundstück pfänden.«

Auguste war mit einem gewaltigen Zorn wieder heimgelaufen. Diese boshafte Hexe hatte doch genau gewusst, was sie tat. Auf ihr Grundstück war sie aus, das Land, für das sie so hart gearbeitet und gespart hatte, das wollte sich die Jordan nun auch noch unter den krummen Fingernagel reißen. Ein Geier war sie, eine hässliche Wanze, eine Ratte, die im Kanal hockte und den Leuten in die Füße biss. Hart arbeiten für ihr Geld? Haha! Da lachten ja die Spatzen auf den Dächern. Sie hockte gemütlich in ihrem Hinterzimmer und las ihren betuchten Kundinnen die Zukunft aus einer Schusterkugel. So leicht mochte sie selber auch einmal ihr Geld verdienen. Aber sie, Auguste, hatte nicht die Traute, für einen Sack voller Lügen so viel Geld zu nehmen. Dazu musste eine schon eine ganz gewissenlose Betrügerin sein.

Wozu brauchte eine alleinstehende, nicht mehr junge Person eigentlich so viel Geld? Im Bäckerladen hatte jemand erzählt, die Frau Jordan wolle nun auch noch das Gasthaus »Zum grünen Baum« kaufen und daraus ein ganz besonderes »Etablissement« machen. Mit rosa Plüschsesselchen und Lotterbetten, über denen Spiegel angebracht waren. Und dabei sei die Maria Jordan doch einmal Leiterin eines kirchlichen Waisenhauses gewesen. Aber das sei die neue Zeit, die jungen Frauen liefen ja auch ohne Korsett und mit Röcken grad mal bis zum Knie, sodass man die Waden und noch mehr sehen könne. Da sei es doch kein Wunder, dass sogar brave Ehemänner auf abwegige Gedanken gebracht würden.

Da hatte Auguste fast Angst um ihren Gustav bekommen, obgleich der ein kreuzbraver und treuer Ehemann war. Der Gustav tat immer, was sie ihm sagte. Er glaubte auch alles und fragte niemals, ob sie ihm auch die Wahrheit erzählte. Meist tat sie das ja auch, nur die Sache mit dem Geld, da hatte sie ihn angeschwindelt. Eine Erbschaft. Von ihrer Tante. Sie hatte ihm nicht einmal die genaue Summe genannt, sondern nur gemeint, jetzt könnten sie endlich das Gewächshaus bauen. Damit war der Gustav zufrieden gewesen – er war recht froh, dass seine Auguste die Herrschaft über das Portemonnaie innehatte. Schon weil das Rechnen nie seine Stärke gewesen war.

Für Januar und Februar hatte sie die monatliche Zahlung an die Jordan von dem geliehenen Geld genommen und dabei darüber nachgedacht, dass sie der Jordan jetzt ihr eigenes Geld zurückgab. Nun war es März geworden, und die nächste Zahlung stand an. Wenn das so weiterging, würde sie den Glaser und die Arbeiter nicht bezahlen können. Sie lebten momentan sowieso nur von dem, was sie in der Tuchvilla verdiente.

Es half nichts, sie musste noch einmal mit der Jordan reden. Notfalls würde sie sich auf einen höheren Zinssatz einlassen, wenn sie nur bis April noch Geduld hatte. Später, wenn das Geschäft lief, konnte sie ja bezahlen, nur jetzt hatte sie halt noch keine Einnahmen.

Sie tat einen schweren Seufzer und schob das Haushaltsbuch wieder in die Lade. Die Geldbörse steckte sie ein, dann hob sie den Fritz auf den Arm und trug ihn hinüber ins Wohnzimmer.

»Ich geh einkaufen, Gustl. Schaust halt nach dem Hansl und dem Fritz. Nachher kommt die Liesl mit dem Maxl aus der Schule, die können sich dann ja um die Kleinen kümmern.«

»Ist schon recht.«

Sie zog den dunkelblauen Wollmantel an und setzte den Hut auf. Wie gut, dass sie sich warme Stiefel gekauft hatte – eine Wohltat bei diesem frostigen Wetter. Freilich – ihre neue Garderobe hatte auch einen Batzen Geld gekostet. Dafür hatte sie sich aber sonst nichts geleistet. Andere kauften sich Perlen und goldene Halsketten, wenn sie einmal zu Geld kamen. Sie selbst war nur einmal in

Versuchung geraten, da hatte sie im Schaufenster eines Trödelladens ein feines Goldarmband mit einem herzförmigen Anhänger gesehen. Ein kleiner, in Gold gefasster Rubin – ach, genau so einer, wie sie ihn sich immer gewünscht hatte. Ein Schnäppchen, aber immer noch dreißig Reichsmark. Da war sie hart mit sich gewesen und war vorbeigegangen.

Sie kürzte den Weg zum Jakobertor ab, indem sie über die Wiesenwege ging, die waren jetzt steinhart gefroren, sodass man sich nicht die Stiefel verdreckte. Am Jakobertor ging sie durch das Gewirr der kleinen Gässchen bis zu St. Ursula, dann über den Predigerberg zur Bäckergasse und hinunter zum Milchberg. Gut, dass sie die Kinder nicht dabeihatte, sonst wäre sie nicht so rasch vorangekommen. Jetzt konnte sie schon die neu angestrichenen Häuser der Jordan sehen, das Tischlein, das der Christian mit den abstehenden Ohren immer auf die Gasse hinausstellte. Darauf blitzen heute zwei blank geputzte Kerzenleuchter, die ganz sicher nicht aus Silber waren, sonst hätte die Jordan sie nicht nach draußen stellen lassen. Eine schöne Schale aus Messing stand dabei, darin lagen zwei rotbackige Äpfel und eine mattgrüne glänzende Weinrebe. Alles aus Porzellan, kunstvoll geformt und angemalt. Die Weinrebe hatte sogar kleine dunkelgrüne Blättchen.

Auguste blieb in einiger Entfernung von dem Geschäft stehen, um ihren aufgeregten Atem zu beruhigen. Natürlich war sie viel zu schnell gelaufen, daher dieses lästige Herzklopfen. Angst hatte sie keine – sie war kampfbereit. Es ging schließlich um ihren gesamten Besitz, um das Grundstück, das sie für die Alimente gekauft hatte, die der Leutnant von Hagemann ihr – leider viel zu selten – gezahlt hatte. Es war klug von ihr gewesen, das Geld nicht im Sparstrumpf zu lassen, denn sonst wäre es in der Inflation gleich weg gewesen. Und gerade deshalb durfte ihr Land nicht dieser geldgierigen Teufelin anheimfallen. Eher würde sie der Jordan an ihre dürre Kehle gehen …

Im Laden stand eine geschminkte Dame im Pelz, ein schwarzes Hütchen nach neuster Mode auf dem kurz geschnittenen Haar. Sie orderte verschiedene Delikatessen, die in den oberen Regalen standen, kleine Gläschen mit exotischen Fruchtgelees, gepfefferte Schokolade oder Krabbensuppe in Dosen. Auguste hätte solch ekliges Zeug nicht geschenkt haben wollen, aber es gab halt Leute, die wussten nicht, wohin mit ihrem Geld. Die Dame zahlte, ohne zu zögern, eine unfassbar hohe Summe und ließ das Dienstmädel, das neben ihr mit dem Korb wartete, all die gruseligen Dinge einpacken. Christian hatte Auguste schon mehrfach zugelächelt, jetzt strahlte er sie an und wollte wissen, warum sie den Fritz und den Hansl nicht mitgebracht hätte.

»Die sind heut mal daheimgeblieben. Ist die Frau Jordan zu sprechen?«

»Gewiss. Die ist da. Klopfen Sie nur an. Ich glaub, sie wollte nur mal rasch ein paar Rechnungen schreiben.«

Er nickte ihr zu und machte sich daran, einen Karton zu öffnen und die darin enthaltenen Konserven in die Regale einzusortieren. Das Papier, das auf die Dosen aufgeklebt war, zeigte – soweit Auguste erkennen konnte – eine Schildkröte. Da wollte sie besser nicht wissen, was drin war. Es war eigentlich schade um den Christian – den hätten sie gut in der Gärtnerei brauchen können. So ein lieber Kerl. Der hätt gewiss auch auf die Kleinen aufgepasst, ohne zu murren.

Sie holte noch einmal tief Luft, sammelte alle Kräfte, die in ihr steckten, und klopfte an die Tür zum Hinterzimmer. Keine Antwort.

»Klopfen Sie ruhig noch mal. Manchmal ist sie ganz in ihre Zahlen versunken, die Frau Jordan.«

Wahrscheinlich ist sie schon taub vor lauter Geiz, dachte Auguste, und sie klopfte fester. Niemand antwortete.

»Sind Sie sicher, dass sie da ist?«

»Freilich. Grad eben hab ich ihr noch einen Kaffee gebracht.«

Auguste hatte nicht vor, besonders höflich und geduldig zu sein oder sich gar abwimmeln zu lassen. Sie drückte die Türklinke herunter und öffnete die Tür einen Spalt.

»Maria? Ich bin's, Augu…«

Das Wort blieb ihr im Halse stecken, denn sie erblickte statt der Jordan – den Hausdiener Julius. Er stand neben dem schönen Tischlein, starrte Auguste mit schreckensweiten Augen an und hielt etwas in der erhobenen rechten Hand. Ein Messer!

Einen Moment lang waren beide sprachlos vor Entsetzen, dann erst entdeckte Auguste die Frau, die direkt vor Julius in einem Stuhl saß.

»Maria…«, stammelte Auguste. »Frau Jordan… Was ist passiert?«

Angst erfasste sie. Etwas stimmte hier nicht. Etwas Furchtbares war in diesem Raum geschehen, schwebte noch darin wie ein böser Geist, der sich auf sie werfen würde, wenn sie dort hineinging. Sie begann zu zittern.

»Oh mein Gott!«, hauchte jemand dicht neben ihr.

Es war Christian, der ebenfalls durch den Türspalt sah und nun vor Grauen zurücktaumelte.

Auguste stand immer noch wie angewachsen, doch jetzt ließ sie ihren Blick durch den Raum wandern, der Dinge erfasste, die sie besser nicht gesehen hätte. Die Jordan lag weit zurückgelehnt auf dem Stuhl, den Kopf im Nacken, die Beine ausgestreckt. Ihre Arme hingen seitlich herunter, die Hand, die Auguste sehen konnte, war hellrot gefärbt und krallenartig verkrampft, als habe sie jemandem die Augen auskratzen wollen. Unter der herabhängenden Hand war ein breiter hellroter Fleck auf dem Teppich. War das etwa Blut?

»Ich habe nichts getan«, stotterte Julius. Dann besah er sich das Messer, das er immer noch in der Hand hielt, und flüsterte: »Oh Gott.«

»Ein Arzt«, stammelte Christian. »Wir brauchen einen Arzt. Frau Jordan ist verletzt.«

Julius starrte ihn an, als rede er chinesisch, doch er machte keine Bewegung, den jungen Angestellten aufzuhalten. Christian raunte Auguste ein paar Worte zu, die sie erst später in ihrem Hirn wiederfand. Er hatte sie gebeten, auf den Laden aufzupassen, während er zu Doktor Assauer eilte, der drei Gassen weiter eine Zahnarztpraxis führte.

»Auguste«, sagte Julius, und jetzt zitterte er am ganzen Körper. »Bitte glaube mir. Ich kam herein und sah sie hier auf dem Stuhl mit dem Messer im Bauch. Das habe ich herausgezogen.«

Auguste nickte mechanisch und tat nun doch zwei Schritte in den Raum hinein. Das Türchen, das hinter dem Bild versteckt gewesen war, stand offen. Überall lagen Papiere verstreut. Schuldbriefe. Rechnungen. Mahnungen. Was auch immer. Dann sah sie, dass die seidenen Kissen auf der Couch rote Flecken hatten, auch der Fußboden war voller Blut, der Teppich, man sah die hellroten Spritzer an der Tapete.

Ein Verbrechen, dachte Auguste. Jemand ist mit dem Messer auf sie los. Hat keinen Ausweg mehr gesehen. Weil sie ihm alles hat nehmen wollen.

Sie war jetzt auf einmal ganz ruhig und hatte sogar den

Mut, das bleiche Gesicht der Jordan anzuschauen. Ihre Augen waren halb geschlossen, der Mund ein wenig geöffnet, die Nase spitz. Sie sah eigentlich ganz ruhig aus, gar nicht böse, auch nicht entsetzt. Fast friedlich.

»Ist sie tot?«

Julius nickte. Ein Schüttelfrost hatte ihn im Griff, er konnte gar nicht mehr aufhören zu nicken. Das Messer fiel auf den Boden, Julius stolperte rückwärts und lehnte sich gegen die Kommode.

Dort hing er mehr, als dass er stand, und Auguste fürchtete schon, dass er gleich umfallen und ebenfalls sein Leben aushauchen würde.

Ein schriller Schrei ließ sie beide zusammenzucken. Hinter Auguste war eine ältere Frau aufgetaucht, eine Kundin, die zum Einkaufen in den Laden gekommen war. Sie hielt beide Hände voller Grauen vor ihren Mund, trotzdem kreischte sie so laut, dass Auguste meinte, die Konserven auf den Regalen scheppern zu hören.

»Mord! Verbrechen. Blut. Da steht der Mörder. Zu Hilfe. Polizei. Alles voller Blut. Mörder! Mörder!«

»So seien Sie doch ruhig«, sagte Auguste. »Ein Unfall. Der Arzt ist unterwegs.«

Es war nicht besonders sinnvoll, was sie redete, und es beruhigte die Frau nicht im Mindesten. Sie taumelte in haltloser Panik einige Schritte rückwärts und prallte dabei auf zwei junge Männer, offensichtlich Bierkutscher, die ihr Geschrei bei der Brotzeit aufgeschreckt hatte.

»Wo ist der Kerl?«

»Da«, kreischte sie und streckte den Arm aus. »Da steht er noch. Neben seinem Opfer.«

Man schob sie beiseite, auch Auguste wich rasch zurück. Die beiden kräftigen Burschen mussten sich am Türrahmen festhalten, als sie die Tote erblickten. An der Ladentür erschienen jetzt weitere Personen, Nachbarn, neugierige Passanten, dann auch ein Uniformierter.

»Jesus, die ist hin. Erstochen.«

»Eine Viecherei. Alles voller Blut.«

»Nichts anfassen!«, rief der Uniformierte. »Sie da! Bleiben Sie stehen! Haltet den Mann! Haltet ihn fest.«

Was sich weiter abspielte, erlebte Auguste wie in einem bösen Traum. Menschen drängten sich in dem kleinen Laden, Dosen und Gläser fielen zu Boden, die Regale leerten sich auf ungeklärte Weise. Frauen kreischten, andere schoben sich sensationsgierig durch die Umstehenden, um einen Blick ins Hinterzimmer zu werfen. Der Uniformierte brüllte eine Reihe von Befehlen, mehrere Männer zerrten Julius aus dem Hinterzimmer in den Laden hinein, seine Jacke war zerrissen, das Hemd hing aus der Hose, sein Haar, das sonst glatt zurückgekämmt und mit Pomade eingeschmiert war, fiel ihm in Strähnen ins Gesicht. Er stammelte immer wieder, dass er unschuldig sei, doch je verzweifelter er dies beteuerte, desto sicherer hielt man ihn für den Mörder. Christian tauchte auf, den Zahnarzt Dr. Assauer im Schlepptau, sie drängten sich zwischen den Menschen hindurch ins Hinterzimmer, und Auguste hörte, wie der Zahnarzt sagte, dass da nichts mehr zu machen sei.

Später erschien ein dunkles Automobil vor dem Laden, dann ein zweites – das waren die Herren von der Kriminalpolizei. Es gab ein neues Durcheinander, man warf alle hinaus, die nichts am Tatort zu suchen hatten, besah die Tote, nahm das Corpus Delicti, die Mordwaffe, in Gewahrsam. Christian wurde befragt, er weinte und sagte, die Frau Jordan sei immer gut zu ihm gewesen. Er habe ihr eine Tasse Kaffee gebracht, das sei gegen zehn Uhr gewesen, da habe sie noch gelebt. Dann habe er Kunden bedient, und später sei die Frau Bliefert gekommen, um etwas mit der Maria Jordan zu besprechen.

Er müsse den Mörder doch gesehen haben, als er durch den Laden ins Hinterzimmer gegangen sei? Christian verneinte. Der müsse durch den rückwärtigen Eingang gekommen sein. Der Eingang für die »besonderen Kunden«. Und Auguste erfuhr, dass die wohlhabenden Damen, die sich von der Jordan die Zukunft voraussagen ließen, niemals durch den Laden gekommen waren. Da gäbe es ein Gartentörchen und eine Hintertür.

Auch Auguste wurde befragt. Was sie mit Frau Jordan habe bereden wollen. Ob sie den Mörder kenne. Ob sie vielleicht gar gesehen habe, wie er mit dem Messer auf das Opfer einstach. Aus welchem Grund er das getan haben könnte…

Inzwischen hatte man die tote Maria Jordan in den Kelim von der Couch gewickelt, zwei Männer trugen sie durch den Laden hinaus, verluden sie in einen der Polizeiwagen. Auguste hörte, wie die Autotüren zugeschlagen wurden, und musste sich auf einen Hocker niedersetzen.

»Ist Ihnen schlecht?«, fragte der junge Kriminalbeamte.

Er hatte ein glattes blasses Gesicht und braune Augen. Sein Schnurrbart war ebenso schwarz wie sein Haar.

»Ich hab mich so erschreckt. Ich kannte sie doch schon jahrelang. Früher war sie Kammerzofe in der Tuchvilla.«

»Tuchvilla?«

»Bei dem Fabrikanten Melzer, die Tuchfabrik am Proviantbach.«

»Ist dort nicht auch der Herr Julius Kronberger angestellt?«

Auguste nickte.

»Aha. Und Ihre Personalien?«

Er notierte alles in winziger Schrift in ein Notizbüchlein, klappte es dann zu und steckte den Stift in die dafür vorgesehene Schlaufe.

»Sie können jetzt gehen, Frau Bliefert. Falls wir weitere Fragen haben, werden wir uns an Sie wenden.«

Als sie wieder auf der Straße stand, stellte sie fest, dass der kleine Tisch umgefallen war. Ein zerbrochener Porzellanapfel lag in der Gosse, die anderen hübschen Dinge waren verschwunden. Wie dumm sie gewesen war. Sie hätte doch auch rasch zugreifen und sich einen Leuchter oder besser noch eines der hübschen Armbänder aus Silber mitnehmen können, wie es viele andere getan hatten. Jetzt war es zu spät – im Laden saßen zwei Kriminaler und verhörten immer noch den armen Christian.

Wie betäubt, lief sie durch die Gassen. Es war schon weit über Mittag, sie musste noch Milch und ein Brot einkaufen, damit sie wenigstens eine Milchsuppe kochen konnte. Erst als sie im Milchladen stand und wartete, dass sie an die Reihe kam, fiel ihr ein, wie unfassbar dumm sie gewesen war.

Der Schuldschein, den sie der Jordan unterschrieben hatte! Der hatte doch bestimmt irgendwo im Zimmer bei den anderen Papieren gelegen. Sie hätte doch nur die Augen aufmachen müssen. Ein Griff und weg damit. In den Ofen. Zu Asche.

Aber jetzt war es zu spät!

33

Es durchzuckte Marie, als sie seine Stimme erkannte. Wie albern, dachte sie. Aber sie konnte nicht verhindern, dass diese Welle aus Schrecken und Freude sie durchlief. Tatsächlich, sie verspürte so etwas wie Erleichterung, denn sie hatte gefürchtet, dass nun alles zu Ende sei.

»Marie? Entschuldige, dass ich dich im Atelier anrufe. Es hat seinen Grund. Störe ich dich? Ich kann mich auch später melden.«

Drüben warteten zwei Näherinnen auf ihre Anweisungen, der Zuschnitt für ein Abendkleid musste berechnet werden, außerdem würde in zehn Minuten Frau Dr. Überlinger zur Anprobe kommen.

»Nein, nein. Sag nur, was du willst. Ich habe ein paar Minuten Zeit.«

Er räusperte sich, das tat er immer, wenn es etwas Unangenehmes zu vermelden gab. Plötzlich hatte sie Angst, er wolle ihr die Scheidung ankündigen. Aber wieso am Telefon? Geschah so etwas nicht schriftlich durch einen Anwalt?

»Es geht um Lisa. Ich habe das Gefühl, sie steht sich da selber im Weg. Und ich möchte ihr gern helfen.«

Aha, dachte Marie. Jetzt will er mich aushorchen. Trotz allem war sie erleichtert, dass er offensichtlich in friedlicher Absicht anrief.

»Und was habe ich damit zu tun?«

Sie störte sich selbst an dem abweisenden Klang ihrer

Stimme, aber sie hatte Sorge, sie könnte ihm zu weit entgegenkommen.

»Du hast doch mit ihr gesprochen, oder? Hat sie dir gesagt, wer der Vater des Kindes ist?«

»Sie hat es mir im Vertrauen gesagt, Paul. Ich denke nicht, dass ich berechtigt bin ...«

»Schon gut«, meinte er ungeduldig. »Ich will dich nicht zu Indiskretionen verleiten. Liege ich falsch, wenn ich annehme, dass es ein gewisser Herr Sebastian Winkler ist?«

»Warum fragst du sie nicht selbst?«

Sie hörte ihn ärgerlich stöhnen. »Das habe ich getan, Marie. Leider ohne Ergebnis. Hör zu, Marie. Ich frage nicht aus Neugier. Aber ich bin Lisas Bruder, und ich fühle mich verpflichtet, die Angelegenheit zu klären. Zumal es ja auch um das Kind geht.«

»Ich denke, dass Lisa durchaus in der Lage ist, ihre Angelegenheiten selbst zu klären.«

Er schwieg einen Moment, und sie fürchtete schon, er würde auflegen. Die Ladenklingel war zu hören – auch das noch: Frau Dr. Überlinger war schon im Atelier. Ganze fünf Minuten zu früh.

»Wenn es dir hilft«, sagte sie in den Hörer. »Soweit mir bekannt ist, hat sie einen Brief geschrieben.«

»Aha! Und Antwort erhalten?«

»Ich fürchte bisher nicht.«

»Und wann war das?«

Marie zögerte. Aber nun war sie schon so weit gegangen, dass es albern gewesen wäre, die Auskunft zu verweigern. Die Sache war sowieso festgefahren, möglich, dass Lisa die Hilfe ihres Bruders durchaus brauchen konnte.

»Im Januar. Muss also knapp acht Wochen her sein.«

Er brummte etwas wie »Hm« in den Hörer, das tat er meist, wenn er über eine Angelegenheit nachdenken musste. An der Bürotür tauchte jetzt Frau Ginsberg auf, die seit einiger Zeit bei ihr arbeitete – Marie machte ihr ein Zeichen, dass sie gleich hinüberkäme. Frau Ginsberg nickte schweigend und ging wieder hinaus.

»Ich habe vor, ihn aufzusuchen, um die Angelegenheit zu klären. Hast du die Adresse?«

Das war die Überrumplungstaktik, die wendete er gern an. Sie funktionierte ausgezeichnet bei den Angestellten, auch bei Mama und Kitty klappte es. Bei Lisa war es schon schwieriger. Sie selbst war noch nie darauf hereingefallen.

»Von welcher Adresse sprichst du?«

Er überging ihre Frage und redete einfach weiter. »Es ist ... es fällt mir nicht leicht, aber ich möchte dich um etwas bitten, Marie. Ich würde nur ungern allein fahren. Es könnte sonst der Eindruck entstehen, ich wolle ihn zur Rechenschaft ziehen oder Ähnliches. Mit dir zusammen wäre es leichter. Du würdest gewiss den rechten Ton treffen.«

Fast stockte ihr der Atem, so unerwartet kam diese Bitte. Sie sollte ihn nach Günzburg begleiten? Im Zug neben ihm sitzen, den Mitreisenden das glückliche Ehepaar vorspielen?

»Wir würden früh am Morgen fahren und am späten Nachmittag die Rückfahrt antreten. Keine Übernachtung. Ich habe einen Geschäftsfreund, der mir in Nürnberg seinen Wagen zur Verfügung stellt.«

»In Nürnberg?«

»Nicht in Nürnberg? Ich dachte, er sei dorthin zurückgekehrt. Stammt er nicht aus der Gegend von Nürnberg?«

Jetzt war sie doch in die Falle gegangen. Allerdings nicht unbedacht, sondern mehr oder weniger freiwillig. »Er befindet sich in Günzburg, bei einem seiner Brüder.«

»Wunderbar! Dann ist es ja nicht so weit, wie ich befürchtet hatte. Ich wäre dir wirklich sehr dankbar, Marie. Es geht doch um Lisa.«

Er schwieg, wartete auf ihre Antwort. Sie bildete sich ein, sein Herz klopfen zu hören. Aber vermutlich war es ihr eigenes. Mit Paul in einem Zugabteil sitzen. Was tun, wenn sie dort allein waren? Wünschte sie sich das? Oder fürchtete sie sich davor?

»Hör zu, Paul. Wenn Lisa damit wirklich geholfen wird, bin ich zu dieser Fahrt bereit.«

Sie konnte hören, wie er aufatmete. Sie sah sein Gesicht vor sich, sein siegreiches Lächeln, seine blitzenden grauen Augen.

»Allerdings stelle ich eine Bedingung.«

»Genehmigt. Was immer es ist.«

Sie hörte an seinem Tonfall, dass er tatsächlich sehr glücklich war. Fast tat es ihr jetzt leid – aber es ging nicht anders.

»Ich möchte es auf keinen Fall hinter Lisas Rücken tun, Paul. Deshalb bitte ich dich, Lisa über diese Fahrt zu unterrichten.«

Er knurrte wieder Unverständliches und meinte dann, er habe etwas in dieser Richtung schon befürchtet.

»Ich rufe dich an, Marie. Einstweilen danke ich für deine Bereitschaft. Bis bald.«

»Bis bald.«

Sie hörte das klickende Geräusch, als er auflegte, und hielt den Hörer noch einen Moment lang in der Hand, als warte sie auf etwas. Nein, es hatte sich nichts verändert. Er brauchte sie, das war alles. Obgleich ... Die Kinder waren vorletzten Sonntag recht fröhlich aus der Tuchvilla zurückgekommen. Kein Vergleich zu dem vorhergegangenen Besuch, da hatten die beiden sie am Abend angefleht, doch nie, nie wieder einen Nachmittag mit Papa verbringen zu müssen.

Sie hatte aus ihrem Sohn Leo wenig herausgebracht, was sich nun so plötzlich verändert hatte, aber am Montag hatte ein Bote ein Paket für ihn abgeliefert, darin befand sich eine Mütze. Die hatte Leo seitdem kaum mehr abgesetzt. Dodo hingegen schwatzte pausenlos von Vögeln und Flugzeugen, von Auf- und Abwinden, von Auftrieb und Luftwirbeln. Niemand hatte so recht begriffen, um was es ging, nur Gertrude hatte die Geduld, Dodos ellenlangen Erklärungen zuzuhören.

Hatte sich also doch etwas verändert? Zumindest war Paul bemüht, seine Kinder für sich einzunehmen. War das nun ein gutes oder ein schlechtes Zeichen?

»Frau Melzer?«

Frau Ginsberg sah unglücklich aus. Sie war eine gute und willige Arbeitskraft, leider nahm sie unfreundliche Äußerungen der Kundinnen immer persönlich. Frau Dr. Überlinger konnte sehr verletzend werden, wenn man sie warten ließ.

»Es tut mir leid, Frau Ginsberg – ein wichtiger Anruf. Ich komme.«

Der Rest des Vormittags war so hektisch, dass ihr nicht einmal Zeit für eine Tasse Kaffee blieb. Eigentlich konnte sie ja froh sein, dass ihr Geschäft so gut lief. Ärgerlich war nur, dass viele Kundinnen ihre Modellkleider nachschneidern ließen. Selbstverständlich nur privat, für ganz liebe, alte Freundinnen, die von Maries Entwurf so begeistert waren, dass sie unbedingt auch solch ein Kleid mit passendem Mantel haben mussten. Und wenn die Schneiderin schon einmal das Schnittmuster besaß, fiel es ihr auch nicht schwer, solch ein hübsches Ensemble anderen Kundinnen anzubieten und es für sie zu nähen. Natürlich zu einem wesentlich geringeren Preis, als das gleiche Kleid in »Maries Atelier« gekostet hätte. Es war ärgerlich, aber man konnte sich davor nicht schützen. Die einzige Möglichkeit dagegenzuhalten, waren neue Ideen, einfallsreiche und kleidsame Modelle, passend zu der Person, die sie tragen wollte. Auch darin lag Maries Stärke – sie kaschierte Unzulänglichkeiten und hob die Vorzüge hervor – eine Frau, die Maries Modelle trug, schien genau die Figur zu haben, von der sie selbst immer geträumt hatte.

Als sie in der Frauentorstraße aus der Straßenbahn stieg, fühlte sie sich müde und abgekämpft. Warum lernte sie nicht Auto fahren? Sie hätte sich durchaus ein Automobil leisten können, dann müsste sie auch nicht bei Schnee und Regen auf die Straßenbahn warten. Wie nannten die Leute dieses kleine Auto, das man jetzt immer häufiger in den Straßen sah? Laubfrosch – wie nett. Es hatte ganze vier Pferdestärken – das war ja so, als würde man vierspännig durch die Stadt fahren.

An der Haustür empfing sie Dodo, die eine Zeitung hoch in die Luft hielt, damit Henny sie nicht erreichen konnte. Henny hüpfte immer wieder in die Höhe und angelte nach dem Blatt, dabei schnitt sie Grimassen und wedelte heftig mit den Armen.

»Ich will … Das ist Mamas Zeitung. Gib endlich her, Dodo, du blöde Kuh.«

»Hör auf zu hampeln, du kriegst sie nicht«, gab Dodo hämisch zurück. »Und außerdem ist das meine Mama.«

Marie hatte keine Lust auf Streitereien, sie nahm Dodo die Zeitung aus der Hand und machte Henny darauf aufmerksam, dass sie beim Hüpfen ihre Hausschuhe verloren hatte.

»Mmm – es riecht nach Schupfnudeln«, meinte sie

lächelnd und kickte einen der rosa Hausschuhe in Hennys Richtung. »Ist Kitty schon da?«

»Mama hängt am Telefon. Dideldideldumm. dideldideldumm«, sang Henny nun passend zu dem Klavierstück, das Leo im Musikzimmer mit großer Verzweiflung übte. »Die Wut über den verlorenen Groschen« von Beethoven. Viel zu schwer für den Neunjährigen, vor allem für die linke Hand. Aber Leo war mindestens so beharrlich wie seine Schwester, die bis zum Sonntag unbedingt Otto Lilienthal gelesen und verstanden haben wollte.

»Du sollst die Zeitung lesen, Tante Marie.«

Marie zog den Mantel aus und setzte den Hut ab. Die Zeitung hatte sie auf die Kommode gelegt. Jetzt warf sie einen Blick auf den Leitartikel und fand, dass es mit dem Lesen keine Eile hatte.

»Regierungsbildung erneut gescheitert. Wilhelm Marx nimmt die Wahl zum Ministerpräsidenten nicht an.«

»Das doch nicht«, meinte Dodo ungeduldig und faltete das Blatt auseinander. »Hier drinnen. Nachrichten aus Augsburg. Kriminalfälle und Verbrechen. Da steht was von der Tuchvilla.«

»Was?«

Marie traute ihren Augen nicht. Ein Artikel über einen grauenhaften Mord in der Augsburger Altstadt. Die 49-jährige Ladenbesitzerin Maria Jordan war tags zuvor in ihrem Geschäft auf brutale Weise erstochen worden.

»Maria Jordan«, flüsterte Marie. »Das ist ja schrecklich. Mein Gott, die Arme. Und wir haben alle geglaubt, sie hätte das große Los gezogen.«

Sie begegnete Hennys glänzendem Augenpaar, das voller Neugier auf sie gerichtet war.

»Hast du gelesen, Tante Marie? Der Mörder war der Julius.«

»Was für ein Julius?«

»Du liebe Zeit, Mama!«, regte sich Dodo auf. »Der Julius, der in der Tuchvilla Kammerdiener ist. Der die Nase immer so hochträgt und so komisch schnüffelt. Der hat die Maria Jordan abgestochen.«

»Bitte, Dodo, solche Worte solltest du nicht gebrauchen, sie sind hässlich.«

»Steht aber in der Zeitung.«

Marie überflog den kurzen Artikel. Julius war in Polizeigewahrsam wegen dringenden Tatverdachts. Er sollte mit einem Messer auf die hilflose Frau losgegangen sein.

»Eingestochen, steht hier. Nicht abgestochen.«

»Dann hat das Tante Gertrude gesagt.«

Mit der Zeitung in der Hand betrat sie das Wohnzimmer, wo Kitty in ihrem mexikanischen Korbsessel thronte und den Telefonapparat auf dem Schoß hielt. Die schwarze gedrehte Schnur des Geräts, die zu der Anschlussstelle in der Wand führte, war zum Zerreißen gespannt.

»Du liebe Güte, nein, Lisa, lass sie schlafen. Ich rufe später wieder an. Arme Mama. Was für ein furchtbarer Schrecken. Ich will ja nicht boshaft sein, aber mit dieser Person hat es immer nur Ärger gegeben ... Nein, ich bin nicht pietätlos. Sie hatte gewiss auch ihre guten Seiten ... Ja, ich weiß, sie war einmal bei dir angestellt, aber sie hat Marie nicht leiden können, und das habe ich ihr nie verziehen. Wie hat es Paul aufgenommen? ... Das kann ich mir gut vorstellen. Ach, mein armer Paulemann. Wo er doch schon Sorgen genug ...«

Sie stockte, als sie Marie eintreten sah, winkte ihr zu und wechselte rasch das Thema.

»Und der Süße trinkt gut? Wie schön. Du hast sicher literweise Milch. Wie? Du könntest noch ein zweites Kind versorgen? Füttere ihn nur nicht zu dick, sonst wird er eine faule Schlafmütze. Ich muss jetzt Schluss machen, Lisa. Marie ist gekommen. Liebe Grüße … Ja, richte ich aus … Und ja, ich komme heute Nachmittag … Ja, sag Mama, dass ich sie trösten werde.«

Mit einem tiefen Seufzer legte sie den Hörer auf die Gabel und sah Marie mit bedeutungsvollem Blick an.

»Hast du es gelesen? Ist es nicht furchtbar?«

Marie nickte, sie war beschäftigt, den kurzen Artikel noch einmal gründlich zu durchforsten. Der Name »Melzer«. Die »Tuchvilla«. Sie hatten nichts ausgespart. Paul hatte kein Wort davon erwähnt.

»Da haben sie die Ausstellung der Bilder von Luise Hofgartner mit allen Mittel verhindert, weil sie Angst vor den Augsburger Klatschtanten hatten«, meinte Kitty. »Und nun das. Der Hausdiener aus der Tuchvilla ist ein bestialischer Mörder! Huh – mir läuft es ja kalt über den Rücken, wenn ich daran denke, dass dieser Julius mir Tee und Kekse aufs Zimmer gebracht hat.«

Es läutete an der Tür, und man hörte die Kinder durch den Flur rennen, um zu öffnen.

»Hanna! Hast du schon gelesen?«

»Der Julius ist der Mörder!«

»Mit hundertzwanzig Messerstichen oder so.«

Die Küchentür wurde aufgerissen, gleich darauf ertönte Gertrudes unfreundliche Rede.

»Ah – die Hanna! Wo bist denn gewesen, den ganzen Vormittag? Gehörst du jetzt hierher oder in die Tuchvilla zu deinem Humbert? Wie? Die Zimmer sind nicht aufgeräumt, und der Wäschekorb im Kinderzimmer quillt über. Da! Trag die Schüssel rein. Heiß! Nicht fallen lassen.«

»Es … es tut mir leid«, sagte Hanna, doch da schlug die Küchentür schon wieder zu.

Von drei Kindern flankiert, erschien Hanna im Wohnzimmer, eine dampfende Schüssel in beiden Händen. Marie beeilte sich, einen hölzernen Untersetzer auf den Tisch zu legen, damit Hanna die Last abstellen konnte, dann wurde gemeinsam der Tisch gedeckt. Auch Kitty beteiligte sich, sie platzierte ein blühendes Usambaraveilchen neben den Topf mit den Schupfnudeln.

»Ach, es ist ja so schrecklich«, seufzte Hanna, während sie die Servietten aus der Schublade holte. »Stellen Sie sich nur vor, Frau Melzer: Drei Stunden lang haben die Kriminaler alle Leute in der Tuchvilla befragt. Die gnädige Frau Alicia und die Frau von Hagemann, und in der Mittagspause haben sie auch den Herrn Melzer verhört. Und alle Angestellten, auch die Else, die ist fast gestorben vor Scham. Weil sie doch verdächtigt wurde, einen Mörder gekannt zu haben.«

»Wie sicher ist es denn, dass Julius sie getötet hat?«, fragte Marie.

»Er hat doch neben ihr gestanden und das Messer noch in der Hand gehabt«, seufzte Hanna. »Ach Frau Melzer – niemand von uns mag das glauben. Vielleicht ist ja doch alles nur ein Irrtum.«

Gertrude erschien und brachte einen Topf mit zerlassener Butter, die sie über die Schupfnudeln goss.

»Schluss jetzt mit den Mordgeschichten«, schimpfte sie und setzte sich auf ihren Platz. »Die Kinder haben ja schon glasige Augen. Heut Nacht werden sie nicht schlafen können.«

»Das macht uns nichts aus«, meinte Leo und schüttelte die vom Üben hart beanspruchte linke Hand. »Höchstens Henny, weil die noch klein ist.«

Henny musste mit ihrem Protest warten, weil sie erst zwei Schupfnudeln herunterschlucken musste. Dann erklärte sie lautstark, keine glasigen Augen zu haben.

»Aber die Liesl hab ich in der Schule gesehen. Die hat ihren Freundinnen erzählt, dass die Polizei ihre Mama verhört hat. Und dass ihre Mama dabei gewesen ist und alles gesehen hat.«

»Die Auguste?«, staunte Kitty. »Was hatte die denn bei der Jordan zu suchen?«

Gertrude zuckte die Schultern und teilte Henny ein Löffelchen Sauerkraut zu.

»Wenigstens das bisschen wird gegessen«, forderte sie energisch. »Nur die Schupfnudeln mit Butter – das könnte dir so passen!«

»Sauerkraut, Mauerkraut, Trauerkraut, Auakraut.«

»Vielleicht hat sie bei der Jordan eingekauft?«, überlegte Kitty. »Die Auguste hat doch Geld geerbt und – wie man so hört – pflegt sie jetzt einen aufwendigen Lebenswandel.«

»Möglich«, sagte Marie nachdenklich.

Sie hatte dazu ihre eigenen Vermutungen. Eine ihrer betuchten Kundinnen hatte ihr im Vertrauen erzählt, dass sie sich bei Frau Jordan die Karten legen ließe. Sie hatte die Jordan in den höchsten Tönen gelobt, weil fast alles eingetroffen sei, und Marie empfohlen, es auch zu versuchen. All ihre Freundinnen seien dort schon gewesen – diese Frau müsse außerordentlich wohlhabend sein, denn sie lasse sich ihre Vorhersagen gut bezahlen. Und jemand habe ihr zugeflüstert, dass Frau Jordan auch Geld verlieh.

»Und stellt euch vor, noch am gleichen Tag standen zwei Reporter vor dem Eingang der Tuchvilla«, berichtete Hanna. »Von den ›Augsburger Neueste Nachrichten‹ und sogar vom ›Münchner Kurier‹ waren die. Aber die gnädige Frau hat sie nicht einlassen wollen. Da sind sie zum Dienstboteneingang hinein – aber in der Küche hat die Frau Brunnenmayer ihnen mit der Bratpfanne gedroht, da mussten sie davonlaufen. Und dann sind sie um die Villa herumgeschlichen, weil sie dachten, sie könnten über die Terrasse eindringen. Aber die Türen waren fest geschlossen. So eine Frechheit! Der Humbert hat gemeint, die Presseleute, die seien die schlimmsten von allen. Da käme keiner mit. Kein Politiker und auch kein Massenmörder. Die könnten mit zwei kleinen Sätzen ein ganzes Leben vernichten.«

»Der spuckt ja große Töne, der Humbert«, meinte Gertrude kauend. »Geht's ihm wieder gut?«

Hanna nickte und lächelte dabei. Humbert müsse jetzt für Julius einspringen. Weil doch jetzt jeder in der Tuchvilla seine Pflicht der Herrschaft gegenüber erfüllen müsse. »Alle müssen wir zusammenhalten in der Not, hat die Frau Brunnenmayer gesagt. So wie damals.«

Sie hielt inne und sah auf ihren Teller herunter, der noch unberührt war. Alle wussten natürlich, dass sie von dem Tag redete, als der Polizeibeamte in die Küche der Tuchvilla kam, um nach Grigorij zu fragen. Das war der junge Russe, dem Hanna aus Liebe zur Flucht verholfen hatte. Da hatten alle zu Hanna gehalten, und der Humbert hatte sie herausgehauen. Sonst hätte es böse für sie ausgehen können.

»Und die ehrenwerte Hausdame?«, fragte Kitty mit spöttischer Betonung. »Ist sie auch mit im Bund?«

»Die?«, rief Hanna aufgebracht. »Überhaupt nicht. Die Gertie hat heimlich zugehört, wie man die Frau von Dobern befragt hat.«

»An den Türen lauschen konnte die kleine Gertie schon immer recht gut«, warf Kitty ein.

»Still!«, befahl ihr Gertrude. »Was hat sie denn zum Besten gegeben, die edle Dame?«

Hanna stach mit der Gabel auf ihre Schupfnudeln ein,

aß aber nicht, sondern hielt die vollgespickte Gabel in der Hand.

»Auf die Herrschaft hat sie nichts kommen lassen. Aber uns alle hat sie hineingeritten. Weil sie gesagt hat, dass sie den Julius schon gleich im Verdacht hatte. Er habe einen kriminellen Charakter, und sie selbst habe sich bereits vor ihm gefürchtet, weil er sie immer so mordlustig angeschaut hätte. Das wüssten alle Angestellten im Haus, aber sie hielten halt alle zusammen und sagten nichts. Und außerdem hat sie erzählt, dass der Julius der Maria Jordan ›nachgestiegen‹ sei. Weil er wohl geglaubt hätte, wenn er die reiche Jordan heiraten täte, bräuchte er nie wieder zu arbeiten. Und sie glaube fest, dass der Julius der Liebhaber von der Jordan gewesen sei und sie aus Eifersucht erstochen habe. Wegen dem Christan, ihrem Angestellten.«

»Heiliges Kanonenrohr«, murmelte Gertrude.

»Was ist ein Liebhaber, Mama?«, wollte Dodo wissen.

»Ein Freund.«

»So wie der Herr Klippi, ja?«

Marie runzelte die Stirn und sah, dass Kitty vergnügt schmunzelte.

»Du bist aber dumm«, mischte sich Henny ein, die ein Häuflein Sauerkraut auf ihrem Teller hin und her schob.

»Dodo ist überhaupt nicht dumm«, verteidigte Leo seine Schwester. »Du bist dumm, Henny!«

»Gar nicht«, meinte Henny und spitzte die Lippen, weil sie etwas Bedeutendes sagen wollte. »Ein Liebhaber ist ein Freund, der küssen und umarmen darf. Nicht wahr, Mama?«

Kittys Schmunzeln verschwand. »Gut beobachtet«, sagte sie trocken. »Und jetzt isst du endlich dein Sauerkraut. Und denke gar nicht erst daran, es heimlich auf Hannas Teller zu schieben!«

»Ich muss los«, sagte Marie und sah auf die Uhr. »Ich habe heute Nachmittag vier Anproben und eine neue Kundin.«

»Du wirst dich noch totarbeiten, Marie«, warnte Gertrude. »Es gibt Birnenkuchen zum Nachtisch. Ganz frisch aus dem Ofen. Mit Zucker und Zimt.«

»Heute Abend, Gertrude.«

In der Straßenbahn war Marie so mit den auf sie einstürmenden Gedanken beschäftigt, dass sie fast die Haltestelle in der Karolinenstraße verpasst hätte. Völlig aufgewühlt kam sie im Atelier an, und sie war froh, dass sie sofort von Kundschaft und Angestellten in Anspruch genommen wurde. So musste sie ihre Sorgen hintanstellen und sich auf die Arbeit konzentrieren, doch immer wenn das Telefon sich meldete, fuhr sie zusammen, wartete mit klopfendem Herzen, dass Frau Ginsberg sie ins Büro bat. Aber es waren geschäftliche Anrufe, Lieferanten, Kunden, die Druckerei, die die neuen Kataloge hergestellt hatte. Erst als sie schon im Mantel war und noch einmal im Nähzimmer nachschaute, ob auch alle Maschinen abgedeckt waren, kam Pauls Anruf.

»Ich habe schon gefürchtet, dich nicht mehr zu erwischen.«

»Oh Paul, ich habe es heute in der Zeitung gelesen. Es tut mir so leid, für uns alle, aber vor allem für dich und Mama.«

Freute er sich über ihr spontanes Geständnis? Wenn ja, dann blieb er ziemlich gelassen.

»Ja, eine sehr unschöne Angelegenheit.«

Sie begriff, dass er nicht die Absicht hatte, ihr etwas vorzujammern. Verständlich. Trotzdem tat sein Schweigen ihr weh. Ach, warum war alles nur so kompliziert? »Hast du mit Lisa gesprochen?«, wechselte sie das Thema.

»Ja. Sie ist nicht begeistert. Aber sie wird auch nichts dagegen unternehmen.«

Das klang recht schlimm. Vermutlich hatte Lisa getobt.

»Wann fahren wir?«

»Wie sieht es bei dir am Montag aus?«

Sie würde etliche Termine verschieben und die Arbeit für die Näherinnen vorbereiten müssen. Aber Paul konnte es nicht viel anders ergehen.

»Am Montag. Gut.«

»Der Zug geht um sieben Uhr zwanzig. Soll ich dich mit dem Wagen abholen?«

Natürlich. Er hatte bereits den Fahrplan studiert. Vielleicht sogar schon das Abteil reservieren lassen.

»Danke. Ich nehme die Straßenbahn.«

34

Paul hatte schlecht geschlafen. Einmal weil das Baby ständig brüllte und Lisa mitten in der Nacht die arme Gertie herbeigeläutet hatte, um in der Küche Fencheltee gegen Blähungen zu kochen. Vor allem aber, weil er ständig in Gedanken mit Marie beschäftigt war. Diese wenigen Sätze am Telefon, als sie über den Zeitungsartikel sprach. Da war alles plötzlich wie früher gewesen. Ihre verstehende, warme Art. Das Gefühl, dass sie neben ihm stand, ein Teil von ihm war. Er hatte sie vor sich gesehen, ihre großen dunklen Augen, denen er schon damals verfallen war, als sie noch als Küchenmädel in der Tuchvilla arbeitete und vor ihm davonlief. Aber natürlich, er hatte auch andere Gedanken gehabt. Sehnsüchte. Bedürfnisse. Schließlich war er ein Mann, es war keine Kleinigkeit, monatelang wie ein Mönch zu leben. Gewiss – er hätte in eines der heimlichen Etablissements gehen können, von denen angeblich niemand etwas wusste und die doch von so vielen seiner Augsburger Bekannten frequentiert wurden. Gediegen, diskret und professionell. Er hätte sich auch ein harmloses Mädel suchen können, es gab nicht wenige unter seinen Arbeiterinnen, die gern auf solch ein Angebot eingegangen wären. Aber damit handelte man sich nur Scherereien ein, und außerdem war er sicher, dass er wenig Vergnügen dabei gehabt hätte. Er wollte Marie, nur seine Marie und keine andere.

Er hatte die Zugbillets und die Platzreservierung erster

Klasse von der Hoffmann besorgen lassen, die ganz offensichtlich vor Neugier platzte, sich aber trotzdem nicht zu fragen getraute, mit wem der Herr Direktor am Montag denn nach Günzburg fahren würde. Und dabei musste sein ausdrücklicher Wunsch, in einem Nichtraucherabteil zu sitzen, doch allerlei Vermutungen ausgelöst haben.

Obgleich er die Billets bereits in der Tasche hatte, war er eine halbe Stunde zu früh am Bahnhof. Fröstelnd stand er in der Halle, den Mantelkragen hochgestellt, die Hände trotz der gefütterten Lederhandschuhe steif vor Kälte. Man schrieb den 30. März, in zwei Wochen war schon Ostern, der Frühling ließ jedoch einstweilen auf sich warten. Gestern hatte Rosa Knickbein, die neu eingestellte Kinderfrau, den kleinen Johann zum ersten Mal durch den Park gefahren, wobei sie leider von einem Schneesturm überrascht wurden. Trotzdem hatten sie alle Vergnügen daran gehabt, auch Mama und Lisa, die neben dem Kinderwagen hergingen, aber vor allem Dodo und Leo. Nachdem das Baby mit Mutter, Großmutter und Kinderfrau sicher wieder in der Tuchvilla gelandet war, hatte er mit den Zwillingen noch ein wenig im Park herumgetobt. Sie hatten die Blieferts besucht, und während die Kinder miteinander spielten, war er mit Gustav hinüber zu dem noch unfertigen Gewächshaus gegangen. Er hatte sich den schiefen Bau angeschaut und versprochen, anständige Handwerker zu schicken. Selten hatte Paul solch einen Pfusch gesehen – aber der Gustav war halt ein Gärtner und kein Baumeister.

Zehn Minuten vor Abfahrt des Zuges war von Marie immer noch nichts zu sehen, und die bange Vorstellung plagte ihn, dass sie vielleicht beschlossen hatte, einen Rückzieher zu machen. Was würde er dann tun? Nun – inzwischen besaß er die Adresse von Josef Winkler, seines Zeichens Schuhmacher und Sebastians jüngerer Bruder.

Lisa hatte sie ihm nach langem Zögern und vielen Zornesausbrüchen schließlich gegeben. »Und sag ihm bitte, dass dieser Besuch nicht meine Idee war. Ich habe nichts damit zu tun, und ich will, dass er das weiß!«, hatte sie ihm mit auf den Weg gegeben.

Er würde auch ohne Marie nach Günzburg fahren. Das war er seiner Familie schuldig. Aber mit Marie wäre alles viel leichter.

Gerade als er sich zum Bahnsteig aufmachen wollte, erschien sie in der Halle. Sie trug einen taillierten dunkelroten Mantel mit Pelzbesatz, der modische Hut verdeckte Stirn und Augen nahezu ganz. Sie blieb einen Augenblick stehen und sah sich suchend um, als sie ihn erkannte, ging sie rasch auf ihn zu.

»Guten Morgen. Wir müssen uns beeilen, oder?«

»Allerdings.«

Sie hasteten nebeneinanderher zum Bahnsteig und wurden ab und zu durch entgegenkommende Reisende getrennt. Als sie die Treppe hinaufstiegen, sah man schon den Dampf der Lokomotive, der den vorderen Teil des Zuges einhüllte. Ein uniformierter Schaffner stand noch am Bahnsteig, grüßte und bemühte sich dienstfertig um ihre Billets.

»Zwei Wagen weiter vorn, die Herrschaften. Bitt schön Obacht geben beim Einsteigen …«

Die sechs Plätze in ihrem Abteil waren unbesetzt, nur eine herrenlose Morgenzeitung wies daraufhin, dass ein Fahrgast, der noch früher als sie unterwegs gewesen war, in Augsburg den Zug verlassen hatte.

»Sitzt du lieber in Fahrtrichtung?«, fragte Paul höflich.

»Das ist mir gleich. Setzt dich nur, wie du magst.«

Sie hatte ihren Mantel bereits abgelegt, bevor er ihr helfen konnte, dann setzte sie sich demonstrativ gegen die Fahrtrichtung, und er nahm gegenüber Platz. Draußen auf dem Bahnsteig wurden die Türen zugeschlagen, der Zugführer pfiff durchdringend, der weißliche Dampf verwandelte sich zischend in grauen Rauch und verdüsterte Bahnsteig und Nebengebäude. Gleich darauf setzte sich der Zug in Bewegung.

Marie hatte den Hut nicht abgesetzt, sodass man ihre Augen kaum sehen konnte, nur Mund und Kinn. Vor allem ihr Mund war es, der Paul durcheinanderbrachte. Er war nicht geschminkt, die Lippen weich, nur an den Rändern ein wenig von der Kälte aufgesprungen, die Oberlippe hatte einen herzförmigen Schwung. Er wusste nur allzu gut, wie sich dieser Mund anfühlte, und es war eine Folter, ihn nicht berühren zu dürfen.

»War Lisa sehr wütend?«

Er musste sich erst von seinen Fantasien trennen, bevor er antworten konnte. »Ziemlich. Ich muss Herrn Winkler verkünden, dass sie an unserem Besuch unschuldig ist.«

Er lächelte, doch Marie blieb ernst. Sie habe versucht, Lisa anzurufen – leider ohne Erfolg.

»Die Hausdame hat meinen Anruf nicht weitergeleitet.«

Das war ein Vorwurf, der vermutlich nicht unberechtigt war. Trotzdem ärgerte es ihn. Musste denn schon wieder gestritten werden? Konnte man auf dieser kurzen Reise nicht freundschaftlich oder wenigstens höflich miteinander umgehen?

»Das tut mir sehr leid. Ich werde sie zur Rede stellen.«

Jetzt lächelte Marie doch. Belustigt und zugleich ein klein wenig boshaft, wie er glaubte.

»Nicht nötig. Ich habe ihr deutlich gesagt, was ich davon halte.«

Er nickte und beschloss, das Thema keinesfalls auszuweiten. Frau von Dobern kämpfte momentan mit sichtlicher Verzweiflung um ihre Position in der Tuchvilla, die ganz allein von Mama abhing. Lisa war zu ihrer erklärten Feindin geworden, worin sie ohne Zweifel von Kitty und gewiss auch von Marie bestärkt wurde, und das Personal war sowieso von Anfang an gegen sie gewesen. Paul hatte ein wenig Mitleid mit Serafina, denn wie es schien, musste sie diesen Kampf über kurz oder lang verlieren. Dennoch sträubte sich alles in ihm dagegen, sie zu entlassen. Damit hätte er Maries Forderung erfüllt, und – bei aller Liebe und Sehnsucht –, er war nicht der Mann, der sich von einer Frau am Gängelband führen ließ.

Wer hatte das doch immer gesagt? Ach egal …

»Stört es dich, wenn ich ein Nickerchen mache? Ich konnte heute Nacht kaum schlafen«, fragte sie unvermittelt.

Da schau an – sie also auch nicht. Nun, vielleicht war es besser, wenn sie schlief. Dann stritten sie wenigstens nicht.

»Bitte, tu dir keinen Zwang an. Ich bin selbst müde.«

Sie nahm den Mantel vom Haken und legte ihn über sich wie eine Bettdecke. Nun sah er nicht einmal mehr ihr Kinn, dafür glitt ihr Kopf bald ein wenig nach hinten. Paul erspähte unter der Hutkrempe ihre Nasenlöcher und die geschlossenen Augen. Die dunklen fiedrigen Halbbogen ihrer Wimpern. Sie zitterten ab und zu, was vermutlich an der Zugbewegung lag. Das ewig gleiche, eintönige Rattern der Wagen, die während der Fahrt aneinanderstießen. Schlief sie tatsächlich oder tat sie nur so, um einem Gespräch mit ihm aus dem Weg zu gehen? Einerlei, er sah aus dem Fenster, wo kahles Gebüsch vorüberflog, die letzten Häuser von Augsburg, später blitzte die Donau auf, der die Bahnstrecke folgte. Grüne Auwiesen, kleine Wäldchen, die schon das Rotbraun der schwellenden Knospen zeigten, dazwischen niedrige Häuser, Lastkähne, die auf dem Fluss träge dahinzogen.

Tatsächlich, sie schlief. Ihr rechtes Bein war nicht mehr angewinkelt, es streckte sich ihm entgegen, ihr Fuß, der in einem dunklen geknöpften Schuh steckte, berührte fast den seinen. Als der Zug in Diedorf anhielt, berührten sich ihre Schuhe, und er blickte in ihre erschrockenen, noch schlaftrunkenen Augen.

»Entschuldige bitte.«

»Keine Ursache.«

Sie zogen sich beide zurück, saßen einander verkrampft gegenüber, Marie richtete ihren Hut, zog den Mantel dichter zu sich heran. Er bezwang den heftigen Wunsch, sie in die Arme zu nehmen. So wie er es früher jeden Morgen getan hatte, wenn sie ihn so verschlafen mit schmalen Augen anblinzelte. Warum musste man Probleme eigentlich immer nur bereden, herumstreiten, recht behalten wollen? War es nicht einfacher, einander zu umarmen? Und all die hübschen und verrückten Dinge zu tun, die sie beide so liebten?

»Hast du dir schon überlegt, was du ihm sagen willst?«, fragte Marie.

»Das wollte ich gern dir überlassen.«

»Ah so. Nun, es kommt ganz darauf an, wie die Lage ist, nicht wahr?«

»Gewiss.«

Er konnte sich noch nicht mit Lisas Problemen beschäftigen, stattdessen grübelte er darüber nach, ob er Marie nicht ein Liebesgeständnis machen sollte. Wenn ja dann musste er sich beeilen –, noch waren sie miteinander allein im Abteil. Was sich jedoch rasch ändern konnte.

»Die zentrale Frage für mich ist«, fuhr Marie fort: »Warum hat er auf Lisas Brief nicht geantwortet? Möglich wäre ja auch, dass er gar nicht mehr in Günzburg bei seinem Bruder lebt, sondern weitergezogen ist.«

»Dann hätte sein Bruder ihm die Post aber doch nachgeschickt.«

Marie zuckte mit den Schultern. »Nur wenn er weiß, wo Sebastian steckt.«

»Wir werden sehen.«

Im Grunde hatte auch er den Eindruck, dass Sebastian Winkler es nicht gerade darauf anlegte, gefunden zu werden. Was für ein Mensch war das eigentlich? Machte seiner Schwester ein Kind und verschwand von der Bildfläche. Eigentlich hätte er diesem anständig und ehrenhaft wirkenden Burschen solch ein Verhalten nicht zugetraut. Auf der anderen Seite war Lisa zu diesem Zeitpunkt noch mit Klaus von Hagemann verheiratet gewesen.

Marie stand jetzt auf, um ihren Mantel wieder an den Haken zu hängen, also hatte sie nicht vor, ihr Nickerchen fortzusetzen. Er blinzelte in die Morgensonne, die jetzt schräg ins Abteil einfiel, und wartete, bis sie sich wieder gesetzt hatte.

»Weißt du, Marie, manchmal denke ich, dass all diese Gespräche und Streitereien zu gar nichts führen.«

Sie zeigte mit keiner Miene, was sie von diesem Satz hielt. »Den Eindruck habe ich leider auch.«

»Weil wir darüber immer mehr vergessen, was uns miteinander verbindet.«

»Und weil du nicht begreifen willst, was uns voneinander trennt.«

Verflixt! Es war nicht gerade einfach, einer so widerspenstigen Person zu sagen, wie sehr man sie liebte. Er schluckte und machte einen neuen Ansatz.

»Was immer zwischen uns stehen mag, Marie – es ist ohne Bedeutung. Wir werden uns einigen, das verspreche ich dir. Wichtig ist doch, dass wir einander…«

Doch sie schüttelte den Kopf und unterbrach ihn energisch.

»Für mich, lieber Paul, ist es keineswegs ohne Bedeutung. Du möchtest alle Probleme einfach mit der Hand wegwischen, wie man eine beschlagene Fensterscheibe sauber wischt. Der Frost ist weg, die Sicht ist klar – aber die Kälte dahinter verschwindet nicht.«

Er schloss für einen Moment die Augen und hörte, wie es in seinen Ohren rauschte. Nein, befahl er sich. Du wirst jetzt ruhig bleiben. »Was meinst du mit ›Kälte‹?«

Sie machte eine Geste, als sei dies eine zufällige Wortwahl ohne tiefere Bedeutung gewesen. Doch er kannte sie besser.

»Du willst, dass ich deine Mutter respektiere, ja? Dass ich diese Ausstellung befürworte? Ist es das, was du von mir verlangst?«

»Nein!«

Er stöhnte auf und schlug sich mit den Händen auf die Knie. »Was dann?«

»Nichts, Paul. Ich verlange nichts und will dich zu nichts zwingen. Du musst selbst wissen, was du tun willst«

Er starrte sie an und versuchte, hinter den Sinn dieser Worte zu kommen. Sie verlangte nichts. Sie wollte ihn zu nichts zwingen. Was wollte sie dann? Wieso stand er schon wieder vor dieser Wand, die sie voneinander trennte? Dieser verfluchten Mauer, die weder Tor noch Fenster hatte und die zu hoch war, um einfach darüberzuklettern.

»Dann erkläre es mir bitte.«

Die Abteiltür wurde aufgeschoben, und ein älterer Herr schaute zu ihnen hinein.

»Nummer 48 und 49? Ah, ich sehe schon. Wir sind richtig. Komm, mein Schatzi.«

Er schleppte einen braunen Lederkoffer zu ihnen hinein, machte einen misslungenen Versuch, das gute Stück ins Gepäcknetz zu heben, und sah dann missvergnügt zu, wie Paul den Koffer mit leichtem Schwung an seinen Platz beförderte.

»Recht herzlichen Dank, junger Mann. Sehr freundlich. Hast du die Hutschachteln, mein Schatzi?«

Schatzi war in einen Nerzmantel gehüllt, sodass man von ihr zunächst nur das blonde Haar und die dick umrandeten hellblauen Augen sah. Sie wirkten trotz des ausgiebigen Gebrauchs von Augenstift und Wimperntusche sehr kindlich.

Noch zwei weitere Koffer, drei Hutschachteln und eine Reisetasche aus geblümtem Stoff wurden wiederum mit Pauls Hilfe im Gepäcknetz untergebracht. Danach schälte sich die junge Dame aus dem Pelz und setzte sich neben Marie.

»Schrecklich, diese Zugfahrten«, bemerkte der ältere Herr und ließ sich neben Paul nieder. »Meine Frau leidet jedes Mal unter Kopfschmerzen.«

Marie lächelte ihm zu und meinte, sie müsse auch häufig ein Pulver nehmen, um den Kopfschmerz loszuwerden.

»In früheren Zeiten zuckelte man mit der Postkutsche durch den Wald, durchfuhr ein Schlammloch nach dem anderen und wurde nicht selten von Räubern erschlagen«, bemerkte Paul, der sich über den Neuzugang ärgerte.

»Ja, ja – die alten Zeiten.«

Bald darauf waren Marie und »Schatzi« in ein Gespräch über die neueste Frühjahrsmode, Hüte aus Paris und englische Wollstoffe vertieft, und Paul bewunderte einmal mehr die Fähigkeit seiner Frau, so unbefangen zu verwöhnten und schwierigen Personen Zugang zu finden. Als sie in Günzburg aussteigen mussten, war »Schatzi« untröstlich, sie notierte die Adresse von Maries Atelier und versprach hoch und heilig, so bald wie möglich vorbeizuschauen.

Günzburg gab im Frühlingssonnenschein ein recht hübsches Bild ab, vor allem die imposante Residenz, die oberhalb des Ortes auf einem Hügel thronte. Ein trutziger Bau aus dem 18. Jahrhundert, wie eine Festung um einen Innenhof errichtet, der von zwei kleinen Zwiebeltürmchen überragt wurde. Natürlich lag der Bahnhof außerhalb des Ortes, und – wie so oft – fand sich weder Fuhrwerk noch Autotaxi, das sie ins Zentrum hätte bringen können.

»Gehen wir halt zu Fuß«, meinte Marie ohne Bedauern. »Zum Glück haben wir ja weder Koffer noch Hutschachtel dabei.«

Zum ersten Mal lächelten sie beide, amüsierten sich über das seltsame Paar im Zug, und Paul wagte es, ihr seinen Arm anzubieten. Marie zögerte, sah kurz zu ihm auf, dann willigte sie ein.

Er hätte es nicht tun sollen, denn die Berührung löste eine unpassende Verwirrung in ihm aus. Was er während des kurzen Spaziergangs von sich gab, erschien ihm später vollkommen blödsinnig – allerdings war auch Marie zu Albernheiten geneigt, was sie beide, als die Mauern der Altstadt sie umfingen, dem beginnenden Frühling zuschrieben.

»Sollten wir vielleicht erst einen kleinen Imbiss in einer Bäckerei zu uns nehmen?«, schlug er übermütig vor.

Aber Marie war dagegen. Sie habe zu Hause gut gefrühstückt, und man sei schließlich in einer delikaten Mission unterwegs, die man auf keinen Fall aufschieben durfte. Er war zwar hungrig, denn er hatte in der Tuchvilla kaum einen Bissen hinuntergebracht, doch er gab ihr recht.

Sie fragten Passanten nach Josef Winkler, der in der Pfluggasse Nummer zwei zu Hause war, wurden zweimal in die falsche Richtung geschickt und irrten durch die morgendliche Altstadt, bis sich tatsächlich jemand auskannte: »Der Winkler Sepp – der hat doch seine Schusterwerkstatt gleich beim alten Turm.«

»Da drüben«, sagte Marie und deutete mit ausgestrecktem Arm auf einen Schuh aus Schmiedeeisen, der in einiger Entfernung an einem Winkelhaken über einem Eingang baumelte.

Die Schusterwerkstatt des Joseph Winkler bestand aus zwei schmalen Altstadthäuschen, die ein Durchgang miteinander verband. Links war eine kleine Ladenscheibe, dahinter sah man verstaubte Damenschuhe, ein Paar Reitstiefel und eine Anzahl loser Schuhsohlen aus Gummi. Der Eingang befand sich rechts davon, drei Stufen führten hinunter in die Werkstatt.

Paul sparte sich das Anklopfen, das bei dem beständigen Hämmern im Inneren der Werkstatt sowieso untergegangen wäre. Der bärtige Schuster hob kaum den Kopf, als sie eintraten, und fuhr fort, hölzerne Stifte in die Schuhsohle zu klopfen.

»Erika!«

Sein Ruf klang gepresst, da er mindestens zehn Holzstifte zwischen den Lippen eingeklemmt hatte, er wurde jedoch gehört. Eine große knochige Frau tauchte aus einem Nebenraum auf, und sie musterte das städtisch gekleidete Paar mit neugierigen und abschätzenden Augen.

»Womit kann ich Ihnen dienen, die Herrschaften?«

»Wir würden gern mit Herrn Sebastian Winkler sprechen«, sagte Paul, dem die knochige Person auf den ersten Blick unsympathisch war.

Ihr Gesicht zeigte äußerstes Misstrauen und aufkommende Feindseligkeit. Sie wechselte einen Blick mit dem Schuster, der vermutlich ihr Ehemann war, und senkte dabei herrisch die Augenbrauen. Aha – da war wohl klar, wer in dieser Schusterwerkstatt die Hosen anhatte.

»Was wollen Sie von dem?«

Das klang mehr als abweisend. Aber immerhin war daraus zu schließen, dass sich der Gesuchte nicht weit von hier aufhielt.

»Wir möchten ihm etwas mitteilen und ein kurzes Gespräch mit ihm führen – kein Grund zur Beunruhigung, liebe Frau Winkler.«

Paul setzte ein charmantes Lächeln auf, das immerhin seine Wirkung tat, denn ihre Miene wurde sanfter.

»Er ist ein anständiger Mensch und hat nichts verbrochen«, sagte sie und starrte Paul dabei warnend an.

»Davon sind wir überzeugt, Frau Winkler. Befindet er sich hier in Günzburg?«

Wieder wechselte sie einen Blick mit ihrem Ehemann, der daraufhin wieder eifrig zu hämmern begann. Die Schusterwerkstatt bestand nur aus einem alten Tisch, der mit allerlei Lederresten, Werkzeugen und Kästchen voller Nägel bedeckt war. Ein Rohling aus Holz stand dicht neben dem Schuhmacher, daneben die Zeichnung einer Sohle und ein halbfertiger Schuh als schwarzem Leder. An den Wänden ringsum hingen Zangen, Pfrieme und Scheren aller Größen, auch andere Werkzeuge, deren Bestimmung wohl nur der Schuster allein kannte. In der Ecke stand ein gusseiserner Ofen, dessen Rohr durch die Decke führte, dahinter war die hellgetünchte Wand schwarz verrußt.

Da die Schusterin auf die Frage keine Antwort gab, standen sie ein Weilchen unschlüssig herum, bis Marie schließlich die Initiative ergriff.

»Haben Sie auch Sandalen im Angebot, Frau Winkler?«,

fragte sie mit freundlichem Interesse und nahm einen der Damenschuhe aus dem Regal in die Hand, um die Sohle zu besehen.

»Sandalen?«

»Ja«, lächelte Marie. »Mit Riemchen und kleinem Absatz. Sie werden ohne Strümpfe getragen. Natürlich nur im Sommer.«

»So was machen wir nicht.«

»Oh, es ist für Ihren Mann gewiss eine Kleinigkeit. Soll ich Ihnen aufzeichnen, was ich meine?«

Gleich darauf war sie mit der knochigen Winklerin im Nebenraum verschwunden, wo sich ganz offensichtlich eine Art Büro befand. Zumindest konnte er im Licht der elektrischen Deckenbeleuchtung einen Tisch und darauf eine Menge Papiere erkennen. Marie schwatzte wie ein Wasserfall, zeichnete Riemchenschuhe mit Absätzen und erklärte, dass dies im Sommer die große Mode sein würde. Sie führe ein Modeatelier in Augsburg und könnte – wenn sie ein gefälliges Musterexemplar zu sehen bekäme – eine Reihe von Bestellungen vermitteln. Sie lag richtig, seine kluge Marie. Paul sah die Gier im Gesicht der Schusterfrau, vermutlich dachte sie schon darüber nach, welche Preise sie den Stadtleuten aus Augsburg machen würde.

»Lebt Ihr Bruder hier in Günzburg?«, fragte Paul den Schuster mit halblauter Stimme.

»Der ist nicht da.«

Jetzt, da er aus dem direkten Machtbereich seiner Eheherrin gelangt war, zeigte sich der Schuster gesprächiger.

»Und wo ist er? Hat er eine Stelle als Lehrer gefunden?«

Der Schuster schüttelte den Kopf und schielte zum Hinterzimmer, wo Marie der Winklerin gerade den dritten Entwurf präsentierte. Die Frau zeigte sich von so viel Zeichenkunst beeindruckt.

»Als Lehrer? Nee. Der macht hier den Schreibkram und trägt die fertigen Schuhe aus. Samstags kehrt er die Gasse. Und dann passt er auf unsere Buben auf und bringt ihnen das Lesen und Rechnen bei. Die sind schon in der Schule, haben's da aber nicht gelernt. Sind wohl zu dumm.« Er schwieg bedrückt und widmete sich wieder seiner Arbeit.

Drüben erzählte Marie von einem Paar schwarzer geschnürter Halbschuhe, die sie einmal in Augsburg habe anfertigen lassen. Paul musterte die Schusterin, die angestrengt zuhörte und dabei die Zeichnungen ins Licht hielt. Ein Verdacht befiel ihn.

»Er wohnt also hier?«

»Freilich. Oben. Unterm Dach.«

»Ist da in den letzten Wochen ein Brief für ihn gekommen?«

»Weiß net. Die Erika kriegt die Post vom Briefträger.«

»So ist das.«

Der Schuster stopfte sich eine neue Ladung Holzstifte zwischen die Lippen und arbeitete weiter. Es war also möglich, dass die eifrige Schusterin Lisas Brief gar nicht weitergegeben hatte. Warum sollte sie? Der Schwager arbeitete für Kost und Logis, führte die Bücher, schrieb die Rechnungen, erledigte die Dreckarbeiten und hütete noch dazu den Nachwuchs. Eine billigere und bessere Hilfe konnte sie gar nicht bekommen.

»Und wo ist er jetzt?«

Der Schuster machte eine Kopfbewegung zum Eingang hin. »Muss gleich kommen.«

Aha! Paul grinste zufrieden und machte Marie ein Zeichen, dass der Gesuchte nicht mehr weit sei. Marie senkte kurz die Augenlider – sie hatte verstanden.

Sie mussten geschlagene 20 Minuten auf Sebastian Winkler warten, und Marie hatte bereits vier neue Entwürfe gezeichnet, als er endlich in die Werkstatt trat. Er kam Paul ziemlich abgemagert vor, auch hinkte er wegen des amputierten Fußes, und seine Kleidung spottete jeder Beschreibung. Wie es schien, trug er immer noch den gleichen abgerissenen Anzug, in dem er vor Jahren nach Pommern gereist war.

Er war ohne Zweifel heftig erschrocken, als er sie erkannte, doch er bemühte sich, die Fassung zu bewahren.

»Herr Winkler«, sagte Marie herzlich und reichte ihm die Hand. »Ich hoffe, Sie erinnern sich. Marie Melzer aus der Tuchvilla. Mein Mann.«

Paul schüttelte ihm ebenfalls die Hand, dann schlug er vor, um in der Werkstatt nicht im Wege zu stehen, ein paar Schritte hinaus auf die Gasse zu tun. Die Schusterin, die sich nun ihren Teil dachte, sah sie mit grimmiger Miene hinausgehen.

»Hast dein Maul net halten können«, zischte sie ihrem Mann zu. Doch der hämmerte ungerührt auf seinem Schuh herum.

Die Frühlingssonne blitzte zwischen den Häusern hindurch, sie stand noch zu tief, um über die Dächer in die Gasse hineinzugelangen, dafür erhob sich ein Schwarm grauer Spatzen mit lautem Gezeter und verteilte sich auf Dächern und Mauern.

»Ich nehme an, Sie kommen im Auftrag von... von Frau von Hagemann«, begann Sebastian, der jetzt blass und aufgeregt wirkte. »Ich weiß, dass ich in ihrer Schuld stehe.«

»Keineswegs«, unterbrach Paul. »Nachdem Sie ihren Brief unbeantwortet ließen, legt meine Schwester großen Wert darauf, mit diesem Besuch nichts zu tun zu haben.«

»Ihren Brief?«, fragte er verwirrt. »Elisabeth hat mir einen Brief geschrieben?«

»Sie haben ihn nicht erhalten?«, fragte Marie harmlos. »Das ist – unerklärlich. Unsere Post ist doch zuverlässig ...«

Sebastian schwieg, erschien jetzt allerdings noch bleicher. Seine Lippen waren fast bläulich, und sie zitterten. Er tat Paul ehrlich leid. In die Fänge einer solchen Schwägerin zu geraten war kein Spaß.

»Wir wollten Ihnen nur zwei Dinge mitteilen«, griff jetzt Marie das Gespräch wieder auf. »Weil wir finden, dass Sie es wissen sollten. Danach fahren wir zurück nach Augsburg und werden Sie nicht mehr behelligen.«

Paul war zwar anderer Ansicht, er hätte Sebastian gern ein wenig ins Gewissen geredet, aber da der arme Bursche momentan wirklich übel dran schien, fügte er sich. Sie mussten zwei Frauen Platz machen, die einen Handwagen voller Mehlsäcke zogen und laut schwatzend fast die gesamte Breite der Gasse einnahmen. Dann lärmten nur noch die Spatzen auf den Mauern.

Marie trat ein wenig näher zu Sebastian heran, sie sprach leise, aber sehr deutlich. »Erstens: Meine Schwägerin ist seit einigen Wochen von Herrn von Hagemann geschieden. Sie lebt inzwischen in Augsburg in der Tuchvilla.«

Falls Sebastian von dieser Nachricht überrascht war, dann zeigte er es nicht. Vielmehr schien er vollkommen unbeweglich, nur seine Augen hinter den Brillengläsern blickten seltsam starr.

»Zweitens: Im Februar wurde Elisabeth von einem gesunden Knaben entbunden, dessen Vater – so sagte sie mir – auf keinen Fall ihr geschiedener Ehemann Klaus von Hagemann ist.«

Jetzt war es um seine Haltung geschehen. Er stolperte einige Schritte zurück, stieß dabei gegen die Hausmauer des Schusterladens und rang um Luft. »Ein ... Kind. Sie hat ein Kind!«

Paul legte ihm freundschaftlich die Hand auf die Schulter.

»Solche Mitteilungen können einen Mann umhauen, wie? Nehmen Sie sich Zeit und entscheiden Sie in aller Ruhe. Schließlich geht es ja auch um … um Ihren Sohn.«

»Ich schwöre Ihnen«, stammelte Sebastian in heller Aufregung. »Ich hatte keine Ahnung. Oh Gott – was muss sie von mir denken? Wie soll ich ihr je wieder unter die Augen treten?«

»Wenn Sie Elisabeth wirklich zugetan sind, Herr Winkler«, meinte Marie sanft. »Wenn Sie sie lieben – dann werden Sie wissen, was zu tun ist.«

Sie verabschiedeten sich und ließen ihn in hilfloser Verwirrung in der Gasse vor der Schusterwerkstatt zurück.

»Ob das so richtig war?«, fragte Paul, während sie in Richtung Bahnhof gingen.

»Ich denke schon«, gab Marie zurück. »Er ist bei Nacht und Nebel davongelaufen – nun muss er schauen, wie er sich den Dingen stellt. Und ich glaube, er wird die richtige Entscheidung fällen.«

Paul sah sie lächelnd von der Seite an. Weibliche Intuition? Oder kluge Beobachtung? Er war der gleichen Ansicht, und er freute sich, dass sie übereinstimmten.

»Willst du tatsächlich Sandalen ordern?«

Marie kicherte und zuckte mit den Schultern. »Vielleicht. Warum nicht? Wenn sie mir ein vernünftiges Muster schicken?«

Eine kluge Geschäftsfrau war sie, nahm jede Gelegenheit wahr, neue Ideen auszubrüten und anzubieten. Sein Vater musste es irgendwann erkannt haben, Papa hatte Marie gegen Ende seines Lebens sehr geschätzt. Vielleicht wäre manches anders gekommen, wenn er seinen Vater noch lebend angetroffen hätte.

Sie fanden einen Mietwagen und fuhren zum Bahnhof, aßen dort in einem Gasthaus ein verfrühtes Mittagessen und redeten über Sebastian Winkler. Auch später, als sie im Zug saßen, besprachen sie, wie man den beiden helfen könnte.

»Ich bin sicher, dass Lisa ihn noch liebt«, meinte Marie. »Und auch er ist keineswegs gleichgültig ihr gegenüber.«

Sie hatte den Hut endlich abgenommen und ordnete das kurze Haar mit einem kleinen Taschenkamm. Er sah ihr dabei zu und hatte das Gefühl, nie von ihr getrennt gewesen zu sein.

»Wir müssen sehr diplomatisch vorgehen, Paul. Sebastian hat ein empfindliches Ehrgefühl. Es wird ihm nicht leicht werden, dein Angebot anzunehmen.« Sie hatten beim Essen ausgemacht, ihm eine Stelle als Buchhalter in der Tuchfabrik anzubieten.

Er seufzte tief und meinte, es sei schon ziemlich viel verlangt, dass er diesem Menschen eine Stellung auch noch mit aller Vorsicht unterjubeln müsse. »Andere stehen Schlange für eine solche Chance.«

»Du hast ja recht, Paul. Aber es wäre für die kleine Familie eine wunderbare Lösung. Findest du nicht auch?«

»Ja, Marie. Wir müssen es versuchen.«

Fast schien es ihm, als wären an diesem Vormittag die Knospen der Bäume in den Flussauen aufgesprungen, denn er glaubte, in den Zweigen einen lindgrünen Hauch zu entdecken. Aber das konnte auch eine Täuschung sein. Es war licht und warm in dem kleinen Abteil, das sie zum Glück für sich allein hatten, und während sie miteinander über Lisas Zukunft sprachen, hatte er das Gefühl, wieder zu Hause zu sein. Bei Marie. Sie war seine zweite Hälfte, wenn sie bei ihm war, schien die Welt hell, alles war möglich, nichts konnte sie gefährden.

Als die ersten Häuser von Augsburg am Fenster auftauchten, die neuen Siedlungen in Oberhausen, auf der anderen Seite Pfersee, in der Ferne schon die grünen Kuppeln des Perlachturms und der Kirche Ulrich und Afra – da begriff er, dass er etwas tun musste. Einen Versuch. Auch wenn er sich beim Sturm auf diese verdammte steinerne Wand blutige Schrammen einhandelte.

»Marie. Was ich dir noch sagen wollte: Wenn ihr diese Ausstellung machen wollt, ich werde euch keine Steine in den Weg legen.«

Sie sah ihn mit ernsten Augen an, und er merkte, dass er noch ein Stück weitergehen musste.

»Ich glaube inzwischen, dass es richtig so ist. Sie ist deine Mutter. Und außerdem eine ungewöhnliche Künstlerin. Sie hat es verdient, dass ihre Werke gezeigt werden.«

Marie sah aus dem Fenster, der Zug fuhr über die Wertachbrücke, und man sah eine Schar Schwäne auf dem seichten Wasser. Paul wartete mit bangem Herzen. Warum schwieg sie?

»Ich soll dich übrigens grüßen«, sagte sie schließlich, und sie lächelte ihn an.

»Grüßen? Von wem?«

»Von Leo und Dodo. Sie freuen sich auf den nächsten Besuch in der Tuchvilla.«

Endlich mal eine gute Nachricht. Aber nicht das, was er sich erhofft hatte. »Und du?«, fragte er.

Sie fuhren in den Bahnhof ein, der Zug ruckelte, in dem schmalen Flur gingen Leute mit Taschen und Koffern vorbei. Einige schauten neugierig durch die Glaseinsätze zu ihnen ins Abteil hinein.

»Ich bin mir noch nicht sicher, Paul. Gib mir Zeit.«

Da war es. Die Bresche. Der Durchlass im harten Gestein. Er hätte schreien und toben können vor Glück.

Aber er stand nur auf und hielt ihr den Mantel, sah zu, wie sie den Hut aufsetzte, geleitete sie aus dem Zug hinaus auf den Bahnsteig.

»Bis bald«, sagte er in der Halle.

Sie lief eilig davon, um die Straßenbahn noch zu erwischen.

35

April 1925

»Das darf ja net wahr sein«, murmelte Auguste zwischen den Zähnen, damit es nur ja niemand hörte.

Der Hermanfriedhof war schwarz von zahllosen Trauergästen. Sie kamen von beiden Eingängen herbeigeströmt, verteilten sich auf den Wegen zwischen den Gräbern, standen in Gruppen beieinander und ratschten. Die meisten jedoch strebten der offenen Grabstelle zu, die unweit der nördlichen Mauer, gleich hinter der Friedhofskapelle lag.

»Was für ein Glück, dass wir net das Automobil genommen haben«, sagte Gustav. »Wir hätten gar keinen Platz zum Abstellen gefunden.«

Er trug heute seinen guten Anzug und dazu die schwarzen Schnürschuhe aus Lackleder. Auch Auguste hatte sich fein gemacht – schließlich hatte sie all die Sachen vom Geld der Jordan gekauft. Da wollte sie zu deren Beerdigung auch Ehre einlegen.

»Da schau, Gustl«, meinte sie und tippte ihm auf die Schulter. »Da ist die Brunnenmayer. Mei, die hat ja einen schwarzen Tuchmantel an – fast hätt ich sie net erkannt. Und gleich neben ihr – die Else. Die Gertie ist auch dabei. Und der Humbert mit der Hanna.«

»Frau Bliefert!«, rief jemand hinter ihnen, und Auguste wandte sich um. Es war Christian, der ehemalige Angestellte der Jordan. Er lächelte sie an, und seine abstehenden Ohren glänzten im Frühlingssonnenschein wie zwei rosige Flügelchen.

»Ach, der Christian. Wie geht's denn so?«

»Wie's halt so geht, Frau Bliefert. Sind die Kinder gesund?«

Während Auguste erzählte, dass die Liesl heut der Schule fernbleiben musste, um nach den Kleinen zu schauen, hatte sie schreckliche Angst, er könne von dem geliehenen Geld anfangen. Er war nicht dumm, der Christian. Er hatte schon gewusst, was die Jordan in ihrem Hinterzimmer trieb.

»So viele Leut sind gekommen«, meinte er und sah sich mit großen Augen um. »Da merkt man doch, dass die Frau Jordan viele gute Freunde gehabt hat.«

»Ja, sie war überall beliebt«, meinte Auguste ohne Überzeugung.

Da sind sicher viele ihrer Schuldner unter den Friedhofsbesuchern, dachte sie. Vielleicht auch die eine oder andere wohlhabende Dame, der sie die Zukunft vorausgeschwindelt hat. Dann aber auch Neugierige, weil es doch in der Zeitung gestanden hat.

Eine große Traueranzeige war in den »Augsburger Neueste Nachrichten« erschienen und auch im »Münchner Merkur«.

WIR TRAUERN UM
MARIA JORDAN
2. MAI 1873 – 23. MÄRZ 1925
Alle, die sie kannten, wissen, was sie verloren haben.
Gott schenke ihr die ewige Ruhe

Die musste der Christian aufgegeben haben – der Julius konnte es nicht gewesen sein, der saß immer noch im

Gefängnis, der arme Kerl. Oder aber irgendein Verwandter.

»Schauen wir, dass wir hinüber zum Grab kommen«, meinte der Gustav, dem es nicht gefiel, so lange auf einer Stelle zu stehen. Er hatte Hummeln in der Hose, ihr Gustav. Weil doch jetzt endlich das Dach auf dem Gewächshaus war und der Glaser heut Früh angefangen hatte, die Scheiben einzukitten. Morgen konnten sie die Beete vorbereiten und die Töpfe mit den vorgezogenen Pflänzchen hinübertragen. Ach, es hätte alles so schön sein können, es ging aufwärts, sie kamen endlich auf die Beine. Wenn nur die ständige Angst nicht gewesen wär. Noch war nichts passiert, aber gewiss hatte die Polizei den Schuldschein mit ihrer Unterschrift gefunden. Was wurde eigentlich aus einer Schuld, wenn die Geldverleiherin gestorben war? Erlosch sie dann? Oder würden sich am Ende noch irgendwelche Erben auffinden, denen sie das Geld zurückzahlen musste?

»Die Stiefmütterchen taugen gar nichts«, sagte Gustav, der im Vorbeigehen die Grabbepflanzungen musterte. »Viel zu rasch hochgezüchtet – in zwei Tagen sind sie hinüber. Und schau dir das an, Auguste. Ein Gesteck mit Narzissen und Hyazinthen – davon haben wir auch eine Menge, die müssen jetzt raus zum Verkauf.«

Wie eifrig er war, wenn er von seinen Pflanzen redete. Er hatte sich darüber aufgeregt, dass im Rondell auf dem Hof vor der Tuchvilla noch immer die Tannenzweige lagen. Die müssten so schnell wie möglich weggeräumt werden, sonst hatten die Primeln kein Licht. Die Tulpen und Osterglocken seien ja schon durch die Tannenzweige hindurchgewachsen – eine Schande!

»Die sollen halt einen Gärtner einstellen«, warf Auguste ein. »Du kannst ja net überall sein, Gustav. Und Geld haben sie doch genug. In der Fabrik wird schon lange wieder Nachtschicht gefahren, und einen neuen Anstrich haben die Fabrikgebäude auch bekommen.«

Da waren doch tatsächlich ein paar von den Waisenkindern mit der neuen Leiterin zwischen den Beerdigungsgästen. Die Kirche hatte das Waisenhaus »Zu den sieben Märtyrerinnen« vor einem halben Jahr wieder eröffnet. Wie es schien, hatten die Kleinen ihre ehemalige Direktorin Maria Jordan noch in Erinnerung. Wer hätte das gedacht? Auguste und ihr Mann waren jetzt dicht am Grab, man konnte den Geistlichen sehen, der sehr aufrecht im dunklen Priestergewand neben dem Sarg stand und wohl darauf wartete, dass das Publikum sich versammelte.

»Was für einen schönen Sarg sie hat!«, entfuhr es Auguste, als sie den dunkelbraunen, mit Schnitzereien verzierten Totenschrein erblickte. Darauf lag ein Gesteck aus roten Rosen und weißen Lilien. Die kamen ganz bestimmt aus München, hier in Augsburg hatte kein Blumengeschäft solch schöne Rosen. Schon gar nicht um diese Jahreszeit.

»Bist neidisch, wie?«, fragte die Gertie, die sich neben sie geschoben hatte. »Hättest gern auch so ein schönes Begräbnis?«

»Dank schön auch«, gab Auguste patzig zurück. »Da hätt ich andere Wünsche.«

Gleich vorn bei den Sargträgern standen der Herr Melzer mit seiner Mutter und die Elisabeth von Hagemann. Dass die tatsächlich auch gekommen waren! Die Frau von Hagemann schien ehrlich gerührt zu sein, denn sie musste sich immer wieder das Taschentuch an die Augen halten. Auf der anderen Seite vom Priester hatten sich die Frau Marie Melzer und die Frau Kitty Bräuer aufgestellt, und der Herr von Klippstein war bei ihnen. Die Marie Melzer machte ein recht bekümmertes Gesicht – das war komisch. Schließlich hatte die Jordan die Marie von Anfang an nicht leiden können und auch später kein gutes Wort für sie übriggehabt. Aber die junge Frau Melzer war halt ein weichherziger Mensch. Wie schade, dass nun die Ehe der Melzers wohl auseinandergehen würde. Auguste war sich sicher, dass dahinter die Serafina von Dobern steckte. Das wusste jeder in der Tuchvilla, dass mit dieser Person alles Unglück angefangen hatte. Nur der gnädige Herr und seine Mutter, die wollten das nicht wahrhaben.

Aber wenn jetzt die Gärtnerei endlich in die Gänge kam, dann brauchte sie auch nicht mehr in die Tuchvilla zu laufen und um Arbeit zu betteln. Dann hatten sie auch so genug zum Leben, und die giftige Spinne Serafina konnte ihr gestohlen bleiben.

»Haben Sie gesehen, Frau Bliefert?«, flüsterte ihr Christian ins Ohr. »Dort, neben dem Baum. Der Mann.«

Sie war ein wenig erschrocken, weil sie gar nicht bemerkt hatte, dass der Christian die ganze Zeit hinter ihnen hergelaufen war. Der Baum, auf den er mit dem Finger deutete, war ein noch unbelaubter Ahorn, um dessen Stamm sich frech eine Efeupflanze rankte. Ein Eichhörnchen flitzte über einen Ast und verschwand im Efeu – vermutlich gab es dahinter eine Höhle im Baumstamm.

»Was für ein Mann?«

Christian konnte nicht gleich antworten, weil der Priester jetzt mit lauter Stimme seine Ansprache begonnen hatte. Er redete von Gottes unergründlichem Willen, von den Wegen Gottes, die manchmal unverständlich oder gar grausam erschienen, und von Gottes Allmacht, die uns alle führte und lenkte.

»Mein ist die Rache, spricht der Herr«, rief er laut über die Köpfe der Umstehenden hinweg. Auguste sah, dass Else und die Brunnenmayer dazu eifrig nickten.

»Einer von den Kriminalern«, zischte ihr Christian ins Ohr. »Und da drüben steht noch einer. Der mit dem Schnurrbart, sehen Sie den?«

Auguste starrte hinüber zu dem schwarzhaarigen Menschen, der – an den Stamm einer Buche gelehnt – eifrig Notizen machte. Richtig, den kannte sie. Der hatte sie doch verhört, der glatte blasshäutige Schnurrbartträger.

»Ja, freilich. Was die wohl hier zu suchen haben?«, flüsterte sie dem Christian zu.

»Ruhe da vorn!«, murrte jemand. »Haben Sie kein Benehmen?«

Gustav drehte sich wütend um. Auf seine Auguste ließ er nichts kommen. »Wenn Sie noch einmal meine Frau beleidigen, Sie … Sie Flegel!«

Auguste fasste ihn beim Arm und raunte ihm zu, er solle es gut sein lassen. Auch der andere war jetzt still, denn vorn am Grab machten sich die Träger bereit, Maria Jordan zur ewigen Ruhe in die Grube hinabzusenken. Die drei Seile, die unter dem Sarg hindurchführten, wurden von kräftigen Männerhänden gespannt, ein Friedhofsangestellter zog die stützenden Bretter weg, und der Sarg glitt langsam und feierlich hinunter. Der Priester sprach einen Bibeltext über das ewige Leben und sprengte Weihwasser, man hörte jemanden laut und unbeherrscht schluchzen.

Die Else, dachte Auguste. Gott, wie peinlich. Aber so ist sie halt. Doch gleich darauf merkte sie, dass sie sich getäuscht hatte, denn die Else stand steif wie eine Statue neben der Brunnenmayer und hielt sich ein Taschentuch vor den Mund. Geschluchzt hatte ein älterer Herr, der einen modischen Homburg in der Hand hielt und neue Gamaschen über die schwarzen Lederschuhe gezogen hatte. Er schien ganz außer sich vor Kummer, trat so dicht an die Grube heran, dass man fürchten musste, er würde gleich hineinfallen, und warf seinen Rosenstrauß hinunter, noch bevor der Priester mit seinem Weihrauchkessel zu Ende gekommen war.

Auguste hatte das Gefühl, diesen Menschen schon einmal irgendwo gesehen zu haben. Als sie zur Brunnenmayer und den anderen hinschaute, erschienen ihr auch deren Mienen seltsam grüblerisch. Hatte die Jordan tatsächlich Verwandtschaft? Nur das nicht, dachte Auguste. Lieber Gott – lass es einen ihrer verflossenen Liebhaber sein. Ein unglücklicher Schuldner. Ein Kunde, dem sie eine goldene Zukunft vorgegaukelt hatte. Aber bloß keinen, der die Schuldscheine von ihr erben könnte.

Tatsächlich folgten nur wenige dem Beispiel des Mannes mit dem Homburg und warfen eine Schippe voll Erde oder eine Blume ins offene Grab. Die Brunnenmayer tat es, auch die Else, der Christian und zwei ältere Frauen, dann ein Nachbar und seine Ehefrau. Danach standen die meisten noch beieinander, man grüßte die Bekannten, schwatzte allerlei Überflüssiges und versicherte ein ums andere Mal, dass die arme Maria nun endlich ihre Ruhe gefunden habe. Der Mann mit dem Homburg und den Gamaschen hatte dem Priester einen geschlossenen Umschlag zugesteckt, irgendetwas gemurmelt und war dann zwischen den Friedhofsbesuchern hindurch Richtung Ausgang verschwunden. Neugierige Blicke folgten ihm, Geflüster, Schulterzucken. Als Auguste nach den beiden Kriminalern Ausschau hielt, stellte sie fest, dass auch sie verschwunden waren.

»Kommt's noch mit in die Tuchvilla?«, fragte die Brunnenmayer. »Wir wollen noch ein Stündchen beieinanderhocken und Kuchen essen. Bringt ruhig die Kleinen mit. Damit's net gar so trübsinnig wird.«

Gustav lehnte ab – er wollte hinüber zu seinem Gewächshaus. Vielleicht konnte er ja heut Abend noch anfangen, die Muttererde ins Innere zu karren. Wenn nur die Glaser endlich fertig waren!

»Magst auch mitkommen, Christian?«, fragte Gertie, die den einsamen Burschen mitleidig betrachtete.

Er schien sich über die Einladung sehr zu freuen, denn seine Ohren glühten nicht mehr rosig, sondern karminrot.

»Wenn ich darf?«

»Ja freilich!«, meinte Humbert.

Auguste sagte nichts. Einerseits mochte sie den Christian gut leiden – auf der anderen Seite hatte sie Sorge, er könne eine unglückliche Bemerkung machen und ihr Geheimnis verraten. Sie nahmen die Straßenbahn und fuhren alle miteinander bis zur Haltestelle in der Haagstraße. Dort bog der Gustav bald nach links zur Gärtnerei ab, während der Rest weiter geradeaus bis zum Eingangstor des Parks ging. Unterwegs wurden sie von dem Melzer'schen Auto überholt, das der junge Herr Melzer selbst steuerte. Auf dem Rücksitz saß neben der Frau von Hagemann – die Brunnenmayer. Als dienstälteste Angestellte hatte man ihr diese Mitfahrgelegenheit angeboten. Zu Elses größtem Ärger, die nur ein einziges Jahr später als die Köchin in den Dienst der Tuchvilla getreten war.

»Habt's gesehen, wie förmlich sich die junge Frau Melzer von ihrem Ehemann verabschiedet hat?«, fragte Gertie, während sie durch die Auffahrt zur Villa hinübergingen.

»Aber gelächelt hat sie schon ein wenig«, fand Humbert. »Vielleicht kommen die beiden ja doch wieder zusammen.«

»Das glaubst doch net im Ernst?«, meinte Gertie schnippisch. »Aus ist aus, und Schluss heißt Schluss!«

»Alles neu macht der Mai«, sang Humbert fröhlich.

Er schaute Hanna an, und die beiden lächelten einander zu. Sie hatten sich den ganzen Weg über bei den Händen gehalten wie ein verliebtes Paar. Komisch war das schon, dachte Auguste. Wo sie immer gedacht hatte, dass der Humbert gar keine Mädel mochte. Aber so konnte man sich halt täuschen.

»Ihr zwei seid wohl ein Herz und eine Seele, wie?«, fragte sie spöttisch.

»Ja«, sagte Humbert ganz ernsthaft. »Ich hätte nie ohne Hanna fortgehen dürfen.«

»Ach du«, meinte Hanna lächelnd und stieß ihn von der Seite an. »Machst allweil so große Sprüche.«

»Ist's vielleicht nicht die Wahrheit?«, fragte er sie.

»Doch«, gab sie zu und wurde rot.

An dem großen Blumenrondell machte sich Dörthe in Holzpantinen und blauem Leinenkittel zu schaffen. Sie hatte die Tannenzweige von dem bereits hervorsprießenden Blüten genommen und aufeinandergelegt, um sie später mit der Schubkarre hinüber zum Brennholz zu fahren. Jetzt hackte sie liebevoll die Erde zwischen den Blumen locker, später würde sie Stiefmütterchen pflanzen, die sie in der Waschküche in großen Blumentöpfen vorgezogen hatte.

»Einen von den Töpfen hat sie schon zerdeppert«, lästerte Gertie grinsend. »Aber sonst macht sie sich gut, sie kommt halt vom Land und muss in der Erde wühlen wie ein Regenwurm.«

Auguste schickte Dörthe hinüber zum Gartenhaus, sie sollte ihre Kinder herbeiholen. Die Liesl und der Maxl könnten ihr nach dem Kaffeetrinken beim Pflanzen helfen, die seien solche Arbeiten gewöhnt.

»Willst deine arme Tochter immer nur arbeiten lassen?«,

nörgelte die Gertie. »Das ist eine ganz Gescheite, die Liesl, die muss in die Schule gehen und später etwas Anständiges lernen.«

»So wie du, was?«, gab Auguste verärgert zurück.

Was ging es die Gertie eigentlich an, ob die Liesl zur Schule ging oder net? Hatte die Gertie selber vielleicht etwas davon gehabt, dass sie einen teuren Kurs zur »Kammerjungfer« absolviert hatte? In der Tuchvilla zumindest hatte ihr bisher niemand die Position einer Kammerzofe angeboten. Mädchen für alles – das war sie. Und solange die Frau von Dobern im Haus war, würde sie das wohl auch bleiben. Der war sie nämlich ein ganz besonderer Dorn im Auge.

In der Küche war der lange Tisch schon gedeckt. Die Brunnenmayer war dabei, den Kaffee aufzugießen, zuerst füllte sie natürlich die Meißner Kaffeekanne für die Frau von Hagemann und die Frau Alicia Melzer. Dann ein kleines, schon beschädigtes Kännchen für Frau von Dobern, die die Mahlzeiten in ihrem Büro einnahm. Und schließlich die große blaue Blechkanne für die Angestellten. Wie das duftete! Gertie und Hanna brachten den frischen Hefekuchen aus der Speisekammer, dazu den Napfkuchen mit Rosinen und die Schokoladenschnitten, die die Kinder so liebten.

»So viel feinen Kuchen habt ihr«, staunte Christian. »Und echten Bohnenkaffee.«

Diese geizige Person, die Jordan, hatte dem armen Burschen ganz offensichtlich weder Kaffee noch anderes angedeihen lassen, dachte Auguste verbittert. Man sollte ja nichts Böses über die Toten denken – aber für den Christian war's ein Glück, dass er sie los war! Und für sie auch!

Man nahm die Plätze ein, die Kanne machte die Runde,

die Milchkanne und Zuckerdose ebenfalls, der Kuchen wurde herumgereicht. Gleich darauf stürmte Dörthe mit Augustes Nachwuchs in die Küche, die dreckigen Finger wurden am Spülstein gewaschen, und alle lachten, weil Dörthes Hände noch ein ganzes Stück schwärzer waren als die Kinderpfoten.

Fritz und Hansl steuerten zielsicher auf den Christian zu und stiegen auf seine Knie, Maxl quetschte sich auf Augustes Schoß, und die Liesl lief zu Gertie hinüber. Aha, dachte Auguste missgünstig. Da muss ich aufpassen, dass die mir das Mädel net verdirbt. Schließlich brauchen wir jede Hand in der Gärtnerei. Vielleicht könnte man später ja die Dörthe fragen, ob sie nicht bei ihnen arbeiten wollte. Die schien sich mit Pflanzen gut auszukennen, und kräftig war sie auch. Und weil sie vom Land kam, würde sie gewiss keinen großartigen Lohn verlangen. Vielleicht nur für Kost und Logis? Da könnte sie oben bei den Kindern schlafen. Ja, die Dörthe war vielleicht die bessere Lösung. Der Christian war zwar lieb, aber er war – wenn sie es jetzt genauer überdachte – für die Gartenarbeit irgendwie zu fein.

»Der kam mir auch bekannt vor«, sagte jemand am Tisch, und Auguste fuhr aus ihren Gedanken hoch.

»Der mit dem steifen Hut?«, fragte sie. »Meinst du den? Der so gottserbärmlich geschluchzt hat?«

Humbert nickte und biss in ein Kuchenstück. Hanna goss ihm Milch in seinen Kaffeebecher. Sie schien genau zu wissen, wie viel sie hineingießen musste, denn sie fragte nicht.

»Ich weiß net«, ließ sich Else vernehmen. »So vornehm, wie der angezogen war. Aber ich mein auch, dass ich ihn schon gesehen hätt.« Sie tunkte das Kuchenstück in den Kaffeebecher und machte ein dummes Gesicht, als sie es wieder herauszog, denn die Hälfte war im Becher geblieben.

»Also ich kenn ihn nicht«, sagte Hanna.

Auch Gertie zuckte mit den Schultern – den komischen Kerl hätte sie noch nie zuvor gesehen. Aber sie sei sicher, dass er noch vor kurzer Zeit einen Bart gehabt habe.

»Wieso das denn?«, staunte Else.

Gertie warf ihr einen herablassenden Blick zu. »Weil der so komische rote Flecken hatte. Sah aus wie eine Bartflechte.«

»Pfui Deibel!«, stöhnte Auguste. »Ist das ansteckend?«

»Beim Küssen schon, Auguste«, meinte Gertie grinsend.

Alle lachten, die Brunnenmayer verschluckte sich an ihrem Kaffee, und Humbert klopfte ihr auf den Rücken.

Der Gertie, diesem Schandmaul, würde sie irgendwann noch den Hals umdrehen, dachte Auguste wütend.

»Mit einem grauen Bart und so schütterem, flusigem Haar«, grübelte Humbert, und dann rief er laut: »Ja, jetzt weiß ich es wieder!«

»Ich auch«, sagte die Köchin und legte vor Verwunderung das Kuchenstück zurück auf den Teller. »Und ihr müsst es auch wissen, Else und Auguste!«

Einen Moment war es still, nur der Fritz quengelte, weil er nicht an den Milchbecher langen konnte.

»Jessus!«, entfuhr es Else. »Der Kerl, der sie früher manchmal besucht hat. Dieser alte Säufer. Wie hat er doch geheißen?«

»Sepp, glaub ich«, murmelte die Brunnenmayer. »Der sei ihr Ehemann, hat sie mal gesagt.«

Auguste blieb fast der Rosinenkuchen im Hals stecken. Ja freilich – da war manchmal einer durch den Gesindeflur geschlichen. Sie hatte ja bei der Else geschlafen, aber einmal, als sie nachts austreten musste, da war er ihr entgegengekommen. Hu – was für ein Kerl. Sie war fast gestorben vor Schreck. Der Ehemann! Wie furchtbar. Wenn das stimmte, dann würde er die Jordan ja beerben.

»Ich hab ihn auch mal gesehen«, berichtete Humbert. »Durch den Gesindeflur ist er gelaufen, mir genau in die Arme. Es war widerlich. So schmuddelig, wie der war. Und gestunken hat er. Nach Dreck und Schnaps und nach ... Na, ich sag's lieber nicht. Ich bin damals fast in Ohnmacht gefallen vor Ekel.«

Das war noch vor dem Krieg gewesen, da waren sie sich alle einig. Die Fanny Brunnenmayer wusste auch, dass dieser Sepp oder wie er geheißen hatte einmal vor langer Zeit die große Liebe der Jordan gewesen war. Damals, als sie noch im Varieté tanzte.

Gertie machte große Augen. Was für eine Frau, diese Maria Jordan! Tänzerin im Varieté. Kammerzofe. Leiterin eines Waisenhauses. Ladenbesitzerin. Wahrsagerin.

»Das muss ihr erst mal eine nachmachen«, meinte Gertie beeindruckt.

»Nicht nur das«, mischte sich jetzt Christian ein. Da die beiden Buben inzwischen von seinen Knien herabgerutscht waren, um in der Küche herumzutoben, war er weniger in Anspruch genommen. Und bevor Auguste es verhindern konnte, hatte er auch schon aus dem Nähkästchen geplaudert.

»Sie hat auch Geld um Zinsen verliehen«, erzählte er voll Stolz. »Die Frau Jordan ist eine reiche Frau gewesen, jeden Monat mussten die Schuldner kommen und zahlen.«

»Da schau her«, sagte die Brunnenmayer und pfiff durch die Zähne. Auguste wäre gern in einem Loch verschwunden, denn jetzt starrten sie alle an. Else war ja zu dämlich, um den Braten zu riechen, aber die Gertie hatte längst kapiert, und auch Humbert kam langsam auf den Trichter. Das mit der großen Erbschaft war allen schon längst spanisch vorgekommen.

»Ist denn dieser ... dieser Sepp auch mal im Laden am Milchberg aufgetaucht?«, fragte Auguste rasch den Christian, um von sich selbst abzulenken.

»Einmal hab ich ihn gesehen. Glaub ich wenigstens«, sagte er unsicher. »Das war in den ersten Tagen, da kam einer in den Laden, so ein abgerissener Landstreicher. Nach Schnaps hat der gerochen. Ich wollte ihn hinauswerfen, aber da ist er einfach ins Hinterzimmer gegangen, und wie ich die Tür aufmache, um der Frau Jordan zu helfen – da schickt sie mich hinaus. Ja, ich glaub schon, dass er das gewesen ist.«

»Und der war nur ein einziges Mal bei ihr?«, fragte Humbert ungläubig.

Ein lautes Gebrüll erhob sich, weil der Maxl den Fritz umgestoßen hatte.

»Der wollte an den heißen Küchenherd, Mama!«

Auguste stand auf und griff sich ihren Jüngsten, hob ihn tröstend an die Brust, und gleich war er wieder still.

»Wie oft der bei ihr war, das weiß ich nicht«, sagte Christian nachdenklich. »Weil der ja auch durch die Hintertür hereinkonnte.«

Auguste war noch wie betäubt von der Nachricht, dass die Jordan einen Ehemann gehabt hatte. Die anderen dachten aber schon weiter. Wie üblich war Gertie die Schnellste. Vor allem mit dem Mundwerk.

»Und woher hat der stinkige Kerl jetzt den schönen Anzug, den Hut und die Gamaschen?«

»Dem Priester hat er auch einen Umschlag zugesteckt«, ließ sich Humbert vernehmen.

Auguste schob mit der Hand ein paar Kuchenkrümel

zusammen, die auf dem Tisch lagen, und streute sie auf ihren Teller. »Der wird sie halt beerbt haben«, sagte sie. »Wenn er doch ihr Mann ist.«

»Was soll er denn geerbt haben?«, gab der Christian zurück. »Ist doch nichts mehr da gewesen. Alles gestohlen. Nur die Schuldscheine nicht.«

»Vielleicht hatte sie ja Geld auf der Bank.«

»Möglich«, gab Christian zu. »Aber das weiß ich net genau. Da war sie sehr verschwiegen, was ihr Geld betraf.«

»Und nun schweigt sie für immer«, meinte Else und nickte dazu bedeutungsvoll.

Es war still geworden am Tisch, man hörte den Wasserkessel auf dem Herd brodeln. Draußen im Hof war die Dörthe mit der Liesl und dem Maxl beim Blumenpflanzen.

»Und wenn's der Julius gar net gewesen ist?«, fragte Gertie leise. »Wenn's am End dieser Sepp war? Ist zur Hintertür rein, hat sie abgestochen und das Geld mitgenommen.«

»Pfffff!«, machte Humbert und schüttelte den Kopf.

»Glaubst du wirklich, der wär dann zur Beerdigung gekommen? Mit den neuen Gamaschen?«

Alle stimmten ihm zu. Dass einer einen Raubmord beging und dann bei der Beerdigung am Sarg seines Opfers schluchzte – das passte nicht zusammen. So einer hätte sich doch längst mit dem Geld auf Nimmerwiedersehen davongemacht.

Sie schwatzten noch eine Weile über die Herrschaft. Seitdem die Frau von Hagemann in der Tuchvilla war, hatte sich vieles zum Besseren entwickelt. Vor allem, weil sie der von Dobern Zunder gab.

»Noch ein paar Wochen und wir sind sie los«, prophezeite die Brunnenmayer. »Und weiß Gott – es wird mir nicht leidtun!«

Christian begleitete Auguste und die Kinder ein Stück, als sie später heimgingen. Er hatte sich in zwei Geschäften als Aushilfe beworben, im Porzellanhaus Müller und bei der Druckerei Eisele, die auch Bücher verkauften. Jetzt wollte er es noch in den Lichtspielhäusern versuchen, da würde er recht gern arbeiten, weil er dann immer die Filme anschauen konnte.

Als Auguste den Parkweg zum Gartenhaus einschlug, mussten sie sich trennen.

»Da ist noch was, darüber solltest du besser nicht reden, Christan«, begann Auguste vorsichtig, und sie schaute sich um, ob die Liesl nicht zuhörte. Die war schon recht gewitzt, die Liesl, die verstand eine ganze Menge.

Christian grinste. Seine Ohren zuckten dabei, es sah lustig aus.

»Das mit dem Schuldschein. Weiß ich doch. Da, ich hab was für Sie.« Er zog ein zerknülltes Papier aus der Hosentasche und gab es ihr. Schaute sie dabei verschwörerisch an. »Lag die ganze Zeit auf dem Teppich vor meiner Nase, als die mich verhört haben. Wie der Kriminaler dann mal pinkeln musste, hab ich es schnell eingesteckt.«

Der Schuldschein! Zerknittert fast bis zur Unkenntlichkeit, aber unbestreitbar das verfluchte Blatt, das sie unterschrieben hatte. Da war auch das Datum, Freitag, der dritte Oktober. Und die Unterschrift der Jordan. Auguste wäre dem Buben am liebsten um den Hals gefallen.

»Bist ein feiner Kerl, Christian! Wenn du magst, kannst auch bei uns anfangen.«

»Und wie ich mag«, lächelte er.

36

Elisabeth kniff die Augen zusammen und hielt einen Moment die Luft an. Immer wenn der Bub das erste Mal anpackte, tat ihr die rechte Brustwarze höllisch weh. Später ging es ja, dann merkte sie nichts mehr, und es war einfach nur schön. Sie schaute hinab auf den rosigen Säugling und empfand ein tiefes Gefühl der Zärtlichkeit. Wie eifrig er trank. Wie er sich dabei anstrengen musste, der Kleine. Ganz rot und verschwitzt war er schon. Vorhin, als Rosa ihn brachte, hatte er Zeter und Mordio gebrüllt – oh, er hatte eine kräftige Stimme. Mama hatte neulich lächelnd gemeint, dieser Bub bringe mehr Leben in die Tuchvilla als alle anderen Kinder zusammen. Das hatte Lisa sehr stolz gemacht.

»Ach, du meine Güte«, sagte Kitty, die mit ausgestreckten Beinen auf dem hellblauen Sofa lümmelte und der stillenden Schwester zuschaute. »Was für ein Bild der Fruchtbarkeit. Darf ich dich einmal malen, wenn du dem Johann die Brust gibst?«

»Untersteh dich!«

»Fotografieren?«

»Nur eine kleine Skizze?«

Lisa beschränkte sich darauf, ihrer Schwester einen warnenden Blick zuzuwerfen. Kitty mit ihren beständigen Schnapsideen! Eine Zeichnung von ihr mit entblößtem Busen in einer von Kittys Ausstellungen! Möglichst noch mit der Unterschrift: »Schwester der Künstlerin, ihren

Sohn nährend«. Als ob es nicht schon genug Klatsch und Tratsch über die Familie Melzer in Augsburg gäbe.

»Himmel, Lisa«, stöhnte Kitty. »Wie spießig du bist! Nein wirklich. Es ist solch ein hübscher Anblick. So … so mütterlich. Du schaust so gottergegeben drein. Wie eine Hundemama, die gerade zehn kleine Welpen an sich hängen hat.«

Lisa kannte ihre kleine Schwester seit ihrer Geburt – trotzdem schaffte Kitty es immer noch, sie in Rage zu bringen. Sie beruhigte sich damit, dass Kitty ausnahmsweise einmal neidisch auf sie war. Mama hatte vorhin gesagt, der Kleine sähe seinem Großpapa schon jetzt ähnlich. Jawohl, dieses Mal hatte sie, Lisa, die immer das fünfte Rad am Wagen gewesen war, die kleine Schwester ausgestochen. Sie hatte einen Buben in die Welt gesetzt. Wer konnte wissen, ob ihr Sohn nicht eines Tages die Fabrik übernehmen würde? Leo war zumindest nicht der Richtige dafür, und ob Paul und Marie noch weitere Kinder haben würden, das stand in den Sternen.

Apropos Paul und Marie. »Was ist eigentlich mit Paul und Marie los?«, fragte sie unvermittelt und langte nach der frischen Mullwindel, die Rosa zurechtgelegt hatte, falls etwas danebenlief. »Ich habe das alles nicht ganz begriffen, Kitty. Wieso streiten sie überhaupt? Sie lieben sich doch, oder?«

Kitty drehte die Augen zur Zimmerdecke und stopfte sich ein weiteres Seidenkissen hinter den Rücken.

»Großer Gott, Lisa! Das liegt doch auf der Hand, oder? Du hast doch oft genug mit Marie geredet.«

Tatsächlich hatte sie, seitdem der kleine Johann auf der Welt war, nur zweimal mit Marie telefoniert. Und da war es hauptsächlich um ihre eigenen Probleme gegangen. Überhaupt war Marie eine wundervolle Trösterin und eine kluge, hilfreiche Freundin – von sich selbst gab sie jedoch nur sehr wenig preis.

»Auf jeden Fall ist es kaum mitanzusehen, wie Paul darunter leidet!«

Kitty tat, als sei diese Äußerung vollkommen abwegig und aus der Luft gegriffen – aber Lisa kannte sie besser. Kitty liebte ihren Bruder viel zu sehr, als dass sie dabei gleichgültig bleiben konnte.

»Ach Lisa, Paul ist nun einmal ein Schlitzohr wie alle Männer«, meinte sie und drehte an den Fransen eines Kissenbezugs. »Nein – nicht alle. Mein guter Alfons war das nie. Aber da war er auch der Einzige.«

Lisa betupfte dem eifrig schmatzenden Johann die verschwitzte Stirn und lockerte den linken Arm. Gestern hatte sie das Kind so verkrampft gehalten, dass ihr Arm ganz taub geworden war.

»Was meinst du mit Schlitzohr?«

Kitty setzte die überlegene Miene einer Lehrerin auf, die einem ahnungslosen Kind das Leben erklärte. »Nun – das geht so. Man hört sich die Beschwerden der Ehefrau an, nickt dazu verständnisvoll und erklärt, von nun würde alles anders werden. Weil sie ja doch sein einziger Schatz sei, er liebe sie unendlich, könne ohne sie nicht leben … Und wenn sie dann ganz gerührt in seine Arme sinkt, bemerkt sie nicht, dass gar nichts anders wird. Warum sollte er auch etwas ändern? Er liebt sie doch. Das muss reichen.«

Lisa wiegte zweifelnd den Kopf. Ganz falsch lag Kitty da wohl nicht, Paul konnte sehr schlau taktieren. Auf der anderen Seite: Er hatte ihr ein Atelier eingerichtet. Welcher Ehemann hätte das getan?

»Das Atelier – na schön!«, rief Kitty, als sei das eine Lappalie, die es kaum wert war, beachtet zu werden. »Aber hier in der Tuchvilla hatte Marie doch überhaupt nichts mehr zu melden. Sie haben sogar eine Gouvernante über ihren Kopf hinweg eingestellt.«

In diesem Punkt war Lisa empfindlich, denn sie selbst war es gewesen, die Mama Serafina von Dobern empfohlen hatte.

»Nun, man benötigte ja auch jemanden, der sich um die Zwillinge kümmerte.«

»Unbestritten«, rief Kitty. »Aber so etwas entscheidet man nicht hinter dem Rücken der Mutter.«

Lisa spürte etwas Kühles an der Brust, gleich darauf begann Klein-Johannes jämmerlich zu weinen, denn er hatte den nahrhaften Zugang verloren. Lisa schob ihm die Milchquelle wieder in den aufgerissenen Mund, er packte zu und schmatzte angestrengt weiter. Wie viel Kraft es ein Kind doch kostete, sich den Magen zu füllen.

»Nun ja, die Serafina, die habe ich auch erst jetzt richtig kennengelernt«, gab Lisa unwillig zu. »Früher war sie eine wirklich liebe Freundin – wer hätte denn gedacht, dass die sich einmal so auswächst?«

»Ich!«, brüstete sich Kitty. »Hab sie nie leiden können, dein Finchen. Sie war immer schon eine fiese, fade Stechmücke.«

»Sie gab halt nie viel auf Äußerlichkeiten.«

Kitty lachte spöttisch. »Du sagst es. Die Person ist steingrau. Innen wie außen.«

Missgünstig betrachtete Lisa ihre Schwester, die doch tatsächlich die Fingernägel lackiert hatte. Typisch Kitty – jeden modischen Blödsinn musste sie mitmachen! Auch das Haar trug sie inzwischen noch kürzer als bisher, und mit der Wimperntusche ging sie recht großzügig um.

»Das Schlimmste aber ist, dass Paul Maries Mutter beschimpft hat«, schwatzte Kitty inzwischen weiter. »Wie konnte er nur! Wir wissen doch alle, was unsere Familie ihr angetan hat.«

Lisa löste den hungrigen Johann von der rechten Brust ab, um ihn jetzt links anzulegen. Es ging nicht ohne Geschrei, denn der Kleine war noch lange nicht satt. Was für ein Glück, dass er so gut trank. Nach der Geburt hatte er ein wenig abgenommen, aber inzwischen hatte ihr Sohn ordentlich zugelegt. Er streckte jetzt auch öfters die Beinchen aus und strampelte kräftig. Zu Anfang hatte er nur in der Embryonalstellung dagelegen, und weil Rosa ihn immer in ein weißes Baumwolltuch einwickelte, hatte Lisa zuerst geglaubt, ihr Baby sei ganz winzig und habe keine Beine.

»Weißt du, Kitty, ich kann Paul ganz gut verstehen. Diese Luise Hofgartner – so hieß sie doch, oder? – muss schon eine schwierige Person gewesen sein. Sie hätte Papa die Pläne doch einfach geben können, da wäre alles gut gewesen. Aber nein, sie musste ihren sturen Kopf durchsetzen.«

»Erstens ist sie Maries Mutter gewesen«, fauchte Kitty zurück, »zweitens war sie eine großartige Künstlerin, und drittens ist sie auf sehr unglückliche Weise gestorben. Nein – ich finde, dass Paul es sich da zu leicht macht. Auf den Dachboden wollte er ihre Bilder stellen. Da hört sich doch alles auf!«

»Ich verstehe trotzdem nicht, dass darüber eine so glückliche Ehe zerbrechen muss, Kitty!«

»Herrje!«, rief Kitty aufgebracht. »Wer redet denn von so etwas? Paulemann wird schon irgendwann einlenken, da bin ich ganz sicher. Weißt du, Lisa, da ist Paulemann genau, wie Papa es war. Zuerst störrisch wie ein Esel, und dann, wenn er merkte, dass er so nicht weiterkam, konnte er blitzschnell umschwenken. Weißt du noch, wie er sich zu Anfang gegen das Lazarett in der Tuchvilla gesträubt hat? Und später wollte er partout nicht, dass in seiner Fabrik Papierstoffe hergestellt würden. Und? Was hat uns über die Kriegsjahre gebracht? Die Papierstoffe!«

Lisa war nicht überzeugt. Wer sagte denn, dass Paul tatsächlich Papa in diesem Punkt nachschlug? Und außerdem war dies eine Eheangelegenheit, da galten andere Gesetze.

»Ich kann nur hoffen, dass du recht hast, Kitty.«

»Natürlich habe das, Lisa«, sagte Kitty, während sie mit den Füßen auf und nieder wippte. Sie trug ganz bezaubernde Riemchenschuhe aus hellem Leder mit kleinen Absätzen. Lisas immer noch etwas geschwollene Füße hätten darin wie Hefeklöße ausgesehen.

»Es wäre einfach schön, wenn wenigstens eines von Mamas Kindern eine normale Ehe führen würde, nicht wahr?«, fuhr Kitty mit Seitenblick auf die Schwester fort. »Bei uns beiden ist in diesem Punkt wohl Hopfen und Malz verloren, oder?«

Lisa zuckte mit den Schultern. Wollte Kitty sie etwa aushorchen? Marie war nach ihrer Rückkehr aus Günzburg ebenso schweigsam geblieben wie Paul. Nicht dass Lisa großartige Ergebnisse erwartet hätte. Aber ein wenig mehr als: »Wir werden sehen«, hatte sie sich schon ausgerechnet. Hatten sie Sebastian überhaupt angetroffen? Nicht einmal das hatte Paul ihr erzählt, aber gut – sie hatte auch keine weiteren Fragen gestellt und so getan, als sei ihr alles vollkommen gleichgültig. War es ja auch. Nach allem, was dieser Feigling ihr angetan hatte, konnte das gar nicht anders sein. Gut – sie hatte ihm drei Jahre lang übel mitgespielt. Aber deshalb brauchte er nicht wie ein Hase davonzulaufen, nur weil er ein einziges Mal schwach geworden war. Nein, sie war fertig mit ihm. Leider hatte ihr dummes Herz das noch nicht ganz verstanden. Aber das würde mit der Zeit schon kommen ...

»Tatsächlich?«, fragte sie in harmlosem Ton zurück. »Und ich dachte immer, du hättest eine ganze Reihe Verehrer um dich versammelt, aus deren Mitte du eines Tages deinen künftigen Ehemann wählen würdest.«

Kitty fand diese Vorstellung so erheiternd, dass sie vor Lachen zwischen den Seidenkissen versank. Sie musste sich an der Sofalehne festhalten, um wieder in die sitzende Position zu gelangen.

»Nein, Lisa. Huh, ich ersticke gleich. Du bist ja noch spießiger, als ich befürchtet hatte. Kommt das daher, weil du so lange die gesunde pommersche Landluft inhaliert hast?«

»Ach, ich vergaß, du bist Künstlerin und führst ein freies Leben. In jeder Beziehung.«

Kitty suchte in ihrem Handtäschchen nach Spiegel und Taschentuch, um die verschmierte Wimperntusche abzuwischen. Dass dieses Zeug aber auch bei jedem Tränchen verlief.

»Ganz recht, Lisa. Ich bin eine Künstlerin. Außerdem bin ich eine berufstätige Frau und verdiene mein eigenes Geld. Und genau deshalb brauche ich keinen Ehemann. Punkt!«

Danke, dachte Lisa beleidigt. Ich habe verstanden. In deinen Augen bin ich eine Schmarotzerin, weil ich kein Geld verdiene, sondern von meinem Erbe zehre und außerdem Mama und Paul auf der Tasche liege. Vielen Dank, Schwesterlein, dass du mir das unter die Nase reibst!

»Im Übrigen sind die Herren in meiner Bekanntschaft alle sehr lieb, und ich mag sie wirklich gut leiden«, schwatzte Kitty, die nun doch keinen Punkt setzte. »Es liegt ganz sicher an mir, dass ich schon etliche Anträge abgelehnt habe. Nein – ich will mich nicht mit halben Sachen abfinden. Ich hatte die große Leidenschaft – das war Gérard. Und ich hatte die noch größere Liebe – das war mein Alfons. Kein Mann auf der ganzen Welt könnte mir jetzt noch etwas bieten!«

Ei, wie pathetisch sie doch jetzt daherredete, ihre kleine Schwester. Lisa war skeptisch. Wenn Kitty sich derart echauffierte, wollte sie meist etwas verstecken.

»Ja, ich verstehe dich vollkommen, Kitty. Meine Erfahrungen mit den Männern waren leider allesamt … enttäuschend. So geht das nun einmal auf der Welt. Übrigens dachte ich immer, dass du noch Kontakt zu Gérard hättest. Mama sagte, ihr würdet euch Briefe schreiben.«

Kitty lachte laut auf, doch es klang sehr gekünstelt. »Aber nein. Schon lange nicht mehr. Er hat geheiratet.«

»Ach! Das hätte ich nicht von ihm gedacht!«

Das war es also. Sie konnte ihr nichts vormachen. Gérard, die große Liebe ihres Lebens, der heißblütige junge Franzose, mit dem sie damals nach Paris ausgerissen war – er hatte sich also entschlossen, eine Familie zu gründen. Eine französische Familie. Verständlich. Hatten sie nicht einen Seidenhandel? Eine Fabrik? Nun – er hatte wohl gewusst, was seine Pflicht war.

»Weißt du, Lisa, die Geschichte war ja schon ewig vorbei. Der gute Gérard ist inzwischen ein alter Mann geworden. Hihi, ich habe ihm herzlich gratuliert und ihm viele kleine Kinderlein gewünscht.« Kittys Stimme wurde jetzt etwas schrill. Es klang, als rede sie sich selbst etwas ein.

»Es ist wirklich sehr nett, Kinder zu haben. Ich bin sehr glücklich mit meiner Henny, wenn du magst, Lisa, dann kannst du auch zu uns in die Frauentorstraße ziehen. Mit deinem kleinen Sohn natürlich. Wahrscheinlich wird sich auch Tilly zu uns gesellen, wenn sie erst ihr Abschlussexamen bestanden hat. Oh, das wird lustig werden mit uns Weibsbildern! Was brauchen wir Männer? Sie sind uns nur im Weg.«

Sie lachte und zog noch einmal den kleinen Spiegel zu Rate, wischte sich mit einem Tüchlein über das erhitzte Gesicht, weil das kurze Haar sie an Wange und Stirn kitzelte. Dann hüpfte sie mit erstaunlicher Gelenkigkeit vom Sofa und zupfte ihr Kleid zurecht.

»Ich will noch rasch zu den Blieferts hinüber – Marie hat mich gebeten, ein paar abgelegte Sachen von Leo hinüberzubringen. Tilly kommt heute an, sie will über Ostern bleiben. Ach, der süße Schatz – wie gierig er trinkt. Ein Nimmersatt ist das. Aber es ist ja genug da. Bis bald, Lisa. Ich bin so froh, dass du nicht mehr in Pommern auf diesem hässlichen Gut sitzt. Bis bald, meine Süßen.«

Lisa war erleichtert, als Kitty das völlig zerwühlte Sofa verlassen und die Tür hinter sich geschlossen hatte. Im Flur hörte man sie nach Mama fragen.

»Wie? Sie hält Mittagsschlaf? Immer noch? So lange kann ich nicht warten. Sag ihr, dass Henny sich wie eine Schneekönigin auf das Ostereiersuchen am Sonntag freut.«

»Sehr gern, Frau von Hagemann«, vernahm man Elses Stimme.

»Ach, und dann dieser Zeitungsartikel heute … Habt ihr das schon gelesen? Der arme Julius ist ganz unschuldig …«

»Ja, gnädige Frau … Wir waren alle ganz aus dem Häuschen … Ihr Ehemann war der Mörder … Sie haben ihn gefasst, und er hat gestanden …«

»Ach Else!«, rief Kitty fröhlich. »Ich habe doch gleich gewusst, dass Mama niemals einen Kriminellen eingestellt hätte … Julius ist ein wenig geschniegelt und gebügelt – aber eine ehrliche Haut. Nicht wahr?«

»Gewiss gnädige Frau …«

Lisa stellte fest, dass ihr kleiner Schatz inzwischen satt und erschöpft eingeschlafen war, und stand auf, um ihn in die Wiege zu legen. Eine Weile stand sie wie verzaubert und betrachtete den friedlich schlafenden Säugling, seinen kleinen rosigen Mund, die dicken Wangen, die zarten Striche der geschlossenen Lider. Das war ihr Sohn. Sie war endlich Mutter geworden. Manchmal, wenn sie früh am Morgen aufwachte, fürchtete sie, dies alles nur geträumt zu haben, dann suchten ihre Augen die Wiege, die auf ihren ausdrücklichen Wunsch gleich neben ihrem Bett stand, und sie war beruhigt.

Rosa erschien und hob den Kleinen aus der Wiege, um ihn zu wickeln. Eine Prozedur, die er vermutlich schlafend über sich ergehen lassen würde.

»Sollte ich ihn noch einmal ausfahren? Ich glaube, die Sonne scheint.«

Sie waren am Morgen schon einmal im Park unterwegs gewesen, und Lisa hatte dabei schrecklich gefroren. Was vermutlich daran gelegen hatte, dass sie leichtfertig nur eine Jacke und keinen warmen Mantel übergezogen hatte. Der Mantel spannte halt obenrum immer noch.

»Aber die meisten Parkwege liegen im Schatten«, meinte sie zögerlich und ging zum Fenster.

Nun ja – bei den Wacholderbüschen und den Tannen war es schattig, die Laubbäume waren jedoch noch kaum begrünt und durchscheinend. Und unten im Hof blühte es im Rondell wie ein buntes Feuerwerk, das war Dörthes Verdienst. Lisa war jetzt richtig stolz auf das Mädel aus Pommern. Da waren lilafarbige und weiße Hyazinthen, rote und gelbe Tulpen, Primeln in allen Farben und goldgelbe Osterglo…

Lisa reckte den Hals, denn dort neben dem Rondell standen zwei Männer in eine Unterhaltung vertieft. Das war doch Paul. Wieso war der nicht in der Fabrik? Ach so – es war ja Karfreitag, da fuhr man eine Schicht weniger. Und der andere? Oh Gott – das musste eine Wahnvorstellung sein! Der Mann sah aus wie ... wie ...

Sebastian!

Er trug auch den gleichen alten Anzug. Und – oh Himmel – den scheußlichen braunen Hut, den er in der Hand hielt, den kannte sie ebenfalls. Jetzt sahen beide Männer plötzlich zu ihrem Fenster hoch, und sie taumelte erschrocken zurück. Ihr Herz vollführte einen heftigen Trommelwirbel, und sie war froh, dass das Sofa sie auffing. Er war hier. Sie hatte sich nicht getäuscht. Sebastian war hierher nach Augsburg gekommen. Oh Gott! Und sie sah aus wie eine aufgequollene Dampfnudel!

Es klopfte an der Tür, und Gertie schaute vorsichtig in den Raum hinein, um das Baby nicht zu wecken.

»Da ist ein Herr, der Sie sprechen möchte, Frau von Hagemann.«

Lisa reagierte spontan, ohne zu denken, einfach aus dem erstbesten Gefühl heraus. »Sag ihm, dass er verschwinden soll. Auf der Stelle. Ich will ihn nicht sehen. Hast du gehört, Gertie? Lauf hinunter und sag es ihm!«

»Ja ... jawohl, gnädige Frau!«, flüsterte Gertie mit hilfloser Miene.

Die Tür klappte zu, Gertie lief durch den Flur hinunter in die Halle, Lisa saß schwer atmend auf dem hellblauen Sofa.

Oh Gott, dachte sie. Er war dort unten. Sebastian.

Der Mann, den sie liebte. Drei Jahre lang hatte sie sich wie eine Verrückte nach seiner Umarmung gesehnt. Drei Jahre lang hatte er seine Leidenschaft bezwungen, wollte sie ganz oder gar nicht, hatte sie hingehalten. Und dann, an jenem Weihnachtsabend, der erste wundervolle Kuss ...

Sie raffte sich vom Sofa auf und lief zum Fenster. Unten stand Gertie, neben ihr Paul, der die Arme ausgebreitet hatte und etwas rief, das sie nicht verstehen konnte. Sebastian war schon ein Stück von ihnen entfernt, er lief eilig die Allee entlang in Richtung Parktor. Sie sah seinen Rücken, die zerknitterte Jacke, die ungebügelte Hose mit den zerschlissenen Aufschlägen. Er hielt den Hut immer noch in der Hand.

»Sebastian!«, flüsterte sie. »Sebastian, so warte ... Warte doch!«

Sie riss die Gardine beiseite, versuchte, das Fenster zu öffnen, doch der verdammte Fensterflügel klemmte schon wieder.

Er war schon zu weit fort, dachte sie verzweifelt. Er konnte sie nicht mehr hören.

»Sie sollten das Fenster besser nicht öffnen«, sagte Rosa. »Der Kleine darf keinen Zug bekommen.«

Lisa lief an ihr vorbei aus dem Zimmer. Im Flur stand Else mit einem Stapel frisch gebügelter Hemden, als Lisa so plötzlich erschien, wich sie erschrocken zurück. Lisa stürmte in Socken und im flatternden Hauskleid an ihr vorbei, die Treppen hinunter in die Halle. Dort wäre sie auf den blank gescheuerten Fliesen beinahe ausgerutscht, sie hielt sich gerade noch an einer der kleinen Säulen fest und zog die Socken aus, um besser laufen zu können.

»Gnädige Frau. Sie können doch nicht ohne Schuhe ...«, stotterte Gertie an der Eingangstür.

»Geh zur Seite!«

Sie sah Sebastian weiter hinten auf der Allee, mit eiligen Schritten entfernte er sich immer weiter von der Tuchvilla. Paul war ihm wohl einen Teil des Weges nachgelaufen und musste erfolglos versucht haben, ihn zurückzuhalten, nun stand er und sah dem Davoneilenden nach. Lisa eilte die

Stufen hinunter in den Hof, spürte kaum die rauen Steine unter den bloßen Füßen, den boshaften Split, den man im Winter hier gegen das Glatteis gestreut hatte.

»Sebastian!«, schrie sie. »Bleib stehen. Sebastian!«

Er drehte sich nicht um. Lisa verließ der Mut, pure Verzweiflung erfasste sie. Natürlich, das war ja vorauszusehen gewesen. Sie hatte wieder einmal alles falsch gemacht. Sie hatte ihn fortgeschickt, anstatt ihm zu sagen, dass sie …

»Lisa!«, hörte sie Pauls Stimme. »Wie schaust du denn aus? Mach wenigstens die Knöpfe zu.«

Völlig außer Atem blieb sie stehen und befühlte ihr Kleid. Ja richtig, sie hatte nach dem Stillen noch nicht alle Knöpfe geschlossen. Was regte er sich darüber auf? Ging das irgendjemanden etwas an?

»Hol ihn zurück, Paul«, schluchzte sie.

»Er will nicht«, knurrte er verärgert. »Geh jetzt wieder hinein, du wirst dich erkälten. Wir werden eine Lösung finden, Lisa …«

»Nein!«

Sie begann wieder zu laufen, da vernahm sie plötzlich das Knattern eines Motors. Kittys altmodisches Auto bog aus einem der Seitenwege des Parks auf die Auffahrt ein, sie winkte ihnen fröhlich zu und setzte ihren Weg in Richtung Tor fort.

Ihre kleine Schwester hatte ihr schon so manches angetan. Sie hatte ihr Klaus von Hagemann ausgespannt. Sie hatte sich über ihre Figur lustig gemacht. Sie hatte Papa immer auf ihre Seite gezogen. Mehrfach hatte Lisa große Lust gehabt, diesem kleinen zauberhaften Miststück den Hals umzudrehen. Heute aber machte Kitty alles wieder gut.

Das Automobil rutschte bei der Vollbremsung nach

links und kam zwischen zwei Bäumen auf dem Grünstreifen zum Stehen. Kitty drehte die Scheibe hinunter und streckte den Kopf aus dem Fenster. Rief Sebastian irgendetwas zu. Dann machte sie eine eindeutige Handbewegung in Richtung Beifahrertür und – oh Wunder – Sebastian gehorchte. Er öffnete die Tür und stieg ein.

»Nicht zu fassen«, murmelte Paul. »Und jetzt kriegt sie die Karre nicht mehr von dem Grünstreifen runter.«

Kitty brauchte mehrere Versuche, der Motor summte wie eine zornige Hornisse, das Schutzblech vorn rechts bekam eine weitere Delle. Und die hintere Stoßstange war sowieso eine leidgeprüfte Veteranin. Nach glücklichem Wendemanöver tuckerte der Wagen wieder in Richtung Tuchvilla und hielt direkt vor dem Eingang.

»Aussteigen!«, befahl Kitty in charmant-heiterem Befehlston.

Es dauerte einen Moment, weil Sebastian vor Aufregung den Hebel zum Öffnen der Wagentür nicht fand. Kaum war er aus dem Auto, da fuhr Kitty davon, eine Rauchwolke hinter sich lassend. Den Rest musste Lisa nun aber selbst erledigen.

Hilflos standen sie sich gegenüber. Wagten kaum, einander in die Augen zu sehen, keiner hatte den Mut, das erste Wort zu sagen.

»Deine Füße«, murmelte Sebastian schließlich.

Lisa stellte fest, dass sie barfuß war und der linke Zeh blutete.

»Ich bin so schnell gelaufen«, stotterte sie. »Ich hatte mich erschrocken. Ich wollte nicht, dass du gehst.«

»Es ist alles meine Schuld, Lisa. Verzeih mir.«

Er hatte Tränen in den Augen. Dass sie barfuß und mit blutenden Füßen hinter ihm hergelaufen war, gab ihm den Rest.

Dann geschah es. Wer die erste Bewegung machte, war nicht auszumachen, vielleicht passierte alles gleichzeitig. Sie strebten hastig aufeinander zu und fielen sich in die Arme. Sie schluchzte, spürte seine Küsse, zuerst vorsichtig, als habe er Sorge, sie könne ihn zurückweisen, dann immer leidenschaftlicher, ganz und gar ungezügelt und nicht für die Augen der Angestellten bestimmt.

»Du hast mich allein gelassen … Alles musste ich ohne dich durchstehen, die Schwangerschaft, die schrecklich lange Fahrt mit der Eisenbahn, die Scheidung.«

Lisa hörte sich selbst zu und war erschrocken, wie jämmerlich ihre Stimme klang. Nie hatte sie ihm all diese Dinge sagen wollen. Sie hatte stark sein wollen. Ihn von oben herab begrüßen. Seine Entschuldigungen in der Luft zerreißen. Nun war sie schwach, und es war so wundervoll, in seinen Armen zu liegen. Seine Wärme, seine Stärke zu spüren. Und doch zu wissen, dass er ihr gehörte. Ganz und gar nur ihr. Weil er sie liebte.

»Ich habe nichts, Lisa. Keine Arbeit, kein Geld, keine Wohnung. Wie sollte ich es wagen, dir so unter die Augen zu treten?«

»Wir werden eine Lösung finden«, flüsterte sie. »Du musst bei mir bleiben, Sebastian. Bei mir und bei unserem Sohn. Wir brauchen dich so sehr. Ich sterbe, wenn du wieder fortgehst.«

»Ich kann gar nicht mehr fort, Lisa. Nie könnte ich dich wieder verlassen.«

Er küsste sie auf den Mund, und es war ihnen gleich, dass im Hof jetzt ein Lieferant einfuhr und Paul ihnen zuflüsterte, es sei besser, die »Unterhaltung« im Haus fortzusetzen.

»Du kannst nicht gehen, Liebste. Warte«, sagte Sebastian.

Sie wehrte sich. Sie sei zu schwer. Aber das ließ er nicht gelten.

»Ich tue das nicht zum ersten Mal!«

Er trug sie bis hinauf in den ersten Stock, dann gab er auf. Die letzte Treppe bis zu ihrem Zimmer gingen sie Hand in Hand.

37

Leo kam sich mit dem Körbchen ziemlich albern vor. Was war der Großmama da nur eingefallen! Jedes Kind bekam solch ein lächerliches Osterkörbchen mit grünem Papiergras darin, sogar der kleine Fritz und auch Walter, der heute am Ostersonntag mit seiner Mama in der Tuchvilla eingeladen war.

»Da kommen die Eierlein hinein, die der Osterhase im Park versteckt hat.«

Dodo hatte ihm einen Rippenstoß versetzt, damit er nur nichts Falsches sagte. Aber er hätte der Großmama Alicia auch ohne Dodos Warnung den Spaß nicht verdorben. Erwachsene waren schon komisch, vor allem die alten Leute. Dass die tatsächlich noch an den Osterhasen glaubten! Dabei hatten Dodo und er schon im vergangenen Jahr oben im Kinderzimmer hinter der Gardine versteckt zugeschaut, wie Gertie und Julius die gefärbten Eier und die Zuckerhäschen im Park versteckten.

Sie hatten es Mama erzählt, die hatte ein bisschen gelacht und dann gemeint, es könne ja möglich sein, dass der Osterhase bei so vielen Kindern überlastet sei und sich von den Menschen helfen ließe. Aber weil sie dabei so verschmitzt geschaut hatte, waren er und Dodo übereingekommen, dass Mama da eine »Notlüge« benutzt hatte. »Notlügen« waren bei Erwachsenen nämlich erlaubt. Bei Kindern nicht. Kinder durften überhaupt nie lügen.

Und jetzt stand er also da mit diesem blöden Körbchen,

während alle anderen wie die wilde Horde durch den Park rannten, unter alle Büsche krochen, zwischen den Blumen herumtrampelten und die armen Eichhörnchen erschreckten. Ab und zu war irgendwo ein lauter Ruf zu hören.

»Ich hab's. Ich hab's.«

Dann stürzten die anderen herbei, und es gab Streit.

»Das sind meine, ich hab sie zuerst gesehen.«

»Jeder kriegt nur einen einzigen Zuckerhasen mit Schokolade dran. Du hast schon einen.«

»Na und? Ich bin halt schneller.«

Meistens mischte sich auch noch Gustav ein, der mit Humbert und Papa zwischen den Kindern herumlief.

»Gib den Hasen der Henny, Hansl! Sofort!«

»Den hab ich gefunden.«

»Sofort!«

»Lassen Sie ihn doch«, meinte Papa.

Aber der Gustav blieb da ganz hart. Weil der Maxl und der Hansl so flott auf den Beinen waren, dass für die anderen sonst nichts übriggeblieben wäre. Der Fritz stolperte auf seinen kurzen Beinen über die Wiese, in jeder Hand ein buntes Osterei, und die Henny, das kleine Miststück, hatte schon mindestens drei Zuckerhasen in ihrem Körbchen. Einen davon hatte sie auf jeden Fall seinem Freund Walter abgeschwatzt, das hatte er genau gesehen.

»Und du, Leo?«, fragte Mama. »Magst du nicht mittun?«

»Nö.«

Er hasste diese blöde Lauferei und das Theater, das wegen ein paar Eiern gemacht wurde. Die gab es sowieso morgen zum Frühstück, und Zuckerhasen mochte er nicht. Er hatte noch welche vom letzten und vorletzten Jahr, die standen oben auf dem Schrank, weil er es nicht fertigbrachte, ihnen die Köpfe oder die Pfoten abzubeißen.

Niemand durfte das tun, er wollte nicht, dass seine Hasen Schmerzen litten.

Zum Glück beließ es Mama dabei, auch Papa hatte sich inzwischen abgewöhnt, ihn ständig zu ermahnen, dass er doch ein Bub sei und auf Bäume klettern müsse. Nur Tante Elvira aus Pommern, die zu Ostern auf Besuch gekommen war, hatte vorhin gemeint, er sei bestimmt ein ganz wilder Bub, weil er doch seinem verstorbenen Großonkel Rudolf so ähnlich sähe. Onkel Rudolf war ein Bruder der Großmama Alicia gewesen. Er hatte ihn auf einer vergilbten Fotografie gesehen, da trug er eine Uniform und saß auf einem Pferd. Das Pferd hieß »Freya«, hatte ihm Tante Elvira erklärt, es sei eine Fuchsstute gewesen, ein wunderschönes Tier. Da hatte er sogar Lust bekommen, die Tante einmal in Pommern zu besuchen, denn er mochte Pferde.

»Pst. Leo.«

Humbert stand plötzlich neben ihm, nahm ihm das Körbchen aus der Hand und füllte es mit allerlei Osterkram. Drei bunte Eier und zwei Zuckerhasen.

»Danke, Humbert«, meinte er verlegen.

Humbert grinste und erklärte, er habe das Zeug noch in der Hosentasche gehabt und nicht gewusst, wo er es lassen solle. Gleich darauf war er verschwunden. Humbert war unfassbar flink und ein richtiger Kamerad. Hoffentlich blieb er in der Tuchvilla. Er war ja für den Julius eingesprungen, weil der doch im Gefängnis gesessen hatte. Aber seit gestern war der Julius wieder zurück. Er hockte unten in der Küche und trank Kakao. Ganz grau und dünn war er geworden, und wenn er die Tasse an den Mund führte, zitterte seine Hand. Die Brunni hatte gemeint, den armen Kerl hätten die Kriminaler auf dem Gewissen. Eine Schande sei das, einen unschuldigen

Menschen ins Gefängnis zu sperren und dort verkommen zu lassen.

Jetzt waren wohl endlich alle Osternester ausgenommen. Dodo, Walter und Henny liefen über die Wiese zurück zur Terrasse, wo die Erwachsenen ihren Aperitif tranken, das war so ein roter oder gelber Wein, der in ganz kleinen Gläschen ausgeschenkt wurde. Er roch nach Klavierlack und ein wenig nach verkochten Kirschen – wie man daran Gefallen finden konnte, verstand er nicht.

»Nun, Leo«, sprach ihn Frau von Dobern an, die den Kindern Apfelsaft auf einem silbernen Tablett anbot. »Hast du auch ein paar Ostereier ergattert?«

Sie war jetzt freundlich wie eine Katze, die von Dobern. Aber das war ihm egal, er hasste sie abgrundtief, und wenn er sie sah, tat ihm immer noch sein Ohr weh, in das sie stets gekniffen hatte, als sie noch ihre Gouvernante gewesen war.

»Ja, ein paar«, sagte er wortkarg und drehte sich weg.

»Er ist so ein hübscher Bub«, hörte er die von Dobern zu Großmama Alicia sagen. »Und ein großes Talent.«

»Er wird nachher etwas für uns spielen«, meinte die Großmama und strich ihm über das Haar. Wenn er doch endlich diese blöde Haartolle kurzschneiden dürfte, in der Schule wurde er immer deshalb ausgelacht. »Schönling«, nannten sie ihn. Einmal hatten sie ihn festgehalten und ihm eine Schleife hineingebunden, das war der Gipfel der Gemeinheit gewesen. Walter hatten sie ausgesperrt, damit er ihm nicht helfen konnte. Aber dann war der Maxl Bliefert dem Walter zu Hilfe gekommen, und gemeinsam hatten sie die Tür aufgestemmt. Der Maxl war zwei Jahre älter und außerdem kräftig. Da hatte es Prügel gegeben, und der Herr Urban hatte allen eine Strafarbeit verpasst.

Die Erwachsenen hatten zwei Abteilungen gebildet.

Tante Kitty stand mit Mama und Tante Tilly zusammen, bei ihnen war der Herr Klippi, der jetzt wieder in die Tuchvilla kommen durfte, und Walters Mama. Das war die eine Abteilung. Großmama Alicia hatte sich mit Tante Elvira und Großmama Gertrude ans andere Ende der Terrasse verzogen, außerdem gesellte sich Frau von Dobern zu ihnen. Das war die zweite Abteilung. Nur Papa wechselte von einer Gruppe zur anderen, plauderte mal hier, mal dort und schaute immer wieder zu Mama hinüber. Aber die lächelte nicht ein einziges Mal.

Zwischen den Abteilungen saß Tante Lisa auf einem Korbstuhl, eine wollene Decke um die Schultern, bei ihr stand der Herr Winkler. Der hielt den kleinen Johann im Arm und wiegte ihn. Leo mochte Tante Lisa recht gern – den Herrn Winkler konnte er noch nicht einschätzen. Er schaute immer so verzagt drein und redete kaum etwas, man hatte das Gefühl, dass er sich vor den Leuten hier genierte. Vor allem, weil er einen Anzug trug, der einmal dem Großpapa gehört hatte. Das wusste Leo von Else, die darüber ganz verzweifelt gewesen war. Aber Dodo hatte gemeint, dass der Großpapa ja tot sei und seinen Anzug nicht mehr brauchte.

Inzwischen hatten die Erwachsenen die gefüllten Eierkörbchen gebührend bewundert und die üblichen Ermahnungen angeschlossen. Nicht alles auf einmal essen. Ehrlich mit den Geschwistern teilen. Sich bei den Eltern bedanken.

»Wieso denn?«, fragte Henny. »Das hat doch der Osterhase gebracht.« Gleich darauf brüllte sie »Danke, lieber Osterhase!« in den Park hinein, was natürlich alle Erwachsenen ganz bezaubernd fanden. Man strich ihr über das lockige Blondhaar. Niemandem fiel auf, dass sie ganze fünf Zuckerhasen an sich gerafft hatte. Dafür hatte sie neulich zwei Löcher in den Zähnen gehabt und beim Zahnarzt fürchterlich herumgeheult. Das käme, weil sie zu viel Zuckerwerk essen würde, hatte der Zahnarzt ihr gesagt. Tante Tilly, die ja Ärztin werden wollte, hatte das heute beim Frühstück bestätigt, seitdem redete Henny kein Wort mehr mit ihr.

Humbert hatte jetzt die schöne Livree angezogen, die Julius immer an den Festtagen getragen hatte. Dunkelblaue Weste mit Goldknöpfen, enge Hose mit einer hellen Naht an den Seiten und ein weißes gestärktes Hemd. Er flüsterte Großmama Alicia etwas zu, und sie nickte. Aha – jetzt würde es wohl endlich Mittagessen geben. Leos Magen hatte schon mehrfach laut geknurrt, Walter hatte behauptet, das klänge fast wie der Tiger, den sie im Zoo durchs Gitter bestaunt hatten. Der hatte so einen grollenden Schnarchton von sich gegeben.

»Meine lieben Gäste – das Osterlamm erwartet uns im Speisezimmer. Ich bitte zu Tisch.«

Im Speisezimmer war die Tafel mit dem schönen Geschirr gedeckt, das sah hübsch aus, hatte aber den Nachteil, dass man schreckliche Angst haben musste, etwas kaputt zu machen. Dodo war vor zwei Jahren ein Teller heruntergefallen, deshalb wurde sie jetzt von der Großmama Alicia bei jeder Mahlzeit ermahnt, vorsichtig zu sein.

Die vier Bliefert-Kinder waren mit dem Gustav nach Hause gelaufen. Das war schade, fand Leo. Wenigstens die Liesl hätte er jetzt gern mit am Tisch gehabt. Walter mochte sie auch gern leiden, er hatte sie neulich einmal gefragt, ob sie nicht Klavier spielen könne. Aber die Blieferts hatten kein Klavier.

»Dort ist dein Platz, Leo«, sagte Mama. »Schau – die Großmama hat Tischkarten geschrieben.«

Tatsächlich – da war ein goldgerandetes Kärtchen mit

seinem Namen darauf. Walter war ganz aus dem Häuschen, als er seine Karte entdeckte, und er fragte, ob er sie mitnehmen dürfe. Er saß neben Leo, auf der anderen Seite Dodo. Das war gut so, auf keinen Fall hätte Leo neben Henny sitzen wollen. Die saß gleich neben Walter, aber rechts von ihr hatte Tante Kitty ihren Platz. Tante Kitty war die Einzige, die Hennys Spielchen durchschaute. Da musste sie gehorchen.

Die Erwachsenen saßen so ähnlich, wie sie auch auf der Terrasse zusammengestanden hatten. Oben am Kopfende Großmama Alicia mit Tante Gertrude, Tante Elvira und Papa – gegenüber Mama, Tante Kitty und Tante Tilly. Die anderen saßen irgendwie dazwischen verteilt, und Frau von Dobern war überhaupt nicht bei Tisch dabei. Was für ein Glück!

Das Essen war wie immer großartig. Da konnte Tante Gertrude noch so viel üben – sie würde nie und nimmer an die Brunni heranreichen. Humbert servierte viel besser als Julius, richtig flott machte er das, er schien zu schweben und reichte die Platten immer genau im richtigen Augenblick. Außerdem schaute er dabei nicht so grimmig, wie es Julius immer getan hatte.

»Meine lieben Kinder und Kindeskinder, liebe Gäste und Freunde.«

Großmama Alicia hatte ihr Glas erhoben und blickte in die Runde. Tante Lisa säbelte noch an ihrem Braten, Herr Winkler setzte sich gerade hin und lächelte verlegen, Papa schaute zu Mama hinüber, die war ganz blass. Wahrscheinlich hatte ihr der Rosenkohl nicht geschmeckt, der war ein ganz klein wenig bitter gewesen.

»Ich freue mich unendlich, auch in diesem Jahr das Osterfest im Kreise meiner Lieben feiern zu dürfen. Und was für ein großer Kreis sitzt hier bei Tisch. Vor allem das

Kinderlachen, das in die Tuchvilla zurückgekehrt ist, macht mich alte Frau so froh.«

Tatsächlich waren sie vorhin acht Kinder gewesen. Ganz ordentlich. Und dazu kam noch das Baby. Der brüllte allerdings meistens – von wegen Kinderlachen. So ein Babygeschrei konnte die schönste Klaviermusik versauen. Hoffentlich war er nachher wenigstens still, wenn sie spielten.

»Ach was«, hatte Walter gesagt. »Wir sind auf jeden Fall lauter.«

Dodo fiel das Wasserglas um, und sie erschrak, weil Papa stirnrunzelnd zu ihr hinübersah. Aber Tante Elvira stellte das Glas wieder auf und setzte eines der Blumengestecke auf den Wasserflecken.

»Vor allem freut es mich, dass all meine Kinder dieses Osterfest mit mir feiern. Meine liebe Lisa – du und dein bezaubernder kleiner Sohn –, ihr habt mein Glück vollkommen gemacht. Mein lieber Paul. Meine liebe Kitty.«

Tante Lisa strahlte wie ein Honigkuchenpferd. Oder eher ein Honigkuchennilpferd. Sie nickte der Großmama zu und fasste die Hand von Herrn Winkler. Der wurde jetzt ganz rot und rückte seine Brille zurecht.

»Aber es gibt noch eine weitere Freude, die ich euch allen, meine lieben Kinder, Verwandte und Freunde, an diesem Osterfest ankündigen darf.«

Leo wurde es auf einmal ganz heiß. Wollte Mama jetzt doch wieder zurück in die Tuchvilla ziehen? Er schaute zu Dodo, der war vor Aufregung der Mund offen geblieben. Einen Moment lang verspürte er ein großes Glücksgefühl. Es war schön bei Tante Kitty. Aber irgendwie war es nicht richtig. Und dann war Papa jetzt auch ganz anders geworden.

»Mein Lieben, ich will euch nicht weiter auf die Folter

spannen. Wir dürfen heute eine Verlobung feiern. Unsere junge Medizinstudentin wird sich mit Herrn Ernst von Klippstein verloben.«

»Ach so«, seufzte Dodo in tiefer Enttäuschung.

Auch Leo hatte das Gefühl, eine schöne Hoffnung verloren zu haben. Tante Tilly würde den Herrn Klippi heiraten. Na und? Wen interessierte das schon? Ihn und Dodo jedenfalls nicht.

»Tilly!«, schrie Tante Lisa. »Nein – was für eine gelungene Überraschung! Und Herr von Klippstein, oh nein, lieber Ernst, darf ich so frech sein und Ihnen die Brüderschaft antragen?«

Humbert war pünktlich mit einem Tablett voller gefüllter Sektgläser aufgetaucht, jetzt lief er um den Tisch, damit sich jeder bedienen konnte.

»Für euch die Gläser mit dem Gänsewein«, flüsterte er Leo zu. Sie bekamen Apfelmost im Sektglas.

»Bäh«, sagte Henny. »Ich will echten Sekt.«

»Du willst gleich mit mir nach Hause fahren, oder?«, drohte Tante Kitty. Sie war kein bisschen froh über die Verlobung, das konnte man ihr ansehen. Tante Gertrude weinte gemeinsam mit Tante Elvira ein paar Tränchen, Mama lächelte, Papa schien vollkommen begeistert, er riss sein Glas hoch und rief:

»Trinken wir auf das junge Brautpaar. Gottes Segen für eine glückliche Ehe und ein langes Leben.«

»Und viele Kinderlein«, sagte Tante Kitty. Es klang richtig böse.

Danach stand der Herr Klippi auf und hielt eine Rede, in der es um so komische Sachen wie »Zuneigung« und »Vernunft« ging und dass sie einander stützen und helfen wollten.

»Ihr müsst euch jetzt küssen!«, rief Henny laut.

Niemand hörte auf sie. Dodo meinte, das sei Blödsinn. Weil der Herr Klippi doch nur ihr Verlobter und nicht ihr Liebhaber geworden sei. Nur Liebhaber und Ehemänner dürften küssen.

»Und was ist mit dem Verlobungskuss?«, beharrte Henny.

»Sei jetzt endlich still«, sagte Tante Kitty. »Bei einer Vernunftehe wird nicht geküsst.«

»Aber sie verloben sich doch erst.«

»Da schon gar nicht.«

»Phhh!«, machte Henny enttäuscht. »Wenn ich mich mal verlobe, dann küsse ich wie verrückt!«

Walter wurde ganz verlegen, weil sie ihn dabei so triumphierend ansah. Richtig kusswütig. Vor so etwas hatte Walter schreckliche Angst. Leo auch.

»Da verrenk dir bloß nicht den Mund dabei«, sagte Dodo zu Henny, und sie zog eine hässliche Grimasse mit einem schiefen Mund.

»Dodo!«, rief Großmama Alicia über den Tisch hinweg. »Weißt du denn nicht, dass die hässliche Fratze in deinem Gesicht für alle Zeiten stehenbleibt, wenn jetzt die Uhr schlägt?«

»Dong!«, machte Henny die Standuhr aus dem roten Salon nach und lachte sich scheckig über den Witz.

Es war schon eine Plage, mit den Mädchen an einem Tisch sitzen zu müssen. Jetzt wurde endlich der Nachtisch serviert – Himbeercreme mit Schokoladenstückchen und süßer Schlagsahne. Da tat die Brunni immer ein wenig Vanille hinein – Leo hätte am liebsten nur Schlagsahne gegessen. Walter stöhnte leise und behauptete, er sei so voll, dass er die Geige wohl nicht mehr halten könne.

»War ein Scherz«, meinte er, als Leo ihn entsetzt anschaute.

Nach dem Dessert saßen die Erwachsenen noch ein Weilchen am Tisch, Humbert servierte Mocca in kleinen Tässchen, Tante Lisa und der Herr Winkler liefen nach oben, weil das Baby gestillt werden musste.

»Was hat er dabei zu tun?«, wunderte sich Dodo.

»Ich glaub, er hat Angst, ohne seine Frau hier unten zu bleiben«, meinte Walter.

»Sie ist nicht seine Frau«, bemerkte Henny.

Walter wurde wieder verlegen, weil sie ihn so anlächelte.

»Ich … ich dachte. Weil sie doch ein Baby haben.«

Vorn am Tisch rief jetzt der Herr Klippi, dass nun endlich der richtige Mann zum Reichspräsidenten gewählt werden könne. Hindenburg habe sich zur Wahl gestellt.

»Hindenburg?«, rief Tante Kitty. »Der hat noch Tausende armer Soldaten sinnlos in den Tod geschickt, weil er nicht Frieden schließen wollte.«

»Aber nein, meine Liebe«, sagte Herr Klippi und lächelte ein wenig, wahrscheinlich wusste er, dass Frauen nichts vom Krieg verstehen. »Der Generalfeldmarschall von Hindenburg hätte unsere Truppen gewiss noch zu wichtigen Siegen geführt, wäre nicht in der Heimat die Unterstützung weggebrochen. Einen hinterhältigen Dolchstoß haben die Sozialisten gegen die deutsche Armee geführt.«

»Das ist doch alles Blödsinn«, rief Tante Kitty laut aus. »Wer wollte denn noch Krieg führen, wenn schon alles verloren war? Und überhaupt ist er viel zu alt. Ein Tattergreis als Reichspräsident – na, das passt zu dieser lächerlichen Republik.«

Großmama Alicia richtete sich im Stuhl noch ein wenig gerader, als sie sowieso schon saß, und blickte missbilligend zu Tante Kitty hinüber.

»Meine liebe Katharina, etwas mehr Contenance. Denk

doch an die Kinder. Und bitte, lieber Herr von Klippstein: Wir wollen hier im familiären Kreis doch nicht politisieren.«

»Verzeihung, gnädige Frau.«

Walter war froh, als Leo ihn jetzt am Ärmel fasste. Die Großmama hatte ihm zugenickt, das bedeutete, dass es jetzt losgehen konnte. Sie mussten schnell hinüber ins Herrenzimmer laufen, die Geige und die Noten holen, das Klavier im roten Salon hatten Humbert und Julius heute Früh schon ein Stück von der Wand abgerückt. Weil sonst die Wand den Klang verschluckte.

Frau Ginsberg war ebenfalls aufgestanden, sie würde Leo die Noten umblättern. Das war eigentlich überflüssig, weil er die Mozart Sonate e-moll für Klavier und Geige schon lange auswendig konnte. Und Walter spielte sowieso ohne Noten. Aber Frau Ginsberg sagte immer: »Sicher ist sicher.«

Als sie in den roten Salon kamen, saßen dort schon eine Menge Zuhörer, nur Tante Lisa und Herr Winkler waren noch oben bei ihrem Baby. Wieso brüllte das jetzt, wo es doch gestillt wurde?

Da half leider nichts – sie mussten gegen den Schreihals anspielen. Es war ärgerlich, weil Walter allein mit der schönen Moll-Melodie begann, danach kam eine energische Phrase in Forte, und er war mit dem Klavier dabei. Da waren sie auf jeden Fall lauter.

Frau Ginsberg lächelte aufmunternd – alles war gut. Sie fingen einfach an, und sobald sie in die Musik eingetaucht waren, verschwand alles um sie herum. Es gab nur noch Klänge, Rhythmen, Melodien. Er hatte Mozart zu Anfang nicht besonders gemocht, weil es ihm viel zu leicht vorkam. Aber jetzt merkte er, dass Mozart einer war, der auf einem dünnen Seil über einen Abgrund tanzte. Über ihnen der Himmel, unter ihnen die Hölle, und mitten dazwischen schwebten sie auf Mozarts Flügeln. Das war verrückt. Aber es war das Schönste, was es auf der Welt gab.

Walter patzte zweimal, aber Leo spielte dann einfach seinen Part mit, und Walter kam wieder hinein. Nur Frau Ginsberg wurde dann ganz aufgeregt, er hörte ihren schnellen Atem, weil sie dicht neben ihm auf einem Stuhl saß. Als sie fertig waren, wurde so laut geklatscht, dass sie beide erschraken.

»Bravo! Bravo!«, rief der Herr Klippi.

»Ganz wunderbar!«, stöhnte Tante Lisa, die sich irgendwann mit dem Herrn Winkler ins Zimmer geschlichen hatte.

»Zwei kleine Mozarts«, säuselte Tante Elvira.

Dodo brüllte »Hipp, Hipp, Hurra!«, und Henny unterstützte sie, bis Tante Kitty ihr befahl, endlich ruhig zu sein. Tante Kitty war heute wirklich nicht gut gelaunt, sonst konnte sie sich kaum halten vor Begeisterung über »die beiden Wunderknaben«. Dafür kam Papa zu ihnen, schüttelte Walter, Frau Ginsberg und schließlich auch ihm ganz feierlich die Hand und überreichte Geschenke.

»Ich bin heute mal das Blumenmädchen.«

Alle lachten, sogar Mama fand das witzig. Dabei bekam nur Frau Ginsberg einen Blumenstrauß, Walter und er erhielten Karten für ein Konzert im Ludwigsbau am Stadtgarten. Dort würde der Pianist Artur Schnabel auftreten. Der war nicht nur Pianist, er komponierte auch selber, sagte Frau Ginsberg. Da war Leo ganz aufgeregt, denn genau das wollte er später auch einmal machen.

Es gab noch für jeden eine Portion Gefrorenes, das machte die Brunni immer im Eisschrank, und es schmeckte dieses Mal nach Kirschen. Sie durften ein paar Tropfen

Eierlikör darüberkleckern, und Henny versuchte ernsthaft, Walter seine Portion abzuschwatzen. Aber da passte Tante Lisa auf, die hatte scharfe Augen.

Als sie die Glasschälchen leergegessen und auf das Tablett gestellt hatten, das Frau von Dobern ihnen vor die Nasen hielt, nahmen sie die Noten und wollten hinüber ins Herrenzimmer laufen. Weil Walter dort den Geigenkasten zurückgelassen hatte. Im Flur standen immer noch die Brunni mit Else, der Gertie und auch Julius, weil sie hier dem »Konzert« zugehört hatten.

»So was Schönes«, sagte die Brunni immer wieder. »Dass ich das erleben durfte.«

Sie waren ganz gerührt und freuten sich, weil die Angestellten es ja ernst meinten und nicht lobhudelten, wie es Verwandte taten. Als sie alle wieder hinunter in die Küche gelaufen waren, wollte er mit Walter ins Herrenzimmer, aber dann blieb er doch stehen, weil er Tante Kittys Stimme aus dem Wintergarten hörte. Sie klang richtig wütend.

»Geh schon vor«, sagte er zu Walter. »Ich komme gleich.«

Walter verstand sofort und verschwand im Herrenzimmer, Leo ging vorsichtig zur Tür des Wintergartens und blieb dort stehen.

»Nichts hast du mir gesagt. Gar nichts. Oh wie feige du gewesen bist«, rief Tante Kitty mit Leidenschaft.

»Ich hab es versucht, Kitty. Aber du hast mich nicht zu Wort kommen lassen.«

Aha, das war Tante Tilly. Wahrscheinlich hatte sie recht – bei Tante Kitty war es oft schwer, zu Wort zu kommen.

»Mich einfach vor die vollendete Tatsache zu stellen«, schluchzte Tante Kitty. »Wo wir doch einig waren, dass du nach Augsburg ziehst, wenn du dein Examen bestanden hast.«

Einen Moment lang war es still. Wahrscheinlich hatte Tante Tilly versucht, den Arm um Kitty zu legen, denn die schrie gleich auf.

»Fass mich nicht an, du falsche Schlange! Du wirst schon sehen, was du an diesem faden Kerl hast. Na schön – er hat dir viel geholfen, hat dir eine Wohnung besorgt und sich um dich gekümmert. Ist er vielleicht auch ein guter Liebhaber? Ja?«

»Bitte, Kitty. Wir haben uns auf eine Vernunftehe geeinigt. Wir werden keine Kinder haben. Du weißt, dass ich in meinem Herzen immer noch an einen anderen gebunden bin.«

Leo verstand jetzt nicht mehr allzu viel, es wurde ihm nur klar, dass solche Dinge wie »Verlobung«, »Ehe«, »Liebhaber«, »Herz« und »Vernunft« ein höchst kompliziertes und undurchschaubares Gefüge waren. Eher was für Mädchen und Frauen. Eigentlich hätte er jetzt seinen Lauscherposten verlassen können – aber Tante Kitty tat ihm leid. Sie war die Hübscheste von all seinen Tanten und sonst immer so fröhlich.

»Aber warum denn nach München?«, jammerte sie. »Ich könntet euch doch auch hier niederlassen. Und dann wollt ihr mir auch noch meine liebe Gertrude wegnehmen.«

»Ach, Kitty! Ernst hat nun einmal beschlossen, seine Anteile an der Fabrik zu verkaufen und in eine Münchner Brauerei zu investieren. Paul wird darüber gewiss nicht böse sein – es hat ja einige Reibereien zwischen den beiden gegeben, nicht wahr?«

»Das ist noch lange kein Grund.«

»Wir haben ein hübsches Haus in Pasing gekauft. Dort

seid ihr alle jederzeit willkommen. Und Mama wird selbst entscheiden, wohin sie ziehen will.«

»Na schön!«, gab Tante Kitty spitz zurück. »Wenn alles schon lange beschlossen und in trockenen Tüchern ist. Mich wirst du in deinem großartigen Haus ganz sicher nicht zu sehen bekommen.«

Man hörte einen tiefen Seufzer von Tante Tilly. »Weißt du, Kitty«, fuhr sie fort, »du solltest dich erst einmal beruhigen. Später wirst du anders darüber denken.«

Leo hatte gerade noch Zeit, sich neben der Flurkommode zusammenzuducken, damit Tante Tilly ihn nicht entdeckte. Sie lief hinüber zum roten Salon, wo jetzt vermutlich Liköre und Mandelmakronen angeboten wurden. Leo richtete sich vorsichtig wieder auf. Es war nicht anständig zu lauschen. Das wusste er. Höchste Zeit, hinüber zu Walter ins Herrenzimmer zu laufen, der würde sich wundern, wo er abgeblieben war.

Er war schon auf dem Sprung, da hörte er Tante Kitty ganz herzzerreißend schluchzen. Spontan machte er kehrt und riss die Tür zum Wintergarten auf. Da stand sie gleich neben den Gummibäumen, und ihre Schultern bebten.

»Tante Kitty!«, rief er und lief auf sie zu. »Nicht weinen. Wir bleiben doch bei dir. Mama und Dodo und ich. Wir lassen dich nicht allein.«

Sie drehte sich um, und er fiel in ihre ausgebreiteten Arme. Sie presste ihn an sich, und er spürte, dass sie immer noch schluchzte.

»Ach Leo. Du mein kleiner Schatz. Mein Herzensleo.«

38

Paul hatte alle Mühe, gelassen zu bleiben, während er mit Sebastian Winkler durch die Hallen ging. Wenn es nicht um das Lebensglück seiner Schwester Lisa gegangen wäre – er hätte diesen anstrengenden Menschen hochkant aus seiner Fabrik befördert. Schon als Sebastian heute Früh im Vorzimmer erschien, war es zu Unstimmigkeiten gekommen. Er hatte – wie er behauptete – ganz zufällig der Hoffmann beim Tippen über die Schulter geschaut und prompt einen Rechtschreibfehler entdeckt. Sie hatte »Maschiene« geschrieben, ganz sicher aus Versehen, denn die Hoffmann war zuverlässig.

»Da stimmt etwas nicht, meine Liebe«, hatte Sebastian oberlehrerhaft bemerkt.

»Das kann nicht sein.«

Aber natürlich hatte der Herr Lehrer recht, und nun war die Hoffmann beleidigt.

Das fing ja gut an, hatte Paul gedacht. Und es ging genauso weiter. Wie war es nur möglich, dass ausgerechnet Lisa, die selbst so empfindlich war, sich diesen Besserwisser ausgesucht hatte? Paul schwoll der Kamm, als Winkler in der Kalkulation behauptete, die Rechenmaschinen seien völlig veraltet und die Lampen nicht hell genug. Auf diese Weise würden sich die Angestellten schlechte Augen einhandeln. Ob er nicht bemerkt habe, dass dort fast nur Brillenträger saßen?

Ein Stockwerk höher, in der Buchführung, kontrollierte

er die Öfen und monierte, dass weder Holz noch Kohlen vorhanden seien.

»Wir haben Ende April, Herr Winkler. Es ist warm draußen, die Angestellten müssen nur die Fenster öffnen.«

Sebastian machte sich an den Fenstern zu schaffen und stellte fest, dass sich die meisten Fensterflügel während des Winters verzogen hatten und klemmten. Zudem sei der Lärm, der vom Hof hinaufdrang, unzumutbar, niemand könne bei solch einer Geräuschbelastung arbeiten.

Mahlzeit, dachte Paul. Wenn ich ihn jetzt durch die Hallen führe, wird er verlangen, dass alle Maschinen geräuschlos arbeiten, weil die Arbeiterinnen sonst einen Gehörschaden erleiden. Dabei hatte er beim Kauf neuer Maschinen durchaus darauf geachtet, dass sie leiser als die alten waren. Aber eine Produktionshalle war nun einmal kein Friedhof.

»Wie viele Arbeiter sind hier beschäftigt?«

»An die zweitausend. Die aktuellen Zahlen liegen im Büro.«

»Und Angestellte?«

Wollte er ihm Löcher in den Bauch fragen? Wozu musste er das eigentlich wissen, dieser arbeitslose Pauker? Er tat ja so, als wollte Paul ihm die Fabrik zum Kauf anbieten. Vermutlich war es keine gute Idee gewesen, Winkler eine Führung durch die Fabrikanlage angedeihen zu lassen – jetzt bildete er sich offensichtlich ein, er müsse den armen, unterjochten und ausgebeuteten Arbeitern zu ihren Rechten verhelfen.

»Etwa sechzig.«

»Gibt es einen Betriebsrat?«

Na, auf diese Frage hatte er doch gewartet!

»Selbstverständlich. Wie es die Verfassung vorschreibt.«

In der Weberei war es viel zu laut, um irgendwelche Erklärungen abzugeben, daher ging Paul durch den Mittelgang, grüßte einige der Vorarbeiter und beeilte sich, um zum anderen Ende der Halle zu gelangen. Und was tat Sebastian Winkler? Er blieb einfach stehen, wandte sich an eine Arbeiterin und begann ein Gespräch mit ihr. Natürlich fuhr der Vorarbeiter dazwischen, sonst hätte man die Maschine anhalten müssen, denn zwei Garnrollen waren ausgelaufen und mussten rasch ersetzt werden.

»Es ist entsetzlich laut da drinnen«, brüllte Sebastian über den ganzen Hof, als sie hinaustraten.

»Sie können hier wieder normal sprechen«, bemerkte Paul.

»Pardon.«

Er beschloss, die Halle, in der die Ringspinner standen, auszulassen und Sebastian besser gleich die Kantine zu zeigen. Sie war sein ganzer Stolz, denn es war eine Küche angeschlossen, die den Arbeitern täglich eine warme Mahlzeit anbot, dazu verschiedene – natürlich alkoholfreie – Getränke und sogar Nachtisch. Den allerdings nur dreimal in der Woche. Freitags gab es Fisch, meist Hering, gesalzen oder eingelegt mit Kartoffeln und roten Rüben. Am Samstag wurde Eintopf mit Hülsenfrüchten und Rindfleisch gekocht.

»Sehr schön«, lobte Sebastian. »Wie lange dauert die Mittagspause? Eine halbe Stunde? Das ist recht kurz. Wie können da so viele Arbeiter gleichzeitig versorgt werden?«

»Die Arbeiter essen zu unterschiedlichen Zeiten. Damit die Maschinen durchlaufen können.«

»Ach so. Die Fenster müssten einmal geputzt werden. Und wird es im Sommer nicht zu heiß? Man könnte vielleicht Gardinen oder Jalousien anbringen.«

Paul schwieg verbissen und dachte darüber nach, ob Winkler jetzt vielleicht noch Plüschsessel und Lotterbetten in der Kantine aufstellen wollte.

»Ich denke, es gefällt den Arbeitern besser, mehr Geld in der Lohntüte zu haben, als in einer Kantine mit seidenen Gardinen und Topfpflanzen auf den Fensterbrettern zu sitzen.«

Sebastian lächelte einnehmend und bemerkte, dass vielleicht ja beides zugleich erreichbar sei. »Ein gesundes und angenehmes Arbeitsklima ist nicht nur ein Betrag zu einer gerechteren Welt, es fördert nebenbei auch die Einsatzfreude der Arbeiterschaft.«

»Gewiss.«

Ausgerechnet ihm musste dieser Besserwisser solche Vorhaltungen machen. Hatte er nicht damals mit seinem Vater um genau diese Dinge gestritten? Hatte er nicht Ernst von Klippstein widersprochen, der den Leuten niedrigere Löhne zahlen wollte, um die Stoffpreise der Konkurrenz zu unterbieten? Er stellte sich vor, was sein verstorbener Vater diesem Winkler jetzt wohl an den Kopf geworfen hätte, und musste unwillkürlich schmunzeln. Papa war immer der Ansicht gewesen, dass man die Arbeiter nicht »verwöhnen« dürfe. Je mehr man ihnen bot, desto mehr wollten sie haben – das endete damit, dass sie schließlich Spitzenlöhne verlangten, ohne zur Arbeit zu erscheinen.

»Erhalten die Arbeiter bezahlten Urlaub?«

»Drei Tage im Jahr. Die Angestellten sechs Tage.«

»Das ist immerhin ein Anfang.«

Paul reichte es jetzt. Er wollte Lisa wirklich gern diesen Gefallen tun, zumal er den Eindruck gehabt hatte, dass Sebastian Winkler ein verlässlicher Mann war. Möglicherweise war er das auch, aber er hatte seine Marotten.

»Nun – wir leben nicht in einer Räterepublik, Herr Winkler!«, sagte er mit Nachdruck.

Das war deutlich, und Sebastian verstand. Er senkte den Kopf, und seine Züge erschienen verbittert. Er hatte seinerzeit in der kurzen Periode der Augsburger Räterepublik eine führende Position eingenommen und mit Gefängnis und Arbeitslosigkeit dafür gebüßt. Dabei hatte er noch Glück gehabt, anderen war es schlimmer ergangen.

»Dessen bin ich mir bewusst, Herr Melzer«, sagte er steif. »Und dennoch bin ich nicht bereit, meine Ideale aufzugeben. Lieber will ich die niedrigsten Arbeiten tun.«

Paul sah seine gesamte Mission in Gefahr und Lisa in Tränen aufgelöst. Also bemühte er sich einzulenken.

»Nun ja – vieles war gar nicht so falsch, das gebe ich gerne zu. Und einige Anliegen der Räte sind ja in die Verfassung der Republik eingeflossen.«

Sebastian nickte gedankenverloren, und Paul wusste, dass er jetzt gern bemerkt hätte: »Viel zu wenig.« Er traute sich aber nicht.

»Dass die geplante Enteignung des Großkapitals verhindert wurde, habe ich nie bedauert«, meinte Paul grinsend.

»Ich auch nicht«, sagte Sebastian zu seiner Verblüffung. »Es ist eine Maßnahme, die man nicht von heute auf morgen in die Tat umsetzen kann. Gerade jene, die sowieso benachteiligt sind, würden am meisten unter dem daraus folgenden Chaos leiden.«

»So ist es. Darf ich Sie noch zu einem kurzen Gespräch in mein Büro bitten, Herr Winkler? Ich denke, Frau Hoffmann hat ihren Schrecken inzwischen überwunden und ist bereit, uns einen Kaffee zu kredenzen.«

Er zeigte aufrichtige Reue. Während sie die Treppen im Verwaltungsgebäude hinaufstiegen, erklärte er, ein unverbesserlicher Pedant zu sein. Vor allem, was die deutsche Rechtschreibung und die Syntax beträfe.

»Und wie steht es mit den Zahlen?«

»Ich wollte als Bub einmal Mathematik studieren. Um den Weg der Sterne zu berechnen.«

Ach, du liebe Zeit. Besser, er hätte sich für Dreisatz, Bruchrechnung oder Bilanzführung begeistert. Aber er schien nicht dumm zu sein – möglich, dass er sich rasch einarbeitete. Nur musste er erst einmal wollen, das war das Problem. Lisas Problem. Und damit auch das seinige.

»Den Kaffee für mich bitte nicht so stark.«

Henriette Hoffmann ging zurück ins Vorzimmer, um ein Kännchen heißes Wasser zu holen. Er bedankte sich überschwänglich, sie blieb jedoch kühl. Bedauerlich – er hatte es sich vorerst mit ihr verdorben.

Sie ließen sich auf den Ledersesselchen nieder, hielten ihre Kaffeetassen in den Händen und plauderten ein wenig über Belanglosigkeiten. Dass nun der Frühling doch endlich durchgebrochen sei und auch die Buchen sich begrünten. Dass der kleine Johann schon wieder ein halbes Pfund zugenommen hatte und jeden anlachte, der sich über seine Wiege beugte. Dass die deutsche Wirtschaft Fahrt aufnahm und das Ruhrgebiet bald endgültig von den Franzosen geräumt werden würde. Schließlich fand Paul, dass es Zeit war, zur Sache zu kommen – er hatte schließlich noch mehr zu tun.

»Wie Sie vielleicht wissen, wird mein Partner, Herr Ernst von Klippstein, demnächst aus dem Betrieb ausscheiden.«

Sebastian war im Bilde. Entweder hatte er sich die Angelegenheit selbst zurechtgelegt, oder er hatte mit Lisa gesprochen.

»Da er sein Kapital aus der Fabrik herausnehmen wird, müssen wir in den kommenden Jahren vorsichtig haushalten. Ich möchte auf keinen Fall Arbeiter entlassen.« Das sollte der Herr Weltenverbesserer wissen, fand Paul. Vor ihm saß kein Kapitalist, der sich an seinen Arbeitern bereicherte, sondern ein Fabrikherr, der für das Einkommen von über zweitausend Männern und Frauen Verantwortung trug.

»Das ist nobel von Ihnen.«

Sebastian stellte seine Tasse auf den Tisch und versuchte, sich in dem Sesselchen gerade hinzusetzen. Es gelang schlecht, die Sitzgelegenheiten beförderten eher eine legere Haltung, in der Winkler sich nicht wohl fühlte.

»Herr Melzer, ich weiß zu schätzen, dass Sie mir am heutigen Vormittag einen so großen Teil Ihrer Zeit widmen. Mir ist auch bewusst, dass dies weniger mit meiner Person, als vielmehr mit der Tatsache zu tun hat, dass wir durch ungewöhnliche Umstände sozusagen in ein verwandtschaftliches Verhältnis getreten sind.«

»Nicht ganz«, unterbrach ihn Paul. »Ich habe Sie immer für einen tüchtigen Mann gehalten, und ich bedaure es ehrlich, dass Sie in Ihrem erlernten Beruf im Augenblick keine Anstellung finden. Deshalb möchte ich Ihnen die Möglichkeit bieten, Ihre Fähigkeiten in meiner Fabrik einzusetzen.«

Jetzt war es also gesagt. Paul fühlte sich erleichtert, dass er endlich aufs Ziel geschossen hatte.

»Das ist sehr großherzig von Ihnen, Herr Melzer.« Sebastian sah ihn mit großem Ernst an. »Ich werde mich mit aller Kraft dieser Aufgabe widmen. Wenn ich eine Bitte äußern dürfte – ich würde gern in der Weberei arbeiten.«

Paul blieb erst einmal die Spucke weg. Hatte er recht gehört? Dieser Verrückte wollte als ungelernte Kraft in der Weberei anfangen? Um die Situation der Arbeiter am eigenen Leib zu studieren? Wenn er das zuließ, würde Lisa einen hysterischen Anfall bekommen.

»Ich möchte Sie gern für eine andere Aufgabe gewinnen, Herr Winkler. Mir fehlen vertrauenswürdige Angestellte in der Buchhaltung.«

»Davon verstehe ich leider nur wenig.«

Hatte er nicht seinem Bruder, dem Schuster, die Bücher geführt? Dann musste er zumindest über einige Grundkenntnisse verfügen.

»Sie werden sich rasch einarbeiten. Herr von Klippstein wird noch bis Ende Mai in der Fabrik sein, er wird Sie gern in die Geheimnisse der einfachen und doppelten Buchführung einweihen.«

Klippi war mindestens so pingelig wie Sebastian – die beiden würden sich entweder gut oder gar nicht miteinander verstehen. Was abzuwarten blieb. Eines aber war sicher – mit diesem Sebastian Winkler handelte man sich einen Haufen Ärger ein.

»Wenn Sie mir diesen Posten zutrauen, Herr Melzer. dann sage ich nicht nein. Ach ja – dann hätte ich noch eine Frage zu dem Betriebsrat. Wie viele Personen sind dort vertreten? Und der Vorsitzende? Wie oft tagen sie? Werden sie dazu von der Arbeit freigestellt? Natürlich muss meine Einstellung vom Betriebsrat bestätigt werden, nicht wahr?«

»Sicher.«

Tatsächlich kam dieses Gremium höchstens alle zwei Monate zusammen, und zu sagen hatten sie de facto gar nichts. Deshalb fanden sich auch kaum Freiwillige für diese Aufgabe.

Er war froh, als die Hoffman ihm meldete, dass der Herr von Klippstein gerade eingetroffen sei, das gab ihm die Möglichkeit, Sebastian für eine Weile loszuwerden.

»Ausgezeichnet! Dann begleite ich Sie jetzt hinüber, und Sie erhalten die erste Einführung in Ihr künftiges Tätigkeitsfeld.«

Ernst von Klippstein war ihm diesen Gefallen mehr als schuldig. Noch vor einigen Monaten hatte er sich mit Händen und Füßen gegen den Vorschlag gewehrt, sein

Kapital aus der Fabrik abzuziehen, jetzt konnte es ihm damit nicht schnell genug gehen. Tja – die Liebe. Oder das, was er dafür hielt. Aber letztlich war er doch ein guter Kerl, denn er zeigte aufrichtige Reue.

»Ich freue mich sehr, Herr Winkler. Bleiben Sie gleich hier, damit wir uns kennenlernen können.«

»Sehr erfreut. Ganz herzlichen Dank, Herr von Klippstein.«

Erleichtert zog sich Paul in sein Büro zurück, wo bereits Alfons Dinter auf ihn wartete, um ihm die neuen Druckmuster zu zeigen. Paul war nicht unzufrieden, trotzdem erschienen ihm die Muster nicht besonders einfallsreich.

»Ihre Frau hat damals so hübsche Muster gezeichnet, Herr Melzer. Der Herr Dessauer, der die Walzen graviert, schwärmt heute noch davon.«

Paul sah seinen Arbeiter prüfend an, doch dessen Gesicht zeigte keinerlei Bosheit. Ganz im Gegenteil – er schien die Harmlosigkeit in Person.

»Lassen wir die Produktion anlaufen, Dinter«, sagte er in gleichmütigem Tonfall.

Der Rest des Vormittags flog am ihm vorüber, eine Entscheidung jagte die andere, dazwischen Telefonate, Post, Beschwerden, überhöhte Rechnungen, Kalkulationen, die knapp und doch nicht zufriedenstellend ausgefallen waren. Als er zum Mittagessen ging, meldete ihm die Hoffmann, dass Herr von Klippstein und Herr Winkler das Essen in der Stadt einnehmen würden.

»Soso.«

»Die beiden Herren gehen sehr freundschaftlich miteinander um«, fügte sie mit leiser Missbilligung hinzu.

»Wunderbar!«

Erleichtert stieg er in seinen Wagen und fuhr zur Tuchvilla hinüber. Der Park war eine Farbsinfonie, die nur der

Frühling hervorbrachte. Zwischen dem Lindgrün der Buchen standen dunkle Tannen, tiefgrüner Wacholder, bläuliche Zedern. Weiß blühendes Buschwerk unterbrach das Grün, die roséfarbige Pracht der Mandelbäumchen leuchtete, und die Stiefmütterchen im Rondell vor der Villa explodierten in allen Farben des Spektrums. Wie schade, dass er seine Tage in der grauen Fabrik und in seinem ebenso grauen Büro verbringen musste. Wie fern erschienen ihm auf einmal glückliche Kinderzeiten, da er noch mit den Schwestern an den Nachmittagen im Park herumstrolchte und mit seinen Freunden zum Angeln in die Wiesen ausbüxte ...

Seine Kinder, Leo und Dodo. Sie sollten in diesem Park ebenso frei und glücklich sein, wie er es damals gewesen war. Und Marie, seine Marie.

Er riss sich zusammen, parkte den Wagen wie gewöhnlich gleich vor dem Eingang und grinste, als gleich zwei eifrige Diener die Treppe hinuntereilten.

»Wann hätte es das je in der Tuchvilla gegeben?«, scherzte er. »Zwei Hausdiener – das ist ja schon fast königlich.«

In Wirklichkeit waren weder Humbert noch Julius vollständig einsatzfähig, sie halfen sich gegenseitig. Wider Erwarten schienen sie gut miteinander auszukommen.

Oben im Flur kam ihm Lisa entgegen. Sie war immer noch ziemlich füllig, doch ihre Ausstrahlung hatte sich während der vergangenen Wochen gewandelt. Sie wirkte jetzt mit sich und der Welt zufrieden, und ihr Lächeln war das einer glücklichen Frau.

»Das hast du wunderbar hinbekommen, Paul«, sagte sie und fasste vor Begeisterung seine Hand. »Sebastian hat vorhin angerufen – er geht mit Klippstein essen und will mir gleich Bericht erstatten. Ich glaube, wir haben es geschafft!«

»Geschafft ist das richtige Wort«, scherzte er und drehte die Augen zur Decke. »Dein geliebter Sebastian ist ein harter Knochen, an dem sich jeder Arbeitgeber die Zähne ausbeißen muss.«

Diese Einschätzung gefiel ihr so gut, dass sie in ein fröhliches Lachen ausbrach. »Ja, er hat seine Prinzipien.«

Paul entschied, dass es nicht viel Sinn hatte, mit seiner Schwester über Sebastian Winkler zu streiten. Da sie ihn nun einmal liebte, würde er sich mit ihm arrangieren müssen. Punktum.

»Wie geht es Mama?«, stellte er die übliche Frage.

Lisas Gesicht zeigte tiefste Besorgnis.

»Ganz schlecht, Paul. Sie ist vollkommen außer sich. Vor allem wegen dieses Artikels in der Zeitung. Und dann ist da auch noch Serafina.«

»Was denn schon wieder für ein Zeitungsartikel? Ich habe nichts Schlimmes gelesen, heute Früh.«

Lisa grinste anzüglich. »Weil du den Kulturteil über-blättert hast.«

Ihm dämmerte etwas. Hatte Kitty nicht neulich be-merkt, die Vorbereitungen seien in vollem Gang? Ende Mai würde man eröffnen und vorher tüchtig Werbung machen.

»Die Ausstellung?«

»Erraten!«

Er holte tief Luft und wappnete sich, bevor er die Tür des Speisezimmers öffnete. Ein Mittagessen in familiärer Harmonie würde das also nicht werden.

Mama saß bereits auf ihrem Platz, kerzengerade wie immer, vor sich ein Glas Wasser, in der Hand einen Ess-löffel, in dem sie gerade ein Kopfschmerzpulver auflöste. Lisa und Paul wechselten einen beklommenen Blick und setzten sich auf ihre Plätze. Mama beachtete sie kaum, sie konzentrierte sich darauf, das bittere weiße Zeug auf ihrem Löffel zu schlucken und mit Wasser nachzuspülen. Anschließend räusperte sie sich, sprach das Tischgebet und bedeutete Humbert, der mit der Suppenterrine kam, dass sie heute nichts zu sich nehmen würde.

»Nur eine Kleinigkeit, gnädige Frau. Damit Ihnen das Pulver nicht auf den Magen schlägt.«

»Danke, Humbert. Später.«

Humbert verbeugte sich mit bekümmerter Miene und teilte die Suppe an Lisa und Paul aus. Kaum war er aus dem Zimmer, da spürte Paul Mamas vorwurfsvolle Augen.

»Ich nehme an, du hast die Zeitung heute Früh gelesen?«

»Nur den politischen Teil und den Wirtschaftsteil, Mama. Wir haben wieder einen Reichskanzler, was ja äußerst erfreu…«

»Lenk bitte nicht ab, Paul!«

»Ich habe den Artikel, den du vermutlich ansprichst, leider nicht gelesen, Mama. Geht es um die Ausstellung?«

»Allerdings. Oh Paul, du hattest mir versprochen, diese fürchterliche Angelegenheit zu verhindern! Und dann erscheint solch ein Artikel in den ›Augsburger Neueste Nachrichten‹! Ich traute meinen Augen kaum. Über eine halbe Seite lang. Mit drei Fotografien. Ein ellenlanges Geschwafel über diese lasterhafte Person, die deinen Vater an den Rand der Verzweiflung trieb.«

Bei allem Verständnis für ihr Entsetzen – das durfte er nicht unwidersprochen stehen lassen.

»Bitte, Mama – Maries Mutter war eine Künstlerin, sie lebte nach anderen Gesetzen als der normale Bürger. Ich möchte nicht, dass du den Begriff ›lasterhaft‹ mit ihr in Verbindung bringst!«

Lisa sah mit starrem Blick auf den Blumenstrauß, den

Dörthe für den Mittagstisch gepflückt hatte. Mama atmete heftig, ihre blassen Wangen nahmen Farbe an.

»So weit ist es also schon gekommen, dass mir in meinem eigenen Haus der Mund verboten wird. Wie würdest du die Lebensführung dieser Frau also bezeichnen, Paul?«

Wieso war es eigentlich so schwierig, streitende Frauen zur Räson zu bringen? Vermutlich gehörte dazu eine Frau, er als Mann stand sowieso auf verlorenem Posten.

»Ich werde mir den Artikel durchlesen«, sagte er in bemüht ruhigem Tonfall. »Er scheint tatsächlich ziemlich übertrieben und unnötig lang zu sein. Aber Zeitungsschreiber sind nun einmal eine besondere Sorte.«

Das musste auch Mama zugeben, denn man hatte während der unseligen Geschichte mit der armen Maria Jordan böse Erfahrungen mit der Presse machen müssen.

»Ansonsten hatte ich dir ja gesagt, dass ich Marie versprochen habe, nichts gegen diese Ausstellung zu unternehmen. Du weißt, dass ich Marie immer noch sehr schätze und sie nicht verletzen will. Schließlich geht es um ihre Mutter.«

Mama hatte für dieses Entgegenkommen kein Verständnis. Sie schwieg, solange Humbert den Hauptgang – gefüllten Schweinebraten mit Rotkohl und Kartoffeln – servierte, doch sie hob sich ihren Zorn gut auf.

»Wenn du tatsächlich glaubst, deine Frau zurückzugewinnen, wenn du ihr ihren Willen lässt, dann irrst du dich, Paul. Du erreichst damit nur, dass sie den Respekt vor dir verliert.«

»Aber Mama«, mischte sich Lisa ein. »Wir leben doch nicht mehr im neunzehnten Jahrhundert. Als die Frau dem Manne noch untertan sein musste.«

Von zwei Seiten attackiert, beharrte Mama nun erst recht auf ihrem Standpunkt. Sie presste die Lippen zusammen und blickte in Richtung Fenster mit der Miene einer Frau, der von nahestehenden Menschen bitteres Unrecht getan wurde.

»Liebe wird aus Achtung geboren«, sagte sie mit Betonung. »Das galt damals und gilt auch heute noch!«

»Aus gegenseitiger Achtung, Mama«, bemerkte Lisa freundlich lächelnd. »So meinst du es doch, oder?«

»Den Ehemann zu zwingen, seine eigene Familie mit Schande zu überhäufen – das zeugt nicht gerade von Achtung! Und von Liebe schon gar nicht!«

Paul beschloss diesem Thema vorläufig nichts mehr hinzuzufügen, um wenigstens die Mahlzeit in Ruhe beenden zu können. Leider hatte Mama noch ein zweites Reizthema im Ärmel.

»Damit du später nicht überrascht bist, Paul: Serafina hat mir gekündigt. Sie wird uns schon am Freitag verlassen, da sie ihre neue Stellung am 15. Mai antreten soll.«

Paul bemerkte ein selbstzufriedenes Grinsen in Lisas Mundwinkeln, und er ärgerte sich darüber. Welche geheimen Netze hatte seine Schwester da wohl gesponnen, um die unliebsame ehemalige Freundin aus dem Haus zu entfernen? Und alles natürlich hinter seinem Rücken. Dieses Mal konnte er Mamas Empörung sogar verstehen.

»Ach! So einfach, ohne die Kündigungsfrist einzuhalten? Und was für eine neue Stellung ist das?«

Mama nahm noch einen Schluck Wasser, dann gestattete sie Humbert, ihr den Nachtisch zu servieren. Warmer Apfelkuchen mit Vanillecreme, zart mit Puderzucker bestäubt. Offensichtlich war ihr Appetit nun zurückgekehrt, da sie ihrem Ärger Luft gemacht hatte.

»Sie wird Hausdame bei Rechtsanwalt Grünling. Frau Direktor Wiesler hat ihr die Position vermittelt.«

Aha, dachte Paul. Also steckt Kitty dahinter.

Mit einem wohligen Seufzer grub Lisa ihre Kuchengabel in den Apfelkuchen, der unter einer dünnen Kruste den süßen, weichen Teig und die säuerlichen Apfelstückchen verbarg. »Humbert – warum wird kein Kaffee serviert?«

»Pardon, gnädige Frau. Kommt sofort.«

Nach dem Mittagessen zog sich Paul mit einer Ausgabe der »Augsburger Neueste Nachrichten« ins Büro zurück, das gleich neben dem Speisezimmer lag. Er breitete den Kulturteil auf dem Schreibtisch aus, begann zu lesen und wurde mit jedem Satz zorniger.

»… die großartige Malerin, ein lange verkanntes Talent, lebte einst in den Mauern unserer Stadt. Wie glücklich kann sich unser geliebtes Augsburg schätzen, eine solche ungewöhnliche und talentierte Künstlerin beherbergt zu haben. Umso mehr drängt sich uns nun die Frage auf, wie es zu dem tragischen, allzu frühen Tod der jungen Frau kommen konnte. Warum musste die junge Luise Hofgartn, die eine solch einzigartige Karriere als Malerin vor sich hatte, in bitterer Armut sterben? Man mag versucht sein, an die Künstler von Montmartre zu denken, die kompromisslos allein für ihre Kunst leben, hungern und frieren und dabei Großes vollbringen. Auch Luise Hofgartner folgte ihrer Bestimmung, mit all ihrem Sein diente sie nur der edlen Kunst, und doch musste sie untergehen. Warum erhielt sie keine Aufträge in Augsburg? Wie konnte es sein, dass sie mit ihrer kleinen Tochter in abgrundtiefe Armut geriet? Wir wollen nicht anklagen. Und doch muss die Frage erlaubt sein, in welcher Beziehung Luise Hofgartner zu Johann M., einem bekannten Augsburger Textilfabrikanten stand …«

Wütend knüllte Paul die Zeitung zusammen. Was für ein niederträchtiges Geschreibsel. Wer hatte diese Details an die Presse gegeben? Verdammt, er hatte natürlich gewusst, dass es Gerede geben würde. Aber nicht, dass dieser üble Klatsch bereits Wochen vor der Ausstellungseröffnung mit solcher Deutlichkeit in der Presse ausgebreitet würde!

Das Telefon läutete. Mechanisch nahm er den Hörer ab, vermutete, dass es Sebastian Winkler war, der seiner Lisa Bericht erstatten wollte. Er würde ihm kurz und knapp erklären, dass Telefongespräche zwischen der Fabrik und der Tuchvilla Geld kosteten und wichtigen Anlässen vorbehalten waren.

»Paul? Ich bin es, Marie.«

Er brauchte einen Moment, um sich zu fassen. »Marie. Entschuldige, ich hatte dich nicht erwartet.«

»Ich melde mich nur ganz kurz. Du weißt ja, meine Mittagspause ist knapp bemessen. Es geht um den Zeitungsartikel.«

»Ach ja?«, entfuhr es ihm zornig. »Hast du dieses Machwerk etwa in Auftrag gegeben?«

Die Nerven gingen ihm durch, es musste an den Ärgernissen liegen, die seit dem Morgen auf ihn einstürmten. Marie schien erschrocken, denn sie schwieg zunächst.

»Nein, ich war es nicht. Ich wollte dir im Gegenteil sagen, dass ich mit dieser Aufmachung keineswegs einver…«

»Warum hast du es dann nicht verhindert?«, schimpfte er. »Ich habe mich wirklich bemüht, dir entgegenzukommen. Ist das jetzt der Dank dafür? Luise Hofgartners postume Rache an den Melzers?«

»Ich verstehe«, sagte sie leise. »Es hat sich nichts geändert.«

Er spürte, wie sein Zorn in sich zusammenfiel. Wieso hatte er sie so angefahren? Hatte sie nicht angerufen, um ihm zu sagen, dass es nicht ihre Schuld war? Er musste ihr sagen, dass er sich über diesen Anruf freute. Dass er die ganze Zeit über sehnsüchtig auf ein Zeichen von ihr gewartet hatte. Und vor allem, dass ihm diese verdammte Ausstellung nicht mehr wichtig war. Es ging um sie beide. Um ihre Liebe. Um ihre Ehe. Die Sätze überstürzten sich in seinem Kopf, und da er unsicher war, wie er beginnen sollte, brachte er gar nichts über die Lippen.

»Ich muss zur Arbeit«, sagte Marie kühl. »Adieu.«

Bevor er antworten konnte, hatte sie aufgelegt. Paul starrte auf den schwarzen Telefonhörer in seiner Hand wie auf ein hässliches Reptil und glaubte, bröckelndes Gestein zu hören. Das Haus seiner Hoffnungen war nicht allzu fest gebaut – ein Windhauch und es stürzte in sich zusammen.

39

Tee für Frau von Hagemann und zweimal Kaffee«, rief Humbert in die Küche hinein.

Fanny Brunnenmayer erhob sich, um den Wasserkessel vom Herd zu nehmen, die Kannen standen bereits fertig zum Übergießen auf dem Tisch.

»Die Rosa, die ist fein heraus«, bemerkte Gertie neidisch. »Die trinkt oben mit der Herrschaft Kaffee, und nachher kommt sie zu uns herunter und trinkt noch einmal einen großen Becher Milchkaffee.«

»Wenn du Spaß daran hast, dir die Nächte mit dem kleinen Schreihals um die Ohren zu schlagen…«, bemerkte Humbert, der kein Freund von Babys war.

Das hatte Gertie einige Tage tun müssen, bevor man Rosa Knickbein als Kinderfrau in die Tuchvilla geholt hatte. Keinesfalls sehnte sie sich nach dieser Zeit zurück.

»Nee, dank schön«, meinte sie und lachte. »Dann schon lieber Kammerzofe.«

Sie hatte es geschafft. Ab dem kommenden Monat würde sie bei Frau von Hagemann ihren Dienst als Kammerzofe antreten. Zunächst auf Probe für drei Monate, wenn sie sich bewährte, würde sie in dieser Position fest eingestellt werden. Welch ein Triumph! Da hatte sich der teure Kurs doch gelohnt. Schluss mit dem Küchenmädeldasein – sie war aufgestiegen und fest entschlossen, es noch weiterzubringen.

»Mei – wenn du es machst wie die Marie, dann kannst

in zwanzig Jahren vielleicht den kleinen Leo ehelichen und Frau Direktor Melzer werden«, hatte die Else boshaft gewitzelt.

Dass die Else auf Gertie eifersüchtig war – das verwunderte niemanden. Schließlich hatte sie es in über dreißig Jahren zu nichts anderem als zum Stubenmädel gebracht.

Dörthe schlurfte in die Küche, sie hatte brav ihre Holzpantinen draußen vor dem Dienstboteneingang ausgezogen und war in Filzpantoffel geschlüpft. Weil ihr die Köchin schon zweimal gedroht hatte, sie würde ihr den großen Kochlöffel um die Ohren hauen, wenn sie noch ein einziges Mal mit ihren dreckigen Holzpantinen in die Küche kam.

»Hast den Kaffee gerochen?«, meinte die Brunnenmayer gutmütig. »Wasch dir aber erst die Hände, bist ja wieder von oben bis unten eingekleistert.«

Dörthe grinste und begab sich zum Spülstein. Jetzt, Anfang Mai, war sie vom Morgen bis zum Abend im Park zugange. Manchmal holte sie Humbert oder Julius zu Hilfe, weil sie die üppig sprießenden Rasenflächen nicht allein mähen konnte. Meist aber machte sie sich ohne Unterstützung zu schaffen, beschnitt die Büsche, säuberte die Kieswege, legte Beete an und jätete das Unkraut. Sie hatte sogar begonnen, einen der großen Komposthaufen durchzusieben, um die so gewonnene fruchtbare Erde auf den Beeten zu verteilen.

»Ein paar Schafe, die würden die Wiesen kurz halten. Und düngen würden sie's auch gleich«, verkündete sie.

Sie umfasste den Kaffeebecher mit beiden Händen und hob ihn an den Mund. Beim Trinken schlürfte sie hörbar, sie rülpste auch laut nach dem Essen und kratzte sich ausgiebig an Stellen, von denen man nicht einmal sprechen durfte. Sie fand das ganz in Ordnung. Aber weil sie sonst recht umgänglich, wenn auch tollpatschig war, lachte man nur über sie und nahm es ihr nicht übel.

»Da kannst lange warten, bis der Herr Melzer eine Schafherde anschafft«, kicherte Else.

Humbert nahm das Tablett mit Tassen, Kannen und Gebäckschale und trug es zum Treppenaufgang. Julius war immer noch drüben in der Waschküche mit Schuheputzen beschäftigt. Der April hatte sich mit Sonnenschein verabschiedet, der Mai jedoch bescherte dem Land reichlich Regen, der bekanntlich das Wachstum der Pflanzen förderte.

»Da hängt's schon wieder über uns«, meinte Dörthe und wies mit dem Daumen über die Schulter zum Küchenfenster.

Tatsächlich wurde es immer dunkler, die Gertie, die rasch noch einen Topf hatte scheuern wollen, musste ganz genau hinschauen, damit sie keinen angebrannten Milchrest übersah.

»Wird wohl ein Gewitter geben«, meinte Else angstvoll. »Da! Es hat in den Wolken gezuckt.«

»Mairegen bringt Segen«, bemerkte Gertie mit einem kurzen Blick nach draußen. Gleich darauf stellte sie den Topf zurück in den Spülstein und trocknete sich hastig die Hände an der Schürze ab.

»Da schaut doch!«, rief sie und eilte zum Fenster. »Da läuft sie. Mit Koffer und Reisetasche!«

Alle außer Dörthe hatten verstanden. Humbert hatte ihnen schon vor Tagen berichtet, dass die Hausdame gekündigt habe.

»Dem Herrgott sei's getrommelt und gepfiffen!«, hatte die Brunni gerufen. »Wenn's nur wahr ist, Humbert!«

Alle stürzten zum Küchenfenster, die Dörthe mit ihrem Kaffeebecher, Else, die gerade Weißbrot mit Butter bestrich, hielt noch das Messer in der Hand. Auch Julius, der gerade nach getaner Arbeit in die Küche kam, stellte sich zu den anderen.

»Was ist denn los?«

»Bäh – Sie riechen nach Schuhwichse, Julius.«

»Geh mal beiseite, Dörthe! Du nimmst allen die Sicht!«

»Was hier los ist, hab ich gefragt!«

»Die von Dobern macht sich davon!«

»Im Ernst? »

»Nee. Im Mantel. Und mit Hut.«

Man drängte sich gegenseitig beiseite, schließlich öffnete Julius das Fenster, weil die ehemalige Hausdame bereits die Allee erreicht hatte und sich eilig entfernte.

»Den Mantel hat sie von der gnädigen Frau Alicia bekommen«, stellte Else ärgerlich fest. »Und den Hut auch. Nur die ausgelatschten Schuhe, die hat sie damals mitgebracht.«

»Das altmodische Zeug gönn ich ihr«, fand Gertie. »Hätt ich nicht geschenkt haben wollen, diesen Deckel!«

Ein heftiger Donnerschlag ließ alle zusammenfahren. Gleich darauf fuhr eine Windbö durch den Park, rüttelte an den Fichten und riss an den Zweigen der Buchen und alten Eichen. Irgendwo auf dem Hof tat es einen Schlag.

»Ach Gottchen«, sagte Dörthe. »Die gute Hacke.«

Blitze fuhren über den dunklen Himmel, sie sahen aus wie weißglühende Zackenlinien.

»Hoffentlich schläg's net ein.«

»Eichen sollst du weichen.«

»Vielleicht fällt ihr ja ein Baum aufs Hirn.«

»Oder der Blitz derschlag's!«

»Jetzt, wo sie sowieso geht, ist's eh egal.«

»Besser spät als nie«, knurrte Julius.

Der Himmel hatte jedoch Erbarmen mit Frau von

Dobern, denn die Blitze verschonten sie. Dafür geriet sie in den heftig herabstürzenden Regen, und man sah, dass sie unter einem Ahorn Schutz vor der Sintflut nahm.

»Bis auf die Haut. Das ist recht so. Hat sie sich verdient.«

»Jetzt macht das Fenster zu, sonst wird hier alles nass«, mahnte Julius.

»Jessus, mein Brotteig!«, jammerte die Köchin. »Der ist jetzt ausgekühlt und geht nimmer. Alles wegen der Hexe.«

Julius schloss das Fenster und beugte sich noch einmal vor, um hinauszusehen, doch der Regen war jetzt so dicht, dass man kaum noch das ummauerte Beet in der Hofmitte erkennen konnte. Dörthe jammerte, dass der verdammte Regen ihre Vergissmeinnicht und Stiefmütterchen niederdrückte und die frisch gepflanzten Tagetes jetzt wohl davonschwämme. Aber niemand hörte auf sie. Humbert war zurückgekommen und schickte Else nach oben, weil ein Korb Babywäsche angefallen war, der in die Waschküche gebracht werden musste.

»Klammheimlich hat die von Dobern heute Früh ihre Kammer geräumt und die Koffer gepackt«, berichtete Humbert. »Aber ich hab's schon gesehen.«

»Nicht mal verabschiedet hat sie sich von uns«, sagte die Köchin kopfschüttelnd.

»Darauf kann ich leicht verzichten«, meinte Gertie.

»Aber gehören tut sich das net.«

Else kehrte schnaufend in die Küche zurück. Sie hatte sich mit dem Wäschekorb fürchterlich beeilt, um ja nichts zu verpassen.

»Das regnet sich die Seele aus dem Leib. Und wie es donnert«, seufzte sie und setzte sich an den Tisch zu ihrer Kaffeetasse.

»Richtig unheimlich«, murmelte Julius.

Gertie zuckte mit den Schultern und nahm sich eine gebutterte Weißbrotscheibe. »Ein Gewitter halt«, meinte sie und strich sich Erdbeermarmelade über die Butter. »Da ist's unter einem Baum nicht grad gemütlich. Aber wenn sie erst bei ihrem neuen Dienstherrn ist, da wird sie schon trocken werden.«

»Der Grünling«, meinte die Köchin abfällig. »Was will der denn mit so einer? Der steht doch nur auf die jungen Hühnchen mit den zarten Brüsten und knusprigen Schenkeln.«

Humbert drehte die Augen nach oben und senkte die Nase in seinen Kaffeebecher. Gertie kicherte vergnügt. Else hielt sich die Hand vor den Mund, Julius schmunzelte und fand den Witz sehr gelungen.

»Da kommt er bei der von Dobern aber nicht auf seine Kosten, der Herr Anwalt«, sagte er, nicht ohne Neid.

Gertie kaute zu Ende und blinzelte währenddessen mit überlegener Miene in die Runde.

»Bei den Herren über fünfzig ist sowieso Schluss«, erklärte sie und trank einen langen Schluck Milchkaffee. »Da werden's höchstens im Rücken steif, aber sonst nirgendwo. Und weil sie sich vor den jungen Madeln nicht blamieren wollen, suchen sie sich eine verständnisvolle Dame gleichen Alters mit festen Grundsätzen und einem frommen Haarknötchen im Nacken. So einer ›Glaubensfrucht‹.«

Gelächter kam auf. Die Brunnenmayer amüsierte sich über die »Glaubensfrucht«. Gleich darauf jedoch zuckte wieder ein greller Blitz auf, und man konnte sekundenlang den Park und die Allee in bläulichem Geisterlicht sehen. Der Donnerschlag, der nun folgte war so gewaltig, dass Else das gerade angebissene Weißbrot aus der Hand fiel. Humbert wurde totenbleich. Er glitt von seinem Sitz und kauerte sich zitternd auf dem Fußboden zusammen.

»Einschlag … Volltreffer … An die Gewehre … Angriff.«

»Humbert! Der Krieg ist lange vorbei!«

Die Fanny Brunnenmayer kniete sich neben ihn und redete auf ihn ein, doch er hielt sich die Ohren zu und brabbelte weiter allerlei verrücktes Zeug. Es donnerte noch einmal, dann hörte man, dass die Tür zum Hof geöffnet wurde. Eine triefende Gestalt in einem grauen Regencape erschien in der Küche, die spitze Kapuze tief ins Gesicht gezogen. Eine Erscheinung aus einer anderen Welt, denn Maria Jordan, die früher genau solch einen Umhang getragen hatte, weilte nicht mehr unter den Lebenden.

Else schrie hysterisch auf, Julius griff sich an den Hals, Gerties Blick wurde starr. Nur Dörthe, die Maria Jordan zu Lebzeiten nie gesehen hatte, sagte freundlich:

»Guten Tag auch.«

»Guten Tag«, sagte Hanna und zog die Kapuze herunter. »Was für ein grauenhaftes Wetter.«

Else lockerte die Glieder und lehnte sich erschöpft gegen die Wand, Julius ließ die aufgestaute Luft zischend aus der Lunge entweichen.

»Jessus Maria«, sagte Gertie. »Hast du uns aber erschreckt. Woher hast du dieses Cape?«

»Beim Trödler gekauft – warum?«

Gertie zögerte, weil sie sich eigentlich schämte, so dumm gewesen zu sein. Aber sie war ja nicht allein.

»Wir haben im ersten Moment gedacht, die Maria Jordan sei auferstanden.«

»Um Gottes willen!«, sagte Hanna erschrocken.

Dann zog sie hastig das nasse Regencape aus und lief zu Humbert, fasste ihn an den Schultern und flüsterte ihm etwas ins Ohr. Man konnte sehen, wie er sich entspannte, er lehnte den Kopf zurück und lächelte sogar.

Bleich war er immer noch, aber es ging schon wieder. Die Hanna war eine Zauberin. Zumindest wenn es um Humbert ging.

Julius war aufgestanden, um das Regencape genauer zu untersuchen. Er drehte es hin und her, hielt es vor sich ausgebreitet und besah auch die Innenseite.

»Möglich wär's ja«, murmelte er.

Er seufzte und hängte das Kleidungsstück an den Haken.

»Könnt schon sein, dass der Gauner ihre Sachen an den Trödler gegeben hat«, murmelte die Brunnenmayer, die sein Tun beobachtet hatte. »So ein Lump, der Sepp. Sticht ihr ein Messer in den Bauch und lässt einen anderen dafür ins Gefängnis gehen.«

Julius setzte sich schweigend an den Tisch und starrte vor sich hin. Er hatte kaum über die Angelegenheit geredet, seitdem er wieder in der Tuchvilla war. Dass die Polizei den richtigen Mörder inzwischen festgenommen und überführt hatte, wussten sie alle aus der Zeitung. Es war tatsächlich der Josef Monzinger gewesen, ihr Ehemann. Angeblich hatte sie sich schon vor Jahren von ihm getrennt, aber er stellte ihr nach und wollte Geld von ihr. Die Polizei hatte in dem Zimmer, das er gemietet hatte, mehrere Schatullen mit wertvollen Schmuckstücken aus dem Besitz der Ermordeten gefunden, außerdem eine Menge Geld. Der Sepp war sturzbetrunken gewesen bei seiner Festnahme, heulte wie ein Schlosshund und rief immer wieder, dass er seine Tat bereue.

»Wer wohl all das Geld bekommt«, hatte Gertie überlegt. »Wo der Sepp doch für den Rest seines Lebens hinter Gittern hocken wird.«

Niemand konnte das sagen. Vielleicht hatte die Jordan ja Verwandtschaft gehabt. Oder Kinder.

»Hast dir wohl Hoffnungen gemacht, sie zu heiraten,

Julius?«, hatte Else wenig rücksichtsvoll gefragt. »Bist ihr doch nachgestiegen, seitdem sie reich war.«

Julius hatte sie schweigend mit bösen Augen angestarrt, da bekam sie es mit der Angst und versicherte, sie habe das nicht so gemeint.

»Hast ein Gemüt wie ein Fleischerhund, Else«, hatte die Brunnenmayer sie angefahren.

Dann hatte man lange nicht mehr darüber geredet, weil ihnen der Julius leidgetan hatte. Die Zeit im Gefängnis und die Todesangst, als Mörder an den Galgen zu kommen, hatten ihm schwer zugesetzt. Auch wenn sie alle davon überzeugt waren, dass er der Jordan aus reiner Profitgier schöne Augen gemacht hatte – eine solche Strafe war schon arg.

Aber dass der Julius heute das Regencape so eingehend besah und dann so tief seufzte, war wohl ein Zeichen dafür, dass er auch ein wenig mit dem Herzen dabei gewesen war.

»Es hat nicht sollen sein«, sagte er leise und stützte das Kinn in die Hände. »Das Leben ist ein Spiel, und das Schicksal mischt die Karten. Die kann man nicht austauschen, und schummeln geht auch nicht – man muss nehmen, was man bekommt.«

»Jessus – bist unter die Dichter gegangen, Julius?«

Er blinzelte zu Gertie hinüber und meinte, das könne schon möglich sein. »Eines Tages schreibe ich meine Lebenserinnerungen – dann werdet ihr alle staunen!«

Gertie nahm sich die letzte Weißbrotscheibe und wollte Kaffee nachgießen, die Kanne war jedoch schon leer.

»Wovon willst denn da schreiben? Von deinen Liebschaften vielleicht? Mei – so wild wird's da net zugegangen sein.«

Julius schnüffelte verachtungsvoll und zog die Augenbrauen hoch. »Von meinen Erfahrungen im Umgang mit den adeligen Herrschaften will ich berichten. Und ich denke, dass sich dafür eine interessierte Leserschaft finden wird!«

Niemand am Tisch zeigte Begeisterung, nicht einmal Else, die – wie Gertie längst gemerkt hatte – an ihren freien Tagen Liebesromane verschlang, in denen nur adelige Leute vorkamen.

»Das ist net anständig«, urteilte Fanny Brunnenmayer. »Die Herrschaft bloßstellen und Klatsch verbreiten. Da tut mir der Herr von Klippstein jetzt schon leid, dass er sich so einen ins Haus geholt hat!«

Julius machte eine wegwerfende Handbewegung, aber man sah ihm an, dass er ein wenig besorgt war. Ernst von Klippstein hatte ihm angeboten, mit ihm nach München zu gehen, um dort in seinem neuen Haus in Pasing den Posten des Hausdieners zu übernehmen. Julius hatte mit Freuden »ja« gesagt, denn er fürchtete nicht zu Unrecht, in Augsburg keine passende Anstellung mehr zu finden.

»Das war nur ein Scherz«, verkündete er in die Runde. »Natürlich würde es mir nie einfallen, solche Indiskretionen zu begehen.«

Da außer Fanny Brunnenmayer und Humbert niemand mit diesem Fremdwort etwas anfangen konnte, nickte man und dachte sich seinen Teil. Überhaupt wurde es Zeit, wieder an die Arbeit zu gehen. Das Abendessen musste vorbereitet, die Schweinsfüßchen für morgen vorgekocht und kühlgestellt werden, und der Abwasch stand auch noch bevor. Gertie durfte heute Abend den Herd putzen und einfetten, Else hatte die Kindersachen zu waschen und auf die Leine zu hängen, weil die Waschfrau erst wieder am Montag kam.

»Regnet es noch?«, wollte Else wissen.

Der Regen war schwächer geworden, hie und da schlich sich sogar ein schüchterner Sonnenstrahl durch die Wolken. Der Park sah aus wie frisch gewaschen. Laub und Wiesen glänzten, das Blau und Lila der Stiefmütterchen war kräftiger als zuvor, zwischen ihnen leuchtete das warme Gelb der Tagetes.

»Da hat der liebe Herrgott die Pflanzen für mich angegossen«, sagte Dörthe. »Da setz ich noch rasch die letzten Tagetes und grab die Beete an der Mauer um. Das geht jetzt wie Butter.«

Tatkräftig schlurfte sie in Filzpantoffeln zum Hofausgang. Gleich darauf läutete es oben im roten Salon – das Kaffeegeschirr musste abgeräumt werden.

»Ich geh schon, Humbert«, sagte Julius und eilte davon.

»Mitunter kann er sogar nett sein«, meinte Gertie grinsend. »Wir werden ihn vermiss…«

Es klopfte an der Tür zum Hof. Allen in der Küche fuhr der Schreck in die Glieder.

»Die wird doch net zurückkommen?«, flüsterte Gertie.

»Die von Dobern?«, zischelte Else. »Behüt der Himmel.«

Fanny Brunnenmayer war schon auf dem Weg zur Speisekammer. Jetzt blieb sie stehen und schüttelte den Kopf über solch dummes Geschwätz.

»Das wird der Franzl Kummerer von der Mehlfabrik Lechhausen sein. Mach auf, Dörthe. Und sag ihm, er soll Obacht bei den Stufen geben, dass es ihn mit dem Sack auf der Schulter net hinhaut wie das letzte Mal.«

»Einen guten Tag auch, gnädiger Herr.«, hörte man Dörthe sagen, und Gertie, die noch rasch ihren Becher zum Spülstein trug, musste grinsen. »Gnädiger Herr« sagte die zu dem Burschen mit dem Mehlsack. Wahrscheinlich knickste sie sogar vor dem.

»Auch Ihnen einen guten Tag«, sagte jemand an der

Tür. »Ich suche die Fanny Brunnenmayer. Ist sie noch hier beschäftigt?«

Die Köchin blieb kurz vor der Speisekammer wie angewurzelt stehen, als habe jemand ein Bannwort gesprochen.

»Heilige Jungfrau!«, hörte man Else ausrufen. »Das kann nicht die Wahrheit sein. Das ist ... das ist ein Geist. Oder ... bist du's wirklich?«

»Robert!«, sagte die Brunnenmayer und wagte es erst jetzt, sich umzuwenden. Sie fuhr sich mit der Hand über die Stirn, als müsse sie etwas in ihrem Kopf zurechtschieben. »Ja, Robert! Dass ich dich noch einmal wiederseh!«

In die Küche trat jetzt ein elegant gekleideter Herr, nahm den Hut ab und lachte fröhlich über das Entsetzen der beiden Frauen. Gertie war auf der Stelle verliebt. Was für ein ansehnlicher Mann. Ein paar graue Fädchen im dunkelblonden Haar, glatt rasiert, die Nase nicht zu groß, die Lippen schmal, aber sinnlich.

Er nahm die mollige Köchin ohne Umschweife in die Arme, als sei sie seine Mutter oder Großmutter, dann tat er das Gleiche mit Else, die vor Verlegenheit fast in Ohnmacht fiel.

»Ich bin für ein paar Tage im schönen Augsburg«, erzählte er. »Und da wollte ich doch unbedingt diese Küche noch einmal sehen.«

Er wandte sich jetzt Hanna und Humbert zu, die ihn staunend und ein wenig misstrauisch besahen.

»Ich war vor Jahren hier einmal Hausdiener«, erklärte er. »Gestatten: Robert Scherer.«

Er reichte ihnen über den Tisch hinweg die Hand und erschien ungewöhnlich gut gelaunt. Wie unbefangen er sich benahm. Er ging in der Küche umher, besah die Schränke und Regale, nahm diesen Topf oder jenen Teller heraus und stellte die Sachen dann wieder an ihren Platz.

»Es hat sich gar nicht viel verändert«, meinte er dann. »Alles noch so wie damals.«

»Setz dich her«, befahl die Brunnenmayer. »Oder bist jetzt zu fein, um bei uns in der Küche zu hocken?«

Er lachte und knöpfte die Jacke auf, legte seinen Hut auf den Tisch und setzte sich auf die Bank.

»Ich komme aus einem Land, in dem die Standesunterschiede nicht mehr gelten. Was nicht heißt, dass dort alle Menschen gleich sind.«

Er begann, von Amerika zu erzählen. Eine neue, fremde Welt, in die er damals voller Tatendrang und mit liebeswundem Herzen gereist war.

»Nein – es ist nicht das Land der unbegrenzten Möglichkeiten, Else. Für die meisten heißt es, sich durchhungern, hart arbeiten und wenig Lohn dafür einstecken. Aber wer den Mut hat, etwas zu wagen, der bekommt seine Chance.« Er trank den frisch aufgesetzten Milchkaffee und verzog das Gesicht zu einem glücklichen Lächeln. »Genau wie damals. Da haben wir auch an diesem Tisch zusammengesessen und geredet.«

Gertie staunte, was da alles zutage kam. Gewiss hatte sie schon von den großartigen Qualitäten der Eleonore Schmalzler erfahren. Aber der unerwartete Gast wusste eine Menge Geschichten über sie zu erzählen. Auch von dem Küchenmädel Marie konnte er berichten, wie sie zu Anfang alles falsch gemacht und die Brunnenmayer sie zornig ausgeschimpft hatte. Später hatte Marie als Kammerzofe die Tuchvilla erobert. Robert wusste auch, dass sie inzwischen Frau Melzer war. Und so manche andere Entwicklungen in der Tuchvilla waren ihm ebenfalls bekannt.

»Woher? Nun – ich habe jahrelang mit Fräulein Schmalzler Briefe gewechselt.«

Wie komisch, dachte Gertie und musterte Robert Scherer von der Seite. Er lachte zwar viel, aber zwischendrin schaute er immer ein wenig traurig drein. Weshalb er wohl aus Amerika zurückgekommen war?

»Haben Sie denn nun Ihr Glück gemacht, da drüben in Amerika?«

Er lächelte sie an, und sie musste ihr Herz festhalten. Oh weh – es hatte sie erwischt. Sie kannte dieses Gefühl, das ihr den Verstand nahm und sie dazu brachte, völlig unsinnige Dinge zu tun. Es war bisher immer schlecht ausgegangen, wenn sie die Verliebtheit gepackt hatte.

»Ich habe Erfolg gehabt, Gertie«, sagte er, und sie schmolz dahin, weil er sich ihren Namen so gut gemerkt hatte. »Ja, man könnte sagen, dass ich eine Menge aufgebaut habe. Ich bin unabhängig und brauche nicht auf den Pfennig zu schauen. Wenn du das Glück nennen willst – dann bin ich tatsächlich ein Glückspilz!«

Er lachte wieder, aber es kam Gertie etwas künstlich vor. War das eine amerikanische Sitte, dass die Leute immer laut herumlachen mussten? Als sei das ganze Leben ein einziger Spaß?

Als jetzt Else vom schrecklichen Tod der Maria Jordan erzählte, lachte er nicht mehr. Er hatte sie gut gekannt und schüttelte bekümmert den Kopf.

»Sie war schon immer eine ungewöhnliche Frau«, meinte er. »Manchmal hat sie uns die Karten gelegt. Und Träume hatte sie auch. Ach, wie schrecklich ist das.«

Er trank seinen Kaffee aus und meinte dann, er wolle sie jetzt nicht weiter von der Arbeit abhalten. Es sei schön gewesen, die Brunnenmayer und Else wiederzusehen, jetzt wolle er noch rasch hinüber zu den Blieferts.

»Die Auguste, die will ich unbedingt begrüßen, bevor ich weiterreise.«

Wohin er reisen wollte, sagte er nicht. Aber Gertie vermutete, dass er zurück nach Amerika fahren würde. Weil er doch dort so erfolgreich war und sein Glück gemacht hatte.

Vielleicht ist's besser so, dachte sie. Es hätte sowieso nur Kummer gebracht.

»Alles Gute für euch. Für jeden von euch.«

Er schüttelte allen die Hände, strahlte sie an und setzte den Hut auf, noch bevor er durch die Tür war.

Draußen im Hof stand ein Automobil in einem geradezu unverschämt leuchtenden Rot, mit schwarzen Sitzen und weißen Radspeichen.

»Eine Tin Lizzie«, sagte Humbert neidisch. »Die Blechliesel.«

40

Mai 1925

Den ganzen Tag über hatte Marie sich krank gefühlt. Sie schloss das Atelier zwei Stunden früher als gewöhnlich, schickte die Angestellten ins Wochenende und versuchte, noch ein wenig Ordnung in ihrem Büro zu schaffen, bevor sie in die Frauentorstraße fuhr. Ihr Kopf dröhnte, die Schläfen hämmerten, ihre Hände waren eiskalt.

Der Kreislauf, dachte sie. Kein Wunder. Aber es hilft ja alles nichts. Ich habe mich einverstanden erklärt, und jetzt nehmen die Dinge ihren Lauf. Mitgegangen, mitgefangen, mitgehangen.

Nachdem sie einen Stapel Bestellungen zweimal ohne Sinn und Verstand durchsortiert hatte, ließ sie sich auf den Stuhl fallen und stützte den Kopf in die Hände.

Heute Abend würde die Ausstellung »Luise Hofgartner – eine Augsburger Künstlerin« eröffnet werden. Warum regte sie sich so auf? Es war doch seit Monaten beschlossene Sache, und sie hatte sich zu Anfang sehr darauf gefreut. Nur heute, am Tag der Eröffnung, gingen ihr die Nerven durch. Wahrscheinlich lag es daran, dass all ihre Kundinnen von dem »großen Ereignis« geredet hatten. Dass sie heute Abend ganz sicher kommen würden, dass sie ihren Ehemann mitbringen würden, die Schwiegereltern, Onkel und Tante und auch gute Freunde. Und natürlich wussten seit jenem großartigen Zeitungsartikel alle, wer Luise Hofgartner gewesen war und dass Marie Melzer ihre

Tochter war. Man munkelte, der »alte Melzer« habe die Witwe seines ehemaligen Partners Burkard zu allerlei unsittlichen Dingen zwingen wollen. Das hatten ihre Kundinnen aus Gründen der Diskretion unerwähnt gelassen, aber in ihren Köpfen spukten solche Dinge herum, das war Marie völlig klar. Ach, sie hätte heute viel darum gegeben, diese Ausstellung einfach absagen zu können.

Marie straffte sich und zwang sich, nach vorn zu denken. Wie konnte sie so feige sein. Die Ausstellung absagen! Damit wäre sie Luise Hofgartner nicht gerecht geworden. Ihre Mutter war eine mutige Frau gewesen, also durfte auch sie jetzt nicht kneifen.

Sie nahm ein Kopfschmerzpulver, setzte den Hut auf und zog die Kostümjacke über. Die Nachmittagssonne lag gleißend auf den Ladenscheiben, sie musste blinzeln, während sie die Tür abschloss, dann eilte sie zur Straßenbahnhaltestelle.

»Grüß Gott, Frau Melzer!«, rief jemand aus einem Automobil. »Darf ich Sie mitnehmen?«

Sie wollte schon ablehnen, dann erkannte sie Gustav Bliefert, und sie mochte den lieben Kerl nicht zurückweisen.

»Das ist wirklich sehr nett von Ihnen. Ja, in die Frauentorstraße. Wie geht's denn so? Was macht die Gärtnerei?«

Jetzt war sie auf einmal froh, mit ihm reden zu können, denn seine ruhige Art dämpfte ihre Aufregung.

»Läuft bestens«, berichtete er stolz. »Zuerst die Setzpflänzchen, die gingen weg wie geschnitten Brot. Und jetzt kommen die Blumen. Die Liesl, die bindet Sträuße, das glaubt keiner, der's net gesehen hat. Viel besser als die Auguste kann das Mädel das. Auf dem Marktt reißen sich die Leut um unsre Blumengebinde.«

Die Liesl, dachte Marie. Ob sie dem Mädel je erzählen

würden, dass Gustav nicht ihr Vater war? Und würde es sie wohl glücklicher machen, wenn sie es erfuhr? Wer konnte das wissen?

Gustav fuhr sie bis vor die Haustür und stieg dort rasch aus, um seinem Fahrgast die Wagentür zu öffnen.

»Und dank schön noch mal für die Sachen. Der Maxl und der Hansl, die sind recht stolz, die Kleider vom Leo tragen zu dürfen.«

»Das freut mich sehr«, sagte Marie, während sie aus dem Wagen kletterte. »Und ich danke für die Fahrt in dem schönen Auto.«

Er grinste voller Stolz und schlug die Wagentür zu. »Jederzeit immer gern, Frau Melzer. Und heute Abend wollen wir auch kommen, die Auguste und ich. Weil doch in der Zeitung gestanden hat, dass es das Ereignis des Jahres sein wird.«

Marie lächelte ihm zu und hatte das beklemmende Gefühl, dass die beiden treuen Freunde wohl recht entsetzt über die Bilder ihrer Mutter sein würden. Nun – sie würden nicht die Einzigen sein.

Henny stand schon ungeduldig an der Haustür und hüpfte von einem Bein aufs andere. Wobei sie das weite roséfarbige Kleidchen zu beiden Seiten auseinanderzog, damit es sich wie ein Paar Flügel bauschte.

»Tante Marie … Tante Marie. Mama will nicht, dass ich heute Abend einen Tanz vorführe. Aber in der Schule durfte ich den Paradiesvogel tanzen.«

In St. Anna hatte man die neuen Schüler nach den Osterferien mit einer hübschen Schüleraufführung begrüßt, und Henny hatte dabei voller Eifer mitgewirkt. Jetzt gab sie sich der Hoffnung hin, einmal eine berühmte Tänzerin zu werden.

»Heute Abend wird nicht getanzt, Henny. Die Leute

schauen nur die Bilder an, reden darüber, und dann gehen sie wieder. Es wird sehr langweilig werden – nichts für Kinder.«

Aber Henny ließ sich nicht so leicht von einem Vorhaben abbringen. Sie schob das Kinn vor und sah Marie mit energischen blauen Augen an.

»Aber Leo durfte in der Tuchvilla Klavier vorspielen.«

»In der Tuchvilla darfst du auch tanzen, Henny. Heute Abend sind wir aber im Kunstvereinshaus in der Hallstraße.«

Dagegen konnte auch Henny nicht viel vorbringen, sie kräuselte die Nase und war darauf bedacht, wenigstens das Erreichte festzunageln.

»Aber in der Tuchvilla darf ich tanzen, ja? Beim Sommerfest?«

»Das machst du besser mit deiner Mama aus, Henny.«

Henny tat einen tiefen Seufzer und drehte sich dann auf der Stelle, damit ihr Rock sich bauschte. »Die Mama ist heute nervös.«

Kein Wunder, dachte Marie. Schließlich war sie es, die das alles angezettelt hat. Sie hatte es ja gut gemeint, ihre liebe Kitty. Um ihretwillen hatte sie es getan. Und natürlich für die Kunst.

»Da schaue ich mal zu ihr hinein«, sagte sie lächelnd zu Henny. »Vielleicht kann ich sie beruhigen.«

Kitty saß im Korbsessel, den Telefonapparat auf dem Schoß, den Hörer am Ohr. Als Marie eintrat, nickte sie ihr kurz zu, winkte mit der freien Hand und redete weiter.

»... natürlich wird Frau Melzer Ihnen für ein Interview zur Verfügung stehen ... Wie? ›Nürnberger Anzeiger‹? Na schön, wir sind stets bemüht, die Provinz kulturell zu fördern ... Ja, wir eröffnen um neunzehn Uhr. Selbstverständlich gibt es etwas zu trinken und ein Büfett ... Nein, die

Presse wird nicht früher eingelassen... Ich danke ebenfalls. Wie war doch Ihr Name? Zeisig? Sehr nett... Bis später dann, Herr Reisig.«

Sie legte den Hörer auf die Gabel und stellte den Apparat auf den wackeligen Messingtisch.

»Du liebe Güte, Marie!«, rief sie, und ihre Augen glänzten vor Begeisterung. »Stell dir vor: aus Nürnberg kommen sie. Und aus München sowieso. Aus Bamberg kommt ein Bildhauer, der bringt seinen Schwager mit, der ist bei der Presse. Und du wirst es nicht glauben: Sogar Gérard will zur Ausstellung nach Augsburg reisen. Mit seiner jungen Ehefrau, weil sie sowieso auf Hochzeitsreise sind. Ehrlich gesagt – die beiden können mir gestohlen bleiben. Vor allem Gérard, dieser Duckmäuser und Feigling. Seine Frau kann ja nichts dafür, das arme Ding ist eher zu bedauern.«

Marie ließ sich erschöpft auf einem Stuhl nieder und hielt sich die Ohren zu. »Bitte, Kitty – sei einen Augenblick still. Meine Nerven...«

»Ja, denkst du vielleicht, meine nicht?«, stöhnte Kitty. »Was tue ich denn bloß, wenn Gérard so plötzlich vor mir steht? Wie kann er mir so etwas nur antun? Schleppt seine Frau hierher. Soll ich ihr vielleicht von unseren Liebesnächten in Paris erzählen? Oh, ich würde es schon tun.«

Die Tür wurde geöffnet, und Gertrude erschien mit einem dampfenden Suppentopf.

»Jetzt wird erst mal etwas gegessen, die Damen Künstlerinnen. Rindsbrühe mit Maultaschen – das kräftigt Körper und Geist.«

Marie erhob sich mechanisch, um den hölzernen Untersetzer auf den Tisch zu legen und die Suppenteller auszuteilen. Kitty streckte beide Arme von sich und stöhnte.

»Keinen Bissen bekomme ich hinunter, Gertrude. Nimm

um Gottes willen diesen Suppentopf wieder mit. Mir wird ganz übel von dem Geruch.«

»Nichts da!«, knurrte Gertrude und nahm die Suppenlöffel aus der Schrankschublade. »Heut Abend wird Sekt getrunken – da braucht ihr eine solide Grundlage, sonst haut euch das erste Glas schon um.«

Kitty behauptete, dass sie Sekt flaschenweise trinken könne, ohne je betrunken zu werden. Nur leicht angeheitert. Aber in jedem Fall noch Herrin ihrer Sinne.

»Also gut – setz ich mich halt dazu. Aber essen tu ich nichts. Was ist mit den Kindern?«

»Leo ist noch bei Ginsbergs, und Dodo werkelt auf dem Dachboden herum. Sie essen, wenn ihr zwei aus dem Haus seid. Ich hab ihnen Pfannkuchen mit Apfelmus versprochen.«

»Uh!«, sagte Kitty und legte eine Hand auf ihren Magen. »Allein der Gedanke daran.«

Trotzdem ließ sie sich schließlich überreden, ein paar Löffelchen Brühe zu nehmen. Und eine winzige kleine Maultasche, sozusagen ein Baby-Maultäschlein. Vielleicht noch eine halbe dazu, und weil die andere Hälfte dann so allein war, musste sie die auch essen.

»Jetzt geht's mir wieder gut«, meinte sie und lehnte sich erleichtert im Stuhl zurück. »Bis in die Nacht hinein haben wir gestern noch geschuftet. Aber jetzt hängt alles wunderbar, Marie. Du wirst begeistert sein ... Wenn man hereinkommt, fällt der Blick gleich auf das Bild mit den bläulichen Splitterbergen, die Akte haben wir ins Nebenzimmer getan. Gott, ich weiß doch, wie prüde die Augsburgerinnen sind ... Und diese langweiligen Porträts sind alle drüben im Pavillon.«

Marie schwieg dazu. Sie hatte die Anordnung Kitty und ihren Bekannten überlassen, die sich selbstlos und unentgeltlich für diese Ausstellung engagierten. Aber natürlich hätte sie lieber zunächst die konservativen Bilder präsentiert, die Porträts und Landschaftszeichnungen, die aus verschiedenen Augsburger Privatsammlungen zur Verfügung gestellt worden waren. Ihre Mutter hatte sie gemalt, als Jacob Burkard gestorben war und sie Geld benötigte.

»Du wirst sehen, Marie – es wird ein Riesenerfolg! Die Münchner werden blass vor Neid sein. Ich bin ja so gespannt, ob wenigstens Lisa kommen wird. Sie hat noch nichts von sich hören lassen.«

Tilly hatte gestern schon angerufen, sie könne leider nicht zur Ausstellung nach Augsburg reisen, weil sie kurz vor einer wichtigen Prüfung stünde.

»Auf die künftige Frau von Klippstein kann ich gut verzichten«, meinte Kitty. »Aber Lisa – das wäre schön. Vielleicht wird ihr lieber Sebastian sie überzeugen. Der ist ein mutiger Mann – ich finde ihn eigentlich gar nicht so übel. Wenn man mal vom Äußeren absieht – Gott, ein Adonis ist er nicht gerade. Und wenn ich ihn mir ohne Hemd vorstelle ...«

»Kitty!«, mahnte Gertrude. »Niemand hier am Tisch möchte das wissen.«

Marie zwang sich, ein wenig Suppe mit einer Maultasche zu essen, ansonsten ließ sie Kitty reden. Ihre Stimmung war trüber als zuvor, denn sie musste an Paul denken. Natürlich würde er nicht kommen, das konnte er seiner Mutter nicht antun. Vor allem nach diesem scheußlichen Zeitungsartikel. Wie zornig er am Telefon gewesen war, er hatte ihr sogar das Wort abgeschnitten, das war mehr als unhöflich gewesen. Herrisch hatte er sich aufgeführt, und ihr war klar geworden, dass die Kluft, die sich damals zwischen ihnen aufgetan hatte, noch immer Bestand hatte. Sie war sogar tiefer und schroffer geworden. Ein Abgrund, der sich nicht mehr schließen ließ, der ihre Liebe, ihre Ehe auseinanderriss und jede Versöhnung unmöglich machte. Wie sollte sie mit einem Mann leben, der ihre Mutter verachtete? Der sich ihrer Herkunft schämte?

»Weißt du, Marie, wenn das alles vorbei ist und ihr euch dann wieder versöhnt habt, dann ziehen wir alle zusammen in die Tuchvilla ...«

Marie fuhr aus ihren Gedanken und sah Kitty irritiert an. Was hatte sie da gerade erzählt? Ach Kitty!

»Da staunst du, was?«, rief Kitty belustigt. »Ich habe es mir gründlich überlegt, Marie. Wenn Tilly so rücksichtslos ist, den Klippi zu heiraten und mit ihm nach München zu ziehen, dann will ich die liebe Gertrude auch nicht in Schwierigkeiten bringen.«

Sie fasste die überraschte Gertrude so heftig am Arm, dass ihr beinahe das Stück Maultasche vom Löffel auf die Tischdecke gefallen wäre.

»Du gehörst zu Tilly, Gertude. Sie ist schließlich deine Tochter, und sie braucht dich. Ich hingegen habe auch eine Mutter, und daher will ich mit Hennylein zurück in die Tuchvilla ziehen. Jetzt, da diese Schreckschraube Serafina nicht mehr dort ist, steht dem ja nichts mehr im Wege.«

»Was für schöne Pläne«, bemerkte Marie mit nachsichtigem Lächeln.

Sie kannte Kitty lange genug, um zu wissen, dass sie schon morgen eine neue Idee ausbrüten konnte. Es lohnte sich also nicht, darüber zu streiten. Auch Gertrude wusste das, daher aß sie ruhig weiter und bemerkte nur, dass sie sich hier in der Frauentorstraße eigentlich sehr wohl fühle.

Die Haustürglocke läutete, man hörte Henny die Treppe hinunterhüpfen und die Tür öffnen.

»Ja, das ist richtig. Sie können es mir geben.«

Gleich darauf schob sich ein gewaltiger bunter Sommerstrauß durch die Wohnzimmertür, darunter steckte Henny.

»Mama – der wartet auf ein Trinkgeld.«

»Ach, du lieber Gott!«, rief Kitty, und sie sprang auf, um den Boten zu entlohnen. »Da kommen schon die ersten Gratulanten, Marie.«

»Für so ein Trumm haben wir gar keine Vase«, knurrte Gertrude, die den Strauß an sich genommen hatte. »Da steckt eine Karte drin.«

Marie, die allerlei verrückte und völlig sinnlose Hoffnungen gehegt hatte, wurde enttäuscht. Dieser Blumenstrauß war nicht für sie. Er war für Kitty.

»Was – für mich? Hoffentlich nicht von Gérard. Dann werfe ich das Gemüse gleich aus dem Fenster.«

Kitty zerrte die Karte ungeduldig aus dem Umschlag, überflog die wenigen Zeilen und schüttelte verständnislos den Kopf.

»Keine Ahnung, wer das ist. Da macht sich einer mit mir einen Scherz.«

Marie war nicht neugierig. Sie erhob sich und verkündete, sie wollte sich jetzt umkleiden und anschließend hinüber in die Hallstraße laufen. Kitty stopfte die Karte zurück in den Umschlag.

»Das kommt überhaupt nicht in Frage, Marie. Wir fahren gemeinsam mit meinem Auto. Ich bin in zehn Minuten fertig. Gertrude, sei so lieb und stell diese Blumen in irgendeinen Wassertopf.«

»Allweil die Hektik«, murrte Gertrude. »Es ist grad mal zehn nach fünf.«

Marie musste nicht lange überlegen, sie würde das schwarze Kleid anziehen, wadenlang, eng auf Figur geschnitten, mit einem V-Ausschnitt, der ein wenig gewagt war. Dazu eine lange weiße Perlenkette, doppelt um den Hals gelegt, wie es Mode war. Schwarze Pumps. Eine leichte halblange Jacke und ein freches Hütchen, das schräg aufgesetzt wurde.

Kitty kam natürlich in Weiß, Seide mit zarter Stickerei an den Ärmelbündchen, wadenlang, dazu weiße Riemchensandalen mit Absätzen. Stirnrunzelnd musterte sie Maries Kleid.

»Du schaust aus, als wolltet du auf eine Beerdigung. So schwarz.«

Tatsächlich fühlte Marie sich auch so. Aber das musste sie Kitty nicht unbedingt erzählen.

»Und du schaust aus, als wolltest du auf eine Hochzeit«, scherzte sie.

Kitty fand den Witz lustig, sie kicherte und bemerkte, es fehle nur der Myrtenkranz. Aber den habe sie ohnehin nie getragen.

Natürlich machte Kittys »Autolein« wieder Zicken, es ruckelte, stank nach verbranntem Gummi und spuckte Wasser, sodass Marie schon bedauerte, nicht doch zu Fuß gegangen zu sein. Doch Kitty war mit liebevollem Zureden und kleinen Tricks so eifrig bei der Sache, dass Marie es nicht übers Herz brachte, aus dem Wagen zu steigen.

»Siehst du – wir haben es geschafft!«, rief Kitty triumphierend, als sie in der Hallstraße vor dem Haus des Kunstvereins anhielt. »Und wir haben noch eine halbe Stunde Zeit bis zur Eröffnung.«

Keine Menschenmenge in der Hallstraße, auch das Gartengelände – ein ehemaliger Besitz des Augsburger Bankiers Euringer – lag ruhig im warmen Licht der späten Nachmittagssonne. Die alten Bäume hielten schützend ihre Zweige über den altmodischen Pavillon, der nun wieder für Ausstellungen genutzt werden konnte.

»Vielleicht kommt ja niemand«, meinte Marie hoffnungsvoll.

Doch kaum hatten sie den Eingangsflur betreten, vernahmen sie schon Stimmengewirr, Gläser klirrten, Marc kam ihnen entgegen, sein blondes Haar war heute straff an den Kopf gestriegelt und vermutlich mit Pomade eingeschmiert.

»Die Pressegeier sind schon da. Sie wollen Marie. Frau Direktor Wiesler hängt am Telefon … Und Roberto ist voll wie eine Haubitze.«

Er umarmte erst Kitty, dann Marie, schob beide in den Nebenraum, dorthin, wo die Aktgemälde hingen und mehrere junge Damen und Herren in eifrige Diskussionen verstrickt waren. Ein Fotograf mühte sich, mit Hilfe eines gewaltigen Blitzlichts Innenaufnahmen zu machen.

»Darf ich vorstellen? Frau Marie Melzer, die Tochter der Künstlerin.«

Schon war Marie von allen Seiten umringt, Fragen prasselten auf sie ein, Blitze zuckten, Stifte flogen über Notizblöcke, neugierige, aufdringliche, lüsterne Augenpaare waren wie Pfeile auf sie gerichtet. Marie war nun auf einmal die Ruhe selbst, sie wählte aus, beantwortete einige der Fragen, andere ließ sie unter den Tisch fallen, sie lächelte, versicherte immer wieder, wie sehr sie sich freue, dass ihre Mutter nun endlich die Anerkennung bekam, die sie verdiente.

Zwischendrin reichte ihr jemand ein Glas Sekt, das sie eine ganze Weile in der Hand hielt, schließlich aber doch zum Mund führte. Es war auf einmal schrecklich eng im Nebenzimmer, doch als sie sich durch die Leute hinüber in den großen Saal drängte, war es dort nicht viel besser.

»Frau Melzer! Es ist ganz wunderbar.«

»Marie, meine Liebe. Sei gegrüßt! Was für famose Bilder.«

»Meine liebe Frau Melzer. Ich bin vollkommen erschüttert. Welch großes Talent.«

Sie begrüßte alle möglichen Bekannten und Freunde, auch solche, die sie nur flüchtig kannte oder ihr völlig unbekannt waren. Gesichter glitten an ihr vorüber, schreckensweite Augen, gespitzte Münder, sie hörte aufgeregtes Flüstern, sah empörte Mienen, Damen, die sich die Hand vor den Mund hielten, einige drehten sich um und suchten den Ausgang.

»Frau Melzer? Ich komme vom ›Münchner Merkur‹. Wenn Sie später Zeit für ein kleines Interview hätten ...«

»Ach, Sie sind die Tochter der Künstlerin! Na, um dieses Erbe sind Sie wahrlich nicht zu beneiden ...«

Rechtsanwalt Grünling stand im Gespräch mit dem Nervenarzt Dr. Schleicher, beide neigten höflich die Köpfe, als sie vorüberging. Das Ehepaar Manzinger, dem inzwischen mehrere Kinos gehörte, hob die Gläser und prostete ihr zu. Herrmann Kochendorf, der Schwiegersohn der Manzingers, lächelte verlegen, seine Ehefrau Gerda redete hektisch auf ihn ein.

»Scheußlich«, sagte jemand neben Marie. »Was für krauses Zeug.«

»Das soll Kunst sein? Fürchterlich! Völlig daneben.«

»Entartet.«

»Geschmacklos.«

»Obszön!«

»Aber zeichnen konnte sie. Waren Sie schon drüben im Pavillon?«

Marie trank das Glas leer und war froh, als sie nun Lisa und Sebastian Winkler in einer Ecke entdeckte.

»Marie! Komm zu uns. Gleich wird die Laudatio gehalten«, rief ihr Lisa entgegen.

Sie drängte sich durch die schwatzende Menge und begrüßte die beiden. Lisa hatte sich in ein himmelbaues Kleid gezwängt, dass Marie vor Jahren für sie genäht hatte. Sebastian trug einen Anzug von Johann Melzer senior.

»Schaut er nicht gut darin aus? Er passt wie angegossen. Es wäre doch jammerschade, wenn dieses gute Stück für immer in Mamas Sammlung verschwinden würde, nicht wahr?«

»Das ist wahr. Ich glaube, Papa würde sich darüber freuen.«

Sebastian lächelte schief – vermutlich fühlte er sich recht unwohl in diesem Aufzug. Wie seltsam – in manchen Dingen war er stur und unbelehrbar, und dann tat er Lisa zuliebe so manches, das ihm gewiss nicht leichtfiel.

»Frau Direktor Wiesler hat mich schon vor Wochen ausgequetscht wie eine Zitrone«, bemerkte Marie lächelnd. »Sie hat sich ungeheure Mühe mit der Laudatio gemacht.«

»Na, da bin ich aber gespannt wie ein Flitzebogen.«

Marie entdeckte Kitty, ein leuchtend weißer Fleck mitten im Getümmel. Sie winkte jemandem zu, ihr Haar fiel aus der Stirn, als sie den Kopf zurückwarf und etwas laut über die Köpfe der Umstehenden hinwegrief.

»Es geht los! Auftritt! Toi, toi, toi!«

Vor dem großflächigen Gemälde in der Mitte des Saals – die abstrakte Darstellung einer schroffen, schneebedeckten Bergwelt – bildete sich ein freier Raum um Frau Direktor Wiesler. Sie war noch üppiger geworden, das Haar sorgfältig gefärbt, das locker hängende lindgrüne Kleid hob ihre Formen jedoch unvorteilhaft hervor.

»Meine sehr verehrten, lieben Kunstfreunde«, hörte man ihre kräftige Altstimme. »Mein lieben Freunde. Ich habe die Ehre ...« Sie streckte theatralisch die Arme aus, und ein Herr im dunklen Anzug löste sich aus der Menge, um neben sie zu treten.

»Ich bedanke mich«, sagte Paul Melzer und machte eine kleine Verbeugung in ihre Richtung. Dann wandte er sich dem erstaunten Publikum zu.

»Meine lieben Freunde, Sie werden ohne Zweifel überrascht sein, die Laudatio für die Künstlerin Luise Hofgartner aus meinem Munde zu hören. Lassen Sie mich erklären ...«

Marie starrte ungläubig auf diese Erscheinung, die eigentlich nur eine Ausgeburt ihrer Fantasie sein konnte. Hatte das eine Glas Sekt sie also doch umgeworfen? Das konnte doch nicht Paul sein, der da so selbstverständlich vor den Leuten stand und eine Laudatio halten wollte. Die Laudatio auf ...

»Die Verbindung zwischen der Familie Melzer und Luise Hofgartner ist vor vielen Jahren entstanden, viel Gutes und einiges Schlimme ist in dieser Zeit geschehen – und ich sage jetzt vor Ihnen allen, dass die Malerin Luise Hofgartner ein Mitglied unserer Familie ist. Sie ist nicht nur die Mutter meiner geliebten Frau Marie – sie ist auch meine Schwiegermutter und die Großmutter unserer Kinder.«

Er war es. Kein Geisterspuk und kein Sektrausch. Dort vor den bläulichen Schneebergen stand Paul, und er sprach vor allen Leuten über Luise Hofgartner. Er sagte Dinge, die er nicht einmal vor ihr allein hatte zugeben wollen. Marie verspürte einen leichten Schwindel, ihre Beine waren plötzlich seltsam gefühllos, und sie war froh, dass Sebastian Winkler ihren Arm fasste, um sie zu stützen.

»Hab ich's nicht gesagt?«, flüsterte Lisa. »Wie gut, dass wir sie noch erwischt haben.«

»Möchten Sie sich hinsetzen?«, fragte Sebastian leise.

Marie riss sich zusammen. Zahllose Besucher hatten sich zu ihr umgedreht, neugierige Blicke durchbohrten sie.

»Es geht schon. Vielen Dank.«

Das alles war ein abgekartetes Spiel, dachte sie. Sie hatten es gewusst. Auch Kitty. Was dachte er sich nur dabei?

»Geboren in Inning am Ammersee ging die junge Luise Hofgartner nach München, studierte dort ein Jahr auf der Kunstakademie, wo sie sich jedoch nicht wohlfühlte. Zahlreiche Reisen an der Seite eines Mäzen führten sie durch ganz Europa, in Paris lernte sie Jacob Burkard kennen, ihren späteren Ehemann.«

Paul ließ geschickt einige unangenehme Details aus und kam auf Marie Hofgartners künstlerische Hinterlassenschaft zu sprechen. Eine hochbegabte Künstlerin sei sie gewesen, eine Suchende, die sich in verschiedene Richtungen orientiert und jeder Richtung ihren eigenen Stempel aufgeprägt habe.

»Was wir hier sehen, ist nur ein Ausschnitt aus ihrem großen Werk. Es ist unvollendet, weil sie nicht die Zeit hatte, zur Altersreife zu gelangen. Aber selbst dieser kleine Teil ihres Schaffens ist beeindruckend und darf nicht der Vergessenheit anheimfallen. Ihr Talent lebt weiter in ihrer Tochter und – soweit ich es beurteilen kann – auch in ihren Enkeln. Wir alle sind stolz darauf, mit dieser ungewöhnlichen Frau verwandt und verschwägert zu sein.«

»Jetzt übertreibt er aber«, murmelte Lisa.

Marie hielt sich mühsam aufrecht. In ihrem Inneren tobte ein wildes Durcheinander aus Verzweiflung, Glück, Empörung, Hoffnung und Zweifeln. Sie war nicht in der Lage, auch nur ein einziges Wort zu sagen, ihre Lippen zitterten, als sei das Thermometer in sibirische Tiefen gestürzt.

»Ich erhebe nun mein Glas auf die bewundernswerte Luise Hofgartner und ihr großes Werk!«

Sie sah das funkelnde Kristall in Pauls Hand, sein sieghaftes Lächeln, das ihr so vertraut war und das jetzt dem ganzen Saal galt. Man hörte Gläser klingen, Beifall, der immer lauter wurde, sogar einzelne Bravorufe. Der Fotograf ruderte mit seiner Kamera durch die Menge, schob die Leute beiseite jammerte, man solle doch Platz machen. Paul lächelte immer noch, beantwortete Fragen, schüttelte Hände, dann verdeckten die auf ihn einstürzenden Menschen Marie die Sicht.

Plötzlich war Kitty bei ihr, riss sie an sich, küsste sie auf beide Wangen, schüttelte sie.

»Hat er das nicht großartig gemacht, unser Paulemann? Ach, er ist solch ein wundervoller Redner. Wie er da stand. So ganz nonchalant. Sag doch was, Marie! Jetzt sag endlich etwas! Er hat das alles nur für dich getan. Gestern hat er noch fürchterlich mit Mama gestritten.«

»Bitte, Kitty«, stöhnte Marie. »Ich … ich hätte gern ein Glas Wasser.«

»Ach, du liebe Güte«, rief Kitty aus und fasste Marie um die Schultern. »Komm schnell hinüber zum Büfett, da kannst du dich hinsetzen, und ich bringe dir ein Wässerchen. Das hat dich umgehauen, wie?«

»Ein wenig« hauchte Marie.

Sie folgte Kitty in den rückwärtigen Teil des Saales, wo man einige Stühle für die älteren Herrschaften bereitgestellt hatte. Doch schon nach wenigen Schritten hielt sie inne. War das nicht Paul, der sich da durch die Menge drängte? Kam er etwa zu ihr? Für einen Augenblick war sie ratlos, denn ihre Verwirrung war noch zu groß. Doch Paul kam nicht in ihre Nähe, er strebte in Richtung Ausgang und war gleich darauf aus dem Saal verschwunden.

Ich hätte zu ihm gehen müssen, dachte sie. Ihm sagen, dass ich das niemals von ihm gefordert hätte. Dass ich ihn unendlich bewundere. Aber vor all den Leuten ... Plötzlich befiel sie die Angst, es könnte zu spät sein. Er war fortgegangen. Wohin? Zurück in die Tuchvilla? Zornig und von ihr enttäuscht? Oder war er vielleicht noch irgendwo hier auf dem Gelände des Kunstvereins?

»Hier, dein Wasser, Marie. Setz dich neben mich. Gleich wird solch ein Pressegeier kommen und ...«

»Danke, Kitty. Der Pressegeier später, bitte.« Sie drehte sich um und lief in Richtung Ausgang. Bekannte sprachen sie an, riefen ihr etwas zu, doch sie kümmerte sich nicht darum und eilte an ihnen vorüber. Draußen war es schon dunkel, man sah die Lichter der Straße, die hellen Fenster der Häuser, die Umrisse parkender Automobile. Wo war er hingelaufen? Wieso hatte er es so eilig? Sie blickte suchend hinüber zu dem beleuchteten Pavillon, der in dem dunklen Garten wie ein Käfig voller Glühwürmchen durch die Zweige schimmerte. War er vielleicht dort? Sie erschrak, denn ein Mann kam ihr auf dem dämmrigen Gartenweg entgegengelaufen, als er sie sah, verlangsamte er seine Schritte und blieb schließlich stehen.

»Marie.«

Sie war verblüfft. War das der Abend der Wunder und Zauberstückchen?

»Verzeihung«, sagte er, nahm den Hut ab und schien ebenso verwirrt wie sie. »Ich wollte natürlich sagen: Frau Melzer. Kennen Sie mich noch?«

Sie trat einen Schritt näher und sah ihm ins Gesicht. Unfassbar. Er war es tatsächlich. »Robert ... Ich wollte sagen: Herr Scherer. Sie sind hier in Augsburg?«

»Wie Sie sehen.«

Einen Moment lang standen sie sich unschlüssig gegenüber, Marie spürte seine bewundernden Blicke und begriff, dass er sie noch als Küchenmädel in Erinnerung hatte.

»Ich ... ich kam leider zu spät. Könnten Sie mir vielleicht sagen, ob ich Frau Bräuer drüben im Haus finde?«

»Kitty? Ja, gewiss. Sie war vorhin noch beim Büfett.«

Er bedankte sich hastig und wollte davonlaufen, doch sie hielt ihn zurück.

»Haben Sie vielleicht ... meinen Mann gesehen? Ich meine Paul Melzer.«

»Herr Melzer? Ja, ich weiß, dass er Ihr Ehemann ist. Der steckt drüben im Pavillon.«

»Ganz lieben Dank.«

Sie nickten einander zu, liefen aneinander vorbei, jeder seinem Ziel entgegen.

Was für ein Spuk, dachte Marie. Ein Traum. Ein Sommernachtstraum, mitten im Mai.

Sie bog die Zweige der Büsche auseinander und näherte sich dem Pavillon über eine Wiese. Das Gras war feucht, der verwilderte Garten duftete nach Maikraut und Kleeblüten, nach warmer Erde und dem Harz der Wacholdersträucher. Man konnte von hier die Besucher hinter den Glasscheiben sehen, sie gingen an den ausgestellten Zeichnungen vorüber, blieben hie und da stehen, zeigten mit den Fingern, sprachen miteinander.

Ein Mann trat dicht an das Glasfenster heran und starrte hinaus in den schwach erleuchteten Garten. Er war es. Sie sah sein helles Haar, seine Hände, die sich unwillkürlich auf das Glas legten, als wolle er es fortschieben, seine grauen Augen, die auf sie gerichtet waren. Als sie eine Bewegung machte, war er plötzlich verschwunden.

Eine Tür schlug, sie hörte seine Schritte, und ihr Herz klopfte hilflos. In dieser verzauberten Sommernacht würde sie ihm nicht widerstehen können, nicht hier in dem dunklen Garten, der nach süßer Fruchtbarkeit duftete ...

»Marie.«

Er war dicht neben ihr, wartete auf eine Reaktion, sein Atem ging hastig und aufgeregt. Noch bevor sie sich darüber klar war, was sie ihm sagen wollte, begann ihr Mund zu sprechen.

»Paul, es war überwältigend ... Ich weiß gar nicht, was ich sagen soll. Ich bin noch ganz durcheinander.«

Sie spürte, wie sich seine Anspannung löste. Hatte er gefürchtet, sie könnte zornig über seinen Auftritt sein? Jetzt schien er unendlich erleichtert.

»Ich habe lange gebraucht, um begreifen, Marie. Vergib mir. Deine Mutter gehört zu uns.«

Plötzlich liefen ihr die Tränen über die Wangen. Etwas, das sie so lange gequält hatte, war endlich von ihr genommen. Sie war frei, und als er sie nun in die Arme nahm, lächelte sie ihn unter Tränen an.

»Ich liebe dich, Marie«, hörte sie seine vertraute Stimme. »Komm zu mir zurück. Bitte komm...«

Er wagte nicht einmal, sie zu küssen. Hielt sie nur fest an sich gepresst, als habe er Sorge, sie könne ihm im nächsten Augenblick wieder davonlaufen. »Bitte, Marie.«

»Jetzt gleich?«

Er schob sie ein kleines Stück von sich und sah, dass sie ihn nur neckte. Seine Augen blitzten auf vor Glück.

»Was sonst?«, rief er und fasste sie bei der Hand.

41

Diese hellsichtige Dämmerung vor dem Erwachen. Vorübergleitende Bilder, ein Gefühl der Schwerelosigkeit, des Aufsteigens, ein pastellfarbiger Himmel. Gedankengespinste, die sich auflösen und wie leichte Fäden davonschweben, Vogelgesang, der den Morgen begrüßt. Marie umfasste ihr Kopfkissen und drehte sich wohlig auf die andere Seite.

»Bist du wach?«

Sie spürte seine zärtlich tastende Hand auf ihrer Schulter, in ihrem Haar. Er rieb ihren Nacken, kitzelte ihre Ohrmuschel, glitt mit zwei Fingern über ihr Kinn, den Hals hinunter.

»Was treibst du da?«, kicherte sie.

Er nahm die andere Hand zu Hilfe, und als sie sich auf den Rücken drehte, war er nicht mehr aufzuhalten. Paul, der Mann, den sie liebte, den sie begehrte, der sie gestern Abend so leidenschaftlich genommen hatte. Und auch sie selbst hatte kaum mehr gewusst, was sie tat, sie hatte eine Ecke des Kopfkissens vor den Mund gehalten, denn sie hatte sich ihrer Lust geschämt. Im Nebenzimmer schlief die Schwiegermutter, und auf der anderen Seite lagen die Räume von Lisa und Sebastian.

Jetzt, am frühen Morgen, liebte er sie mit Bedacht, kostete all die kleinen Berührungen aus, von denen er wusste, dass sie es genoss, gab sich ihren Liebkosungen hin. Sie spürte, wie sehr er sich beherrschen musste, um diese angenehme Beschäftigung so lange wie möglich hinauszuzögern.

»Vorsichtig, mein Schatz. Du hast mich zu lange allein gelassen, das ist gefährlich. Marie!«

Das Spiel endete trotz allen Bemühens rascher als erhofft, der Rausch, der beide erfasste, war dennoch stärker als am Abend zuvor, auch hielt er länger an. Eine Weile lagen sie still, verharrten in der Vorstellung, eins zu sein, zwei Wesen, die miteinander verschmolzen, zwei Seelen, die einander in Liebe umarmten. Dann erhob sich drüben im Kinderzimmer die fordernde Stimme des jüngsten Hausbewohners, und beide sahen sich lächelnd an.

»Es hat doch Vorteile, dass unsere beiden schon groß sind«, fand Marie.

»Oh – ich hätte nichts dagegen, noch einmal von vorn anzufangen.«

»Noch einmal Zwillinge?«, kicherte sie.

»Meinetwegen auch Drillinge.«

Sie lachten miteinander, drehten sich auf die Seite, ohne einander loszulassen. Paul strich ihr das Haar aus dem Gesicht, flüsterte, dass sie schöner denn je sei, küsste sie auf die Nasenspitze, auf den Mund. Drüben vernahm man jetzt Lisas ärgerliches Schelten, das sich an die Kinderfrau richtete, Sebastian versuchte, sie zu beruhigen und wurde rüde abgefertigt. Er ließ es sich gefallen und schwieg.

»Trautes Familienglück«, schmunzelte Marie.

Sie dachte daran, dass Paul damals schon wenige Tage nach der Geburt der Kinder in den Krieg ziehen musste. Er hatte die beiden nicht aufwachsen sehen – als er zurückkam, waren sie schon vier Jahre alt gewesen.

»Weißt du, dass Lisa und Sebastian im Herbst heiraten werden?«, fragte er.

Das hatte Marie noch nicht gewusst. Lisa hatte ihr nur

erzählt, dass Sebastian ihr nun endlich einen Antrag gemacht hatte. Er hatte es getan, weil er nun eine Anstellung hatte und genug verdiente, um eine Familie zu ernähren.

Paul hob den Kopf, um durch den schmalen Schlitz zwischen den Gardinen nach draußen zu sehen. Sonnenstrahlen blitzten auf, zeichneten schimmernde Flecken auf die cremefarbigen Vorhänge und durchquerten als schmale Goldstreifen das Schlafzimmer. Ein Blick auf den Wecker belehrte Marie, dass es schon nach neun Uhr war.

Beide rekelten sich, kicherten, genossen noch einmal die wiedergewonnene wundervolle Zweisamkeit, der sie sich hier in ihrem Schlafzimmer so unbefangen hingeben konnten. Leider war es zu spät, um den Badeofen anzuheizen und ein gemeinsames, ganz und gar unsittliches Bad zu nehmen. Außerdem konnte man jetzt, da Lisa, Sebastian und das Baby ebenfalls das Badezimmer benutzten, keine längeren Zeremonien unternehmen.

»Verschieben wir es auf den Nachmittag«, schlug Paul vor. »Wenn Mama ihr Mittagsschläfchen hält und die Familie Winkler samt Kinderfrau einen Parkspaziergang unternimmt.«

»Sie haben ja viel vor, Herr Melzer«, meinte Marie heiter.

»Wir haben ja auch viel nachzuholen, Frau Melzer«, gab er grinsend zurück.

Als sie angekleidet, er rasiert, sie frisiert und mit unschuldigen Mienen ins Speisezimmer traten, wurde ihr Erscheinen recht unterschiedlich aufgenommen. Alicia sah Paul vorwurfsvoll an und wünschte mit kühler Stimme einen »Guten Morgen«, wobei Marie nicht ganz klar war, ob auch sie in diesen Morgengruß eingeschlossen war. Alicia hatte mehr oder weniger an ihr vorbeigesehen. Lisa hingegen stand auf, um Marie und den Bruder zu umarmen, Sebastian lächelte freundlich, wagte jedoch nicht, seine Meinung in dieser schwierigen Familienangelegenheit kundzutun. Was sicher sehr klug von ihm war.

»Es ist ein wenig spät geworden, gestern Abend«, sagte Paul zu Alicia. »Wir haben uns die Freiheit genommen, einmal gründlich auszuschlafen. Ich hoffe, du nimmst es uns nicht übel, Mama.«

Da Alicia nichts antwortete und sich stattdessen einen Klecks Marmelade auf den Teller löffelte, stellte Paul Maries Stuhl zurecht, damit sie sich setzen konnte.

»Darf ich das so verstehen, dass du beschlossen hast, zu deinem Ehemann zurückzukehren?«, fragte Alicia schließlich und blickte Marie dabei scharf an.

Marie spürte Pauls Hand, die sich besorgt auf ihr Knie legte. Sie blieb gelassen – sie hatte frühzeitig gelernt, ihre Gefühle so wenig wie möglich nach außen dringen zu lassen.

»Das hast du richtig verstanden, Mama. Und ich hoffe sehr, dass auch du dich darüber freust. Wir werden nachher in die Frauentorstraße fahren, um die Kinder und das Gepäck zu holen.«

Alicias Miene wurde um eine kleine Nuance milder – der Hinweis auf die Kinder war klug gewählt. Aber Marie war klar, dass die Gunst ihrer Schwiegermutter nicht so leicht zurückzugewinnen war.

»Mama freut sich ganz sicher, Marie«, sagte Paul, der bemüht war, zwischen ihnen zu vermitteln. »Es dauert bei ihr nur ein wenig länger.«

Da Alicia darauf keine Antwort gab und ihrem Sohn nur einen besorgten mütterlichen Blick zukommen ließ, mischte sich jetzt Lisa in die Unterhaltung ein.

»Wisst ihr auch, weshalb Klippi gestern Abend nicht gekommen ist? Er ist in München, um seine zukünftige

Braut beim Lernen zu unterstützen. Die Anatomie des Menschen muss sie auswendig können. Ich habe mal in eines ihrer Bücher hineingeschaut – lauter Bilder von nackten Menschen.«

Sie unterbrach sich, weil Humbert in diesem Moment eintrat, um eine zweite Kanne mit Kaffee und frisch gebackene Semmeln zu bringen. Er strahlte beim Anblick von Marie. Als er ihr das Körbchen mit den Semmeln anbot, meinte er leise:

»Schön, dass Sie wieder hier sind, gnädige Frau. Das ist die Meinung aller Angestellten. Frau Brunnenmayer lässt Sie ganz besonders grüßen.«

»Es ist gut, Humbert!«, sagte Alicia. »Sie können jetzt gehen.«

Er verbeugte sich, stellte das Semmelkörbchen aufs Büfett und ging ohne Eile hinaus.

»Als euer Vater noch lebte, haben wir sonntags noch vor acht Uhr gefrühstückt, um rechtzeitig mit der ganzen Familie die Messe zu besuchen«, bemerkte Alicia und blickte in die Runde. »Aber leider sind solch schöne Gewohnheiten inzwischen aus der Mode gekommen. Heutzutage verbringen die jungen Leute den heiligen Sonntag im Schlafzimmer und erscheinen zum Frühstück, wenn es fast schon Mittag ist.«

Marie musste sich ein Schmunzeln verkneifen, Paul und Lisa wechselten Blicke, nur Sebastian entschloss sich nun endlich, den Mund aufzutun.

»Das bedaure auch ich sehr, liebe Alicia. Ein geregelter Tagesablauf, auch am Wochenende, ist für eine Familie sehr wichtig. Vor allem Kinder benötigen feste Zeiten und …«

Er hielt inne, weil unten in der Halle Geräusche und helle Stimmen vernehmbar waren. Gleich darauf erschien

Julius an der Tür und kündigte an, dass die Damen Bräuer angekommen seien und auch die Kinder.

»Henny, hör auf zu drängeln!«, hörte man Dodo schimpfen.

»Ich war zuerst auf der Treppe!«

Die Stimmen und das Fußgetrampel näherten sich mit großer Geschwindigkeit.

»Henny, du hast deine Flügelchen vergessen!«, rief Kitty.

»Tante Kitty, sie hat meine Noten verknittert!«

»Ruhe!«, rief Gertrude. »Wer schreit, kommt in den Keller zu den Mäusen und Ratten!«

»Wer's glaubt, wird selig!«, meinte Henny verächtlich.

Die Tür wurde aufgerissen, und die Welle brandete über die am Frühstückstisch Sitzenden hinweg. Zuerst Henny, die sich Alicia in die Arme warf, dann Dodo, die auf Lisa zulief, Leo schwankte zwischen Mama und Papa, entschied sich aber schließlich für Paul. Damit hatte Kitty Gelegenheit, über Marie herzufallen.

»Ach Marie, meine Herzensmarie! Wie schön, dich wieder mit Paulemann vereint zu sehen. Nein, das war ein Abend gestern. Die ganze Stadt war da. Morgen wird es in allen Zeitungen stehen. Bis nach Nürnberg und Bamberg. Und in München sowieso. Luise Hofgartner ist die Entdeckung des Jahres. Ist das nicht wundervoll? Ach, ich bin ja so glücklich … Guten Morgen, Mama. Hast du gut geschlafen? Du schaust recht müde aus, Mamachen.«

Alicia war ganz und gar von Henny eingenommen, die ihr von ihrem großen Auftritt in der Schule berichtete.

»Ein Engel bin ich gewesen. Und Marie hat mir zwei Flügel gemacht, aus Pappe und echten Gänsefedern. Nachher tanze ich für dich, Großmama, ja?? Kriege ich dann auch eine Belohnung, wenn ich schön tanze?«

Humbert und Julius legten fünf neue Gedecke auf, Stühle wurden zurechtgeschoben, frische Semmeln herbeigetragen, Milch und Schokolade für die Kinder gebracht.

»Sie tanzt den Engelsreigen aus Hänsel und Gretel«, verkündete Leo. »Von dem Mann mit dem komischen Namen. Humperdink. Und ich muss sie begleiten. Leider, Papa. Weil sie immer nörgelt. Ich tue es nur Großmama zuliebe.«

»Das ist sehr anständig von dir.«

Plötzlich war die vorher so kühle Stimmung umgeschlagen, heiterer Lärm verbreitete sich, Kinderhände warfen Milchbecher um, schnitten Semmeln kreuz und quer, krümelten, kleckerten, fassten in die Marmelade.

»Henny, pass auf dein Kleid auf!«, warnte Kitty.

»Großmama, ich will einmal eine Primel werden. Eine Primel Ballerina ... Wie? Ja, eine Primaballerina.«

Leo fragte, ob er der Liesl Klavierunterricht geben dürfe. Kitty erzählte, dass Frau Direktor Wiesler Pauls Rede »unvergesslich« gefunden habe, sie sei zutiefst gerührt gewesen und habe den Rest des Abends kaum mehr sprechen können.

»Das halte ich für eine Übertreibung«, sagte Lisa.

Sebastian erklärte, die Bilder der Luise Hofgartner seien gewiss nichts für schwache Naturen, man benötige eine gewisse Reife und sittliche Festigkeit, um ihre Wirkung in rechter Weise zu verspüren.

Marie hörte zu und sah immer wieder zu Paul hin, der jetzt mit Leo über einen Musikwettbewerb für Kinder sprach. Wie eifrig er war. Ach, es war so schön zu sehen, dass er die große Begabung seines Sohnes inzwischen schätzte und sogar förderte.

»Ein Segelflugzeug?«, fragte Lisa nun. »Du baust ein Segelflugzeug?«

»Jawohl«, sagte Dodo stolz. »Es ist ganz einfach. Zwei Flügel, ein Rumpf und das Höhenruder am Heck. Ich habe die Teile aus Pappe ausgeschnitten. Die hat Papa mir aus der Fabrik mitgebracht.«

Sebastian wollte wissen, ob sie einen Bauplan benutzt habe, und Dodo erzählte stolz, sie habe alle Teile in einem Buch gesehen und dann aufgezeichnet.

»Ganz allein?«

»Papa hat geholfen. Mama auch. Weil sie doch Schnittmuster zeichnen kann. Aber ausgeschnitten habe ich ganz allein.«

Sie hatte den großen Plan, ihr Flugzeug auf den Trockenboden der Tuchvilla hinaufzutragen, es dort zusammenzustecken und über dem Park fliegen zu lassen.

»Aber da muss doch einer drinsitzen«, meinte Leo nachdenklich. »Zum Steuern.«

»Wir setzen die große Puppe hinein, die ich zu Weihnachten bekommen habe.«

Marie war von diesem kühnen Plan wenig begeistert. Gerade jetzt würde Alicia für solche Scherze wenig Verständnis aufbringen.

»Die schöne Puppe?«, rief Henny entsetzt. »Bist du verrückt?«

»Oder du setzt dich rein, Henny!«

Henny bohrte ihren rechten Zeigefinger in ihre Schläfe, was bedeutete, dass sie mit Dodos Vorschlag nicht einverstanden war.

»Ach Kinder«, seufzte Alicia und glättete das Kleid, das unter Hennys Ansturm gelitten hatte. »Es ist doch ein ganz anderes Leben, wenn die Tuchvilla so voller Menschen ist. Sagtest du nicht, du würdest auch wieder mit Henny bei uns einziehen, liebe Kitty?«

Kitty hatte sich über die ofenwarmen Semmeln und

den frischen Räucherschinken hergemacht. Sie kaute eifrig, machte mit beiden Händen Zeichen, dass sie gleich so weit wäre, und langte nach ihrer Kaffeetasse.

»Das habe ich vor, Mama. Schon weil Henny doch so an Leo und Dodo hängt. Und weil ich meine Herzensmarie in meiner Nähe haben will.«

Sie lachte und legte zärtlich den Arm um Marie, worauf nun auch Alicia ihrer Schwiegertochter ein Lächeln schenkte.

»Ich freue mich, dass du den Weg zu uns zurückgefunden hast, Marie!«, sagte sie bedachtsam. »Es waren dunkle Zeiten für uns alle. Und ich hoffe sehr, dass wir nun einer besseren Zukunft entgegengehen.«

»Ganz sicher tun wir das«, bemerkte Paul fröhlich, und er grinste jungenhaft. »Von nun an sind wir alle eine große glückliche Familie.«

Humbert trat ein und flüsterte Lisa einige Worte zu.

»Die hungrige Brut«, seufzte sie. »Entschuldigt mich bitte.«

Danach ging er zu Kitty, die gerade ihrer Tochter die Engelsflügel umband.

»Ein Besucher für Sie, Frau Bräuer. Soll ich ihn hinaufführen?«

Kitty ließ die Schnur los, der zweite Flügel hing schief an Hennys Rücken. »Auf keinen Fall, Humbert. Ich komme herunter. Entschuldigt mich bitte.«

Sie hatte es plötzlich sehr eilig, küsste Marie auf die Wange, winkte Mama zu, gab Paul einen Klaps auf die Schulter. Dann lief sie leichtfüßig davon.

»Wer ist denn gekommen, Humbert?«

»Ein ehemaliger Angestellter, gnädige Frau. Herr Robert Scherer.«

»Ach!«, sagte Mama erstaunt.

Paul und Marie waren gleichzeitig aufgestanden und entschuldigten sich. Sie liefen hinüber in die Bibliothek, öffneten die weißlackierten Flügeltüren und betraten den Balkon.

»Ich habe gestern kurz mit ihm gesprochen«, sagte Paul. »Er hat sich sehr verändert. Ein Selfmademan – wie man so sagt. Privat hat er wohl weniger Glück gehabt.«

Er legte den Arm um Marie und zog sie dichter an sich, während sie über die Brüstung hinunter in den Hof schauten. Dort stand ein rotes Automobil mit offenem Verdeck und schwarzen Ledersitzen. Robert hielt Kittys Hand, während sie grazil auf den Beifahrersitz stieg. Man konnte von oben ihre Gesichter nicht erkennen, aber an ihren Bewegungen war deutlich, dass diese Fahrt wohl abgesprochen war.

»Er hat sie schon damals geliebt«, sagte Marie leise.

Paul küsste sacht ihren Nacken, und es störte ihn nicht, dass jetzt hinter ihnen Sebastian und Alicia auf den Balkon traten.

»Kitty ist immer für eine Überraschung gut«, sagte er. »Wünschen wir ihr Glück – sie hat es verdient.«

WeLove
blanvalet

www.blanvalet.de

facebook.com/blanvalet

twitter.com/BlanvaletVerlag